BASTEI
LÜBBE

Weitere Titel der Autorin:

14329 Die Dinge des Lebens
14695 Die Wunder des Himmels
14913 Der Zauber des Sommers
15202 Das Echo der Liebe
15349 Die Magie des Herzens
15580 Das Versprechen des Glücks

Über die Autorin:

Alexandra Jones wuchs in Indien und Burma auf und arbeitete auf britischer Seite mit am Übergang Pakistans zu einem eigenständigen Staat. Später kehrte sie mit ihrer Familie nach England zurück. Heute lebt sie in der Grafschaft Kent in Südostengland. Sie ist Autorin zahlreicher historischer Romane. Besuchen Sie gerne die Homepage der Autorin: www.alexandra-jones.co.uk

Alexandra Jones

Die Tränen der Hoffnung

Roman

Aus dem Englischen übertragen von
Barbara Röhl

BASTEI
LÜBBE

BASTEI LÜBBE TASCHENBUCH
Band 15 981

1. Auflage: April 2009

Vollständige Taschenbuchausgabe

Bastei Lübbe Taschenbücher in der Verlagsgruppe Lübbe

Deutsche Erstausgabe

Titel der englischen Originalausgabe: »Kilmorna«
Published by Arrangement with Alexandra Jones
Dieses Werk wurde vermittelt durch die
Literarische Agentur Thomas Schlück GmbH, 30827 Garbsen.

Titelillustration: Corbis GmbH
Umschlaggestaltung: Bettina Reubelt
Satz: hanseatenSatz-bremen, Bremen
Gesetzt aus der Adobe Garamond
Druck und Verarbeitung: GGP Media GmbH, Pößneck
Printed in Germany
ISBN 978-3-404-15981-9

Sie finden uns im Internet unter
www.luebbe.de

Der Preis dieses Bandes versteht sich einschließlich
der gesetzlichen Mehrwertsteuer.

Anmerkung der Autorin

Die Tränen der Hoffnung ist ein Roman, die Handlung beruht allerdings auf wahren Begebenheiten während der Regierungszeit Edwards VII. Da die Geschichte nun einmal unveränderlich ist, habe ich mich so eng wie möglich an die Originalakten aus dem Innenministerium und die Zeitungsberichte über den Diebstahl der irischen Kronjuwelen gehalten.

Mein tief empfundener Dank gilt den öffentlichen Bibliotheken der Grafschaft Kent und ihren Bibliothekarinnen und Bibliothekaren; Scotland Yard in London sowie der Irischen Georgianischen Gesellschaft. Dank auch an Vera, die mich bei der Recherche zu den Schauplätzen in Dublin unterstützt hat, und wie immer an Dennis, der meine Arbeit so engagiert koordiniert hat.

Die Zitate von William Butler Yeats entstammen folgenden Gedichten:

»Ein Dichter zu seiner Geliebten«
»Beim Weidengarten unten«
»Die geheime Rose«
»Ich bin aus Irland«

A. B. J.

Prolog 9

1. Teil: Dublin 1907 15

Intermezzo 1908–1911 237

2. Teil: Dublin und Kilmorna 1912–1916 247

Epilog 425

Prolog

Mit Ehrfurcht bringt dir meine Hand
Bücher aus meinem maßlosen Traum,
Weiße Frau, von der Lust erschöpft
Wie von Gezeiten der graue Sand,
Dein Herz noch älter als das Horn
Randvoll vom bleichen Feuer der Zeit:
Weiße Frau mit dem maßlosen Traum,
Ich bringe dir meinen lustvollen Reim.

»Es gibt keinen Geist«, verkündete der alte Mann aus Kerry, der auf einem Barhocker am Tresen des *Listowel Arms* saß, seinem Publikum.

Das irische Fremdenverkehrsamt hätte sicher nicht gern gehört, wie er dessen neueste Verlautbarungen zum Thema Kilmorna in Bausch und Bogen abtat. Tagesausflügler und Touristen, besonders diese reichen Amerikaner irischer Abstammung, die »auf der Suche nach ihren Wurzeln« herkamen, zahlten gutes Geld, um sich Geschichten über die Gespenster in und um Blarney Castle, Bunratty Castle, Powerscourt, Grange Con und Kilmorna und ihre finsteren Taten anzuhören. Das alles war buchstäblich das i-Tüpfelchen, das Reisen nach Irland erst interessant machte.

Aber der Mann aus Kerry beharrte auf seiner Sicht der Dinge. »Sie existiert nicht, die geisterhafte Dame mit weißer Haube und weißem Umhang, die mit einem Korb voller Eier, Butter und Brot am Arm über die einsamen Straßen geht und nach dem großen Anwesen sucht, das längst nicht mehr da ist. Genauso wenig gibt es den Geist von Sir Arthur, der von der ›Hand, die nie vergisst‹ ermordet wurde.«

»Die Hand, die nie vergisst?«, hakte ein wissbegieriger Tourist nach.

»Angefangen hat alles mit dem Diebstahl der irischen Kronjuwelen. Ein Dummerjungenstreich, hieß es damals, den sich ein paar törichte junge Männer aus Dublin hatten einfallen lassen. Aber aus dem Scherz wurde eine Tragödie, eine Geschichte, wie sie sich kein Werbefritze besser hätte ausdenken können.«

»Erzählen Sie uns davon«, bat der Tourist, der plötzlich ganz Ohr war.

»Ich weiß nicht, ob ich das darf – seit achtzig Jahren sind alle, die in den Diebstahl eingeweiht waren, zum Schweigen verpflichtet«, gab der Alte zurück.

Doch der neugierige Tourist ging dem Mann aus Kerry so lange um den Bart, bis er ihm die Geschichte entlockte.

»Die irischen Kronjuwelen gehörten dem König von England – und damit waren nicht alle Iren einverstanden. Und später war es, als wäre ein Fluch über jeden Einzelnen gekommen, der mit dem Verbrechen zu tun hatte, ob schuldig oder unschuldig.«

»Ein Fluch?«

»*Aye,* und ein ziemlich starker noch dazu. Denn der König war so zornig über den Diebstahl seiner Juwelen, dass er seine eigenen Gefolgsleute ruiniert hat, besonders die O'Mahonys aus Kerry und Kilmorna. Bis heute ist es den Bürgern von Kerry gesetzlich verboten, O'Mahony-Land zu kaufen. Der irische Freistaat wollte nicht, dass das Anwesen von Kilmorna unter den Bewohnern des Umlands aufgeteilt wurde, denn auf dem Land der O'Mahonys ist zu viel Blut vergossen worden. Und so liegt es brach, als Mahnmal der Vergangenheit.«

»Und wer ist nun die ›weiße Dame‹ von Kilmorna? Ist sie ein richtiges Gespenst?«, drängte der Tourist, dessen Interesse jetzt geweckt war, den Alten.

»Jeder im Umkreis wusste, dass der Fluch in dem Moment begann, als die ›weiße Dame‹ mit ihrem silbrig bleichen Haar nach Kilmorna kam, um Hauben für die Damen zu nähen. Sie war keine züchtige Frau, und die O'Mahonys von Kilmorna hatten seit unzähligen Generationen auf die Keuschheit ihrer Frauen geachtet. Als sie nach Kilmorna kam, war ich ein junger Bursche. Eines Tages, viele Jahre später, als ich auf der Straße, die nach Kilmorna House führte, die Kühe auf die Weide trieb, traf ich auf ein großes, silbriges Monstrum, das auf dieser Straße ins Nirgendwo feststeckte – denn das Haus stand längst nicht mehr.«

»Ein Monstrum?«, fragte der Tourist. Er fand, dass die Geschichte langsam unglaubliche Ausmaße annahm, die selbst die Vorstellungskraft des fanatischsten Geisterjägers auf die Probe stellten. »Was für ein Ungeheuer?«

»Ein Rolls-Royce, Modell Silver Ghost«, gab der Mann aus Kerry lakonisch zurück.

»Ach so!«

»Wie kann denn das sein?, fragte ich mich, denn ich war schon lange erwachsen, als damals das Haus bis auf die Grundmauern niederbrannte. Was hatte ich also auf dieser Straße zu suchen, warum trieb ich die Kühe auf diese Weide, wie ich es als junger Bursche getan hatte? Inzwischen war ich ein erwachsener Mann und lebte in Listowel, und trotzdem sah ich Dinge, die einfach nicht sein konnten.«

»Ein Traum vielleicht?«, fragte der Tourist, ein wenig enttäuscht.

»*Nay,* auf keinen Fall, das war Wirklichkeit. So wirklich wie jeder Geist, über den in dieser Gegend geredet wird, zum Beispiel der Geist von Sir Roger Casement, der am Strand von Banna umgeht, wenn in der Karfreitagsnacht der Mond scheint.«

»Ah, dann haben Sie eines dieser Gespenster gesehen?«

»Ich hab nicht ja und nicht nein gesagt. Das müssen Sie selbst beurteilen. Aber ich kann Ihnen sagen, mir lief es eiskalt über den Rücken. Das waren jedenfalls keine normalen Ausflügler oder Touristen. Denn der Chauffeur, der am Steuer dieses Silver Ghost saß, war mit seiner beigefarbenen Uniform und der dazu passenden Kappe selbst ein beeindruckender Mann. Auf dem Rücksitz saß ein gebrechlicher alter Herr, über dessen Knie eine irischgrüne Decke gebreitet war. Und auf dieser Decke lag eine weiße Rose, so frisch und zart und von einem so reinen Duft, wie ich ihn noch nie gerochen hatte. Die Fenster des Wagens waren geschlossen, und trotzdem konnte ich diese Rose riechen. Wie kann das sein?, fragte ich mich wieder. Ich hatte schreckliche Angst und wollte nur, dass diese ungebetenen Besucher verschwanden, damit ich meine Kuhherde vorübertreiben konnte. Daher klopfte ich an das Rückfenster. Dann erkannte ich erschrocken, dass der alte Mann auf dem Rücksitz tot war, und klopfte ans Fahrerfenster. Der Chauffeur ist auch tot, dachte ich bei mir.«

Der Tourist lauschte jetzt aufmerksamer.

»Aber während mir dieser Gedanke noch durch den Kopf ging, wissen Sie, was der Chauffeur hinter seinem geschlossenen Fenster da antwortete, mit glasklarer Stimme?«

»Nein, was?«, wollte der Tourist atemlos wissen.

»›Mr. Luke ruht sich von seiner Anstrengung aus, junger Herr.‹«

»›Was für eine Anstrengung?‹, fragte ich.«

»›Bursche‹, gab er zurück, ›siehst du diesen Park dort?‹ Da war aber kein Park, denn der war schon lange weg. ›Mr. Luke hat gerade einen Rosenbusch zum Gedenken an einen geliebten Menschen gepflanzt‹, erklärte der Chauffeur mir. ›Diese Rose, verstehst du, war aus dem Park der großen O'Mahonys von Kerry und Kilmorna gestohlen worden und bis zu ihrer Rückkehr an einen fernen Ort namens Pennsylvania verpflanzt worden.‹«

»Seltsam, sehr seltsam«, murmelte der Tourist und schob die Geschichte des Manns aus Kerry auf einen wirren Traum oder den übermäßigen Genuss von schwarzgebranntem Whiskey.

»Noch merkwürdiger als der gespenstische Rosenduft war der Ort, an dem der Busch stand«, erklärte der Alte.

»Wie meinen Sie das?«, erkundigte sich der Tourist.

»Ich wollte den Rosenbusch ausgraben, der wild auf der Weide wuchs, und ihn auf meinem Gartenstück in Listowel einpflanzen, aber als ich die Erde von den Wurzeln klopfte, fand ich eine in Öltuch gewickelte Holzschatulle. Darin befand sich ein Armband, das für einen armen Mann wie mich ein Vermögen wert ist. Diamanten von reinstem Wasser, Rubine, ganz blassrosa, und alles in pures Gold gefasst. Stellen Sie sich vor, wie erschrocken ich war. Hier liegt etwas begraben, sagte ich mir, das einmal der englischen Krone gehört hat!«

»Wie sind Sie darauf gekommen?«

»Sir Arthur, ein Diener der Krone, war nach Kilmorna gezogen, nachdem man ihn des Diebstahls der irischen Kronjuwelen bezichtigt hatte.«

»Und wo ist das Armband jetzt?«

»Ach …« Der Mann aus Kerry zuckte vage die Achseln. »Das ist schon lange weg.«

»Weg?«

»Nun ja, ich habe die Zedernholz-Schatulle zurückgelegt und den Rosenbusch wieder eingepflanzt. Dann bin ich eilig nach Listowel gegangen, um dort der *Garda,* der Polizei, von meinem Fund zu berichten. Aber als ich mit den Beamten zurückkam, war alles verschwunden.«

»Der Rosenbusch und die Schatulle?«, fragte der Tourist.

Der Alte nickte.

»Oh!« Der Tourist war schwer enttäuscht, offenbar hatte der Alte aus Kerry sich alles nur ausgedacht; eine vollkommen zusammengesponnene Geistergeschichte. Aber plötzlich zog der Alte etwas aus der Tasche seines schäbigen Jacketts und legte es auf die Theke. Es war ein Band aus blauer Kunstseide. An einem Ende prangten zwei rostige Einstichlöcher, als hätte daran einmal eine Medaille oder ein Orden gehangen. Der Tourist beugte sich darüber und hörte dann gebannt dem Alten weiter zu.

»Nachdem die *Garda* fort war, blieb ich zurück und wühlte weiter im Boden herum. Ich war überzeugt davon, dass ich das Ganze nicht geträumt hatte. Und dann fand ich dieses Band, dort, wo zuvor die Schatulle und der Schmuck gewesen waren. So wahr ich hier sitze und Ihnen diese Geschichte erzähle, das unschuldigste und süßduftendste Gespenst, dem ich je begegnet bin, war diese Rose namens ›Weiße Dame von Kilmorna‹.«

1. Teil

Dublin 1907

Beim Weidengarten unten, da traf ich meine Süße;
Sie kam zum Weidengarten, schneeweiß warn ihre Füße.
Nimm leicht die Liebe, bat sie, leicht wie die Bäume blühen;
Doch ich, so jung und töricht, hab das nicht eingesehen.

Kapitel Eins

1

Eine dunkel gekleidete Gestalt in einem langen Umhang verschwamm im düsteren Grau des Winternachmittags. Immer wieder schaute Brigid Rose Masters nach rechts und links, um nach Straßenräubern Ausschau zu halten. An ihrem Arm hing ein Korb mit Eiern, Butter und Brot; Lebensmittel für eines der kranken und bedürftigen Gemeindemitglieder.

Brigid ging nicht gern über dieses Stück Brachland zwischen dem Boland's Mill Kanal und der Mount Street Bridge, aber sie konnte es nicht ändern, hatte sie doch die barmherzigen Werke des Herrn zu verrichten.

Sie war so tief in ihre Gedanken versunken, dass sie die donnernden Hufe hinter sich viel zu spät hörte. Ehe sie sich versah, hatten Ross und Reiter sie eingeholt. »Brrr, Dagi!«, brüllte der Mann, doch es war zu spät.

Mit ihren nagelneuen Knopfstiefeln fand Brigid keinen Halt auf dem rutschigen Pfad und glitt aus. Das große schwarze Pferd streifte sie und warf sie zu Boden. Eier, Butter und Brot wurden unter den wirbelnden Hufen zermalmt, während der Unbekannte versuchte, das Tier unter Kontrolle zu bringen. Ein weniger erfahrener Reiter wäre abgeworfen worden. »Ruhig, Dagi, ganz ruhig …!« Ein Lederbeutel fiel aus seiner Tasche. Er platzte auf, und Diamanten, Rubine, Smaragde und Perlen ergossen sich auf den Boden.

Rodi Serrai beruhigte sein nervöses Pferd und stieg ab. Ohne Rücksicht auf den Schlamm, der seine gut geschnittenen Reithosen beschmutzen würde, kniete er nieder. Doch seine erste Sorge galt nicht der Frau, die er umgeritten hatte, sondern den auf dem Boden verstreuten Juwelen, die er rasch einsammelte und wieder in den Beutel steckte.

Brigid griff sich an den schmerzenden Kopf. Sie war noch ganz benommen von dem Sturz und hatte Angst. Daher war sie sich nur halb bewusst, was geschehen war, doch selbst in ihrem benommenen Zustand spürte sie, dass der dunkelhaarige junge Mann sich höchst seltsam benahm. Sie musterte ihn. Auf eine fremdartige Weise sah er gut aus, aber Ire war er ganz bestimmt nicht.

Er schaute auf, begegnete ihrem Blick und lächelte verlegen und ziemlich schuldbewusst wie ein Schuljunge, den man bei einem Streich erwischt hat. Er steckte den Beutel wieder in die Tasche, stand auf und trat zu ihr. »Tut mir leid, dass ich Sie umgeworfen habe, aber Dagi und ich haben Sie in dem Nebel, der vom Kanal aufsteigt, nicht gesehen. Sie hätten sich bemerkbar machen sollen.«

Ihre altmodische Kleidung, die durch den Sturz mit Matsch befleckt war, und die Tatsache, dass sie allein in diesem nicht sehr vornehmen Stadtteil unterwegs war, sprachen dafür, dass sie aus ärmlichen Verhältnissen stammte. Unter normalen Umständen hätte Rodi Serrai der jungen Dame aufgeholfen, sich vergewissert, dass sie nicht schwer verletzt war und sie dann ihrer Wege geschickt, ohne sich weiter Gedanken über den Unfall zu machen, an dem sie ebenso schuld gewesen war wie er.

Doch in dem Moment, als sich ihre Blicke trafen, schaute er genauer hin. Sie war nicht nur außerordentlich hübsch, sondern erschien wie von einer Aura umgeben, was er höchst ungewöhnlich fand. Wie eine Ikone, fuhr es ihm durch den Sinn, eine Madonna, die in den Schmutz gestürzt ist, ohne dabei ihre Anmut zu verlieren. Kornblumenblaue Augen sahen ihn freimütig an. Ihr zierlich geschwungener Mund mit der vollen Unterlippe wirkte ebenso sinnlich wie unschuldig. Aber am erstaunlichsten war ihr silbriges Haar, das sich aus der hässlichen Haube, deren Bänder abgerissen waren, befreit hatte. Eine Gedichtzeile schoss ihm durch den Kopf. *Eine Frau, so leuchtend und wunderschön, dass man Männer bei Nacht hat Stroh dreschen sehn, beim Lichte einer gestohlenen Locke* … Er nahm sich zusammen. Eine ihrer Wangen war mit Schnitten und Abschürfungen übersät, und aus einer Platzwunde auf der Stirn lief ihr Blut ins Auge. Bestürzt reichte er ihr sein Taschentuch.

An dem Tuch aus feinem irischen Leinen fielen Brigid die von einem Wappen umrahmten Initialen *RPS* auf. Er war also ein Mann von adliger Abstammung und offensichtlich reich. Schüchtern schüttelte sie den Kopf, denn sie wollte das Tuch, das zu seinem makellos eleganten Äußeren gehörte, nicht beschmutzen. Benjamin, ihr Vater, hatte sie vor solchen Männern gewarnt, die er die »Clique von Dublin Castle« nannte und mit denen er täglich Umgang hatte, wenngleich er als Büroangestellter beim Adelsregister weit unter ihnen stand. Brigid wollte auf gar keinen Fall diesem ausgesprochen selbstsicher auftretenden jungen Mann in irgendeiner Weise verpflichtet sein, auch wenn er noch so freundlich war.

Er ließ sich jedoch von ihrer abweisenden Haltung, hinter der er Angst vermutete, nicht abschrecken, und machte sich selbst ans Werk. Angesichts seiner Kühnheit war sie wie gelähmt, während er fest, aber behutsam die Hand unter ihr Kinn legte und Blut und Schlamm von ihrem Gesicht wischte. Dann steckte er sein Taschentuch wieder ein. »So, schon erledigt«, erklärte er und schenkte ihr ein einnehmendes Lächeln. »So ein Ungeheuer bin ich doch gar nicht, oder?«

Brigid fühlte sich unbehaglich. Sie richtete ihre Haube und schob ihr langes Haar darunter. Ihm fiel auf, dass sie feine, weiche und sehr helle Hände hatte, die so gar nicht dazu passen wollten, dass sie wahrscheinlich ein Dienstmädchen war.

Immer noch hatte sie kein Wort gesprochen.

»Mein Name ist Rodopi Serrai«, sagte er. »Sind Sie verletzt? Sie haben sich aber nichts gebrochen, oder?«

Sie schüttelte den Kopf und stand auf, wobei sie versuchte, einen weiten Bogen um sein Pferd zu machen. Da sie unsicher schwankte, streckte Rodi hilfsbereit die Hand aus, um sie zu stützen, doch sie schreckte zurück, als könne sie seine Berührung nicht ertragen.

»Sind Sie taubstumm, Miss, dass Sie nicht in der Lage sind, ein Wort mit mir zu sprechen?«, versetzte er scharf, denn ihre stille, märtyrerhafte Ergebenheit ärgerte ihn.

»Ich bin Quäkerin«, gab sie zurück und gab ihm mit einem Blick zu verstehen, dass er und sein Pferd bloß Abstand halten sollten.

»Und ich bin Bulgare«, entgegnete er gereizt und kramte nach seiner Brieftasche. Er fühlte sich von ihrem verstockten Schweigen zurückgewiesen und vermutete, dass sie auf eine finanzielle Entschädigung aus war. »Hier …«, sagte er und gab ihr eine Guinee, »nehmen Sie das hier für die verlorenen Lebensmittel.«

»Ich will Ihr Geld nicht, Sir!« Ihre Stimme klang freundlich, obwohl ein wenig Verachtung für seine Vorstellung von Mildtätigkeit darin schwang.

»Dann erlauben Sie wenigstens, dass ich Sie nach Hause bringe«, sagte er und steckte sein Geld, das er ohnehin selbst dringend benötigte, wieder ein. »Sie sind ja kalkweiß und sehen aus, als wären Sie ziemlich unsicher auf den Beinen.«

Brigid hob ihren Korb auf. Sie hatte nicht vor, ihm mitzuteilen, dass sie nicht auf dem Weg nach Hause war, sondern zu einer kranken alten Dame. Mary O'Malley hatte ihr ganzes Leben lang in der Mühle gearbeitet und litt durch den Mehlstaub, den sie dabei in die Lungen bekommen hatte, unter Bronchitis und Asthma. Mary freute sich auf diese Besuche und die frischen Lebensmittel, die ihr die Gesellschaft der Freunde, wie der Bund der Quäker hieß, dreimal pro Woche bringen ließ. Sie würde bestürzt sein, wenn Brigid ihr heute nichts mitbrachte.

Höflich, aber bestimmt lehnte sie das erneute Hilfsangebot ab. »Ich bin sehr gut in der Lage, allein nach Hause zu laufen. Trotzdem danke.«

»Das glaube ich nicht«, beharrte er. »Sie zittern wie Espenlaub, und durch die Nachwirkung des Schocks stürzen Sie vielleicht ohnmächtig in den Kanal, wo Sie sicherlich ertrinken würden. Daran will ich nicht auch noch schuld sein.«

»Ich bin ganz und gar wiederhergestellt, ich kann allein weitergehen.«

»Aber ich nicht – wiederhergestellt, meine ich. Und ich hätte ein besseres Gefühl, wenn Sie Dagi erlauben würden, Sie nach Hause zu tragen.«

Um nichts in der Welt wollte Brigid sich auf sein störrisches Pferd setzen. »Nein, vielen Dank, Sir«, sagte sie und wandte sich mit ihrem leeren Korb ab, um zu Mary O'Malley zu gehen.

Rodi blickte der winzigen, stolzen Gestalt in dem langen grauen Umhang und den schlammbeschmutzten Röcken, auf die Butter und zerbrochene Eier gespritzt waren, hinterher und zog ein finsteres Gesicht; doch sein Unmut galt eher seiner eigenen Lage als ihrer.

2

»Du kommst spät, Brigid!«, quengelte Mary bei der Begrüßung. Wie alle kranken, einsamen und sehr alten Menschen wartete sie stets ungeduldig auf Besuch. Sie kniff ihre trüben Augen zusammen und entdeckte plötzlich, in welchem Zustand sich das Mädchen befand. »Meine Güte, was ist denn mir dir passiert, Kind?«

»Nichts. Es war meine eigene Schuld, also erschrecken Sie nicht, Mary O'Malley. Ich bin mit meinen neuen Stiefeln auf dem Leinpfad ausgerutscht.«

»Können dich deine Brüder, diese faulen Bengel, nicht auf deinen Runden begleiten?«

»Ach, die würden mich eher stören, statt mir zu helfen, Mary. Außerdem führen sie alle ihr eigenes Leben. So, da ist Ihr Tee.«

Nachdem Brigid die alte Frau auf den Leibstuhl gesetzt, sie gewaschen und es ihr neben dem frisch angefeuerten Kamin bequem gemacht hatte, verabschiedete sie sich. »Ich komme morgen Nachmittag wieder, um Ihre Vorratskammer aufzufüllen, und später wird Balla vorbeischauen, um Ihnen das Abendessen zu machen und Sie ins Bett zu bringen.«

»Balla? Balla ist doch gar nicht an der Reihe! Ich mag Balla nicht. Sie hat keine Geduld. Immer sagt sie mir, ich soll mich auf dem Leibstuhl beeilen, damit sie vor dem Abendgebet mit mir fertig ist – als ob unser Herr Jesus nicht selbst ab und zu ein menschliches Bedürfnis gehabt hätte.«

Mary O'Malley war alt und senil, daher konnte man ihr die Gotteslästerung wohl vergeben – zumindest entschuldigte Benjamin, ihr Vater, Marys grobes Mundwerk damit. Brigids Großmutter Gemara und Mary O'Malley hatten als junge Mädchen zusammen in der Fabrik Boland's Mill gearbeitet. »Martha hat die Grippe, daher kommt Balla an ihrer Stelle«, erklärte Brigid, um das Thema zu wechseln.

»Dann sieh zu, dass du morgen Nachmittag die Vorräte mitbringst, ohne in den Schlamm zu fallen«, keuchte Mary mit ihrer heiseren Stimme.

»Morgen bringe ich wie versprochen Butter, Eier und Brot mit«, versicherte Brigid und verließ Mary O'Malleys Haus, um sich über das offene Gelände auf den Rückweg zu machen. Es war inzwischen dunkel geworden, und plötzlich wünschte sie sich doch, jemand würde sie begleiten. Aber der dreiste junge Mann war fort.

Als Brigid das bescheidene Reihenhaus in der Eustace Street betrat, das ganz in der Nähe des Andachtshauses der Quäker lag, fand sie ihre Mutter Sarah und Grandma Gemara im Hinterzimmer. Die beiden fertigten Hüte der Marke »White Lady«, ein Name, den Sarah kreiert hatte, als sie vor einiger Zeit ihr Hobby zum Beruf gemacht hatte. Bei *Head Start, Milliners Extraordinaire,* einem edlen Hutmacher in der Grafton Street, bezahlten die Damen der guten Gesellschaft von Dublin hohe Preise für solchen Kopfschmuck. Sarah selbst allerdings verdiente mit ihrer Heimarbeit nicht viel; die Eigentümerin des Ladens, Madame Beauvier, steckte das meiste in die eigene Tasche.

Sarah Masters, die bei ihrer Heirat mit Benjamin zum Glauben der Quäker übergetreten war, nahm ihren Glauben sehr ernst, nichtsdestotrotz war sie auch praktisch veranlagt. Sie besserte so das Familieneinkommen auf und spendete von ihrem Verdienst so viel an die Gesellschaft der Freunde, dass sogar Zachary Lunn, einer der Gemeindeältesten, beeindruckt von ihrem Talent war – vorausgesetzt natürlich, solche eitlen Werke landeten nicht auf den Köpfen seiner sittsamen Glaubensschwestern. Brigid und Grandma Gemara halfen Sarah, ohne dafür bezahlt zu werden.

»Warum kommst du so spät?« Sarah warf einen Blick zu der Uhr auf dem Kaminsims. Die Brille saß ihr auf der Nasenspitze, und ihr einst goldblondes Haar, das jetzt ergraute, war im Nacken zu einem festen Knoten geschlungen. Sie war damit beschäftigt, ein Stück malvenfarbenes Band zu rüschen. »Und in was für einem Zustand du bist, Kind«, stellte Sarah völlig leidenschaftslos fest. Ihre Hüte waren ihr Leben. Benjamin und Zachary ahnten nichts davon, doch Brigid und Großmutter Gemara waren sich nur allzu bewusst, dass Sarahs einzige Leidenschaft Filz und Bändern, Tüll und Schleiern galt. »Was ist passiert?«, fragte sie, doch sie achtete dabei mehr auf ihre Arbeit als auf ihre Tochter.

Inzwischen waren der Matsch vom Leinpfad und die zerbrochenen Eier auf Brigids Kleidern getrocknet, und sie hatte das Gefühl, dringend eine gründliche Wäsche und etwas Ruhe zu brauchen. Doch ihre täglichen Aufgaben waren beileibe noch nicht erledigt. »Ich bin auf dem Leinpfad ausgerutscht. Es war sehr nass und schlammig. Dabei sind mir die Eier, die Butter und das Brot, das die Freunde für Mary O'Malley gesammelt hatten, hingefallen.«

»Tsss! Was für eine Vergeudung; das war sehr achtlos von dir. Wieso bist du ausgerutscht?«

»Das müssen die neuen Stiefel gewesen sein. Die Ledersohlen sind noch glatt.«

Ihr war bewusst, dass sie inzwischen zweimal über ihren Sturz gelogen hatte. Schuld war ein gut aussehender Mann, der in halsbrecherischem Tempo auf sie zugesprengt war.

Brigid tröstete sich mit dem Gedanken, dass es nur eine kleine Notlüge war. Vielleicht konnte sie, wenn sich ihre Aufregung über die Ereignisse des Nachmittags gelegt hatte, im Gebet mit dem Herrn darüber sprechen. Doch im Moment wollte sie den dunkelhaarigen jungen Mann aus der Angelegenheit heraushalten, bei dem es sich, obwohl sein Englisch gut war, mit Sicherheit um einen Ausländer handelte, über den ihre Familie mehr würde wissen wollen: Hatte sie mit ihm gesprochen? Was hatte er geantwortet? Was hatte sie darauf gesagt? Wer war er? Hatte er ihr seinen Namen genannt? War sie verletzt? Hatte er sich entschuldigt? Sie wusste, dass die Fragen endlos sein würden, und am Ende würden ihre Eltern nicht ihn, sondern sie verurteilen, weil sie »den Blick zu ihm erhoben hatte«!

»Geh und mach dich sauber, bevor dein Vater und deine Brüder zum Abendessen nach Hause kommen«, mahnte Sarah. »Wir haben um sieben Uhr eine Gebetsstunde, also beeil dich. Du musst noch die Kartoffeln schälen und das Kaninchen häuten, ausnehmen und schmoren. Ein schönes fettes Tier aus Grange Con, das Luke heute Nachmittag mitgebracht hat. Es hat ihm sehr leidgetan, dass er dich verpasst hat, aber er hatte in Dublin eine Besorgung für den Verwalter zu erledigen, nachdem O'Mahony nicht im Land ist. Luke konnte nicht bleiben, aber er lässt dir schöne Grüße ausrichten.«

»Ja, Mutter.« Brigid war traurig, dass sie ihren Zwillingsbruder verpasst hatte. Sie liebte ihn wie keinen Menschen auf der Welt – obwohl es eine Sünde war, einem Familienmitglied mehr Liebe und Loyalität entgegenzubringen als den anderen.

»Wie geht es Mary?«, erkundigte sich Großmutter Gemara.

»Nicht besser, Grandma.«

»Aber auch nicht schlechter. In der Bibel heißt es *Unser Leben währet siebzig Jahre, und wenn's hoch kommt, so sind's achtzig Jahre,* also hätte Mary O'Malley längst abtreten sollen. Eigentlich müsste sie schon fünf Jahre tot sein und ihren Platz für andere freigemacht haben«, meinte Gemara, die sich ebenfalls diesem Alter näherte.

»Sie ist nicht besonders glücklich darüber, dass Balla sie heute Abend an Marthas Stelle versorgt«, bemerkte Brigid.

»Das liegt daran, dass Martha sie verhätschelt und Balla nicht«, meinte Sarah naserümpfend. Sie hatte das malvenfarbene Band perfekt gerüscht und hielt den Hut jetzt hoch, damit Brigid ihn begutachten konnte. »Mrs. De Janasz, Mr. Vicars' Schwester, hat dieses Modell bestellt.«

»Er ist wunderschön, Mutter. Sie wird sehr zufrieden damit sein.«

»Ich hoffe es. Die Gräfin Markievicz will genauso einen, aber ich werde die Dekoration ein wenig ändern müssen, sonst denkt Mrs. De Janasz noch, sie hätte kein Einzelstück bekommen. Du beeilst dich mit dem Hut, den du für Lady Powerscourt machst, besser auch ein wenig, sonst wird er bis zur Silvesterfeier auf Dublin Castle nicht fertig. Du kannst anfangen, wenn du von der Gebetsstunde zurück bist.«

»Ja, Mutter.«

»Ach, und Zachary hat dir etwas geschickt … es liegt da oben auf dem Kaminsims.«

Brigid nahm das kleine Heft, das von Zachary stammte, mit dem man sie verlobt hatte. *Die Gebete einer pflichtbewussten Ehefrau.*

Zachary war einundfünfzig und schon einmal verheiratet gewesen. Er riet ihr, die weisen Worte auswendig zu lernen.

Kapitel Zwei

1

Nach seiner Begegnung mit dem unbekannten Mädchen auf dem Treidelpfad am Kanal kehrte Rodi in die Kildare Street zurück. Er ließ sein Pferd in den Stallungen des Clubs und ging geradewegs auf sein Zimmer, das stets für ihn reserviert war, wenn er sich in der Stadt aufhielt.

Er konnte sich immer noch nicht von dem Gedanken an die »stumme Blonde« losreißen, wie er sie für sich getauft hatte. Sie war ein Rätsel und faszinierte ihn. Wenn er nur ihren Namen wüsste! Dann hätte er sie aufspüren und ihr einen Blumenstrauß und eine schriftliche Entschuldigung schicken können.

Während er sich vor dem Standspiegel die Krawatte band, fragte er sich, warum er sie wiedersehen wollte. Da die junge Frau irgendwo im ärmeren Teil der Stadt in der Nähe des Boland's Mill Kanals wohnte, hatte sie wohl weder einen gesellschaftlichen Rang noch eine gute Bildung oder Abstammung. Aber kam es wirklich auf ihre Herkunft an? Ihr Auftreten und ihre Sprache waren vornehm und einer Dame würdig, und das war wichtiger als die Frage, auf welcher Seite des Kanals sie lebte.

Er schnitt seinem Spiegelbild eine Grimasse – na schön, dann kam sie halt aus der langweiligen, öden Mittelschicht! Eine von diesen kleinen Spießerinnen, die das Leben über sich ergehen ließen, statt es zu genießen, um nur ja in den Himmel zu kommen … Quäkerin, hatte sie gesagt. Er wusste sehr wenig über diese Religionsgemeinschaft, nur dass man sie wegen ihrer wohltätigen Arbeit in der Stadt auch unter dem Namen »Gesellschaft der Freunde« kannte. Aber das Gesicht und die Gestalt des Mädchens waren wunderschön, und auf seltsame, unerklärliche Weise ließ es ihn einfach nicht los.

»Manchmal entspringt aus einer einzigen Begegnung ein so tiefes

Gefühl, dass man davon schwindelig im Kopf und atemlos im Herzen wird; und noch wichtiger, es fährt einem in die Lenden, die dem Mann überhaupt erst seinen Lebensinhalt schenken … nicht wahr, Donal?« Rodi wandte sich seinem Kammerdiener zu, damit der ihm seine Sicht der Dinge bestätigte.

»Nur in seinem Kopf zu wohnen, Mr. Rodi, lässt das Herz verarmen«, meinte Donal, »und wer noch tiefer sucht, bringt sich in fleischliche Schwierigkeiten.«

»*Touché,* Donal. Aber sie ist so … *ätherisch!* So leicht wie Luft, das ist sie! Zart, leicht, ätherisch, liebreizend … und ein seltsames Wesen. Aber wie seltsam genau? Und ob wir füreinander bestimmt sind?«

»Da gibt es nur ein Mittel, um sich zu vergewissern, was sie wirklich für Sie empfindet, Sir, und das ist, offen gesagt, mit dem geliebten Wesen zu reden.«

»Hm«, machte Rodi. »Eines kann ich dir jetzt schon verraten, Donal, sie würde mich nie mit ihrem Geplapper zu Tode langweilen, denn sie spricht kaum ein Wort.«

»Dann ist sie keine Irin, Sir?« Mit der Kleiderbürste in der Hand hielt Donal inne.

»Doch, ich glaube schon, aber sie hat nicht die typisch irische Geschwätzigkeit – im Gegensatz zu dir beispielsweise.«

»*Touché,* Sir. In Zukunft werde ich versuchen, weniger mitteilsam zu sein und mich mit meiner Meinung über das Verhalten meines jungen Herrn gegenüber seiner Angebeteten zurückzuhalten, Sir.«

2

Nachdem Rodi sich gewaschen und umgezogen hatte, fühlte er sich immer noch ziemlich eigenartig. Daher ging er nach unten, um vor dem Abendessen eine kleine Stärkung zu sich zu nehmen.

Doch kaum hatte er sich in einem der bequemen Ledersessel in dem diskret, aber teuer ausgestatteten Raucherraum des Clubs niedergelassen, sich einen Scotch kommen lassen, eine Player's Afton angezündet und die Zeitung ausgebreitet, da wurde er schon gestört. Peirce Gun Mahony, der Sohn seines Wohltäters, begrüßte ihn.

»Guten Abend, Rodi. Kommst du später noch nach Clonskeagh? Onkel Arthur gibt eine kleine Gesellschaft für seine Freunde.«

»Ich glaube nicht. Nicht heute Abend.«

»Warum so verdrießlich?«, erkundigte sich Peirce Gun und setzte sich.

»Ach, bin ich das?«, gab Rodi zurück. Peirce gegenüber war er stets sehr kurz angebunden, und der andere hielt ebenfalls Distanz, was Rodi gar nicht unrecht war.

Die beiden jungen Männer standen nicht auf gutem Fuß miteinander. Rodi fühlte sich in Peirce Gun Mahonys Gegenwart unwohl, und er wusste, dass Peirce seinerseits eifersüchtig auf die Zuneigung war, die sein Vater Rodi entgegenbrachte, gar nicht zu reden von den finanziellen Zuwendungen, die er Rodi zukommen ließ.

Peirce Charles de Lacy O'Mahony, der von Jakobiten abstammte, hielt viel auf solche wohltätigen Werke. Im Jahr 1900 war er nach Russland gereist, um ein Vermögen einzufordern, das einer seiner Vorfahren während der Herrschaft Katharinas der Großen erworben hatte. Dieser Vorfahr, ein Söldner, der in Kaiserin Katharinas imperialistischer Expansionsarmee zum General aufgestiegen war, hatte ein gewaltiges Vermögen angehäuft, das jedoch vor seinem Tode beschlagnahmt worden war. Zweihundert Jahre später hatte Peirce Charles de Lacy O'Mahony Anspruch auf dieses Vermögen erhoben, und das, obwohl sein älterer Bruder größere Rechte darauf hatte, denn sein exzentrischer Bruder George, »der O'Mahony von Kerry und Kilmorna«, beschäftigte sich mehr mit der Pflege seines Parks auf Kilmorna als mit dem verloren gegangenen Familienvermögen. Peirce Lacy hatte den Rechtsstreit für sich entschieden und war derzeit damit beschäftigt, dieses enorme Vermögen von Russland nach Irland zu transferieren. Das, was er sich bisher hatte sichern können, hatte er prompt für wohltätige Zwecke verwandt, besonders für den Freiheitskampf der Bulgaren gegen die Türken. Peirce Lacy hatte Waisenhäuser in Mazedonien gebaut und eine Anzahl bulgarischer

Flüchtlinge nach Irland geholt, wo er sie auf seine eigenen Kosten ausbilden ließ.

Rodi gehörte zu den Glücklichen, die von den wohltätigen Werken Peirce seniors profitierten. Er hatte selbst einmal zu den privilegierten Klassen gehört, aber diese Privilegien existierten schon lange nicht mehr. Als Abkömmling serbischen und bulgarischen Adels hatte sein Vater ihn, als im Jahr 1900 die Unruhen in den baltischen Staaten ausbrachen, unter dem Schutz des Mannes, der seither sein Wohltäter geworden war, nach Irland geschickt.

Drei Jahre später war dann die serbische Königsfamilie ermordet worden, und es gärte in den autonomen Gebieten der baltischen Staaten. Rodis Familie – Vater, Mutter, Großmutter und Schwestern – war von den Türken getötet worden. Danach hatte Peirce Lacy ihn mehr oder weniger adoptiert. Zusammen mit anderen verwaisten bulgarischen Flüchtlingen hatte Rodi am Trinity College studiert, und über sein Seelenheil wachte der Patriarch der griechisch-orthodoxen Kirche, zu der sein Wohltäter übergetreten war. Rodi war Peirce Lacy O'Mahony also für vieles zu Dank verpflichtet.

Doch die Beziehung zwischen Peirce Lacy und seinem Sohn Peirce Gun war äußerst kühl, und genau wie die beiden gingen sich auch Rodi Serrai und Peirce Gun Mahony aus dem Weg.

Peirce Gun war verärgert, weil sein Vater immer noch nicht mit ihm sprach, nachdem er sich von seinem Onkel Arthur Vicars, dem Wappenkönig von Ulster, das Amt des Herolds von Cork hatte verleihen lassen. Arthur Vicars war der Halbbruder des älteren Peirce. Die beiden redeten ebenfalls nicht miteinander, da der eine ein glühender irischer Nationalist und der andere eine Säule der »Clique von Dublin Castle« war, dem Sitz der britischen Verwaltung, der von manchen als Außenposten des britischen Imperialismus betrachtet wurde.

»Arthur Vicars' Gesellschaften«, meinte Rodi jetzt zu Peirce, »gehen mir auf die Nerven. Insbesondere, wenn Shackleton und Gorges dort sind.«

»Ich muss zugeben, dass ich auch nicht viel von Gorges halte, aber was hast du gegen Frank?«

»Ich finde ihn ziemlich arrogant. Sir Ernest erforscht wenigstens die Welt, während sein Bruder nur damit beschäftigt ist, anderen Leuten Geld aus der Tasche zu ziehen. Er und Richard Gorges reden nur übers Geldverdienen.«

»Was ist daran falsch?«

»Nichts, solange er meines in Ruhe lässt.«

»Du meinst wohl das meines Vaters, oder? Denn dein Geld, mein Lieber, hängt ja wohl noch in Sofia fest.«

»Beleidige mich nicht, Peirce. Zugegeben, dein Vater bezahlt mir ein Taschengeld, aber sobald mein Land von den Türken befreit ist, erstatte ich ihm sofort alles zurück.«

»Das hoffe ich, Rodi. Es wäre kein schöner Gedanke, im Alter zu verarmen, weil mein Vater das Familienvermögen für wohltätige Zwecke ausgegeben hat – das Vermögen im Übrigen, das er den Russen selbst mit so großer Mühe abgerungen hat.« Peirce stand auf.

Rodi betrachtete den Herold von Cork mit neu erwachter Abneigung.

Ständig ritt Peirce Gun Mahony darauf herum, dass er, Rodi, der Schützling seines Vaters war. Dabei hatte der Bursche das illustre Amt des Herolds von Cork auch nur erhalten, weil sein Onkel Arthur Vicars Wappenkönig von Ulster war und Peirce Gun beim König empfohlen hatte. Frank Shackleton, der Bruder des berühmten Entdeckers Sir Ernest, hatte den Posten des Herolds von Dublin bekommen, und Captain Richard Gorges war zum Regiments-Schießausbilder ernannt worden, weil er ebenfalls Arthur Vicars die Stiefel leckte – wie die meisten Männer, die regelmäßig bei den berüchtigten Gesellschaften des Wappenkönigs von Ulster anzutreffen waren, die in der St. James' Terrace Nr. 7 in Clonskeagh stattfanden.

»Elende Verräter!«, brummte Rodi in sich hinein, nachdem Peirce Gun gegangen war. Er sah den Sohn des Vizekönigs auf sich zukommen, drückte seine Zigarette aus und erhob sich hastig.

»Sie gehen schon, Rodi?« Lord George Haddo wirkte enttäuscht.

»Leider ja, George. Nehmen Sie es nicht persönlich.«

Rodi, der schon halb aufgestanden war, ließ sich der Höflichkeit halber in den weich gepolsterten Clubsessel zurücksinken. Er hatte schon vor langer Zeit gelernt, dass es in dieser von Neid und Missgunst beherrschten Welt nicht darauf ankam, wie gebildet man war, sondern wen man kannte. »Ich bin krank, George, ich habe Fieber.« Rodi schniefte und fächelte sich mit dem Taschentuch Luft zu.

»Sie Armer«, meinte Lord George und zog eine emaillierte goldene Schnupftabakdose aus der Tasche. Er gab eine Prise des bräunlichgrauen Pulvers auf seinen Handrücken und schnupfte es. Rodopi Serrai war ein eigenartiger Mensch, was der Sohn des Vizekönigs auf dessen ausländische Abstammung schob. Slawischer Adel, enormer Reichtum und dann Revolution, Zusammenbruch, Tod und schließlich der Untergang einer ganzen Klasse – wenn man bedenkt, dass es einen selbst ebenso hätte treffen können ..., überlegte Lord George feuchten Auges. »Wie wäre es mit etwas Schnupftabak, Rodi?«, fragte er freundlich.

»Nein danke, George. Das Döschen dürften Sie mir allerdings gern verehren.«

»Schon gut.« Rasch steckte Lord George die Dose wieder ein. Er hätte es Serrai durchaus zugetraut, dass er sie versetzte, um ein paar Shilling für den Spieltisch aufzutreiben. »Unterwegs nach Clonskeagh?«, erkundigte er sich.

»Nein.«

»Schade. Bestimmt unterhaltsam.«

»Wahrscheinlich.«

»Geldsorgen oder Liebeskummer?«, fragte Lord George.

»Beides. Ich brauche dringend frische Waldluft, Mylord, hier ist die Luft ein wenig abgestanden. Ich werde jetzt dem Wappenkönig von Ulster einen Streich spielen. *Au revoir,* Mylord.« Rodi stand auf, verneigte sich spöttisch und verließ den Kildare-Club.

Phlegmatisch wandte Lord George Haddo seine Aufmerksamkeit dem Gentleman zu, der in seiner Nähe Zeitung las. »Diese Ausländer sind so eigenartige Burschen, Blake«, bemerkte er. »So launisch. Was glauben Sie, hat er vor, wenn er nicht nach Clonskeagh will?«

»Zweifellos trifft er sich mit Shackleton und Gorges«, meinte

Claude Blake, der als Unterherold einen niedrigen Posten beim Office of Arms bekleidete, dem Adelsregister, dem zugleich die Ausrichtung offizieller Zeremonien oblag. »Sie führen noch etwas anderes im Schilde als die zweihunderttausend Pfund, die er für seine Südamerika-Gesellschaft aufzutreiben versucht.«

»Wer, Rodi?«

»Nein, Shackleton.«

»Diesem Scharlatan würde ich keine zwei Pence anvertrauen!« Lord George Haddo rutschte auf dem abgesessenen Clubsessel hin und her, um eine bequemere Position zu finden, und redete weiter auf den Mann hinter der Zeitung ein. »Sagen Sie, Claude, werden denn heute Abend auch Damen dort sein?«

»Nur wenn Sie eine mitbringen«, gab der Unterherold, an die Zeitung gerichtet, zurück. »Ich gehe nicht hin.«

»Ach du meine Güte, Sie haben mich ganz falsch verstanden. Ich frage nur, weil meine Gattin etwas dagegen hätte, wenn dort Damen anwesend wären.«

Hinter seiner *Irish Times* unterdrückte Claude Blake ein Grinsen. Der gute George stand unter dem Pantoffel seiner Frau! Sie war weitaus älter als er und schon einmal verheiratet gewesen. Ihr erster Mann, ein wohlhabender Tuchhändler, war gestorben, als George erst zwei Jahre alt gewesen war.

»Übrigens, Claude«, setzte Lord George hinzu, »hat mir verflixt leidgetan zu hören, dass Sie zurücktreten.«

Die *Irish Times* raschelte, als Claude Blake sie sinken ließ. »Herrje, dann ist die Nachricht schon durchgesickert, was?«

»In Dublin bleibt nichts geheim, Claude, das sollten Sie eigentlich wissen. Wer übernimmt Ihren Posten – oder ist das eine dumme Frage?«

»In der Tat eine dumme Frage, Sir. Lord Aberdeen hat Lord Dudleys Vorschlag zugestimmt, und der König war einverstanden. Francis Bennett-Goldney, Parlamentsabgeordneter für Canterbury, England, wird in Kürze den Posten antreten.«

»Herrje! Noch einer von Vicars' Leuten?«

»Leider ja. Ach, übrigens, wie ich höre, soll Ihr Onkel – Arthur Vicars, meine ich – geadelt werden.«

»Tatsächlich? Das wird ihm gefallen.«

»Ich hätte gedacht, Lord Aberdeen hätte Ihnen schon von den neuen Stellenbesetzungen erzählt.«

»Tja, leider nicht, Claude. Er geht an mir vorüber, ohne mich zu sehen. Mein Vater vertraut mir nicht – niemand tut das. Aber ich kehre ohnehin bald nach England zurück. Viel mehr los in London. Hätten Sie gern noch ein Glas Guinness, Claude?«

»Nein danke, Sir. Scotch ist das Gift meiner Wahl. Aber ich muss gehen.«

»Seit ich gekommen bin, scheint jeder ganz schnell irgendwo anders hinzumüssen«, seufzte Lord George. Er versuchte, die Aufmerksamkeit des Kellners auf sich zu lenken, um sich noch ein Glas Guinness bringen zu lassen. Es war wichtig, sich Irland verbunden zu zeigen, und sei es nur über die Wahl des Getränks.

Kapitel Drei

1

Rodopi Serrai war der geborene Abenteurer und war nicht bereit, die Jagd nach der holden Maid aufzugeben. Er hatte noch nicht einmal sein Taschentuch in die Wäsche gegeben, weil sie es berührt hatte.

Er wusste, dass er sich töricht verhielt, doch das ging ihm immer so, wenn er verliebt war. Als also Donal etwas über die Versammlungshäuser der Quäker sagte, schickte er ihn sofort auf die Hauptpost, um eine Liste dieser Häuser zu besorgen.

Das Mädchen war vielleicht anders, gehörte zu einer niedrigeren Gesellschaftsschicht, aber dann sollte es eben so sein; das schreckte ihn nicht im Mindesten ab. Schließlich kannte Liebe keine Grenzen. Sie war ein schönes, betörendes Wesen, über alle Maßen liebreizend, und Männer waren schon für einen geringeren Lohn gestorben.

Er dachte nie über die erste Verliebtheit hinaus, beschäftigte sich nicht mit dem, was die Zukunft bringen würde. Er war ein Mann, der für den Augenblick lebte und ihn genoss. Was dann nach der Verführung der schönen Maid kam, lag in den Händen der Götter; an diese Philosophie hatte er sich stets gehalten. Bisher hatte sein Wohltäter das Denken für ihn übernommen und ihn dazu mit einem angemessenen, wenn auch nicht übertriebenen Taschengeld ausgestattet, damit er das Leben führen konnte, das alle jungen Männer in der Stadt anstrebten. Er war zufrieden mit seinem Leben.

Er hatte Donal ins Kaufhaus Clery's geschickt, um einen edlen Präsentkorb mit Delikatessen und Wein zu besorgen, in dem sich statt einfacher Kost wie Brot, Butter und Eiern Gänseleberpastete, Hühnchen in Aspik, kalter Aufschnitt und Aprikosen in Weinbrand befanden. Dazu ließ er ihn ein Dutzend zu einem prächtigen Strauß gebundener roter Rosen kaufen, eine unbesonnene Ausgabe, von der er eine Woche lang Donals Lohn hätte bestreiten können.

»Das Versammlungshaus in der Eustace Street scheint das größte zu sein, Sir«, erklärte Donal seinem jungen Herrn, während er die Liste aus dem Postamt überflog.

»Dann gehe ich zuerst dorthin«, beschloss Rodi.

»Viel Glück, Sir. Ich hoffe, die junge Dame ist der Mühe wert, die Sie und ich uns gegeben haben, um sie aufzuspüren.«

»Oh, das ist sie, Donal, ganz bestimmt!«

Da Peirce Lacy O'Mahony sich in Bulgarien aufhielt, »lieh« Donal dessen prächtige Stadtkutsche, um seinem Herrn einen angemessenen Auftritt zu sichern.

Als Rodi in das spartanisch eingerichtete Versammlungshaus der Quäker in der Eustace Street trat, dessen Tür immer weit offen stand, um jedem, der Hilfe brauchte, Einlass zu gewähren, fegte gerade eine gebückte alte Frau den Boden.

Erstaunt sah er, wie kahl und schmucklos das Gotteshaus der Quäker war, ganz anders als die Kirchen, an die er sich von früher erinnerte. Die in der Hauptstadt Sofia hatten mit Blattgold und unermesslich wertvollen Ikonen geprunkt, die im Licht Hunderter von Kerzen glitzerten, sodass die Gläubigen fast geblendet wurden. Er erinnerte sich an die Musik, die Liturgien, die Priester mit ihren prachtvollen Roben und ihrem hohen Kopfputz; er wusste noch, wie seine Mutter Kerzen angezündet und für die Toten gebetet hatte, bevor auch seine Familie von den Türken ermordet worden war. Er erinnerte sich an den großen Altar, die goldenen Tafeln, die mit Edelstein besetzten Kelche, die herrlichen Blumen … Und er erinnerte sich, wie politische Unruhen, Gewalt, Folter und Blutvergießen über diese Gläubigen gekommen waren, bevor Peirce Charles de Lacy O'Mahony ihn aus diesem Krieg, der nicht der seine war, gerettet hatte. Am liebsten hätte er das alles vergessen, doch das gelang ihm nicht.

Hier gab es weder Silber noch Gold, keine Kerzen, keinen Hochaltar, keine Kanzel, keine Kirchenbänke, keinen Weihrauch, keine Musik, keine aufwühlenden Liturgien.

In diesem Versammlungshaus war nur das absolut Notwendigste

vorhanden: Stühle, ein Tisch, abgegriffene Gebetbücher … und eine alte Frau, die eifrig ihrer Pflicht nachging.

Verlegen räusperte Rodi sich und legte den Präsentkorb und den Strauß roter Rosen auf einem der Holzstühle ab. »Entschuldigung, Ma'am, aber ich suche nach einem Mädchen mit silberblondem Haar und blauen Augen. Sie hat eine böse Schnittwunde auf der Stirn – heute hat sie vielleicht außerdem ein blaues Auge«, erklärte er, da er nicht wusste, wie er die schöne Unbekannte mit dem engelhaften Antlitz anders beschreiben sollte.

Die alte Frau, die eine Quäkerhaube und einen Umhang trug, hielt inne und schaute zu ihm auf. Prüfend musterte sie seine feine weiße Seidenkrawatte, die Handschuhe, seine gut geschnittene Kleidung, sein dunkles Haar und attraktives Gesicht und begann plötzlich zu kichern. »Und wer sind Sie, junger Herr?«

»Rodopi Serrai, Schützling des jüngeren Bruders des O'Mahony von Kerry und Kilmorna, Peirce Charles de Lacy O'Mahony aus Grange Con.«

Wieder das seltsame Lachen.

»So, so, das ist mal ein Adelstitel, auf den man stolz sein kann, junger Herr, und ziemlich lang. Von O'Mahonys ungehobelten Flüchtlingen habe ich schon gehört, Sir. Was wollen Sie von Brigid Rose Masters?«

Brigid Rose Masters! Ein Name so schön wie sie selbst, und noch liebreizender im Klang, weil die alte Irin ihn mit dem weichen, singenden Tonfall der Dubliner ausgesprochen hatte. Rodi schenkte der Quäkerin sein einnehmendes Lächeln, bei dem seine ebenmäßigen weißen Zähne aufblitzten.

»Nützt gar nichts, mich so freundlich anzustrahlen, junger Herr«, meinte sie. »Lang her, dass so'n feiner Gen'leman in meine Richtung gelächelt hat, also sparen Sie sich's für die junge Brigid Rose auf, wenn Sie wirklich auf der Suche nach ihr sind. Sind Sie Quäker?«

»Nein, ich gehöre zur griechisch-orthodoxen Kirche.«

»Tja, schade auch!« Sie verzog ihr faltiges Gesicht zu einer Grimasse. »Brigid hat nichts für euch flatterhafte junge Männer vom Trinity College übrig. Sie ist ein gutes Mädchen und gehört nicht Ihrer

Religion an, junger Herr. Also überlegen Sie es sich noch einmal, bevor Sie die Kleine in Schwierigkeiten bringen.«

Er wollte sich nicht von der Alten vertreiben lassen. »Ich bin nicht gekommen, um irgendwelche Probleme zu machen. Ich würde mich nur gern bei ihr für den gestrigen Unfall entschuldigen.«

»Ein Unfall?«

»Ich habe sie auf dem Weg am Kanal niedergeritten – in ihrer grauen Kleidung war sie kaum zu erkennen und tauchte aus dem Nebel auf wie ein Geist. Ehe einer von uns sich versah, hatte mein Pferd sie schon gestreift. Ich würde ihr gern sagen, wie leid es mir tut, sie verletzt zu haben.«

»Hmmm …« Sie musterte ihn gründlich und zog nachdenklich die trüben alten Augen zusammen. Dieses Mal tat sie ihre Meinung nicht kund.

»Masters, sagten Sie …«, setzte Rodi hinzu. »Doch nicht etwa … Benjamin Masters' Tochter?«

»Aber gewiss! Benjamin Masters, Angestellter bei Mr. Arthur Vicars im Office of Arms.«

Jetzt wusste er, wer die Familie war. Darauf hätte er auch früher kommen können. Benjamin Masters beim Adelsregister; Paul, der Lakai auf Arthur Vicars' Anwesen in Clonskeagh war, und Luke, der in Grange Con als Gärtnergehilfe arbeitete … Er hatte gewusst, dass sie Quäker waren, aber er war so damit beschäftigt gewesen, sich auf das namenlose Mädchen zu konzentrieren, dass er sie gar nicht mit ihrem Vater und ihren Brüdern in Verbindung gebracht hatte. Wirklich, die Welt war klein; wer konnte angesichts eines solchen Zufalls daran zweifeln, dass hier das Schicksal die Hand im Spiel hatte?

»Können Sie mir die genaue Adresse geben? Ich weiß, dass es irgendwo in der Gegend von Boland's Mill ist.« Wenn sie ihm die Adresse nicht nannte, konnte er immer noch Arthur Vicars oder Shackleton darum bitten, da Paul Masters bei Letzterem angestellt war.

»Verzeihung, Sir, da irren Sie sich. Sechs Häuser weiter, die blaue Tür.« Sie bückte sich wieder über ihre Arbeit.

»Vielen Dank.« Rodi war überglücklich.

»Etwas noch, junger Herr«, sagte die alte Frau und richtete sich auf, während er die Geschenke wieder an sich nahm. »Brigid hat vier kräftige Brüder und einen besorgten Vater, die sie beschützen und sich leichtfertiger junger Männer annehmen, die sie anlächeln, obwohl sie es nicht tun sollten!«

»Ja«, gab er freundlich zurück, »das weiß ich jetzt!«

Das Mädchen vom Leinpfad war in seine Reichweite gerückt. Er hatte das gleiche Recht, sich in Grange Con und im Office of Arms aufzuhalten wie die Masters! Und diese Nähe würde es nur noch interessanter machen, Brigid Rose Masters nachzustellen.

»Dann wissen Sie ja, worauf Sie sich einlassen und dass es vergebliche Mühe ist, junger Herr, denn Brigid ist weder Ihresgleichen, noch hat sie Ihren Glauben«, erklärte die alte Frau, worauf Rodi stehen blieb.

Ihm kam ein Gedanke, und er wandte sich um. »Spielt sie eigentlich Klavier oder Kirchenorgel?« Er hatte an Brigids damenhafte Hände gedacht, mit denen sie bestimmt Musik machte.

»Wir halten unsere Gottesdienste ohne dieses weltliche Beiwerk ab, junger Herr, denn Gottes Musik steigt aus unseren Herzen und von unseren Lippen auf. Klaviere gehören ins Varietee und die großen Kirchenorgeln in die St.-Patrick's-Kathedrale. Brigid macht Hüte, zusammen mit ihrer Mutter und Großmutter, aber vielleicht spielt sie auch Klavier.«

»Danke für Ihre Hilfe. Einen schönen Tag noch, Ma'am.«

2

Rodi verließ das Versammlungshaus und ging die Eustace Street entlang, bis er eine blaue Tür entdeckte, die zu seinem Glück in dieser Straße mit ihren bunten georgianischen Türen und Vorbauten die einzige in dieser Farbe war. Er klopfte kräftig, und schließlich öffnete ein Knabe von sechs oder sieben Jahren. »Mein Name ist Rodopi Serrai. Dürfte ich wohl kurz mit Miss Masters sprechen?«

»Brigid ist ausgegangen. Sie macht Krankenbesuche.«

Enttäuscht zögerte Rodi. Dann drückte er dem Jungen den Korb und die roten Rosen in den Arm. »Das hier ist für sie. Bitte gib es ihr. Sag ihr, dass ich hier war.«

Mit offenem Mund sah Unwin Masters zu, wie der Besucher in seine Kutsche stieg, deren Tür mit einem Wappen geschmückt war, und die Pferdekutsche dann die Straße entlangrumpelte.

»Mama«, rief Unwin und stürzte mit den Geschenken ins Hinterzimmer, wo seine Mutter und Großmutter fleißig an ihrem Nähtisch saßen, »ein Mann hat das hier für Brigid abgegeben.« Er lud den Korb und die Blumen mitten zwischen den Hüten seiner Mutter ab.

»Was für ein Mann?«, fragte Sarah, die gerade versuchte, eine Nadel einzufädeln.

Unwin zuckte die Schultern. »Keine Ahnung, Mama. Er war Ausländer, aber ein anständiger Gentleman. Er ist mit der Kutsche der O'Mahonys gekommen.«

»Dann hat vielleicht Luke etwas aus Grange Con geschickt«, meinte Sarah. »Die Rosen sind ja *wunderschön!* Bestimmt sind sie aus Lukes Park. Aber nimm sie von den Hüten herunter, Unwin, ehe sie noch etwas abbekommen.«

»Nein, Mama, sie sind nicht von Luke. Schau, hier steckt eine Karte bei den Blumen. Ich werde sie vorlesen, ich kann schon richtig gut lesen …«

»Sicher, aber gib das trotzdem sofort her, du neugieriger Nichtsnutz – Brigids Angelegenheiten gehen dich nichts an!« Sarah entriss ihrem Sohn die Karte. »Und jetzt mach dich an deine Schulaufgaben, Unwin, und überlass die Frauenangelegenheiten uns«, fauchte sie.

»Kann ich zuhören, Mama?«

»Nein. Wasch dich bitte vor der Gebetsversammlung am Abend hinter den Ohren, damit du nicht schmutzig vor den Herrn trittst.«

»Ach Mama, das habe ich doch gestern schon getan. Mr. Zachary stinkt viel schlimmer als ich, Mama, da wird der Herr bestimmt nicht ausgerechnet an mir riechen.«

»Das ist Blasphemie!«, schalt Gemara.

»Zur Strafe wäschst du dir den Mund mit Karbol aus«, setzte Sarah hinzu.

»Ja, Mama.« Koboldhaft grinsend verließ Unwin den Raum, und Sarah rückte sich die Brille zurecht.

Laut las sie Rodopi Serrais Karte vor und war unangenehm berührt. Einem Mann, der sich so schmeichelnd und leidenschaftlich ausdrückte, war nicht zu trauen, wenn es um ein junges, unschuldiges Mädchen wie Brigid ging.

»Verzeihen Sie, dass ich mich nicht nach Ihrem Namen erkundigt habe, aber ich hoffe, Sie haben sich inzwischen von dem Schrecken erholt, den ich Ihnen gestern Nachmittag eingejagt habe. Bitte nehmen Sie diese Geschenke als Unterpfand meiner hohen Wertschätzung an, die ich Ihnen mit meinem aufrichtigen Bedauern überreiche, um mich dafür zu entschuldigen, dass ich der Grund Ihres Sturzes war. Ich hoffe, wir werden uns wieder begegnen, doch das nächste Mal lieber in einer freundlicheren Umgebung. Rodopi Serrai, The Kildare-Club, Dublin, sowie Grange Con, Grafschaft Wicklow.«

»Tja«, meinte Sarah, zutiefst bestürzt, »das wird Benjamin aber gar nicht gefallen.«

»Und Zachary erst recht nicht«, gab Gemara zurück.

Kapitel Vier

1

Im Bedford Tower von Dublin Castle wurde einem wahrhaftig nicht langweilig. Im Gegenteil, für Benjamin Masters, die Sekretärin Miss Gibbons und Mr. Stivey, den Büroboten, konnte es zuweilen richtig hektisch werden.

Sie hatten viel zu tun, auch ohne Weihnachten und die Neujahrsfeierlichkeiten. Auf der Liste der Ernennungen für das Neue Jahr stand Arthur Vicars' Erhebung in den Adelsstand, die ihm von König Edward VII. verliehen wurde. Außerdem stand noch die Nationalausstellung, die im Mai in Ballsbridge stattfinden würde, bevor. Eine Vielzahl von Vorbereitungen war auch für den Staatsbesuch des Königspaars im Juli zu treffen, darunter auch die Sicherheitsvorbereitungen für Dublin Castle und die Residenz des Vizekönigs. Während des Königlichen Besuchs würden Amtseinsetzungen vorgenommen werden, daher mussten die irischen Kronjuwelen und die Insignien Irlands gereinigt und überprüft werden.

Bei all diesen zahlreichen Aktivitäten war auch eine Neuernennung zu berücksichtigen. Mr. Claude Blake war von seinem Rang als Athlone Pursuivant oder Unterherold – einem Offiziersrang des St.-Patrick-Ordens – zurückgetreten, und ein Unbekannter würde mit seiner Stellung betraut werden, ein gewisser Mr. Francis Bennett-Goldney, Parlamentsmitglied und Bürgermeister von Canterbury in Kent, ein persönlicher Freund des Wappenkönigs von Ulster.

Als Benjamin also müde, hungrig und gereizt von der Arbeit nach Hause kam und Sarah ihn gleich mit der Nachricht überfiel, ein gewisser junger Mann sei gekommen und hätte sich nach ihrer Tochter erkundigt, war er überhaupt nicht in der Stimmung, sich mit Familienproblemen herumzuschlagen. Ein überaus wichtiger Zeitplan für den Staatsbesuch des Königspaares, mit dessen Ausarbeitung Sir Arthur Vicars ihn beauftragt hatte, lag Benjamin schwer im Magen.

Sofort rief er Brigid und hoffte, seine väterliche Aufgabe werde erledigt sein, ehe er sich an die Arbeit setzte, die er mit nach Hause gebracht hatte. An diesem Abend war es ungemütlich auf den Straßen von Dublin gewesen, und Benjamin saß mit dem Rücken zum Kohlenfeuer in der Stube und wärmte sich Hände und Rockschöße. Er kam gleich zur Sache. »Tochter, deine Mutter ist verärgert über dein Verhalten, und wenn deine Mutter ärgerlich ist, bin ich es ebenfalls. Du hast uns nicht die Wahrheit über deinen Sturz gesagt. Hast du dich heimlich mit diesem jungen Mann getroffen und deswegen gelogen? Und ich rede noch gar nicht von den Blumen oder dem teuren Korb.«

»Nein, Vater. Ich bin ihm gestern zum ersten Mal begegnet.«

»Dann erkläre mir bitte, wie es dazu kam.«

Das tat Brigid. »Und du hast nicht den Blick zu ihm erhoben und ihm so vielleicht Hoffnungen gemacht?«, fragte Benjamin.

»Nein, Vater.«

»Warum hat er dir dann rote Rosen geschickt, wenn du ihn nicht irgendwie ermutigt hast, Brigid?«

»Er hat auch Lebensmittel geschickt, als Ersatz für die Vorräte, die ich Mary O'Malley bringen sollte und die dabei verschüttet worden sind.«

»Warum hast du wegen deiner neuen Stiefel gelogen? Du hast deiner Mutter erzählt, du wärst ausgerutscht, weil die Sohlen zu glatt gewesen seien. Wieso hast du ihr nicht gesagt, dass Mr. Rodopi Serrai dich mit seinem Pferd umgeritten hat?«

»Es tut mir leid, dass ich gelogen habe.«

»Das ist keine Entschuldigung für eine solche Verfehlung. Lügen sind des Teufels.«

»Es tut mir leid, Vater, was soll ich sonst sagen?«

»Hast du deinen Frieden mit Gott gemacht?«

»Nein, Vater, noch nicht.«

»Dann tu das sofort.«

»Ja, Vater.« Sie hielt die Augen gesenkt und betrachtete das Muster des Linoleumbodens.

Seine schöne Tochter Brigid war für Benjamin ein ständiger Quell der Sorge. Je eher sie heiratete, desto besser. »Brigid, mein liebes Kind, ich weiß Bescheid über diesen Rodopi Serrai, der ein Schützling der O'Mahony-Familie ist, und er ist kein Mann, dem man vertrauen kann. Du musst die Geschenke, die er dir geschickt hat, zurückgeben.«

»Ja, Vater.«

»Er ist ein Lebemann, der sein Geld am Kartentisch verspielt, und er hat mit allen möglichen Frauen Umgang, darunter welche von äußerst fragwürdigem Charakter. Außerdem ist er Ausländer, ein Exilant, der eines Tages in sein eigenes Land zurückkehren wird. Er führt ein völlig anderes Leben als wir und ist daher nicht vertrauenswürdig.«

»Ich verstehe, Vater.«

»Du kennst diesen Mann nicht so gut wie ich.«

»Ich weiß nicht, warum du mich so tadelst, ich habe nichts Unrechtes getan.«

»Dein Benehmen gefällt mir nicht, Brigid. Du bist mit Zachary verlobt, und es ist unschicklich, wenn dein Name zusammen mit dem eines anderen Mannes genannt wird. Du hast mich doch nicht angelogen, als du gesagt hast, du hättest ihn nur einmal getroffen?«

»Ich habe ihn nicht getroffen. Es war ein Unfall.«

»Nun gut, wir wollen es dabei belassen. Du musst mir versprechen, ihn in Zukunft nie wieder zu ermutigen. Ich weiß wirklich nicht, wie deine Mutter auf die Idee gekommen ist, dir zu erlauben, dass du allein in der Stadt herumläufst – und dann noch am Kanal, wo alle möglichen Halsabschneider herumlungern. Ich hatte immer angenommen, du wärst mit anderen Schwestern unserer Gesellschaft unterwegs, damit sie ein Auge auf dich haben, wenn deine Mutter nicht bei dir sein kann.«

»Die anderen Schwestern sind ebenfalls beschäftigt und können mich nicht immer durch die Stadt begleiten. Ich gehe nur aus, um

Krankenbesuche zu machen. Du kannst mir vollkommen vertrauen, Vater.«

»Vielleicht, Brigid, aber die Männer dieser Welt, darunter Mr. Rodopi Serrai, sind nicht vertrauenswürdig.«

»Vater! Dieser Mann, Rodopi Serrai, wollte sich doch nur für den Unfall entschuldigen und hat mir deswegen Lebensmittel und Blumen geschickt. Was ist daran verkehrt? Er bedeutet mir nichts, und ich ihm ebenfalls nicht.«

»Ich hoffe, das ist die Wahrheit.«

Benjamin dachte einen Moment lang nach. Er wusste auf den Tag und sogar die Stunde genau, wann in Ballsbridge im Mai die Nationalausstellung eröffnet werden sollte; er erinnerte sich genau, wann und um welche Uhrzeit das englische Königspaar im Juli in Kingstown eintreffen würde; aber er konnte sich um alles in der Welt weder auf Brigids Geburtstag, die Geburtstage seiner Söhne oder seinen eigenen Hochzeitstag besinnen. »Wie alt bist du eigentlich, Kind?«, fragte er daher ein wenig beschämt über seine väterliche Unzulänglichkeit.

»Sechzehn, Vater.«

»Wann wirst du siebzehn?«

»Nächsten Monat, Vater.«

»Dann müssen wir dafür sorgen, dass du so bald wie möglich heiratest – allerdings nicht im Mai und auch nicht im Juli. Da findet der Staatsbesuch des Königspaares in Irland statt, und ich werde viel zu viel zu tun haben, um mich um eine Hochzeit zu kümmern. Ich werde mit Zachary darüber sprechen, und wir werden ein Datum festlegen; entweder im April oder im Juni.«

Brigid biss sich auf die Lippen, der gefürchtete Tag rückte immer näher. Aber sie sagte nichts. Was hätte sie auch sagen können? Ihre Eltern hatten ihre Heirat mit Zachary arrangiert, und sie hatte keine Möglichkeit, sich zu weigern. Sie hätte diese Hochzeit nur verhindern können, indem sie von zu Hause weglief. Aber das hätte ihrer ganzen Familie zu viel Kummer und Ärger bereitet.

»Einer der Jungen muss dich durch die Stadt begleiten, wenn du unsere kranken Brüder besuchst. Du bist entlassen und darfst dich auf dein Zimmer zurückziehen, um niederzuknien und Frieden mit dem Herrn zu schließen.«

»Soll ich denn nicht zur Betstunde heute Abend gehen?«, fragte Brigid verwundert.

»Doch! Du wirst natürlich wie üblich ins Versammlungshaus gehen.« Benjamin zog seine Uhr aus der Westentasche. »Bis dahin ist noch eine halbe Stunde Zeit. Nutze sie, um den Herrn für deine Sünden der Lüge und des mangelnden Respekts vor deinen Eltern um Verzeihung zu bitten.«

»Ja, Vater.«

Als sie schon auf der Türschwelle stand, rief er sie noch einmal zurück. »Brigid …«

»Ja, Vater?« Sie drehte sich um.

»Hast du mir noch etwas anderes über gestern Nachmittag zu sagen, Brigid? Ich möchte, dass du mir oder dem Herrn, mit dem du deinen Frieden schließen wirst, nichts verschweigst. Wenn es da noch etwas anderes bezüglich Mr. Serrais Verhalten gibt, dann musst du es mir sagen. Mr. Serrais Gönner befindet sich außer Landes, aber wenn der junge Mann dir in irgendeiner Weise zu nahe getreten ist, kann ich mit Sir Arthur Vicars sprechen.«

Sie zögerte. Mr. Serrai hatte sich in der Tat etwas merkwürdig verhalten, aber er hatte sie nicht persönlich beleidigt. Sie hatte ihn in Verlegenheit gebracht. Brigid erinnerte sich an den Moment, in dem sie die Augen geöffnet hatte, nachdem sie gestürzt war. Sekundenlang hatte sie Edelsteine aufblitzen sehen, dann hatte er das, was nach einer sehr hübschen Halskette aus Diamanten und Rubinen aussah, eilig weggenommen.

Aber ging das wirklich jemanden außer Mr. Serrai etwas an? Vielleicht hatte sie sich auch alles nur eingebildet; schließlich war sie ziemlich benommen gewesen, da waren das, was sie für Diamanten und Rubine gehalten hatte, möglicherweise nur die Sterne gewesen, die sie nach dem Sturz gesehen hatte.

»Nein, Vater, es war nichts weiter«, erklärte sie. »Mr. Serrai hat sich wie ein Gentleman verhalten.«

2

Zur Strafe, weil sie gelogen hatte, bekam sie kein Abendessen. Die Reste des Kaninchens, das Luke gestern Nachmittag aus Grange Con mitgebracht hatte, waren heute zu einer Suppe verarbeitet worden, die auf dem Herd köchelte. Sie roch köstlich, und der Duft, der durch das Haus zog, machte Brigid bewusst, wie hungrig sie nach ihrem langen Tag in der Stadt war, während sie Kranke und Gebrechliche gepflegt hatte. Außerdem hatte sie noch ihren Anteil an der Hausarbeit erledigt und ihrer Mutter bei den Hüten geholfen.

Ihr kleines Zimmer, in das sie sich zurückzog, war ordentlich, sauber und von spartanischer Einfachheit; nicht einmal ein Flickenteppich lag auf den kahlen Holzdielen, die sie täglich putzte. Sie konnte sich nicht auf ihr Gespräch mit Gott konzentrieren, denn immer wieder schob sich Rodopi Serrais attraktives Gesicht dazwischen.

Unwillkürlich verglich Brigid ihn mit dem strengen alten Mann, den sie bald heiraten sollte. Ihr Vater und Zachary Lunn hatten diese Übereinkunft getroffen, weil ihr Vater der Meinung war, Zachary sei der richtige Ehemann für sie. Er würde für sie sorgen, sie achten und beschützen, wie es die Aufgabe eines pflichtbewussten, liebevollen Gatten war. Zachary war ein gottesfürchtiger Mann, ein geachteter Ältester der Quäker-Gemeinde, ein guter, freundlicher, großzügiger Mann, der sich um sie kümmern würde, sodass es ihr an nichts fehlte. Sie würde in ein fertig eingerichtetes Haus mit allem Komfort in der Francis Street ziehen, in der Nähe des Cornmarket. Auf ihrem Tisch würde es immer genug zu essen geben, und sie hätte Freunde und Familienmitglieder, die sie unterstützen und trösten würden, und einen Ehemann, der sie als sein Fleisch lieben und ehren würde.

Was konnte sie vom Leben mehr verlangen?

Nun ja, sie hätte verlangen können, dass man auch ihre Gefühle und den Altersunterschied zwischen ihr und Zachary Lunn in Betracht zog. Sie hätte nach romantischer Liebe und körperlicher Anziehung fragen können, die niemand erwähnt, sondern als gegeben hingenommen hatte.

Zachary schrieb ihr nie Liebesbriefe, sondern nur religiöse Ermahnungen, die sie auswendig zu lernen hatte.

Seine erste Frau war im Kindbett gestorben; eine dreißigjährige Frau, die – wie Gemara sagte – viel zu kränklich und empfindlich gewesen war, um die Geburt ihres ersten Kindes zu überstehen. Und nun, mit einundfünfzig, wünschte sich Zachary eine jüngere Frau, die ihm Kinder schenken und ihn im Alter pflegen sollte. Brigid fand das ziemlich egoistisch, obwohl sie diese Meinung für sich behielt, wie es sich für eine pflichtbewusste Tochter ziemte, die bald eine gehorsame Ehefrau sein würde.

Doch irgendwie fühlte sie sich ihrem Verlobten nicht besonders verpflichtet.

Zachary war dickbäuchig und kurzbeinig. Er war fast kahl und hatte einen dichten, kratzigen Bart und Falten. Seine laute Stimme flößte ihr Angst und sein Mundgeruch Abscheu ein. Von verschiedenen Frauengesprächen wusste sie, dass von einer Frau nicht erwartet wurde, dass sie ihre Rolle im Ehebett genoss, sondern nur, dass sie den Akt über sich ergehen ließ. Das gehörte nun einmal zu den Tatsachen des Lebens und war Gottes Strafe für Evas Ungehorsam im Garten Eden, die alle Frauen zu ertragen hatten.

Andere Gedanken mischten sich unter ihre lieblosen Überlegungen bezüglich ihres zukünftigen Ehemanns, Gedanken, die sie mit einem warmen Gefühl und zugleich mit Angst und Schrecken erfüllten, weil sie sich überhaupt erlaubte, so etwas zu denken. Wie anders wäre es, an Stelle von Zachary mit jemandem wie Rodopi Serrai verheiratet zu sein …

Aber so etwas durfte sie nicht denken. Ihr Vater hatte sie gewarnt, Rodopi Serrai sei ein Ausländer, ein Exilant, der in seine Heimat zurückkehren würde, sobald dort die Unruhen vorüber waren. Seine Herkunft und sein Glaube unterschieden sich von ihren, zwischen ihnen gab es keine Gemeinsamkeiten außer dieser flüchtigen Berührung, mit der er die Hand unter ihr Kinn gelegt hatte, um den Schmutz und das Blut von ihrem Gesicht zu wischen. Und dabei hatte er tief in ihrem Inneren etwas erweckt. Angst und Sorge waren nicht die einzigen Gefühle gewesen, die sich auf seinem Gesicht abgezeichnet hatten. In diesen wenigen Sekunden, in denen sie verlegen in Mr. Serrais tiefe dunkle Augen geblickt hatte, hatte sie dort vieles gesehen und war sich zutiefst bewusst geworden, dass es in einer Ehe mehr geben sollte als Wohlstand, Sicherheit und die Zeugung von Kindern für den Herrn. Zachary hatte ihre Gefühle niemals so angerührt, indem er sie nur angesehen hatte, nicht so wie dieser Rodopi Serrai.

Aber Brigid sagte sich, dass es nicht sein sollte und sie nicht einmal daran denken durfte. Liebe war nicht die Sache eines flüchtigen Augenblicks, sondern etwas Dauerhaftes.

Kapitel Fünf

1

Das Haus in der St. James' Terrace Nr. 7 war eine frühviktorianische Vorortvilla, die seit einiger Zeit zum Treffpunkt für Sir Arthurs Kreis aus jungen Herren geworden war. Als Paul Masters, seines Zeichens Hilfsdiener, den Präsentkorb von Clery's und den Strauß roter Rosen zwischen den Hüten, Handschuhen und Spazierstöcken der Herren auf dem Tisch in der Eingangshalle ablegte, trat Captain Gorges von hinten an ihn heran.

»Was machen Sie da, Masters?«

»Das ist für Mr. Rodopi, Sir.«

»Oho! Rote Rosen für Rodopi. Also, ich hätte nie ... Ich hatte ja keine Ahnung, dass Ihre Neigungen in diese Richtung gehen, Paul.«

Paul Masters errötete. »Ich gebe sie ihm nur zurück.«

»Ich wusste auch nicht, dass der gute Rodi derart geneigt ist«, meinte Captain Gorges schmunzelnd. »Dachte eigentlich immer, er zöge Frauen vor.«

Frank Shackleton, der mit Sir Arthur zusammenlebte und die Haushaltsausgaben mit ihm teilte, kam die Treppe herunter und rückte dabei seine Manschetten zurecht. »Ist Rodi schon da?«, wollte er wissen.

»Nein, aber diese leicht verwelkten Rosen sind für ihn gekommen«, meinte Richard Gorges.

»Verwelkte Rosen?«

»Und sogar rote! Ein Geschenk von Rodi für Paul.«

Frank Shackleton grinste. »Hören Sie, Paul, hätten Sie Lust, sich heute Abend zum Kartenspielen zu uns zu gesellen?«

»Nein danke, Sir. Heute ist mein freier Abend, und Mr. Pitt ist im Dienst.«

»Wahrscheinlich wollen Sie zu einer Ihrer verflixten Betstunden?«

»Ja, Sir.«

»Sprechen Sie auch ein Gebet für mich … Ah, das muss jetzt aber Rodi sein … Er hebt immer fast die Tür aus den Angeln, wenn er anklopft.« Frank Shackleton war vor seinem Diener an der Tür und riss sie auf. »Willkommen, Mylord – haben Sie auch Ladys dabei?« Frank Shackleton spähte über Rodis Schulter. »Wen haben Sie denn Schönes mitgebracht?«

»Peirce und George«, antwortete Rodi, der auf der obersten Stufe der Eingangstreppe stand. Seine Zigarette glühte im Dunkeln. »Aber eigentlich haben die beiden mich mit hergeschleppt.«

»Dann kommen Sie doch herein, je bunter die Gesellschaft, umso besser«, sagte Frank Shackleton. »Paul nimmt euch noch die Sachen ab, bevor er zum Beten geht. Wie geht es deiner liebreizenden Gattin, Peirce?«

»Ethel ist bei ausgezeichneter Gesundheit, danke, Frank.«

»Schön, schön. Habt ihr einen Schlüssel bekommen?«

»Ja!«

»Wunderbar!«

»Aber es war verdammt schwer, ihn Stivey unter der Nase wegzustibitzen.«

»Was denn für ein Schlüssel?«, erkundigte sich Rodi, während er dem Diener seinen weißen Seidenschal und seine Handschuhe reichte und dann den Mantel abstreifte.

»Passen Sie mit Ihrer Asche auf, Rodi«, warf Shackleton ein. »Sie rauchen viel zu viel, alter Knabe … Der Schlüssel hat mit einem kleinen Streich zu tun, den wir Arthur spielen wollen. Ach übrigens, hier sind ein paar leicht verwelkte Rosen für Sie … von Paul!«

Richard Gorges, Peirce Gun und Frank Shackleton grinsten in sich hinein und strahlten Rodi und den Diener, der erneut rot geworden war, an. Dann gingen sie in den Salon.

»Meine Schwester möchte, dass Sie die Geschenke zurücknehmen, Sir«, erklärte Paul zutiefst verlegen. »Sie bedauert, aber sie kann die Blumen und den Korb nicht annehmen.«

»Ich vermute, ihr Vater hat sie gezwungen, alles zurückzugeben. Habe ich recht?«

»Ja, Sir«, antwortete Paul, peinlich berührt.

»Machen Sie sich keine Gedanken.« Rodi legte eine Hand auf Pauls Schulter. »Tun Sie mir einen Gefallen, wenn Sie uns ohnehin verlassen. Bringen Sie alles ins Krankenhaus. Es wäre doch ein Jammer, das Essen verkommen zu lassen.«

»Ja, Sir.«

Paul nahm den Korb und trug ihn zusammen mit dem inzwischen etwas mitgenommenen Rosenstrauß in die Küche.

2

Rodi betrat den Salon, wo Frank Shackletons Gäste es sich bequem machten und sich auf einen langen, unterhaltsamen Abend einrichteten.

»Sagen Sie, Rodi, wären Sie daran interessiert, Anteile an meinem Südamerika-Geschäft zu kaufen?«, erkundigte sich Shackleton, während er die Karten austeilte.

»Interessiert schon. Aber im Moment kann ich das Geld nicht aufbringen.«

»Dann hoffen wir, dass Sie heute Abend den Jackpot gewinnen.«

»Womit genau beschäftigt sich deine Gesellschaft eigentlich, Frank?«, erkundigte sich Lord George Haddo.

»Ich habe mir das Vorkaufsrecht auf ein ausgedehntes Waldstück in Mexiko gesichert, George.«

»Ja, aber was fängst du damit an?«, wollte der andere wissen.

»Spekulieren, mein Lieber. Was soll man mit Land sonst machen?«

Captain Richard Gorges hatte beide Arme über die Rückenlehne seines Stuhls gelegt und musterte Rodi. Er fühlte, dass hier seine Chance lag, heute Abend eine herrliche Debatte in Gang zu bringen. »Konnte nicht umhin, das mit den roten Rosen zu hören, Rodi«, sagte er. »Waren sie wirklich für Paul?«

»Reden Sie keinen Unsinn, Gorges! Sie waren für seine Schwester gedacht.«

»Tatsächlich?« Amüsiert zog Captain Gorges eine Augenbraue hoch und nahm sein Whiskeyglas. Sein süffisantes Grinsen verdross den Bulgaren, was Gorges' Absicht gewesen war. Rodi konnte sehr amüsant sein, wenn er so richtig in Rage geriet.

»Ja, tatsächlich!«

»Wissen Sie, dass die Familie einer komischen religiösen Sekte angehört?«

»Von mir aus können sie Muselmanen sein. Sie ist wunderschön, Gorges.«

»Ganz Ihre Kragenweite also!«, meinte Richard Gorges und grinste erneut anzüglich.

Rodi ignorierte ihn und betrachtete stattdessen stirnrunzelnd sein Blatt, das nichts Gutes verhieß.

»An deiner Stelle würde ich die Finger von ihr lassen«, ließ sich Peirce Gun Mahony vernehmen, »sie ist nichts für dich, auch wenn sie vielleicht hübsch ist. Ihre Mutter stellt Hüte für Ethel her. Luke, ihr Zwillingsbruder, ist Hilfsgärtner ...«

»Danke, Peirce, ich weiß über die Familie Bescheid«, versetzte Rodi ungeduldig.

»Dann weißt du ja, worauf du dich da einlässt. Jeder Versuch, die keusche Tochter des Hauses zu verführen, wird damit enden, dass man dich wie einen Hasen jagt und anschließend kastriert.«

»Sehr komisch, Peirce«, gab Rodi zurück.

»Ich hätte gedacht, Peirce, dein Onkel Arthur würde eher seinen treuen protestantischen Anhängern Arbeitsstellen verschaffen«, warf Richard Gorges ein, um neues Öl ins Feuer zu gießen. »Schließlich gibt er große Summen aus seinem Privatvermögen aus, um die Kathedralen und sonstigen Besitztümer der Kirche von Irland herauszuputzen. Was hat er denn mit den langweiligen alten Quäkern im Sinn?«

»Onkel Arthur mag und bewundert die Quäker«, antwortete Peirce Gun. »Er sagt, sie seien zuverlässig, fleißig und verursachten keinen religiösen Aufruhr, sondern gingen ohne Aufhebens ihrer wohltätigen Arbeit in der Stadt nach. Benjamin Masters, der Vater, arbeitet schon seit Jahren für ihn, und er macht gute Arbeit und ist außerdem diskret. Im Office of Arms muss man den Mund halten können, denn wir haben allerhand Leichen … ähem … Schlüssel im Keller, was, Frank?« Er zwinkerte Shackleton zu.

»Könnten wir vielleicht aufhören, über Privatangelegenheiten zu reden, und tun, wozu wir hergekommen sind?« Rodi war verärgert. Die Männer machten sich über die Familie Masters lustig, und er verspürte nicht die geringste Lust, mit ihnen über Brigid Rose Masters zu diskutieren.

Richard Gorges legte eine Karte auf den Tisch und reichte Mr. Pitt, dem Oberdiener, der seinen Dienst angetreten hatte, sein Glas. »Nachfüllen bitte, Freddy«, bat er. »Rodi hatte schon immer ein Faible für alle möglichen Sonderlinge«, setzte er dann nachdenklich hinzu.

»Ha, ha, sehr komisch, Gorges – und so zutreffend! Deswegen sitze ich ja hier und spiele Karten mit Ihnen.«

Peirce Gun rutschte verlegen auf seinem Stuhl herum und hoffte, dass die beiden heute Abend keinen Ärger vom Zaun brechen würden. »Es ist Ihnen doch nicht ernst mit dem Mädchen, oder, Rodi?«, erkundigte sich Lord George, Rodis Meinung nach eine ziemlich dumme Frage.

»Jetzt fangen Sie nicht auch noch an, George! Sie klingen alle wie ein Haufen alter Klatschweiber beim Nähkränzchen.«

»Quäker aus der Mittelklasse … ein wenig unter Ihrem Niveau, würde ich sagen.«

»Wollen wir das nicht alle – dass sie unter uns liegen?«, ließ sich Richard Gorges noch einmal vernehmen.

»Halten Sie den Mund, Gorges«, versetzte Rodi warnend.

»Herrje, den hat's aber schlimm erwischt!«

»Jetzt sei schon still, Dicky«, schaltete sich Peirce Gun scharf ein. »Spiel weiter. Du bist an der Reihe, Rodi. Gehst du mit?«

»Ja.« Er legte eine Karte ab.

»Was ist denn so Besonderes an ihr?«, beharrte Gorges.

»Nichts, was Sie verflucht etwas angeht!«

»Schluss, ihr beiden … Lass ihn doch in Ruhe, Dicky«, bat Frank Shackleton.

»Ich kann mich für Sie auch als hübsche Lady verkleiden, Rodi!« Gorges wedelte mit den Händen. »Gestatten, schöner junger Herr«, zwitscherte er, »mein Name ist Molly Maloney, und ich habe das größte Paar Melonen, das man je auf der Grafton Street gesehen hat, Sir!«

»Halt den Mund, Richard!« Selbst Shackleton ärgerte sich jetzt über das Verhalten seines Freundes. Er würde Pitt anweisen, ihm den Whiskey mit Wasser zu verdünnen.

»Ach, ersticken Sie doch an Ihren Orden aus dem Burenkrieg, die man Ihnen für Ihre Sodomie verliehen hat!«, bemerkte Rodi ruhig. Er wusste wirklich nicht, warum Shackleton Richard Gorges unbedingt überallhin einladen musste. Er hegte tiefe Abneigung gegen den Mann.

Captain Gorges' ohnehin gerötetes Gesicht lief vor Zorn dunkelrot an.

Die geringste Anspielung darauf, dass er in Südafrika mit Schimpf und Schande aus Thorneycrofts Kavallerieregiment geworfen worden war, versetzte Gorges in Rage. Er wollte schon aufspringen und Rodopi Serrai mit seiner Krawatte erdrosseln, doch Lord George Haddo hielt ihn fest. »Gemach, gemach! Wenn ihr beide euch nicht beruhigt, lasse ich euch von Vater in den Tower sperren.«

»Solange es der Bedford Tower ist«, warf Peirce Gun lachend ein. »Da können sie sich die ganze Nacht nach den irischen Kronjuwelen verzehren und sich Mittel und Wege ausdenken, sie zu stehlen.«

»Es reicht. Vergesst die roten Rosen und Rodis neueste Flamme«, meinte Frank Shackleton. »Das ist nur eine vorübergehende Vernarrtheit. Wir kennen doch alle seinen Ruf und wissen, wie sehr er die Frauen mag. Seine Krankheit ist zweifellos ernst, aber nicht unheilbar. Lasst uns lieber überlegen, wie wir Sir Arthur dazu bewegen, ein Kostümfest zu geben, nachdem wir jetzt den Schlüssel zu der Tür haben.«

»Doch nicht zu der Tür, durch die der Safe nicht hindurchgepasst hat?«, fragte Lord George. Viel zu spät wurde ihm klar, was sie vorhatten, und er war nicht besonders glücklich darüber.

»Potz Blitz, war das nicht amüsant?«, lachte Peirce Gun Mahony. »Der Raum, in den der Safe nicht passte! Und das, nachdem Onkel Arthur keine Kosten und Mühen gescheut hat, um einen nagelneuen Tresorraum für seine Juwelen einzurichten!«

»Sie gehören nicht ihm, sondern dem König«, erinnerte Lord George die Versammlung.

»Man hätte doch annehmen sollen, dass das Bauamt vorher Maß nimmt, es ist also nicht Arthurs Schuld«, ließ sich Frank Shackleton vernehmen.

»Das sagt ja auch niemand. Meinen armen Onkel hat fast der Schlag getroffen, als man den Safe wieder an seinen alten Platz in der Bibliothek stellen musste, nachdem er so viel Geld ausgegeben hatte, um einen besonderen Tresorraum dafür zu bauen. Jedes Mal, wenn die Juwelen öffentlich gezeigt werden, wird er ganz nervös. Ich muss mich jetzt ständig dort herumdrücken und Stivey ausfragen. He, Stivey, wie viele Leute haben sich heute ins Besucherbuch eingetragen? Nur damit wir den Überblick behalten.«

»Als Herold von Cork und sein Verwandter solltest du ihm raten, andere Sicherheitsvorkehrungen zu treffen, Peirce. So etwas ist eine große Versuchung für Diebe …«

»So wie dich«, versetzte Peirce Gun herausfordernd.

»So wie mich«, pflichtete Shackleton ihm gutmütig bei. »Zu wissen, dass zwischen Reichtum und Armut nur ein müder Wächter vor der Bibliothek des Bedford Tower steht, ist …«

»Nun, als Herold von Dublin und der Mann, mit dem er sich sein Haus und seine Wäschereirechnungen teilt, solltest du ihm erklären, dass seine kostbaren Juwelen nicht sicher sind, Frank.«

»Sind wir nicht genau deswegen hier, um ihm einen Schrecken einzujagen, damit etwas unternommen wird, ehe wir noch alle in Schwierigkeiten kommen? Sollte«, fuhr Frank Shackleton in seiner Eigenschaft als Herold von Dublin fort, »außerhalb dieses Raums auch nur ein Wort darüber fallen, wird das Plappermaul von dieser Versammlung ausgeschlossen – für immer! Wir sollten aber«, setzte er hinzu, »das Ganze nicht allzu ernst nehmen. Wir wollen dem guten alten

Arthur nur einen Streich spielen. Danach werden die Juwelen sofort wieder in den Safe gelegt.«

»Ein wenig riskant, oder? Angenommen, etwas geht schief?«, gab Lord George zu bedenken.

»Dann, lieber Georgie, wirst du vor deinem Vater, dem Vizekönig, auf Unzurechnungsfähigkeit plädieren müssen.«

»Und Lord Aberdeen wiederum muss wohl das Gleiche beim König von England tun.«

»Sir Arthur wird sich gegenüber dem Polizeipräsidenten von Dublin erklären müssen.« Captain Gorges schüttete sich fast vor Lachen aus. »Das gefällt mir, kühn und unternehmungslustig! Kopf hoch, Rodi«, setzte er hinzu und hob sein frisch aufgefülltes Whiskeyglas. »Wahrscheinlich kommt es nie dazu, mein Guter.«

Kapitel Sechs

1

Einige Tage später sorgte Rodi erneut für Aufregung bei der Familie Masters, indem er eines Abends bei einer Gebetsversammlung der Quäker in der Eustace Street auftauchte. Er hielt sich im Hintergrund, doch jeder bemerkte ihn.

Das laute Gebet Zachary Lunns wurde abrupt unterbrochen. Zacharys »inneres Licht« verlosch, und er brach mitten im Satz ab und setzte sich. Er wusste nicht, wer der hochgewachsene, dunkelhaarige junge Mann in Abendanzug und Zylinder war, der leise in den Saal getreten war, doch er hatte den deutlichen Eindruck, dass gewisse Gemeindemitglieder – insbesondere Brigid und ihre Eltern – wussten, was ihn herführte.

Obwohl Zachary sich große Mühe gab, dieses Gefühl zu unterdrücken, war er, was Brigid anging, entsetzlich eifersüchtig, eine dunkle, zerstörerische Leidenschaft, die er nicht einmal sich selbst eingestand. Doch jedes Mal, wenn die Blicke anderer Männer sich auf seine zukünftige Frau richteten, empfand er Zorn und Angst. Er wusste, dass sie fleischliche Gelüste für das Mädchen empfanden, und Fleischeslust war eine Sünde, vor der Brigid geschützt werden musste, damit ihr nicht jemand den Kopf verdrehte und sie der Verdammnis anheimfiel.

Zachary bemerkte, dass Benjamin und Sarah einen Blick wechselten, sah, wie Brigid plötzlich glühend rot und dann weiß im Gesicht wurde und sich eilig in die Bibel vertiefte, die sie auf dem Schoß hielt, und zählte zwei und zwei zusammen: Dieser junge Mann war wegen Brigid hier, nicht um des Herrn willen! Fleischeslust hatte ihn zu diesem Gebetskreis geführt. Zachary würde mit Benjamin und Brigid reden und herausfinden müssen, ob das junge Mädchen inzwischen Zweifel an ihrer bevorstehenden Hochzeit hegte – oder ob sogar Benjamin selbst es sich anders überlegt hatte.

Nachdem Zachary sich gesetzt hatte, hätte man die Luft mit dem Messer schneiden können. Ein tiefes, betretenes Schweigen war entstanden und wurde erst gebrochen, als Benjamin sich erhob, um zum Herrn zu sprechen. Er bat um geistliche Leitung in Familienangelegenheiten, die er angesichts der schweren, komplizierten Arbeit, die seine Pflichten im Adelsregister ihm aufbürdeten, in letzter Zeit vernachlässigt hatte. Anschließend betete er für die Kranken, Armen und Mutlosen unter ihnen.

Eigentlich hatte Benjamin vorgehabt, mit dem Herrn über Brigid und Zachary zu sprechen, doch als er sah, wer da in ihre Mitte getreten war, mochte er das Thema der Hochzeit nicht mehr erwähnen, weil er fürchtete, sonst noch weitere Unruhe in seine Familie zu bringen.

Brigid selbst hielt die Augen niedergeschlagen. Unruhiges Stimmengemurmel erfasste die Gemeinde, und die Art, wie ihre Eltern und Gemara sie anklagend angesehen hatten, als Mr. Serrai in den Saal getreten war, ließ sie wünschen, der Boden möge sich auftun und sie verschlingen.

Wie gelähmt vor Angst war Brigid nicht in der Lage, ebenfalls aufzustehen und zum Herrn zu sprechen. Sie war sich nur des eleganten Fremden bewusst, der hochgewachsen im Schatten stand, und konnte an nichts anderes denken als an die Leidenschaft, die aus seinem Brief und den roten Rosen sprach, die er ihr geschickt hatte. Ein warmes Glühen erfüllte sie, von dem sie wusste, dass sie es im Haus Gottes nicht spüren durfte, und sie wünschte sich, Mr. Serrai würde gehen. Warum war er so dreist, einfach herzukommen? Warum tat er so etwas Törichtes? Sie hatte seine Geschenke zurückgeschickt, da musste er doch wohl erkannt haben, dass seine Aufmerksamkeiten unerwünscht waren!

Nachdem Benjamin wieder Platz genommen hatte, fühlte sich niemand mehr zum Sprechen bewogen, und Zachary verlas der Gemeinde die Bekanntmachungen. Kurz darauf ging die Versammlung mit einem letzten gemeinsamen Gebet zu Ende.

Sofort nahm Benjamin den Arm seiner Tochter und schob sie aus dem Versammlungshaus. Sarah, Gemara und die zwei jüngeren Brüder James und Unwin folgten den beiden.

»Möge der Herr Sie segnen und behüten, Sir, damit Sie friedlich Ihrer Wege gehen«, versetzte Benjamin knapp, als er an Rodi Serrai vorbeiging, der unter anderen Umständen bei ihrer Gebetsversammlung willkommen gewesen wäre.

Rodi verstand den Hinweis und begab sich schnurstracks in den Kildare-Club, um seinen Kummer zu ertränken.

2

Rodi hatte sich fest vorgenommen, Brigid nach der Gebetsversammlung anzusprechen, doch als er ihre bedrückte Miene sah, wollte er sie nicht weiter in Verlegenheit bringen. Auch Benjamins gerötetes Gesicht und sein offensichtlicher Zorn über Rodis Eindringen sorgten dafür, dass er sich zurückhielt. Doch es war es wert gewesen. Für den Moment reichte es ihm aus, Brigid wenigstens wiedergesehen zu haben.

Am nächsten Abend probierte er es mit derselben Taktik und lauschte interessiert den Worten der Gläubigen, die aufstanden, um vor der gesamten Gemeinde zu Gott zu sprechen. Brigid war nicht zu der Versammlung gekommen. Er schickte Donal mit einer Nachricht zu ihrem Haus, in der es hieß, er hoffe, Brigid sei nicht krank. Dann schickte er weitere Blumen und Briefe, in denen er erklärte, *»welch tiefen Eindruck Sie, holde Maid, in meiner Seele hinterlassen haben«*.

Er verzichtete darauf, von Liebe zu sprechen: Liebe musste zuerst auf ihre Kraft geprüft werden, und Brigid Masters und ihre Quäkerfamilie hätten diese List ohnehin sofort durchschaut.

Die Briefe und Blumen, die fast täglich bei ihnen abgegeben wurden, erhielt er stets höflich, aber bestimmt zurück.

Die Sache erschien hoffnungslos, doch Rodi gab nicht auf. Er fuhr fort, die »holde Maid« mit Aufmerksamkeiten zu überschütten, und versuchte ihr Herz zu gewinnen, indem er unter dem Laternenpfahl vor ihrer Tür stand und hoffte, einen Blick auf Brigid zu erhaschen. Wie seine Freunde im Kildare-Club witzelten, benahm er sich wahrhaftig wie ein liebeskranker Knabe. Doch je undurchdringlicher die Mauer war, gegen die er anrannte, umso entschlossener war er, endlich allein mit Brigid zu sprechen.

Unwin und James machten sich – wie alle kleinen Brüder, die eine Schwester im heiratsfähigen Alter haben – einen Spaß daraus, Witze über die Situation zu machen. Brigids unwillkommenen Verehrer bezeichneten sie dabei als den »dahergelaufenen Bulgaren«. Gemara zog ihnen dann die Ohren lang und schimpfte sie »dumme Nichtsnutze«.

»Nicht so dumm wie der Bulgare, der sich nach der ›holden Maid‹ verzehrt, Grandma!«

»Er ist ja klatschnass! Ich würde mich nicht im strömenden Regen unter eine Laterne stellen, um auf unsere Brigid zu warten«, meinte James. Gemara zog ihn noch einmal am Ohr.

Die Angelegenheit lief so aus dem Ruder, dass Benjamin Brigid befahl, im Haus zu bleiben, wenn nicht ihre Mutter, ihre Brüder oder andere Mitglieder der Gesellschaft der Freunde in der Lage waren, sie auf ihren täglichen Krankenbesuchen zu begleiten, denn er fürchtete, wenn sie allein unterwegs war, würde sie Rodopi Serrai erneut begegnen.

Alles in allem wurden Rodis Nachstellungen so lästig, dass sich Benjamin Masters gezwungen sah, Sir Arthur einzuschalten. Durch das peinliche Verhalten des jungen Gentlemans, so erklärte er, werde über seine Tochter geredet. Wenn Sir Arthur so freundlich wäre, dies gegenüber dem Gönner des jungen Mannes, Peirce Charles de Lacy O'Mahony, zu erwähnen, sobald der von seiner Auslandsreise zurück sei …

Daraufhin untersagte Sir Arthur Rodi, sich in der Eustace Street blicken zu lassen, und warnte ihn: Wenn er nicht gehorche und die Familie Masters weiterhin belästige, werde er ihn auch von Dublin Castle verbannen.

3

Gemara machte sich Sorgen um ihre Enkelin. Brigid war teilnahmslos und blass und wirkte vollkommen apathisch. Nichts schien ihr Freude zu bereiten, nicht einmal das Nähen der Hüte, das ihr sonst immer Spaß gemacht hatte.

Sie wollte nur noch allein sein, legte sich bei jeder Gelegenheit aufs Bett und starrte an die Decke.

Gemara wusste Bescheid. In drei Wochen würde Brigids Hochzeit mit Zachary Lunn stattfinden, und das Mädchen dachte an den frechen Bulgaren, der das Leben der ganzen Familie auf den Kopf gestellt hatte.

Zachary war eifersüchtig gewesen und hatte verlangt, dass man ihm den Namen des jungen Mannes nannte, der nur Augen für Brigid gehabt hatte, als er in der Versammlungshalle der Quäker aufgetaucht war. Benjamin hatte ihm die Wahrheit sagen müssen.

Benjamin war daran gelegen gewesen, das Datum der Hochzeit vorzuverlegen, und Zachary hatte Brigid eine sehr großzügige Morgengabe ausgesetzt, um Benjamin und Sarah klarzumachen, wie sehr er ihre Tochter schätzte. Es gab kein Zurück mehr, deswegen befand sich Brigid in diesem Zustand, dachte Gemara unglücklich, während sie letzte Hand an einen von Sarahs Hüten legte.

Sarah war unterwegs, um eine Lieferung zum Hutmacher in der Grafton Street zu bringen; eine Aufgabe, die früher Brigid erledigt hatte. Doch seit Benjamin die Spaziergänge seiner Tochter drastisch eingeschränkt hatte, weigerte sich Brigid, ihre Mutter in die Grafton Street zu begleiten, und träumte lieber in ihrem Zimmer vor sich hin.

Während Sarah aus dem Haus war, kam ein weiterer Brief für Brigid, der von dem allen inzwischen wohlbekannten Kammerdiener Mr. Serrais gebracht wurde.

Mürrisch starrte Gemara in Donals rundes, immer leicht gerötetes Gesicht und riss ihm den Brief aus der ausgestreckten Hand. »Guten Tag, Ma'am, wieder eine Eilzustellung«, erklärte Donal, zog den Hut und ging davon.

Gemara erblickte Rodopi Serrais unverkennbare Handschrift auf dem Umschlag und wusste gleich, was sie vor sich hatte: einen weiteren Liebesbrief dieses Ausländers. Würde er denn nie aufgeben?

Gemara zögerte. Sollte sie den Brief ins Feuer werfen oder ihn Brigid geben? Was für eine Frage! Schließlich hatte Benjamin seiner Familie ausdrücklich befohlen, jeden Brief von Mr. Serrai zu verbrennen.

Aber Gemara war Irin und daher eine romantische Seele, sodass ihr Herz über ihren Kopf siegte. Sie drückte ihrer Enkelin den Brief in die Hand und betete, der Herr möge Verständnis für die Unzulänglichkeiten und Gedächtnislücken einer alten Frau haben. Dann eilte sie davon und überließ Brigid ihren Träumen.

In diesem Brief schüttete Rodi ihr nicht nur sein Herz aus und garnierte seine Worte mit oberflächlicher Schmeichelei, nein, er öffnete ihr seine Seele. Dieses Mal klang er ziemlich einsam und verlassen. Schon als Brigid das Briefpapier berührte und seine Schrift sah, spürte sie, dass der Inhalt direkt aus seinem Herzen kam.

Rodi erzählte ihr von seiner Jugend in Bulgarien, von Peirce Charles de Lacy O'Mahonys Freundlichkeit und überwältigender Großzügigkeit und dass seine ganze Familie drei Jahre, nachdem sein Vater ihn zu seiner Sicherheit nach Irland geschickt hatte, von den Türken ermordet worden war. Er schilderte ihr, wie Peirce senior sein Gönner geworden war. Peirce hatte ihn zum Trinity College geschickt und ihm in Grange Con in der Grafschaft Wicklow ein Zuhause gegeben. Rodi erzählte von seinen Hoffnungen und Träumen und berichtete, dass er vielleicht eines Tages nach Sofia zurückkehren wolle, um sein Leben, das von den Türken zerstört worden sei, wieder aufzunehmen. Schließlich stamme er von der edlen Dynastie Alexanders des Großen von Mazedonien ab!

Darüber musste Brigid lächeln, wenn auch unter Tränen. Wie typisch das für ihn war, den stolzen, heftigen bulgarischen Aristokraten! Doch auch der romantische Geist des keltischen Charakters schien in seinem Brief durch. War nicht Rodopi Serrai in seiner Wahlheimat Irland während der letzten sieben Jahre unter Barden aufgewachsen? Sein Schreiben schloss mit den Worten: *»Liebe sucht nicht ihr Begehr,* *hat um sich nicht irgend Not, nur im geliebten Wesen findet sie die Ruh. Ihr ergebener Rodopi Serrai.«*

Wieder lächelte sie und fragte sich, ob er den Dichter Blake mit Absicht falsch zitiert hatte, weil es ihm so besser passte.

Höchstwahrscheinlich, denn er war geschickt und wusste, dass ein solcher Brief jede Frau zu Tränen rühren würde. Offenbar verfügte er über große Erfahrung darin, solche Briefe zu schreiben – er versuchte, sie an ihren Gefühlen zu packen, um ihr Herz zu erweichen! Und was war nur in ihre Großmutter gefahren, dass sie gegen Benjamins Anweisungen verstoßen und ihr den Brief gegeben hatte?

Sie hatte keine Zeit, eine Antwort auf diese Frage zu suchen, denn erneut polterte jemand so heftig gegen die Tür, als wolle er sie einschlagen.

Plötzlich bekam Brigid es mit der Angst zu tun: Er würde doch sicher nicht wagen, nach seinem Brief selbst zu erscheinen, weil er wusste, dass ihr Vater bei der Arbeit war, oder? Hatte er sie beobachtet und gesehen, dass Sarah fortgegangen war? Nein, so dreist konnte selbst Mr. Serrai nicht sein, dass er sich gegen alle Autoritäten stellte, Sir Arthur eingeschlossen!

Brigid ließ ihre Großmutter öffnen.

Sie umklammerte diesen letzten Brief. Er war der einzige, der nicht zuerst durch die Hände ihres Vaters gegangen war, und daher umso kostbarer. Niemand sollte diesen Brief haben, und sie würde ihn auch nicht zurückschicken. Falls Gemara nichts davon sagte, würde sie ebenfalls schweigen. Und wenn dies der letzte Brief von ihm vor ihrer Hochzeit mit Zachary Lunn sein sollte, dann wollte sie ihn bis ans Ende ihrer Tage aufbewahren.

Unten fiel Gemara beim Anblick des großen, stämmigen Polizisten, der auf der Türschwelle stand, fast in Ohnmacht. Wäre sie katholisch gewesen, hätte sie sich in diesem Moment bekreuzigt, denn das war ein schlechtes Zeichen: Sie hatte gesündigt, indem sie Brigid den Brief gegeben hatte, oh ja, und nun folgte die Strafe auf dem Fuß!

Der Polizist überbrachte seine Nachricht, und Gemara rannte zum zweiten Mal an diesem Nachmittag atemlos und aufgeregt die Treppe hinauf. »Kind, Kind! Du musst sofort zu Benjamin laufen! Deine Mutter ist in der Sackville Street von einem Bus angefahren worden und ins Rotunda-Krankenhaus gebracht worden.«

»Ist sie schwer verletzt?« Hastig steckte Brigid Rodis Brief in ihren Beutel.

»Der Polizist konnte es mir nicht sagen – die wissen doch nie etwas. Aber sie muss operiert werden, und ohne Benjamins Erlaubnis können die Ärzte ihr keine Narkose verabreichen. Sie brauchen seine Unterschrift. Du musst ihn holen und mit ihm ins Krankenhaus gehen.«

»Mach dir keine Sorgen, Grandma. Ich gehe sofort los. Unwin und James kommen gleich aus der Schule. Sag James, er soll Paul und Luke Bescheid geben.«

»Ja, ja! Und jetzt beeil dich, aber sei vorsichtig …«

Brigid warf ihren grauen Umhang um, setzte die Haube auf und war schon durch die Haustür, als ihre besorgte Großmutter wieder unten ankam.

»Herr, erbarme dich!«, keuchte sie. Sie schloss die Tür, lehnte sich von innen dagegen und legte die Hand auf ihr heftig klopfendes Herz. »Das ist meine Strafe, weil ich ihr diesen elenden Brief gegeben habe!«

Kapitel Sieben

1

War es Schicksal oder einfach Zufall? Rodi jedenfalls konnte sein Glück kaum fassen, als er den Vorhof des Dublin Castle überquerte und auf eine atemlose Brigid traf. Und sie war allein!

Auch er war unterwegs zum Bedford Tower, zu einer privaten Zusammenkunft mit Shackleton, dem Herold von Dublin und Peirce Gun Mahony, dem Herold von Cork. Lord George Haddo hatte versprochen, später nachzukommen, aber er würde in Kürze nach England abreisen und hatte wahrscheinlich ihr Treffen vollkommen vergessen. Sie wollten über Shackletons Südamerika-Geschäft diskutieren, da er die finanzielle Unterstützung seiner Freunde suchte.

Aber all das war plötzlich unwichtig, als er Brigid erblickte. »Herrje!«, rief er, als sie ohne Gruß an ihm vorbeistürmte. »Wo brennt es denn? Erkennen Sie mich gar nicht?«

»Ich habe keine Zeit … Ich muss meinen Vater sprechen.«

»Sprechen Sie zuerst mit mir, Brigid.«

»Oh, bitte! Ich habe es sehr eilig …«

»Das sehe ich. Was ist denn los?«

Brigid fand, es gehe schneller, es ihm kurz zu erklären, als sich hier aufzuhalten, und sagte ihm die Wahrheit. »Meine Mutter ist von einem Bus angefahren worden, und mein Vater muss sofort zu ihr. Ohne seine Erlaubnis kann sie nicht operiert werden … und Sie hätten mir diesen Brief eben nicht schicken sollen. Sie wissen doch, dass Sie keinen Kontakt zu mir aufnehmen dürfen.«

Rodi war besorgt. Den Teil ihres Satzes, der sich auf den Brief bezog, ignorierte er. Er war froh, dass der Brief sie erreicht hatte und nicht im Feuer gelandet war. »Das tut mir schrecklich leid … hören Sie, ich begleite Sie. William Stivey ist ein Freund von mir – nur er kann Sie einlassen.«

»Ich bin ebenfalls mit Mr. Stivey bekannt, Sir, und ich habe eine dringende Nachricht für meinen Vater. Da wird er mich schon in den Bedford Tower lassen.«

Wieder einmal hatte sie ihn in die Schranken gewiesen. Er folgte ihr in den Bedford Tower. »Fahren Sie beide doch mit meiner Kutsche ins Krankenhaus.« Dass der Wagen eigentlich seinem Gönner gehörte, bereitete ihm nicht im Geringsten ein schlechtes Gewissen.

»Darüber muss mein Vater entscheiden, Mr. Serrai.« Sie eilte die Treppe zum Büro ihres Vaters hinauf.

2

Brigid überbrachte William Stivey, dem obersten Botengänger am Office of Arms, die Nachricht, der daraufhin in Miss Gibbons' Büro ging. Dann verstrich noch mehr Zeit, da Benjamin zuerst bei Sir Arthur die Erlaubnis zum Verlassen seines Arbeitsplatzes einholen musste.

»Ja, ja, selbstverständlich!«, rief Sir Arthur sofort. »Nehmen Sie sich den ganzen Nachmittag frei, Masters – und morgen auch noch, wenn es nötig ist. Sie müssen Ihrer Frau jetzt zur Seite stehen. Wenn ich etwas tun kann, zögern Sie nicht, mich darum zu bitten.«

»Danke, Sir. Ich bin Ihnen zutiefst verpflichtet.«

William Stivey brachte Benjamin Hut und Mantel. »Miss Brigid wartet in der Bibliothek, Mr. Masters. Mr. Rodopi Serrai ist bei ihr.«

Falls Benjamin erstaunt oder besorgt über diese Information war, ließ er sich nichts davon anmerken.

»Mr. Rodopi hat angeboten, dass Sie seine Kutsche benutzen können, um schnell ins Krankenhaus zu fahren, Mr. Masters.«

»Danken Sie ihm für seine Aufmerksamkeit, William … Nein, lassen Sie nur. Ich spreche selbst mit ihm.«

Brigid war allein in der Bibliothek, die auch als Wartezimmer diente, und stand nur ein paar Schritte von dem Safe entfernt, in dem die irischen Kronjuwelen lagen. Oft hatte sie ihren Vater darüber schimpfen hören, dass die Juwelen an einem so leicht zugänglichen Ort aufbewahrt wurden. Der Wächter an der Tür hatte sie ohne Widerspruch eingelassen.

Benjamin trat ein. »Ich dachte, du wärst mit diesem jungen Mann hier, Rodopi Serrai.«

»Er ist in die Amtsräume der Herolde von Dublin und Cork gegangen, Vater. Er hat mich nicht herbegleitet, ich bin ihm bloß auf dem Hof begegnet. Mr. Serrai hat uns freundlicherweise angeboten, mit seiner Kutsche zum Rotunda zu fahren.«

»Wir sind schneller, wenn wir zu Fuß gehen, Brigid. Komm, lass uns aufbrechen, wir haben schon genug Zeit mit sinnlosem Geplauder vergeudet, während deine Mutter – Gott behüte! – tot sein oder im Sterben liegen könnte.«

»Ja, Vater.«

Als sie den Wächter passierten, wiederholte Benjamin seine Nachricht noch einmal. »Wenn Sie Mr. Rodopi Serrai sehen, danken Sie ihm bitte in meinem Namen für das Angebot, seine Kutsche zu nehmen. Aber meine Tochter und ich kommen zu Fuß rascher zum Krankenhaus, als wenn wir uns um diese Tageszeit durch den dichten Verkehr auf der Chapel Street kämpfen.«

»Ja, Mr. Masters.«

Brigid und ihr Vater verließen das Gebäude und machten sich auf den Weg zum Krankenhaus. Sie sprachen kaum miteinander, da sie beide in ihre Gedanken und Sorgen vertieft waren.

Zu ihrer enormen Erleichterung war Sarah nicht lebensgefährlich verletzt, obwohl sie eine Gehirnerschütterung und einen Armbruch erlitten hatte, der unter Narkose gerichtet werden musste. Der Chirurg erklärte Benjamin, worum es ging. »Die Sache ist dringend, weil Mrs. Masters sich den rechten Arm an einer schwierigen Stelle gebrochen hat, dem Ellbogen. Wenn wir sie zu spät behandeln, könnte sie den ganzen Arm verlieren. Aus diesem Grund mussten wir Sie so eilig herbitten.«

»Bitte entschuldigen Sie sich doch nicht, Sir«, gab Benjamin zurück. »Das Wohlergehen meiner Frau ist wichtiger als ein möglicher Lohnabzug. Wird sie denn nach der Operation wieder ganz gesund?«

»Ein Risiko bleibt immer, wenn man bei einer solchen orthopädischen Operation Chloroform einsetzt, Mr. Masters. Aber Ihre Frau ist gesund, und daher glaube ich, dass sie es schon überstehen wird.« Der Chirurg lächelte beruhigend. »Sie selbst macht sich mehr Sorgen darum, dass sie ihre Hüte für die vornehmen Damen von Dublin nicht rechtzeitig zur Nationalausstellung fertig bekommt.«

»Ja, ich hatte schon befürchtet, dass Sarah sich vor allem deswegen Gedanken machen würde.«

»So, ich werde mich waschen gehen. Ihre Frau konnte die meisten Fragen auf der Einverständniserklärung beantworten, aber wir brauchen noch Ihre Unterschrift. Sie können Sie kurz sehen, bevor sie in den Operationssaal gebracht wird.«

»Vielen Dank«, sagte Benjamin.

Eine Krankenschwester führte ihn und Brigid auf die Station. Das Laudanum, das Sarah gegen die Schmerzen bekommen hatte, machte sie benommen, aber sie brachte ein schläfriges Lächeln zustande. »Was für eine dumme Sache! Und ganz und gar meine Schuld – ich war mit meinen Gedanken meilenweit fort, als ich vor dem Omnibus die Straße überquert habe.«

»Erst Brigid und jetzt du, meine Liebe«, meinte Benjamin. Tränen der Erleichterung standen in seinen Augen, weil Sarah nicht tot war oder im Sterben lag, wie er befürchtet hatte. »Meine beiden Mädchen müssen wirklich aufhören, von ihren Hüten zu träumen, und in Zukunft besser aufpassen, wohin sie ihre Füße setzen.«

Die Krankenschwester und ein Helfer kamen mit einer Trage, um Sarah in den Operationssaal zu bringen. Benjamin und Brigid schickte man in den Warteraum.

Zwei Stunden später wurde Sarah zurück auf die Station gebracht, und der Chirurg erklärte Benjamin, die Operation an ihrem Ellbogen sei zufriedenstellend verlaufen. Das Gelenk werde allerdings etwas steif bleiben. »Möglicherweise wird sie in Zukunft Probleme mit Arthritis im rechten Arm bekommen«, setzte der Chirurg ihnen auseinander, »daher sollte sie das Gelenk so weit wie möglich schonen. Mrs. Masters sollte mindestens sechs Monate keine Näharbeiten verrichten, da ansonsten das Gelenk belastet wird.«

Benjamin wusste, wie bestürzt Sarah darüber sein würde, doch das war nur ein geringer Preis für ihr Leben. Von dem Moment an, in dem er von ihrem Unfall gehört hatte, hatte er inbrünstig darum gebetet, dass seine geliebte Sarah wieder ganz gesund werden würde, auf dem ganzen Weg die Chapel Street entlang und bis zu diesem Augenblick; und er würde weiter für sie beten, denn Glaube war das stärkste Heilmittel.

Die beiden blieben bei Sarah, bis sie aus der Narkose erwachte. Während sie dort zu beiden Seiten des Bettes saßen, trat eine Schwester zu Benjamin. »Es tut mir leid, Mr. Masters«, flüsterte sie, »aber da ist ein Herr gekommen, um die Patientin zu besuchen. Er sagt, sein Name sei Luke Masters. Die Oberschwester wünscht nicht, dass mehr als zwei Besucher gleichzeitig bei Mrs. Masters sind. Einer von Ihnen muss also hinausgehen.«

»Ich werde draußen warten, Vater«, sagte Brigid. »Luke wird Mutter sehen wollen, also bleib du hier bei ihr.«

Benjamin nickte, und Brigid ging hinaus zu ihrem Bruder. Doch zu ihrem großen Erstaunen und Zorn traf sie im Wartezimmer nicht auf Luke, sondern auf Rodopi Serrai. Brigids Schweigen sagte mehr als Worte: Sie wartete auf eine Erklärung.

»Ich weiß, was Sie davon halten, dass ich mich bei dieser unpassenden Gelegenheit für Ihren Bruder ausgegeben habe, Brigid, aber es ging nicht anders. Ich wusste, dass Sie hier sein würden, und konnte Sie nur im Krankenhaus abpassen, um mit Ihnen zu reden.«

»Ebenso gut hätte mein Vater an meiner Stelle herauskommen können«, gab Brigid kühl zurück.

»Dieses Risiko musste ich eingehen. Ich hoffe, Ihrer Mutter geht es nicht allzu schlecht.«

»Sie ist am Ellbogen operiert worden und kommt gerade wieder zu sich.«

»Das freut mich sehr für Sie … und Ihren Vater natürlich auch.«

»Was wollen Sie von mir, Mr. Serrai?«

»Ach, kommen Sie, Brigid! Sind wir durch unsere Korrespondenz nicht inzwischen Freunde?«

»Ich habe nie auf Ihre Briefe geantwortet, Mr. Serrai.«

»Traurig, aber wahr, aber egal ... Sie fragen, was ich von Ihnen will. Ich will Ihre Liebe. Eine Liebe, die aus der Hölle meiner Hoffnungslosigkeit den Himmel macht. Ich glaube, ich bin verliebt in Sie, Brigid.«

»Sie *glauben* es nur, Mr. Serrai?« Sie konnte sein albernes Spiel nur mit Verachtung quittieren.

»Ich *glaube,* ich weiß, dass ich Sie lieben werde, wenn Sie mir nur eine Chance geben, holde Maid.« Er lächelte und spielte seinen Charme aus, der auch die kältesten Herzen zum Schmelzen brachte.

Sie war vernünftig genug, um ihn so zu sehen, wie er war: ein Don Juan, nichts weiter. »Das können Sie mir nicht antun, Mr. Serrai. Meine Eltern werden sehr bestürzt sein, so wie ich es jetzt bin. Sie haben kein Recht, mich bis ans Krankenbett meiner Mutter zu verfolgen.«

»Sind Sie mir böse?«

»Sehr böse.«

»Ich entschuldige mich dafür. Aber stört es Sie wirklich, dass ich Ihnen nachstelle, Brigid? Antworten Sie ehrlich.«

»Unmöglich. Dies ist weder die richtige Zeit noch der richtige Ort dazu.«

»Warum? Haben Sie etwa Angst vor mir? Sie müssen doch inzwischen wissen, dass ich verliebter denn je in Sie bin.«

»Sie kennen mich doch gar nicht, Sir, da weiß ich nicht, wie Sie auf eine solche Idee kommen.«

»Das ist keine Fantasterei, Brigid, es ist Wirklichkeit! Sie haben mir nie eine Chance gegeben, Sie besser kennenzulernen, und das ist ein großer Verlust«, versetzte er unglücklich. Allerdings sprach er zu ihrer Haube, denn sie hielt den Blick auf den Boden geheftet.

»Bitte tun Sie mir das nicht an«, wiederholte sie. »Wir sind nicht füreinander bestimmt, das darf nicht sein.«

»Warum sagen Sie das? Wenn wir nicht füreinander bestimmt wären, hätte Sie das Schicksal nicht an jenem Tag auf meinen Weg geführt. Normalerweise reite ich im Phoenix-Park aus, um meinem Pferd Bewegung zu verschaffen, aber an diesem Tag bin ich die Straße am Kanal entlanggeritten, weil ich auf dem Weg zur Kaserne in Portobello war. Sie sehen also, unsere Begegnung war vorherbestimmt. Und jetzt begegnen wir uns erneut durch Zufall, und das kann nur bedeuten, dass das Schicksal versucht, uns zusammenzuführen. Eines Tages werden Sie meine Blumen schon annehmen!«

»In Ihrem letzten Brief schreiben Sie davon, irgendwann nach Sofia zurückzukehren, und doch beharren Sie unbekümmert darauf, mir nachzustellen, ohne daran zu denken, was …«

»Aha! Dann haben Sie meinen Brief also gelesen!«, unterbrach er sie triumphierend.

»Ja. Ich habe ihn hier.« Durch diese Begegnung hatte sich alles verändert, und Brigid, die sich zuvor gewünscht hatte, diesen Brief um jeden Preis zu behalten, erbot sich jetzt, ihn Rodi zurückzugeben. »Wenn Sie möchten, können Sie ihn zurückhaben …« Sie durchwühlte ihren Beutel danach und ließ dabei ihre Handschuhe fallen. Rodi hob sie auf und hielt sie fest.

»Ich möchte gar nichts, Brigid, nur, dass Sie den Brief behalten. Und es schmeichelt mir, dass Sie ihn bei sich tragen. Das gibt mir das Gefühl, dass Sie mich doch ein wenig gern haben, denn sonst wäre er ebenso geendet wie all die anderen – gleich ins Feuer geworfen oder über Ihren Bruder Paul an mich zurückgeschickt.«

»Es wäre sehr unhöflich von mir gewesen, Ihre Lebensgeschichte den Flammen zu übergeben, nachdem Sie sich so große Mühe gegeben haben, mir so tiefempfunden Ihre Herkunft und Ihre Lage zu schildern. Ich war bestürzt zu erfahren, welches Schicksal Ihre Familie durch Ihre Feinde erfahren hat.«

»Das ist gar nichts im Vergleich zu der Behandlung, die mir jetzt durch Sie widerfährt.«

Brigid wusste nicht, was sie sagen sollte. Eine solche Verwegenheit war ihr noch nie begegnet. Daher war sie dankbar, dass in das verlegene Schweigen, das jetzt folgte, Paul hereinplatzte, der Sarah im Krankenhaus besuchen wollte.

»Bedaure, Mr. Serrai, aber Sie müssen jetzt gehen …« Sie wollte ihn wegschicken, doch sie geriet ins Stottern, und es war überdeutlich zu erkennen, wie unglücklich sie war. Rodi hätte gern mehr gesagt, viel mehr, doch die Anwesenheit ihres Bruders hinderte ihn daran.

Paul, der so rasch wie möglich gekommen war, nachdem der kleine James atemlos in der St. James' Terrace Nr. 7 aufgetaucht war und ihm die Nachricht gebracht hatte, war erstaunt, Brigid so vertraut mit dem Mann reden zu sehen, dessen Umgang ihr doch verboten war. »Guten Tag, Mr. Rodopi«, sagte er ziemlich steif, bemühte sich aber, nicht barsch zu klingen. Er wollte auf keinen Fall seine Stelle in Clonskeagh aufs Spiel setzen; und das würde er, falls Mr. Serrai auf die Idee kam, sich bei Sir Arthur über ihn zu beschweren. »Wie aufmerksam von Ihnen, meine Mutter zu besuchen.«

Paul hatte versucht, so diplomatisch wie möglich mit der Situation umzugehen, doch Rodi kam unverblümt zur Sache. »Ich bin wegen Ihrer Schwester hier, Paul.«

»Das weiß ich, Mr. Rodopi, Sir. Und als ihr ältester Bruder muss ich Sie bitten, sie nicht länger vom Krankenbett unserer Mutter fernzuhalten.«

Brigid spürte, dass Paul in einem Zwiespalt steckte, und bedauerte, dass Mr. Serrais unbedachter Besuch im Krankenhaus ihn ebenfalls in Verlegenheit gestürzt hatte. Paul mochte den Bulgaren eigentlich recht gern, aber er liebte seine Schwester und respektierte die Wünsche seines Vaters.

»Brigid wird in Kürze einen unserer Gemeindeältesten heiraten, Mr. Zachary Lunn, einen unserer Glaubensbrüder. Sie wird bald die Frau eines anderen sein, Mr. Rodopi, und daher geht es nicht an, dass Sie ihr auf diese unwürdige Weise nachstellen. Die Hochzeit wird in drei Wochen stattfinden. Bei allem Respekt, Mr. Rodopi, Sir, lassen Sie Brigid in Ruhe, oder Mr. Lunn selbst wird eine einstweilige Verfügung gegen Sie erwirken.«

Rodi traute seinen Ohren nicht: Zachary Lunn! Bei seinen wenigen

Besuchen in der Versammlungshalle der Quäker hatte er mitbekommen, wer das war. Er hatte ihn ja sogar bei seinem ersten Auftauchen mitten in seinem Zwiegespräch mit Gott unterbrochen. Rodi war entsetzt: Der alte, dickbäuchige Narr war mindestens hundertfünfzig Jahre alt! Und diese Leute verheirateten dieses liebreizende junge Mädchen mit ihm? Das war abstoßend, unmoralisch, eine Parodie auf die Ehe.

»Ich hatte ja keine Ahnung, Brigid«, sagte er knapp. »Sie hätten mir sagen sollen, dass Sie verlobt sind.«

»Meine Schwester war wohl zu Recht der Ansicht, dass dies niemanden außer unserer Familie und die Gesellschaft der Freunde etwas angeht, Mr. Rodopi, Sir«, antwortete Paul an Stelle seiner Schwester, die mit rot angelaufenem Gesicht und niedergeschlagenen Augen dastand und sich fühlte wie ein Stück Vieh, das auf dem Marktplatz versteigert wird.

»Hätte ich gewusst, dass Brigid verlobt ist, hätte ich gewiss nicht meine Zeit damit vergeudet, sie von der Ehrlichkeit meiner Absichten zu überzeugen«, erklärte Rodi, an Paul gerichtet.

»Ein Versehen, Sir, für das die Familie sich entschuldigt. Aber wir hatten angenommen, Sie seien über die Lage im Bilde.«

»Wie denn? Woher hätte ich das wissen sollen? Niemand hat mir etwas gesagt, und Brigid selbst schon gar nicht. Es tut mir leid, Brigid. Ich gehe jetzt. Sie werden mich nie wiedersehen oder von mir hören. Ich wünsche Ihnen alles Glück für Ihre bevorstehende Hochzeit mit dem Mann Ihrer Wahl. Einen guten Tag noch.« Rodi drehte sich auf dem Absatz um und überließ die Geschwister sich selbst.

Als Sarah aus der Narkose erwachte, war ihr übel, und die Oberschwester drängte die Familie zum Gehen. Sie könnten sie am nächsten Nachmittag wieder besuchen, erklärte sie ihnen.

Paul kehrte wieder zu seinen Pflichten nach Clonskeagh zurück, und Benjamin und Brigid gingen nach Hause, wo Gemara dem Himmel dafür dankte, dass Sarah wieder gesund werden würde. Und sie schwor sich, den nächsten Brief, den Mr. Rodopi Serrai, dieser Emporkömmling, an Brigid schickte, sofort in den Küchenherd zu werfen!

Kapitel Acht

1

In seinen Räumen im Kildare-Club ertränkte Rodi seinen Kummer im Alkohol. Die Krawatte hatte er auf den Boden geworfen, er selbst saß mit offenem Hemd in einem Sessel und bat Donal, ihm das Whiskeyglas noch einmal randvoll einzuschenken. In der Hand hielt er die Handschuhe. Brigid hatte vergessen, sie zurückzuverlangen.

Er spielte mit ihnen und liebkoste sie, als befänden sich Brigids Hände noch darin. Sie hatte so kleine Hände! Was für ein vernichtender Schlag für seine Hoffnungen, und was für eine Parodie auf alles, was gut und richtig war: Brigid und Zachary Lunn! Warum? Was dachte sie sich dabei? Und wie kamen ihre Eltern auf die Idee, ihre wunderschöne junge Tochter mit einem alten Mann zu verheiraten, der seinen Herrgott mehr liebte als seine Verlobte!

»Da endet eine Liebe, Donal … ehe sie auch nur begonnen hat. Verlorene Liebesmüh … die süßeste Freude, der grausamste Schmerz … weh mir!«

»Wie bitte, Sir?«

»Nur düstern Frieden bringt uns dieser Morgen; die Sonne scheint, verhüllt vor Weh, zu weilen. Kommt, offenbar mir ferner, was verborgen: Ich will dann strafen oder Gnad' erteilen; denn niemals gab es ein so herbes Los …«

»Sie haben gewiss recht, aber ich glaube, ich hole Ihnen einen schönen Grog, damit Sie sich beruhigen und schlafen können, Mr. Rodi, Sir …«

»… als Juliens und ihres Romeos! Lass mir ein Bad ein, ja, bist ein braver Junge. Ich glaube, ich gehe heute Abend ins Abbey Theatre. Vielleicht wird mich ja Maud Gonne aufheitern und mich einigen ihrer Schauspieler-Freundinnen vorstellen: Denn Montague und die Quäker kommen nie zusamm', sei's denn im Tod … wovor ich mich fürchte. Ach, und stell bitte die Whiskeyflasche neben die Badewanne, Donal.«

2

Brigid lag im Dunkeln in ihrem Bett und starrte an die Decke. Sie fand keinen Schlaf und warf sich hin und her. Die brennende Gewissheit quälte sie, dass sie verliebt war – in Rodopi Serrai. Die paar Minuten, die sie im Wartezimmer im Krankenhaus mit ihm verbracht hatte, hatten alles verändert. Sein Gesichtsausdruck, die Botschaft, die sie in seinen Augen las – und auch seine Worte –, ließen ihr keine Ruhe mehr.

Konnte sie Zachary jetzt noch heiraten, obwohl sie wusste, dass sie nicht ihn liebte, sondern einen anderen? War es möglich, dass Liebe auf einem einsamen, schlammigen Leinpfad entstand, in dem Moment, in dem zwei Fremde einander zum ersten Mal in die Augen sahen? Rodopi Serrai hatte einen Ruf, der zum Misstrauen riet – ein Schürzenjäger und Spieler sei er, hatte ihr Vater gesagt, weil Paul von den Gesellschaften in Clonskeagh erzählt hatte. Aber wie viel Wahrheit mochte darin stecken? Brigid war verwirrt. Morgen musste sie mit Luke sprechen. Sie wusste, dass ihr Vater Luke von seinem Büro beim Adelsregister aus angerufen hatte. Da es sich um einen Notfall handelte, hatte Sir Arthur das Privatgespräch gestattet. Benjamin hatte der Haushälterin in Grange Con eine Nachricht hinterlassen und ausgerichtet, Sarah habe einen Unfall gehabt und liege im Rotunda-Krankenhaus, sei aber nicht in Lebensgefahr. Spätabends war es Luke gelungen, ihn zurückzurufen. Das Office of Arms war schon geschlossen, daher hatte er Paul in der St. James' Terrace angerufen. Luke hatte Paul erklärt, er werde übermorgen, an seinem freien Nachmittag, nach Dublin kommen.

Aber sie musste schnell mit Luke sprechen!

Am nächsten Tag, als ihr Vater zur Arbeit und ihre kleinen Brüder zur Schule gegangen waren, erklärte Brigid Gemara, sie wolle zu Luke nach Grange Con fahren.

»Aber du willst doch nicht den ganzen Weg nach Wicklow allein zurücklegen, Brigid, Kind! Was wird dein Vater sagen?«

»Er wird gar nichts sagen, wenn du ihm nichts davon erzählst, Grandma.«

»Ich habe schon einmal den Preis dafür bezahlt, dass ich deinetwegen gelogen habe, Brigid, und das habe ich nicht noch einmal vor«, versetzte Gemara bestimmt.

»Ich muss Luke sehen, Grandma. Ich will mit ihm reden.«

»Kannst du nicht mit ihm sprechen, wenn er uns besucht? Er kommt ja bald, um Sarah zu sehen.«

»Ich muss noch heute mit ihm sprechen.«

»Und wenn du dich mit deinem Problem an den Herrn wendest?«

»Nein, ich will mit Luke reden.«

»Du bist in letzter Zeit ziemlich dickköpfig, mein Kind. Das sieht dir gar nicht ähnlich. Eine gute Frau muss bescheiden sein und die Ratschläge älterer und klügerer Köpfe respektieren. Außerdem haben wir mit den Hüten, die deine Mutter fertig haben will, mehr denn je zu tun, und das ausgerechnet jetzt, da sie nicht selbst daran arbeiten kann. Ich finde, du benimmst dich sehr egoistisch.«

»Ich bin gegen drei Uhr zurück.«

»Heute Nachmittag musst du deine Mutter im Krankenhaus besuchen.«

»Dann helfe ich dir, wenn ich aus dem Krankenhaus zurück bin.«

»Und was ist mit deinem Gang zu Mary O'Malley? Du weißt doch, dass sie sich darauf freut, dich jeden Tag zur selben Zeit zu sehen … Mrs. Talbot hat angeboten, sie könne dich zu Mary begleiten.«

»Ich werde bei Balla vorbeigehen und sie bitten, sich heute um Mrs. O'Malley zu kümmern. Aber ich muss mit Luke reden.«

Daraufhin tat Gemara, als wäre sie blind und taub, und machte sich wieder an die Hüte, während Brigid ihren Ausflug antrat.

Sie verließ das Haus und wartete am Bahnhof in der Harcourt

Street auf den Zug, der sie nach Crookstown und dann nach Grange Con brachte. Es war bitterkalt, und von der Dublin Bay her wehte ein scharfer Wind über die Stadt.

Luke war erfreut und überrascht, sie zu sehen. »Kein besonders schöner Tag für die Gartenarbeit«, meinte er, »aber der alte Herr kommt bald nach Hause, und da muss der Park ordentlich aussehen, sonst glaubt er noch, wir hätten gefaulenzt, während er fort war. Wie geht es Mutter?«

»Sie hat sich von der Operation erholt. Ich besuche sie heute Nachmittag, aber im Krankenhaus haben sie gesagt, sie würden uns eine Nachricht schicken, wenn ihr Zustand sich verschlechtert. Mutter ist stark. Sie wird schon wieder gesund, Luke, also mach dir keine Gedanken, weil du erst morgen kommen kannst.«

»Warum bist du denn dann extra hergekommen, um mich zu sehen, Brigid?«

»Es geht um mich. Ich möchte mit dir über Zachary reden.«

»Was ist mit ihm?«

»Ich liebe ihn nicht, Luke. Und ich möchte ihn auf keinen Fall heiraten.«

Luke kratzte sich am Kinn, setzte seinen schlammigen Stiefel auf den Spaten und schwieg.

»Ich bin so unglücklich, Luke. Was soll ich nur tun?«

Luke, der kein Mann vieler Worte war, dachte lange über Brigids Frage nach. Seine tiefblauen Augen, die den ihren so ähnlich waren, schauten in die Ferne, wo die Wicklow Mountains zu sehen waren. »Hat es mit O'Mahonys Schützling zu tun, dass du jetzt deine Meinung über Zachary geändert hast?«, fragte er schließlich.

Brigid war erstaunt, dass Luke so gut Bescheid wusste. Doch Dienstboten tratschten überall, und Mr. Serrai lebte in Grange Con – wenn er sich nicht gerade in Dublin aufhielt. »Woher weißt du das? Haben Vater oder Zachary dir davon erzählt?«

»Nein, Paul.«

»Paul?«

»Ja. Als ich gestern Abend mit ihm gesprochen habe. Er hat mir berichtet, dass Mr. Rodi dich bis ins Krankenhaus verfolgt hat. Paul war betrübt, weil du so unglücklich warst, und das hat wiederum mich unglücklich gemacht«, meinte Luke und lächelte verschmitzt.

»Ach herrje, Luke, das ist ja schrecklich! In letzter Zeit habe ich allen große Sorgen bereitet. Was soll ich nur tun, Luke? Ich bin mit Zachary verlobt, den ich nicht liebe, während ich mich mit Herz und Seele nach einem Mann sehne, der weder dem gleichen Glauben noch der gleichen Religion angehört wie wir.«

»Du musst tun, was du unter diesen Umständen für das Richtige und Beste hältst, Brigid. Nur dann wirst du wirklich im Reinen mit dir selbst sein.«

»Aber ich weiß nicht mehr, was das Richtige oder das Beste ist! Deswegen frage ich ja dich.«

»Dann musst du das tun, was ehrenhaft ist. Deine Lage ist zwar wenig beneidenswert, aber du darfst keine Schande über die ganze Familie bringen. Du machst dich nur unglücklich, wenn du gegen die Wünsche unserer Eltern handelst. Sie haben über diese Sache lange nachgedacht und gebetet, und wenn sie der Ansicht sind, Zachary sei der richtige Mann für dich, dann solltest du dich ihrer Entscheidung beugen. Du musst Zachary heiraten, und damit ist die Angelegenheit erledigt. Du wirst Rodopi Serrai schon bald vergessen – der dir im Übrigen das Herz brechen würde, sobald er deiner überdrüssig wird. Er ist nicht verlässlich, so wie Zachary. Wenn du einmal die Frau eines anderen bist, wirst du Rodopi Serrai bald vergessen.«

Das war die längste Rede, die Brigid je von Luke gehört hatte, und der einzige Rat von ihm, an dem sie je tief in ihrem Herzen gezweifelt hatte. Trostlos wandte sie sich ab. Sie glaubte nicht, dass sie Rodopi Serrai je vergessen würde – jetzt und in alle Ewigkeit nicht.

Luke legte ihr seine kalte, schwielige Hand auf die Schulter. »Brigid, der O'Mahony von Kerry und Kilmorna war hier kürzlich zu Besuch und war von meiner Arbeit für seinen Bruder beeindruckt. Mein neu angelegter Rosengarten hat ihm gefallen. Daher hat er mich gebeten, auf Kilmorna für ihn zu arbeiten, und ich habe angenommen.«

Sie fuhr zu ihm herum. »Oh nein! Das ist doch so weit fort, in der Grafschaft Kerry! Ich dachte, dir gefällt deine Arbeit in Grange Con.«

»Tut sie ja auch. Aber Kilmorna soll herrlich sein. Auf dem Anwesen werde ich mehr Erfahrung als Gärtner sammeln, als ich das hier je könnte. Und er hat mir einen höheren Lohn angeboten.«

»Das verstehe ich, Luke, natürlich. Manchmal spüre ich genau wie du den Drang, weit fortzugehen. Wissen Vater und Mutter davon?«

»Nein, ich habe es ihnen noch nicht erzählt. Du bist die Erste, die davon erfährt.«

»Bist du wirklich entschlossen?«

»Ja.«

»Wann wirst du fortgehen?«

»Erst nach deiner Hochzeit – die zugleich unser siebzehnter Geburtstag ist!«

Paul musste ihm auch gesagt haben, wann ihre Hochzeit stattfinden würde. »Dann bleibt mir wohl nichts anderes übrig, als Zachary zu heiraten.«

»Sei mir nicht böse, Brigid.«

»Ich bin nicht böse, nur traurig und … und bestürzt. Aber es ist dein Leben, Luke, und du musst damit anfangen, was du für das Richtige und Beste hältst, genau wie du es mir geraten hast.«

Betrübt verabschiedete sie sich von ihrem Bruder und ging zurück zum Bahnhof. Der Besuch bei ihrem Bruder hatte sie nicht weitergebracht. Zum ersten Mal in seinem Leben war er nicht auf ihrer Seite gewesen.

Kapitel Neun

1

Fliederzeit, eine Hochzeit im Frühling ... So oder so, es gab kein Zurück. In einem schlichten Quäker-Gottesdienst wurde Brigid mit Zachary Lunn getraut.

Das Haus in der Eustace Street war zu klein für die vielen Gäste, und so wurde in der Versammlungshalle der Quäker ein ungezwungener Hochzeitsempfang ausgerichtet. Man servierte leichte Erfrischungen. Sarah, Gemara und die anderen Schwestern der Gemeinschaft hatten für Essen, alkoholfreie Getränke und einen selbstgebackenen Hochzeitskuchen gesorgt. Eine Hochzeitsreise gab es nicht; Zachary führte seine frischgebackene Ehefrau einfach in sein Haus in der Francis Street.

Eine rührende Geste kam allerdings von Benjamins Arbeitgeber. Sir Arthur Vicars schickte ihnen als Hochzeitsgeschenk nicht nur eine hübsche vergoldete Ebenholzuhr, sondern auch Freikarten für die prächtige Eröffnung der Nationalausstellung in Ballsbridge.

Benjamin und Sarah atmeten erleichtert auf, dass Brigid nun endlich verheiratet war. Gemara jedoch behielt sich ihr Urteil vor. Sie war schon lange auf der Welt und hatte zu viele Ehen gesehen, um noch an das Märchen zu glauben, dass nach dem »Ja« vor dem Traualtar alles gut wurde. In den meisten Fällen kam es nicht so. Aber das konnte nur die Zeit zeigen. Sie hatte dem Brautpaar ihren Segen gegeben.

Sarahs Arm heilte gut, auch wenn sie Brigid, die immer noch täglich nach Hause in die Eustace Street kam, um ihr zu helfen, den Großteil der Arbeit an den Hüten überließ. Sie wurden mit Bestellungen für die Nationalausstellung im Mai und den darauf folgenden Besuch des Königspaars in Dublin nur so überhäuft.

Benjamin hatte im Office of Arms ebenfalls sehr viel zu tun, denn unter den vielen Ereignissen, die in den folgenden Wochen stattfinden würden, befand sich auch Lord Meath' Amtseinführung.

Eines Morgens wandte er sich an Miss Gibbons, Sir Arthurs ergebene Sekretärin. »Verzeihen Sie mir die ungehörige Frage, Miss Gibbons, aber wo steckt eigentlich der Herold von Cork? Ich habe ihn die ganze Woche nicht gesehen.«

»Mr. Peirce ist momentan leider indisponiert, Mr. Masters. Er hält sich zu Hause auf, wird aber bald zu einem kurzen Genesungsaufenthalt nach England reisen.«

»Es tut mir aufrichtig leid zu hören, dass er krank ist. Ach, du meine Güte!«

»Stimmt etwas nicht, Mr. Masters?«

»Nein, es ist nur ein wenig unangenehm. Im Vorfeld der Ausstellung und des Staatsbesuchs sind so viele Anfragen eingegangen, und da Mr. Shackleton sich geschäftlich in London aufhält, ist Mr. Peirce der Einzige, der mir in Fragen der Rangordnung einen Rat erteilen kann. Ich wollte in dieser Sache nicht an Sir Arthur herantreten, da er selbst mit den Sicherheitsvorkehrungen für den Besuch des Königs so viel zu tun hat.«

»Kann ich Ihnen irgendwie helfen?«, erkundigte sich Miss Gibbons.

»Vielleicht können Sie mir erklären, Miss Gibbons, wer die Prozession der Ritter des St.-Patrick-Ordens anzuführen hat.«

»Aber sicher … Ich habe die Liste hier irgendwo.« Sie durchwühlte die Papiere auf ihrem Schreibtisch. »Ach ja, da ist sie. Zuerst gehen der Earl of Mayo und der Viscount Iveagh, gefolgt vom Earl of Kilmorey und dem Marquess of Ormonde.«

»Danke, mehr brauche ich im Moment nicht zu wissen.«

»Vor ihnen schreitet natürlich der Herold von Cork her, der die Amtskette mit Stern und Kleeblatt tragen wird. Der Herold von Dublin wird den Rittern folgen – ich hoffe ja nur, Mr. Shackleton hat seinen Waffenrock zum Reinigen geschickt. Solch profane Angelegenheiten vergisst er leicht. Er wird natürlich seine Amtskette tragen, genau wie Sir Arthur; jeder entsprechend seiner heraldischen Rolle. Und da wir gerade von Sternen und Kleeblättern sprechen, Mr. Masters, gestern hat Sir Arthur einem Besucher die Juwelen gezeigt. Sie wissen ja, wie zerstreut er manchmal sein kann. Würden Sie bitte nachsehen, ob Stivey den Safe wieder abgeschlossen hat?«

»Das mache ich sofort, Miss Gibbons.«

»Danke. Ich hoffe, Ihre Frau hat sich gut von ihrem bedauerlichen Unfall erholt?«

»Mrs. Masters geht es schon viel besser, danke, Miss Gibbons.«

Sie seufzte. »Ach, wenn ich mir für den großen Tag nur einen ihrer Hüte leisten könnte!« Mit einem Lächeln tat sie ihren Traum ab. »Aber wer arm ist, darf nicht allzu wählerisch sein; und außerdem möchte ich nicht gern aussehen, als wollte ich mich jünger machen.«

»Das trifft auf Sie bestimmt nicht zu, Miss Gibbons. Sarah näht zwar im Moment noch nicht wieder, aber mit Brigids Hilfe kann sie Ihnen bestimmt einen neuen Hut gestalten, der Ihren Geldbeutel nicht über Gebühr strapaziert.«

»Das ist zu freundlich von Ihnen, Mr. Masters, aber ich möchte nicht, dass Ihre Frau oder Ihre Tochter sich meinetwegen Umstände machen. Bestimmt haben sie sehr viel zu tun.«

»Kein Problem, Miss Gibbons. Gleich, wenn ich nach Hause komme, spreche ich meine Frau darauf an.«

»Ich danke Ihnen vielmals, Mr. Masters.« Miss Gibbons wandte sich erneut der Arbeit zu, die sich auf ihrem Schreibtisch stapelte.

2

Zachary kehrte vom Cornmarket zurück, wo er als Getreidehändler, der Hafer, Mais und Gerste kaufte und verkaufte, wohl bekannt und geachtet war. Er hatte schlechte Laune, obwohl es eigentlich keinen Grund dazu gab, denn der Preis für irisches Getreide war dank des wirtschaftlichen Aufschwungs im Vorfeld der Nationalausstellung gestiegen.

Vieles bereitete ihm in letzter Zeit Sorgen. Zuerst einmal empfand er Schuldgefühle gegenüber seiner jungen Frau. Er hatte sie geheiratet, weil er ihr sehr zugetan war; doch ihre Ehe war eine sehr einseitige Angelegenheit. Brigid gehörte nicht wirklich ihm. Er und ihre Familie hatten sie zu der Heirat gedrängt, weil sie zu wissen glaubten, was das Beste für sie war, und überzeugt gewesen waren, sie werde sich mit der Zeit schon in die Ehe mit einem älteren Mann einfinden und erkennen, dass Sicherheit und eine freundschaftliche Beziehung viel wichtiger waren als romantische Liebe und kurzlebige Leidenschaft.

An Brigids Märtyrermiene konnte er ablesen, dass man sie zu dieser Ehe gezwungen hatte; sie war zwar jetzt seine Frau, doch er hatte das Gefühl, dass sie nicht wirklich sein war. Sie hatte unmissverständlich klargemacht, dass ihr jeder körperliche Kontakt zu ihm missfiel. Sein Stolz war verwundet, und ihre Miene und ihr häufiges verträumtes Schweigen verrieten ihm, dass sie immer noch an den Mann dachte, der sich kurz vor der Hochzeit so dreist in ihr Leben gedrängt hatte.

Zachary gefiel die Vorstellung nicht, mit diesem jungen, gut aussehenden und äußerst männlichen Ausländer verglichen zu werden, der außerdem noch mittellos und ein Schürzenjäger war! Er hatte alles über den kühnen Bulgaren herausgefunden, der in der ganzen Stadt als Lebemann bekannt war. Es war nicht schwer gewesen, bei seinen Freunden vom Cornmarket herauszufinden, dass hinter Serrais Ruf als Bonvivant der Name und das Vermögen seines Gönners steckten; denn eigenes Geld besaß er nicht.

Zachary hatte geglaubt, die quälende Eifersucht, die er vor der Hochzeit empfunden hatte, würde nachlassen, sobald Brigid seine Frau war. Doch es war anders gekommen; wenn überhaupt, war alles noch schlimmer geworden. Er hatte viele Jahre lang geduldig darauf gewartet, dass Brigid zur Frau heranwuchs, damit sie heiraten konnten. Er bot ihr ein gemütliches Heim; genug Geld, um gutes, nahrhaftes Essen auf den Tisch zu bringen; eine neue Garderobe, wenn auch einfach und nicht der Mode gehorchend; und brauchbare Schuhe an den Füßen. Was wollte das undankbare Weib denn noch?

Zu seinem geistigen Aufruhr gesellten sich noch körperliche Beschwerden: Sein Magengeschwür und seine Gicht machten ihm erneut zu schaffen, und Brigids unerschöpfliche Energie und blühende Gesundheit irritierten ihn. Und noch schlimmer, er litt an einer durch das Alter verursachten Unzulänglichkeit, die sich nur im Ehebett zeigte.

Er fürchtete, wenn Brigid irgendwann erkannte, dass er nicht in der Lage war, den ehelichen Akt richtig zu vollziehen, würde sie ihn mit dem Mann vergleichen, den aufzugeben man sie gezwungen hatte. Seit dem Tod seiner ersten Frau war er mit keiner anderen zusammen gewesen; während der langen Jahre als Witwer war es nicht darauf angekommen, doch jetzt tat es das. Er hatte sich vorgestellt, sein sexuelles Interesse würde sofort wieder erwachen, sobald das liebreizende junge Mädchen mit dem blonden Haar, den blauen Augen und dem straffen, geschmeidigen Körper in seinem Bett lag. Doch das war nicht geschehen.

Zachary machte sich Sorgen wegen seiner Impotenz, und je länger er darüber nachgrübelte, umso schlimmer wurde es. Er wollte Kinder, denn durch ein Kind würde Brigid sicherlich ruhiger werden. Er war mit seinem peinlichen Problem zu seinem Arzt gegangen, aber der dumme Bursche hatte nur gelacht. »Kein Mann ist jemals wirklich impotent gewesen, dieses Leiden entsteht nur im Kopf«, hatte er erklärt. »Denken Sie daran, dass Sie erst einen Monat verheiratet sind!«

Seine Frau versuchte ihm alles recht zu machen, bei Gott, ja. Aber aus irgendeinem Grund konnte er nicht vergessen, dass dieser Emporkömmling aus dem Dublin Castle sie umworben und ihre fleischlichen Begierden geweckt hatte. Zum ersten Mal in ihrem behüteten, tugendhaften Leben war sie sich durch die Nachstellungen und teuren Geschenke eines Mannes wie Serrai ihrer Sexualität bewusst geworden, und so hatte Brigid, genau wie Eva, den schmeichelnden Worten der Schlange nicht widerstehen können. All das besserte seine Stimmung nicht, und so ließ er manchmal seine Frustration an ihr aus, obwohl er das gar nicht wollte.

Brigid servierte ihm zum Abendessen Kanincheneintopf, doch er stieß den Teller angewidert weg. »Kaninchen, Kaninchen, Kaninchen! Kannst du denn nichts anderes kochen, Frau?«

Brigid war schockiert über diese ganz neue Seite an ihrem Mann.

Vor ihrer Hochzeit hatte er sie stets äußerst sanft, freundlich und rücksichtsvoll behandelt.

»Es tut mir leid, Zachary. Ich dachte, du magst Kanincheneintopf.«

»Aber nicht jeden Tag in der Woche!«

»Gestern hatten wir doch Fleischkuchen und vorgestern Rinderschmorbraten und Klöße ...«

»Widersprich mir nicht, Frau!« Er schob seinen Stuhl zurück und griff nach seinen Magentabletten, die auf dem Kaminsims lagen.

Brigid deckte den Tisch ab, räumte die Küche auf und ging zu Bett. Da Zachary auf seine Privatsphäre hielt, hatte sie ihr eigenes Zimmer, was ihr sehr recht war.

Sie konnte nicht vergessen, wie Zachary sie in ihrer Hochzeitsnacht erschreckt und bestürzt hatte. Er war in ihr Bett gekommen, hatte sich im Nachthemd neben sie gelegt und ihren Körper auf so peinliche Weise betastet, dass ihr bei dem Gedanken daran immer noch die Tränen kamen. Sie hatte seine feuchten Küsse abstoßend gefunden, und sein dichter Bart hatte sie fast erstickt. Als er dann ihr Nachthemd hochgeschoben hatte, um in sie einzudringen, war sie so verspannt gewesen, dass Zachary ärgerlich geworden war und ihr vorgeworfen hatte, dass sie sich keine Mühe gebe.

Da er nicht weiterkam, hatte er sie allein gelassen, und sie wusste, dass etwas nicht stimmte, wenn auch nicht genau, was. Aber anscheinend war es ihre Schuld.

In der Nacht darauf war er wieder in ihrem Zimmer erschienen, und die Szene hatte sich wiederholt. »So wirst du kein Kind bekommen, Brigid«, hatte er dieses Mal schwitzend und schwer atmend zu ihr gesagt. »Dir fehlt es an Erfahrung, daher kann ich dich nicht nehmen wie eine richtige Frau. Erst wenn du in der Lage bist, dich mir hinzugeben, wie es eine pflichtbewusste Ehefrau tun soll, kann ich die Pflichten eines liebenden Gatten vollziehen.«

Mit solchen Erinnerungen, die ihre Gefühle von Unzulänglichkeit, Demütigung und Einsamkeit noch verstärkten, konnte sie in den Wochen darauf kaum an etwas anderes denken.

Aber sie hatte ihr Schicksal gewählt, und nun musste sie sich damit abfinden. Das also bedeutete das »Ehebett«; kein Wunder, dass niemand ihr vorher davon erzählt hatte. Sie würde inbrünstig beten müssen, um eine gute und pflichtbewusste Ehefrau zu werden, wie Zachary es von ihr erwartete. Doch sie begann dieses nächtliche Ritual zu fürchten. Es verschaffte keinem von ihnen Erfüllung, sondern ließ sie beide verärgert, reizbar und frustriert zurück. Zacharys Körper schien nicht zu tun, was er von ihm erwartete, und sein Mundgeruch, dem sie nicht entrinnen konnte, stieß sie ab. Sie konnte sich nicht überwinden, seine Küsse zu erwidern.

Nach nur einem Monat Ehe gab er seine Versuche auf; und sie dankte dem Herrn von ganzem Herzen dafür.

Kapitel Zehn

1

Auf die schweren Stürme, die Dublin im April erschüttert hatten, folgte ein milder Frühling. Das fröhliche, erwartungsvolle Gefühl war ansteckend; alle Straßen waren mit Ballons, Wimpeln und Flaggen für die große Eröffnung der Nationalausstellung am 4. Mai geschmückt, die der Vizekönig von Irland vornehmen würde.

Sir Arthur Vicars, der Wappenkönig von Ulster, hatte Benjamin noch drei weitere Eintrittskarten für die Eröffnungsfeier geschenkt, die in der großen Philharmonie von Dublin stattfinden würde. Brigid war überglücklich darüber, dass ihre Eltern und ihre Großmutter nun Zachary und sie nach Ballsbridge begleiteten.

Zachary hatte sich zuerst nicht entscheiden können, ob sie überhaupt zu solch einer »viel zu pompösen« Veranstaltung gehen sollten. Sie war enttäuscht gewesen, denn sie hatte sich sehr darauf gefreut, die Ausstellung zu besuchen. Doch dann, eines Abends, war er in völlig veränderter Stimmung heimgekommen und hatte verkündet, er wolle an der Eröffnungsfeier teilnehmen. Und wenn sie schon dorthin fahren würden, dann auch richtig! Er bestellte zwei Kutschen, eine für Benjamin, Sarah, Miss Gibbons mitsamt ihrem neuen Hut sowie Mrs. O'Farrell, die Putzfrau, die beide von Sir Arthur ebenfalls Freikarten bekommen hatten. Gemara, Zachary und Brigid selbst würden in der zweiten Kutsche fahren.

Brigid war Zachary so dankbar für sein Einlenken, dass sie ihm, zum ersten Mal überhaupt, spontan um den Hals fiel. Vor Aufregung konnte sie in der Nacht vor dem Ausflug kaum schlafen.

Am nächsten Morgen drängten sich von der Sackville Street bis nach Ballsbridge überall dichte Menschenmengen, die sich in einem Taumel freudiger Erregung befanden.

Dieses Mal war Brigid keine Zuschauerin, sondern nahm an dem

Ereignis teil. Sie fühlte sich wie ein Mitglied der königlichen Familie, als sie sich dem großen Umzug aus Bürgermeistern, Würdenträgern und Adligen anschlossen, der durch Dublin zu dem Glaspavillon führte, in dem die Ausstellung stattfand.

Wie gerne hätte sie sich für diese Gelegenheit herausgeputzt! Aber sie hatte nicht einmal eine neue Haube zu Ostern bekommen. In ihren steifen dunklen Kleidern fühlte sich Brigid inmitten der festlich bunt gekleideten Menge, die die Treppe zur Philharmonie hinaufstieg, mit einem Mal trist und auffällig. Doch rasch schob sie den verräterischen Gedanken beiseite, denn Eitelkeit war eine Sünde – wie Zachary sie so oft erinnerte! Sie sollte dankbar sein, denn er hätte ihr auch verbieten können, diese »pompöse« Veranstaltung überhaupt zu besuchen.

Doch bald dachte sie nicht mehr an ihr Äußeres, als die festliche Stimmung der historischen Ausstellung sie alle überwältigte. Alles und jeder war hier zusammengekommen, ob schlicht oder farbenfroh gekleidet, arm oder reich. Brigid kam der Gedanke, dass sie heute wahrscheinlich zum ersten und letzten Mal auf Tuchfühlung mit der Oberschicht von Dublin in ihren feinen Kleidern und Hüten kommen würde, doch sie war fest entschlossen, unter ihrer Quäkerhaube jeden Moment davon zu genießen.

Der prachtvolle Pavillon, in dem die Ausstellung stattfand, war so hoch wie die St.-Patrick's-Kathedrale. Er besaß Kuppeln und Galerien, und von der großen Halle gingen vier weitere Galerien ab.

Im hellen Sonnenlicht des frischen Maimorgens glitzerten Glas und Schmiedeeisen wie ein gewaltiger Kronleuchter. Unter diesem schillernden Baldachin waren Kunst und Industrie ausgestellt, von Hinterlassenschaften aus napoleonischer Zeit und irischen Dampflokomotiven über Kristall aus Waterford bis zu Damast aus Belfast; Silber und Spitze, Guinness-Bier und Cracker von Jacob's, Tweed aus Galway und irische Hurling-Schläger, unermesslich wertvolle Gemälde berühmter Künstler und antike Möbel – Leihgaben aus Adelshäusern –, aber auch einfache Spinnräder. Die Ausstellungsstände führten von einer Halle in die nächste, und alles war für den Export bestimmt. Brigid staunte, wie wenig sie über ihre eigene Heimatstadt wusste, und noch weniger über die Grafschaften, die jenseits von Dublin lagen.

Auch der Park war großartig. Ein ganzes Bataillon Gärtner hatte rund um die Uhr gearbeitet, um diesen perfekten Garten zu erschaffen. Brigid bedauerte nur, dass Luke nicht bei ihnen war. Er arbeitete inzwischen auf dem Anwesen Kilmorna in der Grafschaft Kerry, und in seinem wöchentlichen Brief nach Hause – Benjamin bestand darauf, dass Luke regelmäßig schrieb – hatte er versprochen, die Ausstellung zu besuchen, sobald er das nächste Mal einen ganzen Tag frei bekam. Er hatte allerdings auch erwähnt, dass George, der alte O'Mahony, fanatisch an seinem Garten hing und seine Gärtner bis aufs Blut schuften ließ, sodass Luke noch keine Ahnung hatte, wann es so weit sein würde.

Mittags sollte die Ausstellung offiziell eröffnet werden. Kurz vorher erreichte die Atmosphäre in der Philharmonie ihren Höhepunkt. Der aus 360 Sängern bestehende Chor, der unterhalb der gewaltigen Orgel Stellung bezogen hatte, raschelte plötzlich mit den Notenblättern, trat von einem Fuß auf den anderen und räusperte sich, um dann respektvoll und ehrfürchtig zu verstummen.

Die erwartungsvolle Stille im Saal wurde von ohrenbetäubendem Jubel unterbrochen, der von draußen hereindrang. Diejenigen, die nicht zu den privilegierten Besitzern von Eintrittskarten gehörten, begrüßten draußen jubelnd den Vizekönig und seine Gattin.

Brigid war so überwältigt von all der Pracht, dass sie erst merkte, dass sie nervös mit ihrem Programmheft spielte, als Zachary sie aufforderte, die Hände still zu halten.

Musik aus *Tannhäuser* kündigte die große Prozession an, über deren Protokoll Benjamin in den Wochen vor dem Ereignis geschwitzt hatte. Alles erhob sich, als die Bürgermeister und Würdenträger der Stadt auftauchten, gefolgt von den Rittern des St.-Patricks-Ordens.

Stolz spulte Benjamin die Namen der wichtigen Persönlichkeiten ab, die er beinahe persönlich kannte, und die Familie gab sich die Informationen flüsternd weiter.

»Hier kommen Lieutenant-Colonel Sir John Ross of Bladensburg, der Polizeipräsident von Dublin, und sein Assistent Mr. Harrel. Das ist der Unterherold, der sogenannte Athlone Pursuivant of Arms – der Neue, Frank Bennett-Goldney, Parlamentsabgeordneter und Bürgermeister von Canterbury in Kent. Neben ihm geht Peirce Gun Mahony, der Herold von Cork, der von seiner Krankheit genesen ist …«

»Sieht er nicht herrlich aus in seinem königlichen Ornat?«, wisperte Mrs. O'Farrell Miss Gibbons zu.

»Richard Shackleton, der Herold von Dublin, mit seinem königlichen Wappenrock und den Insignien seines Amtes«, erklärte Benjamin. »Das ist der Viscount Powerscourt, und hinter ihnen kommt der Earl of Liverpool … oh, und da ist der Wappenkönig von Ulster, durch dessen Großzügigkeit wir heute hier sitzen.«

Der Vizekönig und die Vizekönigin, Lord und Lady Aberdeen, traten ein und wurden vom Marquess of Ormonde, der die beiden auf den Stufen der Eingangshalle begrüßt hatte, auf ihre Plätze geführt.

Selbst Zachary schien vom Pomp und dem Gepränge beeindruckt zu sein, auch wenn er etwas anderes vorgab. »Es ist leichter, dass ein Kamel durch ein Nadelöhr gehe, als dass ein Reicher ins Reich Gottes komme«, meinte er zu seiner Frau, als sich alle wieder setzten, nachdem die Würdenträger ihre Plätze eingenommen hatten. »Eitelkeit ist eine Sünde, merke dir das, Frau!«

»Ja, Zachary.«

Sie war noch sehr jung und naiv, dachte Zachary; selbstverständlich entzückten dieser Glanz und Luxus sie. Das würde er ihr natürlich noch austreiben müssen, wenn sie jemals eine gute Quäkerin werden sollte.

Liebevoll drückte er ihre Hand und dachte daran, dass sogar der Herr Jesus Christus sich gelegentlich gern zerstreut hatte. Solange man dabei nicht die wirklich wichtigen Dinge im Leben aus den Augen verlor und begann, Neid zu empfinden und seine gesellschaftliche Stellung zu hinterfragen, war daran auch nichts auszusetzen.

Nach der Eröffnungszeremonie fuhr der Adel in seinen Kutschen ab, und das Publikum hatte Gelegenheit, durch die Ausstellungshallen zu streifen. Und hier spielte das Schicksal Brigid erneut einen Streich.

Auch Rodopi Serrai schlenderte durch die Hallen und betrachtete die Ausstellungsstücke. Benjamin hätte ihn ignoriert und wäre weitergegangen, aber Miss Gibbons hatte ihn erspäht. »Entschuldigen Sie«, sagte sie zu Benjamin und Sarah, »aber ich habe eine Nachricht von Sir Arthur für diesen jungen Mann. Ich habe Mr. Serrai schon länger nicht gesehen. Ich glaube, ich versuche, ihn jetzt gleich zu erwischen.«

»Kommt«, wandte sich Benjamin schroff an seine Familie, »lasst uns den Stand von White Lady ansehen. Brigid, deine Mutter und Großmutter wollen sicher sehen, wie ihre Arbeit in dieser großartigen, prachtvollen Umgebung ausgestellt wird.«

Die Hutmacher aus der Grafton Street hatten den Stand organisiert und ihn mit den Verkäuferinnen besetzt, die Brigid ebenfalls kannte, weil sie ihre Mutter schon oft begleitet hatte.

Kurz sah sie zu Miss Gibbons, die auf der anderen Seite der Halle mit Rodopi Serrai sprach. Rodi bemerkte Brigid, und Zachary fing den Blick auf, den die beiden über Miss Gibbons' extravaganten Hut hinweg wechselten, runzelte die Stirn und wandte sich ab.

Verwirrt errötete Brigid. Dieser kurze, unbesonnene Moment, der überwältigend und wunderbar gewesen war, hatte sie verraten, und sie fürchtete Zacharys Reaktion. Zu ihrem großen Entsetzen kamen Miss Gibbons und Rodopi Serrai auf sie zu, während ihr Vater noch versuchte, sie schnell zu dem Teil des Standes zu führen, wo die White-Lady-Hüte gezeigt wurden. Aber es war zu spät.

»Mr. Masters!«, sagte Miss Gibbons atemlos, »Mr. Serrai hat das Rätsel um den fehlenden siebten Schlüssel gelöst, das Sir Arthur solche Sorgen bereitet. Er hat mir erzählt, dass Mr. Shackleton ihn kürzlich versehentlich mit nach Hause genommen hat. Mr. Shackletons Diener hat ihn auf der Kommode liegen sehen, und Mr. Phillips, Sir Arthurs Kutscher, hat ihn sofort zurück ins Adelsregister gebracht. Soweit sich Mr. Serrai erinnert, war das vorgestern.«

»Dem Himmel sei Dank!«, rief Benjamin zutiefst erleichtert aus. »Bestimmt hat Mr. Stivey ihn zurück an seinen Platz gehängt und nur vergessen, es bei all der Aufregung um diese Ausstellung, auf die wir uns alle seit Wochen vorbereiten, zu erwähnen.«

Zachary hatte Brigid und den Rest der Familie inzwischen zu dem Stand mit den White-Lady-Hüten weitergezogen, um dem Mann aus dem Weg zu gehen, der ihn zu rasender Eifersucht trieb. Brigid war also beschäftigt, und nun war Benjamin sogar bereit, den Bulgaren mit einem Lächeln zu bedenken.

Rodi selbst war nicht besonders fröhlich zumute. Die junge Mrs. Lunn war ihm sehr traurig vorgekommen. Er hatte bemerkt, wie Zachary Lunn fest und gebieterisch die Hand unter den Ellbogen seiner Frau gelegt hatte, um sie in die entgegengesetzte Richtung zu schieben. Man kann nicht immer gewinnen, sagte er sich und versuchte, sich Brigid ein für alle Mal aus dem Kopf zu schlagen. Doch so sehr er es auch versuchte, er konnte einfach den niedergeschlagenen Ausdruck auf ihrem hübschen Gesicht nicht vergessen.

»Ich hoffe doch, Ihnen und Ihrer Familie geht es gut, Mr. Masters, und Ihre Frau hat sich von ihrem Unfall erholt?«, erkundigte er sich höflich. Doch eigentlich hatte er es eilig und konnte es kaum abwarten, sich aus dem Staub zu machen und Shackleton und Peirce Gun nachzufahren, die bereits ins Dublin Castle zurückgekehrt waren.

»Ja, danke der Nachfrage, Mr. Serrai. Uns geht es sehr gut. Einen schönen Tag noch und danke für Ihre Hilfe bei dem Schlüssel.«

»Gern geschehen«, murmelte Rodi. »Einen guten Tag Ihnen beiden.« Er zog den Hut vor Miss Gibbons und Benjamin und eilte davon.

2

In der Kutsche, die sie zurück in die Francis Street brachte, sprach Zachary kein Wort mit Brigid. Sie war sich schmerzlich bewusst, dass er seinen Zorn nur mühsam unterdrückte, und saß so still und reglos wie ein Mäuschen da.

Er bezahlte die Mietkutsche und trat ins Haus.

Brigid lief direkt in die Küche, um das Abendessen zuzubereiten. Sie nahm Haube und Umhang ab und hängte sie an den Kleiderhaken hinter der Tür statt in die Diele, denn sie wollte Zachary in dem engen Raum nicht im Weg stehen, während er seine Straßenkleidung aufhängte. Dann zog sie die Schürze an.

Zachary kam in die Küche. »Verdorbenes Weibsstück!«, zischte er.

Verblüfft drehte Brigid sich zu ihm um.

»Ich habe gesehen, was für einen Blick ihr gewechselt habt, du und der junge Mann, und ich finde es abscheulich, wie billig du dich vor allen Leuten benommen hast!«

Nichts, was sie zu ihrer Verteidigung hätte vorbringen können, würde Zachary in diesem Moment besänftigen, daher schwieg Brigid.

»Du bist ein liederliches Weibsstück! Nach allem, was ich für dich und deine Familie getan habe, vergiltst du es mir, indem du dreist und öffentlich die Verachtung für deinen Ehemann zur Schau stellst! Mir fehlen die Worte, um zu beschreiben, was für eine Frau du bist!«

Brigid begann eine Kartoffel zu schälen, doch Zachary schlug sie ihr aus der Hand. »Antworte mir!«

»Ich verstehe wirklich nicht, warum du so zornig bist, Zachary.«

»Ach, wirklich nicht?« Er baute sich drohend vor ihr auf. »Du bist mit mir verheiratet. Ich werde nicht erlauben, dass du einen anderen Mann anschaust.«

»Wenn ich das getan habe, tut es mir leid. Ich entschuldige mich, falls ich dich eifersüchtig und wütend gemacht haben sollte. Das wollte ich nicht. Mr. Rodopi Serrai bedeutet mir nichts.«

»Aber seinen Namen hast du nicht vergessen!« Zacharys Brust hob und senkte sich heftig. Er glühte vor Eifersucht und erstickte fast an seiner Wut.

»Natürlich weiß ich ihn noch. Er hat mir in der Zeit vor unserer Hochzeit viele Briefe geschrieben.«

Sie dachte schon, Zachary werde sie schlagen. Er reckte die Fäuste zum Himmel, so wie bei der Gebetsversammlung, wenn er mit dem Herrn sprach.

Dann nahm er sich zusammen und ließ die Arme sinken. Er zog

Brigid an sich, schmiegte den Kopf an ihre Brust und drückte sie so heftig, dass ihre Korsettstangen sie in die Rippen stachen und sie nach Luft ringen musste. Zachary begann zu weinen.

»Brigid, Brigid, du *dummes* Mädchen! Du bist erst siebzehn, deswegen muss ich Geduld mit dir haben. Gott helfe mir und schenke mir Langmut. Ich kenne dich, seit du ein Säugling auf dem Arm deiner Mutter warst. Seitdem habe ich nur den Wunsch gehabt, dich zu lieben und zu ehren und dir alles zu geben, was dich glücklich macht. Ich kenne deinen Vater, seit wir als Knaben zusammen zur Schule gegangen sind. Er und deine Familie haben mir durch den Herrn in der Stunde größter Not beigestanden – nach dem Verlust meiner Frau, die ich sehr geliebt habe. Ich sehe sie in dir, Brigid, und deswegen wollte ich, dass du ihren Platz einnimmst. Seit jener Zeit hatte ich nur den Gedanken, deinem Vater seine Freundlichkeit auf jede Weise zu vergelten. Und als ich begann, dich auf eine andere Weise zu lieben, seine Tochter, Benjamins Tochter, da habe ich mir nur gewünscht, dich und die ganze Familie glücklich zu machen. Ich liebe dich, Brigid Rose. Verzeih mir, dass ich so zornig geworden bin.« Er wurde von heftigem Schluchzen geschüttelt.

Er ließ seinen Gefühlen freien Lauf, und Schmerz und Seelenpein brachen aus ihm. Diesen kräftigen Mann so offen weinen zu sehen erschütterte Brigid. Sie hatte das Gefühl, der Herr würde ihr nie verzeihen, dass sie ihren Mann so unglücklich machte.

Ihre Hand schwebte über seinem Kopf, doch sie brachte es einfach nicht über sich, seinen kahlen Kopf zu streicheln, daher strich sie über seinen Rücken und tätschelte ihn wie ein Kind. »Es gibt nichts zu verzeihen, Zachary. Vergib mir, wenn ich auf irgendeine Weise dein Missfallen erweckt habe. Ich versuche ja, dir eine gute Ehefrau zu sein, wie du sie willst, aber das gelingt mir nicht immer.«

Er ließ sie los. »Heute Abend müssen wir zusammen zum Herrn beten. Wir wollen ihn um Hilfe und Führung durch den Heiligen Geist bitten, um diese schändliche Begierde zwischen dir und diesem Ausländer zu überwinden, der unserer Ehe so großen Schaden zufügt.«

»Ja, Zachary.«

»Du bist jetzt mit mir verheiratet, Brigid, und musst ihn vergessen.«

»Ja, Zachary. Aber versuch doch, nicht so großes Aufhebens darum zu machen. Eifersucht ist eine zerstörerische Macht, und du hast keinen Grund, eifersüchtig zu sein. Er ist für immer aus meinem Leben verschwunden, und du sollst wissen, dass ich an unserem Hochzeitstag vor dem Herrn mein Gelübde abgelegt habe und es einhalten werde.«

»Ich hoffe es, meine Liebe, ich hoffe es.« Er wischte sich die Augen mit dem Saum ihrer Schürze ab. »Doch manchmal habe ich den Eindruck, dass du mich nicht so liebst, wie es deine Pflicht wäre.«

»Natürlich liebe ich dich, Zachary. Du bist mein Mann.«

Damit war er zufrieden und ließ sie in Ruhe, damit sie das Essen kochen konnte.

Kapitel Elf

1

Die Nationalausstellung brachte neues Leben in die irische Geschäftswelt, und Bestellungen aus aller Welt strömten ins Land. Auf den Frühling folgte der Sommer, und Tagesausflügler und Besucher bevölkerten die breiten Sandstrände der Bucht von Dublin.

Benjamin allerdings lag nichts ferner als der Gedanke, sich in die Sommerfrische zu begeben. In der ersten Juliwoche gab es im Adelsregister mehr denn je zu tun.

In der Frage der Unterbringung war der König von England schwer zufriedenzustellen gewesen, da er krankhafte Angst vor einem Attentat hatte. Momentan gab es so viel Unruhe in den baltischen Staaten, wo viele seiner regierenden Verwandten um ihr Leben fürchteten, und auch Irland befand sich in einem Zustand politischen Aufruhrs.

Schließlich hatte er entschieden, dass er und die Königin nicht in der Residenz des Vizekönigs wohnen, sondern um der Sicherheit willen auf der königlichen Yacht nächtigen würden, der *Victoria und Albert,* die im Kingstown-Hafen ankern würde.

»Herrje, herrje, herrje!«, seufzte Benjamin, als der Zeitplan vollständig umgeworfen werden musste. »Armer Sir Arthur, der sich vor dem König persönlich verantworten muss. Ich hoffe nur, dass er – und wir – es dieses Mal richtig hinbekommen.«

»Das hoffe ich ebenfalls, Mr. Masters«, pflichtete Miss Gibbons ihm aus tiefstem Herzen bei.

Benjamin saß gern schon früh am Morgen an seinem Schreibtisch, sogar samstags, wenn das Office of Arms bis zwei Uhr geöffnet war. Um ungefähr die gleiche Zeit traf für gewöhnlich Mrs. O'Farrell ein, um auch am Wochenende ihre morgendliche Putzrunde im Bedford Tower zu erledigen. Der einzige andere Mensch, der so früh ins Office of Arms kam, war der diensthabende Wächter vor der Bibliothek, obwohl natürlich die Tore des Dublin Castle Tag und Nacht von Polizisten und Wächtern gesichert wurden.

Doch an diesem schönen Morgen im Juli begann Benjamins Tag damit, dass Mary O'Farrell eine Bombe platzen ließ. In der Folge würde das Leben aller, die im Bedford Tower arbeiteten, auf den Kopf gestellt werden, und die verheerenden Auswirkungen sollten noch während der nächsten zwanzig Jahre spürbar sein.

Mary hatte ihre Haube und ihren Umhang noch nicht abgelegt, als sie in Benjamins Büro stürzte.

»Mr. Masters, Mr. Masters … kommen Sie schnell, rasch! Oh, was sollen wir nur tun?« Mary sah aus, als stehe sie kurz vor einem Zusammenbruch.

Benjamin führte sie zu einem Stuhl. »Was ist denn los, Mrs. O'Farrell, dass Sie so völlig außer sich sind?«, erkundigte er sich ein wenig beklommen.

»Oh, ich kann es nicht aussprechen, ich kann nicht …«, stöhnte sie leise.

»Bitte, Mrs. O'Farrell, jeden Moment kommt Sir Arthur, und …«

Damit hatte er offensichtlich das Falsche gesagt, denn Mary brach erneut in Panik aus. Mit geschlossenen Augen knetete sie aufgewühlt ihre Hände. »Ich hole Ihnen ein Glas Wasser, damit Sie sich beruhigen«, meinte Benjamin gereizt, »und dann können Sie wieder an die Arbeit gehen.«

»Oh Mr. Masters, was sollen wir nur tun, was fangen wir jetzt an?«

»Erklären Sie doch endlich, worum es geht, Mrs. O'Farrell!«, versetzte er streng. »Ansonsten sollten Sie sofort an Ihre Pflichten zurückkehren.«

»Die Tür ist unverschlossen!«, jammerte sie.

»Welche Tür?«

»Die Tür zum Tresorraum!«

Benjamin holte tief Luft und versuchte, Sinn in ihr wirres Gerede zu bringen. »War denn die Tür der Bibliothek offen, Mrs. O'Farrell?« Das war seine erste Sorge.

»Oh … darauf habe ich gar nicht geachtet … aber ich glaube nicht. Das wäre mir gleich aufgefallen.«

»Versuchen Sie, klar zu denken. Das ist jetzt das Wichtigste.«

»Nein, ich bin mir sicher, dass die Tür zur Bibliothek noch abgeschlossen war.«

»Gott sei Dank, Gott sei Dank!«, sagte Benjamin zutiefst erleichtert.

»Aber ja! Sie wissen doch, Mr. Masters, dass ich immer gleich, wenn ich komme, in Mr. Stiveys Büro gehe, um nachzuschauen, ob er mir eine Nachricht hinterlassen hat.«

Er nickte.

»Nun ja, als ich heute Morgen gekommen bin, ist mir etwas sehr Eigenartiges aufgefallen … aber eigentlich ist es schon ein paar Tage her … dass all diese seltsamen Dinge begonnen haben.«

»Fangen Sie am Anfang an, Mrs. O'Farrell, und lassen Sie sich Zeit. Aber versuchen Sie, klar zu denken.«

»Also …« Sie schluckte. »Am Mittwoch bin ich um die übliche Zeit hier angekommen, so zwischen halb acht und acht, und da stand die Eingangstür des Office of Arms offen. Sie wissen ja, dass sie vom oberen Schlosshof aus in den Bedford Tower führt. Und Sie wissen auch, dass sie normalerweise *niemals* offen steht! Wir haben alle Schlüssel; aber auch mit einem Schlüssel kann niemand hinein, wenn der Riegel vorgelegt ist, nur der Polizist, der nachts seine Runden dreht. Er macht uns auf, wenn wir kommen. Ja, und kürzlich morgens dachte ich bei mir: Merkwürdig, die Außentür steht offen. Detective Kerr muss gestern Nacht vergessen haben, den Riegel vorzulegen … Das muss demnach Dienstagnacht gewesen sein, Mr. Masters.«

»Haben Sie Ihre Beobachtung irgendjemandem erzählt?«

»Natürlich habe ich das! Ich habe Mr. Stivey am Mittwochmorgen davon erzählt, und er hat sofort Sir Arthur informiert.«

»Und wie hat Sir Arthur reagiert, als Mr. Stivey ihm mitteilte, dass Sie die Tür nach draußen offen vorgefunden haben?«

»Mr. Stivey sagte, Sir Arthur habe nur geantwortet: ›Ach ja?‹«

»Eine ziemlich gelassene Reaktion, finden Sie nicht, Mrs. O'Farrell?

Denn wir wissen ja alle, wie peinlich genau Sir Arthur sonst auf die Sicherheitsvorschriften achtet.«

»Genau, Mr. Masters! Das Gefühl hatte ich auch, als William mir davon erzählt hat. Aber Sir Arthur steht, wie wir alle wissen, in letzter Zeit unter großem Druck. Er macht sich solche Gedanken über den Besuch des Königs, dass ich es vorgezogen habe, mir nichts dabei zu denken.«

»Hat er Detective Kerr gebeten, der Sache nachzugehen?«

»Meines Wissens nicht.«

Auch Benjamin hatte nichts von einer polizeilichen Untersuchung bemerkt; es war ein ganz normaler Tag im Büro gewesen. »Fahren Sie fort, Mrs. O'Farrell. Was ist als Nächstes geschehen?«

»Heute Morgen ist mein Sohn Patrick nicht mitgekommen. Normalerweise begleitet er mich, um sich um die Abfalleimer und Fußmatten zu kümmern – Sie wissen aber selbst, Mr. Masters, dass ich ihn nie in den Turm lasse, damit er die Teppiche nicht schmutzig macht. Nun ja, heute Morgen ist Patrick nicht mit mir gegangen, weil er Mittwoch schon alles erledigt hatte, sonst wäre er hier und könnte bezeugen, was ich Ihnen erzähle! Verstehen Sie, die Außentür zum Tresorraum stand einen Spaltbreit offen, aber das innere Gitter war noch verschlossen, denn der Schlüssel steckte … Hier ist er; ich habe ihn sofort an mich genommen, zusammen mit dem Schlüssel zur Bibliothek. Ich habe sie beide hier …«

Sie wühlte in den Taschen ihres Samtumhangs nach den Schlüsseln, die mit einem Stück Schnur zusammengebunden waren.

»Beide zusammen an einem Stück Schnur, Mrs. O'Farrell – ist das nicht ziemlich seltsam?«

»Allerdings! Ich war so erschrocken, dass ich sie nur aus dem Schloss gezogen und hergebracht habe. Sagen Sie mir, was ich tun soll, Mr. Masters.«

»Wir müssen die Schlüssel sofort zu Mr. Stivey bringen, Mrs. O'Farrell.«

»Er ist nicht in seinem Büro.«

»Nicht in seinem Büro … wie spät ist es denn?« Benjamin hatte die

Zeit ganz aus den Augen verloren. Er holte seine Taschenuhr hervor und warf einen Blick darauf. »Oh, für gewöhnlich kommt er nicht vor zehn, daher können wir wohl auch heute nicht früher mit ihm rechnen.«

»Und was sollen wir bis dahin tun, Mr. Masters?«

Benjamin zog sein Taschentuch hervor und wischte sich die feuchte Stirn ab. »Es könnte schlimmer sein, Mrs. O'Farrell, viel schlimmer. Einen Moment lang dachte ich schon, Sie wollten mir sagen, der Safe sei aufgebrochen worden, und man habe die Kronjuwelen gestohlen.«

»Oh, Gott behüte, Mr. Masters!«

»Ist die Tür nach draußen denn jetzt geschlossen?«

»Ich habe sie sofort zugeschlagen, Mr. Masters.«

»Gut gemacht.«

Er hatte Arbeit zu erledigen, und sie musste die Büros putzen, bevor der Rest des Personals und die Besucher eintrafen. »Wir werden Mr. Stivey eine Nachricht hinterlassen müssen, Mrs. O'Farrell«, meinte er daher schließlich. »Dann kann er auf uns zukommen, um die Lage zu klären, bevor er Sir Arthur Mitteilung macht.«

»Könnten Sie mir bitte dabei helfen, Sir? Ich weiß nicht recht, was ich Mr. Stivey schreiben soll.«

Mit Benjamins Hilfe verfasste Mrs. O'Farrell ihre Nachricht an den Büroboten: *Mr. Stivey, ich habe den Tresorraum heute Morgen offen vorgefunden. Ich habe ihn geschlossen, das Tor ebenfalls. Die Schlüssel liegen auf Ihrem Tisch.*

2

William Stivey traf wie gewöhnlich um zehn Uhr ein. Er war früher bei der Marine gewesen und pünktlich, exakt und gewissenhaft. Seine Pflichten waren vielfältig: Er hatte an die Tür zu gehen und sich um Besucher und Personal zu kümmern und die kostbaren Bücher, die entliehen worden waren, zurück in die Regale zu stellen. Auf keinen

Fall war es ihm gestattet, jemals Unbefugte unbeaufsichtigt in die Bibliothek oder den Tresorraum zu lassen, und William hielt sich streng an seine Anweisungen.

Er las Mrs. O'Farrells Nachricht, nahm die beiden Schlüssel, die auf seinem Schreibtisch lagen, und schaute sofort nach dem Tresor in der Bibliothek. Soweit er sehen konnte, war alles in Ordnung. Er ging wieder in sein Büro und wartete auf Sir Arthur.

Kurz darauf trafen zuerst Peirce Gun Mahony und dann Rodopi Serrai im Bedford Tower ein.

»Ist der Herold von Dublin da, William?«, fragte Rodi den Boten.

»Nein, Sir.«

»Oder der Herold von Cork?«

»Ja, Mr. Peirce ist kurz vor Ihnen angekommen, er ist in seinem Büro.«

»Ich würde gern kurz mit ihm sprechen.«

»Hier entlang, Sir.« William begleitete Rodi zum Büro des Herolds von Cork und ließ die beiden allein.

Peirce kam Rodi ein wenig nervös vor. »Ich habe jetzt keine Zeit für dich, Rodi«, sagte er. »Durch den Staatsbesuch und alles andere stecke ich bis über die Ohren in Arbeit. Gleich kommt jemand vom Juwelier, um die Kronjuwelen zu überprüfen.«

»Eigentlich wollte ich Shackleton sehen, bevor ich nach Bulgarien aufbreche«, erklärte Rodi.

»Shackleton hält sich in London auf, um seine neue Company auf den Weg zu bringen.«

»Verdammt!«

Peirce schaute auf, und ein schwaches Lächeln erhellte seine angespannten Züge. »Ob du dieses Mal wohl wirklich bis nach Bulgarien kommst, Rodi? Egal … was wolltest du denn von Shackleton?«

»Ich habe ihn gebeten, die Sache noch etwas aufzuschieben. Ich habe etwas Geld aufgetrieben und möchte bei ihm einsteigen.«

»Ich dachte, du wärst mittellos, mein Lieber. Hast wohl die irischen Kronjuwelen an eine bulgarische Untergrundorganisation verkauft, was?«

»Das ist nicht komisch, Peirce!«

»War wahrscheinlich nicht besonders geschmackvoll. Ich entschuldige mich. Na, du brauchst ihm ja bloß zu telegrafieren und ihn zu bitten, die Pferde etwas zu zügeln. Und jetzt entschuldige mich, Rodi, ich habe zu tun.«

»Ist George da?«

»Sollte er? Dachte, er wäre noch in England.«

»Ach, geh doch zum Teufel, Peirce!« Zornig ging Rodi hinaus. Jetzt hatte er schon zweimal vergeblich versucht, Shackleton und Lord George Haddo anzutreffen.

Ein Bote des Dubliner Juweliers West & Co. traf ein und unterrichtete Mr. Stivey, sein oberster Chef sei unterwegs und bringe persönlich die goldene, mit Emaileinlagen geschmückte Amtskette des St.-Patricks-Ordens mit.

Die Kette hatte zuletzt der verstorbene Lord de Ros getragen, und die Schließe war defekt gewesen. Daher hatte man das Schmuckstück zur Reparatur zu West & Co. geschickt.

William Stivey führte den Juwelier in das Büro des Herolds von Cork, der die hölzerne Schatulle sorgfältig überprüfte, um festzustellen, ob alles in Ordnung war, und dann dem Juwelier den Empfang quittierte. Und da sein Onkel, Sir Arthur, noch nicht aufgetaucht war, bat Peirce William, das Kästchen auf Sir Arthurs Schreibtisch zu stellen.

Sir Arthur kam gegen Mittag, und Stivey ging sofort zu ihm, um mit ihm darüber zu sprechen, dass Mrs. O'Farrell heute Morgen die Tür zum Tresorraum offen vorgefunden hatte. Doch Sir Arthur unterhielt sich mit seinem Neffen, Miss Gibbons und Mr. Horlock, seinem Privatsekretär.

Da William es unpassend fand, Sir Arthur zu stören, kehrte er in sein eigenes Büro zurück, das zwischen der Bibliothek und dem Tresorraum lag, der ihnen solche Kopfschmerzen bereitet hatte. Er war speziell für die irischen Kronjuwelen gebaut worden, doch nachdem er fertig war, hatte der Safe nicht durch die Tür gepasst, sodass man ihn wieder an seinem ursprünglichen Platz in der Bibliothek untergebracht hatte.

William wartete ein Weilchen und versuchte dann erneut, Sir Arthurs Aufmerksamkeit zu gewinnen, um ihm mitzuteilen, dass die Sicherheitsvorkehrungen in letzter Zeit ein wenig lax gehandhabt wurden, doch Sir Arthur sprach immer noch mit seinem Neffen. William beschloss, zu Mittag zu essen und später noch einmal wiederzukommen.

Schließlich ging er um zwei Uhr noch einmal zu Sir Arthurs Büro. Er klopfte an die Tür und wartete.

Sir Arthur, der am Fenster stand, hatte die edelsteinbesetzte Amtskette des verstorbenen Lord de Ros untersucht. Jetzt wandte er sich an seinen Neffen, Peirce Gun Mahony. »Die Juweliere bei West scheinen den Verschluss ausgezeichnet repariert zu haben, Peirce.«

»Ja, Sir.«

Williams Klopfen unterbrach sie. »Herein!«, rief Sir Arthur, und William trat ein. »Was gibt es, Stivey?«

William zögerte. Er schaute zwischen den beiden hin und her und beschloss dann plötzlich, nichts über die offen stehende Tür zu sagen, und auch nicht das ungewöhnliche Vorkommnis zu erwähnen, dass man den Schlüssel zur Bibliothek zusammen mit dem zum Tresorraum gefunden hatte. Er wollte Sir Arthur nicht unnötig in Panik versetzen.

»Haben wir schon zwei Uhr?«

»Ja, Sir.«

»Sehr gut, dann können Sie gehen.« Sir Arthur legte die Amtskette zurück in die hölzerne Schatulle, die auf seinem Schreibtisch stand. »Mir wäre lieb, Sie würden die Kette in den Safe bringen«, setzte er dann hinzu. »Wir haben schon viel zu viel hier herumstehen, so langsam wird es eng.« Er nahm einen Schlüsselbund aus der Tasche, suchte einen Schlüssel heraus und hielt ihn Stivey hin. »Dieser hier passt auf den Safe.«

William Stivey blieb der Mund offen stehen. In den sechs Jahren, seit er hier arbeitete, hatte Sir Arthur ihn noch nie gebeten, den Safe ohne Aufsicht zu öffnen.

»Ist etwas, Stivey?«, fragte Peirce Gun.

»Nein, gar nichts, Sir!«

Stivey nahm die hölzerne Schatulle und machte sich auf den Weg in die Bibliothek.

Er hatte Sir Arthur schon häufig zugesehen, daher wusste er, wie der Safe geöffnet wurde, obwohl er die Aufgabe noch nie selbst übernommen hatte. Es gab zwei Schlüssellöcher, eins oben und eins unten, und in der Mitte einen Hebel zum Drehen.

Stivey schob den Schlüssel in das untere Schlüsselloch, doch er ließ sich nicht drehen.

Er überlegte, ob das Schloss wohl in die entgegengesetzte Richtung funktionierte, und versuchte es in dem oberen Schlüsselloch. Dieses Mal bewegte sich der Schlüssel ordnungsgemäß. Er versuchte den Hebel zu drehen, doch der rührte sich nicht.

Dann wurde ihm klar, was er getan hatte. Statt die Safetür zu öffnen, hatte er sie in Wahrheit verschlossen. Das konnte nur bedeuten, dass der Safe offen gestanden hatte, als er gekommen war.

William Stivey war entsetzt. Er wusste nicht, was er tun sollte. Während er vor dem Safe kniete, meinte er, Schritte im Stockwerk über sich zu hören. Er richtete sich auf und trat an die große Treppe. Sir Arthur kam die Stufen herunter.

»Ich hatte ganz vergessen, Stivey …«, begann Sir Arthur, der dabei gewesen war, einen wichtigen Brief zu formulieren, als er unterbrochen und abgelenkt worden war. »Sie sind es sonst nicht gewöhnt, den Safe allein zu öffnen, daher dachte ich, dass ich lieber kommen und Ihnen zur Hand gehen sollte.«

»Sir Arthur«, sagte William ein wenig benommen, »Sie haben wahrscheinlich beim letzten Mal, als Sie am Safe waren, die Tür nicht abgeschlossen.«

»Oh«, gab Sir Arthur zurück. »Doch, bestimmt habe ich das.«

»Ich habe aber soeben festgestellt, dass die Tür des Safes unverschlossen war, Sir Arthur.«

»Ganz unmöglich. Wovon reden Sie? Bestimmt haben Sie den Schlüssel ins falsche Schloss gesteckt.«

»Nein, Sir.«

»Dann lassen Sie uns nachsehen.«

Sir Arthur kam die restlichen Stufen herunter und trat zusammen mit William in die Bibliothek, wo Letzterer ihm zeigte, wie genau er den Safe vorgefunden hatte. Sir Arthur öffnete die Tür. Sein Erstaunen wich einem Gefühl von Beklemmung. »Hoffentlich ist alles in Ordnung«, meinte er, mehr zu sich selbst als zu Mr. Stivey.

Sir Arthur nahm eine der Schatullen heraus und öffnete sie.

Dann stieß er einen gellenden Schrei aus. »Mein Gott, sie sind fort. Die Kronjuwelen sind fort!« Er riss ein leeres Kästchen nach dem anderen aus dem Safe. »Lord Corks Amtskette ist verschwunden! Und auch alles andere …« Verzweifelt zog er eine Schachtel nach der anderen hervor, doch statt der Amtsketten der Ritter, des Sterns und des Emblems des Ordens – dem St.-Patricks-Kreuz – fand er nur Seidenpapier vor … Die Familiendiamanten der Mahonys waren mitsamt der Schatulle verschwunden, in der sie aufbewahrt wurden. »Der Schlüssel zu dieser Schmuckschatulle wird nicht im Safe verwahrt, so wie die anderen, sondern von demjenigen Mitglied der O'Mahony-Familie, das gerade auf Kilmorna residiert …«, erklärte Sir Arthur Stivey, der neben ihm stand und wie Espenlaub zitterte, erschüttert.

König William IV. hatte dem St.-Patricks-Orden die irischen Kronjuwelen im Jahr 1830 geschenkt. Von einigen der Steine, insbesondere den Diamanten, nahm man an, dass sie einmal Königin Charlotte gehört hatten. Einst hatte George IV. sie seiner Mätresse Lady Conyngham verehrt.

Der achtzackige Stern des Ordens bestand aus brasilianischen Diamanten, und in seiner Mitte war ein aus Smaragden gefertigtes Kleeblatt dargestellt, das inmitten eines von blauem Email eingerahmten Rubinkreuzes leuchtete. Rosafarbene Diamanten hoben das zentrale Motiv mit dem Motto des Ordens hervor: *Quis separabit?* Wer will uns scheiden?

»Sie sind fort … Verschwunden!« In Sir Arthurs Stimme mischten sich Unglauben, Entsetzen und grenzenlose Verwirrung. William Stivey schoss der Gedanke durch den Kopf, dass er in diesem Moment nicht für alle Kronjuwelen der Welt in Sir Arthurs Haut hätte stecken mögen; vor allem angesichts des unmittelbar bevorstehenden Staatsbesuchs von König Edward VII.

Alles, was Sir Arthur Vicars noch im Safe vorfand, waren drei Gegenstände: sein eigenes Testament, das seines Halbbruders George, des O'Mahony von Kerry und Kilmorna, sowie die Urkunde, die ihn auf Lebenszeit zum Wappenkönig von Ulster ernannte. Besonders Letztere schien nur noch bitterer Hohn zu sein.

»Bitte gehen Sie sofort zu unserem Hausdetektiv, Stivey, und sagen Sie ihm, er soll herkommen.«

»Ja, Sir.«

William Stivey rannte davon, um Detective Kerr zu holen, doch der war noch beim Mittagessen. Weitere kostbare Zeit verging, während er nach ihm suchte. Sir Arthur, der immer noch eine leere, mit Saffianleder bezogene Schachtel in der Hand hielt, trat an den Fuß der Treppe und rief nach seinem Neffen. Seine Stimme hallte durch die herrschaftlichen Gänge.

Peirce Gun kam in die Bibliothek und fand seinen Onkel in einem Zustand tiefster Verzweiflung vor. Sir Arthur drehte sich zu ihm um und stieß nur ein einziges Wort hervor: »Fort!«

»Oh Gott … Was sollen wir jetzt tun?«

»Das ist allerdings die Frage, Peirce! Wohl wahr, was machen wir?« Dann fiel Sir Arthur ein, dass noch jemand erfahren musste, was geschehen war. Mr. Burtchaell, sein Sekretär, befand sich noch in seinem Büro. Er ließ seinen Neffen neben dem leeren Safe stehen und ging zu Mr. Burtchaell, der soeben nach Hause gehen wollte. »Etwas Schreckliches ist passiert, George.«

»Oh nein, Sir! Ist dem König etwas zugestoßen? Ist er krank und kommt jetzt doch nicht nach Irland?«

»Jemand hat die Amtsketten und Kronjuwelen aus dem Safe genommen, George.«

»Herausgenommen?«

»Sie sind verschwunden!«

»Sie meinen, sie sind gestohlen worden, Sir Arthur?«

»So sieht es aus, George. Verraten Sie noch niemandem etwas von dieser furchtbaren Sache. Aber Sie müssen mich bei meiner Aussage bei der Polizei unterstützen.«

»Natürlich, Sir Arthur. Ich komme sofort.«

George Dames Burtchaell hatte seine Ausbildung bei der irischen Anwaltskammer absolviert. Im Kildare-Club hatte er in letzter Zeit Gerüchte gehört, dass gewisse junge Herren vorhatten, Sir Arthur einen Streich zu spielen. Wenn es sich hierbei um besagten Scherz handelte, dann war es das Beste, nicht überzureagieren und dem König nichts zu sagen – jedenfalls noch nicht.

Er führte eine Bestandsaufnahme der Lage durch und übernahm dann die Kontrolle. Sir Arthur war völlig außer sich, da die Angelegenheit auf jeden Fall vor den König von England gebracht werden musste – außer, die Urheber des Streichs legten die Juwelen innerhalb der nächsten vierundzwanzig Stunden in den Safe zurück.

Kapitel Zwölf

1

Brigid hatte den Nachmittag in der Eustace Street verbracht und ihrer Mutter und Großmutter geholfen, letzte Hand an einige Hüte zu legen; Bestellungen der Damen der Dubliner High Society für den bevorstehenden Staatsbesuch.

Sie hatte gehofft, ihren Vater noch zu sehen, aber er war nicht nach Hause gekommen, wenngleich er samstags für gewöhnlich gegen halb drei Uhr nachmittags nach Hause kam. Sarah hatte sich keine Sorgen wegen Benjamins Verspätung gemacht, obwohl sein Mittagessen, das sie in der Backröhre warm hielt, dort langsam vertrocknete.

»In drei Tagen kommt das Königspaar nach Irland, und wahrscheinlich macht das ganze Personal im Adelsregister heute Überstunden«, war Sarahs anfängliche Reaktion gewesen, als Benjamin nicht aufgetaucht war.

Schließlich meinte Brigid, sie müsse nach Hause, um Zachary seinen Tee zuzubereiten.

Normalerweise kehrte er um sechs von der Getreidebörse zurück, und es war schon fünf Uhr. Zachary wartete nicht gern auf seine Mahlzeiten.

Als sie in die Francis Street einbog, überquerte ein Mann die Straße und vertrat ihr den Weg. Es war Rodi. »Hallo, Brigid.«

Sie erbleichte und sah nervös über die Schulter. »Mr. Serrai … Mein Mann kommt gleich nach Hause …«

»Keine Sorge, ich werde Sie nur ein paar Sekunden aufhalten. Ich bin gekommen, um mich zu verabschieden.«

»Verabschieden?« Sie schaute zu ihm auf und schlug dann rasch die Augen nieder, als sie gewahr wurde, mit welchem Blick er sie ansah.

»Ich kehre nach Bulgarien zurück, Brigid.«

Sie wusste nicht, was sie sagen sollte. »Für immer?«

Er lächelte. »Warum fragen Sie?«

Sie schwieg.

»Werden Sie mich vermissen, Brigid?«, fragte er, und sie merkte, dass er sich in einer seltsamen, verzweifelt-schwärmerischen Stimmung befand. Sie vermutete, dass er nervös war und nicht wollte, dass Zachary sie zusammen antraf. »Ich muss gehen …« Sie trat von ihm weg, doch in diesem Moment bog Zachary schon um die Ecke der Francis Street.

Panisch rannte Brigid die Vordertreppe ihres Hauses hinauf, während Rodi sich umwandte und in die entgegengesetzte Richtung ging.

2

Zachary machte sich nicht die Mühe, Mantel und Hut abzulegen, sondern stürmte sofort in die Küche, wo sich Brigid atemlos und mit zitternden Fingern die Schürzenbänder zuknotete.

»Du böses, verdorbenes Weib!« Hart zog Zachary ihr seinen Spazierstock über den Rücken.

Sie keuchte vor Schmerz und Entsetzen. Er hatte sie noch nie geschlagen.

»Verschlagenes, hinterlistiges Frauenzimmer! Ich werde dich für deinen Betrug bestrafen! Du hast mich angelogen und dich heimlich mit diesem Mann getroffen, und jetzt habe ich euch beide ertappt! Gott straft böse Frauen, und ich werde dich strafen … Du hast mich in meiner eigenen Straße zur Witzfigur gemacht … Der Straße, in der man meine erste Frau geliebt und geachtet hat.«

Speichel rann in seinen Bart, und erneut schlug er rücksichtslos und blindlings zu.

Brigid wich ans Spülbecken zurück, doch sie vermochte weder zu schreien noch sonst einen Laut hervorzubringen. Als der Schmerz in ihre Magengrube schoss, rang sie mit einem einzigen, heftigen Schluchzen nach Luft und brach dann ohnmächtig zu Zacharys Füßen zusammen.

3

Obwohl Sir Arthur noch zögerte, den Diebstahl öffentlich zu machen, bestand Mr. Burtchaell, seine rechte Hand, darauf, sofort die Polizei zu informieren. »Alles andere wäre Wahnsinn, Sir Arthur«, meinte er. »Sie müssen Mr. Harrel sofort benachrichtigen.«

»Ich habe schon nach Kerr geschickt, doch der scheint sich Zeit zu lassen. Lassen Sie uns noch warten, bis er hier ist. Dann kann er entscheiden, ob wir die Polizei rufen sollen.«

Da die Polizeiwache gleich auf der anderen Seite des Hofs lag, kehrte Owen Kerr, der Hausdetektiv, nur in sein Büro zurück, um sofort wieder in den Bedford Tower geschickt zu werden. Er war der erste Polizist am Ort des Geschehens. »Kerr«, sagte Sir Arthur, »alle Juwelen sind verschwunden. Offensichtlich haben ein paar der Ganoven, die extra zum Besuch des Königs hergekommen sind, den Safe leergeräumt.«

»Wie haben Sie festgestellt, dass er geöffnet worden war?«

»Stivey hat ihn offen vorgefunden. Daran ist nur die Baubehörde schuld«, gab Sir Arthur zurück. »Ich wollte einen sicheren Safe und kann das anhand der Korrespondenz auch nachweisen, doch sie haben sich geweigert und mir keinen zur Verfügung gestellt. Dieser Safe hier schien mir immer schon unsicher. Ich war heute mit Arbeit überhäuft und habe Stivey gebeten, eine Amtskette hineinzulegen, und er hat festgestellt, dass er offen war.«

Kerr schickte nach Detective Superintendent John Lowe von der Dubliner Polizei. Detective Lowe nahm die niedergeschlagene Gruppe in Augenschein, die bei seinem Eintreffen vor ihm stand, denn für ihn zählte immer der erste Eindruck. Eine merkwürdig bunt zusammengewürfelte Gesellschaft, fand er.

Sir Arthur Vicars schien in seiner eigenen Welt zu leben; Peirce Gun Mahony, der Herold von Cork, schien sich mehr Gedanken um die gestohlenen Mahony-Diamanten als über die Kronjuwelen zu machen; Mr. Horlock, Sir Arthurs Privatsekretär, schien von der Situation völlig überfordert zu sein; und schließlich wirkte ein Quäker mit

Namen Benjamin Masters, ein einfacher Büroangestellter des Adelsregisters, als hätte ihn ein persönliches Unglück getroffen.

Der Einzige, der einigermaßen vernünftig redete, war der ruhige, ältliche Jurist Mr. Burtchaell.

Superintendent Lowe beobachtete alle aufmerksam. Ihm war klar, dass dies womöglich der wichtigste Fall seiner Karriere war. Vor allem konnte es sein, dass seine Karriere beendet war, wenn diese Sache schlecht ausging.

Sir Arthur Vicars zeigte ihm die leere, mit Saffianleder bezogene Schatulle, die die Kronjuwelen enthalten hatte. »Hier ist ein Diebstahl begangen worden«, erklärte er. »Die Juwelen sind aus dem Safe gestohlen worden. Der Safe ist vollständig leergeräumt.«

Detective Superintendent Lowe untersuchte die Schatulle und entdeckte ein Stück blaues Band. »Wozu hat das gehört?«

»Das ist das Band, an dem das Ordensemblem befestigt war. Es wird von einem Verschluss gehalten, der mit zwei kleinen Schrauben fixiert wird und mit einem Haken an dem Emblem verbunden ist«, erklärte Sir Arthur ein wenig umständlich.

»Man hätte also die Schrauben aufdrehen müssen, um das Band von dem Abzeichen abzunehmen?«, vergewisserte sich der Polizist.

»Ja«, antwortete Sir Arthur.

»Wie klein sind diese Schrauben?«, fragte Lowe.

»Winzig und sehr schwer zu lösen«, gab Sir Arthur zurück. »Selbst wenn man die Schrauben entfernt hat, braucht es noch einige Fingerfertigkeit, um den Haken nicht zu beschädigen.«

»Wie viel Zeit würde dieses schwierige Unterfangen in Anspruch nehmen, Sir Arthur?«

»Mindestens zehn Minuten.«

»Können Sie sich einen Grund vorstellen, warum ein Dieb so lange damit zubringt, das Abzeichen vom Band zu lösen, statt rasch die Flucht zu ergreifen?«, wollte Superintendent Lowe wissen.

»Absolut keinen, Superintendent.«

»Also, für mich sieht das nach einem Insider aus«, murmelte Lowe.

»Wie bitte?«, fragte Sir Arthur.

»Nichts, Sir, nichts. Habe nur mit mir selbst gesprochen.«

Sir Arthur lächelte matt. »Das kenne ich.«

»Ob Sie mir wohl, Sir«, fuhr der Polizist fort, »eine Liste aller Personen, die in diesem Amt während der vergangenen Woche ein- und ausgegangen sind, besorgen könnten?«

»Natürlich! Mr. Stivey und Mr. Masters können das anhand des Besucherbuches tun, Superintendent. In drei Tagen erwarten wir den König, und wir müssen dafür sorgen, dass er einen möglichst angenehmen Aufenthalt hat. Ich bin mir sicher, dass die Juwelen innerhalb kürzester Frist wieder auftauchen werden.«

»Das hoffe ich, Sir, für uns alle.«

Kurz darauf traf Sir John Ross of Bladensburg, der Polizeipräsident, am Ort des Verbrechens ein. Auch er erkannte gleich die Bedeutung des blauen Bandes. »Ist es abgeschnitten worden?«, wollte er von Sir Arthur wissen.

»Nein, es ist äußerst sorgfältig vom Abzeichen gelöst worden«, erklärte Sir Arthur ein weiteres Mal.

»Ich habe auch den Eindruck«, meinte der Polizeipräsident, »dass das Seidenpapier, in das die Juwelen eingeschlagen waren, sehr ordentlich zusammengefaltet und zurückgelegt wurde. Nicht gerade üblich für normale Kriminelle, die für gewöhnlich nicht hinter sich aufräumen.«

William Stivey und Benjamin Masters erstellten gemeinsam eine Liste der Besucher, die während der vergangenen Woche den Bedford Tower betreten hatten. Bei Lord George Haddo, dem Sohn des Vizekönigs, und Rodopi Serrai, dem Schützling der Mahony-Familie, war allerdings ihr häufiges Kommen und Gehen nicht immer im Besucherbuch verzeichnet. Als man später Mrs. O'Farrell befragte, erinnerte sie sich, Lord George zuletzt am Mittwochmorgen gesehen zu haben, dem Tag, an dem sie bemerkt hatte, dass die Tür zum Bedford Tower unverschlossen war. Doch es gab keine Aufzeichnungen über Lord George Haddos Besuch. Peirce Gun Mahony erklärte den Polizisten, Mr. Rodopi Serrai, der Schützling seines Vaters, stehe für eine Befragung nicht zur Verfügung, da er das Land verlassen habe.

»Das Land verlassen?«, wiederholte Superintendent Lowe.

»Er ist nach Bulgarien gereist, in seine Heimat.«

»Unternimmt er oft solche Reisen, Sir?«, wollte der Detective wissen.

»Meines Wissens ist dies das erste Mal seit sieben Jahren, Superintendent.«

»Verstehe.«

»Aber es bleibt zu hoffen, Superintendent, dass Mr. Serrai nach Irland zurückkehren wird, sobald sein Visum abläuft. Das neue Regime legt keinen besonderen Wert darauf, dass exilierte Adlige sich allzu lange in Sofia aufhalten.«

»Wenn er adlig ist, wie lautet dann sein Titel?«, fragte der Superintendent, während einer seiner Polizeioffiziere auf seinen Notizblock kritzelte.

Peirce Gun zuckte die Achseln. »Sein Vater war ein Graf, daher könnte man ihn wahrscheinlich als ›Count‹ bezeichnen, da er den Titel geerbt hat. Doch da er ein verarmter Aristokrat ist, zieht er es vor, keine Aufmerksamkeit darauf zu lenken, und lässt sich lieber einfach Mr. Serrai nennen. Ziemlich nobel von ihm, finde ich.«

»Was glauben Sie, warum er zu diesem Zeitpunkt nach Bulgarien gereist ist, Sir?«

Wieder zuckte Peirce Gun Mahony die Achseln. »Das weiß ich ebenso wenig wie Sie, Sir. Vielleicht, um eine Armee gegen die Türken aufzustellen?«

»Nun, jedenfalls vielen Dank für Ihre Hilfe, Sir«, sagte der Polizist.

Eine schöne Bescherung!, dachte Superintendent Lowe nach dem Gespräch mit Peirce.

»Diese Leute«, erklärte er später Sir John Ross, »ich meine, die Mitarbeiter im Bedford Tower, mögen oberflächlich einig erscheinen, Sir, aber in Wirklichkeit versucht jeder, dem anderen ein Messer in den Rücken zu rammen.«

»Wie kommen Sie darauf?«, fragte der Polizeipräsident.

»Nur so ein Gefühl, Sir. Aber ich kann mich normalerweise auf meine Gefühle verlassen.«

»Superintendent Lowe«, sagte der Polizeipräsident, »wir müssen feststellen, wer Schlüssel zu diesen vielen Türen hat, und natürlich werden auch die diensthabenden Wachposten vor der Bibliothek aussagen müssen. Der Umstand, dass dieser Mr. Rodopi Serrai ausgerechnet jetzt beschlossen hat, nach Bulgarien abzureisen, kommt mir seltsam vor. Wir müssen mit jedem reden, zu dem er in letzter Zeit Kontakt hatte. Wenn wir während der nächsten vierundzwanzig Stunden weder den Dieb noch die Juwelen auftreiben, wird das, fürchte ich, ein Fall für Scotland Yard – so ungern ich den Fall auch an London abgeben würde.«

4

Abendliches Sonnenlicht fiel in einem hellen Strahl auf ihr Gesicht, und Brigid schlug die Augen auf und kam wieder zu Bewusstsein. Sie fror, denn sie lag immer noch auf dem kalten Küchenboden; ihr Gesicht allerdings glühte wie im Fieber.

Im Haus schien es sehr still zu sein.

Sie streckte sich. Ihr war übel, und sie blieb noch ein wenig liegen, bis das Schwindelgefühl verging. Ihre Kleider waren zerrissen, und ihr Gesicht fühlte sich zerschrammt und angeschwollen an. Ihr ganzer Körper schmerzte, und so, wie ihr Kleid an ihrem Rücken klebte, mussten Zacharys Schläge ihr die Haut bis aufs Blut aufgerissen haben. Sie rappelte sich auf die Knie und versuchte dann aufzustehen. Der Boden schien zu schwanken. Benommen hielt sie sich am Rand des Spülbeckens fest. Sie reckte sich, um in den kleinen Spiegel zu sehen, der darüber hing, und erschauerte: Ihre Lippen waren aufgeplatzt und bluteten, die eine Seite ihres Gesichts war zerschlagen und angeschwollen, und über ihre Wange verlief ein hochroter Striemen, wo Zacharys Stock sie getroffen hatte, sodass ihr Gesicht ein wenig schief wirkte. So also sah eine geprügelte Ehefrau aus!

Langsam und unter Schmerzen schleppte sie sich die Treppe hinauf und in ihr Schlafzimmer.

Zachary war nicht zu Hause. Ihr war auch ziemlich gleich, wohin er gegangen war, zu einer Ältestenversammlung wahrscheinlich, oder vielleicht sogar zurück zur Getreidebörse, wo er den Abend damit verbringen würde, noch mehr Geld mit Weizen und Gerste zu verdienen. Sie jedenfalls wünschte ihn zur Hölle.

Aus einem Krug goss sie kaltes Wasser in die Waschschüssel, wusch sich das Gesicht und versorgte ihre Schnittwunden und Prellungen. Dann zog sie sich um. Sie packte ein paar Sachen in eine Tasche und zog ihren grauen Umhang mit Kapuze an. Doch auch die Kapuze konnte ihr zerschlagenes, angeschwollenes Gesicht nicht verbergen, daher legte sie den Umhang wieder ab und nahm einen leichteren Sommermantel aus dem Schrank. Sie war dabei gewesen, einen Hut für eine der Kundinnen ihrer Mutter zu ändern. Er war schwarz und einfach und hatte einen dichten schwarzen Schleier, da er für eine Beerdigung bestimmt war. Jetzt war der richtige Moment, ihn zu tragen, dachte Brigid, der Schleier würde Gesicht und Hals vollständig bedecken.

Sie machte sich nicht einmal die Mühe, Zachary eine Abschiedsnachricht zu schreiben, bevor sie das Haus verließ. Wenn er zurückkehrte und feststellte, dass sie und ihre Sachen verschwunden waren, würde er schnell genug begreifen, dass sie ihn verlassen hatte.

Lieber brannte sie aus Liebe denn aus Hass für alle Zeiten in der Hölle, sagte sie sich, denn wenn Zachary sie noch einmal beleidigte oder schlug, würde sie mit dem Schürhaken auf ihn losgehen. Und das, nachdem sie sich so große Mühe gegeben hatte, ihm alles recht zu machen! Bei alldem war es das geringere Übel, vor ihm und allen »älteren und klügeren Köpfen« fortzulaufen, die daran schuld waren, dass es so weit mit ihr gekommen war – lieber war sie eine gefallene Frau als eine Mörderin. Sie fühlte sich schmutzig, gedemütigt und missbraucht und hatte nicht vor, den Rest ihres Lebens in diesem Zustand zu verbringen.

Brigid wusste genau, was sie tun würde, und betete nur, dass es nicht zu spät war. Sie ging in Rodis Club in der Kildare Street und hinterließ eine Nachricht für ihn.

Lieber Mr. Rodopi Serrai, ich habe niemand anderen, an den ich mich wenden könnte, und bitte Sie in einer sehr persönlichen Angelegenheit um Hilfe. Falls Sie nicht bereits auf dem Weg nach England und auf den Kontinent sind, werde ich an der Mount Street Bridge auf Sie warten, in der Nähe der Stelle, an der wir uns zum ersten Mal begegnet sind. Ich werde heute Abend bis neun Uhr dort sein, und wenn Sie bis dahin nicht gekommen sind, werde ich wissen, dass Sie bereits unterwegs nach Bulgarien sind. Was ich dann tun werde, weiß ich noch nicht genau, aber wahrscheinlich werde ich dann nach Kilmorna fahren, wo mein Bruder Luke für die O'Mahonys arbeitet. Ich hoffe, ich bereite Ihnen keine Unannehmlichkeiten, indem ich auf diesem Weg Kontakt zu Ihnen aufnehme, aber ich bin verzweifelt und weiß nicht, wen ich sonst bitten könnte.

Sie unterschrieb die Nachricht nicht, doch er würde schon wissen, von wem sie stammte. Wenn es ihm mit seinen Gefühlen so ernst war, wie er behauptete, würde er zu ihrer Rettung herbeieilen. Lieber Bulgarien als ein Leben in der Francis Street mit Zachary!

Kapitel Dreizehn

1

Rodi befand sich in Grange Con und packte seine Sachen, um dann nach Dublin zurückzukehren. Er hatte vor, die Nacht in seinem Club zu verbringen, von Kingstown aus die Fähre nach Holyhead zu nehmen und dann mit dem Zug zum Londoner Euston-Bahnhof weiterzureisen.

Er warf das letzte Stück Handgepäck auf den Rücksitz des offenen Automobils. Es gehörte seinem Wohltäter, doch er hatte es verbotenerweise entliehen, um sein Gepäck zu transportieren. »Und bring den Wagen anschließend unbedingt zurück, Donal.«

Donal würde die ungefähr vierzig Meilen nach Dublin fahren. Rodi vertraute zwar nicht wirklich darauf, dass der Mann mit dem großen Wagen umgehen konnte, aber es half nichts. Er hatte viel Gepäck und wollte daher nicht mit dem langsamen und stets überfüllten Zug fahren.

»Natürlich, Mr. Rodi, Sir.«

»Und vergiss nicht, das Verdeck zu schließen, falls es regnet. Wir wollen doch keine Wasserflecken auf den Ledersitzen, sonst merkt Peirce Lacy noch, dass ich den Wagen in seiner Abwesenheit benutzt habe.«

»Verstehe, Mr. Rodi, Sir.«

»Und schick mir alle Briefe oder Nachrichten, die eingehen, solange ich fort bin, in den Kildare-Club. Dort wird man sich um sie kümmern und entscheiden, ob sie wichtig genug sind, um sie an meine Adresse in Sofia zu telegrafieren – besser gesagt, die meines Gönners, denn ich werde bei ihm wohnen. Wir planen, irgendwann im Oktober gemeinsam die Rückreise anzutreten.«

»Gewiss, aber das weiß ich doch ebenfalls, Mr. Rodi, Sir. Sie haben mir das alles schon unzählige Male eingeschärft«, gab Donal zurück und setzte seine Schutzbrille auf. Mit seinem Staubmantel und den Handschuhen wirkte er ganz wie ein erfahrener Chauffeur.

»Na schön, auf geht's … Zuerst die Bremse lösen, Donal!«

»Ja, Sir … tut mir leid.« Sie taten einen Satz und setzten sich dann im Schneckentempo in Bewegung. Zwei Stunden, wenn sie sich nicht verfuhren, hoffte Rodi. Wenn Donal am Steuer saß, konnte man sich allerdings auf nichts verlassen. »Sollte Mr. Shackleton nach mir fragen, bin ich nicht da – unter keinen Umständen, egal, wie dringend es ist.«

»Natürlich, Mr. Rodi, Sir, aber er wird nicht nach Ihnen fragen. Ich glaube, er verbringt das Wochenende zusammen mit Lord Ronald und dem Duke of Argyll in Hammerfield.«

»Den Teufel tut er … Lord George Haddo ebenfalls?«

»Nein, Sir. Ihn habe ich die ganze Woche nicht gesehen. Ich glaube, er bereitet sich darauf vor, zum Fest des Prince of Wales nach Balmoral zu reisen, Sir.«

»Alle scheinen sich vor dem Staatsbesuch des Königs anderswohin zu verziehen, hast du nicht den Eindruck, Donal?«

»Sieht so aus, Sir.«

Es war ein warmer Sommerabend, und sie würden noch zwei Stunden Tageslicht haben. Rodi lehnte sich zurück und versuchte sich zu entspannen, während sie nach Dublin fuhren.

2

Brigid war so oft den Leinpfad am Kanal auf- und abgegangen, dass sie langsam zu fürchten begann, Aufmerksamkeit auf sich zu ziehen. Sie hatte sogar Angst, Zachary werde sie suchen kommen oder ihr Vater und ihre Brüder.

Ein paar barfüßige Straßenjungen, die in den heruntergekommenen Häusern in der Nähe lebten, trieben ihre Reifen über den Leinpfad. Nach eineinhalb Stunden wurden sie langsam frech und belästigten sie.

Und wenn er ihre Nachricht nicht erhalten hatte? Oder sich schon auf der Fähre nach England befand? Wohin sollte sie sich wenden, wenn er nicht mehr an ihr interessiert war?

Lieber Gott, betete sie, mach, dass er kommt …

3

Donal hielt vor dem Club in der Kildare Street, und Rodi stieß einen langgezogenen Seufzer der Erleichterung aus. »Besten Dank, Donal«, sagte er ironisch und holte sein Handgepäck aus dem Wagen. »Diese Fahrt hat mich zehn Jahre meines Lebens gekostet.«

»Und mich zwanzig, Mr. Rodi, Sir. Ein Wunder, dass ich den Polizisten auf seinem Fahrrad in Crookstown nicht überfahren habe. Ich schwöre, dass er nicht meinetwegen im Graben gelandet ist.«

»Hmmpf!« Rodi ging zum Empfang des Clubs. »Mein übliches Zimmer, Wyndham.«

»Ja, Sir, es ist frei – allerdings nur für eine Nacht, denn die Stadt ist wegen des königlichen Besuchs voller Gäste.« Er reichte ihm die Zimmerschlüssel. »Ach übrigens, Mr. Peirce Gun Mahony hat angerufen, es sei dringend. Er sagte, er könne Sie in Grange Con nicht erreichen und Sie möchten ihn bitte so rasch wie möglich in Clonskeagh zurückrufen.«

Nachdem Rodi sich mit einem Scotch mit Eis erfrischt hatte, tätigte er den Anruf.

»Was gibt es, Peirce?«

Der Herold von Cork berichtete ihm, dass die Kronjuwelen aus ihrem Safe im Bedford Tower verschwunden seien. Peirce Gun fragte ihn auch, ob er etwas über den Diebstahl wisse. Rodi wurde wütend. »Ganz bestimmt nicht! Was zum Teufel sollen diese Anspielungen, Peirce?«

»War nur so ein Gedanke. Onkel Arthur wollte sich vergewissern, dass du in keiner Weise damit zu tun hast – schließlich sind Shackleton und Gorges enge Freunde von dir. Ich habe im Übrigen der Polizei erzählt, du wärst in Bulgarien, wenn du also nicht willst, dass sie dich bei deiner Abreise aufhalten, solltest du dich ein wenig aus dem öffentlichen Leben zurückziehen, bis die Fähre ablegt.«

Rodi legte auf. »Verdammt!«, stieß er hervor.

Er war auf dem Weg zu seinem Zimmer, als man ihn zur Rezeption zurückrief. »Am frühen Abend ist eine Nachricht für Sie gekommen, Mr. Rodi, Sir.«

Rodi öffnete den Brief und las ihn. »Verdammt!«, sagte er noch einmal. Seine erste Reaktion war Bestürzung, seine zweite Jubel, als er erkannte, von wem der Brief kam, und schließlich war er fassungslos. »Wann ist das gekommen?«, fragte er.

»Vor ein paar Stunden, Sir … gegen halb acht. Leider lag der Brief unter einem Stapel Zeitungen, daher habe ich versäumt, ihn Ihnen schon früher zu geben. Ich bitte um Verzeihung.«

Rodi überlegte, was er tun sollte. Es war bereits Viertel vor zehn. Würde Brigid um diese Nachtzeit immer noch allein auf dem Treidelpfad warten?

»Ich gehe aus«, erklärte er Wyndham. »Sie brauchen mir kein Essen warmzustellen.«

Zu Fuß würde er ungefähr zehn Minuten bis zur Canal Street brauchen.

An der Ecke von Merrion Square und Mount Street erkannte Rodi den Wagen seines Wohltäters, der vor einer Taverne parkte. Zweifellos saß Donal darin und trank, bevor er nach Grange Con zurückfuhr; ausnahmsweise dankte Rodi seinem Glücksstern dafür, dass Donal seine Anordnung missachtet hatte.

»Herrgott!«, stieß Donal hervor und verschluckte sich fast an seinem Guinness. »Ich war gerade auf dem Rückweg, Mr. Rodi, Sir.«

»Das sehe ich, Donal. Dieses Mal bin ich allerdings froh darüber, dass du meine Anweisung nicht befolgt hast. Komm schon, ich will, dass du mich zum Kanal fährst.«

Ganz gegen seine Gewohnheit stellte Donal keine Fragen. Er nahm seine Schutzbrille von der Theke und folgte seinem jungen Herrn auf die Straße.

An der Mount Street Bridge befahl Rodi ihm, nach links zur Fabrik Boland's Mill abzubiegen. Es war schon nach zehn, und er glaubte nicht, dass Brigid in diesem armseligen Viertel noch allein auf ihn warten würde. Um ihretwillen hoffte er es nicht.

»Nach wem suchen Sie, wenn ich so unverfroren sein darf, die Frage zu stellen, Sir?«, erkundigte sich Donal.

»Nach Miss Masters.«

»Nun ja, Sir, dort hinten sitzt eine junge Dame allein auf einer Bank.«

»Wo?«

»Da hinten, Sir.« Donal wies mit dem Daumen über die Schulter. »Ecke Northumberland Street. Sah aus, als wäre sie in Trauer, denn sie trug einen schwarzen Hut mit einem Schleier … Mehr konnte ich nicht erkennen …«

»Dann wende doch, Schwachkopf, und fahr zurück.«

»Ja, Sir.«

Brigid saß in der einbrechenden Dunkelheit allein auf einer Bank. Rodi stieg aus dem Wagen und überquerte die Straße.

»Brigid … Was in aller Welt ist passiert?«

Sie hatte sich fest vorgenommen, ruhig zu bleiben und nicht außer sich zu geraten, falls er sie wirklich holen kam. Doch in dem Moment, als sie ihn sah, brachen alle Tränen, die sie zurückgehalten hatte, aus ihr hervor. »Oh … Es … tut mir leid, Sie um diese Uhrzeit hergeholt zu haben … aber ich konnte keine Sekunde länger dort bleiben.« Sie trat auf ihn zu. »Oh Rodi … halten Sie mich fest … Bitte halten Sie mich fest …«

Er zog sie an sich und wartete, bis ihr Schluchzen abklang. Dann schlug er den Schleier zurück und erblickte ihr zerschundenes, geschwollenes Gesicht. Er sagte nichts, er konnte sehen, was passiert war.

»Kommen Sie.« Er fasste ihren Arm und hob die Tasche auf, die sie mitgebracht hatte. »Donal wartet dort drüben mit dem Wagen.« Er nahm mit ihr auf dem Rücksitz Platz. »Nach Grange Con bitte, Donal.«

Donal war klug genug, wortlos zu gehorchen.

4

Als sie Grange Con erreichten, war es Mitternacht, und die Landschaft lag im Mondschein. »Fahr zu Athanas' Hütte«, sagte Rodi zu Donal.

»Ja, Sir.«

»Und dann fährst du zum Haus zurück und wartest auf mich. Stell den Wagen nicht in die Garage.«

»Nein, Mr. Rodi, Sir.«

In der Hütte des Wildhüters war es dunkel, aber die Tür stand offen. Rodi schob Brigid hinein und drehte sich auf der Türschwelle noch einmal zu Donal um. »Such Athanas, Donal … Wahrscheinlich ist er irgendwo am See und jagt Kaninchen. Sag ihm, dass ich ihn sehen möchte.«

»Ja, Mr. Rodi, Sir.«

»Und sag niemand anderem etwas davon.«

»Nein, Sir.«

Brigid wandte sich zu Rodi um. Er zündete die Öllampe an und schloss dann die Tür. »Werden Sie mich nach Bulgarien mitnehmen?«, fragte sie.

Er lächelte. »Ich glaube nicht, dass das möglich ist, Brigid. Das Land befindet sich in großem Aufruhr und ist kein Ort für Sie.«

»Ich dachte, Sie studieren am Trinity College?«

»So ist es.«

»Aber warum …«

»Warum ich nach Bulgarien reise? Sommerferien – die ideale Zeit, um ein wenig Urlaub zu machen.«

»Das meinte ich nicht. Warum kehren Sie an einen Ort zurück, an dem Aufruhr …«

»Pssst.« Er legte einen Finger an ihre Lippen. »Es ist besser, wenn Sie nicht allzu genau über mich im Bilde sind. Sie müssen hierbleiben, wo Sie in Sicherheit sind. Niemand wird Sie hier finden. Hat Ihr Mann das getan?« Mit dem Finger strich er behutsam über ihre aufgeplatzte Lippe.

Sie nickte.

»Weil Sie heute mit mir gesprochen haben?«

»Ja.«

»Lieben Sie ihn, Brigid?«

»Nein.«

»Wenn Sie hierbleiben möchten, werde ich ... das arrangieren. Es tut mir nur leid, dass ich nicht bei Ihnen bleiben kann, aber ich muss fort ...«

»Stecken Sie in Schwierigkeiten, Rodi?«

»Ich bin immer in Schwierigkeiten.«

»Ja, ich anscheinend auch«, gab sie kleinlaut zurück. Noch nie im Leben hatte sie jemandem so viele Fragen gestellt. Sie hatte immer nur zugehört. »Mir tut nur leid, dass ich meinen Eltern Kummer bereiten werde, indem ich Zachary verlasse. Sie werden das sehr feige finden und moralisch verurteilen, und ich weiß, dass ich dafür aus unserer Gemeinschaft ausgeschlossen werde.«

»Ich finde, dass Sie nicht feige sind; im Gegenteil, Sie haben großen Mut bewiesen«, meinte er.

»Vor etwas wegzulaufen ist nichts anderes als ein Akt der Feigheit. Mutig wäre gewesen, bei ihm zu bleiben – doch diese Art von Mut besitze ich nicht.«

»Doch, Sie sind sehr mutig. Sich Schläge gefallen zu lassen ist keine Tapferkeit, sondern Dummheit. Sie haben das Richtige getan, als Sie gegangen sind. Ich glaube nicht, dass es richtig oder mutig von Ihrem Mann war, Sie als die Schwächere zu schlagen. Kein Mann hat dieses Recht, nur weil er glaubt, eine Frau sei sein Besitz, nachdem er ihr einen Goldring an den Finger gesteckt hat.«

Noch lange sollte sie sich an dieses Gespräch mit Rodi erinnern. »Ja, aber irgendwie kann ich nicht ...«, begann sie, doch er unterbrach sie, indem er einen Finger an ihre Lippen legte. Und dann küsste er sie.

Von solchen Küssen hatte sie geträumt: Küsse, die sie teilen und erwidern wollte. Aus Rücksicht auf ihre Verletzungen liebkoste er sie ganz sanft. Und dann, weil es ihnen in dieser Nacht nicht bestimmt war, einander näherzukommen, gab er sie frei und trat ans Fenster, um nach seinem Freund Ausschau zu halten.

»Danke, dass du mich holen gekommen bist, Rodi.«

»Ich wünschte, ich könnte mehr für dich tun …« Als er Athanas Blagow mit dem Gewehr in der Hand auf die Hütte zukommen sah, wandte er sich vom Fenster ab. Er öffnete die Tür und trat nach draußen, um ihn zu erwarten.

Athanas Blagow war wie Rodi ein Flüchtling aus Bulgarien, den Peirce senior mit nach Irland gebracht hatte. Sie waren schon lange befreundet, waren sich aber dennoch ihres Rangunterschieds bewusst. Graf Rodopi Serrai war adlig, Athanas Blagow hingegen gehörte einer weit niedrigeren Gesellschaftsschicht an.

»Rodi!«, rief er verblüfft. »Donal ist mich suchen gekommen – besser gesagt, ich dachte schon, ein Drache wäre hinter mir her. Mit seinen hellen Autoscheinwerfern hat er mir einen höllischen Schrecken eingejagt … Was machen Sie hier?«

»Ich brauche dein Haus, Athan.«

Athanas starrte seinen Freund und Landsmann an. »Haben Sie sich mit der Haushälterin auf Grange Con zerstritten?«

»Es ist nicht für mich … sondern für …« Rodi warf einen Blick über die Schulter, aber Brigid war nicht zu sehen. »Für eine Freundin.«

»Oh … oh, verstehe … Wie viele Nächte? Eine, zwei … drei?« Er riss die Augen auf.

»Nein, du verstehst nicht! Du denkst das Schlimmste, und dem ist nicht so … jedenfalls im Moment nicht. Sie gehört zu der Religionsgemeinschaft, die man Quäker nennt – obwohl ich glaube, dass auch das nach dem heutigen Tag nicht mehr der Fall ist. Egal … Sie ist allein und verlassen und hat … einen Unfall gehabt …«

»Sie hätten Donal nicht ans Steuer lassen sollen …«

»Würdest du mir bitte zuhören, statt mich ständig zu unterbrechen – ich habe nicht viel Zeit, Athan. Ich möchte, dass du ihr hilfst – genau wie es Peirce Lacy tun würde, wenn er hier wäre. Ihr Bruder war hier früher Gärtner, bevor er nach Kilmorna gegangen ist – Luke Masters.«

»Ich kenne Luke Masters. Wir reden also von Brigid?«

»Ja. Kannst du ihr diese Hütte überlassen, solange ich in Bulgarien bin, und ein Auge auf sie haben, bis ich zurückkomme?«

»Ich bin Wildhüter, kein Kindermädchen.«

Rodi lächelte und klopfte Athanas auf die Schulter. »Du bist auch mein Freund, daher weiß ich, dass du das für mich tun wirst. Dafür werde ich meinem Wohltäter, wenn ich ihn sehe, erzählen, was für ein prachtvoller Bursche du bist, damit er dich befördert. Unterdessen …« Rodi zog etwas Geld hervor und schob es Athanas in die Hemdtasche. »Das ist für Brigids Miete und ihr Essen.«

»Und wo soll ich bleiben, bis du zurückkehrst?«, fragte Athanas zweifelnd.

»Oben in den Hügeln steht eine hübsche Schäferkate, wo du jede Menge Wilddiebe fangen kannst – oder irische Untergrundkämpfer, denn die Wände und das Dach haben überall Löcher, durch die du Ausschau halten kannst.«

»Oh Rodi, Rodi!« Athanas schüttelte den Kopf. »Sie bringen mich noch um den Verstand. Diese Brigid muss Ihnen viel bedeuten – ich habe Sie bei einer Frau noch nie so erlebt.«

»Ich bin auch noch nie verliebt gewesen.«

»Doch, waren Sie.«

»Ja, zugegeben. Aber das war nur fleischliche Lust, Athan. Dieses Gefühl kommt aus dem Herzen.«

»Dann passen Sie auf, denn das ist die schlimmste Art von Begehren, der man zum Opfer fallen kann.«

»Ich passe schon auf … Also, habe ich jetzt deine Hütte und dein Wort darauf, dass ihr kein Leid geschehen wird, während ich fort bin?«

»Und was soll ich tun, wenn der Verwalter oder ihr Vater und ihre Brüder sie suchen kommen – und mich? Was ist mit ihrem Mann? Ich weiß nämlich, dass sie einen hat, denn Luke war bei ihrer Hochzeit, ehe er nach Kilmorna gegangen ist.«

»Verjag sie mit deiner Flinte. Also, habe ich dein Wort?«

»Sie haben mein Wort.«

»Gute Nacht, Athan … oder besser gesagt, guten Morgen! Nun lauf zurück zu deinen Kaninchen und Wilderern. Ich muss mich von ihr verabschieden, denn ich fahre zum zweiten Mal heute Nacht nach Dublin – Gott helfe Donal und dem Wagen.« Rodi beugte den Kopf, um nicht gegen den niedrigen Türsturz zu stoßen, und trat wieder in Athanas' Hütte. »Bis bald, Athan, und vielen Dank.«

Kapitel Vierzehn

1

Zu Hause bei seiner Frau und seiner Schwiegermutter sprudelte die ganze Geschichte um das geheimnisvolle Verschwinden der irischen Kronjuwelen nur so aus Benjamin hervor. Ohne dass er etwas davon ahnte, wartete Brigid zur selben Zeit auf dem Leinpfad auf Rodi.

Benjamin war niedergeschmettert. »Da werden zwei von uns, zwei Familienmitglieder, in diese … diese perfide Angelegenheit hineingezogen, die längst viel mehr als ein dummer Streich ist. Aber die Polizei hat Sir Arthur nicht einmal gefragt, warum er Stiveys oder Mary O'Farrells Beobachtungen, die zweimal die Tür offen vorgefunden haben, nicht gemeldet hat. Sir Arthur steckt den Kopf in den Sand. Er meint, dass die Kronjuwelen schon bis Montag früh wieder auftauchen werden – oder spätestens bis Mittwoch, wenn das englische Königspaar in Dublin eintrifft.«

»Lass uns beten, dass es so kommt, Benjamin«, murmelte Sarah beruhigend. Sie hatte noch nie erlebt, dass ihr sonst so gelassener Mann sich – abgesehen von Glaubensdingen – über etwas so ereiferte. An diesem Abend war er als gebrochener Mann nach Hause gekommen.

»Ja, aber *uns*«, betonte er zornig, »die einfachen Leute wie Stivey, Mary O'Farrell, Mrs. Darcy, Sir Arthurs Haushälterin und der Rest seines Personals in Clonskeagh, unseren armen Sohn Paul eingeschlossen, hat man unerbittlich über die fehlenden Schlüssel verhört. Als ob *wir* wüssten, wo sie geblieben sind.«

»Die Polizei tut nur ihre Pflicht«, erinnerte ihn Sarah.

»Was soll denn die arme Elizabeth Darcy mit dem Raub zu tun haben?«, erkundigte sich Gemara völlig verwirrt. Sie kannte Elizabeth von Kindesbeinen an und wusste, dass Lizzy eine ehrliche Seele war.

»Vor zwei Monaten – zwei Monate ist das schon her! – hat Elizabeth Sir Arthurs Schlüsselbund, den er zerstreut auf seinem Schreibtisch in Clonskeagh hatte liegen lassen, gefunden und Mr. Pitt damit zum Dublin Castle geschickt. Mir ist unbegreiflich, was das mit dem Diebstahl von heute zu tun haben soll. Aber wahrscheinlich hat die Polizei ihre Methoden. Dagegen haben sie sich gar nicht mit dem bedeutsamsten Detail bei alldem beschäftigt, nämlich der Tatsache, dass diese adligen jungen Herren, die im Bedford Tower ein- und ausgehen, als wäre er ihr zweites Zuhause, mehr Gelegenheit als jeder sonst hatten, die Juwelen zu stehlen.«

»Wie meinst du das, Benjamin?«, fragte Sarah, die inzwischen fast so verwirrt wie Gemara war.

»In den letzten paar Wochen gab es Gerüchte über einen Streich, den gewisse junge Männer aus der ›Clique von Dublin Castle‹ Sir Arthur spielen wollten, um ihm vor dem Besuch des Königs einen Schrecken einzujagen. Aber ein Scherz ist ein Scherz. Ich glaube, dass dieser junge Ausländer, Mr. Rodopi Serrai, der einmal ein Auge auf unsere Brigid geworfen hatte, zu dem Kreis gehört, der diesen Streich plante!«

»Da kannst du doch nicht sicher sein, Benjamin«, meinte Sarah sanft. »Das ist eine ziemlich wilde Spekulation, und nur, weil du ihn noch nie gemocht hast.«

»Ach ja, ist das so? Ich bin auch nur ein Mensch, Sarah! Natürlich versuche ich, ein Christ zu sein, der seinen Nächsten wie sich selbst lieben soll, aber manchmal fällt mir das äußerst schwer.«

»Hast du deinen Verdacht gegenüber der Polizei erwähnt?«

»Aber nein! Das ist meine persönliche Meinung und hat nichts mit der Polizei zu tun. Aber Mr. Serrai ist immer zu ungewöhnlichen Zeiten gesehen worden, ohne dass er sich in das Besucherbuch eingetragen hätte. Er ist ein Schützling O'Mahonys und nutzt dessen Privilegien, um seinem aufwändigen Lebensstil zu frönen. Brigid konnte nicht verstehen, warum ich ihr jeden Kontakt zu ihm verboten habe, aber vielleicht wird sie es ja jetzt begreifen, wenn die Wahrheit ans Licht kommt: wie ein paar junge Männer aus der Dubliner Clique sich verschworen haben, Sir Arthur Vicars die irischen Kronjuwelen vor der Nase wegzustehlen! Es ist bekannt, dass Serrai Umgang mit

Schurken wie Captain Gorges, Frank Shackleton und anderen liederlichen Offizieren aus der britischen Kaserne pflegt … aber jetzt ist er zu weit gegangen … viel zu weit!«

»So beruhige dich doch, Benjamin«, flehte Sarah. »Du versuchst, Mr. Serrai und seiner Clique die Schuld zu geben, ohne dass du einen Beweis dafür hast.«

»Was kommt es jetzt noch darauf an? Mein Name und mein guter Ruf sind besudelt. Ich bin bis auf weiteres vom Adelsregister suspendiert.«

»Da bist du aber sicher nicht der Einzige, oder?«

»Nein, allerdings nicht. Viele loyale Menschen, die seit vielen Jahren dort arbeiten, sind ebenfalls betroffen. Das ist ja gerade die schreiende Ungerechtigkeit! Ich musste in allen Einzelheiten Auskunft darüber geben, was ich Freitagabend getan habe – die Polizei vermutet, dass da der Raub stattfand. Ich habe keine Ahnung, wie sie darauf kommen, denn die Juwelen können lange vor Freitag aus dem Safe genommen worden sein – letzten Mittwoch zum Beispiel, als Mrs. O'Farrell die beiden Eingangstüren zum Bedford Tower unverschlossen vorgefunden hat.«

»Wer unschuldig ist, braucht auch keine Angst zu haben, Benjamin«, tröstete ihn Sarah. »Du kannst nur die Wahrheit sagen. Freitagabend hast du zusammen mit Paul an einer Gebetsstunde teilgenommen. Mindestens fünfunddreißig Personen können das bestätigen, also hast du nichts zu befürchten.«

»Die Beamten, Sarah, halten mich für einen verrückten religiösen Fanatiker. Na schön, vielleicht glauben sie nicht, dass ich die Kronjuwelen selbst gestohlen habe, aber ich musste mir trotzdem Fingerabdrücke abnehmen lassen!«

»Fingerabdrücke?«, wiederholten Sarah und Gemara.

»Allerdings, Fingerabdrücke! Laut Superintendent Lowe werden sie beim Scotland Yard in London bearbeitet. Soweit ich weiß, ist das ein relativ neues Verfahren, um Verbrecher aufzuspüren. Also bin ich jetzt als kriminell abgestempelt, und meine Fingerabdrücke sind in den Akten!«

»Oh nein, Benjamin!«, rief Sarah und hob entsetzt die Hände. »Fingerabdrücke? Was wollen sie bloß damit?«

»Ich habe keine Ahnung, Sarah. Aber ich vermute, sie wollen die Fingerabdrücke auf dem Safe mit meinen vergleichen.«

»Also, ich werde nie ...«, meinte Gemara. »Was werden diese Leute sich bloß als Nächstes einfallen lassen?«

»Als wäre ich ein gemeiner Verbrecher!«, wiederholte Benjamin und konnte sich angesichts dieser Demütigung gar nicht wieder beruhigen. »Vielleicht halten sie mich ja nicht für mutig genug, um die irischen Kronjuwelen zu stehlen. Aber trotzdem kam ich mir ziemlich armselig vor, als sie mir die Finger geschwärzt haben.«

»Geschwärzt! Aber du nimmst das alles bestimmt viel zu persönlich, Benjamin«, sagte Gemara. »Sicher haben sie auch allen anderen die Fingerabdrücke abgenommen. Ich mache dir eine heiße Schokolade. Nach ein paar Stunden Schlaf und einer Gebetsversammlung wirst du anders darüber denken. Der Herr wird schon einen Weg finden, die Diebe der Gerechtigkeit zuzuführen, also hab keine Angst.«

»Mutter«, meinte Benjamin zu Gemara, »zum ersten Mal in meinem Leben gerät mein Glaube an das Gute im Menschen ins Wanken. Sie haben Mary O'Farrell nicht geglaubt, als sie behauptete, Lord George Haddo zwei Tage vor dem mutmaßlichen Datum des Diebstahls auf dem Gelände gesehen zu haben. Versteht ihr, sein Name stand nicht im Besucherbuch. ›Haben Sie jemals mit Lord Haddo gesprochen, Mrs. O'Farrell?‹, hat Detective Kerr Mary ganz sarkastisch gefragt. ›Nein‹, gab sie offen zu. ›Haben Sie ihn jemals von Nahem gesehen?‹, beharrte er, und wieder sagte sie nein.«

»Mary ist eine gute, rechtschaffene Frau«, ließ sich Gemara vernehmen. »Sie sagt die Wahrheit, und die Wahrheit wird ans Licht kommen!«

»Das ist ja alles sehr schön, Mutter. Aber Detective Kerr erklärte auch, wie leicht ein gerissener Anwalt, der Zweifel an Marys Geschichte säen will, sie lächerlich machen könnte; und ich neige dazu, ihm zuzustimmen. Wer würde einer einfachen Putzfrau mehr Glauben schenken als Lord George, dem Sohn des Vizekönigs?«

»Der Herr, Benjamin, der Herr.«

»Ja, wenn der Herr selbst in Dublin Castle zu Gericht säße … oh, ich will nicht lästern. Wir haben alle Sir Arthur nach besten Kräften gedient, und so wird es uns jetzt gedankt. Mary O'Farrell war am Ende ganz verunsichert und hat zugegeben, sie sei nicht sicher, ob sie wirklich Lord Haddo im Bedford Tower gesehen hat. Aber ich will nicht mit dem Finger auf Lord Aberdeens Sohn zeigen, wirklich nicht. Er ist nur einer von vielen, die in dem Büro im Bedford Tower ein- und ausgehen. Außerdem war er zur Zeit des Diebstahls angeblich in England. Das Problem ist nur, dass die Polizei bei einem Verbrechen dieser Tragweite glauben wird, was ihr am besten zupass kommt.«

Benjamin stützte den Kopf in die Hände.

Er hatte seit seinem Frühstück im Morgengrauen nichts gegessen und kein Abendessen gewollt. Sarah sah nervös auf die Uhr: Es war Mitternacht, und sie konnte sich vor Müdigkeit kaum noch auf den Beinen halten. »Lass uns morgen noch einmal darüber nachdenken, wenn wir ausgeruht sind, Benjamin. Vielleicht erinnerst du dich dann an Einzelheiten, an Kleinigkeiten im Zusammenhang mit dem Raub, die dir heute entfallen sind. Wir haben um acht Uhr eine Gebetsversammlung, und du als Gemeindeältester darfst dir keine Unsicherheit anmerken lassen. Ganz bestimmt wird am Ende alles gut.«

»Man hat mich vom Dienst suspendiert«, stöhnte er. »Wovon sollen wir leben, wovon sollen wir jetzt nur leben?«

»Der Herr wird für uns sorgen, so wie immer«, erklärte Gemara und deckte den Frühstückstisch für den nächsten Morgen. Dann ging sie zu Bett.

2

Um sechs Uhr am nächsten Morgen hämmerte jemand so heftig an die Haustür, als hätte er vor, die ganze Straße aufzuwecken. Gemara hatte zwar nur fünf Stunden geschlafen, aber sie war Frühaufsteherin und bereits auf den Beinen. Sie hatte sich soeben eine Kanne Tee gekocht. Aufgebracht brummelte sie angesichts des lauten Überfalls zu dieser unchristlichen Zeit vor sich hin und ging in die Diele, um zu öffnen; wobei sie sich fragte, ob das die Polizei war, die Benjamin nach dieser Geschichte mit den Fingerabdrücken doch verhaften wollte. Doch als sie die Tür öffnete, stand nicht die Polizei auf der Schwelle, sondern Zachary. »Oh, du bist es, Zachary … zur Gebetsversammlung bist du ein wenig früh dran …«

Er drängte sich an ihr vorbei. »Wo ist Benjamin, Gemara?«

»Noch im Bett«, entgegnete Gemara mit hochgezogenen Augenbrauen und rümpfte die Nase. Schlechte Manieren konnte sie bei niemandem leiden, und wenn er tausend Mal ein Ältester war!

Zachary wartete beleidigt im Wohnzimmer, bis Benjamin und Sarah nach unten kamen. Die beiden sahen aus, als hätten sie die ganze Nacht kein Auge zugetan. Zachary kam ohne Umschweife zur Sache. »Deine über alles geliebte Tochter, Benjamin, ist die ganze Nacht nicht nach Hause gekommen.«

»Was soll das heißen, Zachary?«, fragte Sarah verblüfft. »Sie ist die ganze Nacht nicht nach Hause gekommen?«

»Genau das, was ich sagte, Sarah. Brigid war die ganze Nacht nicht zu Hause. Sie hat nicht in ihrem Bett geschlafen. Sie hat mir mein Essen nicht gekocht. Das Haus ist schmutzig. Sie ist mit diesem … ausländischen Halunken durchgebrannt.«

»Was für ein ausländischer Halunke?« Benjamin trug seinen Bademantel und war unrasiert. Er setzte sich, und Gemara ging die Teekanne holen. Sie hatte das Gefühl, dass der Tag schlecht begonnen hatte und alles nur noch schlimmer werden würde.

»Serrai – der Bulgare.«

»Bist du dir sicher?«

»Ich habe die beiden gestern Abend an der Ecke der Francis Street miteinander sprechen sehen. Offensichtlich haben sie insgeheim Vorbereitungen für ihre Flucht getroffen. Seitdem habe ich herausbekommen, dass der Bulgare vorhat, die Morgenfähre nach England zu nehmen. Zweifellos wird Brigid ihn begleiten, denn die Hälfte ihrer Kleidung und ihre persönlichen Gegenstände sind verschwunden.«

Benjamin stöhnte entsetzt auf, und Sarah schob Zachary aus dem Wohnzimmer. »Nicht jetzt, Zachary – Benjamin steht im Moment unter großem Druck. Du wirst dich selbst um Brigids Verschwinden kümmern müssen. Tut mir leid, das sagen zu müssen, aber wir sind nicht mehr für sie verantwortlich, sondern du.«

»Soll mir denn alle Freundlichkeit, die ich ihr erwiesen habe, auf diese Weise vergolten werden?«

»Ich weiß es nicht, Zachary. Wir müssen zum Herrn beten, dass Er uns die Kraft gibt, all diese Hindernisse zu überwinden, die uns der Teufel in den Weg legt. Benjamin muss sich ausruhen – es geht ihm nicht gut. Er hatte die ganze Nacht Schmerzen. Gestern war im Adelsregister außerordentlich viel zu tun; die Anstrengung macht ihm zu schaffen. Auf Wiedersehen, Zachary, wir treffen uns später in der Versammlungshalle. Ich bin mir sicher, dass Brigid dort sein wird – wahrscheinlich hat sie bei Mary O'Malley übernachtet.« Äußerst energisch schob sie Zachary zur Tür.

»Ich hoffe, du hast recht, Sarah, denn wenn sie so weitermacht, bringt sie mich noch um.«

»Du musst Geduld haben, Zachary. Brigid ist noch sehr jung. Sie ist nicht ans Eheleben gewöhnt. Vielleicht hatte sie Angst und ist bei einer der Schwestern aus unserer Gemeinde untergekrochen, entweder bei Mary O'Malley oder bei Balla.«

»Wenn deine Tochter durch ihr unsittliches Benehmen meinen guten Namen ruiniert, werde ich die großzügige Morgengabe, die ich ihr ausgesetzt habe, zurückverlangen, Sarah.«

»Darüber sprechen wir später – Benjamin hat im Moment genug Sorgen.«

»Ich auch, Sarah, ich auch!« Zachary setzte sich seinen Hut auf, strich sich die gut gebügelten Rockschöße zurecht, die Brigid noch am Vortag geplättet hatte, und ging zum Versammlungshaus der Quäker, obwohl er zwei Stunden zu früh dran war.

»James«, rief Sarah die Treppe hinauf, »beeil dich!« Der Knabe erschien auf dem Treppenabsatz und rieb sich die müden Augen. »Lauf sofort zu Mary O'Malley und sieh nach, ob deine Schwester dort gewesen ist. Und wenn nicht, erkundige dich bei den anderen Brüdern. Wenn du sie dann immer noch nicht gefunden hast, musst du Paul bitten, heute herzukommen, damit er uns sagt, was Mr. Rodopi Serrai im Moment treibt.«

»Ja, Mutter.« Der zwölfjährige James kam, seine Schuhe in der Hand, herunter. Gemara drückte ihm ein Brot mit Bratenfett in die andere Hand, damit er rasch aufbrechen konnte.

»Ein Unglück kommt niemals allein, was, Mutter?«, meinte Sarah zu Gemara, nachdem die Tür zuerst hinter Zachary und dann James zugeknallt war.

»Und dabei bleibt es leider meistens nicht«, gab Gemara zurück.

Kapitel Fünfzehn

1

Am Montag, dem 8. Juli, erreichte die Nachricht vom Diebstahl der irischen Kronjuwelen die britische Öffentlichkeit. Die *Times* berichtete:

Gleich an der nächsten Straßenecke sind Tag und Nacht ein Soldat und ein Polizist postiert, und ein paar Meter weiter, am Eingang des Gebäudes, liegt das Büro des Sekretärs, wo während der Öffnungszeiten ein weiterer Polizist stationiert ist. Die Präsidien der Metropolitan Police, der Kriminalpolizei, der königlich-irischen Schutzpolizei sowie die Zentrale der Garnison von Dublin liegen sämtlich in einem Radius von fünfzig Metern um das Office of Arms. Kurz gesagt, kein anderer Ort in Dublin und wahrscheinlich im gesamten Vereinigten Königreich wird rund um die Uhr so systematisch durch Militär und Polizei überwacht … Dennoch ist allgemein bekannt, dass die Polizei noch keinerlei Hinweise auf den Urheber des Diebstahls hat.

Frank Shackleton, der Herold von Dublin, saß in einem Erster-Klasse-Abteil und befand sich auf dem Weg von Penshurst in Kent zum Londoner Waterloo-Bahnhof. Seine Begleiter waren der Duke of Argyll und Lord Ronald Sutherland-Gower. Frank las den Bericht der *Times* laut vor. »Hören Sie sich das aus dem *Graphic* an«, meinte er dann schmunzelnd. »*Dublin ist nicht ganz so ein Hort des Verbrechens wie London. So viel ist sicher, die Iren durften nach Belieben im Bedford Tower des Dublin Castle ein- und ausgehen; und zwei Generationen lang ist diese Freiheit nicht missbraucht worden. Tatsächlich wird vermutet, dass der Ursprung des Verbrechens nicht einmal in Dublin liegt. Es besteht kaum ein Zweifel daran, dass es in London ausgeheckt wurde …* Also, ich frage mich, wie die Zeitungsleute auf diese Idee kommen!«

»Ich habe nicht die geringste Ahnung«, gab Lord Ronald zurück.

In London angekommen, fuhr Frank Shackleton zu seinem Londoner Club, wo er ein Telegramm von Sir Arthur Vicars vorfand. Darin riet dieser ihm, sich sofort zu Scotland Yard zu begeben, wo Chief Inspector John Kane ihn schon erwarte.

Bei Scotland Yard beantwortete Frank die Fragen des Inspectors über alle Mitarbeiter, die im Adelsregister des Dublin Castle beschäftigt waren. Nach dem Gespräch schüttelten sie einander die Hand; beide Seiten hatten einen positiven Eindruck zurückbehalten.

Anschließend fuhr Frank in seine Wohnung in der Park Lane. Er wollte an diesem Abend die Eisenbahnfähre nach Dublin nehmen und hatte bereits ein Schlafwagenabteil reserviert. Als Herold von Dublin würde er an den Zeremonien teilnehmen, die für den Staatsbesuch des Königspaars in Irland vorgesehen waren. Ihre Majestäten würden am Mittwochmorgen in aller Frühe mit der königlichen Yacht, der *Victoria and Albert,* eintreffen.

Auf der Fähre von Holyhead nach Dublin reisten auch Lady Ormonde und ihre Tochter, Lady Constance Butler.

Lady Ormonde war mit dem dritten Marquess of Ormonde verheiratet und die Tochter des ersten Duke of Westminster, dessen Frau wiederum eine Tochter des zweiten Duke of Sutherland war. Rodopi Serrai hatte einmal zu Peirce Gun bemerkt, Frank Shackleton liebe es, sich auf Tuchfühlung mit dem Hochadel zu begeben. »Und er ist so von sich überzeugt, dass er damit sogar durchkommt«, hatte Peirce damals darauf geantwortet.

Erst vor ein paar Tagen war Frank zu einem Essen in Lady Ormondes Residenz in der Londoner Upper Brook Street eingeladen gewesen. »Oh, Sie hier!«, meinte sie auf der Fähre zu ihm. »Wie nett. Ich hätte gedacht, Sie wären bei Ihrem Bruder in Devonshire, um sich von ihm zu verabschieden. Ich glaube, er bricht in die Antarktis auf, oder?«

»Das ist richtig, Lady Ormonde.«

»Warum gehören Sie nicht zu seinen tapferen Gefährten?«

Frank Shackleton war gut aussehend, lässig-elegant und außerordentlich selbstbewusst. »Lady Ormonde«, antwortete er, »ich bin der

Herold von Dublin und gehöre damit zum Gefolge des Königs von England, was ein weit mutigeres Unterfangen ist.«

»Oh ja.« Sie lächelte. »Wie außergewöhnlich, Mr. Shackleton!«, setzte sie dann nach kurzer Pause hinzu. »Der arme Sir Arthur tut mir so leid! Ist das nicht merkwürdig? Constance und ich haben gerade darüber gesprochen und gemeint, wie äußerst bedeutungsvoll Ihre Bemerkung kürzlich beim Lunch war.«

Was für ein Pech, dass er ausgerechnet über diese klatschsüchtige alte Schachtel hatte stolpern müssen! Er erinnerte sich nur allzu gut an die Äußerungen, die er vor vier Tagen in der Upper Brook Street von sich gegeben hatte. »Also wirklich, das habe ich ganz vergessen. Helfen Sie meinem Gedächtnis auf die Sprünge, Lady Ormonde.«

»Aber, Frank ... Sie müssen sich doch erinnern! Die Tischrunde hat Sir Arthur stark kritisiert. Man warf ihm vor, allzu zerstreut und nicht gewissenhaft genug zu sein. Können Sie sich denn gar nicht mehr erinnern?«

»Leider nicht, Lady Ormonde.«

»Aber Frank, Sie selbst sagten doch, Sir Arthur habe eine große Verantwortung und sei sehr stolz auf sein Amt; und als ich Ihnen beipflichtete, es sei in der Tat eine schwierige Aufgabe, Hüter der Kronjuwelen zu sein, da haben Sie geantwortet: ›Oh, es würde mich nicht erstaunen, wenn sie irgendwann gestohlen würden.‹«

In dem darauffolgenden Schweigen sah Lady Constance, die hinter ihrer Mutter an der Reling stand, Frank Shackleton direkt in die Augen, während Lady Ormonde darauf wartete, dass er antwortete.

Frank Shackleton lächelte. »Ihr Gedächtnis ist viel besser als meines, Lady Ormonde. Wenn Sie meinen, ich hätte so etwas gesagt, dann wird es wohl so sein. Ich kann meine Worte nur auf den verheerenden Einfluss von zu viel Wein zum Essen zurückführen. Und jetzt entschuldigen Sie mich bitte, meine Damen ... Lady Butler ...« Er zog seinen Hut. »Ich fühle mich ein wenig seekrank.« Er verließ die beiden und begab sich in seine Kabine.

In den folgenden Tagen, als in Dublin und in den herrschaftlichen Residenzen Englands darüber spekuliert wurde, wer in aller Welt die irischen Kronjuwelen gestohlen haben könnte, hörte man häufig, wie Lady Ormonde und Lady Butler Mr. Shackletons Bemerkungen weitergaben.

2

Frank Shackleton verließ die Eisenbahnfähre in Kingstown zur gleichen Zeit, als Rodi an Bord ging. Detective Superintendent Lowe und ein Offizier in Uniform beobachteten die beiden Männer aufmerksam aus diskreter Entfernung. »Passen Sie auf, und versuchen Sie zu erkennen, ob sie einander etwas übergeben«, befahl Superintendent Lowe.

Rodi und Shackleton wechselten ein paar Worte, als sie einander auf der Gangway zwischen der Anlegestelle und dem Schiff begegneten. »Herrgott, Frank ... Ich dachte, Sie machen Ferien in Hammerfield?«

»Habe ich auch. Aber jetzt bin ich wegen des königlichen Besuchs zurückgekehrt. Ich bin schließlich der Herold von Dublin, Rodi.«

»Wie könnte ich das vergessen! Es ist nur ... ach, egal.«

Das Gespräch wandte sich einem anderen Thema zu: Rodis Absicht, sich in Franks mexikanisches Geschäft einzukaufen. »Oh, gut«, freute sich Frank. »Je mehr Aktionäre, desto besser. Sie werden es nicht bereuen, Rodi, versprochen. Hören Sie, telegrafieren Sie mir das Geld, sobald Sie in London ankommen, dann bringe ich alles auf den Weg. Apropos, Sie wären nicht auch interessiert daran, Anteile an meiner Celtic Investment Trust Company zu kaufen, oder?«

»Danke, Frank, aber im Moment halte ich mich lieber nur an die North Mexico Land and Timber Company.«

»Sie werden es nicht bereuen, Rodi.«

»Ich hoffe nicht, denn ich bin völlig blank und brauche solides Kapital für die Zukunft.«

»Ach übrigens, viel Glück für Ihren Versuch, den Rest von Peirce Lacys Vermögen aus Russland herauszuholen, ehe die Bolschewiken es sich unter den Nagel reißen. Sprechen Sie eigentlich Russisch?«

»Ja – deswegen will er mich ja bei sich haben, damit man ihn nicht hinters Licht führt. Und da wir gerade davon sprechen: keine Scherze mehr mit dem armen Sir Arthur, ja? Die letzten Ereignisse haben ihn schrecklich getroffen.«

»Ich habe unterwegs davon gelesen.« Frank hob zum Abschied die Hand und betrat irischen Boden. Rodi ging in seine Kabine. Kurz darauf klopfte Superintendent Lowe an die Tür. »Guten Morgen, Mr. Serrai. Ich bin Superintendent Lowe von der Dubliner Kriminalpolizei. Ob Sie wohl so freundlich wären, uns zurück ins Dublin Castle zu begleiten? Sie müssen uns bei einer Untersuchung behilflich sein.«

»Was für eine Untersuchung, Superintendent?«

»Bezüglich der irischen Kronjuwelen, Sir.«

»Aber ich bin auf dem Weg nach … Sofia!«

»Bedaure, Sir, Sofia wird warten müssen. Hier entlang, bitte …«

»Donnerwetter, Superintendent, Sie bringen meinen Zeitplan durcheinander. Ich bestehe auf einer Erklärung.«

»Nun gut, Mr. Serrai, vielleicht können Sie uns ja sagen, was Sie zwischen vergangenem Freitag und dem heutigen Dienstagmorgen getan haben.«

»Was meinen Sie?«

»Sie hatten ursprünglich für Sonntagmorgen einen Platz auf der Fähre nach Holyhead reserviert.«

»Ja, das ist richtig.«

»Warum haben Sie diese Fähre nicht genommen?«

»Meine Abreise hat sich verzögert.«

»Wodurch?«

Rodi zögerte. Er wollte Brigid nicht in diese Sache hineinziehen.

Er hatte sich am frühen Sonntagmorgen von Brigid verabschiedet und sie in Athanas' Hütte zurückgelassen. Dann hatte er nach Dublin zurückkehren wollen, wo er im Club in der Kildare Street sein Zimmer reserviert hatte. Doch auf halbem Weg nach Dublin war der Wagen stehen geblieben, weil Donal vergessen hatte zu tanken. Er selbst hatte ebenfalls nicht dran gedacht, weil er sich Sorgen um Brigid gemacht hatte. Sie waren nur ein paar Meilen hinter Crookstown gewesen, doch alles war geschlossen, sodass sie nicht tanken konnten. So hatten er und Donal bis zum Tagesanbruch im Wagen gesessen, dann war Donal zurück nach Crookstown gelaufen, um an der einzigen Tankstelle einen Kanister zu füllen. Der Besitzer, ein braver Katholik, war zur Messe gegangen und kehrte erst um zehn Uhr aus der Kirche zurück, um sich um seine Tankstelle zu kümmern – genau zu der Zeit, als die Fähre nach England in See stach.

Donal hatte das Benzin gebracht. Doch inzwischen war der Vormittag schon weit fortgeschritten, und Rodi wusste, dass er heute nicht im Club übernachten konnte. Wyndham hatte ihm ja erklärt, dass die Stadt wegen des königlichen Besuchs voller Reisender sei und für kommende Woche alle Zimmer ausgebucht seien.

Er hatte Donal angewiesen, direkt zur Kaserne nach Portobello zu fahren, da er ohnehin mit Captain Richard Gorges sprechen wollte. Donal hatte den Wagen nach Grange Con zurückgebracht. Dann war Rodi wegen bestimmter Dinge, die Gorges erwähnt hatte, nach Clonskeagh gefahren, um Sir Arthur einen Besuch abzustatten. Da Shackleton noch in London war, hatte Sir Arthur ihm angeboten, bei ihm zu übernachten. Und nur, weil Sir Arthur auch erwähnt hatte, dass Frank erst Dienstagmorgen mit der Fähre zurückkehren würde, hatte Rodi auch die Nacht von Montag auf Dienstag in Clonskeagh verbracht.

Er wollte Frank wegen der Anteile an seiner Gesellschaft ansprechen, und auch auf gewisse andere Dinge, die Richard Gorges ihm erzählt hatte.

Aber er konnte dem Kriminalbeamten nicht in allen Einzelheiten sagen, wo er gewesen war. Bei diesem Stand der Dinge zog er es vor, keine allzu langen Erklärungen abzugeben. »Ich bin am Wochenende eine Menge herumgefahren, Superintendent«, erklärte er Superintendent Lowe, »und kann daher keine genauen Zeiten für meine Gespräche mit verschiedenen Geschäftsleuten in der Stadt angeben.«

»Was für Geschäftsleute waren das, Sir?«

»Ach, Börsenmakler und Finanzleute.«

»An einem Sonntag?«

»Nein, am Montag.«

»Gibt es jemanden, der Ihre Geschichte bestätigen kann, Mr. Serrai?«, wollte Superintendent Lowe wissen.

»Ja, mein Diener, der mich zwischen Samstagabend und heute Morgen durch die halbe Grafschaft Wicklow chauffiert hat.«

»Wo haben Sie die beiden Nächte verbracht?«

»Im Bett einer Freundin.«

»Und der Name der Dame, Sir?«

»Also wirklich, Superintendent! Das geht zu weit! Für was für einen Mann halten Sie mich?«

Der Detective behielt sich sein Urteil vor. »Es würde Ihr Alibi deutlich verbessern, wenn Sie uns den Namen der fraglichen Dame verraten würden.«

»Molly Maloney, Superintendent.«

»Aha, und sie heißt sicher nicht nur wie die Gestalt aus der Ballade, sondern lebt zufällig ebenfalls in der Grafton Street, oder, Sir?«

»Woher wussten Sie das?«

»Ob Sie uns wohl begleiten könnten, Sir, damit wir Ihre Geschichte nachprüfen können?«

Rodi steckte in einer Zwickmühle. Superintendent Lowes Blick verriet, dass er sich keine weiteren Ausflüchte bieten lassen würde. Ihm würde nichts anderes übrig bleiben, als mit den Beamten nach Dublin zurückzukehren. »Nun gut, Superintendent, aber sorgen Sie bitte dafür, dass mein komplettes Gepäck von Bord geholt und an den Club in der Kildare Street geschickt wird.«

»Gewiss, Sir, wir werden dafür sorgen, dass Ihnen keinerlei Unannehmlichkeiten entstehen.«

»Darüber hinaus möchte ich, dass mein Anwalt zugegen ist, wenn Sie meine Aussage aufnehmen.«

»Das ist Ihr gutes Recht, Mr. Serrai. Wir werden ihn sofort benachrichtigen.«

»Danke.« Schlecht gelaunt verließ Rodi die Fähre.

Kapitel Sechzehn

1

Sir Arthur nahm die *Times* und sah die Schlagzeilen. Daraufhin packte er alle Zeitungen zu einem Stapel zusammen und befahl Pitt, sie vom Frühstückstisch zu entfernen. Der König und die Königin würden jeden Moment von Bord ihrer Yacht gehen, und er musste sich darauf vorbereiten, ihnen in Ballsbridge bei einem mittäglichen Empfang zu ihren Ehren gegenüberzutreten.

Heute flogen bei Tisch keine fröhlichen Wortgeplänkel, wie es sonst in der St. James' Terrace Nr. 7 üblich war. Um die Stimmung aufzulockern und Sir Arthur ein Lächeln zu entlocken, erzählte Frank Shackleton von seinem Gespräch mit Lady Ormonde und Lady Constance Butler an Bord der Eisenbahnfähre und den Äußerungen, die er in der vergangenen Woche an Lady Ormondes Tisch fallen gelassen hatte. Doch Sir Arthur war gar nicht angetan, sondern warf ihm einen finsteren Blick zu. »Wenn du der Meinung warst, die Juwelen seien nicht sicher, warum hast du dann nie mit mir darüber geredet?«, fuhr er ihn an, sprang dann auf und verließ den Raum.

Frank verstummte verlegen und konzentrierte sich auf sein Frühstück. »Warum waren Sie der Ansicht, die Juwelen seien nicht sicher?«, fragte Francis Bennett-Goldney, der kürzlich zum Unterherold ernannt worden war und inzwischen das Haus mit den beiden teilte. »Und warum haben Sie gerade zu diesem Zeitpunkt etwas so Ungewöhnliches gesagt?«

Frank zuckte die Achseln. »Weil die Büros nachts nicht bewacht wurden.«

Sir Arthur, der immer noch seinen Morgenmantel trug, tauchte noch einmal an der Tür auf. »Ich weiß nicht, ob du das mitbekommen hast, Frank, aber ich hatte gestern Abend einen Anruf von Superintendent Lowe. Man hat Scotland Yard zur Unterstützung der Dubliner Beamten herangezogen. Die Polizei hat Rodopi Serrai verhaftet und hält ihn in Gewahrsam.«

»Was … das ist doch absurd!«, rief Frank. »Unmöglich, dass sie ihn verhaftet haben! Ich habe doch erst gestern Morgen auf der Fähre mit ihm gesprochen. Er ging gerade aufs Schiff, als ich von Bord ging.«

»Ich lüge normalerweise nicht«, gab Sir Arthur zurück. Doch dann hellte sich seine Miene auf. Francis Bennett-Goldney konnte sich des Eindrucks nicht erwehren, dass er erleichtert darüber war, dass die Polizei einen Verdächtigen verhaftet hatte. »Es liegt mir fern, Verleumdungen in die Welt zu setzen, aber es kommt mir ziemlich seltsam vor, dass er zum ersten Mal seit Jahren nach Bulgarien reisen wollte; und das genau zu dem Zeitpunkt, an dem die Juwelen verschwunden sind. Ihr beiden solltet euch lieber beeilen, wenn ihr um halb zehn im Office of Arms sein wollt.«

Nachdem die beiden zum Dublin Castle aufgebrochen waren, wo die Polizei sie zu den vermissten Juwelen befragen wollte, trödelte Sir Arthur bis zur letzten Minute und hoffte, Detective Lowe werde ihn anrufen und ihm mitteilen, dass Rodopi Serrai ein umfassendes Geständnis abgelegt hatte – ja, Rodi hatte vorgehabt, die irischen Kronjuwelen in Bulgarien an den Meistbietenden zu verkaufen. Oder er hatte wenigstens gestanden, dass das Ganze ein Scherz von Rodis Freunden im Club in der Kildare Street gewesen war und dass sie die Juwelen vor den Amtseinsetzungen auf Dublin Castle zurückgeben würden. Sir Arthur hatte keine Ahnung, wie sie die Zeremonien ohne die Insignien des St.-Patricks-Ordens durchführen sollten. Das würde wirklich eine merkwürdige Sache werden.

Rodi Serrais Freunde waren auch seine Freunde, junge Männer, mit denen er sein Haus teilte, im Adelsregister zusammenarbeitete und im Club in der Kildare Street seine Freizeit verbrachte. Er fand es unvorstellbar, dass diese Freunde ihm seine Freundlichkeit auf so gemeine Weise vergolten haben sollten.

Als kein weiterer Anruf für ihn einging, fragte er Mr. Pitt, ob mit der Morgenpost vielleicht ein Paket für ihn gebracht worden sei. Doch der Diener verneinte.

Ihm lief die Zeit davon. Und doch hegte Sir Arthur immer noch die schwache Hoffnung, dass die irischen Kronjuwelen innerhalb der nächsten paar Stunden von selbst wieder auftauchen würden.

2

In Ballsbridge speiste Sir Arthur Vicars in seiner Eigenschaft als Wappenkönig von Ulster mit König Edward VII. und Königin Alexandra. Im Gespräch kam zwar die Rede darauf, eventuell die Amtseinsetzung von Lord Castletown zu verschieben, doch der König erwähnte die gestohlenen Juwelen nicht direkt.

Nach dem Mittagessen unternahmen die erlauchten Gäste einen Rundgang durch die Ausstellung. Königin Alexandra trug ein eng anliegendes Kleid aus schwarzweiß gestreifter Seide, dessen Mieder mit irischer Spitze besetzt war. Sie blieb am Stand der irischen Hutmacher stehen, an dem die Hüte und Hauben der Marke White Lady ausgestellt wurden. Vor einem Spiegel, den man für die Käuferinnen aufgestellt hatte, rückte die Königin ihre gerüschte, mit Blumen besetzte Boa zurecht. »Bertie, wie findest du eigentlich meinen grünen Strohhut mit den roten Rosen?«, fragte sie mit ihrem bezaubernden dänischen Akzent.

Demonstrativ zog der König seine goldene Taschenuhr hervor, deren Kette über seinen stattlichen Bauch verlief. »Wir haben keine Zeit zum Einkaufen, Alix.«

Die Königin wandte sich an Lady Aberdeen, die Vizekönigin. »Ishbel, bitte geben Sie mir einen Rat. Zu diesem schwarzweißen Ensemble sieht der Strohhut ganz nett aus, aber was halten Sie von diesem Hut hier?« Sie wies auf den fraglichen Hut.

Lady Aberdeen bereitete ihr Rheuma stechende Schmerzen, die bei warmem Wetter noch unangenehmer waren. Genau wie der König hatte sie es eilig, weiterzukommen. »Euer Majestät, der grüne Strohhut mit den Rosen, den Sie tragen, sieht wirklich ganz bezaubernd aus.«

»Aber der grüne Strohhut ist so sommerlich. Dieser Hut hier würde noch besser zu dem schwarzweißen Kleid passen, und ich könnte das Ensemble zu jeder Jahreszeit tragen, nicht nur im Sommer.« Die Königin nahm den Hut, der ihr Gefallen gefunden hatte, von seinem Ständer. Es war ein flacher türkisfarbener Samthut mit breiter Krempe, an dem eine kecke schwarze Feder steckte. »Er ist einfach, er ist pfiffig, und er ist ganz reizend, finden Sie nicht auch?« Beifallheischend wandte sie sich zu ihrem Gefolge um und hielt den Hut hoch, damit alle ihn sehen konnten.

»Sagen Sie einfach ja«, meinte der König in die Runde. »Sonst wird Alix den ganzen Tag hier verbringen und nach einem Hut suchen.« Er hielt seine goldene Uhr in der Hand, als stoppe er beim Derby die Zeit seines Pferdes. Lady Aberdeens Schmerzen verschlimmerten sich, und Sir Arthur überlegte, ob die Kriminalbeamten von Scotland Yard inzwischen wohl die vermissten irischen Kronjuwelen gefunden hatten, damit Lord Castletowns Amtseinsetzung wie geplant vonstatten gehen konnte und sein Kopf gerettet wäre.

Nachdem der König seine Zustimmung gegeben hatte, probierte die Königin den Hut auf, der ihr sehr gut stand. Aber andererseits war sie auch so anmutig, attraktiv und elegant, dass sie sogar mit einem Eisbeutel auf dem Kopf gut ausgesehen hätte, dachte Arthur Vicars. Lady Aberdeen und die anderen nickten beifällig. Die Königin gab gleich ihre Bestellung auf.

Als die königliche Gesellschaft weitergegangen war, fielen sich Sarah und Gemara in die Arme. Sie wickelten den türkisfarbenen Samthut sorgfältig in feinstes weißes Seidenpapier und legten ihn in eine Hutschachtel, die sie ehrerbietig beiseitestellten, damit sie später an die Residenz des Vizekönigs ausgeliefert werden konnte.

»Heißt das nun«, sagte Gemara so laut, dass die anderen Hutmacherinnen es hören konnten, die bei der Königin von England keine Beachtung gefunden hatten, »dass wir jetzt ein königliches Gütesiegel über unsere Tür hängen können? Du weißt schon, Sarah, ein Wappen!« Gemara hob die Hand, als weise sie auf ein imaginäres Schild. *»Hutmacherinnen White Lady, Hoflieferanten Ihrer Majestät, der Königin von England.«*

»Mutter!«, rief Sarah aus, entsetzt über Gemaras Angeberei; doch insgeheim freute sie sich über ihren Erfolg bei der Ausstellung. »Du bist wohl größenwahnsinnig geworden! Die Schwestern der Gesellschaft der Freunde sollen bescheiden sein.«

»Wenn du so bescheiden wärst, Sarah Masters, wärst du nicht hier, mit deinen Hüten, die allen Geboten der Quäker widersprechen!«, hielt Gemara ihr entgegen. »Und außerdem warst du keine von ihnen, bevor du Benjamin geheiratet hast«, rief sie ihrer Tochter noch ins Gedächtnis.

»Ich tue nur, was die Bibel mir aufgibt«, erwiderte Sarah. »Im ersten Korintherbrief, Kapitel 11, Vers 5 und 6 heißt es: Eine Frau aber, die da betet oder weissagt mit unbedecktem Haupt, die schändet ihr Haupt; denn es ist ebenso viel, als wäre sie geschoren … So lasset sie ihr Haupt bedecken.«

»Vielleicht wird Zachary uns erlauben, die Korinther in unser Wappen aufzunehmen«, meinte Gemara fröhlich und wünschte dann, sie hätte Sarah in diesem glücklichen Moment nicht an Zachary und Brigid erinnert. Benjamin hatte ihnen verboten, den Namen seiner Tochter auszusprechen oder sie im Haus zu empfangen, solange Brigid sich nicht mit Gott und ihrem Mann ausgesöhnt hatte.

3

Die Zeitungen, um die Brigid Athanas gebeten hatte, lagen in der engen, dunklen Hütte des Wildhüters über den ganzen Tisch verteilt. Sie hatte die Artikel über die vermissten irischen Kronjuwelen und den Staatsbesuch des Königspaars gelesen.

Die Zeitungen berichteten auch, dass man im Zusammenhang mit dem Diebstahl der irischen Kronjuwelen einen Mann festgenommen hatte.

Brigid schaute auf und sah ihren Bruder Paul an, der aus Clonskeagh gekommen war, um ihr verschiedene Nachrichten zu bringen. Verlegen saß er auf Athanas' Bett und fragte sich angesichts der engen Hütte ein weiteres Mal, was in seine Schwester gefahren war, dass sie ihren Gatten verlassen hatte, der ihr alles geboten hatte, um sich einem Mann an den Hals zu werfen, der ihr nur Kummer bereiten würde. War sie denn verrückt geworden, in diesem Schmutz zu leben und ihren guten Namen und den der ganzen Familie zu ruinieren; war denn ihre Leidenschaft für diesen Bulgaren so groß?

Brigid schob die Zeitungen beiseite. »In Dublin passiert so viel«, meinte sie, Pauls Meinung nach ein wenig wehmütig. Vielleicht würde sie ja aufwachen und erkennen, wie töricht sie gehandelt hatte. Paul hoffte es zumindest, um ihrer selbst als auch um aller anderen willen.

Da er im Haus des Wappenkönigs von Ulster arbeitete, wusste Paul so einiges. Er wusste, dass sie vor Zachary weggelaufen war und Rodopi Serrai sie in Grange Con unter seine Fittiche genommen hatte. Er hatte Kontakt zu Athanas Blagow aufgenommen, Mr. Serrais Freund und Landsmann; und von Athanas hatte Paul erfahren, dass seine Schwester in dieser Hütte lebte.

Paul hatte sich gezwungen gesehen, Benjamin und Sarah zu berichten, wo Brigid sich aufhielt. Daraufhin waren sie noch entsetzter über Brigids Verhalten gewesen, das so gar nicht zu ihr passen wollte. Sarah hatte ihn gebeten, Luke in Kilmorna House zu benachrichtigen, denn sie wusste, dass Luke der Einzige war, dem es vielleicht gelingen würde, Brigid wieder zur Raison zu bringen. Luke hatte versprochen, an seinem nächsten freien Tag nach Grange Con zu fahren.

Paul hatte Brigid erzählt, dass ihr Vater vom Dienst im Office of Arms suspendiert war, solange die polizeilichen Ermittlungen andauerten. Er hatte ihr auch berichtet, dass Benjamin ihnen nach Zacharys Besuch verboten hatte, ihren Namen auszusprechen. Es betrübte ihn, es ihr zu sagen, aber Benjamin hatte darauf bestanden, dass er ihr seine Botschaft wörtlich überbrachte. »Vater sagt, du seist für ihn gestorben – außer, du bereust deine Tat und kehrst zu deinem Ehemann zurück.«

»Das werde ich niemals tun, Paul.«

Er wechselte das Thema und erzählte ihr von Sarahs und Gemaras

Erfolg auf der irischen Nationalausstellung und dass sie einen Hut an die Königin von England verkauft hatten.

»Mutter und Grandma Gemara müssen überglücklich sein. Sie haben so schwer gearbeitet und verdienen diese Anerkennung«, meinte sie. »Ich bin auch froh, dass die Polizei jetzt jemanden verhaftet hat, der vielleicht Licht in die Angelegenheit um die gestohlenen Kronjuwelen bringen kann«, setzte sie hinzu.

Paul schwieg, und Brigid fuhr fort: »Das war ziemlich dumm. Was für eine Idee, die Juwelen des Königs zu stehlen! Wer immer das getan hat, muss doch gewusst haben, dass er niemals damit durchkommt ... obwohl ...« – sie runzelte die Stirn – »ich nicht ganz glauben kann, was in den Zeitungen darüber steht, dass die Sicherheitsmaßnahmen unüberwindlich seien und die Polizei das Gebäude vierundzwanzig Stunden bewache. Als Mutter in der Sackville Street vom Bus angefahren wurde, ist es mir ziemlich leichtgefallen, an dem Wachposten vorbeizukommen, und er hat mich einige Zeit allein in der Bibliothek sitzen lassen, die ja auch als Wartezimmer dient. Armer Vater, da hat er nicht nur meinetwegen Sorgen, sondern da muss auch noch so etwas kommen. Kein Wunder, dass er krank ist.«

»Brigid!« Paul hatte ihr wortlos zugehört, doch jetzt unterbrach er sie. »Der Mann, der verhaftet wurde, ist Rodopi Serrai.«

Ungläubig starrte sie ihn an. »Oh nein!«

4

Paul kehrte zu seinen abendlichen Pflichten in der St. James' Terrace zurück. Sowohl in Dublin als auch in London hatte man sich eingehend mit der Frage beschäftigt, wer im Besitz der Schlüssel gewesen war. Die Experten von Milner & Co. hatten den Safe mehrere Male überprüft und waren zu dem Schluss gelangt, dass er nicht aufgebrochen worden war. Nur jemand, der im Besitz eines Schlüssels war, hätte die Juwelen herausnehmen können.

Ihr Untersuchungsergebnis bewies, was die Kriminalpolizei von

Dublin schon die ganze Zeit vermutet hatte, nämlich dass ein »Insider« hinter dem Raub steckte. Der Dieb hatte den Safe in aller Ruhe ausgeräumt, weil er das anscheinend tun konnte, ohne Verdacht zu erregen.

Sir Arthur war der Einzige, der beide Schüssel gleichzeitig verwahrte; den zur Bibliothek und den zum Safe. Er trug sie an einer Kette um den Hals.

Kaum hatte Paul seine gestreifte Schürze angelegt, um die Arbeit aufzunehmen, da trat Sir Arthur auf ihn zu. »Jetzt ist es mir wieder eingefallen, Paul!«, rief er aus und hob einen Finger, als wolle er eine unsichtbare Person tadeln.

»Sir?«, fragte Paul, der einen silbernen Kandelaber polierte, zögernd.

»Ich habe die Juwelen zuletzt Mr. Hodgson gezeigt, der beim Duke of Northumberland in Alnwick dessen antiquarische Bücher betreut. Das war am 27. Juni.«

»Ja, Sir«, sagte Paul höflich.

»Mr. Hodgson war gar nicht so sehr daran interessiert, die Juwelen zu sehen. Lieber wollte er die unermesslich wertvollen Bücher und Manuskripte durchstöbern, die ich im Lauf der Jahre zusammengetragen habe; auf meine eigenen Kosten wohlgemerkt.«

»Allerdings, Sir.« Paul stand mit dem Poliertuch in der Hand da und hörte Sir Arthur zu, der mit einem Mal ganz aufgeregt wirkte.

»Aber noch wichtiger ist, Paul, dass ich an diesem Tag auch Besuch von meinem alten Freund, Dr. Finney aus Kingston-on-Thames, erhalten habe.«

Sir Arthur sprach von dem Besuch, als habe er in ferner Vergangenheit stattgefunden. »Ja, Sir, ich weiß noch, dass Dr. Finney vor zehn Tagen bei uns übernachtet hat.«

»Und jetzt erinnere ich mich wieder«, setzte Sir Arthur hinzu. »Als ich am nächsten Tag meine Schlüssel von der Kommode nahm, fehlte der Schlüssel, mit dem die Eingangstür des Bedford Tower geöffnet wird. Ich musste Kerr bitten, mir seinen zu leihen. Natürlich durfte ich ihn nicht behalten, weil er ihn selbst auf seinen nächtlichen Rundgängen auf dem Gelände benötigte. Aber findest du es nicht auch merkwürdig, dass ich mich erst jetzt wieder daran erinnere?«

»Nun ja, Sir.« Paul mochte lieber keine Meinung kundtun. »Sie haben in letzter Zeit unter großer Anspannung gestanden, und da kann es leicht vorkommen, dass einem Kleinigkeiten entfallen.«

»Ich muss gleich zu Superintendent Lowe und ihm erzählen, was mir gerade wieder eingefallen ist«, erklärte Sir Arthur zerstreut, »und dann muss ich an Dr. Finney und Mr. Hodgson telegrafieren, damit sie bei der Polizei aussagen und meine Geschichte bestätigen.«

Kapitel Siebzehn

1

Rodi saß im Kilmainham-Gefängnis.

Brigid bat Sir Arthur Vicars um Hilfe, eine Besuchserlaubnis zu bekommen, denn sie wusste, dass nur er über genügend Einfluss bei der Polizei verfügte.

Sir Arthur hatte ein sehr schlechtes Gewissen wegen der Suspendierung von Brigids Vater und fand, unter diesen Umständen sei es das Mindeste, der jungen Dame ihre Bitte zu erfüllen. Er trat damit an Superintendent Lowe heran, der keine Einwände erhob, sondern sich im Gegenteil höchst kooperativ zeigte.

Superintendent Lowe erklärte Sir John Ross, dem Polizeipräsidenten von Dublin, warum er den Besuch gestattet hatte. »Mrs. Lunn ist die Tochter des Mannes, der als Angestellter in Sir Arthurs Büro gearbeitet hat, Mr. Benjamin Masters. Sie scheint auf sehr freundschaftlichem Fuß mit dem Bulgaren zu stehen, der im Zusammenhang mit dem Diebstahl festgehalten wird. Wenn Mr. Serrai ihr Liebhaber ist, kann sie möglicherweise zur Aufklärung darüber beitragen, wo er sich vor und nach dem Verschwinden der Kronjuwelen aufgehalten hat.«

»Und wie stellen Sie sich das vor, Lowe?«, erkundigte sich Sir John Ross.

»Ich werde ein privates Treffen zwischen Mr. Serrai und Mrs. Lunn arrangieren, Sir John; nicht im Kilmainham-Gefängnis, sondern im Bermingham Tower des Dublin Castle.«

»Warum denn dort?«

»Weil uns das ermöglicht, Sir, ihr Gespräch mitzuhören. Sie wissen ja, dass der Bermingham Tower ein wahrer Fuchsbau von Gängen ist. Wir können Serrai unter polizeilicher Bewachung von Kilmainham dorthin verlegen lassen und ihn in eine der Zellen bringen, die Verbindung zu einer Nachbarzelle hat. Dort werden Inspector Kane und ich selbst das Gespräch zwischen Mr. Serrai und Mrs. Lunn verfolgen.«

»Müssen wir denn wirklich zu so vulgären und hinterhältigen Methoden greifen, Lowe?«

»Der König, Sir, brennt darauf, dieser Sache auf den Grund zu gehen. Er wird außerdem langsam ungeduldig. Ich weiß ja nicht, wie es Ihnen geht, aber ich hege nicht den Wunsch, meine Stellung zu verlieren, weil der König ärgerlich darüber ist, wie sich dieser Fall entwickelt. Niemand hat sich bis jetzt gemeldet, obwohl tausend Pfund Belohnung für jeden Hinweis ausgesetzt worden sind, der zur Verhaftung des Diebs oder der Diebe führt. Mrs. Lunn bietet uns vielleicht eine Chance von eins zu einer Million, aber wir müssen sie ergreifen.«

»Verstehe.« Auch Sir John Ross wollte seinen Posten nicht verlieren. »Arrangieren Sie das, Lowe«, befahl er deshalb. »Aber wenn etwas schiefgeht, nehmen Sie die Sache auf Ihre Kappe. Sehen Sie zu, dass es nicht so weit kommt.«

2

An dem Tag, an dem sie Rodi besuchen sollte, nahm Brigid in Crookstown den Zug nach Dublin. Die Gefängnisverwaltung hatte ihr mitgeteilt, Mr. Serrai sei von Kilmainham in den Bermingham Tower des Dublin Castle verlegt worden. Wenn sie sich bei dem für den Bermingham Tower zuständigen Wärter vorstelle, dürfe sie Mr. Serrai zehn Minuten lang sehen.

Im Dublin Castle führte man sie in eine kleine Zelle, die als Besucherraum diente. Hoch an der Wand befand sich ein vergittertes Fenster, und der Raum war mit einem langen Tisch und einem Stuhl an jedem Tischende möbliert.

Der Polizist, der sie am Tor in Empfang genommen hatte, bat sie, sich zu setzen, und verließ den Raum.

Äußerlich wirkte sie gefasst, doch in Wahrheit zitterte sie um Rodis willen vor Angst und Bedrückung. Sie fragte sich, was sie erwartete. War er wirklich ein Dieb, oder hatten die Behörden ein vollkommen falsches Bild von ihm? Sie hatte nicht die geringste Ahnung.

Rodi trug Handschellen, als er von zwei Polizeioffizieren hereingeführt und ihr gegenüber hingesetzt wurde. Dann fesselten die beiden ihm die Arme auf unangenehme und demütigende Weise hinter dem Rücken an die Stuhllehne.

Brigid war entsetzt über diese Behandlung. Schließlich wurde er nur als Verdächtiger festgehalten. Bis jetzt hatte man ihn noch keines Verbrechens angeklagt. War das die Gerechtigkeit der britischen Justiz?

Aber man machte ihnen ein kleines Zugeständnis: Sie durften allein miteinander reden, während die beiden Polizisten vor der Tür Posten bezogen.

Rodi war blass und wirkte mitgenommen, doch er rang sich ein fröhliches Lächeln ab, obwohl er innerlich darüber tobte, dass man ihn anscheinend grundlos festhielt. »Was für eine schöne Überraschung, Brigid! Danke, dass Sie gekommen sind.«

»Ich … ich konnte es nicht glauben, als mein Bruder Paul mir sagte, Sie seien verhaftet worden. Aus welchem Grund?«

Rodi zuckte die Achseln. »Ach, die Polizei hat sich in den Kopf gesetzt, ich hätte die Juwelen gestohlen; und das nur, weil ich am Mittwoch, also kurz vor dem mutmaßlichen Verschwinden der Kronjuwelen, im Bedford Tower war.«

»Welchen Beweis hat die Polizei denn, dass Sie der Dieb sind?«

»Keinen – sie tappen im Dunkeln. Sie glauben, dass ich die Kronjuwelen einem Dritten übergeben habe, damit er sie mir auf der Fähre nach England zurückgibt. Angeblich war ich auf dem Weg nach England und anschließend nach Bulgarien, um sie an den Meistbietenden zu verkaufen. Sie sind der Meinung, ich wollte Geld aufbringen, um eine Konterrevolution in meinem Land zu finanzieren, oder um mir die Gunst der Herrschenden zu erkaufen und so die beschlagnahmten Ländereien und den Besitz meines Vaters zurückzubekommen. Das ist alles ziemlich idiotisch. Ich wollte nach Bulgarien, weil Peirce

Lacy O'Mahony mich gebeten hat, ihn bei den Verhandlungen mit den Russen zu unterstützen. Dabei ging es um Besitz, den seine Familie während der Zeit Katharinas der Großen in Russland verloren hat. Verstehen Sie, ich spreche Russisch und sollte für meinen Gönner als Vermittler auftreten.« Rodi rutschte unbehaglich auf dem harten Stuhl herum. »Ein Krampf«, erklärte er und zog eine Grimasse.

Brigid stand auf und wollte nachsehen, ob sie seine Beschwerden lindern konnte, indem sie ihm die Arme rieb. Aber der Wärter, der durch ein Gitter in der Tür spähte, bedeutete ihr, an ihrem Platz zu bleiben.

»Was sagte ich noch?«, fragte Rodi, der durch das schmerzliche Kribbeln in seinen Armen und Fingern abgelenkt worden war. »Ach ja ... jetzt hat O'Mahony beschlossen, nach Irland zurückzukehren und sich für uns einzusetzen. Denn nicht nur mich hat man in diese Geschichte um die gestohlenen irischen Kronjuwelen hineingezogen, sondern auch seinen Sohn und seinen Halbbruder.«

»Das freut mich«, gab Brigid zurück. »Aber er befindet sich doch noch in Bulgarien. Wie hat er so schnell von dem Diebstahl der Kronjuwelen und Ihrer Verhaftung erfahren?«

»Peirce hat mir erzählt, sein Onkel George, der O'Mahony von Kerry und Kilmorna, habe seinem Bruder ein Telegramm geschickt, er solle nach Hause kommen. Ich hoffe, wenn er zurück ist, wird er Chief Inspector Kane zurück nach London und Superintendent Lowe in die Wüste schicken, weil sie es gewagt haben, einen Unschuldigen einzusperren. Nun ja ... Und wie geht es Ihnen, Brigid? Geht es Ihnen gut?«

»Ja, danke ... Mr. Serrai.« Sie warf einen Blick zur Tür, und Rodi verstand.

»Sind Sie zufrieden in Ihrem neuen Heim?«, fragte er, ohne zu erwähnen, wo sie jetzt lebte.

»Ja, danke sehr. Ich werde gut versorgt und bekomme immer frisches Kaninchen- oder Wildfleisch, Obst und Gemüse. Ich gehe viel an der frischen Luft spazieren und genieße das sehr.«

»Gut. Wie geht es Ihrem Vater?«

»Bedauerlicherweise gar nicht gut.«

»Tut mir leid, das zu hören. Und Ihrer Mutter und Großmutter?«

»Sie haben viel zu tun. Bei der Nationalausstellung haben sie der Königin von England einen ihrer Hüte verkauft, als sie den Stand der Hutmacherinnen besucht hat.«

»Wirklich? Das ist ja großartig.«

»Ich ... ich muss jetzt gehen«, sagte Brigid. »Kann ich Ihnen irgendetwas schicken, solange Sie im Gefängnis sind?«

»Danke, aber Donal, mein Diener, hat sich bisher um mich gekümmert. Ich weiß nicht, ob man mich hierbehalten oder zurück ins Kilmainham-Gefängnis verlegen wird. Aber Donal besucht mich so gut wie jeden Tag ... Ah, warten Sie. Sie können doch etwas für mich tun, Brigid. Bitten Sie Athanas, mir aus der Bibliothek auf Grange Con ein Buch herauszusuchen. Es heißt *Der hochedle Orden vom Hosenbande.* Er soll es Donal geben, damit er es mir bringt. Bedaure, aber ich kann leider nicht aufstehen, um Sie zur Tür zu begleiten.« Er lächelte.

Er war sich immer noch nicht ganz sicher, wie sie zueinander standen. Schließlich war da im Hintergrund immer noch ihr Ehemann. »Haben Sie vor, Ihre jetzige Stellung beizubehalten, Brigid, oder denken Sie darüber nach, sich zu verändern?«, fragte er sie doppeldeutig, bevor sie ging.

»Im Moment bin ich zufrieden, Mr. Serrai, und habe nicht vor, mich zu verändern«, erklärte sie und klang dabei sehr aufrichtig.

»Das freut mich ...« Er sah ihr lange in die Augen, so wie bei ihrer ersten Begegnung; ein berauschender Moment. Dann ging sie.

Der Polizist, der sie hereingeholt hatte, begleitete sie wieder bis zu den Toren des Dublin Castle.

Die Kriminalbeamten hatten durch einen schmalen Spalt gelauscht, indem man einen Mauerstein in der Wand zwischen den beiden Zellen gelöst hatte. Sie waren ebenso verwirrt wie zuvor.

Chief Inspector Kane von Scotland Yard ließ den Stimmenverstärker sinken, den er an den Spalt in der Wand gehalten hatte. Das Gerät sah aus wie ein altmodisches Hörrohr. Die Stimmen hatten gedämpft geklungen, aber sie hatten das Wesentliche aus dem Gespräch zwischen Serrai und seiner Freundin verstehen können.

»Was schließen Sie daraus?«, fragte Inspector Kane. »Liebesgeflüster war das ja wohl nicht, oder? Und was für eine Stellung hat Mrs. Lunn vor kurzem angetreten?«

»Ich glaube, sie fertigt Hüte für die Damen der Gesellschaft an, die unter dem Markennamen White Lady verkauft werden«, erklärte Superintendent Lowe. »Die Quäker haben damit bei der irischen Nationalausstellung sogar das königliche Wohlwollen gewonnen.«

»Ah, ich verstehe ... Tja, ich glaube, wir sollten uns einen Durchsuchungsbefehl besorgen und uns die Bücher auf Grange Con ansehen. *Der hochedle Orden vom Hosenbande,* hmmm!« Chief Inspector Kane strich sich übers Kinn.

»Vielleicht ist das Buch ja innen hohl?«, überlegte Superintendent Lowe. »Der Bulgare könnte die Juwelen in dem Buch versteckt haben; und jetzt will er, dass sein Diener sie holt und vielleicht loswird, ehe Peirce Lacy nach Grange Con zurückkehrt. Denn dann könnte es schwieriger für Serrai werden, sich so uneingeschränkten Zugang zum Haus zu verschaffen.«

»Dann lassen Sie uns nach Wicklow fahren. Wir werden die Bibliothek und Mr. Serrais Zimmer durchsuchen«, meinte Kane mit leuchtenden Augen.

3

Paul Masters brachte Sir Arthur die Morgenpost und verließ das Speisezimmer.

Sir Arthur ging seine Korrespondenz durch. Dann sprang er unvermittelt vom Tisch auf, lief zum Fuß der Treppe und rief nach Frank Shackleton, er solle herunterkommen.

Paul befand sich noch in der Eingangshalle und polierte das Silbertablett, auf dem er Sir Arthur die Post gebracht hatte. »Mr. Shackleton ist vor ein paar Stunden spazieren gegangen, Sir.«

»Oh!«, rief Sir Arthur gereizt aus. »Also, er benimmt sich wirklich wie ein Bauer aus Donegal.«

»Ja, Sir«, sagte Paul und lächelte verhalten, denn Sir Arthur verglich Mr. Shackleton immer mit einem Bauern aus dieser entlegenen Grafschaft.

»Wenn er zurückkommt, Paul, sagen Sie ihm, dass ich ihn sofort sprechen will.«

»Ja, Sir.«

Sir Arthur setzte sich wieder an den Frühstückstisch. Zehn Minuten später trat Frank ein.

»Hallo, Arthur. Paul sagt, du willst mich sprechen?«

»Warum zum Teufel musst du auch so früh aufstehen, Frank?«, murrte Sir Arthur.

»Weil ich zufällig früh zu Bett gehe«, gab Frank zurück, zog die Handschuhe aus und gab Paul seinen Spazierstock.

»Das ist auch so eine Sache. Ich habe abends keine Gesellschaft, weil du so lächerlich früh zu Bett gehst. Aber egal. Ich habe eine Mitteilung von einer Hellseherin erhalten, die weiß, wo die Juwelen versteckt sind.«

»Herrgott!« Frank ließ sich auf einen Stuhl fallen und bat Paul, ihm einen starken schwarzen Kaffee einzuschenken. »Hältst du es für möglich, dass die tausend Pfund, die für Informationen ausgesetzt wurden, diese … Hellseherin angelockt haben?«

»Wir werden es bald herausfinden. Ich möchte, dass du nach Ballsbridge fährst und die Dame ausfindig machst. Wie sie sagt, ist sie im italienischen Teil der Ausstellung anzutreffen. Mach dir ein Bild davon, ob sie eine Betrügerin ist oder wirklich übersinnliche Kräfte hat.«

Frank Shackleton fragte nicht einmal, wie er das anstellen sollte. Genüsslich und hinterlistig lächelte er in seine Kaffeetasse hinein. Dann drehte er sich um und zwinkerte Paul Masters zu.

4

Frank bat Paul, ihn nach Ballsbridge zu begleiten. Sollte sich das Ganze als fruchtlos erweisen, konnte er immer noch Paul Masters die Schuld geben und behaupten, er habe ihn auf diese Idee gebracht.

Ohne allzu viele Schwierigkeiten fanden sie die Frau, die an Sir Arthur geschrieben hatte, in der italienischen Halle des Ausstellungszentrums.

Frank schob Paul auf das Zelt der Wahrsagerin zu. »Fragen Sie die Frau, ob sie Sir Arthur Vicars kennt.«

Paul zögerte. Als guter Christ war ihm alles, was mit schwarzer Magie zu tun hatte, nicht ganz geheuer.

»Lieber nicht, Sir.«

»Um Himmels willen, Paul! Nicht schon wieder Ihre religiösen Ansichten! Na schön, ich gehe selbst.« Frank steckte den Kopf in das Zelt von »Madame Clair Voyante«.

Die Dame, die Ausschau nach gut gekleideten und wohlhabenden Kunden hielt, stürzte sich auf Frank Shackleton. »Ah! Sie sind eine Abgesandte von eine 'öhere Macht!«, rief sie mit starkem Akzent.

Frank war verblüfft. »Woher wissen Sie das?«

»Sie 'aben eine Aura um Ihre schöne Kopf, Mr. Shackleton. Sie sind eine große Mann!«

Wieder war er verwirrt. »Wie ... woher kennen Sie meinen Namen?«

»Ich 'abe Sie in Ihre schöne Robe bei die Eröffnung gesehen und Ihre Name in die Programm gelesen.«

Er lächelte. Das hatte sie also ohne hellseherische Kräfte herausgefunden!

»Wenn Sie von Sir Arthur Vicars kommen, bin ich die Frau, die Sie suchen!«, sprudelte sie hervor. »Und ich weiß, warum Sie hier sind. Aber es sein meine Tochter, die mit Sir Arthur sprechen wollen.«

Sie erklärte, ihre Tochter sei diejenige, die übersinnliche Kräfte besitze. Die beiden Frauen zogen es vor, anonym zu bleiben, und ließen sich von Frank Shackleton Madame und Miss Clair Voyante nennen. Sie beeindruckten ihn zutiefst – insbesondere die hübsche junge Tochter, die in seiner Hand las wie in einem offenen Buch. Er erfuhr Dinge über sich, von denen er nichts geahnt hatte.

Sie würde ihr Möglichstes tun, um die vermissten irischen Kronjuwelen zu finden, und sie versprach auch, dass die Juwelen ihren rechtmäßigen Besitzern übergeben würden, ehe der Monat Juli vorüber sei.

»Besitzern?«, fragte Frank das hübsche Mädchen. »Aber es gibt doch nur einen, den König von England.«

»Sie irren sich, Mr. Shackleton. Es sind doch auch die Mahony-Diamanten verschwunden«, sagte sie.

»Oh ja, natürlich! Sie sind sehr klug, Miss …«

»Clair Voyante«, fiel sie ein.

»Ja, sicher. Jedenfalls danke ich Ihnen. Wir bleiben in Verbindung. Einen guten Tag, die Damen.« Er tippte sich mit dem Spazierstock an den Hut und ging mit Paul davon.

Das bezaubernde junge Mädchen hatte Frank in höchste Aufregung versetzt. Er erklärte Sir Arthur, Miss Clair Voyante wünsche, dass er für den kommenden Sonntag eine Séance arrangiere, zu der die führenden Spiritisten Dublins eingeladen werden sollten.

Sir Arthur stimmte sofort zu. Er würde einfach alles tun, um seinen Namen und seinen Ruf beim König von England reinzuwaschen.

Es bedrückte Paul sehr, dass Sir Arthur sich auf diese Weise lächerlich machte und obendrein noch schwarze Magie zu Hilfe nahm. Er sprach mit Benjamin darüber, und sein Vater erklärte ihm, er dürfe auf keinen Fall bei der Séance anwesend sein, damit der Teufel nicht auch seine Seele hole. Paul bat Mr. Pitt, an dem Sonntag, an dem die Séance stattfinden sollte, für ihn einzuspringen.

Kapitel Achtzehn

1

»Honi so-it kwii mal ü pense«, las der Sergeant holprig aus dem schweren Buch vor, das er in der Hand hielt.

Chief Inspector Kane stieß einen tiefen Seufzer aus. »Vorsichtig, Sergeant, das ist ein Beweisstück!« Er nahm dem Polizisten das Buch weg und vergewisserte sich, dass das Lesezeichen aus blauer Seide auf der fraglichen Seite blieb. »*Honi soit qui mal y pense,* Sergeant. Das ist Französisch und bedeutet ›ein Schelm, wer Böses dabei denkt‹. Und es ist zugleich der Wahlspruch des Hosenbandordens … dem die O'Mahonys angehören.«

»Hmmm …«, machte der irische Polizeisergeant unbeeindruckt. Er und seine Männer stellten die Bibliothek auf Grange Con auf den Kopf, doch bis jetzt hatten sie nicht einen einzigen der vermissten Diamanten gefunden.

Mit einer Pinzette hob der Detective von Scotland Yard das Lesebändchen an. All das machte ihn sehr misstrauisch: dieses blaue Seidenband, das so ähnlich aussah wie das, das man in der leeren Schmuckschatulle im Office of Arms gefunden hatte, und das Buch selbst, *Der hochedle Orden vom Hosenbande,* von dem Mr. Serrai gesprochen hatte. Ihm ging – genau wie dem Polizeipräsidenten und Detective Sergeant Lowe – immer noch die Frage des Seidenbandes durch den Kopf, das vom Abzeichen des St.-Patricks-Ordens gelöst worden war; doch das Lesebändchen schien ziemlich fest am Buchrücken angenäht zu sein, das er als Beweisstück mitnahm.

Aber er musste sich absolut sicher sein; und nur Sir Arthur Vicars oder dessen Sekretär Mr. Burtchaell würden ihnen sagen können, ob dieses Stück blaue Seide zu dem anderen passte, das der Dieb so sorgfältig entfernt und in der Schachtel aus rotem Saffianleder zurückgelassen hatte. Waren dieses Buch und sein Leseband aus blauer Seide eine verdeckte Anspielung auf etwas, was mit dem dreisten Raub zu tun hatte? Das Ganze wurde immer komplizierter, und der Detective von Scotland Yard konnte sich einfach keinen Reim darauf machen.

»In Ordnung, Sergeant, konzentrieren wir uns auf Mr. Serrais Zimmer. Hier gibt es nichts mehr zu tun.«

Doch auch im Zimmer des Bulgaren entdeckten sie nichts Aufregendes, sodass sie in ihr Hauptquartier auf Dublin Castle zurückkehrten.

»Ich glaube, Serrai hat uns angeführt, Sir«, meinte Chief Inspector Kane zu Sir John Ross of Bladensburg, als er sich bei ihm zurückmeldete. »*Ein Schelm, wer Böses dabei denkt* ... So hat er uns von seiner Fährte abgebracht.«

»Ganz recht, Kane«, meinte der Polizeipräsident mit unverhülltem Sarkasmus. »Ich glaube auch, dass Mr. Serrai Sie in die Irre geführt hat ... und dabei hatte er nicht die geringste Ahnung, dass Sie im Nebenraum saßen! Mir scheint, Sie legen sich alles so zurecht, wie Sie es sehen wollen.« Sir John hatte die Abhöraktion im Bermingham Tower missbilligt und machte aus seiner Meinung keinen Hehl.

Er hielt einen Brief in der Hand, den er heute Morgen aus Sofia erhalten hatte. »Peirce Lacy O'Mahony ist auf dem Heimweg und verlangt, dass wir seinen Schützling freilassen – und zwar sofort! Ansonsten droht er, vor dem König zur Sprache zu bringen, dass wir einen Unschuldigen gesetzwidrig festhalten.«

»Aber Sir, wir arbeiten doch noch an dieser Angelegenheit um Mr. Shackleton und Mr. Gorges. Wir wissen, dass Mr. Serrai in der Nacht, die er ... ähem ... verzeihen Sie, Sir, angeblich im Bett dieser Molly Maloney verbracht hat, die Kaserne in Portobello besucht hat. Ich weiß natürlich, dass der Name erfunden ist, aber die Frau selbst ist es vielleicht nicht.«

»Wollen Sie andeuten, bei dieser Molly Maloney handele es sich um Mrs. Lunn?«

»Nein, Sir. Ich glaube, Molly Maloney ist ein anderer Name für ... für Captain Gorges.«

»Sind Sie jetzt vollkommen verrückt geworden, Kane?«

»Ich hoffe nicht, Sir. Aber wir wissen, dass er gewisse … ähem … ungesunde Vorlieben hegt, Sir. Alle jungen Männer, die in diesen Fall verwickelt sind, sind mittellos. Dass Captain Gorges wegen seiner perversen Praktiken aus seinem Regiment ausgestoßen wurde, ist allgemein bekannt, Sir. Der Mann hat einen sehr schlechten Ruf …«

»Das wissen wir bereits, Kane.«

»Sehr wohl, Sir. Mr. Shackleton, der Bruder des Forschers, ist in letzter Zeit sehr viel herumgereist. Jedes Mal, bevor wir ihn erwischen konnten, war er schon wieder fort. Und das kommt mir sehr verdächtig vor. An dem Morgen, als Mr. Serrai an Bord der Fähre nach England ging, verließ Mr. Shackleton sie gerade. Er und Mr. Serrai haben sich auf der Gangway kurz unterhalten, und bei dieser Gelegenheit könnten auch die Juwelen den Besitzer gewechselt haben.«

»Das scheint mir eine ziemlich haltlose Spekulation zu sein, Chief Inspector. Wenn Mr. Serrai sie bei sich getragen hat, dann hätte er sie wohl kaum an den Herold von Dublin übergeben. Und wenn es andersherum war und Mr. Shackleton sie in seinem Besitz hatte, hätte er sie bestimmt nicht mit außer Landes genommen, sie zurück nach Irland gebracht und sie dann Mr. Serrai gegeben, damit er sie ein zweites Mal aus Irland fortbringt!«

»Zugegeben, Sir, das klingt ziemlich weit hergeholt. Aber dieser ganze Raub ist völlig bizarr. Man kann sich gar nicht vorstellen, was diesen reichen, verwöhnten und unverfrorenen jungen Männern durch den Kopf geht, einen solchen Streich zu spielen.«

»Da haben Sie recht, Chief Inspector. Aber trotzdem können wir Mr. Serrai nicht länger festhalten. Die ganze Polizei würde zum Gespött, wenn wir ihn nur aufgrund eines Verdachts vor Gericht stellen. Wir brauchen Beweise! Und solange wir die nicht haben, müssen wir Mr. Serrai laufen lassen.«

Nicht lange danach wurden die Detectives von Scotland Yard nach London zurückgerufen, da die Untersuchung des Kronjuwelen-Diebstahls als aussichtslos erschien. Die Dubliner Polizei sollte den Fall bearbeiten und Scotland Yard im Zweifel hinzuziehen.

2

Brigid wanderte durch die mittäglichen Wälder und sammelte Reisig für ihr Feuer. Das Sonnenlicht fiel durch die Baumkronen und übersäte den Waldboden mit hellen Flecken. Sie blieb stehen, um ein paar Blumen zu pflücken, mit denen sie Athanas' dunkle Hütte schmücken wollte.

Luke hatte sie besucht. An seinem freien Nachmittag hatte er sich auf den langen Weg aus der Grafschaft Kerry gemacht und sie angefleht, zu Zachary zurückzukehren, war aber bei ihr auf taube Ohren gestoßen. Schließlich war sogar Luke, bei dem es immer lange dauerte, bis er ärgerlich wurde oder jemanden verurteilte, aus der Haut gefahren. »Ich verstehe dich nicht, Schwester! Es ist, als hätte ein Dämon von deinem Geist und deiner Seele Besitz ergriffen!«

»Vielleicht stimmt das ja, Luke.«

»Und dieser Teufel kann nur Rodi Serrai sein!«

»Besessen bin ich höchstens vor Liebe zu ihm! Rodi Serrai ist nicht der Teufel, ganz egal, was andere von ihm denken.«

Luke war wieder nach Kilmorna zurückgefahren. Diese Entfremdung von ihm, der ihr von ihren Brüdern am nächsten stand und am liebsten war, schmerzte und bekümmerte Brigid. Wäre Kilmorna nicht so weit weg gewesen, wäre sie zu Luke gegangen, hätte sich für ihre Sturheit entschuldigt und versprochen, noch einmal über alles nachzudenken – obwohl sie sich schwor, niemals zu Zachary zurückzukehren, der sie ohne jeden Grund geschlagen, missbraucht und gedemütigt hatte.

Selbst Luke hatte kein Verständnis für diesen Teil ihrer Erzählung aufgebracht und gemeint, sie würde übertreiben: Zachary wäre niemals mit Absicht grausam zu ihr, hatte er gesagt.

Niemand hatte ihr geglaubt, und daran würde sich auch in Zukunft nichts ändern: Zachary war eine Säule der Gesellschaft, und es ging nicht an, dass man einen Ältesten einer solchen Tat beschuldigte.

Brigid wurde immer verbitterter und rebellischer, und ihr Entschluss festigte sich. Ein männlicher Sünder war nie so schlimm wie eine Frau, die sündigte. Dafür sorgte schon die Gesellschaft, eine Männergesellschaft!

Nun gut, wenn sie in den Augen ihres Mannes und ihrer Familie jetzt eine verdorbene Frau war, würde sie sich eben von ihnen fernhalten. Zum Herrn beten konnte sie in ihrem Herzen ebenso gut, als wenn sie an einer Gebetsversammlung teilnahm! Sie sah zu dem gewölbten Blätterdach auf: Das war ein viel herrlicheres Dach, um darunter Gott zu verehren. Hier konnte sie dem Altar des Herrn sogar echte Blumen darbringen.

Sie legte ihren Strauß purpurfarbener Wildanemonen zu dem Feuerholz in den Korb. Als sie sich aufrichtete, hörte sie Hufschläge auf dem Waldweg. Da sie fürchtete, es komme jemand, um sie zu Zachary zurückzubringen, wich sie in den Schatten der Bäume zurück.

Ross und Reiter passierten sie, und Brigid traute ihren Augen nicht. Sie ließ den Korb fallen und rannte ihm nach. »Rodi, Rodi … hier bin ich … hier!«

Er zügelte sein Pferd und stieg ab; und als sie mit gerafften Röcken auf ihn zugerannt kam, fing er sie in seinen Armen auf. »Brigid, du bist ja immer noch hier!«, sagte er staunend und ungläubig.

»Ich habe doch versprochen, auf dich zu warten …«

Außer Atem und rückhaltlos küsste er sie, bis sie sich schwindlig fühlte und sich ihr der Kopf vor Liebe und Freude über seine Freiheit drehte.

»Wie …?«, wollte sie wissen, doch er gebot ihr mit weiteren leidenschaftlichen Küssen Einhalt. Er ließ sein Pferd grasen und zog sie in die schattige Abgeschiedenheit der Bäume.

Rodi hielt sie in den Armen. Sein Rücken lehnte bequem an einem Eichenstamm und nicht an dem wackligen Stuhl, an den er so grausam gefesselt gewesen war, als sie ihn zuletzt gesehen hatte. Er erzählte, wie es dazu gekommen war, dass er heute früh freigelassen worden war. »Sie konnten mich nicht länger festhalten, da sie nicht den Hauch eines Beweises gegen mich in der Hand hatten. Die Polizei muss uns belauscht haben, sie haben versucht, Geheimbotschaften in ein Buch hineinzuinterpretieren, das ich mir bringen lassen wollte – du weißt schon, das Buch, das Athanas Donal geben sollte. Es ist einfach unglaublich! Das Lesezeichen – ein blaues Seidenband – wurde untersucht, um festzustellen, ob es dem Band ähnelt, das vom Ordenszeichen des St.-Patricks-Ordens gelöst wurde. Ich bitte dich!« Vor Empörung über die Polizei rang er die Hände. »Jetzt versuchen sie, Beweise gegen Shackleton und seinen Freund Captain Gorges zusammenzutragen.«

Sie berührte seine Wange. In ihre Freude mischte sich Sorge. »Sag es mir ehrlich, Rodi … Es hat doch keiner deiner Freunde etwas mit dem Diebstahl zu tun, oder? Nicht einmal, wenn es ein Scherz sein sollte …«

Anklagend sah er aus seinen dunklen Augen auf sie hinunter. Sein Blick wirkte verletzt. »Brigid!«

»Oh, es tut mir leid … Es tut mir wirklich leid, Rodi, dass ich auch nur denken konnte, du würdest mich anlügen. Bitte verzeih mir.«

»Nur, wenn du mir einen Kuss gibst … Für meine Bekannten kann ich allerdings nicht die Hand ins Feuer legen«, setzte er schmunzelnd hinzu. »Aber ich schwöre feierlich, dass ich mit dem Diebstahl nichts zu tun habe, höchstens mit den Witzeleien, die wir vorher gemacht haben. Für gewöhnlich war das alles nur Spaß, um Sir Arthur bei den Kartenabenden in Clonskeagh aufzuziehen. Wir konnten ja nicht ahnen, dass alles, was wir sagten, eines Tages gegen uns verwendet werden würde.«

Brigid hatte keine Ahnung, wie sie das verstehen sollte, doch sie zog es vor, dem Prinzip »im Zweifel für den Angeklagten« zu folgen. Er war so attraktiv, so charmant, so betörend und missverstanden … »Oh, wenn du mich täuschst, über deine Liebe und über die Wahrheit, dann möchte ich nicht mehr leben, Rodi Serrai!«

»Brigid … ich liebe dich«, murmelte er, voller viel zu lange unterdrückter Leidenschaft, mit erstickter Stimme an ihrem Hals. »Ich will dich … ganz und gar.« Seine Hände lagen auf ihren sanft gerundeten Brüsten, die sich am Ausschnitt ihres kurzärmligen Baumwollkleides abzeichneten. Diese Liebkosungen ließen sie unter einer Woge von Empfindungen aufkeuchen, die sie unter den gierigen Händen ihres Mannes nie erfahren hatte. Bei Zachary hatte sie das intime Zusammensein als gierigen, wollüstigen Überfall empfunden und nicht so, wie Rodi sie jetzt begehrte. Er bereitete ihr ein Entzücken, das sie beide teilten.

Jetzt waren seine Lippen dort, wo zuvor seine Hände gewesen waren. Sie konnte sich hingeben oder ihn zurückstoßen; sie konnte an das Wort »Ehebruch« und alles, was es an Sünde und Schuld barg, denken oder sich einreden, Rodi Serrai sei in Wahrheit ihr Ehemann, der Mann, dem sie sich schenken wollte, damit er sie liebte, wie Zachary es nie vermocht hatte.

Er hatte ihr so sehr gefehlt. »Rodi … oh, Rodi …« Sie hielt seine Hand mit beiden Händen, und ihre blauen Augen versanken in seinen dunklen. »Ich liebe dich«, flüsterte sie.

Ihre Arme lagen um seinen Hals, und ihre warme Haut duftete nach Sonnenschein und Wald. Er wollte sich in ihrem Körper, ihrer naiven Sinnlichkeit, verlieren. Das Wunderbare bei ihr war, dass sie völlig ungekünstelt war und gar nicht ahnte, welche Macht ihre Ausstrahlung ausübte. Er löste ihr erstaunliches silberblondes Haar, sodass es offen über ihre Schultern fiel. Durch die sommerlichen Spaziergänge durch die Wälder und Felder, die Grange Con umgaben, hatte ihre Haut einen wunderbaren Goldton angenommen, der mit ihrem hellen Haar kontrastierte, sodass sie einer Naturnymphe aus der nordischen Mythologie glich. Er streifte ihr das Kleid von den Schultern und erkundete ihre samtweiche Haut. Dann streifte er das Kleid ganz herunter und zog sie aus.

Sie hätte es nicht ertragen, Zacharys Blick auf diese Weise ausgesetzt zu sein. Doch bei Rodi war ihre Nacktheit etwas Wunderbares, eine Erforschung ihres beiderseitigen Begehrens. Sie fühlte sich wie eine Echse, die sich vollkommen glücklich in den heißen Sonnenstrahlen aalt, und sah in seinen Augen das Spiegelbild ihrer Schönheit. Auf seinem Gesicht, auf dem sich seine Gefühle angesichts ihrer Nacktheit malten, erkannte sie, dass er mehr wollte, und hielt den Atem an. Sie warf den Kopf zurück und bot ihm die erregende Wölbung ihres Halses dar.

»Brigid … du bist so schön …« Die Komplimente blieben ihm in der Kehle stecken, und da er keine Worte fand, teilte er ihr seine Empfindungen durch Taten mit. Er kostete die Haut, die sich ihm so provozierend darbot, und ließ sie seinen warmen Atem spüren. Rodi war über ihr und erweckte ein glühendes Begehren in ihr, von dem sie nie geahnt hatte, dass sie es einmal empfinden würde.

Sie schloss die Augen und gab sich ihm hin. Nicht einmal als sie spürte, wie seine Hand zwischen ihre Beine glitt, protestierte sie.

Brigid öffnete die Augen und sah das Blätterdach über ihnen, das gewölbt wie ein Kirchenschiff war. Es war, als liebten sie sich in einer heiligen Kommunion mit den Elementen, so wie es seit dem Garten Eden hätte sein sollen. Doch ihre Erziehung, ihre Religion und ihre Heirat mit dem falschen Mann hatten ihr diese Erfahrung verwehrt.

Rodi liebkoste sie leidenschaftlich, aber sanft; kraftvoll in seinem Drang, voll heftiger Ungeduld und zärtlich zugleich, denn er wollte, dass sie diesen Moment ebenso lustvoll erlebte wie er. Doch dann hielt er mit einem Mal inne. Als er den Kopf hob, um ihr ins Gesicht zu sehen, sah er, dass sie ins Leere schaute. Ihr vor Glückseligkeit strahlender Blick erregte ihn noch mehr, doch körperlich kam er nicht weiter. »Brigid …« Er gab den Versuch auf, die Barriere zu durchdringen, und fühlte sich töricht, weil er nicht in sie einzudringen vermochte, ohne ihr wehzutun. »Sieh mich an.« Er umfasste ihr Gesicht und drehte es zu sich. »Ist das dein erstes Mal?«

»Erstes Mal?« Benommen sah sie ihn an.

Oh Gott! Stöhnend ließ er den Kopf sinken. Die Absurdität der Situation raubte ihm die Kraft, und er wurde aus seinem Taumel gerissen. Am liebsten hätte er laut gelacht, ja gejubelt, denn obwohl sie verheiratet war, war sie immer noch Jungfrau, so rein wie frisch gefallener Schnee. Und er würde sie in die Liebe einführen.

Doch mit einem Mal war er sich gar nicht mehr sicher, ob er in der Lage war, diese Verantwortung zu übernehmen. In komischer Verzweiflung sah er sie an. »Brigid, du weißt doch sicher … Ich meine, hat dein Ehemann denn nie versucht, dich zu lieben?«

»Doch.«

»Und? Du kannst es mir ruhig sagen.«

»Er konnte es nicht ...«

»Was?«

»Es nicht tun.«

»Was konnte er nicht?«

»Mir ein Kind geben.«

»Oh ...«

»Warum oh?« Jetzt war es an ihr, ihm all die Fragen zu stellen, mit denen sie sich noch nie beschäftigt hatte.

»Manchmal lieben sich ein Mann und eine Frau nicht nur, um Kinder zu zeugen, sondern weil sie einander vor allem Freude schenken wollen.«

»Das weiß ich.«

»Was ist denn in deiner Hochzeitsnacht geschehen?«

»Nichts.«

Wieder ließ er den Kopf auf ihre Brust sinken und versuchte, nicht zu lachen. »Brigid ... es tut mir leid ... Ich ... ich bin nur verwirrt ... glaube ich.«

»Findest du mich etwa lustig, Rodi, bin ich eine Zielscheibe für deinen Spott ...? Vielleicht bin ich ja sogar das Opfer einer der Streiche, die du anderen Menschen so gern zu spielen scheinst! Wenn das so ist, dann lass mich los – sofort!« Steif lag sie in seinen Armen. Ihr Stolz und ihre Gefühle waren verletzt, weil er sie und ihre Liebe nicht ernst nahm. Bei Zachary war dieser Akt eine furchtbar ernsthafte und qualvolle Angelegenheit gewesen, und Rodi hatte alles verdorben, weil er es amüsant fand. Mit einem Mal begann sie an ihrer Weiblichkeit zu zweifeln.

»Geh weg ... lass mich in Ruhe. Offensichtlich gefalle ich dir nicht ...« Sie wandte sich ab.

Er hatte sich ungeschickt verhalten – etwas, das man ihm noch nie vorgeworfen hatte. Mit einem Mal empfand er eine überwältigende Zärtlichkeit für sie, weil sie nicht verstand, was an einer verheirateten Jungfrau so komisch war und weil sie sich ihm so vollständig ausgeliefert hatte. Behutsam küsste er sie und sah ihr in die Augen. »Brigid, du hast mich falsch verstanden, nie im Leben würde ich mich über dich lustig machen wollen. Merkst du nicht, wie sehr du mir gefällst? Willst du immer noch …«

»Noch nie im Leben habe ich mir etwas mehr gewünscht«, flüsterte sie besänftigt.

Danach war alles einfach. Die Kathedrale aus wild wuchernden Pflanzen, in der sogar die Insekten in ihrem sommerlichen Glück laut zirpten, schirmte sie vor der Welt ab. Hier liebte er sie und nahm ihr wortlos alle Zweifel bezüglich ihrer Weiblichkeit und der Lust, die sie ihm schenkte. Anschließend lagen sie sich erfüllt, schlaftrunken und völlig erschöpft in den Armen und verschliefen den heißen Nachmittag.

Rodi brachte sie zu Athanas' Hütte zurück und versprach, später wiederzukommen und die Nacht mit ihr zu verbringen; ja alle zukünftigen Tage und Nächte. Doch zuvor flocht er ihr noch einen Ring aus Gras. »Mit diesem Ring nehme ich dich zur Frau«, erklärte er aufrichtig und küsste sie noch einmal, als er ihn ihr an den Ringfinger der rechten Hand steckte.

An einem anderen Ort, in einer anderen Situation, wäre Rodis Geste vielleicht töricht erschienen, naiv, lächerlich sogar. Doch für Brigid war dieses Ehegelöbnis heiliger und verpflichtender als die Ehe, die sie mit Zachary geschlossen hatte.

»In meinem Land«, erklärte er ihr ungestüm, »trägt man den Ehering an der rechten Hand, nicht an der linken.« So schloss er Zachary aus ihrem Leben aus. Sie nahm ihren goldenen Ehering ab und warf ihn ins Unterholz.

Ja, er war romantisch, spannend, erregend, unberechenbar, abenteuerlich und sogar zwielichtig. Sie war sich seiner Ehrlichkeit nicht sicher und wusste, dass ihre ungezügelte Sexualität ihren Verstand umnebelte und ihr ein grenzenloses Verlangen nach ihm einflößte. Doch sie liebte ihn über alles.

Wenn ihre Zukunft so wie dieser Tag sein würde, dann würde das Leben für alle Zeit perfekt sein.

Kapitel Neunzehn

1

Als Rodi von Peirce hörte, dass im Haus seines Onkels eine Séance stattfinden sollte, konnte er der Versuchung nicht widerstehen, daran teilzunehmen.

»Das ist bestimmt kein Problem«, meinte Peirce Gun, »da auch Frank mitmachen wird. Und da du genauso in der Sache steckst wie wir Ordensritter, würde ich sagen, willkommen in der Tafelrunde, mein Freund.«

»Ist Richard Gorges auch mit von der Partie?«, erkundigte sich Rodi. Es war der Samstagabend vor dem Tag, an dem die Séance in der St. James' Terrace Nr. 7 stattfinden sollte, und die beiden Männer sprachen im Kildare-Club miteinander.

»Bin mir nicht sicher … Ich glaube, er ist in London … Irgendeine Erledigung für Frank.« Peirce Gun warf Rodi einen vielsagenden Blick zu und grinste. »Vielleicht ist es gar keine schlechte Idee, wenn die junge Miss Clair Voyante noch ein hübsches Gesicht zu sehen bekommt. Möglicherweise fühlt sie sich dann bewogen, deine Kraft anzuzapfen und nicht die von Shackleton, von dem man meinen möchte, er hätte ohnehin genug damit zu tun, die anderen Ordensritter und seine schöne Mexikanerin zu beeindrucken!«

Rodi hatte Peirce, der manchmal sinnloses Zeug schwafelte, nur mit halbem Ohr zugehört. Er dachte an Brigid. Er wusste nicht, wie er sie in sein Leben einbinden konnte. »Frank hat eine Geliebte?«, fragte er abwesend.

»Wach auf, Rodi! Ich spreche von seinem mexikanischen Unternehmen – der North Mexico Land and Timber Company.« Peirce Gun warf Rodi einen listigen Blick zu. »Du allerdings hast wohl, wie ich höre, eine sehr treue Freundin gefunden, die sich seit deiner Verhaftung um dich kümmert. Wer ist es dieses Mal?«

»Molly Maguire.«

»Oh, also nicht die Herzogin aus der Grafton Street? Wie Onkel Arthur erzählt, konnte sich Chief Inspector Kane, den man wie einen begossenen Pudel zurück nach London expediert hat, diese Geschichte nie erklären. Molly Maloney ist auch viel üppiger ausgestattet«, zog Peirce Gun ihn weiter auf. »Du wirst uns doch nicht das Gleiche antun wie Lord Haddo, oder, Rodi?«

»Was meinst du?«

»Na, dass George eine Tuchhändlers-Witwe geheiratet hat. Wer sich unterhalb des Standes der O'Mahonys umsieht, fordert Schwierigkeiten geradezu heraus – du weißt doch, wie konservativ mein Vater ist, was meinst du, was er von einer Quäkerin hält? Er wird dir nie verzeihen, wenn er aus Bulgarien zurück ist und davon erfährt.«

»Gute Nacht, Peirce.« Rodi stand auf. Er konnte es kaum abwarten, sich zu entfernen.

»Aber wir haben erst sechs Uhr! Bleibst du nicht zum Essen und auf eine Runde am Kartentisch?«, fragte Peirce Gun.

»Nein, leider nicht.«

»Übrigens habe ich gehört, dass Vater heimkommt.«

»Da ich die Information von dir habe, hatte ich angenommen, das sei dir klar.«

»Sei nicht so griesgrämig, Rodi. Wir stecken alle bis zum Hals in dieser Affäre um den Diebstahl der Kronjuwelen und können keine Feinde in den eigenen Reihen gebrauchen.«

»Ich bin nie dein Feind gewesen, Peirce, obwohl du das anzunehmen scheinst. Ich sehe dich morgen in Clonskeagh, ja?«

»In Ordnung, und gute Nacht.« Peirce Gun schlenderte davon, um mit Lord George Haddo zu reden.

2

Frische Sommerblumen lagen in Porzellanschalen, das Silber blitzte, und das antike Mobiliar war poliert worden, bis es wie Seide schimmerte. Der heitere und gastliche Rahmen passte so gar nicht dazu, dass hier in Kürze Geister beschworen werden sollten.

Paul Masters hatte es aufgrund seines Glaubens abgelehnt, bei der Séance zu bedienen; daher reichte Mr. Pitt an diesem heißen Sonntagmorgen Limonade und Erfrischungen unter den versammelten Dubliner Spiritisten und Medien herum.

Sir Arthur wischte sich die schweißnasse Stirn ab und klopfte Rodi auf die Schulter. »Schön, Sie zu sehen, mein Junge! Schreckliche Sache, Sie ohne Beweise so lange in Haft zu behalten. Mir ist vollkommen unbegreiflich, wie die Polizei auf die Idee kommen konnte, Sie hätten etwas mit dem Raub der Kronjuwelen zu tun … Ach, da ist ja mein Neffe. Peirce, Rodi ist wieder unter uns. Komm, unterhalte dich mit ihm, während ich … ähem … nach dem Rechten sehe. Entschuldigt mich.«

Sir Arthur war so unruhig, dass es ihn nicht am Platz hielt. Rodi fragte sich, ob er getrunken hatte – der alte Herr vertrug keinen Alkohol, einmal war er bei einer Gesellschaft im Bedford Tower bewusstlos zu Boden gegangen. Sie hatten ihn stundenlang nicht wach bekommen.

Peirce Gun stieß Rodi in die Rippen. »Ganz schöner Auftrieb, was?«

Rodi musste ihm beipflichten.

»Er wollte nicht, dass Captain Gorges daran teilnimmt. Du weißt, wie sehr Onkel Arthur den Mann verabscheut und versucht, ihn um jeden Preis von sich fernzuhalten. Er hat zu Shackleton gesagt, er betrachte ihn – also Gorges – als moralisch zweifelhaft. Ha, ha, welche Untertreibung! Nun ja, Gorges hat sich verzogen und sich, glaube ich, mit Frank Hird zusammengetan, dem Adoptivsohn von Lord Ronald Sutherland-Gower. Shackleton und Hird sind enge Freunde geworden, ein Kreis, zu dem auch ein gewisser Mr. Garlick gehört, und Richard Gorges ist eifersüchtig. Ich glaube, Garlick verwaltet im Moment für Shackleton die Celtic Investment Trust Company. Frank hat sechzigtausend Aktien an der City of Monte Video Public Works Corporation erworben. Und mit diesen Sicherheiten hat er es jetzt eilig, seine North Mexico Land and Timber Company ins Leben zu rufen. Hast du auch Anteile daran gekauft?«

»Ja, im Wert von tausend Pfund.«

»Hoppla! Dachte, du wärst so mittellos …«

»Ich habe mir das Geld von deinem Vater geliehen – über eine Vollmacht und gegen mein Vermögen, das in Sofia beschlagnahmt worden ist.«

»Dann wollen wir hoffen, dass niemand anderer Anspruch auf dein Familienvermögen erhebt und dass die Bolschewiken Vater auf dem Heimweg nicht aus dem Zug werfen. Vater hat lange genug gebraucht, um sein Erbe aus der Zeit Katharinas der Großen wieder an sich zu bringen und aus Russland herauszuholen. Nun, da er es hat, sieht es so aus, als brenne er darauf, alles wieder wegzugeben.«

»Hast du auch Aktien an Franks mexikanischem Geschäft gekauft?«

»Nein, ich habe gerüchteweise gehört, es sei ein ziemlich zwielichtiges Geschäft. Shackleton hat kein Geld, sondern ist einfach nur dreist. Er ist in die Cox's-Bank marschiert und hat die Leute gebeten, ihm das Geld zur Verfügung zu stellen, ohne die geringsten Sicherheiten zu bieten. Sie haben ihm das Geld auf die Aktien seiner Gesellschaft geliehen – die nicht einmal existierte, ehe sie ihm das Gründungskapital vorgeschossen haben! Wirklich, so etwas ist eines gewieften, intelligenten Spielers würdig – und dass Frank das ist, wissen wir ja!«

»Ich habe gehört, das mexikanische Unternehmen habe Hand und Fuß«, meinte Rodi, »und sei nach dem Bericht eines Börsenmaklers aus der Throgmorton Street, der einen unabhängigen Experten nach Mexiko geschickt hat, vollkommen machbar. Alden Stockbrokers haben herausgefunden, dass das Land und die Holzbestände gut sind, und auf dieser Grundlage haben sie zugestimmt, das Risiko für die mexikanische Gesellschaft zu tragen.«

»Halt dich besser aus Franks Unternehmungen heraus. Der Mann ist … nicht vertrauenswürdig, obwohl man ihm zugestehen muss, dass sein Charme sowohl auf Könige als auch auf Hellseherinnen wirkt … sieh da, er ist von seinem Spaziergang zurück. Herrje, die junge Hellseherin schwärmt aber wirklich für ihn, was? Schau, wie sie mit den Wimpern klimpert! Wenn sie wüsste …« Peirce hielt die Hand vor den Mund und hüstelte. »Gleich fangen sie an, was für ein Spaß!«

Lässig schlenderte Peirce davon, um Pitt zu suchen. Er wollte sich mit etwas Kräftigerem als Limonade stärken, bevor die Séance begann. Die hübsche Hellseherin, der es der attraktive Frank Shackleton schon in Ballsbridge angetan hatte, nahm zwischen ihm und Sir Arthur Platz. Dann rief sie alle anderen herbei und bat sie, sich um den Tisch im Speisezimmer zu setzen. Außerdem sollten die Jalousien, die bereits halb heruntergelassen waren, ganz geschlossen und die Vorhänge zugezogen werden.

Der helle, heitere Raum war plötzlich in düsteres Halbdunkel getaucht. Die Anwesenden, die um den Tisch saßen – die Spiritisten hatten abwechselnd mit Sir Arthur Vicars, Peirce Gun Mahony, Frank Shackleton und Rodopi Serrai Platz genommen – wurden angewiesen, sich an den Händen zu nehmen. Für die jungen Männer war die ganze Sache nur ein großer Scherz.

Miss Clair Voyante sank mit offenen Augen in eine tiefe Trance. Dann begannen die beiden Frauen, die rechts und links von Rodi saßen, zu zittern und umklammerten seine Hände. Rodi spürte, wie sich ihm die Nackenhaare aufstellten. Er merkte nichts mehr von dem starken, süßlichen Duft der Blumen, die den Raum schmückten; stattdessen roch er einen üblen Gestank, der an Moder erinnerte. Ein ganz entsetzliches Gefühl überkam ihn, und ihm war, als sehe er in ein offenes Grab.

Kalte, feuchte Hände krallten sich fester um seine. Inzwischen wanden sich die beiden Frauen rechts und links von ihm stöhnend, als litten sie furchtbare Schmerzen. Miss Clair Voyante begann zu sprechen, doch die Stimme gehörte ganz eindeutig nicht ihr. Ihre Lippen bewegten sich nicht, und doch stieg die Stimme tief aus ihrem Inneren auf und hüllte sie ein … Rodi fühlte sich schrecklich, als müsse er sterben. Seine Brust und Kehle wurden zusammengepresst, sodass er das Gefühl hatte zu ersticken. Er hatte nur noch den Wunsch, diesen entsetzlichen Raum zu verlassen und sich so weit wie möglich von diesen Verrückten zu entfernen. Doch sein Körper wollte sich nicht bewegen; eine unsichtbare, böse Macht schien ihn festzuhalten.

Es war, als wäre eine andere Präsenz in den Raum eingedrungen. Die körperlose Stimme nannte Orte, die die Italienerin, die in Irland fremd war, nicht kennen konnte.

»In den flachen grünen Feldern … zwischen Dublin und Mulhuddart … sehe ich von Bäumen umgebene Villen und weiß getünchte Häuschen … Ich sehe einen Ort namens Clonsilla … und einen aufgegebenen Friedhof … Ich sehe einen Grabstein auf dem alten Friedhof, in der Nähe des Eingangs … Unter diesem Stein liegen die irischen Kronjuwelen …«

Miss Clair Voyante erschauerte und verstummte. Ihre Augen waren jetzt geschlossen, und ihr Kopf sank auf ihre Brust. Die Frauen, die rechts und links von Rodi saßen, hörten auf zu zittern. Ihre Hände entspannten sich und wurden wieder warm. Erleichtert ließ Rodi sie los und stolperte aus dem Zimmer. Er brauchte dringend etwas zu trinken, und Mrs. Darcy versorgte ihn in der Küche im Untergeschoss mit einem Glas Eiswasser.

Offensichtlich hielt sie gar nichts von der Versammlung, die oben stattfand. »Überrascht mich gar nicht, dass Sie ein Glas Wasser brauchen, Mr. Serrai! Und das Ganze noch am Sonntagmorgen, wenn gute christliche Gentlemen wie Sir Arthur und die jungen Herren in der Kirche sein sollten statt bei einer Séance! Was denkt er sich nur?«

Oben tupfte sich Sir Arthur unterdessen strahlend die Stirn ab. »Auf nach Clonsilla!«, verkündete er Shackleton und Peirce Gun triumphierend.

Sir Arthur und die beiden warteten ungeduldig, dass die Spiritisten gingen und Mrs. Darcy das Mittagessen servierte.

Nach dem Essen breiteten sie eine Landkarte auf dem Tisch aus. Sir Arthur schnalzte betroffen mit der Zunge. »In diesem Gebiet liegen zwei aufgegebene Friedhöfe … Welchen mag sie wohl gemeint haben?«

»Zu spät, sie jetzt noch zu fragen«, meinte Frank Shackleton, der genauso enttäuscht war. »Da werdet ihr wohl zwei Kirchhöfe umgraben müssen, wie es aussieht.«

»Und was ist mit dir?«, fragte Peirce Gun. »Begleitest du uns nicht?«

»Ich fürchte nein … Ich breche morgen in aller Frühe nach England auf und habe noch Reisevorbereitungen zu treffen.«

»Du bist immer gerade auf dem Weg nach England!«, schimpfte Peirce verdrossen. »Kann das nicht warten?«

»Nein, kann es nicht, Peirce! Ich habe einen Termin mit meinen Bankern …« Er wandte sich an Rodi. »Wenn Sie den Scheck über tausend Pfund für mich haben, kann ich bei der Cox's Bank und meinen Bürgen dafür sorgen, dass Ihnen die Anteile noch diese Woche ausgestellt werden.«

»Gentlemen, Gentlemen!«, schaltete sich Sir Arthur ein, »könnten Sie das bitte unter sich ausmachen, nachdem wir unser Thema besprochen haben? Also, ich finde, dass es heute Nachmittag viel zu spät und zu heiß ist, um über Kirchhöfe zu laufen. Außerdem sollten wir uns von einem Polizisten begleiten lassen, sonst glaubt uns niemand. Man wird sofort annehmen, einer von uns hätte die Juwelen in einem Grab in Clonsilla oder Mulhuddart platziert.« Er drehte sich zu Rodi um. »Werden Sie Peirce und mich nach Meath begleiten, Rodi?«

»Das hatte ich eigentlich nicht vor …«

»Dann überlegst du es dir eben anders«, unterbrach Peirce ihn grob. »Nachdem Shackleton schon abgelehnt hat, habe ich nicht vor, allein zwei Friedhöfe umzugraben.«

»Aber ich bin doch bei dir, Peirce«, versetzte sein Onkel verletzt. »Ich bin noch nicht so nutzlos, dass ich keinen Spaten gebrauchen könnte!«

»Sollen wir Pitt oder Masters mitnehmen?«, fragte Peirce Sir Arthur.

»Nein. Je weniger Außenstehende davon wissen, umso besser. Wir lassen uns ja von einem Polizisten begleiten – und von Rodi, falls er will.«

Schließlich erklärte sich Rodi bereit, mit Sir Arthur und seinem Neffen nach Clonsilla zu fahren. Wenn die »Vision« der Hellseherin sich als wahr erwies, wollte er dort sein, um auch seinen eigenen Namen reinzuwaschen.

3

Am nächsten Morgen begleitete Detective-Sergeant Murphy Sir Arthur Vicars, Peirce Gun Mahony und Rodopi Serrai zu der – wie der Detective meinte – verrücktesten aller Missionen, auf die man ihn je geschickt hatte, seit er bei der Dubliner Polizei Dienst tat.

Zu viert passierten sie den Phoenix-Park und fuhren gen Westen nach Blanchardstown und zur protestantischen Kirche von Clonsilla.

Sie stiegen aus, um den Friedhof näher in Augenschein zu nehmen. »Ich glaube, dies könnte der richtige sein«, erklärte Sir Arthur und strich die Karte vor sich glatt.

Abschreckend wirkte er jedenfalls, dachte Rodi, dem es zuwider war, wegen der Kronjuwelen die Ruhe der Toten zu stören. Dunkle Brennnesseln standen hüfthoch, und die spitzenartigen weißen Blüten des Wiesenkerbels rochen modrig und erinnerten ihn an den durchdringenden Gestank, der während der Séance in Sir Arthurs Speisezimmer aufgekommen war.

Er wünschte, er hätte niemals zugestimmt, an dieser lächerlichen Suche teilzunehmen. Wie angenehm wäre es am kühlen Seeufer von Grange Con gewesen, mit Brigid in seinen Armen …

Rodi wischte sich Nacken und Stirn mit seinem Taschentuch ab. Peirce Gun und Sir Arthur, die in der sengenden Sommerhitze die Hemdsärmel hochgekrempelt hatten, wirkten genauso niedergeschlagen, während Detective-Sergeant Murphy auf der verfallenen Friedhofsmauer saß und eine Miene tiefer Resignation zur Schau trug.

Peirce stand breitbeinig über einem kleinen, grasbewachsenen

Grabhügel, stocherte mit einem Stock darin herum und überlegte, ob die O'Mahony-Diamanten tatsächlich diese Mühe wert waren. Er wünschte, er wäre im Kildare-Club und hielte ein eiskaltes Bier in der Hand. »Stammt diese Idee mit dem Medium eigentlich von Shackleton oder von dir, Onkel Arthur?«, erkundigte er sich äußerst gereizt.

»Von uns beiden, mein lieber Junge. Die Damen haben mir von ihrer Vision geschrieben, und Frank hat sich dann mit ihnen getroffen. Er war sehr beeindruckt.«

»Hmmm!«, meinte Peirce, wechselte einen Blick mit Rodi und behielt sich seine Meinung vor. Sir Arthur hielt die Hand über sie alle, daher mochte er nicht laut aussprechen, was er von Shackletons brillanter Idee hielt.

Eine Gruppe Dorfbewohner und deren Kinder gesellten sich zu ihnen. Ihre typisch irische Neugierde erschwerte die Suche noch.

»Wonach suchen Sie, Mister?«

Sir Arthur fand, dass er kaum gestehen konnte, auf einem Friedhof nach Diamanten zu suchen. Doch dann dachte er, warum eigentlich nicht. Je mehr Helfer, desto rascher mochten sie Glück haben. »Fünf Pfund für den, der den verborgenen Schatz von Clonsilla entdeckt«, erklärte er.

»Wie sieht er denn aus, Mister?«

»Ein prächtiger rosafarbener Stern aus Diamanten und Perlen. Und das ist nur ein Teil des Schatzes.« Sir Arthur wich dem Blick seines Neffen aus.

»Toll! Fünf Pfund!«

Für die Bauern waren fünf Pfund mehr, als sie sich vorstellen konnten. Blitzschnell machten sie sich an die Arbeit und stocherten mit langen Stöcken in den verfallenen Gräbern. Mit bloßen Händen rissen sie störrische Grasbüschel und Ackerwinden aus, die über dunklen Löchern und Tunneln wucherten. Doch es kamen keine versteckten Juwelen zum Vorschein.

Im Laufe des Nachmittags allerdings stießen sie auf Schätze ganz anderer Art: zerbrochene Glasflaschen, Blechbüchsen und Müll.

Sir Arthur, der immer viel zu großzügig war, gab seinen Helfern dennoch fünf Pfund, obwohl sie die vermissten Kronjuwelen nicht gefunden hatten. Dann machte sich die Gruppe auf zum nächsten Friedhof, der eine halbe Meile entfernt bei der Kirche der Gesegneten Jungfrau Maria lag.

Als am Abend die Sonne über der Dublin Bay unterging und lange Schatten über den Kirchhof von Mulhuddart warf, gestand Sir Arthur widerwillig seine Niederlage ein. Die Vision der Hellseherin hatte sie auf eine falsche Fährte gelockt.

»Lassen Sie uns zurück nach Dublin fahren, Murphy«, meinte er zum Detective, der ihnen als Chauffeur gedient hatte.

Der Detective sprach ein stummes Dankgebet. Sobald er wieder im Hauptquartier war, würde er sofort seinen Bericht schreiben, und darin würde auf jeden Fall das Wort »verrückt« vorkommen!

»Wollen Sie in Clonskeagh übernachten, Rodi?«, fragte Sir Arthur. »Ich würde mich sehr freuen.«

»Nein danke, Sir Arthur. Setzen Sie mich einfach am Bahnhof ab. Ich möchte noch heute Abend zurück nach Grange Con.«

»Wenn das so ist, dann danke ich Ihnen für Ihre Hilfe, Rodi. Es tut mir sehr leid, dass das Ganze offenbar Zeitverschwendung war. Murphy, bringen Sie Mr. Peirce und mich nach Clonskeagh. Dort kann Mr. Rodi seinen Koffer holen, und anschließend fahren Sie ihn zum Bahnhof. Ach, und wenn Sie wieder im Präsidium sind, vergessen Sie nicht, Sir John Ross in meinem Namen dafür zu danken, dass wir seinen Wagen benutzen durften. Ihnen muss ich ebenfalls danken, denn Sie hatten so viel Geduld mit uns, während wir die Friedhöfe umgegraben haben.«

»War mir ein Vergnügen, Sir Arthur!«, schwindelte Murphy.

4

In Crookstown angekommen, nahm Rodi den Pferdebus nach Grange Con.

Er hatte Brigid nichts von der Séance in Clonskeagh erzählt, sondern nur erwähnt, dass er das Wochenende in seinem Club in Dublin verbringen würde. Da er ihre puritanische Einstellung kannte – obwohl ihre eigene Moral ja nun befleckt war, nachdem sie ihren Mann verlassen hatte –, war Rodi überzeugt davon, dass Brigid die Vorstellung verabscheuen würde, dass er sich mit Hexerei und schwarzer Magie versuchte, mit Spiritismus und Satanskult. Und so konnte er ihr wohl kaum erzählen, dass er aufgrund der »Vision« zweier verrückter Italienerinnen und Sir Arthurs Gutgläubigkeit zwei Friedhöfe nach den vermissten Kronjuwelen durchwühlt hatte. Sie hätte ihn für völlig übergeschnappt gehalten!

Rodi kehrte zuerst ins Herrenhaus zurück, um sich zu waschen und aus den schmutzigen Kleidern und staubigen Stiefeln zu kommen. Sehnsüchtig schaute er sein Bett an und wünschte sich nur, er könnte sich darauf fallen lassen und schlafen. Doch in dieser Sommernacht war die Verlockung des Mädchens mit dem silberblonden Haar, das unten am See auf ihn wartete, stärker als seine Müdigkeit.

Nachdem Rodi sich mit kaltem Wasser gewaschen und umgezogen hatte, sattelte er Dagi und ritt über die Felder zu Athanas' Hütte. Er hoffte, dass Brigid das Abendessen fertig hatte.

Die lange sommerliche Dämmerung war für gewöhnlich erfüllt vom lauten Zwitschern der Vögel. Doch heute war es anders. Wäre er weniger müde und hungrig gewesen und weniger mit seinen sorgenvollen Gedanken beschäftigt, hätte Rodi bemerkt, dass in den Wäldern am See eine geradezu gespenstische Stille herrschte.

Er hob den Riegel der Tür von Athanas' Hütte und erstarrte.

Ein halbes Dutzend Männer, mit schwarzen Balaklava-Mützen vermummt, die nur einen Schlitz für die Augen freiließen, richteten ihre Pistolen auf ihn. Brigid hatten sie geknebelt und an einen Stuhl gefesselt. Als sie ihn auf der Türschwelle erblickte, sah sie verängstigt und verzweifelt zu ihm auf.

»Guten Abend, Mr. Serrai«, ließ sich einer der Männer vernehmen. »Kommen Sie herein, Sir, und schließen Sie die Tür. Wir warten schon seit Stunden auf Sie. Bedaure diesen Empfang, aber wie Sie sehen, sind wir nicht zum Vergnügen hier. Wir würden Ihnen gern einige Fragen stellen, Mr. Serrai. Und ich fürchte, wenn Sie nicht mit uns kooperieren, werden wir dieser Dame eins ihrer hübschen Fingerchen nach dem anderen brechen müssen.«

Kapitel Zwanzig

1

In der Offiziersmesse der Portobello-Kaserne schaute Captain Richard Gorges, Regiments-Schießausbilder, trübsinnig in sein Glas.

Dieses Guinness-Gebräu, das schmeckte, als lecke man eine rostige Eisenstange ab, war nichts für ihn. Er bevorzugte guten irischen Whiskey, der die Welt in rosiges Licht tauchte. »Besuch für Sie, Sir!«, verkündete ein junger Soldat, nachdem er seinen Ausbilder endlich gefunden hatte. Der Sergeant-Major hatte ihm gesagt, Gorges sei in der Messe und wieder einmal sturzbetrunken. Der Bursche salutierte zackig.

»Nicht nötig, dass du salutierst, Junge!« Captain Gorges schenkte dem gut aussehenden Mann ein wohlwollendes Lächeln. »Ich bin nicht im Dienst.«

»Sir! Mr. Frank Shackleton, Sir!«

»Schon gut, Charlie, brauchst nicht so zu brüllen. Ich bin ja nicht taub!« Richard stand auf und ging hinaus in die Besucherlobby »Nanu, Frank … ich dachte, du wärst unterwegs nach England?«

»Bin ich auch, aber vorher muss ich mit dir reden.«

»Nur los – ich habe Zeit.« Richard Gorges nahm sich zusammen und richtete sich auf; eine bemerkenswerte Leistung angesichts seines Alkoholpegels. »Wo sollen wir uns unterhalten?«

»Draußen. Die frische Luft wird dir guttun. Du torkelst.«

»Ich schwanke immer am Rande dieses oder jenes Abgrunds. Verdammt heiß hier draußen … Wie war die Séance gestern?«

»Prächtig. Heute haben Sir Arthur und die anderen aufgrund der Vision alte Friedhöfe umgegraben«, erzählte Frank schmunzelnd.

»Herrgott, ich wünschte, dabei hätte ich Mäuschen spielen können!«, meinte Richard Gorges, wobei er eine perfekte Nachahmung von Peirce' Stimme lieferte. In der Abendluft gingen die beiden über das Exerzierfeld.

»Sie haben sie aber nicht gefunden«, fuhr Frank fort und schaute auf seine Uhr. Er hoffte, noch die Abendfähre nach Holyhead zu erwischen. »Sag, wie weit können wir Maxim Litwinow trauen, Dickie?«

»Kein bisschen«, gab Richard Gorges lächelnd zurück.

»Das dachte ich mir.«

»Indem er die russische Revolution fördert, unterscheidet sich unser Schrotthändler aus Dublin in nichts von Peirce Lacy O'Mahony, der Bulgaren und andere Ausländer direkt unter unserer Nase verhätschelt und sich gleichzeitig zu den Ultra-Nationalisten bekennt, die noch Irlands Untergang sein werden, hör auf meine Worte. Dir ist doch klar, dass hinter den philanthropischen Werken von Peirce' Vater für Bulgaren und Russen ganz andere Beweggründe stecken, oder? Er ist vollkommen egoistisch, und mit dem Geld, das er aus diesen Ländern herausbringt, wird er seine eigene Sache finanzieren. Sobald er und seine Leute die britische Regierung aus Dublin Castle vertrieben haben, will O'Mahony selbst die Macht ergreifen. Irisch-protestantische Gutsherren wie er gehen niemals unter wie der Rest von uns.«

»Eigentlich gehört er der griechisch-orthodoxen Kirche an«, erinnerte ihn Frank Shackleton. »Seit Jahren schon.«

»Alles Augenwischerei. Peirce Lacy O'Mahony war immer ein Angeber, ganz anders als sein Bruder George auf Kilmorna. Peirce Lacy O'Mahony ist nur zum orthodoxen Glauben übergetreten, um sich interessant zu machen. Meiner Meinung nach würde er auch zum Katholizismus konvertieren, wenn es ihm passt.« Richard Gorges holte tief Luft. »Warum bist du wirklich gekommen, Frankie?«

»Um dich zu warnen, dass möglicherweise Sir Arthur und ein, zwei andere hochgestellte Persönlichkeiten versuchen, uns in den Diebstahl der Kronjuwelen hineinzuziehen. Wenn das passiert, wird das Leben für uns ziemlich unangenehm werden.«

»Was ist mit Serrai?«

»Serrai ist Ausländer und unwichtig. Ob vor seiner Haft oder seitdem, Rodi ist jedermanns Liebling. Peirce Lacy eingeschlossen, der im Übrigen, glaube ich, auf dem Heimweg nach Irland ist. Die Polizei hat Rodi verhaftet, weil sie dachten, er hätte mir auf dem Fährschiff die Juwelen übergeben. Sie hofften, er würde beim Verhör zusammenbrechen und mich beschuldigen. Doch Rodi hat sich wie ein wahrer Ire verhalten und nichts gesagt. Wo keine Beweise sind, gibt es auch keinen Fall. Die Polizei ist ziemlich begriffsstutzig, wenn es darum geht, zwei und zwei zusammenzuzählen.«

»Das glaube ich nicht«, antwortete Richard Gorges nachdenklich. »Ich glaube, sie sind ziemlich gut im Bilde, müssen aber schweigen, weil gewisse Leute darin verwickelt sind.« Er lachte tief. »Und deswegen werden sie die Juwelen auch niemals finden, selbst wenn sie wissen, wer die Schuldigen in Wirklichkeit sind!«

2

»Wenn Sie ihr auch nur ein Haar krümmen«, erklärte Rodi den Männern, »dann werden Sie das bedauern, das schwöre ich!«

»Mutige Worte, Mr. Serrai. Aber dazu müssten Sie erst wissen, wer wir sind und was wir wollen.«

»Ich weiß, wer Sie sind und was Sie wollen. Die Irische Republikanische Bruderschaft ist ein zahnloser Tiger. Sie verfolgen kein höheres Ziel, sondern sind nur Mörder, die glauben, einer Sache zu dienen.«

»Fesselt ihn!«, befahl der Vermummte. Kurz darauf lag Rodi, verschnürt wie ein Paket, keuchend am Boden. »Wir werden ihm schon zeigen, wie überzeugt wir davon sind, ein höheres Ziel zu verfolgen!« Der Anführer der Untergrundkämpfer stieß Rodi mit der Stiefelspitze an. Dann wandte er seine Aufmerksamkeit Brigid zu. Er fasste sie unters Kinn. »Ich habe es mir anders überlegt«, erklärte er. »Sie ist viel zu schön und zu nützlich, um ihr die Finger zu brechen. Dann könnte sie ja keine Hüte mehr machen, mit denen sie die Königin von England beeindruckt!« Spöttisch wandte er sich seinen Handlangern zu, die grunzend ihre Zustimmung kundtaten.

»Mir fällt da etwas viel Besseres für Brigid ein – sie hat uns nämlich ihren Namen verraten. Meine Brigade, Mr. Serrai, besteht aus zwölf Männern, von denen die Hälfte hier ist und die andere auf dem Gut Wache hält. Vielleicht kann die Dame ein paar gelangweilten Soldaten etwas Zerstreuung bieten. Im Gegensatz zu gewissen anderen Herren, die ihrer Heimat den Rücken gekehrt haben, kämpfen sie nämlich für ihr Land und haben eine Belohnung verdient.«

Rodi fragte sich, was für ein kaltblütiger Bastard das war, doch er enthielt sich um Brigids willen jeder verächtlichen Bemerkung. »Lassen Sie sie in Ruhe. Sie hat mit all dem nichts zu tun.«

»Das weiß ich. Ein Jammer, Mr. Serrai, dass Sie eine so unschuldige Seele korrumpieren mussten. Eine Quäkerin! Herrje, was für eine verlorene Sache. Eine solche Blüte zu knicken, während ihr Ehemann zusieht, ist wirklich der Inbegriff der Verdorbenheit. Finden Sie nicht? Sie haben recht, finde ich auch nicht. Er hat es verdient. Eine Frau wird vom Wege abkommen, wenn sie will, und kein Mann auf Erden kann sie davon abhalten, sich in Satans Arme zu stürzen, wenn sie die Frucht der Erkenntnis begehrt. Wünsche und Sehnsüchte, Mr. Serrai, haben nichts mit Religion zu tun. Aber kann man es ihr übel nehmen, wo doch Protestanten, Katholiken und Griechisch-Orthodoxe in unserer Heimat herrschen?« Er nahm Brigids Hand, betrachtete sie und begann dann langsam, ihren kleinen Finger zurückzubiegen.

Hinter dem primitiven Knebel, den die Männer ihr grob in den Mund gestoßen hatten, schluchzte Brigid leise auf. Rodi geriet in Panik. »Irischer Bastard! Was wollen Sie wissen?«

»Alles über Mr. Gorges' Plan.«

»Mr. Gorges? Ich kenne keinen Mr. Gorges.«

Jemand stieß ihm einen schweren Stiefel ins Kreuz. »Captain Richard Gorges, Mr. Serrai!«

»Was ist mit ihm?«

»Ich rede von seinem Plan, die irischen Kronjuwelen zu verkaufen, um eine Revolution in Russland zu finanzieren. Das finden wir nicht besonders patriotisch. Wir glauben auch, dass Mr. Gorges Pläne für einen nationalistischen Aufstand hat, der an einem Feiertag stattfinden soll. Das allerdings ist patriotisch, und wir hätten gern eine Kopie dieser Pläne. Sie werden sie uns besorgen, und Sie werden uns ebenfalls verraten, wo Ihre Kameraden aus dem Trinity College und dem Office of Arms die irischen Kronjuwelen versteckt haben.«

»Ich weiß nicht, wovon Sie sprechen!«, beharrte Rodi. »Ich weiß überhaupt nichts von irgendwelchen Aufstandsplänen ...«

»Aber ja. Sie haben genug Zeit an der Bar des Kildare-Club und in der britischen Kaserne verbracht, um zu wissen, wovon wir reden. Mord und Totschlag, Mr. Serrai. Das ist Irland, Ihre zweite Heimat! Irland steht seit fünfhundert Jahren im Krieg mit den Imperialisten. Sie werden uns sagen, was wir wissen wollen – oder ich übergebe Brigid meinen Männern.«

»Ich weiß nicht, wovon Sie reden!«, wiederholte Rodi verzweifelt.

»Bindet sie los und bringt sie nach draußen!«, befahl der Mann. »Ihr beide ...«, er wandte sich an die beiden letzten Männer, die dabei waren, die Hütte zu verlassen, »erteilt ihm eine Lektion, damit er nicht vergisst, uns die Pläne zu bringen. Wenn nicht, Mr. Serrai«, drohte er und strich sich mit dem Finger über die Kehle, »ist Brigid tot.« Er verließ die Hütte.

Die schmerzhafte Lektion wurde von Stiefeltritten unterstrichen. Die beiden Männer prügelten auf Rodi ein und riefen zwischendurch: »Am alten Steinkreuz in Moone ... Mr. Serrai ... zwölf Uhr mittags ... Bringen Sie die Pläne ... in einem versiegelten Umschlag ... und legen Sie ihn in den Schrein der Jungfrau Maria ... vor den Toren des Klosters ... oder Sie sehen ... Ihre Freundin nie wieder!«

»In Ordnung, das reicht jetzt.« Einer der Männer steckte den Kopf durch die Tür. Er war derjenige gewesen, der die ganze Zeit hinter dem Anführer gestanden hatte; offenbar der zweite Mann der Bande. Rodi, dem die Nase blutete und die Rippen schmerzten, traute dem Schein nicht: Für gewöhnlich waren die Unauffälligen und Ruhigen stets am gefährlichsten.

Als der Mann jetzt mit den beiden sprach, die die schmutzige Arbeit getan hatten, klang in seiner Stimme der weiche, singende Tonfall des Südwestens durch. »Wenn ihr ihn tötet, kann er uns die Pläne nicht bringen.« Mit einer Kopfbewegung bedeutete er ihnen, dass sie draußen gebraucht wurden. »Er will euch sehen, macht schnell …« Dann trat er in die Hütte und nahm das Frühstücksmesser, das auf dem Tisch lag.

Rodi lag immer noch mit blutender Nase am Boden. Schmerzhaft sog er die Luft ein. Was jetzt?, fragte er sich, als der Mann sich breitbeinig über ihn stellte. Im Licht der schwachen Öllampe konnte Rodi nur ein Paar gut polierter Schuhe erkennen.

Der Mann ging in die Hocke und schnitt die Stricke durch, mit denen Rodis Handgelenke gefesselt waren. »Also wirklich, diese Burschen sind verrückt … Wie soll Mr. Gorges Ihnen denn die Pläne übergeben, wenn Sie gefesselt hier liegen?« Er wälzte Rodi auf den Rücken.

Rodi sah in die Augen des Mannes, die durch den Schlitz der Haube zu erkennen waren. Merkwürdige Augen, ein blaues und ein braunes. »Herr im Himmel … Sie!«

»Ja, ich, Mr. Serrai. Wenn Sie vernünftig sind, tun Sie, was wir Ihnen gesagt haben, und stellen keine Fragen. Jeder von uns muss um sein Leben kämpfen, und das kann manchmal eine sehr schmerzhafte Lektion sein. Besorgen Sie uns die Pläne bis morgen Mittag, wenn Sie nicht wollen, dass Brigid stirbt.«

Er stand auf und ging nach draußen, wo die anderen mit Brigid unter den Bäumen auf ihn warteten.

3

Wenn Rodi die Wildhüter-Hütte am See besuchte, hielt sich Athanas Blagow normalerweise taktvoll fern. Er wusste, dass das Paar gern allein war. Da sein Dienstherr bald aus Bulgarien zurückkehren würde, war den beiden nur eine kurze gemeinsame Zeit vergönnt.

Brigid war eine feine, liebenswürdige junge Frau, ganz anders als Rodis vorherige Mätressen; aber sie war verheiratet, und ihr Mann lebte noch, was alle möglichen Probleme bereiten konnte. Solange die Liebenden sich in den Wäldern versteckten und ihren romantischen

Fantasien hingaben, war alles in Ordnung, aber wenn Rodi und Brigid es erst wieder mit der realen Welt zu tun bekamen, würden sie in großen Schwierigkeiten stecken. So dachte Athanas über die Affäre, obwohl er den beiden große Achtung entgegenbrachte.

Athanas hatte die Schäferkate in den Hügeln, in der er seit einigen Wochen lebte, repariert und Dach und Wände abgedichtet. Doch er wusste, dass der alte Herr bald nach Grange Con zurückkehren würde, und dann musste Rodi erklären, warum seine Geliebte in der Hütte des Wildhüters lebte. Da er wusste, wie aufbrausend Peirce Lacy O'Mahony sein konnte, ahnte Athanas, dass O'Mahony Mrs. Brigid Lunn sofort zurück nach Dublin und zu ihrem rechtmäßigen Ehemann expedieren würde, sobald er herausfand, was sich hinter seinem Rücken abgespielt hatte. Auch der Verwalter wurde immer unwilliger, und Rodi hatte ihm schon mehrmals hohe Bestechungsgelder zahlen müssen, damit er schwieg.

Die fernen Wicklow Mountains lagen im hellen Mondlicht. Heute war eine gute Nacht, um Wilddiebe aufzuspüren, dachte Athanas bei sich, als er aus dem hochgelegenen Gelände herunterkam, um seinen Wachdienst auf dem Gut aufzunehmen. Als er das Seeufer erreichte, erkannte er an den Abdrücken in der weichen Erde am Ufer, dass eine Gruppe berittener Männer hier gewesen war.

Er stieg vom Pferd, lud sein doppelläufiges Gewehr und entsicherte es. Vorsichtig näherte er sich der Wildhüter-Hütte, die im Wald lag.

Die Tür stand offen, und das Häuschen wirkte verlassen.

Athanas band sein Pferd an und schlich zur Tür. Als er ins Innere der Hütte schaute, erkannte er eine männliche Gestalt, die vor dem Bett lag. Brigid war nirgendwo zu sehen.

Rodi hatte sich auf das weiche Bett zugeschoben, hatte es aber nicht ganz geschafft. Athanas trat nach drinnen. Die Öllampe war ausgebrannt, aber im dämmrigen Licht konnte er Stricke, das Brotmesser auf dem Boden, einen zerbrochenen Küchenstuhl und Anzeichen für einen Kampf und Blut erkennen. »Heilige Jungfrau Maria … was ist passiert? Wer hat Ihnen das angetan? Kommen Sie, lassen Sie sich aufs Bett helfen.«

In dem Moment, als Rodi sich bewegte, begann seine Nase erneut zu bluten. Mit der Hand wischte er sich über das zerschlagene Gesicht und ließ sich mit Athanas' Hilfe aufs Bett fallen. »Brigid … Athan, sie haben Brigid mitgenommen …«, stöhnte er.

»Wer? Was ist hier passiert, Rodi?« Athanas nahm Kerzen und Streichhölzer von einem Bord und machte Licht.

»Männer … von der Irischen Republikanischen Bruderschaft … waren hier«, erklärte Rodi.

»Was wollten sie?«

»Ich weiß es nicht … Wahrscheinlich, weil wir zu den O'Mahonys gehören …«

Aus einem Krug goss Athanas Wasser in eine Schüssel. Dann nahm er ein Tuch und wusch Rodis Kopf und Gesicht mit kaltem Wasser.

Rodi stöhnte, und vor Schmerz und Anstrengung pfiff sein Atem. Er konnte nur an Brigid denken und daran, was wohl aus ihr geworden war. »Wir müssen sie finden, Athan. Gott weiß, was diese Rohlinge ihr antun werden.«

Athanas wollte den Arzt rufen, aber Rodi mochte nichts davon hören. »Nein … keinen Arzt … ich muss Brigid finden.«

»In Ihrem Zustand können Sie nirgendwo hingehen, Rodi!« Athanas durchsuchte seinen Schrank und fand Jod, Zaubernuss, Verbände und Aspirin. »Was ist passiert? Ich verstehe das immer noch nicht …« Er tupfte Jod auf Rodis zerschrammte Wange, worauf dieser laut protestierte. Als Rodi einatmete, durchfuhr ein scharfer Schmerz seine Rippen, und er krümmte sich.

»Sie müssen sich eine Rippe gebrochen haben, Rodi.«

Mit der unverletzten Hand umfasste Rodi Athanas' Handgelenk und hielt ihn davon ab, ihn weiter zu verarzten. »Fühlt sich an, als wären es ein halbes Dutzend … Kein Wunder, schließlich haben sie lange genug auf mich eingetreten. Lass mich einfach einen Moment verschnaufen, Athan … Ich muss wieder zu Atem kommen.«

»Ich sollte wirklich den Arzt rufen …«

»Keinen Arzt!« Rodi verzog das Gesicht. Sobald er atmete, schmerzte es. »Brigid … Ich muss Brigid finden …« Er wollte vom Bett aufstehen, doch er sank keuchend und mit schweißbedeckter Stirn zurück. »Meine Brust, und mein Arm auch …«

»Rodi«, versetzte Athanas streng, »Sie müssen sie von der Polizei suchen lassen. Sie sind nicht in der Lage dazu.«

»Keine Polizei.« Rodi war unerbittlich.

»Aber wieso denn nicht? Das ist doch bestimmt eine Sache für die Polizei – Entführung und ein tätlicher Angriff?«

»Gib mir einfach eine Zigarette … sie müssen dort irgendwo sein … Verflucht, ich habe mein Jackett im Haus gelassen, und sie waren in der Tasche!«

Athan erinnerte sich, ein Päckchen Aftons auf dem Bord mit den Kerzen gesehen zu haben. Mit den Streichhölzern, die auf dem Tisch lagen, zündete er eine Zigarette an und reichte sie weiter. Rodi lächelte schwach und nahm sie zwischen die Finger seiner unverletzten Hand. »Was würde ich nur ohne meinen bulgarischen Freund tun?«, meinte er.

»Rufen Sie die Polizei, Rodi. Nehmen Sie auf keinen Fall selbst die Verfolgung auf«, riet Athanas noch einmal.

Rodi, der sich durch die Zigarette etwas besser fühlte, blieb stur. »Ich glaube, mein rechter Arm ist nur verdreht. Er kommt schon wieder in Ordnung. Such bitte nach Dagi, Athan. Sie haben ihn bestimmt irgendwo freigelassen. Vielleicht ist er ja zu seinem Stall zurückgelaufen …«

Athanas Blagow konnte nicht glauben, was er da hörte. »Sie sind verrückt. Besser, Sie erzählen der Polizei, dass Brigid von Verbrechern entführt worden ist. Wenn Sie selbst nach ihnen suchen, riskieren Sie, dass die Männer sie töten oder ihr Schlimmeres antun. Wer waren sie – haben Sie jemanden erkannt?«

Rodi schüttelte den Kopf. »Sie haben Masken getragen. Ich weiß nur, dass sie von der Irischen Republikanischen Bruderschaft, der IRB, waren.«

»Die Bruderschaft kennt keine Gnade gegenüber denen, die sie für Verräter hält. Also tun Sie, was ich sage, Rodi.«

»Nein.« Rodi versuchte, die Füße auf den Boden zu setzen. »Ich muss nach Dublin … mit jemandem sprechen.«

»Können Sie nicht vom Haus aus telefonieren?«

»Nein …« Wieder schüttelte Rodi den Kopf, allerdings mehr, um den Schwindel und die schwarzen Punkte, die vor seinen Augen kreisten, zu vertreiben. »Ich kommt schon zurecht …« Vorsichtig atmete er ein. »Athan … kannst du fahren?«

»Einen Einspänner schon, aber wenn Sie Automobile meinen, nein.«

»Dann muss ich halt selbst chauffieren … Mein Arm ist nicht gebrochen, zumindest fühlt er sich nicht so an. Ich glaube, wenn es so wäre, würde ich es merken. Er fühlt sich bloß verdammt wund an und schmerzt.«

»Vielleicht ist er ausgerenkt …«

»Sehr wahrscheinlich. Der Wagen der O'Mahonys ist noch da … Hilf mir zum Haus zurück.«

»Was ist mit Donal?«

»Donal ist nicht hier …« Rodi zuckte zusammen und griff sich an die Brust. »Er ist für ein paar Tage zu seiner kranken Mutter gefahren … nach Cork.«

»Heilige Muttergottes, Rodi!«, rief Athanas gereizt und verzweifelt, »Sie müssen ja wirklich in großen Schwierigkeiten stecken, dass Sie mit gebrochenen Rippen, Prellungen, Kratzwunden, einer Gehirnerschütterung und wahrscheinlich auch einem ausgekugelten Arm nach Dublin fahren wollen.«

»So ist es … aber stell nicht so viele Fragen, Athan … Es geht um Brigids Leben!«

Kapitel Einundzwanzig

1

Sir Arthur war entsetzt. In den Morgenzeitungen war von »Abscheulichkeiten auf Dublin Castle« die Rede, von »homosexuellen Praktiken und zügellosen Feiern, bei denen Sir Arthur Vicars, der Wappenkönig von Ulster, Männer von zweifelhaftem Charakter wie Mr. Frank Shackleton und Captain Richard Gorges, die sich abscheulichen Vergnügungen hingeben, empfing«.

»Mein Gott!« Verzweifelt griff er sich an den Kopf und schob seinen Frühstücksteller beiseite. »Nehmen Sie das Essen und die Zeitungen weg«, befahl er Paul Masters. »Da ich mich geweigert habe, freiwillig von meinem Amt zurückzutreten, suchen diese Leute jetzt andere Mittel und Wege, mich loszuwerden. Womit habe ich nur solche Verleumdungen verdient? Sie wollen mich unbedingt aus dem Office of Arms vertreiben, indem sie mich in Verruf bringen, dabei bin ich unschuldig, unschuldig! Glaubt mir denn niemand? Lieber Gott, warum glaubt man mir denn nicht?«

»Kann ich Ihnen etwas bringen, Sir?«, fragte Paul.

»Wie bitte?« Sir Arthur hatte in einer Haltung tiefer Verzweiflung den Kopf in die Hände gestützt. Jetzt sah er auf. »Ach … Sie sind es, Paul.«

Ausdruckslos schaute Sir Arthur seinem Diener in die eigenartigen Augen. Bestimmt war er unglücklich darüber, ein braunes und ein blaues Auge zu haben, dachte er zusammenhanglos.

»Kann ich Ihnen etwas bringen, Sir? Sie wirken ein wenig … indisponiert«, sagte Paul.

»Tatsächlich? Ja, vielleicht bin ich das … Aber Sie selbst sehen auch müde aus, Paul, und haben Ringe unter den Augen. Lasse ich Sie zu schwer arbeiten?«

»Nein, ganz und gar nicht, Sir. Ich habe mir wohl … eine Erkältung eingefangen.«

»Dann sollten Sie frische Zitrone und Honig zu sich nehmen.«

»Hätten Sie gern eine frische Kanne Tee, Sir, nachdem Sie nichts gefrühstückt haben?«, fragte Paul besorgt.

»Ja, ja! Eine wunderbare Idee … Tee! Wie geht es Ihrer Schwester, mein lieber Junge?«

»Meiner … meiner Schwester?« Der Themenwechsel verblüffte Paul.

»Ja, Ihrer Schwester. Ähem, Brigid war, glaube ich, ihr Name, wie Mr. Serrai sagte.«

»Das ist richtig, Sir. Brigid«, gab Paul steif zurück.

»Wie ich höre, lebt sie jetzt auf Grange Con?«

»Ja, Sir.«

»Gut … gut. Ich hoffe, ihr geht es dort gut. Mr. Serrai, also Rodi, ist gar nicht so übel, auch wenn er manchmal ein wenig exzentrisch sein kann. Ich freue mich für ihn, weil er sich dieses Mal wirklich … ähem … verliebt hat. – Ich glaube, ich sollte auf einer Untersuchung bestehen«, wechselte er plötzlich das Thema und strahlte angesichts dieser Idee. Er wischte sich das Gesicht mit einer Serviette ab und zwirbelte seinen Schnurrbart. »Ja, genau das werde ich tun, Paul. Ich werde darauf bestehen, dass eine Untersuchungskommission eingesetzt wird. Und meine Halbbrüder, der O'Mahony von Kerry und Kilmorna und Peirce Lacy sollen mich bei einer Petition an den König unterstützen – sobald Letzterer aus Bulgarien zurück ist.«

Armer Sir Arthur, dachte Paul, während er hinunter in die Küche ging, um eine Kanne Tee zu kochen. Er war ja völlig außer sich. Aber andererseits, welcher anständige Mann wäre das nicht, wenn man ihn solcher Verbrechen beschuldigte? Ausgerechnet Sir Arthur, dessen Charakter, soweit Paul wusste, über jeden Zweifel erhaben war.

2

»Großer Gott«, rief Captain Gorges aus, als man Rodi Serrai in sein Zimmer in der Portobello-Kaserne führte. Es verbesserte seine Laune nicht eben, um sieben Uhr morgens bereits einen Besucher zu empfangen. Richard Gorges war verkatert und musste in einer halben Stunde seinen Dienst antreten. »Was ist denn mit Ihnen passiert?«, wollte er wissen. »Sagen Sie nicht, dass man Sie im Gefängnis so zusammengeschlagen hat.«

»Gorges, ich bin nicht hier, weil ich Sie besonders sympathisch finde. Um Gottes willen, wenn Sie und Shackleton etwas mit dem Diebstahl zu tun haben, dann ist es Zeit, jetzt endlich alles zuzugeben.«

»Wovon reden Sie?« Richard Gorges hatte keine Zeit zu frühstücken, doch er schenkte sich einen doppelten Whiskey ein. Und da Serrai aussah, als könne er ebenfalls einen gebrauchen, schenkte er ihm auch ein Glas ein.

»Nein, danke, nicht so früh«, lehnte Rodi ab.

»Wie Sie meinen.« Gorges zuckte die Achseln. »Wollen Sie sich nicht setzen?« Mit einer Handbewegung wies er auf sein ungemachtes Bett.

Rodi fühlte sich krank. Am liebsten hätte er einfach die Pläne genommen, Dublin verlassen und wäre zum Steinkreuz von Moone gefahren, ehe noch mehr Zeit vergeudet wurde. Bis Athanas ihn verarztet und mit ihm diskutiert hatte, und bis er selbst sich in der Lage gefühlt hatte, den Wagen zu fahren, war es halb fünf Uhr morgens geworden. Er hatte nur sehr langsam fahren können, daher hatte er noch einmal zweieinhalb Stunden gebraucht, um die Stadt zu erreichen. Jetzt war er nicht in der Stimmung, sich von Richard Gorges aus dem Konzept bringen zu lassen. »Nein, danke, ich stehe lieber … Anscheinend wird inzwischen jeder, der eine gewisse Stellung bekleidet, in den Fall hineingezogen, Gorges, das ist nicht mehr komisch.«

»Jeder, der eine Stellung bekleidet? Ich nehme an, es ist die Verbindung zur Familie O'Mahony, die einen Flüchtling wie Sie zu einer so großspurigen Aussage bewegt …« Richard Gorges sah aus dem Fenster. »Ist das Ihr Automobil dort draußen?«

»Nein. Es gehört meinem Gönner.«

»Verstehe. Einen Moment lang dachte ich schon, Sie hätten die irischen Kronjuwelen versetzt, um sich ein neues Statussymbol zuzulegen, nachdem Ihr serbisches Wappen in Verruf geraten ist.« Er grinste boshaft. »Wie kann ich Ihnen behilflich sein, mein Freund?«

»Vor ein paar Stunden hat man mich zusammengeschlagen …«

»Das sehe ich.«

»Und die IRB hat meine … eine gewisse Dame aus Grange Con entführt.«

»Ich nehme an, Sie sprechen von Ihrer feinen Quäkerin, die Ihretwegen ihren Mann verlassen hat?«

»Verdammt, Gorges … ich … ich werde …« Doch Rodi beherrschte sich. Ein Wutanfall würde nichts bringen, sondern nur Gorges' Unmut erregen. Weniger gereizt fuhr er fort: »Sie müssen diese Männer kennen, denn sie wissen alles über Sie!«

»Wie denn das? Warum sollte ich sie kennen?«

»Weil die Bruderschaft glaubt, dass Sie Pläne für einen nationalistischen Aufstand haben. Er soll an einem Feiertag stattfinden. Und sie wollen diese Pläne im Austausch für Brigids Leben.«

»Und wie kommen Sie darauf, dass ich diesen Männern etwas in die Hand geben würde, das sie gegen die Briten einsetzen können?«, fragte Richard Gorges in berechnendem Ton.

»Um Himmels willen! Es geht um eine unschuldige Frau, die von Männern, die ihr Gott-weiß-was antun werden, als Geisel gehalten wird!«

»Herrje! Da stecke ich aber in der Klemme!« Wieder schenkte Richard Gorges ihm dieses bedächtige, schiefe Lächeln.

Gorges war unrasiert und hatte Tränensäcke unter den Augen. Er sah schmutzig aus und roch schlecht. Obwohl Rodi nach seiner schlaflosen Nacht selbst Bartstoppeln im Gesicht hatte, fühlte er sich von Gorges' verlebtem Äußeren abgestoßen. Er wünschte, er hätte es nicht nötig gehabt, vor diesem Mann zu Kreuze zu kriechen. Und daran war nur diese militante Bruderschaft schuld! »Ich schwöre Ihnen, andernfalls gehe ich zu den Behörden und zeige Sie als das an, was Sie sind.«

»Und was bitte soll das sein?«, entgegnete Gorges.

»Sie sind ein Schuft, Gorges. Ich weiß von dem Wagen des Papierlieferanten – ja, dem Wagen auf dem Hof von Dublin Castle, der Papier und Umschläge Seiner Majestät ausliefert und gleichzeitig andere Päckchen aufnimmt, über die die Polizei gern mehr wüsste.«

»Ach ja? Beweisen Sie das erst einmal! Wie kommen Sie überhaupt darauf, ich hätte die Juwelen gestohlen? Seit einem Jahr habe ich den Bedford Tower nicht mehr betreten dürfen, seit Sir Arthur mich verbannt und mir verboten hat, auch nur in die Nähe von Dublin Castle zu kommen.« Richard Gorges reckte sein unrasiertes Kinn auf Rodi zu, und dieser wich vor seinem alkoholgeschwängerten Atem zurück. »Und was bringt Sie auf die Idee, ich hätte etwas mit der IRB zu tun?«

»Weil Sie Ihre eigene Großmutter an den Teufel verkaufen würden. Und weil Sie und ich und einige andere wohlbekannte Personen eines Tages im Juni – am Abend des 29. – eine von Sir Arthur gegebene Gesellschaft besucht haben. Sir Arthur glaubt, dass die Juwelen am darauffolgenden Tag gestohlen wurden. Diese Geschichte hat er auch der Polizei erzählt, und Sie und ich wissen, warum. Sowohl Peirce als auch Shackleton waren dabei, als Sir Arthur, von dem wir ja wissen, dass er Alkohol nicht verträgt, sich bis zur Bewusstlosigkeit betrunken hat. Die beiden Schlüssel, um die es geht, den zur Bibliothek und den anderen zum Safe, trug er zu diesem Zeitpunkt an einer Kette um den Hals.«

»Kommen Sie zur Sache, Rodi. Ich habe meinen Schießunterricht abzuhalten.«

Das tat Rodi. »Diese beiden Schlüssel hat man ihm zum Scherz abgenommen und den Safe geöffnet. Als Sir Arthur wieder zu sich kam, haben wir ihm erklärt, wie einfach es war, den Safe zu öffnen und die Kronjuwelen herauszunehmen, für die er allein verantwortlich war – wir haben ihm gezeigt, wie das ging. Und wir haben alle darüber gelacht, obwohl er die Schlüssel irgendwann nach der Party zurückerhalten hat. Armer Sir Arthur, die Zielscheibe all unserer Scherze … Wir haben ihm unmissverständlich klargemacht, wie unsicher seine Juwelen, sein Ruf und sein kostbarer Safe waren! Deswegen sage ich, Gorges, falls Sie und Shackleton den Scherz einen Schritt weiter getrieben und den Safe offen gelassen haben, während Sie vorgaben, er sei verschlossen, oder sogar Wachsabdrücke von Sir Arthurs Schlüsseln genommen und sie zu einem Schlosser in der Sackville Street gebracht haben, dann geben Sie es jetzt um Gottes willen endlich zu.«

»Wir haben nichts dergleichen getan. Ich finde Ihre Andeutungen beleidigend.«

»Ist die Bruderschaft jetzt interessiert, weil Sie vorhaben, mit dem gestohlenen Schatz irgendeine Revolution zu finanzieren, in Russland, Griechenland, Deutschland oder Irland?«

»Bedaure, da kann ich Ihnen nicht helfen, Rodi. Keine Ahnung, wovon Sie reden.«

»Verdammt sollen Sie sein, Gorges! Ich weiß, dass Sie mit Mr. Hobson über ein autonomes Irland geredet haben. Und wenn diese Autonomie durch Diebstahl finanziert ist, sollen Sie verflucht sein!«

»Mr. Hobson? Autonomie? Regen Sie sich doch nicht so auf, Rodi!«

»Mr. Bulmer Hobson, der Herausgeber des *Gaelic American!* Sie haben ihm einen Plan gegeben, der ein unabhängiges Irland vorsieht. Außerdem haben Sie ihm alles über die angeblichen ›Orgien‹ auf Dublin Castle erzählt; von Teepartys in Merrion Square, zu denen Frank Shackleton Sie eingeladen hat. Kurz gesagt, Gorges, Sie haben ihm erklärt, wenn der größte Teil der Garnison dienstfrei habe und die Ämter geschlossen seien, könnten Nationalisten Dublin Castle besetzen. Dublin Castle, der Sitz des britischen Imperialismus. Um Ihre Worte zu zitieren: *Die erfolgreiche Besetzung eines so exponierten Ziels würde alle Iren hinter den Nationalisten vereinen, und das Prestige der Briten würde einen verheerenden Schlag erleiden.* War der Diebstahl der irischen Kronjuwelen nur eine Generalprobe für etwas weit Größeres? Streiten Sie es doch ab – wenn Sie können!«

»Woher wissen Sie, was ich zu Hobson gesagt habe?«

»Weil, verdammt, Peirce Gun zufälligerweise davon gesprochen hat, und Hobson ebenfalls.«

»Im Kildare-Club, nehme ich an?«

»Ja. Dadurch habe ich eines begriffen: Sie sind weder ein Nationalist noch ein Verfechter der Autonomie und nicht einmal ein Anhänger der Bruderschaft. Sie sind ein Söldner, der mit Mördern gemeine Sache macht, um daraus seinen Nutzen zu ziehen. Sie hassen die Briten, weil die Sie in Südafrika wegen Sodomie aus Thorneycrofts Kavallerieregiment entfernt haben. Und das ist Ihr Beweggrund – Sie wollen die Briten ein für alle Mal aus Irland vertreiben, ganz egal, wie!«

»Woher wollen Sie wissen, was ich bin, Bulgare?«, höhnte Richard Gorges.

»Ich weiß, dass Sie neben allen Lastern, die Sie haben, vor allem ein Betrüger sind. Und ich werde Sie der Polizei auf dem Silbertablett servieren, für Ihre Teilnahme an dem schlechten Scherz, den Sie Sir Arthur gespielt haben! Oh ja, ich habe gehört, was Sie und Shackleton am Abend der Party im Bedford Tower miteinander besprochen haben. Wenn Sie mir also nicht die Pläne für Ihren nationalistischen Aufstand geben, gehe ich mit meinen Informationen direkt zur Polizei.«

»Warum haben Sie vorher nichts davon gesagt? Sie waren kürzlich doch lange genug bei der Polizei zu Gast.«

»Ich habe erst gestern erfahren, was Shackleton und Sie vorhatten.«

Captain Gorges schenkte sich noch einen Drink ein. »Mutmaßungen, Rodi, alles nur Mutmaßungen«, entgegnete er großspurig. »Was habe ich davon, wenn ich tue, was die Bruderschaft verlangt?«

»Ich gebe Ihnen mein Wort darauf, dass ich der Polizei nicht von Ihrer Verbindung zu Maxim Litwinow und den vermissten Kronjuwelen erzählen werde.«

Richard Gorges warf den Kopf in den Nacken und lachte herzhaft. »Sie sind schon ein Komiker, Rodi! Vor allem, da Sie selbst auch an dem Streich gegen Sir Arthur beteiligt waren. Sagen Sie der Bruderschaft, dass Mr. Hobson vom *Gaelic American* längst im Besitz meiner Aufstandspläne ist. Bedaure sehr, dass ich Ihnen bei Ihrer Freundin nicht behilflich sein kann. Wir haben Sie alle davor gewarnt, sich mit verheirateten Frauen einzulassen – vor allem mit Quäkerinnen.« Immer noch kichernd, ließ Richard Gorges sich auf sein ungemachtes Bett sinken. Er lehnte den Kopf an die Wand und hob sein Glas. »Schönes Leben noch, Rodi …« Sein Grinsen verflog, als Rodi zu ihm trat und ihm einen Revolver an die Stirn drückte.

»Ich mache keine Scherze, Gorges. Stehen Sie auf und holen Sie den Entwurf des Plans, für den sich die Bruderschaft so interessiert, oder ich puste Ihnen das Hirn weg.«

Natürlich bluffte der Bulgare nur. Er würde nicht schießen. Aber Richard Gorges mochte kein Risiko eingehen. Ausländer waren bekanntlich heißblütig und sprunghaft, und Serrai war besonders temperamentvoll. Mühsam hievte er sich vom Bett hoch und trat an seine Kommode. Er zog ein Stück Papier hervor und reichte es Rodi. »Mögen Sie und die Untergrundkämpfer in der Hölle schmoren!«

»Da werden wir in guter Gesellschaft sein.« Verbissen grinsend steckte Rodi die Pläne ein. »Also kennen Sie diese Leute … das dachte ich mir! Sie wollen auch wissen, wo die Juwelen stecken. Was haben Sie damit gemacht?«

Richard Gorges zuckte die Achseln und ließ sich wieder aufs Bett fallen. Rodi zielte immer noch mit der Waffe auf ihn. »Da muss ich passen, denn ich weiß es einfach nicht. Fragen Sie Shackleton.«

»Das werde ich – sobald er zurück ist.« Rodi steckte die Waffe seines Wohltäters zurück in den Schulterholster, den er unter dem Jackett trug, öffnete die Tür und verließ das Gebäude.

Von draußen hörte Captain Gorges, wie ein Automotor ansprang. Er hob sein Whiskeyglas. »Prost, alter Junge. Auf die Autonomie!«

3

Rodi fuhr zur St. James' Terrace Nr. 7, parkte den Wagen und ging über die Kellertreppe in die Küche hinunter. Sir Arthur hatte soeben das Haus verlassen, um sich ins Office of Arms zu begeben, Francis Bennett-Goldney hielt sich in Paris auf, und Frank Shackleton war irgendwo in England. Mrs. Darcy würde erst gegen Mittag kommen, um das Abendessen für Sir Arthur zu kochen. Heute, am Dienstagmorgen, hatte Paul Masters Dienst.

Die Küchentür stand weit offen. Paul hatte soeben Sir Arthurs Frühstücksgeschirr weggeräumt. In seiner gestreiften Schürze saß er am Küchentisch und polierte gewissenhaft das Silberbesteck. Als er Rodi eintreten sah, schaute Paul auf. »Mr. Rodi …«

»Sie Bastard!« Rodi stürmte auf ihn zu, riss ihn von seinem Schemel und schlug mit der Faust zu. Paul ging zu Boden und schmeckte Blut.

»Wie konnten Sie nur … wie konnten Sie?«, brüllte Rodi wütend und war drauf und dran, ihn hochzuziehen und ihm einen weiteren Hieb zu versetzen.

»Es geht ihr gut …«, sagte Paul. »Dafür habe ich gesorgt.«

»Wo zum Teufel ist sie?«

»An einem sicheren Ort … Sie werden sie am Steinkreuz von Moone wiedersehen, an der Stelle, die die Männer Ihnen genannt haben. Aber zuerst wollen sie die Pläne. Ich versichere Ihnen, dass es Brigid gut geht – denken Sie, ich würde zulassen, dass meiner Schwester etwas zustößt?«

»Ich weiß nicht, was ich von Ihnen halten soll, Masters – angeblich sind Sie doch ein Mann, der Gewalt ablehnt.«

»Glauben Sie, das hat mir Spaß gemacht? Ich habe es für Brigid getan. Die Männer haben mir zugesichert, ihr nichts zu tun, und Ihnen auch nicht, Sir.«

»Das darf ja wohl nicht wahr sein!« Rodi beugte sich über Paul und riss ihn hoch, sodass er ihm ins Gesicht sehen musste. »Und was zur Hölle ist dann das hier? Theaterschminke?«

»Ich weiß, Mr. Rodi, und ich bedaure aufrichtig, dass man Sie geschlagen hat. Die Männer hatten versprochen, weder Ihnen noch Brigid etwas zuleide zu tun, wenn ich erledigen würde, was sie verlangten.«

»Sie … diese Männer … Was zum Teufel soll das heißen? Gehören Sie denn nicht zu ihnen?«

»Nein, Sir! Hören Sie, Mr. Rodi … dürfte ich vielleicht aufstehen?« Die Innenseite seiner Wange und sein Zahnfleisch bluteten von dem Kinnhaken, und das Sprechen fiel ihm schwer. Ein Wunder, dachte Paul, dass Mr. Rodi ihm nicht die Zähne ausgeschlagen hatte. Er stand auf, ging zum Spülbecken und spuckte Blut. Dann trank er ein Glas Wasser und drehte sich zu Rodi um, der benommen am Küchentisch lehnte.

Rodi schüttelte den Kopf und holte tief Luft. »Sagen Sie mir alles, Masters, oder ich schwöre bei Gott, dass ich Sie umbringe.«

»Das könnte ich Ihnen nicht einmal verübeln, Sir.« Paul wandte dem Spülstein den Rücken und lehnte sich dagegen. Er war genauso wacklig auf den Beinen wie Rodi. »Ich werde Ihnen sagen, wie es passiert ist. Sie haben mich eines Abends überfallen …«

»Sie? Wer sind diese Leute?«

»Eine Bande militanter Untergrundkämpfer. Sie waren zu sechst, alle ungefähr in unserem Alter. Ich war auf dem Rückweg von einem Besuch bei Brigid auf Grange Con – damals, nachdem ich gehört hatte, dass Sie meine Schwester … unter Ihren Schutz genommen hatten, Sir. An der Eisenbahnunterführung war das. Sie haben mich angegriffen und niedergeschlagen. Dann wollten sie alles über Mr. Shackletons Angelegenheiten wissen und haben sich auch nach allen anderen erkundigt, die auf Dublin Castle arbeiten. Sie sagten, sie hätten von dem Diebstahl der Kronjuwelen und den Männern, die damit zu tun hatten, gehört. Sie fingen an, von Captain Gorges und seinen Plänen für einen Aufstand zu reden. Ich hatte keine Ahnung, wovon sie sprachen. Sie sagten, Sie wüssten Bescheid und dass ich zusehen sollte, dass ich die Pläne in die Hand bekomme, sonst würden sie … würden sie …«

»Was?«, verlangte Rodi kalt zu wissen.

»Sie würden Brigid vergewaltigen und sie töten.«

»Und Sie behaupten, sie wollten ihr kein Leid antun?«

Paul verriet ihm nicht, was die Männer sonst noch über seine Schwester gesagt hatten: dass sie ohnehin schon eine Hure sei und sich in den Wäldern von Grange Con mit Ausländern herumtreibe. Er konnte das Grauen nicht vergessen, das er an jenem Abend unter der Eisenbahnbrücke empfunden hatte. »Ich musste es tun, Sir. Für Brigid. Sie haben mir erklärt, meine Schwester und ich seien beide Landesverräter, weil wir Umgang mit Ausländern und britischen Imperialisten pflegten.«

»Und dann mussten Sie mitmachen und tun, als wären Sie einer von ihnen?«, fragte Rodi.

»Ja, Sir, ich hatte keine Wahl. Ich hatte Angst, Mr. Rodi, Todesangst. Ich habe nicht darüber nachgedacht, was ich tat. Anders hätten die Männer mir nicht abgenommen, dass ich ein aufrichtiger, loyaler Ire bin, aber ohne jedes politische Interesse. Ich habe ihnen gesagt, ich würde alles tun, was sie verlangten, wenn sie nur meine Schwester in Ruhe ließen.«

»Moralische Erpressung. Sie wollten Ihnen Angst einjagen, damit Sie ihnen behilflich sind. Ich schäme mich für Sie, Paul, und Sir Arthur würde genauso empfinden – ich hätte nicht übel Lust, ihm alles zu erzählen, damit er Sie entlässt …«

»Bitte nicht, Mr. Rodi, Sir! Ich bin auf diese Stellung angewiesen.«

»Ihnen ist aber schon klar, dass diese Leute Ihnen immer wieder zusetzen werden, bis Sie ihrer Organisation beitreten, oder?«

»Ich habe ihnen erklärt, dass ich kein Kämpfer bin und auch keine politischen Interessen habe, Mr. Rodi.«

»Ich fand Sie sehr überzeugend!«

»Ja, Sir. Wahrscheinlich haben Sie es nicht bemerkt, aber sie hatten die ganze Zeit ihre Pistolen auf mich gerichtet, während ich hinter ihrem Anführer stand. Sie dachten, ich wäre der zweite Mann der Bande, aber das ist nicht wahr. Ich hatte keine Waffe, Mr. Rodi, das schwöre ich Ihnen.«

»Klingt sehr plausibel, Masters. Und Sie sind ein sehr guter Schauspieler. Aber auch Schauspieler können nichts an ihrer Augenfarbe ändern. Hat Brigid Ihre ungewöhnlichen Augen denn nicht bemerkt?«

»Ich habe mich im Hintergrund gehalten und versucht, sie nicht anzusehen ... Ich konnte einfach nicht. Außerdem war es Nacht, und in der Hütte war es dunkel.«

»Und Sie haben nichts empfunden, als der Mann ihre Finger zurückgebogen hat?«

»Wenn er ihr wirklich wehgetan hätte, Mr. Rodi, dann hätte ich ...«

»Was? Ihn umgebracht? Sie sind doch angeblich ein Mann, der Gewalt ablehnt.«

Paul holte tief Luft. »Doch, Sir, wahrscheinlich hätte ich ihn getötet.«

Rodi setzte Paul Masters weiter zu; er musste sich ganz sicher sein, dass der Mann die Wahrheit sagte. »Und Ihre Stimme? Sie muss doch die Stimme ihres eigenen Bruders erkannt haben!«

»Haben Sie sie denn erkannt, Sir?«

»Nein. Es ist Ihnen ausgezeichnet gelungen, den Dialekt von Kerry nachzuahmen, Mr. Masters.«

»Da sehen Sie es, Mr. Rodi, Sir. Haben Sie denn nun die Pläne von Captain Gorges bekommen? Bitte, Sie müssen sie zum Steinkreuz von Moone bringen. Dann lassen sie Brigid frei.«

»Warum haben die Männer Sie gehen lassen und Brigid nicht? Wie können Sie sicher sein, dass sie Sie nicht angelogen haben und sie doch vergewaltigen und töten? Sie sind schließlich nicht bei Ihrer Schwester, um sie zu beschützen!«

»Sie haben mich gehen lassen, weil sie nicht wollen, dass ich meine Stellung verliere – das hat mir auch klargemacht, dass sie immer wiederkommen werden, um Informationen von mir zu bekommen. Und ich weiß, dass sie Brigid nichts tun werden, weil die Nonnen von Moone sich um sie kümmern. Dort steht nämlich ein kleines Kloster, und der Schrein der Jungfrau Maria, in dem Sie die Pläne ablegen sollen, liegt gleich vor dem Klostertor. Ich habe mich vergewissert, dass

Brigid an einem Ort in Sicherheit ist, an dem die Männer nicht an sie herankommen. Dann bin ich hierher zurückgekehrt.«

Rodi sah Paul lange an. »Wie lange erpresst die IRB Sie schon?«, fragte er dann.

»Seit mein Vater und meine Brüder für Leute arbeiten, die sie für britische Imperialisten halten.«

»Verstehe.« Rodi verstummte. Er richtete sich auf und ging zur Küchentür. »Sie sind ein komischer Kauz, Paul Masters. Aber ich glaube Ihnen. Sie haben gute Arbeit für diese Leute geleistet. Ich glaube, Peirce Lacy O'Mahony wird sich sehr für Sie interessieren, sobald er zurück ist.«

»Ich verstehe nicht ganz, Sir.« Paul wirkte verwirrt.

»Er will eine Art Nachrichtendienst aufbauen. Darüber sollten Sie sich vielleicht Gedanken machen, wenn Sie nicht irgendwann doch für eine kleine Gruppe von militanten Kämpfern und Mördern arbeiten wollen.«

4

Rodi ließ Paul Masters allein, damit der über seine Worte nachdenken konnte, und stieg in den Wagen. Er verließ Dublin und fuhr auf direktem Weg zum Steinkreuz von Moone. Genau nach den Anweisungen der Irischen Republikanischen Bruderschaft legte er die Pläne, die Richard Gorges ihm übergeben hatte, in einem versiegelten Umschlag in den Schrein der Jungfrau Maria vor dem Klostertor. Dann fuhr er davon.

Am nächsten Tag um die gleiche Zeit kehrte er zurück. Dieses Mal war er sehr nervös. Würde Brigid dort sein, wie es ihm die Bruderschaft zugesichert hatte, falls er ihre Anweisungen genau befolgte? Oder war sie trotz aller Zusicherungen längst tot, ein weiteres unbeteiligtes Opfer politischer Auseinandersetzungen?

Doch er hätte keine Angst zu haben brauchen. Sie wartete am Schrein auf ihn, genau wie die maskierten Männer es ihm im Austausch für Gorges' Pläne zugesagt hatten. In ihrem blauen Sommerkleid und dem leichten Umschlagtuch stand sie da, und ihr blondes Haar wehte im Wind. Mit ausgestreckten Armen kam sie auf ihn zugerannt. »Brigid … Gott sei Dank! Geht es dir gut … haben sie dir etwas getan?«

Sie schüttelte den Kopf, stellte sich auf die Zehenspitzen und berührte Rodis zerschundenes Gesicht, auf dem sich so viel Angst und Sorge um sie abzeichneten. »Rodi … Aber dich haben sie verletzt.«

Fest drückte er sie an sich, obwohl seine gebrochenen Rippen schmerzten. Sein Gefühl der Hilflosigkeit gegenüber der Bruderschaft wandelte sich zu einem Entschluss: Er würde diese Männer für ihre Grausamkeit ihm gegenüber und die Angst, die sie Brigid eingejagt hatten, bezahlen lassen. Aber er war erleichtert, sie heil und gesund wiederzusehen.

Brigid hatte sehr wohl hinter der Maske eines ihrer Entführer das braun-blaue Augenpaar erkannt. Zutiefst schockiert war ihr klar geworden, dass sie ihren Bruder vor sich hatte. Und genau das war seine Absicht gewesen. Es war Mitternacht gewesen, als man sie zum Kloster gebracht hatte. Während sie darauf warteten, dass jemand auf ihr heftiges Läuten reagierte, hatte Paul seinen aufgesetzten Dialekt fallen lassen. »Um deiner selbst willen, geh hinein und bleib dort, bis dir eine der Nonnen sagt, dass alles vorüber ist. Rodi wird dann draußen auf dich warten. Stell mir keine Fragen, sonst werden die Männer uns alle umbringen. Es tut mir leid … aber ich hatte keine andere Wahl.«

Als die Nonne ans Tor gekommen war, hatte Paul sie gebeten, seiner Schwester für die nächsten Tage Obdach zu gewähren. Die Nonne hatte genickt und sie eingelassen; und Paul war mit den anderen Maskierten davongeritten.

Zuerst war Brigid verängstigt und verwirrt gewesen und hatte sowohl Paul als auch Rodi gezürnt, weil beide sie für ihre eigenen Zwecke missbraucht hatten. Doch die Nonnen waren freundlich gewesen, und da sie einem Schweigeorden angehörten, hatten sie ihr keine Fragen gestellt. Sie hatten ihr eine kleine Zelle, ein Bett und etwas zu essen gegeben und ihr schließlich mitgeteilt, sie könne jetzt gehen, wenn sie wolle.

Sie sah zu Rodi auf. »Ich weiß, dass Paul in die Sache verwickelt ist. Er hat mir erklärt, er habe keine andere Wahl gehabt. Geht es ihm gut, Rodi?«

»Nein, es geht ihm nicht gut. Ich habe ihm einen Kinnhaken verpasst, weil er schuld an meinen gebrochenen Rippen ist.«

»Wie konnte Paul nur an die Bruderschaft geraten, Rodi?«, fragte sie ihn, als sie im Wagen saßen.

»Das kann ich mir ebenso wenig erklären wie du, Brigid.«

Kapitel Zweiundzwanzig

1

Bei seiner Ankunft in England schickte Frank Shackleton ein Telegramm an Francis Bennett-Goldney, der sich in seinem Haus in Abbots Barton, Kent, aufhielt. Darin erklärte er Goldney, er werde am selben Abend um acht Uhr zu ihm nach Canterbury kommen.

Goldney war soeben aus Paris zurückgekehrt, und kaum war er zu Hause, drückte ihm seine Mutter Frank Shackletons Telegramm in die Hand. »Der Mann ist verdammt lästig!«, bemerkte er zu seiner Mutter. »Er hat mir die Heimkehr ziemlich verdorben! Ich habe Shackleton noch nie gemocht, und ich weiß genau, warum er heute Abend herkommt.«

Um Punkt acht Uhr sprach Frank Shackleton in Abbots Barton vor. »Ich stecke in einer ziemlichen Klemme«, waren seine ersten Worte an Bennett-Goldney, der Unterherold und zugleich Bürgermeister von Canterbury war. »Es geht um Aktien, und allergrößte Eile ist geboten. Ich muss das Geld bis Montagmorgen haben, und wenn ich niemanden finde, der es aufbringt, komme ich in die allergrößten Schwierigkeiten.«

»Was wollen Sie von mir, Frank?«

»Ich möchte, dass Sie mir einen Wechsel über tausendfünfhundert Pfund ausstellen. Als Ablösung für die zwei Wechsel, die Sir Arthur ursprünglich für mich gezeichnet hat.«

»Bedaure, Frank, aber das kann ich nicht.«

»Sie müssen! Ich versichere Ihnen, alles ist vollkommen einwandfrei. Der Anwalt meiner Familie wird später kommen und die Richtigkeit überprüfen.«

»Ihr Familienanwalt?«

»Ja.« Frank sah auf seine Uhr. »In ungefähr einer halben Stunde.«

Eine halbe Stunde später klingelte es an der Tür, und Mrs. Bennett-Goldney öffnete einem Gentleman mit einer großen schwarzen Tasche. Sie führte ihn in die Bibliothek.

»Ah, da ist er ja.« Frank stellte dem Bürgermeister von Canterbury seinen Familienanwalt vor.

»Sind Sie bereit, den Wechsel zu unterzeichnen?«, wollte der Anwalt wissen.

»Es gefällt mir nicht, aber ich werde es tun, um Sir Arthur Vicars einen Gefallen zu tun.«

»Sie werden es nicht bedauern, Goldney«, versicherte Frank. »Alles wird in Ordnung kommen. Es wird höchstens eine Woche dauern.«

Als die beiden unwillkommenen Gäste sein Haus verließen, atmete Francis Bennett-Goldney erleichtert auf.

Frank befand sich, den Scheck sicher in seiner Westentasche verstaut, auf dem Rückweg nach London. »*Quis separabit,* Winton?«, meinte er zu dem Mann, der mitnichten der Familienanwalt der Shackletons war, sondern ein Geldverleiher.

2

Lord Aberdeen, der Vizekönig von Irland, erhielt ein anonymes Telegramm, das in England aufgegeben war. *Juwelen in Schatulle, Hadley Street 9, Dublin.* Er übergab es der Dubliner Polizei.

In London unterhielt unterdessen Frank Shackleton seine Gastgeber mit der wunderbaren Geschichte über die Séance in Sir Arthur Vicars' Haus und Peirce' Bericht über die anschließende bizarre Schatzsuche auf den Friedhöfen. Lord Ronald Sutherland-Gower, der große Freude an der absurden Geschichte hatte, lud Mr. Shackleton daraufhin in das Haus seiner Nichte ein, wo er selbst einige Tage verbringen wollte. Seine Nichte, die sich sehr für alles, was Irland betraf, interessierte, war mit dem Bischof von Peterborough verheiratet.

Und überall, von London über den bischöflichen Palast in Peterborough und von dort aus zum Crown-Hotel in Harrogate, unterhielt

Frank Shackleton seine Bekannten mit seinen Erzählungen über Hellseherinnen und Friedhöfe.

Während Shackletons Abwesenheit erhielt Sir Arthur Besuch von einem Freund, einem gewissen Mr. McEnnery junior, der ihm eine besorgniserregende Geschichte über Frank Shackleton erzählte. Während dieses Gespräches erinnerte sich Sir Arthur plötzlich wieder daran, dass McEnnery zusammen mit Mr. Esmé Percy, einem jungen Schauspieler aus einer Theatertruppe, eines Nachts kurz vor dem Diebstahl der Juwelen bei ihm in Clonskeagh übernachtet hatte. Sir Arthur war zutiefst bestürzt darüber, dass er bei seiner Aussage vor Chief Inspector Kane die Namen McEnnery und Percy nicht erwähnt hatte. McEnnery behauptete, er sei sicher, dass Mr. Shackleton etwas mit dem Diebstahl der irischen Kronjuwelen zu tun habe.

»Wie kommen Sie darauf, McEnnery?«, fragte Sir Arthur empört.

»Weil er in großen finanziellen Schwierigkeiten steckt, Sir. Mr. Litwinow, der russische Schrotthändler, mit dem er zu tun hat, sollte als Hehler für die gestohlenen Juwelen fungieren.«

Sir Arthur sorgte dafür, dass Mr. McEnnery seine Geschichte bei der Dubliner Polizei noch einmal erzählte.

3

Im Crown-Hotel in Harrogate war Frank mit Francis Bennett-Goldney verabredet, um darüber zu reden, warum dieser plötzlich seinen Wechsel über tausendfünfhundert Pfund zurückgezogen hatte, nachdem er zunächst versprochen hatte, ihn zu begleichen. Goldney kam aus Canterbury nach Harrogate, und während Frank Shackleton auf seinen Kollegen aus dem Adelsregister wartete, traf er zufällig einen alten Geschäftspartner, einen ehemaligen Generalstaatsanwalt. »Wie ich höre, Mr. Shackleton, sind die Juwelen gefunden worden. Was für ein Glück!«, erzählte Mr. Patrick Coll, der wusste, dass Shackleton in das Drama um die irischen Kronjuwelen verwickelt war.

»Wo haben Sie das denn her, Coll?«, wollte Frank wissen.

»Aus einem Zeitungsbericht, mein Lieber.«

Kurz darauf traf sich Frank mit Bennett-Goldney. »Warum haben Sie den Wechsel über tausendfünfhundert Pfund platzen lassen, Goldney?«, verlangte er ärgerlich zu wissen.

»Darüber möchte ich nicht reden, Frank. Nicht, bevor ich mit Sir Arthur gesprochen habe. Er besucht mich für einige Tage in Abbots Barton.«

»Verflucht, Goldney, Sie haben Ihr Wort gebrochen!«

»Ach ja? Und was ist mit Ihnen?«

Frank wandte den Blick ab und wechselte das Thema. »Warum haben Sie mir nicht gesagt, dass man die Juwelen wiedergefunden hat?«

»Hat man das denn? Da bin ich ebenso überrascht wie Sie! Wo haben Sie das denn her?«

»Aus einer verlässlichen Quelle.«

»Nun, dann ist Ihre Quelle besser informiert als meine. Ich habe keine Ahnung, wovon Sie reden.«

»Wussten Sie, dass Detective-Sergeant Sheehan nach Alnwick gefahren ist, um mit Mr. Hodgson über den Diebstahl zu sprechen?«

»Nein. Die Polizei verdächtigt doch jetzt nicht den Bibliothekar des Duke of Northumberland, oder?«

»Ich weiß es nicht, Goldney. Keine Ahnung, auf welche Ideen Polizisten so kommen«, gab Frank lässig zurück.

Auf der Rückfahrt nach Canterbury unterbrach Francis Bennett-Goldney seine Reise in London und ging, während er auf seinen Anschlusszug wartete, zu Scotland Yard.

Detective Chief Inspector Kane war immer noch verärgert darüber, dass die Dubliner Behörden ihn so rasch abgeschoben hatten, und hörte sich das, was Mr. Bennett-Goldney ihm über die irischen Kronjuwelen und insbesondere Mr. Shackleton zu sagen hatte, ungeduldig an.

Nach seinem Gespräch bei Scotland Yard kehrte Bennett-Goldney in sein Haus in Abbots Barton zurück, um auf die Ankunft von Sir Arthur Vicars zu warten.

In Harrogate erhielt Frank einen Brief von Peirce Gun Mahony, den er gleich mit Colls Information über das Wiederauftauchen der Juwelen kontaktiert hatte. Peirce Gun antwortete ihm, die Geschichte entbehre jeder Grundlage, und die Juwelen seien keineswegs wieder aufgetaucht.

Frank knüllte Peirce' Brief zusammen. »Anscheinend haben wir noch ein Ass im Ärmel«, sagte er zu sich.

4

In Dublin sah Lord Aberdeen den Polizisten an, der ihm den neuesten Bericht über das seltsame Telegramm aus England übermittelt hatte, und glaubte, den Verstand zu verlieren. »Wiederholen Sie das, Officer.«

»Es ist uns nicht möglich, Sir, die Häuser in der Hadley Street nach den Juwelen zu untersuchen, weil es in Dublin keine Hadley Street gibt, Sir.«

»Sind Sie sich ganz sicher, Officer?«

»Ja, Sir. Wir haben auch alle Straßen überprüft, deren Name ähnlich wie Hadley klingt, aber wir haben keine gefunden.«

»Noch ein dummer Scherz?«

»Sieht so aus, Sir.«

Lord Aberdeen bat den Innenminister um Hilfe, und Herbert Gladstone zog die Post heran, die in der Lage war, das Telegramm bis nach Malvern in England zurückzuverfolgen. Daraufhin schickte man das Originalformular mit der Handschrift des Absenders an Detective Chief Inspector Kane bei Scotland Yard, der eifrig seine Akten durchging. Als er fand, was er suchte, stieß er einen lauten Jubelschrei aus und schnappte sich seinen Mantel sowie einen Constable. »Ich möchte, dass Sie mich in die Park Lane 44 begleiten, Officer!«, rief er aufgeregt aus.

Die beiden Beamten fuhren mit dem Taxi zu Frank Shackletons Junggesellenwohnung. Der Detective hatte großes Glück und traf den Verdächtigen zu Hause an. »Sie werden sich an mich erinnern, Mr. Shackleton. Ich bin Chief Inspector Kane von Scotland Yard. Wir haben uns vor kurzem in meinem Büro über die vermissten irischen Kronjuwelen unterhalten …«

»Ja, ich erinnere mich. Was kann ich für Sie tun, Chief Inspector?«

»Ich hätte gern, dass Sie uns zum Yard begleiten, Sir, ich muss Ihnen etwas zeigen.«

Besorgt runzelte Frank Shackleton die Stirn. »Ja, selbstverständlich … lassen Sie mich nur meinen Mantel holen.«

Im Büro legte Kane Frank Shackleton das Telegrammformular vor.

»Haben Sie dieses Telegramm in Malvern aufgegeben, Sir?«

Frank las vor, was auf dem Formular eingetragen stand. »Juwelen in Schatulle, Hadley Street 9, Dublin.« Verwirrt sah er zu Kane auf. »Nein, das habe ich bestimmt nicht aufgegeben. Diese Nachricht habe ich noch nie zuvor gesehen, auch wenn die Handschrift vielleicht meiner ein wenig ähnelt.«

»Danke, Mr. Shackleton, Sie können gehen. Aber verlassen Sie London im Moment bitte nicht.«

Anschließend schickte Chief Inspector Kane ein Telegramm nach Abbots Barton in Kent und bat Sir Arthur Vicars, sofort nach London zu kommen. Sir Arthur antwortete, er werde am folgenden Tag eintreffen, und Kane schickte daraufhin eine Nachricht in die Park Lane 44 und bat Mr. Shackleton, freundlicherweise am Nachmittag des nächsten Tages noch einmal bei ihm vorzusprechen.

Als Sir Arthur bei Scotland Yard eintraf, war er erstaunt, in Chief Inspector Kanes Büro auf Frank Shackleton zu treffen. »Guten Tag, Frank, ich hätte nie erwartet, dich hier zu treffen.«

»Guten Tag, Arthur. Ich hatte ebenfalls nicht damit gerechnet.«

Kane bemerkte die kühle Stimmung zwischen den beiden Männern, die doch angeblich eng befreundet waren und nicht nur Kollegen waren, sondern auch zusammenlebten, sich die Ausgaben für den Haushalt teilten und sich im selben Freundeskreis bewegten. Er fragte sich, woher diese plötzliche Feindseligkeit zwischen Vicars und Shackleton rührte. Aufs Neue wandte er seine Taktik vom Vortag an und zeigte Sir Arthur das Telegrammformular, das er aus Malvern erhalten hatte. »Wessen Handschrift ist das, Sir Arthur?«

Arthur Vicars nahm die Handschrift in Augenschein und richtete sich dann langsam auf. »Es ist deine, nicht wahr?«, meinte er an Frank gerichtet.

In dem langen Schweigen, das auf seine Worte folgte, waren durch das Fenster, das an diesem heißen Sommertag offen stand, deutlich das Rumpeln der Pferdewagen und die Stimmen von der Uferstraße der Themse, dem Victoria Embankment, zu hören.

Detective Kane legte das Telegramm zur Seite. »Das ist alles, Sir Arthur, Mr. Shackleton. Danke, dass Sie hergekommen sind, um uns bei unseren Ermittlungen zu helfen. Sie können jetzt gehen.«

Die einstigen Freunde verließen das Gebäude nicht zusammen. Sir Arthur ging als Erster, und anschließend verabschiedete sich Frank, der sich schnurstracks zurück in seine Wohnung begab und sofort an seinen Bruder Ernest schrieb, der in Kürze in die Antarktis aufbrechen würde. Den Brief schickte er per Spezialkurier nach Devonshire.

Sir Arthur kehrte zu Bennett-Goldney zurück. Von dort aus schrieb er seinerseits an seinen Bruder, Major Vicars, und beschwor ihn, nach Abbotts Barton zu kommen.

Unterdessen war Detective Kane zu dem Schluss gelangt, dass der junge Mr. Shackleton nichts mit dem Diebstahl der irischen Kronjuwelen zu tun hatte, und schlug die Akte auf, die vor ihm lag.

Kapitel Dreiundzwanzig

1

Ungläubig las Frank Shackleton Major Vicars' Brief, in dem dieser ihn bat, seine Wohnung in der St. James' Terrace Nr. 7 in Clonskeagh zu räumen. Er bat ihn um seinen Auszug, *»da es höchst peinlich für jemanden in der Stellung des Wappenkönigs ist, in Verbindung mit einer Person genannt zu werden, die höchstwahrscheinlich bald wegen betrügerischer Machenschaften vor Gericht stehen wird.«*

»Was für eine verfluchte Frechheit!«, murrte Frank zornig in sich hinein. Er knüllte Major Vicars' Brief zu einer festen Kugel zusammen, die er nach einem Blumenständer warf. »Und so verdammt feige! Warum konnte Sir Arthur mir das nicht selbst sagen? Stattdessen lässt er seinen Bruder die schmutzige Arbeit tun!«

Außerdem musste er ärgerlich feststellen, dass ihn in Dublin eine Reihe von Vorladungen erwartete. Es sah aus, als könne er sich an nichts und niemanden mehr um Hilfe wenden. Die Schlinge um seinen Hals zog sich zusammen – doch Moment! Ein Mann konnte ihn noch unterstützen.

»Packen Sie meine Sachen«, befahl Frank seinem Kammerdiener. »Ich fahre nach Hammerfield, um festzustellen, ob Lord Ronald sich von seinem Herzanfall erholt hat.«

2

Unterdessen zog Lord Aberdeen in Dublin verblüfft die Augenbrauen hoch, als er ein weiteres Telegramm aus England erhielt. Sein dunkler, üppiger Vollbart ließ sein schmales, attraktives Gesicht grimmig erscheinen. Finster starrte er auf das zweite Telegramm, das denselben Text wie das erste aufwies: *Juwelen in Schatulle, Hadley*

Street 9, Dublin. Aber dieses Mal trug das Telegramm einen Absender.

Der Vizekönig schickte nach Detective Officer Owen Kerr. Er reichte ihm das Telegramm. »Finden Sie alles über diese Bullock Websters heraus, Kerr. Ich möchte Ihren Bericht auf meinem Schreibtisch haben, wenn ich aus Balmoral zurückkehre.«

Lord Aberdeen sah seinem Besuch in Schottland mit großem Unbehagen entgegen: Der Vizekönig wusste, dass er nicht in der Lage sein würde, dem König eine zufriedenstellende Lösung des Falls zu präsentieren.

Zwei Tage später reiste Lord Aberdeen nach Schottland.

König Edward trug Kilt und Sporran, was ihm bei seiner korpulenten Figur nicht gut stand. Er war streng und unnachgiebig gestimmt. »An dem Namen einer gewissen Person darf nicht der leiseste Hauch eines Skandals haften bleiben, John.«

»Ganz Ihrer Meinung, Sir. Ich schlage vor, dass wir mindestens vierzehn Tage lang gar nichts unternehmen. Sir Anthony Macdonnell hat angeregt, ihn vielleicht unter einem anderen Vorwand aus dem Amt zu entfernen.«

»Dann überlasse ich die Sache Ihnen und dem Staatssekretär. Aber ich möchte, dass mein Eigentum so rasch wie möglich wiedergefunden wird. Anscheinend haben die Polizei und andere Stellen, die mit der Aufklärung des Diebstahls betraut waren, nur halbherzig gearbeitet.«

Als Lord Aberdeen nach Dublin Castle zurückkehrte, erfuhr er von Detective Kerr, dass es sich bei Mr. und Mrs. Bullock Webster, die in Malvern, England, die geheimnisvollen Telegramme aufgegeben hatten, um ein höchst respektables Ehepaar handelte, das in einem Hotel logierte und mit dem bekannten Heilwasser des Ortes kurte. Mrs. Bullock Webster hatte von den vermissten irischen Kronjuwelen geträumt. Mr. Bullock Webster, dem daran lag, zur Aufklärung des Falls beizutragen, hatte daraufhin aufgrund des Traums seiner Frau die Telegramme an den Vizekönig von Irland geschickt. Die beiden hatten die Ermittlungen nicht behindern, sondern nur helfen wollen.

Chief Inspector Kane von Scotland Yard stieß einen tiefen Seufzer aus, als Detective Superintendent Lowe aus Dublin ihm diese Umstände telegrafisch mitteilte. »Verflucht!«, brummte er gereizt. Noch ein Problem geklärt, und dennoch tappte er genauso im Dunkeln wie zuvor! Warum mussten aber auch bei jeder polizeilichen Ermittlung Spinner auftauchen?

Er stöhnte, als er einen weiteren unangekündigten Besuch von Sir Arthur Vicars, dessen Bruder Major Vicars sowie Mr. Bennett-Goldney erhielt. Die drei hatten Scotland Yard in letzter Zeit immer wieder einzeln, zu zweit oder wie heute zu dritt aufgesucht, und jedes Mal waren sie ausdrücklich gekommen, um neue Vorwürfe gegen Mr. Shackleton vorzubringen.

Sir Arthur wirkte wieder einmal sehr atemlos und aufgeregt. »Kane … Ich reise in Kürze nach Irland zurück, aber ich bin noch einmal vorbeigekommen, um Ihnen mitzuteilen, wie vollkommen sicher ich mir bin, dass Mr. Frank Shackleton, mein ehemaliger Untermieter in Clonskeagh, die Juwelen aus dem Safe genommen hat. Mr. Bennett-Goldney, der ebenfalls bei mir wohnt, wenn er sich in Dublin aufhält, ist auch dieser Meinung.«

»Was macht Sie beide denn so sicher, Sir Arthur, dass Mr. Shackleton der Schuldige ist?« Kane sah die drei Männer ausdruckslos an. Dieser vollkommen rätselhafte Fall wurde immer eigenartiger.

Vor nicht allzu langer Zeit hatte Sir Arthur ausgesagt, er hätte den Safeschlüssel und den Schlüssel zur Bibliothek grundsätzlich am Leibe getragen. Dann hatte er es sich anders überlegt und erklärt, an Abenden, an denen er Galauniform habe tragen müssen, habe er die Schlüssel einzeln an einem Stahlring befestigt. Einen habe er in die Tasche gesteckt und den anderen in seinem Haus in Clonskeagh gelassen, sodass man, falls ein Schlüssel verloren gehe oder gestohlen würde, den Safe im Bedford Tower trotzdem ohne den zweiten Schlüssel nicht habe öffnen können. Er hatte geschworen, diese Schlüssel niemals aus den Augen gelassen zu haben. Dann wieder, bei einer anderen Gelegenheit, bei der er Scotland Yard einen Besuch abgestattet hatte, hatte er davon gesprochen, irgendeine Kellertür des Bedford

Tower habe offen gestanden, und wenn das stimme, dann müsse Mr. Shackleton auf diesem Weg in die Bibliothek gelangt sein, um die Kronjuwelen zu stehlen. Sir Arthurs widersprüchliche Erinnerungen und Aussagen wurden immer verwirrender! Einmal waren es fünf Schlüssel, dann sieben, dann wieder zwei – wie viele Schlüssel gab es denn wirklich? Die Bibliothek, der Safe in der Bibliothek, der Tresorraum, Türen nach außen und innen .... Für den Detective stellte sich die Frage der fehlenden Schlüssel inzwischen ebenso geheimnisvoll dar wie der Fall der verschwundenen irischen Kronjuwelen.

Daher lauschte Chief Inspector Kane Sir Arthur bei diesem neuerlichen Besuch mit einem gewissen Maß an angestrengter Zurückhaltung und Skepsis.

»Eines Tages im Juni nahm ich mein Bad – während sowohl Mr. Goldney als auch Frank Shackleton im Haus waren –, als mir plötzlich einfiel, dass ich meine Schlüssel auf dem Schreibtisch liegen gelassen hatte. Außer Mr. McEnnery und seinem Freund Esmé Percy vom Theater befand sich noch jemand Neues im Haus. Ich habe bislang vergessen, diesen jungen Gentleman zu erwähnen, einen neunzehnjährigen Dienstboten namens Mr. Riley Walker, der von meinem Diener, Mr. Fredrick Pitt, in die Pflichten eines Unterlakaien eingewiesen wurde. Derzeit arbeitet er im Haushalt von Sir Kildare Burrows in der Grafschaft Kildare, falls Sie die Sache nachprüfen wollen, Kane.«

»Danke, Sir Arthur, wenn es nötig ist, werde ich das sicherlich tun«, gab der Detective von Scotland Yard kühl zurück.

»Aber das ist noch nicht alles, Kane«, fuhr Sir Arthur fort, wischte sich den Schweiß von der Stirn und steckte das Tuch dann wieder in die Jackentasche. »Ich bin sofort aus dem Bad gestiegen und habe sie geholt – die Schlüssel, meine ich, die ich in meinem Ankleidezimmer vergessen hatte. Aber in der Zwischenzeit hätte jemand einen Wachsabdruck von ihnen nehmen können – nicht Mr. Riley Walker, der nichts von der Existenz der Schlüssel wusste oder jemals das Adelsregister betreten hat –, aber Mr. Shackleton, der Einzige, der die Abdrücke hätte herstellen können, während ich im Bad war!«

»Ja, Sir, so könnte es gewesen sein. Aber wir brauchen einen Beweis dafür, dass es tatsächlich so war. Niemand hat bis jetzt auch nur den Hauch eines stichhaltigen Verdachtsmoments gegen den Herold von Dublin vorgebracht.«

»Aber mein Bruder nennt Ihnen doch gerade eines!«, brüllte Major Vicars.

»Er zählt mir Möglichkeiten auf, Major, keine Beweise. Alle Aktivitäten Mr. Shackletons zwischen den fraglichen Daten sind überprüft worden. Zu dem Zeitpunkt, als das Verbrechen angeblich stattfand, war er nicht in Irland, sondern in England.«

Die drei Männer verließen das Büro des Detectives. Draußen, auf dem Hof unter Chief Inspector Kanes Fenster, polterte Major Vicars erneut los. »Der Mann ist ein vollkommener Einfaltspinsel, und unser Besuch war reine Zeitverschwendung. Man sollte diesen Burschen ganz von dem Fall abziehen.«

»Ich glaube«, meinte Francis Bennett-Goldney, »Kane ist beleidigt, dass man ihn aus Dublin abgezogen hat, weil Lord Aberdeen und die anderen seine Schlussfolgerungen bezüglich des Täters nicht gefielen.«

»Wenn Sie damit Lord Aberdeens Sohn meinen«, gab Sir Arthur zurück, »dann kann ich Ihnen versichern, Francis, dass Kane vollkommen falsch lag. Die Dubliner Polizei hat bewiesen, dass Lord George in der Zeit, zu der der Diebstahl stattgefunden haben könnte – wobei ich fest vom 30. Juni ausgehe, eine Woche, bevor ich den Safe offen vorgefunden habe –, nicht in Irland war. Sogar Kane hat sich von den Dubliner Detectives überzeugen lassen. Nicht Lord George Haddo ist der Dieb, sondern Shackleton. Unterstützt von diesem Halunken, Captain Gorges!«

Detective Kane vergaß ganz, Frank Shackleton mitzuteilen, dass das Rätsel um die beiden Telegramme aus Malvern gelöst war, denn Sergeant Sheehan kehrte von seinem Besuch in Alnwick zurück und brachte eine weitere verwirrende Geschichte mit.

»Sir, Mr. Hodgson hat fast nur von dem blauen Strumpfband der Countess of Salisbury gesprochen, das zu Boden fiel, als sie im Jahre 1389 mit König Edward tanzte.«

»Wusste gar nicht, dass König Edward schon so alt ist«, murmelte Kane.

»Na ja, dieser Mr. Hodgson, der Bibliothekar des Duke of Northumberland, hat mir erklärt, so sei der Hosenbandorden entstanden«, prahlte Sergeant Sheehan, der auf seinen Reisen nach England eine Menge gelernt hatte. »*Honi soit qui mal y pense,* sagte der König, also damals Edward III., und streifte sich das Strumpfband der Dame über sein eigenes Knie. So hat es Mr. Hodgson erzählt, Sir.«

»Berichten Sie doch weiter, Sheehan«, schaltete sich Superintendent Lowe ein. »Hat Mr. Hodgson eine Aussage über den Tag im Juni gemacht, als Sir Arthur ihm während seines Besuchs die Kronjuwelen zeigte?«

»Ja, Sir. Aber der Bibliothekar kann es nicht gewesen sein, Sir.«

»Warum nicht?«

»Bei allem Respekt, Sir – dazu ist er zu senil. Er sagt, er hätte die Juwelen gar nicht angesehen, nur das blaue Band, das Sir Arthur ihm gezeigt hat und das einmal …«

»Ja, ja«, versetzte der Superintendent ungeduldig. »Das haben wir ja schon gehört, Sheehan. Schauen wir selbst, was er zu sagen hatte.« Er streckte die Hand nach Sheehans Bericht aus.

3

Als Sir Arthur nach seinem kurzen Urlaub in Abbots Barton nach Dublin zurückkehrte, musste er entsetzt feststellen, dass der König von England, der Vizekönig und der Staatsminister für irische Angelegenheiten sich während seiner Abwesenheit über seine Zukunft verständigt hatten.

»Fahren Sie nie in Ferien«, riet er Miss Gibbons, die weiter treu auf ihrem Posten ausharrte. »Sobald man in einer gewissen Stellung in Urlaub geht, läuft man Gefahr, Opfer einer Palastrevolte zu werden.«

»Wie recht Sie haben, Sir Arthur!«, stimmte Miss Gibbons zu. »Ich lese gerade einen Roman über einen birmanischen König, dem es genauso ergangen ist – und das ist weniger als zwanzig Jahre her, Sir Arthur!«

»Tatsächlich, Miss Gibbons … Birma! Sicher sehr interessant …« Doch seine Gedanken wandten sich bereits näherliegenden Angelegenheiten zu: Der König übte über seinen Privatsekretär Lord Knollys Druck auf ihn aus, er solle von seinem Amt als Wappenkönig von Ulster zurücktreten.

Sir Arthur war wutentbrannt über diese Behandlung – Macdonnell hatte ihn noch nie leiden können! Und schließlich hatte er, Sir Arthur, eine Ernennungsurkunde, die ihn auf Lebenszeit zum Wappenkönig von Ulster ernannte! Das Dokument war, wie Sir Arthur Lord Aberdeen, Sir Anthony Macdonnell und Lord Knollys vor Augen führte, noch von Königin Victoria persönlich unterzeichnet!

4

Brigid drehte sich in Rodis Armen um. Sie seufzte träumerisch, und ihre blauen Augen hatten den glücklichen Ausdruck einer Frau, die in der Liebe Befriedigung gefunden hat. »Ich liebe dich, Mr. Rodi Serrai!«

»Und ich liebe dich, Mrs. …«

Sie legte einen Finger auf seine Lippen. »Nein, sag es nicht. Ich bin Brigid Serrai und mit niemand anderem als dir verheiratet.«

»Du bist die Dame vom See aus der Artussage.«

Er verließ das warme Bett und trat ans Fenster. Helles Mondlicht fiel in das dunkle Zimmer, als Rodi vorsichtig eine Ecke des Vorhangs zurückzog. »Was ist, Rodi?«, fragte Brigid nervös.

»Nichts … Ich dachte nur, ich hätte Athanas auf seiner Runde gehört.« Er zog die Augenbrauen hoch. Als er sich mit einem beruhigenden Lächeln zu ihr umwandte, blitzten seine Zähne weiß auf.

»Ich glaube, du machst dir immer noch Gedanken, die maskierten Männer könnten zurückkommen. Habe ich recht?«, fragte sie. Er konnte ihre blauen Augen, in denen die Angst stand, nicht erkennen, doch ihre Stimme verriet sie.

Er ließ die Ecke des dünnen Vorhangs sinken. In den graublauen Schatten, die den Raum erfüllten, schimmerte ihr wunderschöner Körper wie Marmor und lockte ihn, in die warme Vertrautheit und die besondere Leidenschaft, die ihnen beiden ganz allein gehörte, zurückzukehren. Er setzte sich auf den Bettrand und liebkoste die Rundung ihrer Schulter. »Um die Wahrheit zu sagen, ja.«

Sie stützte sich auf einen Ellbogen, sodass ihr Haar silbern über ihre Brüste fiel. »Ich habe dir eine Menge Probleme bereitet, was, Rodi?«, flüsterte sie voller entsetzlicher Angst, dass dies das Ende sein könnte, das Ende ihrer Liebesgeschichte, das Ende jeder denkbaren Zukunft für sie beide.

Er legte den Arm um sie und zog sie an sich. »Natürlich nicht! Es ist nur … ich wünschte, alles könnte anders für uns sein.«

»Ich weiß … das wünschte ich auch.« Sie schmiegte den Kopf in seine warme Halsbeuge.

Brigid hatte gelernt, jeden Tag so zu nehmen, wie er kam, ihre gemeinsame Zeit auszukosten und die Stunden, die er mit ihr verbrachte, zu genießen. Doch die Tage und Nächte, die Wochen und Monate verstrichen viel zu schnell.

Sie wusste, dass bald alles zu Ende sein würde; das war ihr von Anfang an klar gewesen. Der Sommer neigte sich, und sie konnte den Winter über nicht allein in den Wäldern leben.

Die Zeit auf Grange Con war ein Geschenk, das sie Athanas zu verdanken hatte. Doch sie bezweifelte stark, dass Peirce Lacy O'Mahony so großmütig sein würde, sie weiter in der Hütte des Wildhüters wohnen zu lassen. Und wenn Peirce Lacy herausbekam, dass sie verheiratet war und einen Ehemann hatte, würde er sie höchstwahrscheinlich sofort zu Zachary zurückschicken.

Die Quäker würden sie nicht mehr als eine der Ihren aufnehmen. Nicht, nachdem sie ihren Mann verlassen und die Ehe mit einem Liebhaber gebrochen hatte, der ihr keinerlei Zukunft bot, nur wildes Entzücken in einer märchenhaften Umgebung. Rodi hatte ihr auch nie etwas anderes versprochen.

»Vielleicht wird sich Peirce Lacy für uns einsetzen, und du kannst dich von Zachary scheiden lassen und mich heiraten«, meinte Rodi, als hätte er ihre Gedanken gelesen.

Doch Brigid hatte das nüchterne, praktische Denken ihrer Mutter und Großmutter geerbt, das stärker war als die romantische Ader ihres Vaters, die er immer gut verborgen hatte. »Das wäre schön, Rodi«, gab Brigid daher zurück, »aber ich glaube nicht, dass es jemals dazu kommt.« Sie wandte sich ab und zog ihr Nachthemd an. »Zachary wird mich bestrafen, indem er mir die Scheidung verweigert, obwohl er Grund dazu hätte – schließlich bin ich eine Ehebrecherin.« Sie sagte das in einem entschiedenen Ton, nicht schuldbewusst und doch ein wenig traurig. Wäre sie von Anfang an mit einem Mann, den sie liebte, verheiratet gewesen, hätte keine Macht der Welt sie von ihm trennen können.

Genauso, wie sie sich damit abgefunden hatte, nicht mehr zur Gesellschaft der Freunde zu gehören, musste sie akzeptieren, dass sie immer nur Rodis Geliebte sein würde und niemals seine ihm rechtmäßig angetraute Frau.

Nachdem Rodi am Morgen nach Dublin abgereist war, wo er an diesem Tag geschäftlich zu tun hatte, brachte Athanas ihr einen Brief. Er stammte von ihrer Großmutter.

Mein liebes Kind, schrieb Gemara, *indem ich dir diesen Brief schreibe, begehe ich eine Todsünde, denn Benjamin hat uns jeden Kontakt zu dir untersagt. Bitte antworte also nicht darauf. Ich muss dir mitteilen, dass Zachary aufgrund der Schande, die du über seinen guten Namen und unseren Glauben gebracht hast, Dublin verlassen hat und in die Gegend von Newry gezogen ist. Er lebt jetzt in Bessbrook, der von John Grubb begründeten Leinenweberstadt der Quäker, wo, wie du sicher weißt, sowohl Pfandleihen als auch Gaststätten verboten sind.*

Für mich ist es immer noch ein Wunder, dass Sarahs Hüte trotz des Skandals, den du verursacht hast, Absatz finden. Vielleicht verkaufen sie sich gerade deswegen, und das gefällt mir daran nicht. Eines Tages, mein Kind, wirst du verstehen, was ich meine. Unterdessen ist Zachary in der Leinenstadt gut aufgehoben, wo er Sodom und Gomorrah auf ein gefallenes Mädchen herabruft, das ich, die Großmutter dieser Sünderin, trotzdem so liebe wie niemand anderen. Benjamin ist weiterhin krank und deprimiert. Der Druck der Ermittlungen im Fall der gestohlenen Kronjuwelen lastet schwer auf ihm, denn die Polizei hat den Dieb oder die Diebe noch nicht fassen können; und bis es so weit ist, sind Benjamin und Paul immer noch verdächtig.

Sarah machen all diese Sorgen ebenfalls zu schaffen. Ihr rechter Arm, den sie seit ihrem Unfall nicht mehr ganz strecken kann, bereitet ihr große Schmerzen und schlaflose Nächte. Sie lernt, die Nadel mit der Linken zu führen, was allerdings langsam und mühselig ist. Sarah tut, als mache ihr das alles nichts aus; aber ich weiß, dass sie in ihrem Herzen sehr erschüttert über alles ist, was geschehen ist, vor allem über dich und das, was aus dir geworden ist. Ich hoffe, dass du bei guter Gesundheit bist und jeden Abend zum Herrn betest, damit er dir deine Verfehlungen vergibt. Deine dich liebende Großmutter Gemara.

Tränenüberströmt drückte Brigid den Brief ihrer Großmutter an sich. Schuldgefühle, von denen sie geglaubt hatte, sie überwunden zu haben, stiegen von Neuem in ihr auf. Sie hatte sich gegen alles gestellt, was ihr bisheriges Leben ausgemacht hatte, um dem zu folgen, was für ihre Eltern nur eine hemmungslose »fleischliche Leidenschaft« war, für die sie eines Tages würde büßen müssen.

Die Liebe zu Rodopi Serrai stand gegen die zu ihrer Familie. Sie setzte sich aufs Bett und überlegte, dass man im Leben oft schwere Entscheidungen treffen musste.

Jemand hämmerte an die Tür der Hütte, und ihr Herz begann zu rasen. Rodi war nach Dublin gefahren, Athanas schlief bestimmt in seiner Schäferkate, nachdem er die ganze Nacht Wache gehalten hatte. Wer in aller Welt begehrte also derart energisch Einlass?

Die Irische Republikanische Bruderschaft? Oh Gott, bitte nicht! Hektisch sah sie sich im Raum um: Das Bett war ordentlich gemacht, die Hütte sauber. Brigid stopfte Gemaras Brief unter das Kopfkissen. Sie konnte sich weder verstecken noch weglaufen, daher blieb sie auf dem Bett sitzen und hoffte, der ungebetene Besucher werde weggehen.

Mit schwerer, gebieterischer Hand wurde die Tür aufgerissen.

Ein rotgesichtiger, massiv gebauter Mann stand in dem schmalen Türrahmen, in dem er wie eingepfercht wirkte. Über seinem Arm hing eine Flinte. Er trug ein kariertes Sportjackett, irisch-grüne, an den Waden geraffte Hosen, karierte Kniestrümpfe und Ledergamaschen. »Was zum … wo steckt Blagow?«, polterte er.

»Ich … ich …« Ihr schlechtes Gewissen machte Brigid sprachlos, und sie vermochte nichts zu ihrer Verteidigung vorzubringen.

»Wer zum Teufel sind Sie?«, verlangte der Mann zu wissen.

»B… Brigid …«

»Brigid? Und weiter?«

»Mas… Masters.«

»Masters? Etwa verwandt mit Luke Masters, der früher mein Gartenbursche war?«

»J… ja, Sir.«

Er betrachtete sie von oben bis unten und spürte ihre Angst und Verlegenheit. »Hmmpf!« Der große Peirce Charles de Lacy O'Mahony räusperte sich unbehaglich. »Sind Sie Blagows Frauenzimmer?«

»N… nein. Ich bin niemandes Frauenzimmer. Ich bin Mr. … Mr. Serrais … Rodis Frau.«

»Herrje, seine Frau!« Ihre Behauptung rührte O'Mahony beinahe. Da hatte die Dame also die Sprache wiedergefunden, damit ihr Ruf nicht ganz und gar in Misskredit geriet. Unwillkürlich schmunzelte er. »Meine Güte! So, so, Rodis Frau sind Sie, meine Liebe? Einen guten Tag, Miss Masters. Dann werde ich mich jetzt wohl statt nach Blagow auf die Suche nach Rodi machen.«

Kapitel Vierundzwanzig

1

Peirce Charles de Lacy O'Mahony hatte seit zwei Jahren nicht mehr mit seinem Sohn Peirce Gun gesprochen, seit sein Halbbruder Arthur Vicars ihn ohne Rücksicht auf O'Mahony, der ein eingefleischter Nationalist war, zum Herold von Cork ernannt hatte. Auch mit Arthur hatte er weder geredet noch sonst Kontakt zu ihm gepflegt, weil er seinen Sohn in die britische Politik und ihren »verdammten hochnäsigen Snobismus« hineingezogen hatte, den Peirce Lacy verabscheute.

Aber jetzt war er nach Hause gekommen, um die Namen seines Sohns, seines Halbbruders und seines Schützlings reinzuwaschen. Und bei Gott, das würde er! Er würde sofort damit beginnen und wenn nötig sogar beim König von England vorsprechen.

Peirce Lacy O'Mahony war siebenundfünfzig Jahre alt, fühlte sich aber kraftvoller denn je. Kaum war er aus Bulgarien nach Irland zurückgekehrt, ließ er sein Personal springen, wie es das seit Monaten nicht erlebt hatte. Als Erste bekam es seine Sekretärin mit seiner übersprudelnden Vitalität zu tun.

»Schön, Madam«, begann er, denn er sprach grundsätzlich jeden, dessen Name ihm nicht gleich einfallen wollte, mit »Madam« oder »Mister« an. »Wir schreiben einen Brief an Mr. Birrell – für den Fall, dass Sie Mr. Augustine Birrell nicht kennen, er ist der Staatsminister für Irland.«

»Lieber Augustine, diktierte er, *»wenn Vicars entlassen wird und eine öffentliche Untersuchung verlangt, wird man eine Kommission einsetzen müssen. Wenn Shackleton für den Diebstahl verantwortlich ist, müssen wir diese Spur weiterverfolgen. Wie ich höre, schnorrt er sich immer noch überall Geld und versucht verzweifelt, seine zahlreichen Gläubiger abzuschütteln. Seit dem letzten Herzanfall Lord Ronald Sutherland-Gowers und dem Tod von dessen Bevollmächtigtem, Mr. Culverwell, ist es ihm*

gelungen, sich zum Bevollmächtigten dieses bedeutenden Mannes ernennen zu lassen. Man kann sich nicht vorstellen, wie er, Shackleton, das alles schafft, aber er lebt mit einer derartigen Frechheit auf Pump, dass er sogar einen englischen Gentleman in den Schatten stellt.«

Das Diktat ging weiter; Briefe, Listen, Termine, Schlag auf Schlag, bis die Sekretärin gegen Abend nicht mehr wusste, wo ihr der Kopf stand.

»*An den Vizekönig von Irland, Lord Aberdeen. Lieber John, die irischen Kronjuwelen waren nicht ausreichend gesichert. Der Dieb hätte außerdem nach Belieben aus den Glasvitrinen im Tresorraum auswählen können – wo der Safe hätte stehen sollen, hätte sich nicht das Bauamt so gründlich in den Maßen geirrt! Der Safe, für den der Tresorraum errichtet worden ist, passte nicht durch die Tür …*« Verzweifelt schüttelte Peirce Lacy den Kopf. »Drücke ich mich eigentlich klar aus?«, wollte er von seiner Sekretärin wissen. »Nun gut, dann weiter: *Zusätzlich zu den verschwundenen Juwelen befinden sich dort drei goldene Amtsketten und Plaketten, die den Rittern gehören, zwei Zepter, das irische Staatsschwert, ein weiteres mit Edelsteinen besetztes Zepter, eine Krone, zwei Sporen aus massivem Silber sowie …*« – er hob belehrend einen Finger, als handle es sich um eine Angelegenheit von äußerster Wichtigkeit, die wie ein Damoklesschwert über der Dubliner Polizei hing – »*… sowie eine einzelne goldene Amtskette von nicht geringem Wert, die einfach so in einer unverschlossenen Schublade liegt. Ich warte jeden Tag darauf, dass ein zweiter Diebstahl im Bedford Tower geschieht, den man dann auch meinen Verwandten zur Last legen wird. Wie kann man es wagen, Vicars, Peirce Gun oder meinen Schützling Graf Rodopi Serrai zu beschuldigen, wenn doch jeder Besucher der Bibliothek des Bedford Tower einfach hätte hineingehen und den Rest der irischen Kronjuwelen hätte stehlen können!*«

Eine Zigarre im Mund und die Daumen in die Brusttaschen seines Sportjacketts gehakt, ging Peirce Lacy auf und ab. »Ich möchte«, beauftragte er seine Sekretärin weiterhin, »mich mit Arthur Griffith treffen, dem Herausgeber der Zeitung *Sinn Féin*. Sein Büro liegt in der D'Olier Street. Mr. J. W. Beirne soll dazukommen. Er hat lange in einem englischen Gefängnis gesessen und die Ungerechtigkeit der Briten erfahren. Parnell, mit dem ich vor vielen Jahren eine tiefgreifende Meinungsverschiedenheit hatte, konnte Beirnes Entlassung erwirken. Allein deswegen verzeihe ich diesem fehlgeleiteten Menschen und seiner englischen Geliebten, die ihn beherrscht! Aber egal, das ist jetzt nicht unser Thema. Ich werde mich mit dem Zeitungsmann und den extremen Nationalisten treffen, um mich ihrer Hilfe zu versichern. Wir werden ihnen ein luxuriöses Essen servieren und sie mit meinem Automobil vom Bahnhof abholen lassen. Kümmern Sie sich darum, Madam … wie war noch Ihr Name?«

»Miss Clarissa Coventry, Sir.« Sie rückte ihre Brille zurecht und sah aus sanften braunen Rehaugen zu ihm auf. O'Mahony gewann einen positiven Eindruck von Miss Coventrys Fähigkeiten.

»Schicken Sie nach meinem Sohn, Clarissa – Sie haben doch nichts dagegen, wenn ich Sie Clarissa nenne, oder?«

»Aber nein, Sir!«

»Gut. Holen Sie auch Börsenberichte über die aktuellen Preise von Mr. Shackletons Aktien sowohl in London als auch in Mexiko ein, und lassen Sie meinen Schützling kommen.«

»Ihren Schützling, Sir?«

Zornig starrte er diese Frau an, die die Dreistigkeit besaß, sich nicht mit seinen Angelegenheiten auszukennen. »Meinen Schützling!«, brüllte er. »Rodopi Serrai, der meint, er könne sich alles herausnehmen, weil er unter meiner Protektion steht! Sind Sie neu hier?«

»Nein, Sir, aber ich habe meine Stelle angetreten, während Sie im Ausland waren. Und das Automobil, Sir … befindet sich im Moment in Reparatur.«

»Reparatur? Wieso muss es repariert werden, da ich es doch gar nicht benutzt habe?«

»Ein kleiner Unfall, Sir. Mr. Rodi kümmert sich in Dublin darum.«

»Dann holen Sie ihn aus Dublin, Frau!«

Als die Vermittlung sie mit dem Kildare-Club verbunden hatte, erklärte man ihr, Mr. Serrai sei für einige Tage nach England gereist.

»Er ist nach England gefahren, Sir«, teilte sie Peirce Lacy, die Hand über die Sprechmuschel des knisternden Telefons gelegt, mit.

»Den Teufel ist er! Hinterlassen Sie eine Nachricht im Club. Mr. Rodopi Serrai soll nach Grange Con kommen, sobald er den Fuß auf irischen Boden setzt.«

»Ja, Sir!«

2

In Hammerfield, nahe Penshurst in der Grafschaft Kent gelegen, führte der Butler Rodi zu Sir Ronalds neuem Bevollmächtigten. »Hier entlang, Sir. Mr. Shackleton befindet sich in der Bibliothek seiner Lordschaft.«

Die Türflügel schlossen sich hinter Rodi. Erschrocken sah Frank Shackleton seinen Besucher an. »Herrgott, Rodi! Was führt Sie denn hierher?«

»Gute Frage, Shackleton. Sie sind ein Schuft. Gorges habe ich bereits dasselbe gesagt.«

»Warum? Wie kommen Sie darauf?« Frank Shackleton lehnte sich in seinem Stuhl zurück und betrachtete den großen, gut aussehenden Bulgaren mit einem ähnlich zynischen Amüsement, wie es Richard Gorges zur Schau gestellt hatte.

»Das wissen Sie verdammt gut! Wo haben Sie und Gorges die Juwelen versteckt?«

»Juwelen?«

»Die irischen Kronjuwelen!«

»Meine Güte, wie theatralisch! Fragen Sie doch Lord George Haddo. Sein Alibi stützt sich darauf, dass er zwischen März und Juli in England gewesen sein soll und sie daher nicht gestohlen haben kann. Komisch allerdings, dass Mrs. O'Farrell ein paar Tage, bevor der Diebstahl entdeckt wurde, einen Mann sah, den sie für den Sohn des Vizekönigs hielt. Oder waren Sie vielleicht dieser Mann, Rodi? Sie hat zu Detective Kerr gesagt, sie sei ›von der Sonne geblendet‹

gewesen und sei daher nicht absolut sicher, dass es Haddo war. Sie waren ebenfalls kurz vor dem Verschwinden der Juwelen im Bedford Tower. Warum brennen eigentlich alle so sehr darauf, mir die Schuld zu geben?«

»Weil Sie dreist genug sind, so etwas zu tun, und weil Sie an dem Abend, an dem wir Sir Arthur betrunken gemacht haben, zusammen mit Gorges aufgetaucht sind. Man hat Sir Arthur die zwei Schlüssel, die er an einer Kette um den Hals trug, abgenommen und den Safe geöffnet. Damit war der Scherz beendet. Aber Sie und Gorges sind einen Schritt weiter gegangen. Ich bin fest davon überzeugt, dass Sie es irgendwie fertig gebracht haben, die beiden Schlüssel zu kopieren. Dann haben irgendwann zwischen dem 30. Juni und dem 5. Juli entweder Sie oder einer Ihrer ›Freunde‹ den Safe geöffnet.«

»Ich finde, dass es ebenso viele Gründe gibt, Sie für den Schuldigen zu halten, Serrai! Sie sind durch Ihre Verbindungen und Ihren Freundeskreis auf Dublin Castle und im Bedford Tower ein- und ausgegangen, und außerdem wollten Sie so über die Familie Masters an deren Tochter herankommen! Zudem sind Sie ständig in Geldnot. Ich erinnere Sie nur daran, dass Chief Inspector Kane mich von der Liste der Verdächtigen gestrichen hat. Scotland Yard hat meine Aktivitäten immer wieder überprüft, mir die Fingerabdrücke abgenommen und kann immer noch nicht den Hauch eines Beweises gegen mich beibringen. Wenn Sie, mein Freund, also darauf bestehen, mich einen Dieb zu nennen, wird mir nichts anderes übrig bleiben, als Sie wegen übler Nachrede zu verklagen.«

»Dann verklagen Sie mich doch! Aber unterdessen werde ich Sie wegen Betrugs anzeigen. Ich will die Anteile im Wert von tausend Pfund, die ich an Ihrer mexikanischen Gesellschaft gezeichnet habe, kündigen, weil ich Ihren Methoden einfach nicht traue. Sie sind zweimal zu Sir Arthur gegangen und haben ihm einmal 600 und einmal 750 Pfund abgeschwatzt. Dann haben Sie Goldney um 1500 gebeten, und bestimmt haben Sie noch anderen leichtgläubigen Menschen eine Menge Geld abgenommen.«

»Wenn Sie Ihre Anteile wieder zu Geld machen wollen, lassen Sie sich nicht aufhalten. Aber dazu müssen Sie mit Mr. Garlick sprechen, meinem Buchhalter. Ich kann Ihnen aber versichern, dass Sie ein Narr sind, wenn Sie das tun. Die North Mexico Land and Timber Company unterstützt die Celtic Investment Trust Company, die in Kürze gegründet werden soll. Wenn Sie Ihre Anteile an der North Mexico noch ein wenig halten, können Sie möglicherweise Ihre Investition verdoppeln und so viel Gewinn machen, dass Sie für den Rest Ihres Lebens finanziell abgesichert sind. Aber tun Sie, was Sie nicht lassen können, schließlich ist es Ihr Geld – oder besser gesagt, das Ihres Wohltäters. Wenn Sie mich jetzt entschuldigen; ich habe zu arbeiten. Guten Tag, Rodi.« Frank griff nach seiner Schreibfeder.

Rodi trat an den gewaltigen, mit Leder bezogenen Schreibtisch und schlug mit der flachen Hand hart auf die Schreibunterlage. »Damit das klar ist, Shackleton: Mich können Sie nicht so leicht hinters Licht führen wie andere. Ich will meine tausend Pfund zurück, bevor ich London verlasse, oder ich werde bei Gott dafür sorgen, dass Sie in anderer Münze bezahlen!«

Frank schaute auf. »Sie drohen mir? Passen Sie auf, was Sie sagen, Rodi. Gehen Sie zu meinem Buchhalter, Mr. Garlick. Ich bin viel zu beschäftigt, denn ich habe noch allerhand zu erledigten, bevor ich meinen Arbeitgeber nach San Remo begleite, wo er sich von seinem Herzanfall erholen wird.« Frank Shackleton stand auf und trat an die Klingelschnur, die neben dem reich geschmückten Marmorkamin hing, um den Butler zu rufen. »Begleiten Sie den Gentleman bitte nach draußen«, wies er Sir Ronalds Butler ziemlich herablassend an, als dieser durch die Tür der Bibliothek trat.

3

Einige Tage später erhielt Rodi per Post einen Scheck über 850 Pfund, adressiert an das Hotel am Russell Square, in dem er während seines Aufenthalts in London wohnte. Für die Kündigung von Rodis Anteilen im Wert von 1000 Pfund hatte Mr. Garlick Ausgaben und Verwaltungskosten in Höhe von 150 Pfund abgezogen. Doch Rodi war erleichtert, wenigstens die 850 Pfund gerettet zu haben, und zahlte den Scheck bei der Londoner Zweigstelle seiner irischen Bank ein.

Drei Tage später war er zurück in Dublin und begab sich sofort in seinen Club. Aufstöhnend nahm er Peirce Lacys Nachricht zur Kenntnis, er möge augenblicklich nach Grange Con kommen, sobald er wieder in Irland sei. »Dann ist der alte Knabe also wieder zu Hause, verflucht«, murrte er laut.

»Redest du wieder mit dir selbst, Rodi?«, fragte Peirce Gun, der, eine zusammengerollte Zeitung unter den Arm geklemmt, an ihm vorbeiging.

»Peirce …« Rodi lief dem anderen hinterher. »Du fährst nicht nach Grange Con, oder?«

»Nein. Mein Vater ist zurück, aber ich hege nicht den Wunsch, mit ihm zu reden, nachdem er mich zwei Jahre lang ignoriert hat! Ich nehme an, er hat nach dir geschickt?«

»Ja.«

»Typisch von ihm! Er erwartet, dass jeder nach seiner Pfeife tanzt, sobald er nur den kleinen Finger krumm macht … Na schön, gute Nacht, Rodi. Bedaure, dass ich dir nicht behilflich sein kann. Ich bin auf dem Weg nach Clonskeagh, um Onkel Arthur einen Besuch abzustatten, und anschließend will ich nach Hause, um mit Ethel zu Abend zu essen. Fürchte, nachdem du Papas Wagen demoliert hast, wirst du dich damit abfinden müssen, dich mit den Bauern in den Zug zu drängeln.« Lachend ging er aus der Tür. Rodi blieb zurück und spürte den starken Drang, Peirce Gun einen Tritt in die Kehrseite zu verpassen.

4

Peirce Lacys Stimme donnerte über den polierten Esstisch. »Warum bist du nach England gefahren?«

»Um mich in einer geschäftlichen Angelegenheit mit Shackleton zu treffen.«

»Doch nicht wegen der gestohlenen irischen Kronjuwelen, hoffe ich?«

Rodi fand das nicht komisch. Manchmal grollte er seinem Wohltäter, weil der sich immer häufiger in sein Leben einmischte. Mit seinen einundzwanzig Jahren hätte er gewünscht, stärker über seine eigenen Angelegenheiten zu bestimmen. Aber ein armer Mann hatte eben nicht viel zu sagen, selbst wenn in seinen Adern blaues Blut floss. »Mit dem Diebstahl habe ich nichts zu tun«, erklärte Rodi ruhig und schenkte sich aus der Karaffe, die vor ihm stand, ein Glas Wasser ein.

»Das habe ich auch nicht behauptet! Du bist außerordentlich empfindlich, mein Freund, und ich glaube, ich kenne den Grund. Was, bitte, hat Miss Masters auf Grange Con zu suchen?«

»Miss Ma… oh, Sie meinen …« Dazu fiel ihm nichts ein. Rodi räusperte sich und betete verzweifelt um eine himmlische Eingebung.

»Dein neuestes kleines Techtelmechtel, Rodi. Was in aller Welt hast du dir dabei gedacht, Mrs. Lunn hierherzuholen? Ja, du hast allen Grund, schuldbewusst dreinzuschauen. Aber ich will dir eines sagen: Es geht mir hier gar nicht um Quäker, zornige Ehemänner, Väter und Brüder oder das, was eine Frau zwischen den Beinen hat – obwohl das durchaus deine Sorgen sein dürften. Bist du verrückt, ihr Obdach in Blagows Hütte zu geben? Sie hat sich vielleicht direkt in deine Arme und dein Bett gestürzt, weil sie einen Streit mit ihrem Mann hatte, aber du hättest sie zu ihrem Vater zurückschicken sollen.«

»Er hat sie geschlagen … Ihr Mann, meine ich. Sie war verletzt.«

»Was ein Mann mit seiner Frau anstellt, geht dich nichts an … Und warum um Himmels willen ausgerechnet eine Quäkerin? Abgesehen natürlich von ihren offensichtlichen äußeren Vorzügen.«

»Ich bin verliebt in sie. Nein, ich liebe sie von ganzem Herzen.«

»Dann bist du noch dümmer, als ich dachte.«

Rodi legte seine Serviette weg und stand auf. Er wollte nicht mit seinem Gönner streiten, aber er war auch nicht bereit, sich beleidigen zu lassen. Außerdem wollte er nicht über die Situation sprechen. Seine Gefühle für Brigid waren zu persönlich, um sie mit jedermann zu diskutieren. »Entschuldigen Sie, Sir, aber ich möchte nicht darüber reden. Ich habe entschieden, was ich tun werde. Es tut mir leid, dass ich Brigid hierhergebracht habe, aber zu dem Zeitpunkt fiel mir keine bessere Lösung ein.«

»Ich nehme an, du hast mit ihr geschlafen?«

»Das geht nur mich etwas an.«

»Und ihren Ehemann, kann ich mir vorstellen. Setz dich. Ich will mich mit dir unterhalten. Mit der jungen Dame habe ich schon gesprochen und kann verstehen, warum sie dich so beeindruckt hat, dass du sie ihrem Mann und ihrer Familie weggenommen hast. Solltest du noch andere Dummheiten vorhaben, will ich nichts damit zu tun haben. Aber wenn du bereit bist, von deinem hohen Ross herunterzukommen und mir kurz zuzuhören, können wir vielleicht das Durcheinander klären, in das ihr beide euch hineingeritten habt.«

Peirce Lacy bedeutete seinem Schützling mit einer Handbewegung, wieder Platz zu nehmen. Er nahm ein Messer und klapperte damit nervenaufreibend auf dem Rand seines Tellers herum. »Zunächst einmal musst du für mindestens zwei Jahre nach Bulgarien gehen …«

»Unmöglich … außer, ich kann Brigid mitnehmen.«

»Schwachsinn. Du weißt genau, dass das ihr gegenüber nicht recht wäre. Wenn du in deine Heimat zurückgehst, um für dein Land zu kämpfen, setze ich dir ein jährliches Einkommen von 2500 Pfund aus. Zusätzlich gelingt es dir möglicherweise, da du jetzt volljährig und der einzige rechtmäßige Erbe des Namens Serrai bist, das konfiszierte Familienvermögen deines Vaters zurückzubekommen.«

»Aber wenn ich Soldat werden soll, könnte ich dabei umkommen.«

»Was kann edler sein, als sein Leben für die Freiheit seiner Heimat zu lassen?«, versetzte Peirce Lacy jovial.

»Aber Irland ist jetzt meine Heimat! In Bulgarien habe ich niemanden mehr, und ich möchte dort nicht mehr leben.«

»Ich werde einen Mann aus dir machen. Hör mir zu, Rodi. Es missfällt mir, wie du dich entwickelst. Anscheinend hat das allzu leichte Leben bei dir schlechte Charakterzüge gefördert und dich zu einem Lebemann und Spitzbuben gemacht. So etwas hatte ich mir nicht vorgestellt, als ich dich nach Irland geholt habe. Ich möchte stolz auf dich sein können. Aber das schaffst du nicht, indem du anderen Männern die Frau stiehlst. Also wirst du nach Sofia zurückkehren, in die Armee eintreten und gegen die Türken kämpfen. Wenn du dabei stirbst, ist das dein Pech. Aber wenn du überlebst und dafür sorgst, dass ich stolz auf dich sein kann, dann darfst du zurückkehren. Als Held mit einem Einkommen auf Lebenszeit.«

»Und Brigid?«

»Um sie kümmere ich mich. Ich schicke sie zu meinem Bruder, dem O'Mahony von Kerry, wo sie sich im Haushalt als Näherin und Hutmacherin für die Damen von Kilmorna nützlich machen kann. Dann ist sie auch in der Nähe ihres Zwillingsbruders, der ebenso gut auf sie aufpassen kann wie du.« Mit Absicht ignorierte Peirce Lacy Rodis schmerzerfüllte Miene. »Das heißt, falls Brigid sich immer noch so vor ihrem Mann und ihrer Familie fürchtet, dass sie nicht mit ihnen zusammenleben will. Wenn sie dich liebt, wird sie auf dich warten. Ihr seid beide noch viel zu jung und dumm, um zu wissen, was ihr wollt. Und unterdessen habt ihr Zeit, eure wahren Gefühle füreinander zu prüfen.«

»Wir kennen unsere wahren Gefühle bereits, Sir. Sie hoffen, dass sie zu ihrem Mann zurückkehrt, während ich fort bin«, meinte Rodi verbittert. Er hatte das Gefühl, dass sein Wohltäter ihn auf schreckliche Weise verriet.

»Das wäre allerdings die ideale Lösung«, gestand Peirce Lacy, dem die Vorstellung gar nicht gefiel, die illegitime Liebesaffäre seines Schützlings zu unterstützen und zu begünstigen.

»Wahrscheinlich hoffen Sie sogar, dass ich für mein Land falle, was ebenfalls eine ideale Lösung wäre!«, rief Rodi herausfordernd.

Lächelnd ließ sich Peirce Lacy den Portwein und seine Zigarrenkiste an den Tisch bringen. Er bediente sich und reichte die Karaffe und die Havannas dann an Rodi weiter. »Sind wir uns nun einig oder nicht?«, verlangte er zu wissen.

»Ich muss nachdenken … und mit Brigid sprechen«, murmelte Rodi und knipste verdrossen das Ende der Zigarre ab, die sein Gönner ihm so gnädig zugestanden hatte wie den Rest seiner Wohltaten.

»Tu das … aber lass dir nicht zu lange Zeit. Ich will, dass Blagow seine Hütte wiederbekommt, ehe noch jemand eine rote Laterne davor aufhängt. Wir haben bereits genug Familienskandale, um die Seiten des *Gaelic American* auf Jahre hinaus zu füllen!«

5

»Kilmorna?«, wiederholte Brigid und erbleichte. »Bulgarien? Er schickt dich meinetwegen in deine Heimat zurück? Ich mag gar nicht daran denken …«

»Hör zu, mein Liebling, vielleicht ist das Ganze doch keine so schlechte Idee. In Kilmorna bist du viel sicherer. Weit weg von Dublin, von deinem Mann und … all den schrecklichen Dingen, die hier geschehen sind, wirst du ein ruhigeres Leben führen.«

»Ruhig wird es auch sein, wenn wir beide tot sind.«

»Das habe ich nicht gemeint.« Rodi strich ihr übers Haar, küsste ihre Stirn und versuchte seine eigenen Zweifel und Ängste zu verdrängen, indem er sie beruhigte. »Ich werde nicht sterben … Ich passe schon gut auf mich auf. Im Grunde finde ich es gar nicht so schlecht, dass ich ausnahmsweise einmal etwas Nützliches tue und für mein Land kämpfe. Dann können Männer wie Gorges, Shackleton oder Peirce Gun wenigstens keine abfälligen Bemerkungen mehr machen, ob mir gegenüber oder hinter meinem Rücken. Sofia wird von den Türken befreit, ich bekomme das Familienvermögen zurück, und du kannst stolz auf mich sein. Dann kehre ich nach Irland zurück, und sobald du geschieden bist, heiraten wir. Aber momentan respektiert mich mein Gönner nicht und kann sich nicht damit abfinden, was ich getan habe, und ... und ...«

»Und wahrscheinlich denkt er über mich genauso«, vermutete sie. »Gut, wenn dann also diese Nacht unsere letzte sein soll, dann tue ich, was du möchtest, Rodi. Ich werde nach Kilmorna gehen, wenn du glaubst, dass es so am besten ist.«

»Du musst selbst entscheiden, was du willst, Brigid. Ich kann von dir nicht verlangen, dein Leben nach meinem zu richten. Aber ich glaube schon, dass Kilmorna einige Probleme lösen würde ... Allerdings ist Bulgarien doch so weit weg, dass ich über den Vorschlag meines Gönners nicht in Freudensprünge verfalle.« Er zog etwas aus der Tasche und gab es ihr. »Da ist etwas, das ich dir schon lange schenken wollte.«

»Für mich?«, fragte Brigid staunend. »Also, das ist ja wunderschön, Rodi ... Aber nein, so ein kostbares Geschenk kann ich unmöglich annehmen; das muss dich ja ein Vermögen gekostet haben!«

»Es hat meiner serbischen Großmutter gehört, und ich möchte, dass du es bekommst.«

Sie hielt das reizende Armband in die Höhe, das aus blassrosa Rubinen in einer filigranen Goldfassung bestand. »Rubine ... Noch nie im Leben hat mir jemand Schmuck geschenkt. Danke, Rodi. Ich werde es mein ganzes Leben lang in Ehren halten.«

»Die Rubine stammen aus Brasilien – es soll dich an mich erinnern. Freut mich, dass es dir gefällt.«

Rodi wandte sich zum Fenster um und schaute düster über die silberblauen Gipfel ferner Berge hinaus, die von Mondschein übergossen dalagen. Es war so schön hier, es betrübte ihn, all das zurückzulassen. Gott, wie hatte er alles verpfuscht! Peirce Lacy O'Mahony hatte kommen müssen, um ihm den richtigen Weg zu zeigen. Und dieses Mal wollte Rodi alles richtig machen, um Brigids willen.

Intermezzo

1908–1911

Der Vizekönig und Generalgouverneur von Irland, Lord Aberdeen.
Wir haben es für notwendig befunden, ein Komitee einzusetzen, das die Umstände des Verschwindens der Insignien des St.-Patricks-Ordens untersucht und feststellt, ob Sir Arthur Vicars als ihr Hüter die angemessene Wachsamkeit und Sorgfalt hat walten lassen.
Wir, John Campbell, Earl of Aberdeen, Vizekönig und Generalgouverneur von Irland, ernennen Seine Ehren James Johnston Shaw, Mr. Robert Fitzwilliam Starkie und Mr. Chester Jones zu Mitgliedern der Kommission, welche die Aufgabe hat, die genannte Ermittlung durchzuführen.
Hiermit ermächtigen wir Sie, die oben genannten Umstände zu untersuchen, Zeugen anzuhören und alle Bücher und Dokumente einzusehen, von denen Sie meinen, dass sie Ihnen die vollständigsten Informationen liefern, und uns Bericht darüber zu erstatten, was Ihre Untersuchung bezüglich der oben genannten Vorgänge ergeben hat.
Gegeben im Schloss Seiner Majestät in Dublin am 6. Januar 1908.

»Rufen Sie den ersten Zeugen auf, Frank Richard Shackleton.«

»Er ist noch nicht aus San Remo zurückgekehrt, Mylord.«

»Dann rufen Sie Mr. Phillips auf, Sir Arthurs Kutscher, damit er dazu Stellung nimmt, ob er jemals Zugang zu den Schlüsseln seines Dienstherrn hatte.«

»Er kann nicht aussagen, Mylord, er ist nach Amerika ausgewandert.«

»Nach Amerika? Wer hat das gestattet?«

»Sir Arthur Vicars hat seine Passage in die neue Welt gezahlt, Mylord, da Mr. Phillips auszuwandern wünschte.«

»Ach, tatsächlich! Schön, dann rufen Sie Mr. Benjamin Masters in den Zeugenstand.«

»Er kann aus Krankheitsgründen nicht anwesend sein, Mylord.«

»Was für eine Krankheit?«

»Ein Schlaganfall in der Silvesternacht, Mylord.«

»Dann rufen Sie Mr. Paul Masters auf, Unterlakai im Haushalt des Wappenkönigs von Ulster.«

»Er ist verschwunden, Mylord.«

»Verschwunden?«

»Ja, Mylord.«

»Sagen Sie mir nicht, er ist ebenfalls dank der Großzügigkeit seines Arbeitgebers nach Amerika ausgewandert!«

»Sein Aufenthaltsort ist unbekannt, Mylord.«

»Nun gut, dann soll Mr. Rodopi Serrai in den Zeugenstand treten.«

»Er befindet sich in Bulgarien, wo er für sein Land kämpft, Mylord.«

»Gibt es denn in Dublin keinen Menschen mehr, der eine Aussage machen könnte? Laden Sie Mrs. Lunn vor, damit sie über ihren Besuch im Bedford Tower, über die Tätigkeiten ihres Bruders und ihres Vaters sowie ihre Verbindung zu Mr. Serrai aussagt.«

»Sie lebt inzwischen in der Grafschaft Kerry, Mylord.«

»Dann lassen Sie sie herkommen!«

»Der Arzt erlaubt das nicht, Mylord. Er hat uns mitgeteilt, Mrs. Lunn sei indisponiert und könne auf keinen Fall reisen.«

»Oh, um Himmels willen … Rufen Sie Detective Officer Kerr vom Adelsregister herein.«

Detective Officer Kerr verwirrte den Ausschussvorsitzenden noch weiter, indem er eine sehr umständliche Schilderung der Ereignisse um den Diebstahl der irischen Kronjuwelen lieferte; vor allem, als er einen fünften Schlüssel zu dem Safe in der Bibliothek erwähnte, von dem niemand sonst etwas wusste.

»Das löst unser Problem«, meinte der Vorsitzende aus reiner Verzweiflung.

Der Bürgermeister von Canterbury wurde in den Zeugenstand gerufen.

»Um Sir Arthur einen Gefallen zu tun, haben Sie einen Wechsel über 1500 Pfund unterzeichnet, als Ersatz für zwei vorhergehende

Wechsel in Höhe von 600 beziehungsweise 750 Pfund, die Sir Arthur ursprünglich auf Mr. Shackleton ausgestellt hatte?«, wollte der Ausschussvorsitzende von ihm wissen.

»Ja, aber das wurde nie richtig geklärt, und es gab eine Menge Unannehmlichkeiten und Probleme deswegen.« Francis Bennett-Goldney räusperte sich diskret, aber wirkungsvoll. »Es war purer Zufall, dass ich mit Sir Arthur Vicars über Geldangelegenheiten gesprochen habe. Daraufhin haben wir unsere Notizen verglichen, und ich entdeckte Dinge, von denen ich keine Ahnung gehabt hatte. Die Wechsel wurden dann annulliert.«

»Aber irgendjemand muss doch diesen Wechsel beglichen haben, wenn Shackleton es nicht getan hat?«

»Oh, Sir George Lewis, der Anwalt, bestand darauf, dass er sofort beglichen wurde; ich vermute, weil er ein bestimmtes Maß an Druck ausüben konnte. Ich glaube, Mr. Shackletons Bruder hat gezahlt, aber genau weiß ich das nicht. Aber sie wurden beide gleichzeitig ausgeglichen.«

»Gab es Spannungen zwischen den Mitgliedern des Adelsregisters?«

»Ein wenig, und es ging stets um Geld. Das war immer das Problem. Ich habe diesen Leuten ausgeholfen, weil ich aufrichtig davon überzeugt war, dass Sir Arthur Vicars es so wünschte.«

»Sicher.« Der Vorsitzende machte sich einige Notizen.

»Bitte verstehen Sie, dass ich Sie nicht gegen irgendein Mitglied des Office of Arms einnehmen möchte«, setzte Bennett-Goldney hinzu.

Frank Shackleton kehrte aus San Remo zurück und wurde von der Kommission befragt. »Erzählen Sie uns bitte von Ihrer Abreise aus Dublin am 6. und 7. Juni, Mr. Shackleton«, begann der Vorsitzende, »und von Ihrer Rückkehr nach Irland.«

»Ich kam am Montag, dem 8. Juli hier an, nachdem ich am Nachmittag bei Scotland Yard mit Mr. Kane gesprochen hatte.«

»Sind Sie jemals im London and North Western Hotel in North Wall abgestiegen?«

»Niemals.«

»Und wenn jemand behaupten würde, Sie hätten dort logiert und seien nicht mit Mr. Goldney zusammen zu Sir Arthur Vicars nach Abbots Barton gefahren?«

»Das ist nicht wahr! Die Polizei hat meine Angaben über meine Reisen in England ganz genau überprüft. Soweit ich weiß, hat meine Aussage sie vollständig zufrieden gestellt.«

»Mr. Shackleton, warum haben Sie auf Lady Ormondes Mittagsgesellschaft und später noch einmal auf der Eisenbahnfähre von England nach Dublin die Bemerkung gemacht, Ihrer Meinung nach seien die Juwelen nicht sicher?«

»Nun ja, aus vielen Gründen. Ich war der Ansicht, dass es zu viele Schlüssel zu der Tür gab – der Eingangstür, meine ich.«

»Haben Sie Abdrücke von den Schlüsseln genommen, als Sir Arthur im Bad war?«

»Theoretisch wäre das möglich gewesen.«

»Haben Sie es getan?«

»Ich war nicht oft in seinem Zimmer. Ständig hat er sich über meinen Tagesrhythmus beklagt. Er meinte, ich sei wie ein Bauer, der beim ersten Hahnenschrei aufsteht; aber ich pflegte früh zu Bett zu gehen, worüber er sich ebenfalls beschwerte, weil er so abends keine Gesellschaft hatte.«

»Sir Arthur erklärt, dass er einen Schlüssel verloren hat und ihn erst nach Ihrer Rückkehr nach Dublin wiederfand, als er ihn auf seiner Kommode entdeckte.«

»Den Schlüssel zu seinem Büro?«

»Nein, Mr. Shackleton, den zur Eingangstür. Haben Sie diesen Schlüssel genommen?«

»Nein, Sir. Ich wusste gar nicht, dass es ihn gab.«

»Würden Sie uns von den Wechseln erzählen, die Mr. Goldney unterschrieben hatte; und von der Beendigung des Arrangements zwischen Ihnen und Sir Arthur bezüglich des Hauses in der St. James' Terrace?«

»Die Wechsel, für die Sir Arthur und Mr. Goldney gebürgt hatten, habe ich durch den Verkauf von Anteilen abgelöst. Und was meine

Wohnverhältnisse angeht, so wurde mir von Sir Arthurs Bruder, Major Vicars, gekündigt, obwohl ich die Hälfte der Kosten für den Haushalt in der St. James' Terrace Nr. 7 in Clonskeagh beigetragen habe; einschließlich der Personalkosten, der Wäsche- und Haushaltsrechnungen und der Ausgaben für Essen und anderes; und das, obwohl ich mich nie mehr als ein paar Tage pro Jahr in Dublin aufgehalten habe.«

»Sie verblüffen uns, Mr. Shackleton«, meinte der Ausschussvorsitzende. »Mr. Goldney hat dargestellt, Sie hätten kaum zu den laufenden Kosten für das Haus beigetragen, in dem Sie während Ihrer Aufenthalte in Irland gewohnt haben. Ist etwas Wahres an der Aussage, dass Sir George Lewis, der im Auftrag von Sir Arthur handelte, erheblichen Druck auf Sie ausüben musste, bis Sie das Geld für die Wechsel aufgebracht haben?«

»Das ist vollkommen unwahr. Ich hatte die allergrößten Schwierigkeiten, mein Geld von Sir George Lewis zu bekommen.«

»Erklären Sie bitte, was Sie damit meinen, Mr. Shackleton.«

»Obwohl mir Sir Arthur etwas anderes zugesagt hatte, verging, nachdem ich die Wechsel zurückgegeben hatte, mindestens eine Woche, bis mir Sir George Lewis die betreffenden zweihundertfünfzig Pfund schickte. Ich glaube, dabei handelte es sich um eine Verzögerungstaktik, um meine Unterschrift unter eine Verzichtserklärung bezüglich sämtlicher zukünftiger Ansprüche gegen Sir Arthur zu erhalten. Ich habe mich geweigert, eine solche Erklärung zu unterschreiben, worauf Major Vicars mich aufgefordert hat, das Haus in der St. James' Terrace Nr. 7 zu verlassen. Nach meinem Auszug schrieb mir die Hausbesitzerin, Sir Arthur habe ihr keine Miete gezahlt. Da habe ich, um sie zu unterstützen, die Mietzahlungen wieder aufgenommen.«

»Würden Sie bitte etwas zu der Séance bei Sir Arthur und zu Ihrer Verbindung zu Mr. und Mrs. Bullock Webster sagen?«

»Letzteres ist ein Missverständnis, Sir. Ich wusste nichts über die Verwicklung dieses Ehepaars in die Sache.« Anschließend schilderte Frank Shackleton die Séance in der St. James' Terrace Nr. 7 und berichtete über die beiden mysteriösen Italienerinnen sowie darüber, wie Sir Arthur und sein Neffe auf der Suche nach den vermissten Juwelen zwei Friedhöfe umgegraben hatten, wobei er nicht anwesend gewesen sei.

»Danke, Mr. Shackleton. Sie dürfen den Zeugenstand verlassen.«

Frank Shackleton verließ den Raum, wurde aber auf dem Flur von Detective Officer Kerr aufgehalten. »Kommen Sie bitte mit, Sir. Der stellvertretende Polizeipräsident will mit Ihnen sprechen.«

»Was zum …?« Frank hatte keine Chance, gegen diese demütigende Behandlung durch die irische Polizei zu protestieren. Schon führte man ihn in einen anderen Teil des Dublin Castle. Anschließend befragte ihn Mr. Harell, der stellvertretende Polizeichef von Dublin, unter vier Augen über sein Privatleben. Frank wurde wieder und wieder ins Kreuzverhör genommen und fuhr schließlich aus der Haut. »Verdammt! Ich werde solche … abstoßenden Fragen auf keinen Fall beantworten!«

Doch Mr. Harrel wiederholte seine Frage. »Welcher Art war Ihre Beziehung zu Captain Richard Gorges, Mr. Shackleton?«

»Ohne meinen Anwalt beantworte ich gar keine Fragen mehr.«

»Rufen Sie ihn ruhig an, Mr. Shackleton. Aber lassen Sie uns nicht noch mehr Zeit verschwenden, bis er eintrifft. Die Kommission möchte wissen, wie genau Ihre Beziehung zu Captain Gorges sowie zu den anderen jungen Männern beim Adelsregister war.«

Unerbittlich stellte die Polizei sein ganzes Privatleben auf den Kopf. Am nächsten Tag schrieb der *Gaelic American,* Frank Shackleton sei nahegelegt worden, Irland so rasch wie möglich zu verlassen und nie mehr zurückzukehren.

Lord George Haddo wurde in den Zeugenstand gerufen, um Auskunft über seinen Aufenthaltsort in den Monaten vor dem Diebstahl zu geben. Mrs. O'Farrell erzählte noch einmal, wie sie eines Morgens in der Bibliothek des Bedford Tower einen Mann gesehen hatte, der in Haltung und Statur Lord Haddo ähnelte. Doch Lord George Haddo wiederholte seine Aussage, die er schon bei der Polizei gemacht hatte, und erklärte, er sei während der sechs Monate vor dem Diebstahl außer Landes gewesen.

»Aber man nimmt allgemein an, dass Sie Irland erst am 7. März verlassen haben, Sir«, gab Mr. Birrell, der Staatsminister für Irland, zu bedenken.

»Das ist nicht wahr«, entgegnete Lord George. »Ich war zu dem Zeitpunkt, an dem der Diebstahl stattgefunden haben soll, nicht einmal in der Nähe von Dublin.«

Die Kommissionsmitglieder nahmen offenbar Mrs. O'Farrells Geschichte über den »Gentleman in der Bibliothek«, den sie gesehen hatte, nicht ernst, denn sie verfolgten diese Spur in ihren Befragungen nicht weiter.

Schließlich wurde Sir Arthur Vicars aufgerufen, um über sein Verhalten in den Tagen vor dem Diebstahl und nach der Entdeckung des offenen Safes auszusagen. »Ich habe alles getan, um die Juwelen wiederzufinden. Lord Aberdeen besitzt noch die Briefe, die ich ihm damals geschrieben und in denen ich erklärt habe, mein einziger Wunsch sei es, alles in meiner Macht Stehende zu tun und alle von ihm gewünschten Schritte zu unternehmen, um die Juwelen zurückzuerlangen, deren Verschwinden meiner Ansicht nach einen nationalen Verlust darstellt. Denn abgesehen vom reinen materiellen Wert des Golds und der Edelsteine sind die wunderbaren Emailarbeiten an den alten Amtsketten unersetzlich.«

Die Kommissionsmitglieder verfassten ihren Bericht für den König und die Regierung und adressierten ihn an den Vizekönig. Darin hieß es:

Obwohl es nicht zum Auftrag Ihrer Exzellenz gehörte, den Diebstahl der Juwelen kriminalistisch zu untersuchen oder eine Beweisaufnahme zum Zwecke der Ergreifung des Diebs durchzuführen, wurde in den Aussagen, die uns gegenüber gemacht oder schriftlich abgegeben wurden, Mr. Frank Richard Shackleton mehr als einmal als der mögliche oder wahrscheinliche Urheber dieses beispiellosen Verbrechens genannt. Der Gerechtigkeit halber ist anzumerken, dass der Gentleman große Mühen auf sich genommen hat, um aus San Remo anzureisen und vor uns auszusagen. Wir haben keinerlei Hinweise, die die Ansicht stützen würden, er sei die Person gewesen, die die Juwelen gestohlen hat.

Nachdem wir alle Umstände, die mit dem Verlust der Insignien des St.-Patricks-Ordens zu tun haben, eingehend untersucht und sorgfältig die Sicherheitsvorkehrungen des Office of Arms, in dem die Insignien aufbewahrt wurden sowie die Vorkehrungen, die Sir Arthur zu ihrem Schutz getroffen oder angeordnet hat, geprüft haben, sehen wir uns – insbesondere unter Berücksichtigung der Untätigkeit von Sir Arthur Vicars, der bei einer Gelegenheit unmittelbar vor dem Diebstahl der Juwelen festgestellt hatte, dass das Amt und die fragliche Tür bei Nacht von einer dazu nicht autorisierten Person geöffnet worden waren – gezwungen, Ihrer Exzellenz mitzuteilen, dass unserer Meinung nach Sir Arthur Vicars der ihm als Hüter der Insignien auferlegten Aufsichts- und Sorgfaltspflicht nicht nachgekommen ist.

Sir Arthurs Hand zitterte, als er am 30. Januar einen Brief von Sir James Dougherty erhielt, eines Unterstaatssekretärs des Vizekönigs. *»Im Auftrag der Lordrichter teile ich Ihnen mit, dass Sie mit dem heutigen Tag Ihres Amtes als Wappenkönig von Ulster enthoben sind und ein Nachfolger für dieses Amt ernannt werden wird.*

Weiter habe ich Ihnen auf Anweisung meiner Vorgesetzten mitzuteilen, dass am morgigen Freitag das Office of Arms geschlossen bleibt, und fordere Sie auf, Ihrem Nachfolger am kommenden Samstag, dem 1. Februar 1908, die Schlüssel für das Amt und das unter Ihrer Aufsicht befindliche Eigentum der Krone entweder persönlich zu übergeben oder dafür Sorge zu tragen, dass er beides erhält, ganz wie Sie es für zweckdienlich halten.«

Sorgfältig schnitt Brigid den Bericht über die Untersuchung des Diebstahls der irischen Kronjuwelen sowie den Brief des Vizekönigs, den Sir Arthur Vicars veröffentlicht hatte, aus der Zeitung aus. Sie stand schwerfällig auf und trat an die kleine Kommode in der Dienstbotenkammer unter dem Dach, die sie auf Kilmorna mit Marjorie, einem Hausmädchen, teilte.

Aus der obersten Schublade nahm sie ein Holzkästchen, schloss es auf und legte den Zeitungsausschnitt zu anderen Presseausschnitten und Rodis Briefen. Sie wollte das Kästchen schon wieder schließen, zögerte dann aber. Dann zog sie das Rubinarmband hervor, das Rodi ihr vor seiner Abreise nach Bulgarien geschenkt hatte, und hielt es in dem trüben Licht des Winternachmittags vor das kleine Dachfenster. Die blassrosa Rubine blitzten in ihrer zarten Goldfassung und schienen ihr beinahe spöttisch zuzuzwinkern.

Auf den knarrenden, kahlen Dielenbrettern des Treppenabsatzes hörte sie Marjories schwere Schritte. Rasch legte sie das Armband wieder in die Schatulle und schloss sie ab.

Ihre Lage war nur schwer erträglich, denn sie lebte in Schande, obwohl die Damen des Haushalts ihr liebevoll und mitleidig begegneten. Sie war schwanger mit dem illegitimen Kind von Peirce Lacys Schützling, und so wurde ihr die Mildtätigkeit der O'Mahonys zuteil. Aber schlimmer noch war, dass ihr Zwillingsbruder sie verachtete und verhöhnte. Seit sie nach Kilmorna gekommen war, hatte Luke kaum mit ihr gesprochen. Als er erfahren hatte, dass sie ein Kind erwartete, dessen Vater nichts von seiner Existenz wusste und sich noch dazu im Ausland aufhielt, hatte er sich noch stärker von Brigid distanziert.

Mit schwerem Herzen ging sie zurück in die Nähstube und fragte sich, was aus ihr werden sollte, wenn Rodi für sein Land starb, ohne je zu erfahren, dass er ein Kind gezeugt hatte.

2. Teil

Dublin und Kilmorna 1912–1916

Am Bach auf einer Wiese war's, wo sie mit mir stand;
Auf meiner krummen Schulter lag schneeweiß ihre Hand.
Nimm leicht das Leben, bat sie, wie Gras wächst leicht am Wehr.
Doch ich war jung und töricht und weine nun seither.

Kapitel Fünfundzwanzig

1

Ein dunkles, gähnendes Grab wartete auf den Sarg George O'Mahonys von Kerry. Von nah und fern strömten die Trauergäste herbei und bezeugten der Familie ihre Achtung und ihr Mitgefühl.

Brigid bückte sich, um ihre einfache Gabe, einen Wildblumenstrauß, zwischen den prächtigen Kränzen und Sträußen auf dem Familienfriedhof von Kilmorna abzulegen.

»Onkel Luke, Onkel Luke!« Ungeduldig zupfte der kleine Junge am Ärmel seines Onkels. »Will huckepack, Onkel Luke!«

»Pssst, Roddy, jetzt nicht«, flüsterte Brigid ihrem Sohn zu und warf ihrem Bruder einen hilflosen Blick zu.

Vier Jahre war Rodi jetzt schon fort, und viel war seither geschehen. Türken und Griechen führten Krieg gegeneinander und säten Unruhe auf dem ganzen Balkan. Gelegentlich hatte sie von Rodi gehört; es gehe ihm gut, schrieb er, obwohl ihm das Kämpfen keine Freude bereite. Inzwischen war er Oberstleutnant der bulgarischen Armee und hatte sich eine ganze Reihe Orden verdient. Zwischen den Zeilen las Brigid, dass Rodi dieses Leben doch genoss, auch wenn er das Gegenteil behauptete. Er war im Herzen ein Abenteurer und offensichtlich wie geschaffen für das Soldatenleben. Aber er war am Leben und schien bei ausgezeichneter Gesundheit zu sein, und nur darauf kam es an.

Was sie selbst anging, so bedrückte sie ihre Einsamkeit am stärksten. George O'Mahony hatte sich nur für seinen Park interessiert. Ohne das Geplauder und die mitfühlende Unterstützung der Dienstboten auf Kilmorna wäre Brigid sofort nach Roddys Geburt nach Dublin zurückgekehrt.

Aber dann, vor gerade einmal drei Monaten, am vierten Geburtstag seines Neffen, hatte Luke plötzlich sein verstocktes, verächtliches

Schweigen gebrochen, und die Geschwister hatten sich nach Jahren der Entzweiung unter Tränen versöhnt. Jetzt hatte sie nicht nur ihren Sohn, sondern ihr Bruder stand ihr wieder zur Seite. Und eines Tages, wenn sie genug Mut aufbrachte, würde sie Luke bitten, sie und Roddy junior mit nach Dublin zu nehmen, wo ihr hoffentlich auch ihre Eltern verzeihen würden.

Marjorie Murphy – auf Kilmorna unter dem Namen Emmy bekannt und inzwischen zum obersten Hausmädchen befördert – war ihre treue Freundin geworden. Emmy hatte ihr auch erklärt, nichts könne zerstrittene Familienmitglieder besser zusammenbringen als ein Kind. Sie wusste Bescheid, denn sie hatte unter dem gleichen Los gelitten wie Brigid; nur dass der Urheber ihres Unglücks kein Mann gewesen war, der sie liebte, sondern jemand, der ihre untergeordnete Stellung in seinem großen Haushalt in Killarney ausgenutzt hatte. Marjorie hatte ein uneheliches Kind geboren, ein Mädchen, und später hatte O'Mahony sie auf Kilmorna unter seinen Schutz genommen. Die inzwischen siebenjährige Rosy wurde von ihren Großeltern in Ballybunion, ein paar Meilen von der Küste entfernt, großgezogen, während Marjorie auf Kilmorna arbeitete. Sie sah ihre kleine Tochter an ihrem freien Nachmittag in der Woche, und ihr ganzer Lohn floss in den Unterhalt ihrer Eltern und ihres vaterlosen Kindes. Brigid begleitete sie manchmal nach Ballybunion und nahm Roddy mit, damit er mit Rosy spielen konnte.

Brigid konnte nicht vergessen, was Emmy einmal zu ihr gesagt hatte. »Von Männern missbraucht, so geht es uns armen Frauen! Also nimm von ihnen, was du kriegen kannst, Schätzchen. Es war gar nicht schlecht, dass O'Mahony halb verrückt war und bis auf seine Rosen und seinen Pferdedung nichts mitbekommen hat. Er hat uns im Dienstbotenquartier in Ruhe gelassen, und wir hatten ein gutes Leben und verdanken ihm viel. Ich frage mich, wie es werden wird, wenn Sir Arthur das Haus übernimmt.«

Luke konnte weder den dunkelhaarigen kleinen Jungen noch Brigids wachsenden Unmut darüber, dass Roddy sich nicht benahm, länger ignorieren, daher hob er den aufmüpfigen Burschen hoch und setzte ihn auf seine Schultern.

Peirce Charles de Lacy O'Mahony von Grange Con hatte beim Tod seines älteren Bruders den Titel des O'Mahony von Kerry und Kilmorna geerbt; aber Kilmorna House selbst fiel an Sir Arthurs Schwester Edith, Mrs. De Janasz. Sir Arthurs Mutter hatte zweimal geheiratet; zuerst Peirce K. Mahony von Kilmorna und Gunsborough – 1830 war das gewesen –, und dann Sir Arthurs Vater, Colonel Vicars vom 61. Regiment. Sir Arthurs Vater war gestorben, als Arthur erst fünf war, und seine Mutter, die von irischem und französischem Adel abstammte, hatte ihren zweiten Mann nur um fünf Jahre überlebt. Sir Arthur war also mit zehn Jahren zur Waise geworden und hatte einen großen Teil seiner Jugend bei seinen älteren Halbbrüdern George und Peirce Lacy auf Kilmorna verbracht, das er innig liebte. Mrs. De Janasz wollte das Herrenhaus nicht, das mit seinen hohen Kaminen aus elisabethanischer Zeit, seinen Giebeln, Erkertürmchen und dem mit Zinnen besetzen Turm eher wie eine Burg wirkte. Zuletzt hatte Brigid gehört, dass Sir Arthurs Schwester angeboten hatte, ihm Kilmorna zu überlassen. Seit der König von England ihn aus dem Amt des Wappenkönigs von Ulster entfernt hatte, eine Stellung, die ihm auf Lebenszeit zugestanden hätte, lebte Sir Arthur als Gast seines älteren Halbbruders Peirce Lacy auf Grange Con.

Peirce Lacys Sohn und dessen Frau wohnten inzwischen in Castleisland, einem kleinen Marktflecken, der dort lag, wo die Straße von Limerick nach Killarney den Little-Shanowen-Fluss kreuzte. Im Gegensatz zu einigen anderen, die aus dem Adelsregister entlassen worden waren, hatte Peirce Gun sein Amt als Herold von Cork bis 1910 ausgeübt.

Damals hatten viele Gerüchte besagt, dass der König von England zwar alle Beamten aus dem Bedford Tower nicht nur des Diebstahls, sondern auch der Sodomie für schuldig befunden hatte; doch Peirce Gun sei milder als die anderen behandelt worden, weil man der Meinung war, ein verheirateter Mann neige weniger zur Homosexualität.

Peirce war also im Amt geblieben, bis er aus freien Stücken zurückgetreten war, um sich ans Juristenseminar von King's Inn in Dublin berufen zu lassen. Er war von Dublin nach Kilmurray House auf

Castleisland gezogen, wo sein Onkel Arthur und seine Schwägerin, Miss Gertrude Wright, ihn und seine Frau häufig besuchten.

Mrs. Ethel hatte Brigid aufgrund des guten Rufs ihrer Mutter und Großmutter – die seit der irischen Nationalausstellung sogar das Wohlwollen der Königin von England genossen – gebeten, für sie, ihre Schwester Miss Gertrude und Mrs. de Janasz modische Hüte in der Art der White-Lady-Hüte zu fertigen, eine Arbeit, in die Brigid sich begeistert hineinstürzte. Sie genoss es, das elegante georgianische Haus auf Castleisland zu besuchen, liebte seine weißgetünchten Wände und die bis zum Boden reichenden Fenster, durch die man die wunderbare Landschaft und das ständig im Wechsel befindliche Licht des irischen Himmels betrachtete. Aus diesen Farben, Formen und Bildern der Natur bezog Brigid die Inspiration für ihre außerordentlichen Hutkreationen und übertraf dabei manchmal sogar ihre Mutter und Großmutter, die immerhin die Anerkennung einer Königin errungen hatten.

Mrs. Mahony hatte ihrer Hutmacherin sogar ein großes Kompliment gemacht. »Brigid, meine Liebe«, hatte sie erklärt, »wenn Königin Alexandra mich auf Dublin Castle mit diesem Hut sieht, wird sie ihn mir glatt vom Kopf reißen und sich selbst aufsetzen!«

»Danke, Ma'am, Sie sind sehr freundlich«, hatte Brigid erfreut geantwortet.

Im selben Jahr war König Edward gestorben, und Königin Alexandra stand als Königinmutter weniger im Rampenlicht. Jetzt saßen König George V. und Königin Mary auf dem englischen Thron.

Sir Arthur, der Edward VII. immer noch grollte, hatte so lange über seine schändliche Entlassung aus dem Amt des Wappenkönigs von Ulster nachgegrübelt, dass er schließlich krank darüber geworden war. Er war verbittert, mürrisch und immer noch aufgebracht über die ganze Affäre der irischen Kronjuwelen. Nach vier Jahren wurmte ihn diese Episode nach wie vor unablässig, sodass er sie immer wieder aufrührte. Wilde Spekulationen, Vermutungen, Verdachtsmomente, Beleidigungsklagen und Prozesse, über die die Presse breit berichtete, zogen sich über Monate und Monate, Jahre und Jahre hin. Schließlich war sogar Benjamin, Brigids Vater, darüber zu einem alten, kranken Mann geworden.

Gemara schrieb ihr ab und zu, und in ihrem letzten Brief hatte sie berichtet, Benjamin habe den fünften Schlaganfall erlitten. Seitdem vegetiere er praktisch nur noch vor sich hin. Nach dieser Reihe von Schlaganfällen war Benjamin fast völlig gelähmt und konnte, wie Gemara schrieb, nur noch die Augen bewegen, wenn er auf sich aufmerksam machen wollte. Brigid war tief betroffen und wünschte nur, sie könnte näher bei ihrer Mutter und Großmutter leben. Benjamins Pflege war inzwischen zur Vollzeitbeschäftigung geworden, und Gemara und Sarah fanden kaum noch Zeit für ihre Hüte. Die ruhmreichen Tage der modischen White-Lady-Hüte lägen hinter ihnen, schrieb Gemara, und die Hutmacher aus der Grafton Street gäben ihre Bestellungen anderswo auf. Sie sei nur froh zu hören, dass Brigid in Kerry immer noch Hüte anfertigte.

Brigid überlegte auch, wie es sein würde, wenn statt des schrulligen alten George O'Mahony, der im ganzen Haus schlammige Fußabdrücke hinterlassen hatte, Sir Arthur nach Kilmorna zog. Emmy hatte ständig zu tun gehabt, um die Teppiche zu säubern und die Bodendielen zu polieren, damit sie wieder respektabel aussahen. Aber wahrscheinlich würde ein alter Hagestolz nicht viel mehr Mühe machen als der andere; und bestimmt würde sie für Sir Arthur die gleiche Arbeit tun wie bisher, nämlich ohne Ende Socken und zerrissene Bettlaken stopfen und Handtücher säumen. Wie schade, dass Sir Arthur keine Frau hatte, die sich modische Hüte wünschte!

Der Sarg war ins Grab gesenkt worden, und die Trauergäste zerstreuten sich langsam, aber sie war so in ihre Gedanken versunken gewesen, dass sie die Zeremonie gar nicht mitbekommen hatte. Ein einsamer irischer Dudelsackbläser spielte *Acushla Mine,* einen bedrückenden *coronach* – eine Klagemelodie –, die genau ihrer Stimmung entsprach.

Es ist Herbst, und die Blätter fallen. Allein warte ich und flehe um ein Wort mit dir. Von meiner Liebe will ich sprechen …

Brigid sah auf und erblickte einen hochgewachsenen Mann in einem dicken grauen Uniformmantel mit gelben Abzeichen, der über den Rasen schnellen Schrittes auf sie zukam. Sein dunkles Haar und seine vertraut wirkende Haltung ließen sie die Luft anhalten. Einen verrückten Moment lang hatte sie von ihm geträumt; und jetzt traute sie ihren Augen kaum, als dieser Mann mit einem Mal tatsächlich vor ihr stand.

Wie aus dem Nichts war er aufgetaucht, zu spät zur Beerdigung. Er wechselte ein paar Worte mit Peirce Gun und dessen Frau Ethel, neben denen Peirce' jüngerer Bruder, Dermot, und sein Vater Peirce Lacy standen, der jetzt den Titel O'Mahony geerbt hatte.

»Rodi?« Der Name blieb ihr in der Kehle stecken, und ihre strahlend blauen Augen konnten nicht glauben, was sie sahen.

»Ich nehme den Jungen«, brummte Luke, doch sie hörte ihn kaum. Luke brachte Roddy junior in das Herrenhaus, wo das Traueressen stattfand, und ließ sie allein mit dem Mann, der seiner Meinung nach ihr Ruin gewesen war.

Rodi wirkte älter, reifer, weniger großspurig, war aber immer noch gut aussehend und schneidig. Er hatte sich zu einem Mann entwickelt, den sie kaum wiedererkannte. Zögernd und ein wenig atemlos nach der langen Strecke, die er vom Haus aus zurückgelegt hatte, kam er auf sie zu. »Brigid …!«

So standen sie einander auf dem grünen Rasen des kleinen Friedhofs, in der Nähe der Familienkapelle, gegenüber wie zwei Geister aus einer fernen Vergangenheit, die sich an einem fremden Ort wiedertreffen.

Wie außerordentlich gelassen und würdevoll Brigid aussah, und liebreizender denn je! Erinnerungen an einen lange zurückliegenden Sommer stürzten auf ihn ein. Rodi genoss dieses Bild, von dem er fast schon geglaubt hatte, es vor vier Jahren nur geträumt zu haben; ein Traum, in dem ein junges, wunderschönes Mädchen in pastellfarbenen Kleidern vorgekommen war, nicht die Frau, die jetzt vor ihm stand und schwarze Trauerkleidung trug, die ihre perlweiße Haut, die blauen Augen und das silberblonde Haar hervorhob.

»Brigid … du lebst ja immer noch hier.« Das schien ihn zu erstaunen, als hätte er fast erwartet, dass sie schon vor langer Zeit ihrer Wege gegangen sei. »Wie geht es dir?«

»Mir … mir geht es gut. Und dir?«

»Kann nicht klagen.« Er lächelte ein wenig abgespannt. »Ich …« Er wandte sich halb ab und deutete mit ausgestrecktem Arm auf die Umgebung. »Ich habe gehört, dass er im Sterben lag … Peirce hat es mir gekabelt. Daraufhin hat man mir einen längeren Fronturlaub gewährt …« Er hustete, ein heiserer, kehliger Laut, der in Brigids Ohren besorgniserregend klang. »Geht es dir nicht gut?«, fragte sie, von ihrem Beschützerinstinkt überwältigt.

»Ich hatte Dysenterie – verschmutztes Wasser, verstehst du. Nicht wie das reine irische Wasser, das zu trinken ihr das Privileg habt.« Er lächelte wegwerfend, doch Brigid spürte, dass seine Lässigkeit nur aufgesetzt war. »Dann bekam ich eine Lungenentzündung … nichts Schlimmes. Ich habe alles überstanden, wie du siehst. Es war verflucht ärgerlich, und ich habe den ganzen Spaß verpasst. Ausgerechnet, als Zar Ferdinand von Bulgarien und der griechische Minister Venizelos eine gewaltige Armee aus Bulgaren, Serben und Griechen aufgestellt hatten, um die Jungtürken zu stürzen, die ihrerseits Sultan Abdul Hamid vertrieben hatten … Aber ich will dich nicht langweilen. Möchtest … möchtest du ein paar Schritte gehen und dabei von näherliegenden Dingen sprechen?«

»Wenn du dich gut genug fühlst, Rodi.«

Er grinste breit, und mit einem Mal strahlte er wieder sein altes Selbstbewusstsein aus. »Natürlich fühle ich mich gut genug … Ich habe nicht umsonst vier Jahre lang gegen die Türken gekämpft und es überlebt.« Bis jetzt jedenfalls, setzte er lautlos hinzu, um die Vorsehung nicht allzu sehr in Versuchung zu führen, denn sterben konnte man auf vielerlei Art.

Sie gelobte sich, ihn nicht zu fragen, wie lange sein »längerer Fronturlaub« in Irland dauern würde. Es war genug, dass er überhaupt zurückgekehrt war. »Niemand hat mir gesagt, dass du zum Begräbnis nach Hause kommen würdest.«

»Weil niemand davon gewusst hat, nicht einmal Peirce Lacy. Ich habe mich in Dubrovnik nach Cork eingeschifft, und die Seewinde haben meiner Brust sehr gutgetan. Seit ich den Balkan verlassen habe, fühle ich mich wie ein neuer Mensch. So, und wie ist es dir nun ergangen?«, fragte er munter und warf ihr auf dem üppig bewachsenen Weg einen Seitenblick zu.

Das Farnkraut und das Eichenlaub begannen ihre Farbe zu verlieren. Das Getreide war geerntet, und die Garben standen in den Stoppelfeldern wie kleine gelbe Pyramiden. Jetzt, im Erntemonat September, hingen die Kastanienbäume voll mit dicken, stachligen Früchten, und vom Sommer war nur noch eine nostalgische Stimmung zurückgeblieben, eine gewisse Trauer um alles, was vorbei war. *Dein schalkhafter Blick ist so betörend, ich bete zu allen Heiligen, dass wir niemals auseinandergehen …*

Sie schaute zu ihm auf und wandte sich dann rasch ab. Seine Uniform wollte so gar nicht in dieses friedliche Land passen. »Da war nichts Besonderes …« Und das stimmte sogar. Vier Jahre voller Einsamkeit, Verzweiflung und Sehnsucht nach ihm waren ihr durch die Finger geronnen, in denen sie nichts anderes hatte tun können, als um alles zu trauern, was ihr verwehrt war … bis heute.

»Dein Bruder … Ich meine, ich habe gesehen, wie er einen kleinen Jungen wegführte. Hat er geheiratet? Das freut mich sehr, denn dann bist auch du weniger allein.«

Sie hörte ihre eigene Stimme wie aus weiter Ferne. »Nein, Luke ist nicht verheiratet. Dieser kleine Junge … ist … unser Kind, Rodi.«

Er blieb wie angewurzelt stehen und starrte sie an. Sein Gesicht war grau und bleich geworden, und auf seinen angespannten Zügen lag eine ungesunde Blässe, die nicht nur auf seine kürzlich überstandene Krankheit zurückzuführen war. Rodi hatte sich einen Schnurrbart wachsen lassen, der ihm nicht stand und Brigid nicht gefiel. Aber wahrscheinlich, dachte sie, zog er es vor, mit der militärischen Mode zu gehen.

»Warum in aller Welt hast du mir denn nicht davon geschrieben?«, fragte er vorwurfsvoll.

»Ich wollte dir … keine unnötigen Sorgen bereiten. Du hast mir ja auch nichts von deiner Krankheit erzählt, obwohl es dir ja offensichtlich sehr schlecht ging.«

»Oh Gott.« Er versuchte, sich zu fassen, indem er sich von ihr abwandte und den Blick auf ein Gatter richtete. Wie egoistisch von ihm, dass er nicht mit dieser Möglichkeit gerechnet hatte. Er rieb sich die kalten Wangen, als könne er damit die Vergangenheit auslöschen. Dann drehte er sich um und streckte die Arme aus. »Komm zu mir. Wir haben viel nachzuholen.«

»Nur, wenn ich mir sicher sein kann, dass du mich immer noch liebst«, erklärte sie feierlich. Sie würde so stehen bleiben, bis er sie davon überzeugt hatte.

Er trat auf sie zu. »Ich liebe dich … und habe dich immer geliebt. Ich schwöre dir, dass ich dir in diesen vier Jahren absolut treu geblieben bin. Alle Mädchen, die mir über den Weg gelaufen sind, kamen mir außerordentlich hässlich vor, und so bin ich keusch wie ein orthodoxer Priester gewesen.«

Wie hätte sie auch herausfinden können, ob er die Wahrheit sagte? Doch sie stellte ihm keine Fragen. »Und ich habe seit vier Jahren jeden Tag deinen Grasring getragen – allerdings nehme ich ihn ab, wenn ich im Wasser arbeiten muss …« Sie hielt ihm die rechte Hand hin.

»Erstaunlich!«, meinte er und nahm sie. »Ich hätte gedacht, er hätte sich inzwischen aufgelöst.«

»Emmy, das Hausmädchen, mit dem ich mein Zimmer teile, hat ihn mit Schellack überzogen, sonst wäre er allerdings längst zerfallen.«

2

Sie lebten in Sünde; aber irgendwie kam es darauf nicht mehr an. Bis Sir Arthur einzog, lag das Haus still und leer da. Nachdem alle Verwandten und Trauergäste abgereist waren, war Rodi auf Kilmorna geblieben.

Wenn die Dienstboten schliefen, verbrachte Brigid ihre Nächte bei Rodi im Gästeflügel. Emmy stellte sich taub und blind. In den folgenden Tagen war das Wetter mild und lud zu ausgedehnten Spaziergängen und Picknicks auf der Iveragh-Halbinsel ein. Roddy nahmen sie mit.

Auf einem dieser Ausflüge saßen Brigid und Rodi an einem grasbewachsenen Pfad, während ihr Sohn am Rand eines frisch gepflügten Gerstenfelds mit seinem Reifen spielte.

Rodi hatte stark abgenommen. Als Brigid ihn zum ersten Mal ohne seine dicke Uniform gesehen hatte, war er ihr so dünn und abgehärmt erschienen, so ganz ohne seinen früheren Elan, dass ihr erst richtig klar wurde, wie krank er wirklich gewesen sein musste. Er sah auch nicht so aus, als sorge die bulgarische Armee gut für ihre Soldaten. Doch sie fragte ihn nie nach seinen Erlebnissen, da er nicht gern darüber zu sprechen schien.

Heute trug Rodi saloppe Kleidung – Reithosen und ein am Kragen offenes Hemd mit Krawatte und Pullover – und kaute auf einem Grashalm. Mit abwesendem Blick sah er seinem Sohn beim Spielen zu. Brigid lehnte sich zurück in seine Arme und seufzte zufrieden; sie war glücklich, weil Vater und Sohn an ihrer Seite waren, da, wo sie hingehörten. Rodi war nicht der Mann, der er einmal gewesen war; aber mit viel gutem Essen, frischer Luft, Liebe, Pflege und Zuwendung würde er sich bald erholen.

Rodi schlang die Arme fester um sie. Sie wusste, was ihm durch den Kopf ging, denn sie dachte dasselbe: Wie schön es doch wäre, ein eigenes Heim zu haben, um ihr Kind großzuziehen!

»Brigid«, sagte er, als hätte er ihre Gedanken gelesen, »ich habe von meinem Sold ein wenig gespart. Vielleicht vermietet uns Sir Arthur eines der Pächterhäuschen auf dem Gut. Ich wäre viel beruhigter, wenn ich bei meiner Rückkehr nach Bulgarien wüsste, dass du eine ordentliche Wohnung hast, in der unser Sohn aufwachsen kann.«

»Das wäre schön, Rodi. Im Nachhinein kann ich kaum fassen, wie es Emmy in den letzten vier Jahren in dem kleinen Dachzimmer, das wir teilen, mit uns beiden ausgehalten hat. Aber sie ist mir eine wahre

Freundin gewesen, während du fort warst. Ich weiß nicht, wie ich das alles überstanden hätte, wenn sie mich nicht immer aufgemuntert hätte.«

»Es tut mir leid, dass du meinetwegen so viele Probleme hattest«, sagte er einfach und aufrichtig.

»Liebe ist niemals ein Problem … du liebst ihn doch, oder?«, fragte sie ängstlich und sah in sein verschlossenes Gesicht. Er lächelte so viel weniger als früher; aber sie führte das auf die Strapazen des Krieges zurück, in dem er auf Befehl seines Gönners hatte kämpfen müssen.

»Natürlich liebe ich ihn, und dich auch.« Er drückte ihre Hand, aber er war weit fort, in seinen eigenen Gedanken verloren. Diese langen Phasen des Schweigens gehörten zu den veränderten Charakterzügen, die sie seit seiner Rückkehr nach Irland an ihm bemerkt hatte. »Ich muss geschäftlich nach Dublin, Brigid. Begleitest du mich?«

Das war die ideale Gelegenheit, ihre Eltern und Gemara zu besuchen. So brauchte sie nicht allein den Mut aufzubringen oder darauf zu warten, dass Luke sie dazu überredete. Keine Ausreden mehr, die sie davon abhielten, ihre Pflicht zu tun. »Sehr gern. Dann kann ich mich mit meinen Eltern versöhnen, während du dich um deine Angelegenheiten kümmerst.«

»Wir können im Hotel Shelbourne absteigen. Ein kleiner Ersatz für die Flitterwochen, die wir nie hatten.«

»Ein so edles Hotel!«, meinte sie lachend. »Ich vermute eher, meine Mutter und meine Großmutter werden wollen, dass ich bei ihnen übernachte – zumindest hoffe ich das. Natürlich möchte ich die Nacht gern mit dir verbringen, aber das wäre vielleicht unschicklich.« Aber kam es darauf noch an?, fragte sie sich.

»Gunsborough«, meinte er nachdenklich. »Das ist ebenfalls Mahony-Land – es wäre nett, sich in Kerry niederzulassen.«

»Oh ja! Und Lord Kitchener von Khartoum ist dort geboren. Ich habe einmal mit ihm gesprochen, als er dem O'Mahony einen Besuch abstattete.«

Rodi sah sie lächelnd an. »Aha, du pflegst jetzt also Umgang mit den feinen Leuten der Grafschaft!«

»Ständig«, zog sie ihn auf. »Die meisten Männer haben Ehefrauen, die zu jeder Gelegenheit einen neuen Hut brauchen … Rodi«, setzte sie dann hinzu, »wenn Zachary etwas zustoßen sollte, würdest du mich dann immer noch heiraten wollen?«

»Natürlich!«

»Obwohl meine Herkunft und meine Lebensweise so anders als deine sind?«

»Was meinst du damit?«, fragte er ratlos.

»Meine Familie stammt aus der Arbeiterklasse, und du bist adlig.«

»Ich habe deinen Vater als sehr noblen Mann kennengelernt, aufrecht, wahrhaftig und fleißig, und deine Mutter ist eine freundliche, liebevolle Frau. Auch deine Brüder schienen alle feine junge Burschen zu sein. Wenn das kein innerer Adel ist, was dann?«

»Das meine ich nicht. Es ist schön und gut, mich zu deiner Geliebten zu machen; aber eine Heirat mit mir würde dein ganzes Leben verändern. Ich rede von Klassenunterschieden.«

»Ich ebenfalls, Brigid. Aber eines Tages werden diese Schranken fallen müssen – genau das geschieht gerade in meinem Land, das viele Jahrhunderte lang ein Feudalsystem ertragen hat. Genau wie Irland den britischen Imperialismus«, erklärte er bedrückt, denn er hatte die Schrecken eines blutigen Bürgerkriegs erlebt, dessen Ursache Klassenstrukturen und die Gier nach Besitz, Land und dem Leben anderer Menschen waren.

»Das Leben geht schon seltsame Wege, nicht wahr?« Über seine Schulter hinweg sah sie zu den fernen blauen Gipfeln der Stack's Mountains. »Du hättest damals auf dem rutschigen Leinpfad einfach weiterreiten und keinen Gedanken an mich verschwenden können. Dann würde ich immer noch mit Zachary zusammenleben und wäre wahrscheinlich sogar ganz zufrieden. Denn was man nie gekannt hat, kann man auch nicht vermissen.«

»Wäre dir das lieber gewesen?«

»Nein.«

»Weiterzureiten ohne einen Gedanken an dich, das wäre ja gewesen, als hätte ich dem Schicksal den Rücken gekehrt. Als hätte man die Jungfrau Maria abgewiesen … denn an die hast du mich erinnert. Und da mir an diesem Tag das Glück hold war, habe ich mich umgedreht und dich wieder und wieder angesehen … und dann noch einmal«, setzte er hinzu, und das Strahlen in seinen Augen erinnerte sie an den Tag in Dublin, als sein Pferd sie in den Schlamm gestoßen hatte.

»Ohne dass du wirklich wusstest, was du getan hast«, meinte sie leise.

»Ja, ohne zu wissen, was ich tat«, pflichtete er ihr bei.

Sie drehte sich in seinen Armen um und legte die Hände um sein Gesicht. »Danke, dass du zu mir gestanden hast, als ich Zachary verlassen habe. Ich weiß nicht, was ich getan hätte, wenn du mich nicht mit nach Grange Con genommen hättest.«

»Das meine ich ja – mit dem Schicksal lässt sich nicht streiten.« Er küsste sie lange und leidenschaftlich und versuchte angestrengt, nicht daran zu denken, dass dieser Zustand nicht mehr lange dauern konnte. In den Balkanstaaten herrschte große Unruhe, und ihm war klar, dass er eher früher als später zurückkehren musste. Sein Herz würde er in Irland zurücklassen, aber seine Loyalität galt seiner Heimat und ihrem Freiheitskampf gegen die türkische Unterdrückung. Und er wollte lieber in diesem Kampf fallen, statt als politischer Gefangener zu enden.

Aber er würde nicht sterben! Wenn das alles vorüber war und in seinem Land Frieden herrschte, würde er zurückkommen und Brigid nachholen. Allerdings fragte er sich, ob sie sich in Bulgarien, das ihr völlig fremd war, jemals wohlfühlen würde. »Es ist so friedlich hier«, meinte er traurig, weil er nur Zuschauer war und nicht wirklich Anteil daran hatte. »So richtig weiß man das erst zu würdigen, wenn man das andere erlebt hat: Lärm und Verwirrung, die großen Geschütze und die blutigen Eingeweide der Toten, die niedergemetzelten Frauen und Kinder, Hunger, Krankheiten und die Ungewissheit, ob man den nächsten Sonnenaufgang erleben oder am Abend des folgenden Tages den Mond sehen wird …« Und weil solche Gedanken Gefahr liefen, ihn trübsinnig zu stimmen und er den schönen Tag nicht verderben wollte, stand er auf und ging zu seinem Sohn, der immer noch vergeblich versuchte, auf dem unebenen Boden seinen Reifen zum Laufen zu bringen.

»Hättest du Lust, morgen mit einem großen Zug nach Dublin zu fahren, Roddy?«

Roddy junior fiel es immer noch schwer, diesen Mann zu akzeptieren, von dem seine Mutter ihm sagte, er sei sein Papa. Immerhin war er ein tapferer Soldat, und darauf war der Knabe stolz. Er wollte ebenfalls Soldat werden. Der Kleine ließ seinen Reifen im Stich und sah strahlend zu Rodi auf. Mit seinen blitzenden dunklen Augen, die denen seines Vaters so ähnlich sahen, erschien er Brigid in diesem Moment wie ein Ebenbild des Mannes, der ihr Leben verändert hatte.

»Darf ich ihn fahren, Papa?«

»Das weiß ich nicht. Aber ich werde sehen, was ich tun kann. Vielleicht können wir den Schaffner überreden, dich auf seiner Pfeife blasen zu lassen.«

»Gehen wir jetzt nach Hause?«

»Ja, ich glaube schon. Es wird kühl.«

»Nimmst du mich huckepack, so wie Onkel Luke?«

Rodi hob seinen Sohn hoch und setzte ihn sich auf die Schultern. Roddy junior, der in der einen Hand seinen Reifen und das Stöckchen in der anderen hielt, schlug seinen Vater mit der Gerte leicht auf den Kopf. »Lauf, mein Pferdchen«, rief er und bohrte Rodi seine schlammbedeckten Schuhspitzen in den Rücken.

Brigid lachte. »Lass das!«, schalt Rodi sie. »Ich glaube, es ist höchste Zeit, dass er auf einem richtigen Pferd reitet und lernt, wo der Unterschied zwischen seinem Vater und einem vierbeinigen Lasttier liegt!«

Kapitel Sechsundzwanzig

1

Gemara war außer sich vor Glück über Brigids Besuch, und fast noch mehr freute sie sich, ihren ersten Urenkel zu sehen. »Lieber Gott! Schau, wen wir hier haben, Sarah! Und so frisch und hübsch und munter von der guten Landluft! Was für ein Anblick für meine müden alten Augen an diesem trüben Morgen!« Sie küsste Brigid stürmisch. »Und da ist ja der Kleine! Lass dich ansehen, mein Schatz ... Schau selbst, Sarah, er ist Benjamin wie aus dem Gesicht geschnitten.«

Sarah trat in die enge Diele und wischte sich die roten, rissigen Hände an ihrer Schürze ab. Sie hatte in der Waschküche ein halbes Dutzend Laken zu waschen, da Benjamin sein Wasser und auch alles andere nicht mehr halten konnte. Sie hatte Rheuma im rechten Ellbogen, den sie sich einst gebrochen hatte, und litt ständig unter Schmerzen. Dazu kamen die schlaflosen Nächte. »Na, wenn das nicht die verlorene Tochter ist! Was führt die feine Dame aus Kilmorna hierher?«

»Wie kannst du nur so etwas sagen, Sarah!«, tadelte Gemara, als Brigid angesichts dieses feindseligen Empfangs keine Worte fand, um sich zu wehren. »Reicht es nicht, sie so gesund und froh zu sehen? Und dem Jungen geht es auch gut! Lehren die Brüder uns nicht, Vergebung zu üben?«

»Guten Tag, Mutter«, sagte Brigid nervös. Sarah schaute ratlos zwischen ihrer Tochter und ihrem unehelich geborenen Enkelsohn hin und her.

Sarah war in kurzer Zeit um viele Jahre gealtert. Ihr Haar war weiß geworden, und in ihr Gesicht hatten die Sorgen und die harte Arbeit, die Benjamins Pflege bedeutete, ihre Spuren gegraben. Ihre einst kräftige, aufrechte Gestalt wirkte gebeugt, und ihre früher feinen und zarten Hände waren so rau, dass ihr Nähfaden sich daran verfing. Immer noch gab sie ihrer Tochter die Schuld an Benjamins Krankheit.

Was Brigid getan hatte – Zachary zu verlassen und die Geliebte eines Ausländers zu werden, der weder dem gleichen Glauben noch der gleichen Kultur angehörte wie sie –, hatte Benjamins Zustand noch verschlechtert. Sie selbst war zu einer verbitterten alten Frau geworden, die nicht in der Lage war, Brigid die Schande zu verzeihen, die sie über die Familie gebracht hatte, obwohl Sarah wusste, dass man Vergebung und Verständnis von ihr erwartete.

Die Entscheidung lag bei Gemara, die mit ihren zweiundsiebzig Jahren immer noch munter und rüstig war. Sie nahm den kleinen Roddy bei der Hand, der daraufhin verwirrt zwischen seiner Großmutter und seiner Urgroßmutter hin- und hersah. »Mama!«, schrie er, machte sich los und vergrub sein Gesicht in Brigids Röcken.

Sie versuchte, ihn zu beruhigen. »Sei doch nicht töricht, Roddy, du brauchst keine Angst zu haben. Das hier ist deine Großmama, und das deine Urgroßmama. Jetzt sei brav, Großpapa geht es nicht gut, daher musst du besonders lieb sein und keinen Lärm machen.«

»Komm, Brigid, und bring den Jungen mit«, drängte Gemara und verzichtete darauf, dem scheuen kleinen Burschen einen Kuss abzuringen. Das würde schon von allein kommen, da war Gemara sicher, daher drängte sie ihn nicht. »Benjamin wird seinen Enkel sehen wollen. Komm, und keine Angst! Er ist sauber und anständig zurechtgemacht, also wird euer Besuch ihn nicht in Verlegenheit stürzen.«

Auf der halben Treppe sah sie über die Schulter. »Brigid, Kind, dein Vater hat die Sprache verloren und ist vollständig gelähmt. Aber er kann noch denken und versteht alles – das ist ja gerade die Tragödie. Aber ich glaube, er wird glücklich sein, euch zu sehen. Der arme Mann hat ja sonst nichts mehr im Leben, das ihm Freude bereitet.«

Im Rücken spürte Brigid den Blick ihrer Mutter, die nicht die geringste Versöhnlichkeit an den Tag legte. Sie folgte Gemara in Benjamins Zimmer, das früher ihres gewesen war.

Sie erkannte ihren Vater nicht wieder. Der Kranke hatte so gar nichts gemein mit dem Benjamin, den sie zuletzt gesehen hatte, dem großen, herzlichen, gebieterischen Mann, der er einst gewesen war, der treibenden Kraft der Familie. Zerbrechlich und mager, mit ebenso weißem Haar wie Sarah, lag er auf dem Rücken, rollte die Augen und starrte leeren Blickes an die Decke. Aus seinen Mundwinkeln rann der Speichel in langen Fäden. Blaugeäderte Hände, die wie Vogelkrallen wirkten, lagen reglos auf der Bettdecke. Brigid spürte, wie ihr ein Schluchzen in die Kehle stieg, und Panik ergriff sie: Habe ich Vater das angetan?, fragte sie sich und blieb erschrocken stehen. Sie fand auch, es sei nicht gut für den Jungen, ihn an das Bett dieses kranken alten Mannes zu führen, der an der Schwelle des Todes stand.

Aber Benjamin war Roddys Großvater, und sie war es ihm schuldig, Frieden mit ihm zu schließen. Brigid beugte sich über Benjamin. »Ich bin's, Vater ... Brigid. Ich habe dir deinen Enkelsohn mitgebracht.« Sie hob Roddy hoch. »Schau, Vater, ist er nicht ein großer, kräftiger Bursche? Ein feiner Junge, und auch klug und intelligent. Er heißt Roddy Benjamin ... Du kannst stolz auf ihn sein, das schwöre ich.« Dann setzte sie Roddy wieder ab, denn er sah aus, als wolle er gleich den Mund aufreißen und alles zusammenschreien. »Nimm ihn bitte mit nach unten, Grandma«, sagte sie zu Gemara. »Ich möchte mit Vater allein sein.«

Gemara nickte und lockte Roddy mit dem Versprechen auf einen Keks und ein Glas Milch aus dem Zimmer.

Brigid zog sich einen Stuhl heran und setzte sich neben ihren Vater. Sie nahm die starre, klauenartige Hand und strich zärtlich über seine knochigen Gelenke. »Ich liebe dich, Vater, und ich möchte, dass du das weißt. Ich habe dich schrecklich lieb, und es tut mir leid, dass ich dir so viele Schwierigkeiten gemacht habe. Das habe ich so nicht gewollt. Ich habe Zachary nie geliebt – nicht so, wie eine Ehefrau ihren Mann lieben soll. Ich hätte ihn überhaupt nicht heiraten sollen, und es war dumm und grausam von mir, ja zu sagen. Aber ich dachte, alle würden Gehorsam von mir erwarten, daher habe ich es getan – doch dann bin ich Rodi begegnet. Ich liebe ihn, Vater, und werde ihn immer lieben. Er war in Bulgarien und hat für sein Land gekämpft. Aber vor einem Monat ist er zu O'Mahonys Begräbnis nach Kilmorna zurückgekehrt. Du darfst dir nicht die Schuld daran geben, was vor vier Jahren im Office of Arms geschehen ist, Vater. Für die Juwelen warst doch nicht du verantwortlich. Jeder weiß, dass du nichts mit dem Diebstahl zu tun hattest. Sir Arthur zieht jetzt nach Kilmorna, da seine Schwester das große Haus nicht will. Luke geht es gut, und er schickt dir liebe Grüße. Er kommt dich bald wieder besuchen. Nun, da George O'Mahony … nicht mehr ist, hat Luke nicht mehr so viel Arbeit mit dem Park. Er ist wunderschön. Wenn es dir besser geht, nehmen Luke und ich dich einmal mit, damit du ihn ansehen kannst … Ich … ich … wollte dich um Verzeihung bitten, deswegen bin ich gekommen. Vergib mir, und Rodopi Serrai bitte auch.«

»Man kann ein Pferd zum Wasser führen, aber man kann es nicht zum Trinken zwingen«, ließ sich hinter ihr eine Stimme vernehmen.

Brigid drehte sich um. Sarah lehnte mit der Schulter am Türrahmen und betrachtete die tragische Szene: Ihre Tochter versuchte die Vergangenheit zu begraben, doch ganz so einfach war das nicht.

»Wie bitte, Mutter?«

»Er kann dich hören, er kann dir nur nicht antworten. Ich habe von euch Kindern geredet, von dir und den Jungen. Euer Vater und ich haben euch auf den rechten Pfad geführt, doch es lag bei euch, vom Wasser der Reinheit zu trinken. Wir haben uns gefragt, wo wir geirrt haben. Aber die Zeiten ändern sich nun einmal, und die jungen Leute von heute halten nichts mehr von Moral und haben kein Interesse an Gott. Sie sehnen sich nur nach den Vergnügungen des Fleisches. Natürlich kann ich dir nicht die Schuld geben. Wir waren alle einmal jung und haben uns gegen die Autorität unserer Eltern aufgelehnt. Ich will dir etwas erzählen, das du nicht weißt, Kind. Weder Benjamin noch ich waren Quäker, bis wir durch Zachary das Licht gesehen haben – so wie er selbst eines Tages im Phoenix-Park nach den Attentaten das Antlitz des Herrn erblickt hat.«

»Welche Attentate?«

»Die Morde an Lord Frederick Cavendish, dem Neffen von Premierminister Gladstone, und Thomas Burke, der damals Staatssekretär war.«

»Was willst du mir sagen, Mutter?«

»Dass die größten Sünder manchmal die frömmsten Gläubigen

werden. Das alles ist jetzt viele Jahre her. Zachary und Benjamin waren seit ihrer Schulzeit befreundet, und beide waren sie Raufbolde. Überall suchten sie nur ihr Vergnügen. Vor dreißig Jahren war ich ein Mädchen von neunzehn, nicht viel älter als du, als du dich in den Bulgaren verliebt hast. Damals traf ich mich mit Zachary, doch meine Eltern hatten etwas dagegen, weil sie ihn für leichtfertig hielten. Benjamin und Zachary tranken, rauchten und liefen den Frauen nach, kurz gesagt, sie gaben sich nur zu gern allen Freuden des Fleisches hin. Und sie waren auch Aufrührer. Sie hatten sich mit üblen Menschen eingelassen, der Landliga, die sich selbst die ›Unbesiegbaren‹ nannten. An dem Tag, an dem Cavendish und Burke im Phoenix-Park mit Skalpellen buchstäblich in Stücke geschnitten wurden, waren Benjamin, Zachary und ich ebenfalls im Park. Damals hatte ich weder eine Ahnung, dass die beiden mit der Landliga zu tun hatten, noch dass die ›Unbesiegbaren‹ hinter dieser abscheulichen Gewalttat steckten. Die Täter flohen, wurden aber später verhaftet und hingerichtet; Männer, mit denen dein Vater und Zachary bekannt waren.«

Brigid wollte nichts mehr hören, doch Sarah erzählte weiter von den Ereignissen, über die sie – außer vielleicht mit Gemara – noch nie mit jemandem gesprochen hatte. Es war, als wolle Sarah sich das alles endlich von der Seele reden, um selbst ein wenig Ruhe zu finden.

»An diesem Tag im Phoenix-Park haben die beiden einen furchtbaren Schrecken bekommen. Zachary sah einen blendend hellen Lichtstrahl und fiel auf die Knie. Benjamin hat es ebenfalls gesehen, wie er mir nachher erzählte. Was wir da erlebt hatten – dein Vater, Zachary und ich –, nämlich dass Unschuldige von gewissenlosen Mördern kaltblütig niedergemetzelt wurden, das war nicht der Weg, um die Probleme unseres Landes zu lösen. Dieser Weg würde nur in den Untergang führen. Zachary und Benjamin haben sich dann versteckt, weil sie fürchteten, alle Mitglieder der Landliga werden bestraft. Doch sie wurden nie vor Gericht gestellt, und ihre Namen gingen in der allgemeinen Verwirrung unter. So wie in Irland so vieles mit der Zeit einfach in Vergessenheit gerät.«

»Warum erzählst du mir das alles, Mutter?«, fragte Brigid.

»Weil ich möchte, dass du die Wahrheit erfährst. Zachary hatte sein inneres Licht gesehen, und Benjamin ebenfalls. Nachdem sie durch Gottes Hand verschont worden waren, traten sie von einem Tag auf den anderen zum Glauben der Quäker über. Zachary war zu Anfang noch fanatischer, als dein Vater je war. Damals wollte er sich lieber seinem Glauben widmen, als mich zu heiraten. Und als Benjamin mir dann einen Antrag machte, habe ich angenommen. Viele Jahre später hat Zachary dann doch geheiratet. Seine erste Frau war eine geachtete Quäkerin, die über ihr eigenes Einkommen verfügte. Sie starb, als du zehn Jahre alt warst. Benjamin, der inzwischen beim Adelsregister arbeitete, steckte erneut in Schwierigkeiten. Als Schatzmeister der Gesellschaft der Freunde hatte Benjamin über jeden Penny Rechenschaft abzulegen. Aber er begann zu stehlen, fälschte die Einträge in den Büchern und steckte das Geld in die eigene Tasche. Er hat es genommen, um uns zu ernähren, Brigid, denn mit dem geringen Lohn, den er beim Office of Arms verdiente, konnte er seine immer größer werdende Familie kaum unterhalten. Zachary kam ihm auf die Schliche und drohte, Benjamin auffliegen zu lassen, wenn er sich nicht auf einen Handel mit ihm einließ. Dein Vater hätte sonst seine Stellung verloren, wäre ins Gefängnis gekommen und für immer entehrt gewesen – vielleicht hätte man sich sogar daran erinnert, dass er früher Mitglied der Landliga war und durch puren Zufall durch die Maschen des Gesetzes gerutscht ist. Gott weiß, was das für ihn bedeutet hätte – wenn Zachary ihn nicht vor den Folgen seiner Dummheit bewahrt hätte.«

»Was für ein Handel war das?«

»Zachary legte das Geld zurück, das Benjamin gestohlen hatte. Damals habe ich auch – mit Hilfe von Gemara, die inzwischen bei uns wohnte – mit der Fertigung der White-Lady-Hüte begonnen.«

»Was für ein Handel, Mutter?«, wiederholte Brigid, lauter jetzt.

»Du warst so ein hübsches Mädchen … ach, du bist es immer noch. Zachary hat um dich angehalten und wollte dich heiraten, sobald du alt genug wärst. Er hat versprochen, gut zu dir zu sein, dir ein sorgenfreies Leben zu ermöglichen und immer für dich zu sorgen. Er mochte dich sehr gern, Brigid, Kind.«

»Ich bin kein Kind mehr, Mutter«, gab Brigid kühl zurück. »Wie viel hat Vater der Gesellschaft der Freunde gestohlen?«

»Im Laufe der Jahre waren es tausend Pfund.«

Brigid stand auf. Sie hörte, dass ihr Sohn unten nach ihr jammerte. »Du und Vater, ihr habt mich also für tausend Pfund an Zachary verkauft. Vielen Dank euch beiden.« Sie sah auf den Mann hinunter, der ihr Leben und ihr zukünftiges Glück gegen Geld, seinen Arbeitsplatz und seinen Ruf eingetauscht hatte.

Tränen quollen aus seinen Augen und rannen über seine welken Wangen, und seine Hand begann sich langsam, schmerzhaft und mit einer Anstrengung, die fast über Benjamins Kräfte ging, über die Bettdecke zu schieben.

Er hatte alles gehört und verstanden.

Die Schuldgefühle, die Brigid so lange niedergedrückt hatten wie eine eiserne Faust, wichen mit einem Mal. Sie nahm Benjamins Hand und küsste sie, küsste auch die kalte, feuchte Stirn ihres hilflosen, unglücklichen Vaters, der schließlich doch ein schwacher Mensch war. Sie war jetzt die Stärkere.

Sie war im Glauben erzogen worden und war überzeugt von den Prinzipien und Lehren der Quäker – aber nicht so sehr, dass sie sich davon ersticken ließ. Endlich fühlte sie sich frei, ihre eigenen Entscheidungen zu treffen und ihr Leben selbst zu wählen. Sie würde arbeiten und jeden Penny zurücklegen, den sie mit ihren Hüten verdiente. Dann würde sie sich aus ihrer Ehe mit Zachary freikaufen, indem sie ihm die gesamten tausend Pfund erstattete, die Summe, die sie ihren Eltern wert gewesen war.

»Lebwohl, Vater … Mutter.« Sie umarmte Sarah flüchtig und rannte dann nach unten, um ihren jammernden Sohn zu trösten. Sie küsste Gemara zärtlich, aber sie fühlte sich nicht in der Lage, noch einen Augenblick länger in diesem Haus zu bleiben – selbst wenn Gemara oder Sarah sie eingeladen hätten, was nicht der Fall war.

Mit ihrem Sohn kehrte sie direkt zum Hotel Shelbourne zurück, um auf Rodi zu warten, der nach Grange Con gefahren war, um seinem Wohltäter einen Besuch abzustatten.

2

»Ha!«, rief der O'Mahony aus, der den Titel seines Bruders geerbt hatte. »Ich habe Neuigkeiten für dich, Rodi. Shackleton ist in Portugiesisch-Westafrika verhaftet worden; genauer gesagt in Hanna, wo er eine Plantage leitete. Er sitzt jetzt im Gefängnis von Benguela und wartet auf das Eintreffen eines Beamten vom Betrugsdezernat von Scotland Yard.«

Die Monte Video Public Works Corporation, deren Anteile man allgemein für ziemlich wertlos hielt, nachdem Shackleton vor vier Jahren aus Dublin fortgegangen war, hatte in ihren Büchern einen Verlust von 943 000 Pfund ausgewiesen. Jeder, der sich mit der Celtic Investment Trust Company oder Shackletons North Mexico Land and Timber Company eingelassen hatte, war um sein Geld gebracht worden. Lord Ronald Sutherland-Gower, der Frank Shackleton seine Geschäfte anvertraut hatte, war dabei nur einer von vielen, die um Tausende von Pfund geprellt worden waren. Rodi selbst hatte tausend Pfund an wertlosen Anteilen verloren, denn der Scheck über 850 Pfund – nach dem Abzug von 150 Pfund für Ausgaben –, den ihm Mr. Garlick damals geschickt hatte, war geplatzt, was Rodi allerdings erst viel später erfahren hatte. Die Summe war Rodi seinem Wohltäter noch immer schuldig, denn es war Peirce Lacy gewesen, der ihm das Geld für die Transaktion vorgestreckt hatte.

»Da hat er nur bekommen, was er verdient hat«, meinte Rodi und bediente sich an O'Mahonys Alkoholvorrat, der auf einem Konsoltischchen in der Bibliothek auf Grange Con stand. »Es erstaunt mich nur, dass nach dem Verschwinden der Juwelen niemand Gorges befragt hat. Mich hat die Dubliner Polizei lange genug verhört, und schließlich hat man mich sogar ohne Gerichtsurteil eingesperrt, weil ich angeblich ein ausländischer Agent war, der die Juwelen gestohlen hatte, um eine Revolution zu finanzieren!«

»Schon merkwürdig«, meinte O'Mahony nachdenklich, lehnte sich in seinem Sessel zurück und betrachtete die weite Landschaft vor den Fenstern seiner Bibliothek, »dass gerade diese beiden anscheinend vom Glück begünstigt waren. Auch über Shackletons Lebensstil hat sich niemand gewundert. Zuerst hat er sich ein Haus in Palace Court, West London, gekauft, und dann noch ein weiteres prachtvolles Haus in der Park Lane, in der Nähe der Residenzen von Lady Grovenor und Sir Rufus Isaacs – mein Halbbruder Arthur Vicars hat mir davon berichtet. Wir sind uns zwar nicht mehr recht grün, vor allem, nachdem er versucht hat, meinen Sohn auf die Seite der britischen Hierarchie zu ziehen. Aber trotzdem hat der gute Arthur ein weiches Herz, und wir haben das Kriegsbeil begraben. Er war so bestürzt über die ganze Kronjuwelen-Affäre und ist es noch, dass ich irgendwann den Eindruck hatte, er stehe kurz vor dem Selbstmord. Für ihn ist Shackleton an allem schuld, und vielleicht hat er nicht ganz unrecht. Schließlich hat sich Shackleton kurz nach dem Verschwinden der Juwelen ein Automobil für 850 Pfund gekauft.«

»Wahrscheinlich genau die 850 Pfund, die er mir noch schuldet«, meinte Rodi düster.

»Sogar Inspector Kane von Scotland Yard gibt zu, dass er mit seiner gewandten Art alle hinters Licht geführt hat.«

»Was ist eigentlich aus Gorges geworden?«, erkundigte sich Rodi.

»Zuletzt habe ich gehört, dass er vor dem Westlondoner Polizeigericht stand, weil er eine Hotelrechnung nicht bezahlt hatte. Er ist verwarnt worden und anschließend von der Bildfläche verschwunden.«

»Dann war der Richter ein Idiot. Er hätte Gorges hinter Schloss und Riegel stecken sollen.«

O'Mahony stand auf und trat an die hohen Fenster, durch die man auf den See und die fernen Wicklow Mountains sah, eine Aussicht, die er genoss und liebte. »Ich muss dir gestehen, dass ich sehr stolz auf dich bin, Rodi. Du hast in Bulgarien bewiesen, dass du gar kein übler Soldat bist. Sicher, du hast in Irland ein uneheliches Kind gezeugt, aber ich bin um deinetwillen froh, dass du am Ende alles wiedergutgemacht hast, indem du für deine Heimat gekämpft hast und der Frau, der du Unrecht getan hast, treu geblieben bist. Das hätte ich nie gedacht.«

»Ich weiß, Sir«, gab Rodi betreten lächelnd zurück. »Irgendwie haben immer alle meine guten Absichten missverstanden.«

»Ich habe beschlossen, dir die lebenslange Jahresrente von zweitausendfünfhundert Pfund, die ich dir versprochen habe, jetzt auszusetzen; statt des kleinen Taschengelds, das du bisher von mir bekommen hast.«

Rodi wusste nicht, was er sagen sollte. »Danke, Sir«, antwortete er daher einfach. »Das ist sehr großzügig von Ihnen.«

O'Mahony hatte die Hände auf dem Rücken verschränkt und sah seinen Schützling über die Schulter hinweg an. »An deiner Stelle würde ich ein Testament aufsetzen – für den Fall, dass dir in Bulgarien etwas zustößt. Es wäre klug, Vorkehrungen für deine … ähem … für Brigid und den Knaben zu treffen.«

»Ja, Sir. Daran hatte ich auch schon gedacht.«

»Die Lage ist nicht gut. Möglicherweise habe ich mein bulgarisches Vermögen verloren.«

»Wie denn das?«

»Hast du es denn nicht gehört?«

»Ich konnte am Bahnhof keine Zeitung bekommen; sie waren ausverkauft.«

»Die Balkanliga und das mit ihr verbündete Montenegro haben dem Osmanischen Reich den Krieg erklärt.«

Rodi schwieg eine Weile. Als er erneut das Wort ergriff, klang seine Stimme traurig. »Dann ist es Zeit, dass ich in meine Heimat zurückkehre.«

Peirce Charles de Lacy O'Mahony wandte sich jetzt ganz zu seinem Schützling um. Seine kantigen Züge wirkten ernst. »Wenn Bulgarien den Krieg verliert, fällt Mazedonien an Griechenland. Dann ist dein Erbe dahin. Du wirst alles verlieren, auch deinen Rang – und mir könnte es genauso ergehen. Denn in Irland wird es zu einem Bürgerkrieg kommen – das Land steht kurz davor. Eoin MacNeill, der Mitbegründer der Gälischen Liga, stellt eine nationalistische Freiwilligenarmee auf, und ich werde ihn unterstützen. Ich werde eine ausgewählte Gruppe von Männern aus Wicklow und Kerry zur Verfügung stellen, die ich auf meine eigenen Kosten zu Nachrichtenoffizieren ausbilden werde. Ich hätte dich gern dabei. Wenn du es jedoch vorziehst, nach Bulgarien zurückzukehren, habe ich dafür Verständnis und werde zu Gott beten, dass es nicht vergebens ist.«

»Ich muss nach Bulgarien«, antwortete Rodi, ohne zu zögern.

3

In dieser Nacht lagen sie in ihrem Bett in dem fremden Hotelzimmer. Ihr Sohn schlief in seinem Kinderbettchen in der Ecke fest, doch die beiden fanden keinen Schlaf. Im Flüsterton, um Roddy junior nicht zu wecken, erzählte Brigid ihm im Dunkeln von ihrem Besuch in der Eustace Street an diesem Morgen und von Sarahs Verbitterung. »Das also war das Familiengeheimnis, Rodi. Sie haben mich an Zachary verkauft, um meinen Vater zu retten!«

»Wenigstens hast du noch eine Familie, Brigid. Ob in guten oder bösen Tagen, sie sind immerhin deine Verwandten. Und ich glaube nicht, dass sie deine Ehe mit Zachary so gesehen haben wie du.«

»Dann findest du es gut, was sie getan haben? Mich Zachary als Ehefrau anzubieten, so wie auf dem Cornmarket ein Sack Getreide versteigert wird?«

»Nein. Das meine ich nicht. Aber das Leben stellt uns manchmal vor seltsame Entscheidungen.«

Dann erzählte er ihr von seinem Entschluss, innerhalb der nächsten Woche nach Dubrovnik abzureisen. Er würde über Cork segeln, auf demselben Weg, auf dem er gekommen war. Er berichtete ihr auch von O'Mahonys Großzügigkeit und den zweitausendfünfhundert Pfund, die er ihm auf Lebenszeit als Jahreseinkommen ausgesetzt hatte, und versicherte ihr, dass das Geld ihr und Roddy junior zukommen würde, falls ihm in Bulgarien etwas zustieß.

Brigid gab so lange keine Antwort, dass er schon fürchtete, sie sei ihm böse oder sei eingeschlafen. »Das verstehst du doch, Brigid, oder?«

»Ja, natürlich verstehe ich das. Aber ich möchte etwas anderes wissen.«

»Was?«

»Das Rubinarmband, das du mir geschenkt hast. Brasilianische Rubine, hast du gesagt, äußerst selten, und dass es deiner verstorbenen Großmutter gehört hätte. Ist das die Wahrheit?«

»Was meinst du, ob das die Wahrheit ist?« Er stützte sich auf einen Ellbogen und sah ihr ins Gesicht, das er im nächtlichen Halbdunkel als blasses Oval wahrnahm.

Sie schluckte. »Die … die Juwelen, die dir aus der Tasche gefallen sind – an dem Nachmittag, an dem wir uns zum ersten Mal begegnet sind. Waren das wirklich Familienerbstücke oder …« Sie vermochte ihre schlimmsten Befürchtungen nicht in Worte zu fassen.

»Oder was?« Er umfasste ihr Kinn und drehte ihr Gesicht so, dass sie ihn ansehen musste. »Oder was, Brigid?« Seine Stimme klang schneidend. »Fürchtest du, dass es die Kronjuwelen waren, die ich irgendwie aus dem Safe im Bedford Tower gestohlen haben könnte?«

Sie weigerte sich, ihm darauf zu antworten. »Das denkst du, nicht wahr?«, flüsterte er zornig. »Du hältst mich für den Dieb, oder?«

»Nein … das tue ich nicht.«

»Doch, tust du. Du nimmst an, ich hätte die Steine neu fassen lassen und dass ich sie dir jetzt Stück für Stück schenke, stimmt's? Oder glaubst du, ich hätte damit den Freiheitskampf der Bulgaren finanziert?« Er hielt ihr Kinn so fest gepackt, dass es schmerzte. Noch nie hatte sie ihn so aufgeregt und zornig erlebt, zumindest nicht ihr gegenüber.

»Es … es tut mir leid …« Tränen stiegen in ihr auf, und sie schalt sich dafür, ihn verletzt zu haben.

»Nein, mir tut es leid!« Er stieg aus dem Bett und begann sich anzukleiden.

»Geh nicht, Rodi«, flehte sie. Sie fürchtete, ihn zu verlieren.

»Ich muss«, murmelte er und ging rasch hinaus.

4

Eine Stunde später kehrte Rodi zurück und schloss leise die Tür auf. Brigid war noch wach. Die ganze Zeit über hatte sie lautlos geweint und das Kissen mit ihren Tränen getränkt. Sie stieß ein stilles Gebet des Danks und der Erleichterung aus, weil er sie nicht verlassen hatte, nicht für immer aus dem Hotel und aus ihrem Leben verschwunden war, wie sie gefürchtet hatte.

Er befand sich immer noch in dieser seltsamen Stimmung, in der er seit seinem Besuch auf Grange Con war, und sie nahm sich vor, ihre Worte sorgfältig zu wählen. Zunächst einmal sagte sie gar nichts.

Rodi sah, dass sie noch wach war, sagte aber kein Wort, während er sich wieder auszog und neben sie legte. Fest umschlang er ihren warmen, wunderschönen Körper, den er aus allen möglichen Gründen heftig begehrte. »Willst du nicht fragen, wo ich gewesen bin?«, flüsterte er an ihrem Hals.

»Ich werde dir keine Fragen mehr stellen, weil du mir die Antworten nicht geben willst«, sagte sie, weil sie sich in ihrer Liebe verletzt fühlte.

Er schaute in ihr hübsches Gesicht, diese blasse Mondblume, die er nie hatte verletzen wollen, nur immer und immer wieder küssen. »Ich war in der Bar«, versetzte er schroff, »und habe irische Lieder gesungen und mir schmutzige irische Witze angehört.«

»Ich rieche den Branntwein an deinem Atem. Und die Iren erzählen keine schmutzigen Witze, nur dumme.«

»Umso besser. Weißt du, dass du eine richtige Xanthippe geworden bist?«

»Tut mir leid. Ich werde versuchen, mich zu bessern, während du in Bulgarien bist.«

»Das Kissen ist ja nass.« Er drehte es um. »Ich habe übrigens eben mit deinem Bruder Unwin gesprochen.«

Unwin, der gerade vierzehn geworden war, arbeitete als Küchenjunge im Hotel Shelbourne. »Was hatte er denn zu dieser Nachtzeit in der Bar zu suchen?«, fragte Brigid und schniefte noch einmal.

»Er hat getrunken wie ein Mann, bis der Hoteldirektor ihn ins Bett geschickt hat.«

»Getrunken? Unwin? Er ist doch noch ein Junge!«

»Er selbst ist jedenfalls davon überzeugt, ein Mann zu sein – denken wir das nicht alle, obwohl wir in Wahrheit nur Narren sind? Aber keine Sorge, es war nur Limonade.« Er strich ihr das Haar aus dem verweinten Gesicht. *»Bis er nach Jahren, unter Tränen lachend, die Frau fand, so leuchtend und wunderschön, dass man Männer bei Nacht hat Stroh dreschen sehn/beim Lichte einer gestohlenen Locke … Meine unschuldige Brigid Rose …«*

Sie verzieh ihm alles, sogar den Branntwein, der ihn wieder einmal zu einem falschen Yeats-Zitat angestiftet hatte.

Sein Mund lag auf ihrem, hart und heftig und fordernd. Hingerissen und leidenschaftlich küsste er sie und ließ ihr keine Zeit, ihn auf den prosaischen Umstand hinzuweisen, dass sie das Kind wecken könnten. Er nahm sie fast sofort, als versuche er den Streit durch seine Leidenschaft wieder wettzumachen. Dann war er in ihr und liebte sie, als wäre es das letzte Mal. Sein Körper zwang ihr seinen Rhythmus und sein Begehren auf. Er gehört mir, dachte sie benommen, soll es doch geschehen, wir wollen es beide.

Kapitel Siebenundzwanzig

1

Ende Oktober kehrte Rodi nach Bulgarien zurück. Im Dezember, kurz vor Weihnachten, starb Benjamin, und Brigid und Luke fuhren zur Beerdigung nach Dublin. Den kleinen Roddy ließen sie auf Kilmorna in Emmys Obhut zurück.

Brigid hatte ihren Vater sehr geliebt und sich selbst gegrollt, weil sie ihm nach seiner Entlassung aus dem Adelsregister noch zusätzlichen Kummer bereitet hatte. Dennoch konnte sie seinen Tod nur als Gnade und Erlösung betrachten; nicht nur, weil seine Krankheit ihm das Leben unerträglich gemacht hatte, sondern auch um ihrer Mutter willen. Sarah und Gemara brauchten ihn jetzt nicht mehr Tag und Nacht zu pflegen, sondern konnten sich auf ihre White-Lady-Hüte konzentrieren. Wie Brigid selbst erfahren hatte, war Arbeit das beste Gegenmittel gegen Traurigkeit.

Aber am meisten hatte sie gefürchtet, beim Begräbnis ihres Vaters Zachary zu begegnen. Doch Zachary reiste nicht aus Newry an, um Benjamin die letzte Ehre zu erweisen. Sie fragte sich, ob ihre Mutter, Gemara oder einer ihrer Brüder ihm geraten hatten, sowohl um ihret- als auch um seiner selbst willen nicht zu kommen.

Auch Paul kam nicht zur Beisetzung, und nur sie wusste warum. Nach dem Begräbnis versammelte die Familie sich in dem Haus in der Eustace Street. Unwin, der sich nicht mehr sicher war, den richtigen Beruf gewählt zu haben, begann wortreich zu klagen: Er hasste den Chefkoch, einen Franzosen, der ihn den ganzen Tag mit Beschimpfungen überschüttete, ihn unablässig tyrannisierte und ihm die schmutzigsten Arbeiten auftrug. Er ließ ihn den Küchenboden wischen und die Mülleimer ausleeren; aber Kochen hatte er ihn immer noch nicht gelehrt!

»Mach dir nichts draus, Kleiner!«, meinte James zu seinem Bruder.

Da Paul inzwischen nach all den Problemen, die er in Clonskeagh gehabt hatte, eine Stellung in einem Quäkerhaushalt in Belfast angenommen hatte und Luke seine Meinung grundsätzlich für sich behielt, schien James die Rolle ihres Vaters übernommen zu haben. Der Siebzehnjährige arbeitete inzwischen im Haushalt des Staatsministers für Irland. »Bleib dabei. Beharrlichkeit ist das Wichtigste im Leben, und jeder von uns muss klein anfangen. Sieh mich an. Vor drei Jahren habe ich angefangen, in der großen Residenz von Mr. Peirce Gun Mahony schmutzige Schuhe zu putzen. Jetzt erteile ich in der Wohnung des Vizekönigs den anderen Bediensteten Befehle. Eines Tages wirst du ein berühmter Chefkoch sein, und dann kannst du selbst andere die Drecksarbeit machen lassen.«

Allen war klar, dass Unwin eigentlich um seinen Vater weinte und weil das Leben in der Eustace Street sich in den letzten vier Jahren so dramatisch verändert hatte. Da Unwin als Jüngster zuletzt aus dem Haus gegangen war, hatte der Tod ihres Vaters ihn am schwersten getroffen. Ihm fehlte das Gefühl von Sicherheit und Geborgenheit, das Benjamin zu Lebzeiten vermittelt hatte. Obwohl es mit Benjamin seit seiner schmählichen Entlassung aus dem Adelsregister immer weiter bergab gegangen war, war er dennoch eine Vaterfigur gewesen, die sie alle geachtet hatten.

»Verlier nicht den Mut, und alles wird gut werden«, erklärte der vernünftige James und klopfte seinem jüngeren Bruder beruhigend auf die Schulter.

Brigid, die den letzten Zug nicht verpassen wollte, sah sich nach Luke um, konnte ihn aber in dem überfüllten kleinen Wohnzimmer nicht entdecken. »Luke spricht in der Küche mit Sarah«, erklärte Gemara, die Teetassen und Gebäck unter den Gemeindemitgliedern herumreichte.

Brigid trat in die Diele und ging die zwei Stufen hinunter, die in die Küche und die Spülküche führten. Die Küchentür war geschlossen, aber sie hörte das Schluchzen ihrer Mutter und die ruhige, leise Stimme Lukes, der versuchte, Sarah zu trösten. Am besten, sie ließ die beiden allein, dachte Brigid. In ihrer Trauer würde ihre Mutter sicher Luke bei sich haben wollen. Sie ging nach oben, um sich in dem Zimmer, in dem ihr Vater gestorben war, umzusehen.

Das Bett war abgezogen, und der Raum wirkte kahl und leer. Doch die Geister der Vergangenheit waren noch hier und jagten ihr in ihrer verzweifelten Einsamkeit, ohne Rodi, der sie tröstete, Schauer über den Rücken. Sie trat ans Fenster und schaute auf die Eustace Street hinunter. Der Laternenpfahl erinnerte sie daran, wie oft Rodi einst in der Zeit, als er so glühend um sie geworben hatte, mit seinen Blumensträußen und Liebesbriefen unter dieser Laterne gewartet hatte, immer in der Hoffnung, einen Blick auf sie zu erhaschen.

Auf der Straße explodierte plötzlich ein Knallfrosch, und Brigid fuhr zusammen. War das vielleicht doch etwas Schlimmeres gewesen als ein Feuerwerkskörper, ein Schuss, eine Bombe? Heutzutage konnte man sich da nie sicher sein. Dublin wirkte in letzter Zeit, als stünde es unter militärischer Besatzung. Verfechter der Autonomie, *Sinn Féin,* Unionisten, irische Nationalisten … Und immer standen Katholiken gegen Protestanten. Die Stadtbewohner waren gleichsam ihre Geiseln. Sie würde froh sein, ins friedliche Kilmorna zurückzukehren.

Brigid hörte, wie sich die Küchentür öffnete und wieder schloss, und trat auf den Treppenabsatz. Luke stand mit zerzaustem Haar und blassem Gesicht in der Diele. Er wirkte äußerst angespannt.

»Luke«, rief sie über das Treppengeländer, »wenn wir jetzt nicht aufbrechen, verpassen wir noch den Zug nach Listowel.« Es war bereits halb sechs. Der Zug fuhr um Viertel vor, und trotzdem würden sie erst kurz vor Mitternacht wieder in Kilmorna eintreffen.

»Ich weiß. Komme schon.« Während sie die Treppe hinunterging, nahm er seinen Mantel vom Garderobenständer. Nachlässig warf er ihn über und trat dann ins Wohnzimmer, um sich zu verabschieden. Brigid zog ebenfalls Hut und Mantel an und folgte ihm in die Stube.

Gemara bat sie, bald wieder zu Besuch zu kommen, und Luke küsste sie und umarmte sie fest. »Ja, bald, Grandma …«, sagte er mit gepresster Stimme. »Jetzt müssen wir aber gehen. Brigids Kleiner macht sich sonst Sorgen.«

Auf dem Fußmarsch zum Bahnhof schwieg Luke, was für ihn nicht ungewöhnlich war. Doch als sie auf den Zug nach Limerick warteten – dort würden sie umsteigen und nach Listowel weiterfahren –, wurde Brigid klar, dass ihr Bruder etwas auf dem Herzen hatte, denn sie stand ihrem Zwillingsbruder so nahe, dass sie seine Stimmungen spüren konnte. »Was hast du, Luke?«, fragte sie.

An diesem Winterabend war es bitterkalt. Der Wind, der von der Dublin Bay heranwehte, fuhr bis unter die dicken Mäntel. Luke schlug die behandschuhten Hände zusammen. »Ich hoffe nur, der Zug hat keine Verspätung. Wir haben noch einen langen Fußweg vor uns.« Er schenkte ihr ein halbherziges Lächeln und wurde dann wieder ernst. Er wandte sich ab, ging den ganzen Bahnsteig entlang und kam wieder auf sie zu. Dann ließ er seine Bombe platzen. »Ich habe Mutter eben erzählt, dass ich im neuen Jahr nach Amerika gehe.«

Sie war zu schockiert, um etwas zu sagen, und konnte ihn nur bestürzt anstarren. Dann fuhr der Zug ein, wie immer begleitet von Dampfschwaden und geschäftigem Treiben. Erst als sie in einem überfüllten Abteil saßen, zusammengequetscht zwischen Bauern aus Tipperary mit ihren Hühnerkörben und ihrem Gemüse und Obst, fand sie wieder Worte. »Warum Amerika?«

»George O'Mahony ist tot, und die Arbeit im Park wird nie wieder so sein wie zuvor. Auf dem Besitz kann ich höchstens noch bis zum Obergärtner aufsteigen. Aber ich will mehr. Außerdem gibt es bald Krieg, in Europa und in Irland. Ich möchte nicht zusehen, wie Dublin noch mehr zerstört wird, als es ohnehin schon ist. Und ich möchte auch nicht in einen Gewissenskonflikt geraten. Quäker erheben niemals die Waffen gegen ihre Brüder.«

»Hat Mutter sich deswegen in der Küche die Augen ausgeweint? Weil du es ihr gesagt hast?«

»Ja.«

»Wohin in Amerika willst du gehen?«, fragte sie ihn mit verzagter Stimme.

Er lächelte. »In ein gutes Land für Quäker, wohin sonst? Pennsylvania.«

»Luke, da ist noch etwas, das du wissen solltest …«, sagte sie nach einer Weile. »Lass uns auf den Gang gehen; hier können wir nicht offen reden.«

Auf dem Gang lehnte sie sich ans Fenster und erzählte ihm von Paul. »Es würde Mutter umbringen, wenn sie davon erfahren würde; aber Paul ist, nachdem die IRB versucht hat, ihn einzuschüchtern, zu O'Mahonys Leuten gegangen, um die Nationalisten zu unterstützen. Deswegen ist er auch nach Belfast gezogen – um ihnen zu entkommen.«

»Ich weiß«, gab Luke zu ihrer größten Überraschung zurück.

»Du weißt davon?«

»Ja. Er hat es mir erzählt.«

»Wann?«

»Ach … kurz nachdem er aus Sir Arthurs Diensten geschieden war. Ich glaube, es hat ihn angeekelt, wie die Briten von Dublin Castle versucht haben, die Affäre um die gestohlenen Kronjuwelen zu vertuschen. Ich glaube, Paul wusste ebenso gut wie jeder andere, der regelmäßig nach Clonskeagh kam, wer der Dieb war. Aber man hat allen entweder eingeschärft, nichts zu sagen, oder sie hatten zu große Angst.« Fragend sah er sie an. »Wie hast du davon erfahren?«

»Junge Untergrundkämpfer – von der Bruderschaft, glaube ich – haben kurz, nachdem ich Zachary verlassen hatte, einen Überfall auf Grange Con durchgeführt. Damals wohnte ich in der Hütte des Wildhüters. Sie wollten Pläne, von denen Rodi und ein gewisser Captain Gorges wussten. Um Paul und Rodi einzuschüchtern, haben sie mich entführt und gedroht, mir etwas anzutun, wenn sie nicht täten, was die Bruderschaft wollte. Ich wusste, dass sie mich nicht umbringen würden, obwohl sie mir schreckliche Angst eingejagt haben. Sie haben mich zum Steinkreuz von Moone gebracht, wo ich in einem Kloster gewartet habe, bis Rodi die Pläne von Captain Gorges bekommen hatte. Man hat mich gut behandelt, denn Paul gehörte zu den Männern und hat dafür gesorgt. Er trug eine Maske, aber ich habe ihn erkannt.«

»Wer hätte das nicht!« Luke klang verärgert und ziemlich erschöpft.

»Ein braunes und ein blaues Auge, ein verräterisches Kennzeichen. Er wird sich noch umbringen lassen, wenn nicht von den Briten, dann von den Untergrundkämpfern.«

»Sag so etwas Schreckliches nicht, Luke.«

»Es ist die Wahrheit.«

»Aber warum? Warum sollte er so etwas tun; gegen alles, was man uns gelehrt hat, in eine nationalistische Militäreinheit eintreten?«

Luke warf ihr einen merkwürdigen Blick zu. »Warum tun Menschen, was sie tun? Jeder von uns glaubt, dass er die Antwort auf alle Fragen des Lebens kennt.«

»Jetzt weiß ich, was Mutter meinte, als sie sagte, man könne ein Pferd nur zum Wassertrog führen, es aber nicht zum Trinken zwingen. Ich frage mich, ob sie und Vater davon gewusst haben.«

»Wahrscheinlich. Vielleicht war das am Ende Vaters Tod. Nicht die Sache mit dir und Zachary, nicht Rodi Serrai und nicht einmal die Affäre um die gestohlenen Kronjuwelen und seine schändliche Entlassung aus dem Office of Arms, sondern der Umstand, dass sein ältester Sohn trotz seines Glauben, in dem er erzogen worden war, politisch Stellung bezogen hat. Wir werden es wohl nie erfahren. Die Hauptsache ist, dass Paul James oder Unwin nicht beeinflusst. Davor habe ich die größte Angst.«

»Warum bleibst du dann nicht in Irland und vergewisserst dich, dass sie sich nicht auf die Seite der Militanten schlagen, statt davonzulaufen?«

»Ich laufe nicht davon, Brigid. Das darfst du nicht denken. Ich schätze, Paul hat seine Gründe, warum er jetzt doch zur Waffe greift, und James und Unwin sind keine Knaben mehr, sondern Männer, die handeln müssen, wie ihr eigenes Gewissen es ihnen befiehlt. Ich kann ihnen nicht helfen, und du ebenfalls nicht. Ich kann mir nur selbst helfen. Ich möchte gegen niemanden kämpfen, und aus diesem Grund muss ich in Amerika ein neues Leben beginnen … Hast du eigentlich erfahren, was das für Pläne waren, die die Bruderschaft haben wollte?«

»Nein. Sie haben mir nichts gesagt. Sie wollten nur, dass Rodi ihnen die Informationen bringt.«

»Je weniger du über die Angelegenheiten deines Liebhabers weißt, umso besser ist es wahrscheinlich.«

»Du magst ihn nicht besonders, oder, Luke?«

»Ich habe etwas dagegen, wie er … dich deinem Ehemann und deinem Glauben entfremdet hat. Du bist immer noch Zacharys Frau. Wenn Rodi Serrai der Gentleman wäre, der er zu sein behauptet, hätte er dich nicht auf diese Weise kompromittiert.«

»Urteile nicht zu hart über ihn, ich bin ebenfalls schuld. Ich liebe ihn über alles. Und ich weiß, dass er mich liebt.«

»Dann gibt es nichts mehr zu sagen.«

»Luke … ich bekomme wieder ein Kind.«

Zuerst sagte er nichts. »Herzlichen Glückwunsch«, murmelte er dann.

»Sag das nicht; Glückwünsche vor der Geburt bringen Unglück.«

»Sollen wir uns dann wieder setzen? Falls unsere Plätze nicht längst besetzt sind.« Luke ging voraus in das Abteil. Immer mehr Menschen stiegen an den vielen kleinen Bahnhöfen aus, sodass der Zug nicht mehr so überfüllt war.

Sie sprachen nicht mehr viel, bis es Zeit zum Umsteigen war. »Du wirst mir fehlen, Luke«, sagte Brigid.

»Ihr mir auch, du und der Kleine.«

Luke brachte es immer noch nicht fertig, seinen Neffen als Rodi Serrais Sohn zu betrachten.

2

»Nur um das Thema zu wechseln: Ich habe gehört, dass Frank Shackleton wieder in den Nachrichten ist. Die *Pall Mall Gazette* hat ein Bild von ihm gebracht … Es ist allerdings schon zwei Monate alt.«

Der Herausgeber der *Sinn Féin* zeigte O'Mahony die Zeitung. Peirce Lacy war in Arthur Griffith' Büro in der D'Olier Street in Dublin gekommen, um sich über die neuesten Ereignisse zu informieren. »Das Bild ist an Bord der S. S. Grandtully aufgenommen und zeigt ihn zusammen mit einem Detective von Scotland Yard. Shackleton sieht darauf nach seiner Haft in Benguela ziemlich krank, um nicht zu sagen trübsinnig aus … Gar nicht so adrett wie sonst.«

»Ich weiß.« Peirce Lacy tat den Artikel mit einer Handbewegung ab; Neuigkeiten von gestern interessierten ihn nicht.

»Sein Gerichtstermin war vergangene Woche.«

»Auch das ist mir bekannt.«

»Natürlich. Sie setzen sich für die Sache Ihres Halbbruders ein.«

»Es ist keine Sache, Griffith, so etwas nennt man Rehabilitierung.«

»Selbstverständlich! Die arme Miss Browne«, fuhr Arthur Griffith fort, der rücksichtslos jede Gelegenheit nutzte, um für Irlands Freiheit und gegen die Unterdrückung durch die britischen Imperialisten einzutreten. »Sie hat ihn nur auf 1000 Pfund verklagt, und dabei hat Shackleton sie um eine Summe betrogen, die um die 13 000 Pfund liegen dürfte. Aber sie hatte noch Glück, Lord Ronald Sutherland-Gower hat er 50 000 Pfund abgeluchst, und dessen Adoptivsohn Frank Hird, mit dem Shackleton ebenfalls befreundet war, hat etwa 6000 Pfund verloren.«

»Ja, aber Mr. Hird ist selbst auch nicht gerade ein sympathischer Bursche«, gab O'Mahony zurück. »Mein Halbbruder hat mir davon erzählt, denn wir beide geben uns immer noch größte Mühe, Sir Arthurs Namen reinzuwaschen, ganz gleich, wie viele Jahre das dauern wird! Mr. Hird hat Sir Ernest Shackleton, Franks Bruder, eine ganze Reihe unverschämter Postkarten geschickt, worauf dieser drohte, ihn wegen Rufmords zu verklagen.«

»Ich habe noch eine erfreuliche Nachricht.«

»Welche?«

»Frank Shackleton wurde zu fünfzehn Monaten Haft verurteilt, und sein Buchhalter, Mr. Garlick, zu neun Monaten.«

»Das wurde aber auch Zeit. Shackleton war doch schon seit drei Jahren bankrott. Die Behörden haben lange genug gebraucht, um ihn zur Rechenschaft zu ziehen. Ich werde Sir Arthur gleich anrufen, um ihm die gute Nachricht zu übermitteln; obwohl damit die Affäre um die irischen Kronjuwelen immer noch nicht gelöst ist. Aber er wird sich freuen zu hören, dass Frank Shackleton wieder hinter Gittern sitzt.«

»Merkwürdig, dass es in jeder Familie schwarze Schafe gibt«, meinte Arthur Griffith. »Und komisch, wie dann doch alle zusammenhalten ... Was hatte Sir Arthur denn damals auf einmal gegen Shackleton? Nachdem die beiden das Haus, ihren Freundeskreis und hohe Ämter miteinander geteilt hatten ... gar nicht zu reden von den Partys. Ob da krumme Sachen in Clonskeagh vorgegangen sind? Sagen Sie es mir, Peirce. Und dann diese wilde Geschichte im letzten November, als die *London Mail* mit großem Getöse berichtete, Lady Haddo sei Sir Arthurs Geliebte, und dieses Frauenzimmer, das sich selbst Molly Maloney nenne, sei eifersüchtig geworden und habe Sir Arthur nach einer durchfeierten Nacht im Bedford Tower gedroht, ihn bloßzustellen. Doch anscheinend hat man sie am nächsten Morgen mit ein paar Schmuckstücken bestochen und nach Frankreich expediert. Alles sehr seltsam und verwirrend. Aber wo Rauch ist, ist bekanntlich auch Feuer. Ich bin Journalist; meine Aufgabe ist es, die Wahrheit ans Licht zu bringen.«

»Griffith.« Warnend hob O'Mahony den Zeigefinger. »Lassen Sie mich nie wieder hören, dass Sie solchen Tratsch aus einer anderen Quelle nachplappern. Über den Fall von Lady Haddo ist noch nicht entschieden. Sir Arthur Vicars verklagt die *London Mail* deswegen, und ich hoffe aufrichtig, dass Lord George Haddo das Gleiche tut. Hüten Sie also Ihre Zunge und Ihre Feder! Zweifeln Sie niemals an Sir Arthur Vicars' Urteilsvermögen oder seinem Charakter. Er ist ein außerordentlich integrer Mann, und wenn er nach dem Diebstahl Shackleton verdächtigt hat, dann aus gutem Grund. Guten Tag. Ich melde mich wieder bei Ihnen. Wenn Sie unterdessen etwas Neues für mich haben, rufen Sie mich auf Grange Con an.« Nachdem er Arthur Griffith auf diese Weise den Kopf zurechtgerückt hatte, nahm O'Mahony seinen Hut und verließ die Zeitungsredaktion.

Er hatte vollständig vergessen, Griffith den Leitartikel über die Ultra-Nationalisten zu geben, den dieser in der *Sinn Féin* abdrucken sollte.

Kapitel Achtundzwanzig

1

Ende Januar 1913 stach Luke von Kingstown aus nach New York in See. Brigid und der kleine Roddy waren mit ihm nach Dublin gefahren und hatten bis zu Lukes Abreise bei Sarah und Gemara gewohnt. Seit Benjamins Tod war ihre Mutter ein wenig zugänglicher geworden. Sarah erwärmte sich sogar langsam für ihr erstes Enkelkind.

Brigid hatte einige überzählige Hüte, da sie fleißig gearbeitet und mehr gefertigt hatte, als die Damen von Kilmurray House in Auftrag gegeben hatten. So brachte sie sechs neue Hüte in den unverwechselbaren silbern und schwarz gestalteten White-Lady-Hutschachteln zu dem Hutmacher in der Grafton Street, der früher Sarahs und Gemaras Kreationen verkauft hatte.

Es gelang Brigid, der Besitzerin von »*Head Start, Milliners Extraordinaire* – Hoflieferanten Ihrer Majestät Königin Alexandra, Königinmutter« bei einem einzigen Besuch alle sechs Hüte zu verkaufen.

Nach einem tränenreichen Abschied von Luke musste Brigid einsehen, dass sie nun ohne Rodi und Luke leben musste und nichts daran ändern konnte. So konzentrierte sie sich auf andere Dinge: ihr kleines Heim, ihren Sohn und ihre Hutfabrikation.

Das war wieder einmal typisch für Rodi, dachte Brigid bei sich, als der Gutsverwalter sie eines Morgens abpasste und ihr einen Mietvertrag und die Schlüssel zu einem Häuschen mit zwei Zimmern übergab, zusammen mit einem Kündigungsschutz auf zehn Jahre, den Sir Arthur Vicars persönlich unterzeichnet hatte.

Rodi hatte darüber vor seiner Abreise nach Bulgarien kein Wort verloren. Romantische Geschenke wie Blumen oder zärtliche Worte waren seine Stärke, doch bei wirklich wichtigen Dingen blieb er oft sehr vage.

Die Adresse des Häuschens war Rose Villas Nr. 1, eine äußerst passende Adresse. Brigid fragte sich, ob Rodi das Haus, das am Ende der Straße und in der Nähe des Pächterhofs lag, nur ausgesucht hatte, weil der Name eine besondere Bedeutung hatte – Brigid Rose! Auch ihr Sohn fühlte sich in dem Häuschen wohl, der Bauernhof mit all den Schweinen, Schafen und Hühnern begeisterte ihn restlos.

Sie lebten Tür an Tür mit den Landarbeitern, die recht freundlich waren; doch sie blieb für sich, da sie sich mit dem Leben auf einem Bauernhof nicht auskannte. Brigid richtete sich in dem zweiten Zimmer eine richtige Werkstatt ein, und Emmy half ihr, wenn sie Zeit hatte. Endlich hatte sie ein richtiges Heim.

Im Oktober 1912 brach der Balkankrieg aus, und ab diesem Zeitpunkt hörte Brigid bis Mai 1913 nichts von Rodi. Eifrig durchkämmte sie die Zeitungen nach jeder noch so winzigen Information, die ihr von dem Menschen, der ihr auf der Welt am meisten bedeutete, berichten würde. Sie fürchtete, Rodi nie wiederzusehen; und in diesen Augenblicken schwärzester Trostlosigkeit kniete sie nieder und betete, wie man es sie einst gelehrt hatte. »Lieber Gott, ich flehe dich an, lass nicht zu, dass ihm etwas zustößt.«

Wie sie las, befanden sich die Alliierten in einer guten Ausgangslage. Sie hatten jeden strategisch wichtigen Punkt von Albanien über Thessaloniki bis Adrianopel eingenommen. Dann erhielt sie einen Brief, der nach dem Fall von Thessaloniki abgeschickt worden war: Rodi hatte sich erneut eine Dysenterie zugezogen, sie solle sich aber keine Sorgen machen. Die bulgarische Armee rückte rasch vor. Sie würden nicht nur den Türken, sondern auch den Russen und Österreichern eine verheerende Niederlage bereiten. *»Gott schütze dich und den kleinen Roddy, Brigid«*, schrieb er. *»Ich habe lange keinen Brief mehr von dir erhalten. Hast du etwa einen neuen Liebhaber gefunden?«*

»Ja«, schrieb sie ihm scherzhaft zurück, *»aber du wirst immer an erster Stelle für mich stehen. Dann kommt Roddy junior, und meine dritte große Liebe ist das Kind, das im Juli geboren werden wird …«* Warum hatten ihre Briefe ihn nicht erreicht? Sie hatte ihm praktisch jede Woche geschrieben. Jetzt fasste sie noch einmal zusammen, was sie ihm in ihren vorherigen Briefen berichtet hatte. *»Mein Vater, Benjamin, ist*

letzten Dezember gestorben. Luke ist nach Amerika ausgewandert, nach Pennsylvania. Er fehlt mir schrecklich, genau wie du. Gott schütze dich.«

Dann, im Juni, trafen Berichte ein, die besagten, dass sich die zweite Phase des Balkankriegs zum Schlechteren gewendet hatte. Die Alliierten waren in Streit geraten. Serben und Griechen hatten sich mit Hilfe der Rumänen und Türken gegen die Bulgaren gewandt, die jetzt einer gewaltigen Streitmacht gegenüberstanden.

Sonst hatte der Butler für sie immer die Zeitung aufbewahrt, nachdem Sir Arthur sie gelesen hatte. So ging Brigid jeden Abend um sechs Uhr, wenn ihr Tagwerk in der Wäscherei und in der Nähstube von Kilmorna vorbei war, mit den neuesten Nachrichten aus Europa unter dem Arm nach Hause. Doch jetzt hörte sie auf, die Zeitungen zu lesen. Nach den Berichten über die Niederlage der Bulgaren konnte sie es nicht mehr ertragen, darüber nachzudenken, was vielleicht aus Rodi wurde, der so weit entfernt von ihr war.

Im Juli brachte sie eine Tochter zur Welt. Emmy stand ihr bei der Geburt zur Seite, die unter den aufmerksamen Blicken des Familienarztes von Kilmorna und der Dorfhebamme leicht vonstatten ging. Brigid nannte das kleine Mädchen Emma, nach ihrer Freundin.

2

»Genau, wie ich es vorhergesehen habe!«, meinte O'Mahony zu Sir Arthur Vicars, als dieser ihn im Sommer auf Grange Con besuchte. »Die Bulgaren sind geschlagen! Sie haben Mazedonien den Griechen überlassen, um sie zu beschwichtigen. Ich kann mir nur vorstellen, dass es jetzt Krieg in ganz Europa gibt, an dem auch Österreich und Deutschland beteiligt sind.«

Sir Arthur hörte ihm nur mit halbem Ohr zu, denn seine Gedanken drehten sich um seine eigenen Angelegenheiten. Die beiden Männer saßen zum üblichen Portwein nach dem Dinner zusammen – jedenfalls trank Peirce Lacy Portwein, während Sir Arthur an einem Glas Wasser nippte. Seit ihm damals bei der Party auf Dublin Castle dieser gemeine Streich gespielt worden war, hatte er keinen Alkohol mehr angerührt.

Vor dem Obersten Gerichtshof in London wurde unter Mr. Justice Darling und speziell berufenen Geschworenen der Fall Vicars gegen die *London Mail* verhandelt. Sir Arthur wurde von Kronanwalt Campbell vertreten, und Mr. Montague Shearman vertrat die Zeitung, die Sir Arthur und einer gewissen Dame unsittliches Verhalten vorgeworfen hatte. Die Einzelheiten dieses abscheulichen Artikels hatten sich für immer in sein Gedächtnis eingegraben.

Tatsache ist, dass kurz vor dem Verschwinden der besagten Juwelen der Kläger eine gewisse Lady Haddo kennenlernte, die Schwiegertochter Lord Aberdeens, des ehemaligen Vizekönigs von Irland, und mit ihr ein vertrautes, freundschaftliches Verhältnis pflegte … Tatsache ist ebenfalls, dass sich in der Nacht vor dem Verschwinden der besagten Juwelen Besucher auf Dublin Castle aufhielten, darunter die bereits genannte Frau, Maloney oder Molly Robinson, die äußerst eifersüchtig auf die vertraute Freundschaft zwischen dem Kläger, Lady Haddo, Lord Sutherland-Gower sowie Mr. Shackleton war … Der Kläger hat ohne jeden Zweifel die besagte Dame direkt oder indirekt mit den Mitteln versehen, die es ihr ermöglichten, nach Paris zu fliehen … Darüber hinaus hat die besagte Frau, wie bereits erwähnt, sein Bett geteilt und ist zu einem früheren Zeitpunkt seine Geliebte gewesen …

Herrgott, schreckten diese Schmutzfinken denn vor gar nichts zurück? »Und was ist mit Russland?«, hörte Sir Arthur sich selbst wie aus weiter Ferne fragen.

»Liegt mit seinen Kriegsvorbereitungen viel zu weit zurück. Angst muss man vor allem vor Deutschland haben. Ich werde mein bulgarisches Vermögen verlieren – der Großteil davon befindet sich in Mazedonien. Aber ich mache mir Sorgen um einen meiner bulgarischen Schützlinge, der in diesem Krieg kämpft.«

»Rodi?«, fragte Sir Arthur.

»Ja, Rodi. Das Land und das Vermögen seines Vaters in Mazedonien werden beschlagnahmt werden, und er verliert seine Ansprüche und wird auf Dauer ins Exil gezwungen. Seit drei Monaten habe ich keine Nachricht von ihm. Ich fürchte, er ist entweder tot oder in türkische Gefangenschaft geraten.«

»Wenn die Türken ihn gefangen haben, ist er so gut wie tot«, meinte Sir Arthur verdrießlich und zwirbelte nervös seinen Schnurrbart. Seine morbide Ader heiterte O'Mahony nicht eben auf. »Sie foltern ihre Gefangenen, Peirce, wirklich schockierend. Tut mir leid, das mit Rodi zu hören. Aber in diesem Fall ist keine Nachricht vielleicht eine gute Nachricht.«

»Schon möglich, obwohl ich es bezweifle.«

»Wusstest du«, sagte Sir Arthur zerstreut, »dass wir uns überhaupt nur einmal begegnet sind?«

»Wer?«, fragte O'Mahony verwirrt zurück.

»Lady Haddo und ich.«

»Mach dir keine Sorgen wegen des Prozesses, Arthur. Du wirst vollständig entlastet werden. Bulmer Hobson, der Herausgeber des *Gaelic American*, der vor ein paar Jahren auch diesen schrecklichen, aber der Wahrheit entsprechenden Artikel über einen gewissen Captain Gaudeans verfasst hat, den wir alle als Captain Richard Gorges kennen, wird mich anrufen, sobald er etwas hört.«

»Gorges ist wieder in Dublin«, bemerkte Sir Arthur düster.

»Ach, tatsächlich? Dieser Bursche ist wirklich dreist! Birrell hat ihn nach Scotland Yards Bericht über sein abstoßendes Leben ein verlottertes Subjekt genannt, und ich kann mich der Meinung des Staatsministers nur anschließen.«

»Allerdings. Wie kommst du mit Arthur Griffith zurecht?«

»Ich habe ihm die kalte Schulter gezeigt. Der unverschämte Bursche hat die Familie verleumdet. Er ist ein Wendehals, genau wie Redmond, der keinen Finger rühren wollte, um dir oder mir zu helfen, als wir eine zweite Untersuchung verlangt haben. Aber John Redmond hat schon immer auf der Seite Parnells gestanden, der für die Autonomie eintritt, und ich habe mich schon vor Jahren mit ihm zerstritten, als ich Abgeordneter für Meath war. Inzwischen wäre mir lieber, ich wäre nie zu ihm gegangen und hätte ihn um Hilfe in deinem Fall gebeten.«

»Ja, ich erinnere mich«, murmelte Sir Arthur. »Bis auf meinen Freund Fuller hat mir auch niemand geglaubt, als der König mein goldenes Dienstabzeichen zurückverlangt und erklärt hat, es sei Eigentum der Krone. Ich habe es zurückgegeben, obwohl niemand den König darüber informiert hat.«

»In dieser Sache stehen wir allein, Arthur. Aber ich werde mich dem System auf keinen Fall geschlagen geben.«

»Ganz recht«, bekräftigte Sir Arthur. »Für den Fall meines Todes«, wechselte er dann unvermittelt das Thema, »bewahrt Mr. Fuller meine gesamte Korrespondenz in einem Safe in London auf.«

Der Butler brachte auf einem Silbertablett ein Telegramm. »Entschuldigen Sie, Sir, aber das hier ist eben für Sie gekommen.«

O'Mahony nahm das Telegramm, setzte die Lesebrille auf und schlitzte den gelben Umschlag mit dem Buttermesser auf. »Wer ist Fuller?«

»Mein Freund James Fuller, der berühmte Genealoge.«

»Oh ja …«, gab O'Mahony abwesend zurück.

»Mr. Fuller und ich wollten zusammen ein neues genealogisches Büro aufbauen, bis ich dann beschloss, nicht nach London zu gehen, weil Edith mir stattdessen Kilmorna angeboten hatte. Keine schlechten Nachrichten, hoffe ich, Peirce?«

Über seine Lesebrille hinweg sah O'Mahony auf und runzelte ernst die Stirn. »Ich fürchte, du musst etwas für mich erledigen, Arthur …« Er unterbrach sich, als der Butler erneut eintrat. »Ja, was ist jetzt wieder?«

»Telefon, Sir. In der Bibliothek. Ein Mr. Campbell aus London. Er will entweder mit Ihnen oder Sir Arthur sprechen.«

Sir Arthur zuckte ein wenig zusammen und sagte rasch: »Geh du, Peirce.«

O'Mahony nahm das Gespräch an. Als er zehn Minuten später wieder ins Esszimmer trat, lächelte er, obwohl ihm tief in seinem Inneren ganz anders zumute war. »Immerhin gibt es auch eine gute Nachricht. Lord und Lady Haddo haben heute vor Gericht ausgesagt, und Lady Haddo hat erklärt, sie sei dir nur einmal bei einer öffentlichen Veranstaltung begegnet. Die beiden sind deinetwegen sogar aus Irland angereist, Arthur, um diese ganze Geschichte richtigzustellen. Campbell sagte, er habe gehofft, die Geschworenen würden Mr. Shearmans Klienten gegenüber keine Gnade walten lassen – und so kam es dann auch. Die Geschworenen haben ganze neun Minuten gebraucht, um zu der Entscheidung zu kommen, dass es Verleumdung war, und haben dir eine Entschädigung von fünftausend Pfund zugesprochen.«

Sir Arthur sank auf seinem Platz zusammen. Ein Ausdruck von Erleichterung breitete sich über seine blassen Züge. Er lächelte mit zitternden Lippen, und Tränen standen ihm in den Augen. »Gott sei Dank! Es ist vorbei! Hat … hat Campbell gesagt, ob Lady Haddo selbst auch vorhat, die *London Mail* zu verklagen?«

»Sie will es dabei belassen.«

»Oh, wenn sie beschlossen hätte, ebenfalls zu klagen, hätte sie sicher eine sehr hohe Entschädigung erstritten.«

»Zweifellos. Jedenfalls bist du entlastet, vollständig rehabilitiert, und sie ebenfalls. Diese Frau namens Maloney, Molly oder Madam Robinson, wie sie die Zeitung genannt hat, existiert einfach nicht. Unvorstellbar, dass manche Zeitungen so tief sinken können, derart viel Schmutz und üble Nachrede zu erfinden.«

»Es geht immer um die Auflage, Peirce, die Auflage. Ich danke dir wirklich sehr für all deine Hilfe und Unterstützung in dieser Angelegenheit. Wenn ich etwas für dich tun kann, dann sag es nur.«

»Da ist etwas, das du für mich tun kannst, wenn du nach Kilmorna zurückkehrst. Ich habe ein Dokument in meinem Safe, von dem ich möchte, dass du es Mrs. Lunn übergibst. Rodi wird vermisst und ist wahrscheinlich in türkische Gefangenschaft geraten …«

»Oh nein, der arme Kerl!« Die schreckliche Nachricht bestürzte Sir Arthur aufrichtig. Er hatte den jungen Burschen gern gemocht.

»Sag ihr das aber nicht, Arthur. Wir wollen sie doch nicht mehr als nötig erschrecken.«

»Nein, Peirce. Ich werde äußerst taktvoll vorgehen. Aber warum kommst du nicht mit nach Kilmorna und erklärst ihr, was es mit dem … ähem … Dokument auf sich hat?«

»Weil ich nach Bulgarien reise – oder in die Türkei, wo auch immer er festgehalten wird, um seine Freilassung zu verlangen, und wenn es mich ein Vermögen kostet.«

»Dir scheint ja viel an deinen Bulgaren zu liegen.«

»Allerdings. Das ist mir ein großes persönliches Anliegen.«

»Dann pass auf dich auf, Peirce. Hoffen wir, dass du noch rechtzeitig kommst, ehe diese Barbaren ihn verstümmeln oder töten. – Wenn ich darf, hätte ich jetzt doch gern einen Fingerhut voll Portwein. Sechs Jahre lang konnte ich nicht ruhig schlafen, aber heute Nacht müsste ich eigentlich Ruhe finden.«

Kapitel Neunundzwanzig

1

Brigid spürte, wie heiß das Kind war. Die sechs Wochen alte Emma Jane glühte vor Fieber. Emmy war besorgt. »Du solltest den Arzt holen, Brigid. Sie ist sehr krank.«

»Ich weiß, das brauchst du mir nicht zu sagen!« Schlafmangel und Sorgen erschöpften Brigid, und ihre Nerven waren zum Zerreißen angespannt. Sie fühlte sich allein und todunglücklich. In solchen Stunden wünschte sie sich einen Ehemann, der die Kinder mit ihr zusammen großzog und ihre Sorgen teilte. »Ich kann mir keine Arzthonorare mehr leisten«, erklärte sie Emmy. »Ihre Geburt und das Wochenbett haben mich schon genug gekostet; das ganze Geld, das ich vom Verkauf meiner Hüte beiseitegelegt hatte.«

»Versuchen wir es noch einmal mit der Pipette«, meinte Emmy energisch. Die Atemwege des Kindes waren mit dickem grauen Schleim verstopft, und immer wieder kam es zu Erstickungsanfällen, bei denen die Kleine blau anlief.

Emmy holte die Pipette, die sie in kaltem Wasser ausgespült hatte. Sie drückte den Gummisauger zusammen, steckte dem Baby das Röhrchen in den Mund und ließ los. Ein gurgelndes Geräusch war zu hören, und die Pipette füllte sich mit dem klebrigen Schleim aus dem Hals des Kindes. Emma Jane keuchte, riss kurz und erschreckt die Augen auf und sank dann in Brigids Armen wieder zu einem schlaffen Bündel zusammen. Panisch klopfte Brigid die Kleine auf die Wangen, bis sie wieder reagierte, und zwang die kleinen Lungen zum Weiteratmen, denn sie wusste, ohne diesen Reiz würde Emma Jane ersticken.

An der Tür klopfte es, und Roddy junior jaulte laut auf. Er war eifersüchtig auf die Aufmerksamkeit, die seiner neugeborenen Schwester zuteil wurde. »Sei still, Roddy!«, fauchte Brigid mit tränenerstickter Stimme. »Emmy … bitte sieh nach, wer an der Tür ist …«

Emmy öffnete die Tür des Häuschens, und Brigids Nachbarn von nebenan traten ein.

Maeve FitzGerald und ihr Mann Jack führten die Meierei. Maeve hielt einen Dampfkessel hoch. »Ich habe Ihnen das hier und Kampfertropfen gebracht. Hat Wunder gewirkt, als mein Joshua den Krupphusten hatte.«

Emmy schloss die Tür. »Brigid glaubt, dass es etwas Ernsteres als Krupp ist, Maeve.«

»Sie sollten Doktor Doyle holen, Brigid ...«, begann Maeve.

Es klopfte noch einmal, und Brigid wurde noch nervöser. Sie war mit einer Bestellung der Damen von Kilmurray House im Rückstand. »Wenn es Mrs. Mahonys Zofe ist, die nach den Hüten fragt, sag ihr, sie sind noch nicht fertig ...«

Emmy ging wieder zur Tür. Da stand, hochgewachsen, leicht gebeugt und verlegen lächelnd Sir Arthur und zog den Hut. »Guten Morgen, Emmy ...«

Emmy schob sich die schlaff herabhängenden rotbraunen Haarsträhnen aus den Augen und knickste ängstlich. »Guten Morgen, Sir ... Ich komme gleich ins Herrenhaus, Sir Arthur, wenn es wegen der Gästezimmer ist, die geputzt werden müssen, bevor ...«

»Eigentlich wollte ich zu Mrs. Lunn.«

»Oh, Sir Arthur.« Mit dem kranken Kind auf dem Arm trat Brigid an die Tür. »Das Nähen und Bügeln hole ich schon auf ... es ist nur ...«

»Meine lieben Damen, ich bin nicht hergekommen, um Sie zurück an die Arbeit zu prügeln, sondern in einer anderen Sache ... Guten Morgen, Mrs. FitzGerald«, setzte er hinzu, als er im Hintergrund Maeves dralle Gestalt und ihr frisches Gesicht erblickte.

»Guten Morgen, Sir.« Maeve knickste. »Die Kühe geben gute Milch für den Käse!«

»Das ist gut.« Sir Arthur betrachtete die nervösen Frauen, die mit ihrer Arbeit so sehr zum reibungslosen Ablauf auf Kilmorna beitrugen, obwohl sie in ihrem eigenen Haushalt genug zu tun hatten. »Bin ich zu einer ungünstigen Zeit gekommen?«

Emmy ergriff die Initiative. »Brigids neugeborenes Kind ist krank, Sir, und muss unbedingt von einem Arzt untersucht werden.«

»Emmy!«, protestierte Brigid. »Belästige Sir Arthur nicht damit.«

»Es ist aber wahr, Sir. Ohne richtige Medizin wird die Kleine sterben ... Aber Brigid kann sich die Arztrechnungen nicht leisten, Sir ...«

»Herrje!«, gab Sir Arthur erschrocken zurück. »Daran sollten Sie jetzt aber nicht denken, Mrs. Lunn. Sie sollten sich nicht wegen so etwas Unwichtigem wie Geld sorgen, wenn es um Leben oder Tod geht. Um Doktor Doyle kümmere ich mich schon ...« Er wandte sich an Emmy. »Rufen Sie ihn sofort, Emmy ... Laufen Sie hinauf zum Haus und telefonieren Sie von dort aus.«

Emmy warf ihr Umschlagtuch über und rannte nach Kilmorna House, so schnell ihre Beine sie trugen. Maeve FitzGerald stellte die blaue Glasflasche mit dem flüssigen Kampfer auf den Tisch und den Dampfkessel auf den Herd. Dann nahm sie Roddy bei der Hand und zog ihn aus dem Haus. »Lass uns die Kühe zum Melken zusammentreiben, Roddy.«

»Danke ...« Dankbar wandte sich Brigid an Sir Arthur.

Ihm wurde klar, dass dies nicht der richtige Zeitpunkt war, um ihr zu berichten, dass Rodi Serrai in die Hände türkischer Soldaten gefallen war. Er legte den Pergamentumschlag, den O'Mahony ihm für Brigid gegeben hatte, auf den Tisch.

»Sobald Sie wieder Zeit haben, Mrs. Lunn ... ähem ... Brigid, kommen Sie doch einmal zu mir ins Haus. Rodis Gönner hat mich gebeten, Ihnen dieses Dokument zu übergeben.«

»Ist Rodi etwas zugestoßen?« Brigid, die Emma Jane gewiegt hatte, hielt inne, und der Blick, den sie ihm zuwarf, berührte ihn tief. »Meine gute Frau ... Er lebt, also machen Sie sich keine Sorgen, sondern kümmern Sie sich zuerst um das Kind. Wenn es der Kleinen besser geht, kommen Sie zu mir, und wir unterhalten uns ... Nein, bringen Sie mich nicht zur Tür, ich finde selbst hinaus. Das Kind darf keinen Zug abbekommen.«

Er ging; und kurz darauf kam Emmy wieder.

Brigid hatte den Dampfkessel aufgesetzt, und die Kampfertropfen, die sie ins Wasser gegeben hatte, verdunsteten. Bald glich die Küche einem türkischen Bad, in dem es nach Mottenkugeln roch.

Die Atmung des kleinen Mädchens hatte sich dramatisch verschlechtert, und ihre Haut war totenbleich. Immer wieder kamen die kaum wahrnehmbaren Bewegungen ihrer winzigen Brust zum Stillstand und setzten abrupt wieder ein, wenn sie nach Luft rang. Brigid war in heller Panik. »Oh, ich wünschte, der Doktor würde sich beeilen … Er soll rasch kommen …«

»Er wird bald hier sein«, gab Emmy mit gepresster Stimme zurück. »Seine Frau sagte, er mache einen Hausbesuch, aber er ist ja mit dem Automobil unterwegs.« Emmy lief ständig zum Fenster, um nachzusehen, ob der Arzt kam.

Brigid bemühte sich, mithilfe der Pipette immer zäheren Schleim zu entfernen, der sich im Hals des Kindes ansammelte, als Emmy aufschrie. »Da ist er!« Über zwei Stunden waren vergangen, seit sie bei ihm angerufen hatte. Sie riss die Tür auf und rannte den Weg hinunter, um ihn ins Haus zu ziehen, ehe er sich womöglich vor ihren Augen wieder in Luft auflöste. »Es ist Brigids Kind, Sir … Hier entlang …« Rasch schob sie ihn ins Haus.

Doktor Doyle warf nur einen einzigen Blick auf das Kind. »Legen Sie sie auf den Tisch«, wies er Brigid dann an. »Ja, einfach auf den Küchentisch. Jetzt biegen Sie ihren Kopf nach hinten und halten ihn fest … schnell …« Er zog ein Skalpell aus der Tasche, und ehe Brigid richtig begriff, was er tat, nahm er am Hals des Mädchens einen kleinen Einschnitt vor und schob einen dünnen Gummischlauch hinein. Kein Blut floss, Emma Jane, die praktisch im Sterben lag, zuckte nicht einmal. Doch in ein paar Minuten war alles vorüber, und die Haut der Kleinen, die bis auf einen kalkweißen Kreis um ihr kleines Mündchen tiefblau angelaufen war, begann sich plötzlich wieder rosig zu färben.

»Jetzt wickeln Sie sie in Decken ein. Das Kind steht immer noch auf der Schwelle des Todes, wir müssen sie sofort ins Krankenhaus bringen. Dort werden die Schwestern ihr den Hals mit Kochsalzlösung spülen. Sie braucht ordentliche medizinische Versorgung und Pflege ... Wir müssen diesen Schleim entfernen, der sich immer wieder ansammelt, bevor es noch schlimmer wird.«

»Was hat sie denn nun, Doktor Doyle?« Brigid wickelte den Säugling in Umschlagtücher und Decken ein.

»Diphtherie.«

»Diphtherie?« Erschrocken fuhr Emmy zusammen. »Das ist doch ansteckend, oder, Doktor?«

»Ja, Emmy. Wenn also eines der anderen Kinder auf dem Gut beginnt, ähnliche Symptome zu zeigen, müssen Sie mich sofort rufen. Desinfizieren Sie hier drinnen alles mit Karbol, bevor Sie Roddy wieder hereinlassen – und sorgen Sie dafür, dass er dreimal täglich mit Salzwasser gurgelt«, erklärte er zum Abschied.

»Das übernehme ich schon«, versetzte Emmy rasch. Sie kippte das kochende Kampferwasser aus dem Dampfkessel in eine Schüssel und griff nach der Karbolseife, die auf dem Fensterbrett in der Küche lag. »Mach dir keine Sorgen um Roddy, Brigid ... Maeve und ich kümmern uns um ihn, bis du zurückkommst.«

2

Ein paar Tage später, als die Krise vorüber war, ging Brigid den langen Weg nach Kilmorna House hinauf. Die Worte aus dem Lied *Acushla Mine* verfolgten sie. *Jetzt ist es Herbst, und alle Blumen welken. Du musst fort, und ich bleibe zurück. Komm wieder, wenn es Sommer wird auf den Weiden ...*

Maeve versorgte außer ihren eigenen sechs Kindern momentan auch noch Roddy. Bis zu Emma Janes Krankheit hatte Maeve nie mit Brigid gesprochen und sich keinerlei Mühe gegeben, ein gutes nachbarschaftliches Verhältnis herzustellen. Die Familien, die in Rose Villas lebten, hatten sich von ihr ferngehalten und angenommen, Mrs. Lunn trage die Nase hoch und halte sich für zu gut, um sich mit ihnen abzugeben.

Merkwürdig, wie Probleme doch Menschen zusammenbringen, dachte Brigid.

Die Kleine befand sich noch auf der Isolierstation im Krankenhaus. Es ging ihr sehr schlecht, und ihr Leben hing weiterhin am seidenen Faden. Aber das Schlimmste hatte Emma Jane überstanden, und dafür musste Brigid dankbar sein; nicht nur Doktor Doyle für seine rasche, wenn auch furchteinflößende Behandlung, sondern auch Sir Arthur Vicars für seine Sorge um sie. Sie wollte ihm bei dieser Gelegenheit danken. In der Hand hielt sie das Dokument, das er ihr an dem schicksalhaften Morgen gebracht hatte.

Erst zwei Tage, nachdem das Kind ins Krankenhaus eingeliefert worden war, hatte sie sich wieder daran erinnert. Sie war allein zu Hause gewesen. Die Kleine war bei den Krankenschwestern in guten Händen, und Roddy spielte nebenan fröhlich. Da hatte Brigid den steifen Pergamentumschlag geöffnet und Rodis Testament darin gefunden.

Ich, Rodopi Philip Alexander Serrai, verfüge Folgendes für den Fall, dass ich außerhalb des Landes, dem ich diene, meiner Heimat Bulgarien, in Gefangenschaft gerate: Die Hälfte des Jahreseinkommens, das mir mein großzügiger Gönner Peirce Charles de Lacy O'Mahony, wohnhaft in Grange Con, Grafschaft Wicklow, ausgesetzt hat, soll an Brigid Rose Lunn, geborene Masters, meine Lebensgefährtin, gehen. Die Summe von 1250 Pfund soll ihrem Unterhalt und dem meines Sohnes Roddy Benjamin Serrai dienen. Für den Fall meines Todes vermache ich mein gesamtes Jahreseinkommen in Höhe von 2500 Pfund meiner oben genannten Lebensgefährtin und meinem Sohn.

Das Dokument war unterschrieben und von O'Mahony als Zeugen gegengezeichnet.

Brigid war nicht besonders glücklich darüber.

Der Butler führte sie zu Sir Arthur, der sich in seinem Arbeitszimmer aufhielt.

»Guten Morgen, Brigid!« Er stand auf, um sie zu begrüßen. »Setzen Sie sich doch bitte. Wie geht es der Kleinen?«

»Ich glaube, sie wird wieder gesund. Doktor Doyle hat mir erklärt, die Notoperation, die er vorgenommen hat, sei ein Luftröhrenschnitt gewesen.«

»Ja, ich habe davon gehört. Eine lebensrettende Maßnahme bei Erstickungsgefahr. Die Wunder der modernen Medizin! Hätte ich gewusst, wie ernst es stand, hätte ich Ihnen Doktor Doyle schon früher geschickt.«

»Danke, Sir Arthur. Aber eigentlich bin ich gekommen, um über Rodis Verfügung zu sprechen ...« Sie setzte sich, und er nahm wieder hinter seinem Schreibtisch Platz.

Vor Sir Arthur stapelten sich alte, in Leder gebundene Bücher, deren Einbände er liebevoll mit Bienenwachs poliert hatte. Jetzt sah er sie über die Bände hinweg an.

»Zweifellos kennen Sie meine Lebensumstände. Ich habe etwas gegen die Formulierung ›Lebensgefährtin‹, die er gebraucht.«

»Oh ja, meine Liebe! O'Mahony hat mich gebeten, Sie darauf hinzuweisen, dass dieser Begriff aus juristischen Gesichtspunkten nötig sei, und entschuldigt sich gleichzeitig für ... für ...« Er wusste nicht, wie er es sagen sollte, ohne sie noch zusätzlich zu beleidigen.

»Den Schandfleck, der damit verbunden ist?« Brigid sprach das Wort aus, das er nicht hatte gebrauchen wollen.

Sir Arthur hüstelte verlegen.

»Gibt es einen anderen Begriff, den Sie vorziehen würden?«, erkundigte Sir Arthur sich diplomatisch.

»Ja. Mir wäre es lieber, wenn dort schlicht und einfach mein Name stünde.«

»In diesem Fall wäre das Dokument jedoch juristisch nicht gültig.«

»Wenn das so ist, wäre mir lieber, Mr. O'Mahony, der ganz offensichtlich dieses Dokument aufgesetzt hat, hätte mich gar nicht erwähnt und nur den Namen von Rodis Sohn genannt. Ich habe einen Ehemann, der in Newry lebt und mich unterstützen könnte, was ich aber nicht wünsche. Deswegen ist es jedoch nicht nötig, mich in Rodis Angelegenheiten hineinzuziehen. Ich bin seine Geliebte, und ich weiß, dass auch dieser Begriff juristisch nicht haltbar wäre. Soll er sein Einkommen doch Roddy junior zukommen lassen! Ich bin in der Lage, mich durch meine Hutmacher-Werkstatt zu ernähren. Ich liebe Rodi, und in meinem Herzen werde ich immer seine Frau sein, so wie er für mich der einzige Mann ist, mit dem ich verheiratet bin. Aber ich habe es nicht nötig, Sir Arthur, meinen Namen auf irgendwelchen Dokumenten, über die eines Tages vielleicht mein Sohn stolpert, beschmutzen zu lassen.«

Herrje, dachte er, sie war wirklich stolz. Aber er wusste genau, worauf sie hinauswollte; ein Name, der einmal in den Schmutz getreten worden war – besonders der einer Dame –, blieb für immer besudelt. Er hatte das alles bei seiner Amtsenthebung selbst erlebt.

»Ich werde mich für eine andere Formulierung einsetzen. Aber im Moment kann ich meinen Halbbruder nicht erreichen, weil er nach Bulgarien gereist ist – was mich zu dem eigentlichen Grund bringt, warum ich Sie neulich morgens aufgesucht habe. Rodi ist von den türkischen Truppen gefangen genommen worden, Brigid; zumindest glaubt O'Mahony das. Er hat ein Telegramm erhalten, das ihm mitteilte, Rodi werde vermisst.«

Sie wurde noch blasser als sonst, und er erkundigte sich nervös, ob sie eine Tasse Tee wünsche. Brigid schüttelte den Kopf. »Danke … Es geht schon. Ich ahne schon lange, dass ihm etwas zugestoßen ist. Seit Monaten habe ich keine Briefe mehr von ihm bekommen.«

»Ich weiß, was für eine tapfere junge Frau Sie sind, Brigid; und glauben Sie bitte nicht, dass ich Sie in irgendeiner Weise bevormunden will. Ich bewundere Ihre tüchtige Familie schon lange. Ihr Vater war viele, viele Jahre lang eine Stütze des Adelsregisters. Ebenso unersetzlich war Ihr Bruder Paul in Clonskeagh. Schade nur, dass Luke unbedingt nach Amerika gehen musste, denn ich könnte hier einen Mann mit seinen Fähigkeiten und Erfahrungen gut gebrauchen. Ich bin nämlich entschlossen, diesen Park so zu erhalten, wie er zu Zeiten des alten O'Mahony war. Benjamins viel zu früher Tod hat mich betrübt, aber ich weiß, wie tief seine Entlassung ihn getroffen hat … Mein Gott, es ist, als wären Ihre und meine Familie durch das Schicksal verbunden. Aber falls Ihnen das ein Trost ist: Wenn ein Mann auf der Welt herausfinden kann, was aus Rodi geworden ist, dann O'Mahony. Ganz bestimmt wird er alles daransetzen, um ihn aus der Hand seiner Feinde zu befreien und zurück nach Irland zu bringen.«

»Danke für Ihre tröstlichen Worte. Ganz bestimmt wird Mr. O'Mahony all das tun. Und Rodi ist ein Überlebenskünstler. Außerdem darf ich die Hoffnung nicht verlieren, sonst habe ich keinen Grund mehr zu leben. Ich werde hoffen und beten, dass er nach Irland zurückkehrt, wenn die Probleme in seiner Heimat gelöst sind.«

»So ist es recht! Wenn ich unterdessen etwas tun kann, um Sie zu unterstützen, zögern Sie bitte nicht, mich zu fragen. Ich bin hier, um Ihnen zu helfen. Ich habe Vorkehrungen dafür getroffen, dass Sie das Geld, das für Sie und das Kind bestimmt ist, von Rodis Bank in Dublin abheben können. Für Ihre Kinder, besser gesagt. Weiß Rodi überhaupt, dass er wieder Vater geworden ist?«

»Ich habe es ihm geschrieben, aber ich weiß nicht, ob er den Brief bekommen hat. Für mich selbst will ich nichts von dem Geld. Roddy junior wird größer und braucht eine anständige Schulausbildung, aber das werde ich erst angehen, sobald in allen Dokumenten, die mir Zugang zu Rodis Einkommen gewähren, die Formulierung über meine Person geändert worden ist.«

»Wenn das so ist, werde ich mich sofort mit seinen Anwälten in Verbindung setzen und dafür sorgen. Sie brauchen doch dieses Geld für sich und die Kinder. Schließlich sind es auch Rodis Kinder, und er hat ihnen gegenüber eine Verantwortung, genau wie für Sie, meine Liebe.«

Sie lächelte dankbar. Bei all dem hatte sie auf bewundernswerte Art ihre Fassung gewahrt. »Es tut mir leid, dass ich mit meiner Näharbeit so hintan bin. Aber ich verspreche, dass ich alles nachhole, sobald ich kann.«

»Machen Sie sich keine Gedanken. Ein einsamer alter Junggeselle kann auch einmal einen abgewetzten Pyjama tragen. Sie kommen erst wieder zur Arbeit, wenn Ihre familiären Verpflichtungen es zulassen. Und das ist ein Befehl, meine Teure!«

Also wirklich, einsamer alter Junggeselle, dachte Brigid und lächelte in sich hinein. So alt war Sir Arthur gar nicht; er konnte höchstens Mitte vierzig sein.

Als Brigid das Arbeitszimmer verließ, wartete Emmy schon auf sie. In ihren Mundwinkeln klebten Gebäckkrümel. »Möchtest du mitessen? Im Dienstbotenquartier sitzen wir gerade beim zweiten Frühstück, und die Köchin hat Scones mit Obst gebacken. Wir möchten alle gern hören, wie es Emma geht.«

»Es geht ihr schon besser.« Brigid konnte der Versuchung nicht widerstehen: Heiße, gebutterte Scones, Kakao und der Tratsch des Personals würden sie von ihren Sorgen um Rodi und die Kleine und von ihren anderen Problemen ablenken. Außerdem hatte sie seit Tagen nicht mehr richtig gegessen. Sie folgte Emmy nach unten, in die warme, gemütliche Küche von Kilmorna.

3

Einige Wochen später erhielt Brigid einen Brief von O'Mahony persönlich, auf dem eine ausländische Briefmarke prangte.

Liebe Mrs. Lunn, ich habe gute Nachrichten für Sie und kann Sie dahingehend beruhigen, dass Rodi in Sicherheit ist. Es ist mir über diplomatische Kanäle gelungen, ihn aufzuspüren. Nach der Niederlage von Adrianopel ist er in Gefangenschaft geraten und in ein Gefängnis in Izmit in der Türkei verlegt worden. Doch da Rodi als mein Schützling die doppelte Staatsbürgerschaft besitzt, ist er zugleich britischer Untertan. Die britische Botschaft in Konstantinopel hat bei den türkischen Behörden seine Freilassung erwirkt, und Rodi wurde nach Thrakien gebracht. Aus offensichtlichen Gründen kann ich Ihnen seinen dortigen Aufenthaltsort nicht nennen; Sie brauchen nur zu wissen, dass er in einem orthodoxen Kloster untergebracht ist. Sobald er reisefähig ist, wird er nach Irland zurückkehren. Wenn dieser Brief Sie erreicht, befinde ich mich schon auf dem Heimweg. Ich werde Ihnen Bescheid geben, sobald Rodi auf Grange Con eintrifft. Ihr ergebener Peirce Charles de Lacy O'Mahony.

Sie drückte den Brief an sich. Endlich! Gute Nachrichten, Rodi lebte! Aber was meinte O'Mahony mit »reisefähig«? War Rodi schwer verletzt oder vielleicht sogar gefoltert worden?

Sie versuchte, sich nicht allzu sehr mit solchen schrecklichen Gedanken zu beschäftigen. Die Hauptsache war, dass Rodi am Leben war, und dafür dankte sie Gott.

4

Doktor Doyle und seine Sprechstundenhilfe brachten Emma Jane aus dem Krankenhaus nach Hause. Die Diphtherie hatte ihr Herz geschwächt. Brigid würde sehr gut auf sie aufpassen müssen, warnte Doktor Doyle sie; vor allem Atemwegsentzündungen und Erkältungen würden für die Kleine ernste Folgen haben. Brigid war erleichtert darüber, dass Roddy junior und Maeves Kinder sich nicht angesteckt hatten.

Solange das Kind noch Pflege brauchte, erledigte sie das Nähen, Bügeln und Flicken bei sich zu Hause. Jeden Morgen, wenn Roddy junior in der Schule war, passte Maeve auf das Baby auf, und Brigid holte die frische Wäsche ab, die die Waschfrau in dem gewaltigen Kupferkessel von Kilmorna House eingeweicht, geschrubbt und gekocht hatte. Und jeden Abend trug Brigid einen ordentlichen Stapel gebügelter und geflickter Wäsche zurück, um sie in die Wäscheschränke des Herrenhauses zurückzulegen.

In letzter Zeit hatte Emmy ihr gefehlt; sie hatte kaum einen Moment Zeit gehabt, innezuhalten und sich nach ihrer Freundin zu erkundigen. Sie hatte auch bemerkt, dass die Köchin und die anderen Dienstboten auf Kilmorna ihr aus dem Weg zu gehen schienen. Schließlich sprach sie die Köchin direkt an. »Sie ist weggegangen«, versetzte diese kurz.

»Emmy hat Kilmorna verlassen? Warum?«

Die Köchin zuckte die Achseln. Mit ihren kräftigen Armen rollte sie Teig auf dem Küchentisch aus, den Emmy so oft gescheuert hatte, dass seine Holzplatte fast weiß war. »Keine Ahnung!«

Als sie ein paar Tage später etwas Zeit hatte, ließ Brigid die Kleine bei Maeve und fuhr mit Roddy in der Einschienenbahn mit dem doppelten Dampfkessel, die er so liebte, von Listowel nach Ballybunion.

Sie klopfte an die Tür des kleinen, reetgedeckten Häuschens von Emmys Eltern, das hoch über der Bucht lag. Emmys Mutter, eine schmale Frau mit rötlichem Haar, in deren Gesicht sich alle Sorgen der Welt eingegraben zu haben schienen, öffnete die Tür. »Guten Tag, Mrs. Murphy. Ist Emmy zu Hause?«, fragte Brigid fröhlich.

»Ja.«

Früher hatte Emmys Mutter sie immer herzlich begrüßt, aber dieser Empfang war kalt und machte ihr Angst. »Ka… kann ich mit ihr sprechen?«, stammelte Brigid. »Sie hat mir gefehlt, und ich habe mich gefragt, ob wohl alles in Ordnung ist.«

»Nein, nichts ist in Ordnung! Verschwinden Sie, Mrs. Lunn, und setzen Sie nie wieder einen Fuß auf diese Schwelle! Sie haben uns das Herz gebrochen, denn jeder, der in Ihre Nähe kommt, ist verflucht! *Pishogue,* Hexerei! Das Unglück ist Ihr Bettgefährte und hat unsere Rosy mit der Diphtherie geschlagen, die sie sich bei Ihrem Bastard-Balg geholt hat. Verschwinden Sie und nehmen Sie den Bengel mit. Eine *Sheila-na-gig,* das sind Sie!« Sie knallte Brigid die Tür vor der Nase zu.

Brigid floh und zerrte Roddy hinter sich her. Tränen strömten ihr übers Gesicht, und ihr Gesicht glühte vor Scham über die Beschimpfungen. *Sheila-na-gig,* das waren diese obszönen Frauenabbildungen aus uralter Zeit, die man an Kirchen, Burgen und anderen Gebäuden fand … Halten mich etwa alle für eine Hexe?, dachte sie.

Kapitel Dreißig

1

Kurz nachdem sein Brief aus Sofia Brigid erreicht hatte, kehrte O'Mahony selbst nach Hause zurück. Als er seinen Sohn in Kilmurray House besuchte, nutzte er die Gelegenheit, nach Kilmorna hinüberzureiten und Brigid die Neuigkeiten zu überbringen: Rodi hatte aus freien Stücken beschlossen, noch im griechischen Kloster von Edirne zu bleiben. O'Mahony hatte in seinem Brief den Namen der Stadt nicht nennen können, da er gefürchtet hatte, er könne in die falschen Hände fallen. Doch jetzt konnte er ihr alles persönlich berichten. Rodi hatte sich erneut eine Lungenentzündung zugezogen, zu der noch eine Brustfellentzündung gekommen war. In seinem bereits geschwächten Zustand hatte ihn die Lungenentzündung noch stärker »umgeworfen«, wie der alte Herr sich ausdrückte. Aber er war in einer friedlichen Umgebung und kam dank der guten Pflege der Mönche und des Metropoliten langsam wieder zu Kräften.

Brigid hätte ihm am liebsten geschrieben, aber O'Mahony fand, das sei unklug. Wenn ihr Brief abgefangen würde, dann würden feindliche Agenten möglicherweise erfahren, dass er sich in Edirne aufhielt.

Weihnachten kam und ging, und im neuen Jahr – 1914 – lebte Brigid immer noch auf Kilmorna. Ihre Kinder wuchsen heran, aber Emmys Tochter Rosy war an der Diphtherie gestorben, und Brigid trauerte um sie und konnte auch die bösen Worte von Mrs. Murphy, mit der sie Brigid in Ballybunion empfangen hatte, nicht vergessen.

Nicht nur in Irland brodelte es – politische Auseinandersetzungen kochten überall hoch. In den Zeitungen las Brigid von der sich zuspitzenden Lage in Europa, besonders in den baltischen Staaten. Die Frustration darüber, dass sie wusste, wo Rodi sich befand, aber keinen Kontakt zu ihm aufnehmen durfte, machte ihr schwer zu schaffen.

Doch Peirce Lacy, der sich selbst große Sorgen wegen der Lage in

Europa machte, hatte bereits ohne ihr Wissen Kontakt zum Metropoliten aufgenommen, in dessen Obhut er Rodi gelassen hatte, und ihm eine Geldsumme zukommen lassen, um Rodi auf ein griechisches Schiff zu bringen, das ihn sicher von Thrakien nach Frankreich transportieren würde.

Zutiefst erleichtert und überglücklich erfuhr Brigid Anfang Juni von O'Mahony, dass Rodi sich auf einem Hospitalschiff auf dem Heimweg befand. Das Schiff würde über das Marmara-Meer, die Ägäis und das Mittelmeer Marseille anlaufen, und von Marseille aus würde er auf einem zweiten Schiff die Heimreise nach Irland antreten.

2

Am 28. Juni wurde in Sarajewo Erzherzog Franz Ferdinand, der Thronfolger der Habsburger, ermordet. Daraufhin erklärte Österreich-Ungarn Serbien den Krieg, und die Grenzen wurden geschlossen. Rodi war buchstäblich in letzter Minute aus Thrakien abgereist. Dafür hatte er dem rechtzeitigen Eingreifen seines Gönners und dem Weitblick des Metropoliten zu danken, der den jungen Mann ohne Umstände aus dem Kloster gewiesen hatte – nicht, weil er ihm keinen Schutz mehr gewähren wollte, sondern weil er wusste, dass es Rodi schlecht ergehen würde, sollten die Österreicher Edirne einnehmen.

Sobald Rodi auf Grange Con eintraf, schickte O'Mahony nach Brigid. Sie brachte ihre zwei Kinder bei ihrer Mutter und Großmutter in Dublin unter und nahm den Zug nach Crookstown, wo O'Mahonys Chauffeur sie mit dem Automobil abholte.

Ehe man sie zu Rodi ließ, nahm O'Mahony sie beiseite.

»Mrs. Lunn«, erklärte er ihr in seinem Arbeitszimmer, »Rodi ist während seiner Genesung im Kloster ein wenig zu Kräften gekommen, aber er ist immer noch krank – sehr krank sogar.«

Brigid stellte sich auf das Schlimmste ein.

»Wie krank ist er?«, wollte sie von O'Mahony wissen.

»Ich bin mir nicht sicher – um die Wahrheit zu sagen, liegt das Problem eher hier …« – er tippte sich an die Stirn – »als hier …«, er wies auf seine Brust. »Rodi leidet unter großen seelischen Problemen. Er ist bei den Türken äußerst grausam behandelt worden. An Händen und Füßen angekettet, haben sie ihn wochenlang im Dunkeln gehalten, ohne anständiges Essen und unter den schlimmsten hygienischen Verhältnissen.«

Peirce verstummte kurz und fuhr dann fort: »Nachdem diese angeblichen Gefolgsleute des Islam ihn erniedrigt, gefoltert und missbraucht haben, haben seine Verletzungen sich auch noch entzündet, sodass die Mönche den Wundbrand wegschneiden mussten. Er hat immer noch große Schmerzen. Es wird lange dauern, bis er dies alles vergessen kann. Ich bitte Sie vor allem, nachsichtig mit ihm zu sein. Er ist launisch, anspruchsvoll, grob und zutiefst unglücklich; kurz gesagt, für mich ist er zu einer Zeit, in der ich mich um so viel anderes zu kümmern habe, eine regelrechte Belastung. Wenn Sie also auf Grange Con bleiben könnten, würde ich dafür sorgen, dass man Ihnen eines der Gästezimmer herrichtet.«

Sie spürte, dass er ebenso diskret wie taktvoll zu sein versuchte; doch sie wollte ihm die Peinlichkeit ersparen, die ihre Anwesenheit in seinem Haus bedeutet hätte. »Danke, Sir, aber meine Kinder sind im Moment bei meiner Mutter und meiner Großmutter in Dublin, und sie werden mich brauchen. Ich werde natürlich für Rodi tun, was ich kann; aber bis er ganz genesen ist, wird es ihm vielleicht lieber sein, wenn ich mit den Kindern anderswo wohne.«

O'Mahony nickte. »Wie Sie wünschen. Es wird vielleicht ein Schock für Sie sein, ihn in diesem Zustand zu sehen, aber versuchen Sie unbedingt, sich vor ihm nicht von Ihren Gefühlen überwältigen zu lassen, Mrs. … ach, zum Teufel! Darf ich Sie Brigid nennen?«

»Ja, Sir, natürlich.«

»Also, wie ich schon sagte, Brigid, versuchen Sie sich nicht anmerken zu lassen, dass sein Verhalten oder sein Aussehen Sie irgendwie bedrücken. Weinen oder plötzliche laute Geräusche scheinen ihn sehr zu erschrecken.«

Gott, was versuchte O'Mahony ihr da zu mitzuteilen? Peirce Lacy zog die Klingelschnur und rief den Butler, der Brigid nach oben in Rodis Räume führte.

Zuerst vermutete sie, er sei nach draußen gegangen, um in der Sonne spazieren zu gehen. Sie sah sich suchend nach ihm um, doch er lag weder im Bett, noch saß er in dem Lehnstuhl am Fenster. Das Bett war ungemacht und zerwühlt, als hätte er sich einen Kampf mit den Laken geliefert. Die Vorhänge waren zugezogen, obwohl es schon fast Mittag war.

Dann lenkte ein bellender Husten, der aus einer Ecke des halbdunklen Raums kam, ihre Aufmerksamkeit auf sich. Der Butler zog sich taktvoll zurück. »Wenn Sie mich brauchen, Madam, läuten Sie nur. Die Klingel befindet sich neben dem Kamin.« Dann schloss er die Tür hinter sich.

Rodi hockte auf dem Boden. Er hatte eine Decke um seine Schultern geschlungen und presste sich ein Taschentuch vor den Mund. Auf seinen angezogenen Knien lag ein kleiner Band über die Geschichte Philipps von Mazedonien und Alexanders des Großen.

Brigid war sich nicht sicher, ob er in dem Buch las oder es bloß anstarrte. Als sie näher trat, zog er die Augen zusammen und blinzelte zu ihr herauf. »Rodi … was machst du denn da unten?«

»Wenn Sie nicht das Hausmädchen sind, das mich hinauswerfen soll, dann müssen Sie die Jungfrau Maria sein«, sagte er.

Das war nicht die Reaktion, die Brigid von ihrem lange verschollenen Geliebten erwartet hätte. Sie fragte sich, ob er scherzte oder im Ernst sprach. Nachdem sie damit gerechnet hatte, dass er aufspringen und sie umarmen würde, fand sie diese Begrüßung ziemlich enttäuschend. »Ich bin's, Brigid«, sagte sie vorsichtig.

»Brigid?«

»Brigid Rose.«

»Oh.« Darüber dachte er lange nach. »Brigid Rose ist ein sehr schöner Name«, sagte er, als versuche er sich daran zu erinnern, wer sie war.

»Darf ich die Vorhänge zurückziehen, Rodi? Es ist so ein schöner Tag draußen.«

»Ist er das?«

»Ja.« Sie zog den schweren Stoff beiseite und hielt erschrocken die Luft an, als sie sich umwandte und ihn zum ersten Mal im grellen Tageslicht erblickte. Er sah so schrecklich aus, dass ihr vor Schreck fast das Herz stehen blieb.

Er blinzelte, um sich vor der jähen Helligkeit zu schützen. Ein dichter, struppiger Bart bedeckte sein Gesicht. Er hatte sein Haar zu einer langen, ungezähmten Mähne wuchern lassen, die ihn erst recht ungepflegt wirken ließ. Matte, tief in den Höhlen liegende Augen, die gelblich von seiner teigigen Haut abstachen, starrten sie ausdruckslos an, nachdem sie sich an das Licht gewöhnt hatten. An seinen Handgelenken sah sie die Spuren von Fesseln. Seine Füße waren nackt, und seine Knöchel zeigten die tiefen Narben, die entstanden waren, als man das verfaulte Fleisch entfernt hatte. Das war nicht ihr gut aussehender, schneidiger Held, ihr Ritter in der schimmernden Rüstung, der sie vor Zacharys Zorn gerettet hatte. Vor ihr saß ein Mann, der sich selbst und seinen Lebenswillen verloren hatte.

Sie schlug O'Mahonys Warnungen in den Wind, ging zu ihm, kniete nieder und zog ihn in die Arme. »Rodi ... oh Rodi ... was haben sie dir nur angetan?«

Mit einem schroffen Aufschrei machte er sich los. »Mein Hals, mein Hals ... Fass mich nicht an!«

Verwirrt wich sie zurück.

Er stand auf und ging zum Fenster. Dort verharrte er zitternd, obwohl es in dem Zimmer heiß und stickig war.

Brigid war niedergeschmettert über seine Reaktion und starrte hilflos seinen Rücken an. Das schweißnasse Hemd klebte an seiner Haut, und er hatte sich eine Krawatte in rotem Paisley-Muster wie einen Schal um den Hals geschlungen. Auf dem Fußboden lag ein blutgetränktes Taschentuch.

Sie rappelte sich auf die Füße und sah ihn hilflos an. »Rodi ... ich ... es tut mir leid, ich wollte dir weder wehtun noch dir Angst einjagen. Was ist mit deinem Hals?«

Er holte tief Luft, drehte sich aber nicht zu ihr um. »Nichts ...

nichts ist damit. Jetzt geht es mir gut. Bedaure. Tut mir leid, aber ich kann nicht glauben, dass du es wirklich bist oder dass ich wieder zu Hause bin. Dumm, ich weiß. Ich werde darüber hinwegkommen. Manchmal überfällt mich dieses überwältigende Gefühl zu ersticken. Ich weiß nicht, warum. Der Arzt meint, es wird vorbeigehen. Er hat mir ein Stärkungsmittel gegeben. Es geht mir schon viel besser.« All das stieß er im Stakkato-Ton hervor, wie angetrieben von nervöser Energie.

Er drehte sich um und sah ihr in die Augen. »Ich bin kein Soldat, weißt du – das liegt mir nicht. Da bin ich ganz anders als Alexander der Große. Es tut gut, dich wiederzusehen, Brigid. Vielleicht könnten wir ein Picknick veranstalten?«

»Das wäre sehr schön.« Sie lächelte.

»Der See! Ja, lass uns heute zum See gehen. Ich habe Lust, mit einem Boot auf den See hinauszufahren. Ich hätte Seemann werden sollen, kein Soldat. Wie geht es deinem Mann?«

»Er lebt jetzt in Newry. Ich habe keinen Kontakt zu ihm.«

»Und deinen Eltern?«

Sie zögerte. »Mein Vater ist gestorben … vor über einem Jahr.«

»Oh, das tut mir leid. Da sieht man, wie lange ich fort war …« Er trat an seinen Kleiderschrank und begann, wahllos Gegenstände herauszureißen.

»Was suchst du?«, fragte sie.

»Mein Gewehr.«

Sie biss sich auf die Lippen, schloss verzweifelt die Augen und fragte sich, wie sie mit der Situation umgehen sollte. Dann schlug sie die Augen wieder auf. »Ich glaube nicht, dass du dein Gewehr brauchst, wenn wir ein Picknick machen«, meinte sie gezwungen lächelnd.

»Nein, wahrscheinlich nicht. Dumm von mir. Gib mir lieber meinen Spazierstock. Ich brauche immer noch eine Stütze. Er steht dort, in der Ecke.«

3

»Das Autonomiegesetz wird ausgesetzt werden!« O'Mahonys Faust donnerte auf den Schreibtisch, und der Herausgeber der *Sinn Féin* fuhr zusammen. »Verdammt sollen die Unionisten sein, verdammt die Fenier, verdammt die IRB, die *Clan-na-Gael*, Redmond, aber vor allem soll Carson verdammt sein!«

»Ich dachte, Sie und Redmond stünden auf derselben Seite«, meinte Arthur Griffith. Hinter seinen runden, in Stahl gefassten Brillengläsern blitzten seine Augen kampflustig. Es amüsierte ihn, dass O'Mahony sich so ereiferte. Nachdenklich strich er über seinen dichten, prachtvollen Schnurrbart, der so dunkel wie sein Haar war. Er hatte nicht vor, sich von dieser lautstarken Attacke des Mannes, den sie alle als glühenden Nationalisten achteten, einschüchtern zu lassen. O'Mahony war eben ein Mann, der alles auf seine Weise tun wollte, und das bedeutete in diesem Fall, dass er die britische Regierung nicht reizen wollte.

Kühl beugte sich Arthur Griffith vor und tippte mit seinem Bleistift auf den Schreibtisch. »Ich dachte, dass Sie mit ihm kooperieren, was die Unterstützung der britischen Vorgehensweise angeht?«

O'Mahony wies auf die Papiere auf dem Schreibtisch des Herausgebers. »Solange alle politischen Fraktionen in Irland nur ihre eigenen Interessen verfolgen, wird es niemals Frieden geben!«

»Wissen Sie, Mahony, Sie hätten Ihren Parlamentssitz nie aufgeben sollen. Sie sind immer noch ein typischer Politiker, der um den heißen Brei herumredet. Die Unionisten von Ulster exerzieren offen auf den Straßen. Die britische Regierung – Ihre britische Regierung, deren Politik Sie unterstützen – verschließt die Augen davor, dass Sir Edward Carson Waffen in den Norden importiert hat. Durch seinen gut organisierten Waffenschmuggel hat er den Norden mit einem Arsenal ausgestattet, mit dem wir es im Süden nicht aufnehmen können. Und das Gesetz wird bei der dritten Lesung durchgehen – dann hat er gewonnen! Sagen Sie mir, auf welcher Seite Sie und Ihre nationalistischen Freiwilligen stehen, wenn er in diesem Fall die provisorische Regierung leiten wird.«

»Auf Redmonds Seite! Vollständige Autonomie! Die Liberalen und Konservativen pressen uns aus. Irland wird nicht überleben, wenn man es in zwei ungleiche Staaten zerschlägt.«

»Also, da stimme ich vollkommen mit Ihnen überein! Ökonomisch konservativer, gewaltloser Nationalismus – aber es ist Zeit, sich zu entscheiden, Mahony. Sind Sie immer noch für einen Ultra-Nationalismus und eine anglo-irische Autonomie oder für eine Vereinte Irische Republik, in der wir die Freiheit haben, uns selbst zu regieren? *Sinn Féin* eben oder übersetzt ›wir selbst‹.«

O'Mahony zögerte. »Ich bin jedenfalls nicht dafür, dass alles mögliche Gesindel in einem irischen Parlament sitzt.«

»Ich ebenfalls nicht. Die *Sinn Féin* tritt dafür ein, dass Irland zwar unter derselben Krone steht wie Großbritannien, aber von Dublin und nicht von Westminster aus regiert und verwaltet wird.«

»Darin haben Sie aber nicht die Unterstützung der gesamten irischen Bevölkerung, Griffith.«

»Nein, aber das wird sich ändern. Jemand muss den Briten vor Augen führen, wie es in Irland wirklich aussieht. Unsere Armenviertel sind die übelsten in ganz Europa und unsere Löhne die niedrigsten; und unsere repressive Regierung stellt sich taub gegenüber den Problemen der Bevölkerung. Unter einer anständigen, wohlwollenden Verwaltung von Iren aus Irland, Katholiken wie Protestanten, ohne Sonderrechte für eine Gruppe – nur so gibt es eine Hoffnung, dass Irland die Katastrophe überlebt, die auf uns zukommt, wenn wir so weitermachen.«

»Ihre Partei wird die Autonomie noch durch zu viel Duldsamkeit zu Fall bringen, Griffith«, meinte O'Mahony ironisch.

»Und die Ihre durch zu langes Zaudern und Schwanken, Mahony! Erklären Sie sich – eine Regierung ohne Westminster muss das Ziel sein!«

»Das wird eine Regierung ohne demokratische Legitimation sein, Griffith. Einen guten Tag noch, Sir!« O'Mahony tippte an seinen Hut und verließ die Redaktion.

Als Nächstes suchte er Bulmer Hobson in der Redaktion des *Gaelic American* auf.

O'Mahony kam sofort zur Sache. »Warum war Gorges heute hier?«, verlangte er zu wissen, nachdem eine nervöse Sekretärin ihn zu Mr. Hobson geführt hatte.

Hobson wirkte verblüfft. »Wie bitte?«

»Ich weiß, dass er hier war und dass Sie ihn angehört haben. Warum?«

»Entschuldigen Sie, aber das geht Sie nichts an, Mahony!«

»Verdammt, Mann, Gorges ist ein Lump und ein Säufer, und Sie sollten sich nicht mit ihm abgeben.«

»Von der Sorte gibt es heutzutage in Irland viele«, entgegnete Hobson.

»Was wollte er?«

»Wem haben Sie vor, das weiterzuerzählen?«

»Die Information bleibt unter uns.«

»Nun ja, Captain Gorges hat noch einmal von dem Plan gesprochen, den er schon vor einigen Jahren hatte: die Einnahme von Dublin Castle und anderer strategischer Punkte in der Stadt an einem Feiertag, an dem die Ämter geschlossen sind und der größte Teil der Garnison dienstfrei hat. Die Nationalistische Freiwilligenarmee würde dann Dublin Castle besetzen. Die Kontrolle über ein so hochkarätiges Faustpfand würde den Briten einen vernichtenden Schlag versetzen.«

»Verstehe. Und was haben Sie ihm geantwortet?«

»Ich habe ihm erklärt, dass die Freiwilligen für einen solchen Angriffsplan noch nicht bereit seien. Im Moment stellen sie eher einen Störfaktor dar – störend für die Briten natürlich –, aber keine ernstzunehmende Kampftruppe. Außerdem habe ich gesagt, die Freiwilligenarmee begeistere alle freiheitsliebenden Iren, aber in der gegenwärtigen Phase stehe es außer Frage, sie zu einer zusammenhängenden Truppe aufzustellen.«

»Dann halten Sie die Freiwilligenarmee für einen Witz, so wie Arthur Griffith und die Mehrheit der Dubliner Bevölkerung?«, verlangte O'Mahony zu wissen.

»Das habe ich nicht gesagt, Sir«, schmunzelte Bulmer Hobson. »Ich habe Gorges den Artikel gezeigt«, fuhr er dann fort, »den ich kurz nach dem Verschwinden der Kronjuwelen über ihn geschrieben habe – das heißt, über einen gewissen ›Captain Gaudeans‹. Er hatte – und hat – keine Ahnung, dass ich selbst es war, der den Text vor vielen Jahren verfasst hat. Er hat die Beherrschung verloren und gedroht, den Mann zu erschießen, der einen so bösartigen Artikel über ihn geschrieben hat, und ich glaube, es war ihm ernst.«

»Höchstwahrscheinlich«, meinte O'Mahony und dachte daran, wie sehr sein Halbbruder diesen Mann verabscheute.

»Danach ist Gorges gegangen – wollte sich ein Offizierspatent oder so etwas für den Fall besorgen, dass es einen Weltkrieg gibt. Ach, übrigens, falls es Sie interessiert: Am 27. Juli wird in Howth eine Waffenlieferung aus Deutschland ankommen, etwa neunhundert Gewehre und neunundzwanzigtausend Schuss Munition. Die nationalistischen Anführer haben sie beschafft und wollen sie verteilen lassen.«

Kurz nach diesem Treffen mit Mr. Hobson in Dublin kehrte Peirce Lacy nach Wicklow zurück. Er rief seinen Sohn an und bat Peirce Gun, sofort nach Grange Con zu kommen.

Kapitel Einunddreißig

1

Manchmal war Rodi vollkommen klar und ansprechbar, und dann wieder verhielt er sich völlig unberechenbar und erschreckend. Brigid wusste jetzt, was O'Mahony gemeint hatte, als er von Rodis seelischen Problemen sprach. Nachdem sie zuerst beschlossen hatte, nicht auf Grange Con unter einem Dach mit Rodi zu leben, änderte sie bald ihre Meinung dazu.

In den Tagen nach ihrem Wiedersehen, nachdem sie zum ersten Mal am See gepicknickt hatten, begann jedermann eine Verbesserung in seinem Äußeren und seinem Verhalten zu sehen. Selbst O'Mahony machte eine Bemerkung darüber. »Ihre Besuche auf Grange Con tun Rodi offensichtlich sehr, sehr gut, Brigid. Aber das ständige Hin und Her, die tägliche Anreise aus Dublin und die abendliche Heimfahrt, müssen Sie doch sehr erschöpfen – ganz abgesehen von den Fahrtkosten. Wir haben hier von früher noch Kinderzimmer; wenn Sie möchten, könnten Sie also Ihre Kinder mitbringen, und wir stellen ein Mädchen für sie an. Vorausgesetzt natürlich, Rodi hat nichts dagegen, dass sie hier sind.«

Brigids Meinung nach war Rodi noch nicht so weit wiederhergestellt, dass er kleine Kinder um sich haben konnte. Damit würden sie warten müssen, bis es ihm besser ging und seine Nerven wieder belastbarer waren. Doch als O'Mahony anbot, sie selbst vorübergehend im Torhaus bei den Pächtern O'Leary unterzubringen, nahm Brigid gern an.

Sie wusste, dass Roddy junior und Emma Jane in guten Händen waren. Sarah und Gemara widmeten sich den Kindern so liebevoll, als wollten sie damit die verlorene Zeit wettmachen. Roddy hing inzwischen fast mehr an den beiden als an ihr. Aber das war ja verständlich. Natürlich gefiel es ihm, sich von Großmutter und Urgroßmutter verwöhnen zu lassen. Und so hatte sie keine Bedenken, die Kinder in der Eustace Street zu lassen und auf Grange Con bei Rodi zu bleiben.

Solange das Wetter noch schön war, veranstalteten Rodi und sie viele Picknicks oder unternahmen Spaziergänge, wenngleich sie nicht weit gehen konnten, weil Rodi leicht ermüdete. Aber er hinkte immer weniger und brauchte eigentlich den Stock nicht mehr, den ihm der Metropolit Istochin von Edirne geschenkt hatte, zusammen mit der griechischen Ausgabe der Geschichte Philipps von Mazedonien und Alexanders des Großen. Sie erneuerten ihre Bekanntschaft mit Athanas Blagow, der wieder in der kleinen Wildhüter-Hütte lebte, mit der Brigid so viele schöne Erinnerungen verband. Sie brachte es sogar fertig, dass Rodi sich vom Friseur seinen unansehnlichen Bart stutzen ließ, obwohl er sich trotz ihrer Bitten weigerte, sich ganz davon zu trennen. Zu seinem eigenen Besten musste sie hart zu Rodi sein, um ihn aus seiner körperlichen und geistigen Apathie zu reißen. Sie erklärte ihm, er könne mit seinem Äußeren beginnen.

»Peirce Gun kommt zu einem Besuch nach Grange Con, und er wird über dich lachen, wenn seines Vaters Schützling wie ein Flüchtling aus Bulgarien aussieht und nicht wie ein mehrfach ausgezeichneter Offizier der bulgarischen Armee!«

Als Rodi hörte, dass Peirce Gun, der einstige Herold von Cork, nach Grange kommen würde, fiel er in sein introvertiertes, verdrossenes und aggressives Verhalten zurück.

»Nun, das bin ich ja auch, oder? Nichts weiter als ein Flüchtling! Und wer zur Hölle schert sich um Peirce Gun? Soll er doch lachen, wenn er will«, erklärte Rodi zornig. Den Bart und das lange Haar hatte er sich im Kloster nach dem Beispiel der orthodoxen Mönche wachsen lassen; denn diese waren, wie er sich oft vor Augen hielt, seine Retter, die ihn vor dem sicheren Tod in Izmir bewahrt hatten. Aber über diese Erlebnisse sprach er nie, und Brigid mochte ihn nicht danach fragen.

2

Am Samstagnachmittag nach Peirce Guns Ankunft ging Brigid die lange Auffahrt hinauf, die vom Torhaus nach Grange Con führte, um mit Rodi über ihre Zukunft zu sprechen. Sie musste einfach wissen, was aus ihr und den Kindern werden sollte; ob er bereit war, nach Kerry zu ziehen, wo sie gern weiter mit den Kindern leben würde, oder ob er lieber in der Nähe von Dublin und des Trinity College bleiben wollte. Er hatte einmal davon gesprochen, sein abgebrochenes Studium wieder aufzunehmen.

Wenn sie dieses Thema anschnitt, schien er nie zu einem endgültigen Schluss zu gelangen, und sie mochte ihn nicht ständig drängen; nicht in seinem derzeitigen, labilen Gemütszustand. Solange Zachary lebte, konnten sie ohnehin nicht heiraten, und das war noch etwas, das sie tief in ihrem Inneren wurmte. Als Rodis rechtmäßige Ehefrau hätte sie die Sicherheit, die sie um der Kinder willen brauchte. Nun, wenn er nicht wusste, was er mit dem Rest seines Lebens anfangen sollte, dann würde sie eben an seiner Stelle entscheiden müssen.

Brigid trat ins Haus, in dem an diesem heißen Julitag alle Türen und Fenster offen standen. Als sie an der Bibliothek vorbeikam, bemerkte sie erschrocken, dass Rodi und Peirce Gun sich heftig stritten. Offenbar war es ihnen gleich, wer sie hörte.

»Ja und? Was macht es aus, dass Shackleton von der Bildfläche verschwunden ist, nachdem er seine Strafe abgesessen hat?«, schrie Rodi gerade. »Es ist mir gleich, ob er sich ein Pseudonym zugelegt oder ob er in Frankreich oder Timbuktu lebt. Trotzdem ist er noch in der Lage, Gorges aus der Ferne zu manipulieren.«

»Beruhige dich, Rodi.« Peirce Gun schien der Vernünftigere von beiden zu sein. »Brüll doch nicht so, sonst läuft noch das ganze Haus zusammen.«

»Ist mir egal! Ich bin diese ganze Sache leid. Wegen dieser Affäre kann ich nicht einmal mehr zurück ans Trinity – denn jetzt bin ich bei der Polizei aktenkundig!«

»Ich glaube, du übertreibst, Rodi. Natürlich nehmen sie dich zurück – du bist schließlich ein bulgarischer Freiheitsheld!«

»Sei nicht so sarkastisch, Peirce. Und sag mir nicht, dass ich übertreibe. Paul Masters wusste davon, dass die Beute in ein sicheres Versteck in der Vorstadt gebracht werden sollte. Warum hast du deine Beteiligung an dem Ganzen nicht gestanden?«

»Hör auf, mir Druck zu machen, Rodi!«

»Nicht ich erpresse dich, Peirce, obwohl ich glaube, dass jemand anderer genau das tut.«

»Wovon redest du?«

»Du wusstest, dass das Versteck im Keller aufgebrochen worden war …«

»Das habe ich nicht gewusst!«

»Oh doch! Und schließlich sollten die Juwelen an diesen Schrotthändler, diesen Exilrussen, gehen.«

»Nein, Rodi. Wenn du Maxim Litwinow meinst, bist du vollkommen auf dem Holzweg.«

»Er steckt doch mit diesem Lenin unter einer Decke, oder? Dann will ich dir etwas erzählen, das ich in Bulgarien gehört habe, nämlich dass Litwinow und Lenin so viel Geld zusammenraffen, wie sie können, um den Sturz der russischen Zarenfamilie zu finanzieren – du wirst noch an mich denken, Peirce! Dein Vater weiß ebenfalls Bescheid. Deswegen ist er ja so darauf bedacht, sein Erbe aus Russland herauszuholen.«

Peirce Gun begann zu lachen. »Das ist ja absurd, vollkommen absurd!«

»Vergiss nicht, dass Mrs. O'Farrell Lord George Haddo gesehen hat, wo er eigentlich nicht hätte sein dürfen«, gab Rodi wütend zurück. »Du hattest ebenfalls ein Motiv und die Gelegenheit, Peirce. Warum wurdest du denn damals vorgeladen? Wusste der Vorsitzende der Untersuchungskommission etwas über dich, was kein anderer wusste? Hatte er etwas gegen dich und Lord George in der Hand? Hat er euch beide etwa erpresst, und ihr konntet ihn nur mit den Kronjuwelen bezahlen – die ja zum Greifen nahe waren?«

»Ach, jetzt mach aber halblang, Rodi! Wer weiß, ob *du* nicht hinter dem Ganzen steckst. Schließlich hattest du ein Motiv, die Gelegenheit und die Empfänger, die hinter den Kulissen warteten. Du hättest die Juwelen leicht nach Bulgarien schaffen können, um die Sache deines Zaren Ferdinand zu fördern.«

»Ich hatte nicht mehr Gelegenheit als du oder Gorges, Shackleton oder Haddo – oder Goldney, da wir gerade davon reden. Ich habe diesen Mann nie gemocht, er war mir für meinen Geschmack immer zu schmierig. Genau der Typ, der einem lächelnd ein Messer in den Rücken stößt. Er hätte die Juwelen stehlen können, um seinen teuren Lebensstil aufrechtzuerhalten.«

»Die Untersuchungskommission hat festgestellt, dass Goldney nichts mit dem Diebstahl zu tun hatte; daher weiß ich nicht, worauf du hinauswillst, Rodi ...«

»Nur auf das eine, Peirce: Als Herold von Cork hattest du einen Schlüssel zur Eingangstür des Bedford Tower. Du hast ihn immer an deiner Uhrkette getragen ...«

»Ja, und es gab noch sechs andere Schlüssel zur Eingangstür. Mrs. O'Farrell hatte auch einen, was willst du also andeuten?«

»Dass du als Herold von Cork genug Gelegenheit hattest, einen Abdruck des Safeschlüssels zu nehmen und ihn zurück in Sir Arthurs Schlafzimmer zu legen, wo der vermisste Schlüssel schließlich auftauchte. Du hättest derjenige sein können, der den Dieb in den Bedford Tower eingelassen hat.«

»So wie dich oft genug?«

Ein langes Schweigen trat ein. »Verdammt sollst du sein Peirce!«, stieß Rodi dann hervor.

»Und du auch, Rodopi Serrai! Du bist schon immer ein Opportunist gewesen.«

»Wenigstens bin ich kein Heuchler!«

Rodi trat auf den Gang.

Verschwunden war der zottige Bart, der sein Gesicht und den Hals überwuchert hatte, und ausnahmsweise wirkte er völlig normal, wenn auch wütend. Grimmig lächelte Brigid in sich hinein: Dann hatte sich ihre Beharrlichkeit also ausgezahlt, und das Ergebnis konnte sich sehen lassen. Er sah zur Abwechslung richtig ordentlich aus. Hatte er das getan, weil er nicht wollte, dass Peirce sich über ihn lustig machte oder ihn als ausländischen Barbaren darstellte?

Brigid war sich der Eifersüchteleien und Rivalitäten unter den jungen Aristokraten von Dublin bewusst. Als ihr Bruder Paul noch in Clonskeagh gearbeitet hatte, hatte er zu Hause oft von Neid und Missgunst unter Sir Arthurs jungen Männern erzählt. Der zornige Wortwechsel eben zwischen Rodi und Peirce Gun war ein Beispiel dafür gewesen. Ihre gegenseitigen Beschuldigungen hatten von tiefsitzender Abneigung und Feindseligkeit gezeugt, aber warum? Hatte es nur mit dem Diebstahl der irischen Kronjuwelen zu tun, oder ging ihr Streit noch um etwas Schlimmeres? War der Diebstahl nur die Spitze des Eisbergs?

Rodi sah Brigid ausdruckslos an; verblüfft, sie da in ihrem Sommerkleid und mit ihrem Sonnenschirm stehen zu sehen wie eine blasse Statue. »Hast du uns gehört?«, fragte er kurz angebunden.

»Wahrscheinlich hat man euch im ganzen Haus gehört.«

Er umfasste ihren Ellbogen. »Komm mit nach draußen. Im Park können wir reden. Lass dir Peirce gegenüber nicht anmerken, dass du alles mitbekommen hast.«

Als sie im Schatten auf einer Bank saßen, wandte er sich ihr zu. Er wirkte verzweifelt. »Ich habe nichts mit dem Diebstahl der Kronjuwelen zu tun, Brigid, und nichts liegt mir ferner, als irgendeine Revolution zu fördern, und schon gar nicht die von Zar Ferdinand.«

»Ach nein? Und warum hattest du dann die Tasche voller Edelsteine, als du mich auf dem Leinpfad am Kanal umgeritten hast?«

»Ich werde es dir verraten. Diese ›Juwelen‹ waren nichts als unechter Tand. Wir wollten Sir Arthur einen Streich spielen; davon habe ich dir ja erzählt. Der Schmuck bestand nur aus Glas und Strasssteinen. Er hat wirklich einmal meiner Großmutter gehört, aber das lag daran, dass sie den Familienschmuck verkauft und durch Imitationen ersetzt hat. Du weißt ja – zumindest habe ich es dir vor Ewigkeiten einmal erzählt –, dass in meinem Land schon lange, bevor die serbische Königsfamilie ermordet wurde, Unruhe herrschte.«

»Aber du bist doch kein Serbe, sondern Bulgare.«

»Meine Großmutter entstammte der serbischen Aristokratie. Drei Jahre, nachdem mein Vater mich, seinen Erben, bei O'Mahony in Sicherheit gebracht hatte, wurde sie in einer Stadt namens Kosovo-Methohija, ihrem Geburtsort, ermordet. 1903 war das – sie wurden alle getötet, mein Vater, meine Mutter und meine Schwestern. Unsere Ländereien und unser Vermögen wurden beschlagnahmt. Bei mehreren Reisen nach Mazedonien konnte O'Mahony nur ein wenig davon für mich retten. Er hat mir die Glassteine gegeben – als Erinnerung an die Vergangenheit wahrscheinlich.«

»Was … was ist dann mit dem Rubinarmband, das du mir geschenkt hast?«

»Glas«, erklärte er. »Es tut mir leid, aber ich wollte dich beeindrucken. Ich wollte dir etwas schenken, das einmal meiner Familie gehört hat, und da habe ich so getan, als wäre es wertvoll, weil nach dem Massaker einfach nichts mehr da war. Schlag einmal mit dem Hammer auf das Armband, dann wirst du schon feststellen, dass die Rubine nicht echt sind.«

Sie wusste nicht, was sie sagen sollte. Ja, sie konnte prüfen, ob er die Wahrheit sagte, und sein Geschenk in Stücke, in winzige Glassplitter schlagen; aber das wollte sie nicht. Das wäre, als zerschmettere sie sein Herz … und ihr eigenes. »Was hattest du damit vor? Und was hat das mit dem … Streich zu tun, den ihr Sir Arthur spielen wolltet?«

»Bei einer von Sir Arthurs Gesellschaften wollte sich Gorges als Molly Maloney verkleiden und dazu den falschen Schmuck meiner Großmutter tragen. Dann wollten Peirce und Shackleton die echten irischen Kronjuwelen mit Hilfe des Zweitschlüssels zum Bedford Tower wegnehmen und sie an einem sicheren Ort aufbewahren, während wir Sir Arthur weismachten, in den Bedford Tower sei eingebrochen worden, und Gorges stecke dahinter. Wir wollten so tun, als hätte Gorges die irischen Kronjuwelen auseinandergenommen und trüge einen Teil der Beute. An dem Nachmittag, als ich durch Zufall mit dir zusammengestoßen bin, war ich auf dem Weg zur Portobello-Kaserne, um ihm die Requisiten für das Kostümfest zu bringen.«

»Und was ist dann passiert?«

»Während der Party sollte Sir Arthur dazu gebracht werden, seinen Safe zu überprüfen, feststellen, dass die Juwelen verschwunden waren und Gorges von Detective Kerr, dessen Büro gleich auf der anderen Seite des Hofs lag, verhaften lassen. Wir wollten Sir Arthur den Schreck seines Lebens einjagen und ihm beweisen, wie kinderleicht es war, die Juwelen aus dem Safe zu nehmen, und anschließend sollten Shackleton und Peirce die echten Steine zurückgeben. Das Problem ist nur, dass es so weit gar nicht gekommen ist. Sir Arthur hat zu viel getrunken und wurde ohnmächtig; für gewöhnlich hat er das Zeug nie angerührt, verstehst du. An alles andere, was auf dem Fest geschehen ist, konnte er sich nicht erinnern, und als er das nächste Mal in seinen Safe sah, waren die Juwelen verschwunden.«

»Ich kehre morgen nach Kilmorna zurück, Rodi«, sagte sie, »und die Kinder nehme ich mit.«

»Aber ich habe meine Tochter noch nicht einmal gesehen!«, protestierte er. Obwohl sie im Schatten saßen, war ihm heiß, und er fühlte sich unbehaglich und reizbar. Ohne darüber nachzudenken, nahm er sein Halstuch ab, um sich damit das Gesicht abzutupfen, und sie sah zum ersten Mal seinen Hals.

Brigid starrte die hässliche rote Narbe an, die um seinen Hals lief. Jetzt begriff sie, warum er darauf bestanden hatte, den langen, unansehnlichen Bart zu tragen. Kleine runde Dellen wirkten wie eine Kette aus Rubinen oder Blutstropfen, eine entsetzliche Erinnerung an sein Leiden. »Sie … sie haben dir auch einen Eisenring um den Hals gelegt?«, hörte sie sich selbst mit leiser, entsetzter Stimme fragen.

»Ja!«, versetzte er knapp, stand auf und schlang sich das Halstuch hastig wieder um. »Ein Eisenring mit Stacheln auf der Innenseite!«

»Rodi …«

»Sag nichts, Brigid. Peirce Gun möchte, dass ich ihn heute Nachmittag zu einer Teeparty bei Freunden von ihm begleite, die auf der anderen Seite des Sees leben. Aber ich bin ziemlich müde und möchte mich vorher ein wenig hinlegen. Es macht dir doch nichts aus, allein zum Torhaus zurückzugehen, oder?«

»Nein, natürlich nicht.«

»Sollen wir morgen weiterreden, wenn ich mich besser fühle?«

»Ja, Rodi.« Sie verabschiedete sich von ihm und kehrte in ihr Quartier zurück.

3

Brigids Schlafzimmer lag im Erdgeschoss. Die Nacht war heiß, daher hatte sie das Fenster weit offen und die Vorhänge zurückgezogen gelassen. Sie schlief unruhig, doch gerade, als sie in den frühen Morgenstunden in einen festen Schlummer gesunken war, kletterte ein Mann über das Fensterbrett. Sie erwachte davon, dass er eine Hand auf ihren Mund presste. »Keine Angst, Brigid«, flüsterte er ihr ins Ohr, »ich bin es nur ...«

Aus weit aufgerissenen, entsetzten Augen starrte sie den Maskierten an, dessen Silhouette vom Mondschein umrissen wurde. »Paul ...?«

Er zog die schwarze Maske herunter.

»Rodi! Was in aller Welt ...?« Sie versuchte sich aufzusetzen und schlang fest die Arme um ihn.

»Psst, du willst doch nicht die O'Learys wecken, oder? Sie werden glauben, dass ich alle in ihren Betten ermorden will. Brigid ... ich muss fortgehen.«

»Oh nein! Du bist doch nicht einer von diesen Leuten? Das ertrage ich nicht ...«

»Nein, ich habe mich nur verkleidet. Die Mütze habe ich im Wald gefunden, damals, als die Bruderschaft hinter mir her war ... Hör zu, Brigid, du musst mit den Kindern nach Kilmorna zurückkehren, zu deiner eigenen Sicherheit.«

»Und wohin gehst du?«

»Frag mich besser nicht. Tu einfach, was ich dir sage. Ich melde mich, versprochen. Vergiss nicht, dass ich dich sehr, sehr liebe.« Er beugte sich vor und küsste sie, der erste zärtliche Kuss, seit er aus dem Kloster in Edirne zurückgekehrt war. Doch dies war kein züchtiger Kuss; seine Hände suchten die Wärme ihrer Brüste und fanden Trost in dem weichen, sinnlichen Fleisch, das zu berühren er sich bisher versagt hatte, sowohl um seinet- als auch um ihretwillen.

Doch Rodi rief sich ins Gedächtnis, dass dies nicht die rechte Zeit war, um sich hinreißen zu lassen. Er gab sie frei. »Kein Wort zu jemandem!« Er tat einen Schritt auf das Fenster zu, drehte sich aber noch einmal um. »Denk daran, dass ich dich liebe«, wiederholte er. Dann war er fort, ehe sie noch richtig wusste, wie ihr geschah.

»Rodi …!« Sie stand am Fenster und hielt im Dunkeln Ausschau nach ihm. »Rodi … tu mir das nicht schon wieder an …« Und da er schon fort war, wandte sie sich ab. »Ich liebe dich auch«, flüsterte sie in den Raum hinein.

Mit zitternden Fingern entzündete Brigid die Öllampe an ihrem Bett. Ihre Hände fühlten sich feucht an. Sie erinnerte sich, dass sie seine Arme umfasst und den Tweedstoff seiner Reitjacke festgehalten hatte, weil sie ihn nicht gehen lassen wollte.

Sie schaute auf ihre Handflächen hinunter und erblickte frisches Blut.

4

»Möchte wissen, was da oben im Herrenhaus vorgeht«, meinte O'Leary zu seiner Frau, als er wieder ins Torhaus trat. Er wusste gar nicht mehr, wie vielen Automobilen er heute schon das Tor geöffnet hatte.

»Vielleicht geben die O'Mahonys heute Abend eine große Gesellschaft«, gab seine Frau zurück, die zur Messe gehen wollte und mit den Gedanken ganz woanders war.

»Ach was, doch nicht am Sonntag. Außerdem waren das Polizeiwagen. Immerhin, vielleicht kann einer davon Brigid mit nach Dublin nehmen, wenn sie heute ihre Kinder besuchen fährt, dann kann ich mir die Mühe sparen«, entgegnete er. »Ruf sie her, Frau, und sag ihr, ich will zum Herrenhaus, um zu sehen, was da los ist, und ich kann ihr das Gepäck tragen.«

Brigid hatte fertig gepackt und war froh über das Angebot.

Als sie nach Kilmorna House kamen, herrschte dort helle Aufregung. O'Leary ging in die Küche hinunter, um nachzufragen, ob ein Stallknecht oder Lakai sie zum Bahnhof begleiten könne oder, noch besser, ob einer der Polizisten sie nach Dublin mitnehmen würde. Doch als er zurückkehrte, war er kreidebleich und wirkte erschüttert.

»Was ist los?«, fragte Brigid ihn.

»Oh, Missus Brigid, niemand darf das Anwesen ohne Erlaubnis der Polizei verlassen.«

»Warum?«

»Athanas Blagow hat Master Peirce unten am See gefunden, mit einer Kugel im Herzen.«

Sie sah auf ihre Hände hinunter, an denen heute Nacht noch frisches Blut geklebt hatte. *Sheila-na-gig! Pishogue!* Sie sei eine Hexe, hatte Mrs. Murphy gesagt, und ein Fluch treffe jeden, der mit ihr zu tun habe … Dann wurde es schwarz vor ihren Augen, und O'Leary konnte sie gerade noch auffangen, bevor sie zu Boden fiel.

Kapitel Zweiunddreißig

1

Das Verhältnis zwischen dem alten O'Mahony und seinem Sohn war zwar seit Jahren distanziert gewesen; aber er wäre ein merkwürdiger Vater gewesen, wenn der Tod seines Sohnes ihn nicht zutiefst bekümmert und entsetzt hätte.

Was war geschehen? Eine Meinungsverschiedenheit, die aus dem Ruder gelaufen war, ein Racheakt, ein Duell, ein Verbrechen aus Eifersucht – viele Erklärungen boten sich an, und es lag nahe, voreilige Schlüsse zu ziehen. Aber O'Mahony glaubte nicht einen Moment lang, dass einen seiner Schützlinge die geringste Schuld traf, wenngleich man Rodi gestern Abend mit seinem Gewehr am See gesehen hatte. Obwohl die Jagdsaison noch nicht begonnen hatte, war auch neben Peirce' Leiche eine Doppelflinte gefunden worden.

Als Brigid aus ihrer Ohnmacht erwachte, führten die Polizisten sie ins Arbeitszimmer und drückten ihr eine Tasse heißen, süßen Tee in die Hand. Dann begannen die Detectives sie zu vernehmen. Wahrscheinlich, überlegte Brigid, hatte O'Mahony der Polizei von ihrer Beziehung zu Rodi erzählt, um ihre Anwesenheit auf dem Gut zu erklären. Das war bestimmt nicht einfach für die Detectives, die nicht wussten, wie sie Brigid ansprechen sollten; sie konnten ja wohl kaum offen sagen, dass Rodi ihr Geliebter war. Aber der Inspector, der die Ermittlung leitete, war äußerst taktvoll. »Wie lange kennen Sie Mr. Serrai schon, Mrs. Lunn?«

»Seit sieben Jahren.«

»Würden Sie uns bitte erklärten, ob er sich Ihrer Meinung nach in letzter Zeit seltsam verhalten hat?«

Sie wusste, dass sie aufpassen musste, was sie sagte. »Seltsam vielleicht nicht, aber anders als früher. Mr. Serrai hat im Kampf für sein Land viel durchgemacht. Er ist von den türkischen Truppen gefangen genommen und gefoltert worden, und er hat sich noch nicht von dieser Tortur erholt.«

»Ja, das verstehen wir. Wissen Sie, ob Mr. Serrai und Mr. Peirce Gun Mahony sich gestritten haben?«

»Gestritten?«

»Ja, Mrs. Lunn. Die Dienstboten haben ausgesagt, gestern Nachmittag sei es in der Bibliothek zu einer Auseinandersetzung zwischen den beiden jungen Herren gekommen. Anscheinend waren Sie gestern Nachmittag im Haus und haben im Park lange mit Mr. Serrai gesprochen. Wissen Sie, worum es bei diesem Streit ging?«

Sie zögerte. »Nein … nicht so richtig. Ich habe nicht alles mitbekommen.«

»Sagen Sie uns doch, was Sie gehört haben.«

»Es … es ging um den Diebstahl der irischen Kronjuwelen.«

»Worum genau, Mrs. Lunn?«

»Um ein Fest, das vor sieben Jahren stattfand, als die Juwelen verschwanden. Ein Kostümfest …« Sie berichtete den Polizisten, was Rodi ihr über Captain Gorges' Verkleidung als Molly Maloney und den falschen Schmuck seiner Großmutter erzählt hatte.

»Verstehe«, meinte der Inspector. »Ist Ihnen bekannt, Mrs. Lunn, wo sich dieser ›falsche Schmuck‹ jetzt befindet?«

»Nein, Inspector.« Sie wusste nicht, warum sie ihm verschwieg, dass sich das Armband noch in ihrem Besitz befand.

Der Inspector räusperte sich. »Gestern Nacht, Mrs. Lunn, hat man zwei maskierte Männer von Grange Con wegreiten sehen. Mr. Serrais Pferd ist aus dem Stall verschwunden. Könnte Ihrer Meinung nach Mr. Serrai einer dieser beiden Männer gewesen sein?«

»Möglich wäre das schon.«

»Würden Sie es wissen, wenn er der IRB angehören würde?«

»Ich weiß nicht. Er … er hat mit mir nie über seine politischen Ansichten gesprochen.«

»Wissen Sie, wo er sich jetzt aufhält?«

»Nein.«

»Danke, Mrs. Lunn, das ist alles. Sie können gehen«, erklärte der Inspector.

2

Bevor Brigid Grange Con verließ, bat O'Mahony sie noch um ein Gespräch unter vier Augen.

Was er ihr dabei über Rodi mitteilte, machte ihr vieles klar.

»Das alles ist höchst schmerzlich für alle, unglaublich schmerzlich! An Ihrer Stelle, Brigid, würde ich mit den Kindern nach Kilmorna zurückkehren, wo Sie unter dem Schutz von Sir Arthur Vicars stehen. Falls man Sie bei der Ermittlung um den Tod meines Sohnes noch einmal braucht, gebe ich Ihnen Bescheid.«

»Danke. Es … es tut mir alles so leid …«

»Das geht uns allen so, meine Liebe …« Er klang furchtbar müde. Offenbar hatte er den plötzlichen Tod seines Sohns noch nicht verarbeitet und die Tragödie noch gar nicht richtig begriffen. Wie in aller Welt sollte er Ethel, seiner Schwiegertochter in Kilmurray House, diese schreckliche Nachricht überbringen? Er fragte sich, ob er nicht seinen Halbbruder auf Kilmorna anrufen und Arthur vorschicken sollte. Nein, wenn er alles recht bedachte, war es wohl besser, wenn sie es von ihm erfuhr … Ihm schwirrte der Kopf. »Warten Sie bitte einen Moment …«, bat er Brigid.

O'Mahony trat kurz auf den Gang und sprach mit jemandem. Dann kehrte er zu ihr zurück. »Der Inspector lässt ein paar Polizisten hier, um die Untersuchung fortzusetzen, aber er selbst kehrt nach Dublin zurück«, erklärte er ihr. »Er kann Sie mitnehmen; das heißt, wenn Sie Grange Con immer noch um diese Nachtzeit verlassen wollen. Wenn nicht, dürfen Sie gern im Torhaus bleiben.«

»Nein danke … Ich möchte bei meinen Kindern sein.«

»Ja, selbstverständlich.« Er zögerte. »Sie sind eine kluge und beherzte Frau. Mut kann vielerlei Formen annehmen, aber welche Art von Mut auch immer nötig ist, Sie besitzen sie auf jeden Fall, meine

Liebe. Wenn Sie in Zukunft meine Hilfe brauchen, wenden Sie sich bitte an mich.«

Sie dankte ihm noch einmal und nahm ihren Koffer, der in der Eingangshalle stand.

»Fertig, Mrs. Lunn?«, fragte der Chief Inspector freundlich.

»Ja, Inspector. Wenn Sie wollen, können wir fahren.«

Eine nette Frau, dachte er bei sich, sehr hilfsbereit, gelassen und sachlich. Ein Jammer, dass sie sich mit diesem Mr. Serrai eingelassen hatte, der seit der Affäre um die Kronjuwelen – die, verdammt, noch sieben Jahre später ungelöst war – einen schlechten Ruf hatte.

Der Chief Inspector und sein Assistent, die vorn im Wagen saßen, bezogen Brigid nicht in ihr Gespräch ein, sondern warfen nur ein- oder zweimal einen Blick über die Schulter, um sich zu vergewissern, dass es ihr gut ging. Außerdem trennte eine Glasscheibe den hinteren Teil des Wagens ab. Ihr Blick folgte dem Scheinwerferlicht, das vor dem Wagen einen hellen Tunnel aus dem Dunkel schnitt. Sie war völlig in ihre Gedanken versunken und dachte über das nach, was O'Mahony ihr über Rodi erzählt hatte.

Sie erreichten Dublin erst um zwei Uhr morgens. In der Eustace Street stieg sie aus und läutete. James hatte eine elektrische Türklingel eingebaut, da Sarah und Gemara immer schlechter hörten und es nicht immer mitbekamen, wenn jemand den Klopfer an der Vordertür betätigte.

Sarah öffnete die Tür. In ihrem hastig übergeworfenen Morgenmantel wirkte sie müde und übellaunig. »Gott sei uns gnädig! Warum steht ein Polizeiwagen vor unserem Haus? Und was hast du mitten in der Nacht hier zu suchen, Brigid Rose? Wir dachten, du bist auf Grange Con.«

»Mutter«, unterbrach Brigid sie und trat in die Diele. »Ist Paul an diesem Wochenende hier gewesen?«

»Nein. Sollte er das?« Ohne Rücksicht auf ihre Enkelkinder, die oben fest schliefen, knallte Sarah die Haustür zu.

»War nur eine Frage, nichts weiter … Soll ich uns eine Tasse Tee machen?«, fragte Brigid ihre Mutter und trat mit ihrem Koffer in der Hand die zwei Stufen hinunter, die in die Küche führten.

»Nein. Tee würde mich nur wachhalten«, gab Sarah zurück, »und ich brauche meinen Schlaf. Gut, dass du zurück bist. In unserem Alter sind die Kinder doch zu anstrengend für Gemara und mich.« Sie ging nach oben. »Morgen früh kannst du mir erzählen, was die Polizisten hier wollten«, meinte sie noch, als wäre es ihr gerade wieder eingefallen. Sie beugte sich über das Geländer. »Paul und du, ihr habt doch nicht schon wieder Probleme mit dem Gesetz, oder?«

»Nein, Mutter.«

»Herrje, wo soll das alles nur enden? Womit habe ich nur so viel Zank und Streit verdient? Und dabei habe ich immer nur versucht, gut und rechtschaffen zu sein!«, versetzte Sarah kopfschüttelnd.

Sie ging in ihr Zimmer und schloss die Tür hinter sich. Brigid setzte sich auf einen Küchenschemel und sah ihren Koffer an. Dann stand sie auf, öffnete ihn und nahm die kleine Holzschachtel heraus, die Luke ihr zum Abschied geschenkt hatte, als er nach Amerika abgereist war. Luke hatte das Kästchen selbst aus dem süß duftenden Zedernholz von Kilmorna angefertigt, und es enthielt ihre wertvollsten Besitztümer.

Brigid zog Rodis Armband hervor und musterte es im Licht der Gaslampe. Sie trat an den Küchenschrank und suchte nach dem Holzhammer, den sie benutzten, um zähes Fleisch weichzuklopfen. Sie wickelte das Armband in ein Geschirrtuch, legte es auf das Hackbrett und schlug mit dem schweren Hammer kräftig darauf ein. Wieder und wieder holte sie aus, ohne auf Widerstand zu treffen.

Merkwürdig, aber als sie das Tuch auseinanderschlug, empfand sie weder Erleichterung noch Freude, als sie die zermalmte vergoldete Fassung und die rosafarbenen Glassplitter erblickte. Ein Schluchzen stieg ihr in die Kehle, und sie sank auf den Schemel. Jetzt wünschte sie, sie hätte ihm geglaubt.

3

Zwei Wochen später wartete im Schatten des Leuchtturms von Howth, auf dem Uferland nördlich der Dublin Bay, eine Gruppe von Männern auf ein ganz besonderes Schiff. Zu einer anderen Zeit hätte man sie vielleicht für Whiskey- oder Tabakschmuggler gehalten.

Sie hatten Späher auf dem felsigen Kap postiert, die sie warnen sollten, falls sich die Polizei oder Militärpatrouillen näherten.

Der Großteil der Männer, die sich unter einer grünen Fahne versammelt hatten, trug eine Art Pfadfinderuniform mit überkreuzten weißen Riemen. Stolz hielten sie sich von den Nichtuniformierten fern, von denen viele Reithosen trugen und andere sogar Anzug und Melone. Einige trugen einfache Arbeitskleidung. Aber alle waren aus demselben Grund hier: Sie warteten auf die *Asgard,* die aus Deutschland kommend die Nordsee durchquert hatte.

Es war eine warme, dunkle Sommernacht Ende Juli. Immer wieder brach, wie zum Spott für die Untergrundkämpfer, der Mond hell durch die Wolken. Endlich tauchten die Lichter eines kleinen Boots auf, das sich der Landspitze näherte.

»Los, Männer«, rief jemand, »macht euch bereit, sie kommen. Du da, Junge«, sprach der Mann einen Burschen an, der zur *Fianna* gehörte, der Jugendorganisation der Irischen Bürgerarmee, »zünde die Laterne an und hol Liam her … wie, er ist nicht aufzutreiben? Wo zur Hölle steckt er?«

»Er ist nicht zum Treffpunkt gekommen«, erklärte eine Stimme aus dem Dunkeln dem Offizier der Freiwilligenarmee.

»Dann kommt er zu spät … Verflucht! Jetzt haben wir niemanden, der morsen kann.«

»Mein Bruder kennt das Morsealphabet, Sir.«

»Dein Bruder?« Der kommandierende Hauptmann der Freiwilligenarmee wandte sich an den jungen Burschen. »Dann hol ihn her! Wir müssen ihnen unser Signal schicken.«

»Ja, Sir!« Der Junge rannte los.

Ein merkwürdiges Augenpaar – ein blaues und ein braunes – sah den Hauptmann an, der auf die Waffenlieferung von der *Asgard* wartete. Der Hauptmann erwiderte den Blick. »IRB?«, fragte er.

»Wir stehen doch jetzt alle auf derselben Seite, Sir«, gab Paul Masters zurück, ohne die Frage zu beantworten.

»Ja, wahrscheinlich«, meinte der Mann. »Nehmen Sie einfach die Laterne und signalisieren Sie Mr. Childers an Bord der *Asgard,* dass wir in Position und bereit zum Löschen der Lieferung sind.«

»Ja, Sir.«

4

Sir Roger Casement, ein Protestant aus der nordirischen Grafschaft Antrim, war ein britischer Konsularbeamter. Für seine Arbeit, besonders im Kongo und in Südamerika, wo er die Ausbeutung und Misshandlung der Kautschukarbeiter angeprangert hatte, war er von der britischen Regierung geadelt worden.

Casement und Erskine Childers, Sohn eines englischen Vaters und einer irischen Mutter, waren beide glühende Verfechter der Autonomie. Die beiden Männer waren auf Childers' privater Yacht aus Deutschland gekommen, wo sie Waffen für die Sache der irischen Nationalisten gekauft hatten.

Nachdem sie die Ladung erfolgreich an die Nationalisten übergeben hatten, die auf der Landspitze von Howth warteten, wandte sich Childers an ihren Verbindungsmann, einen ehemaligen Nachrichtenoffizier, der schon für die bulgarische Armee gute Arbeit geleistet hatte. »Danke für Ihre Hilfe auf dieser Reise, Rodi«, sagte Childers und schüttelte ihm die Hand. Rodi zuckte zusammen, und Childers Blick fiel auf den Verband an Rodis Handgelenk. »Sie haben sich doch hoffentlich nicht an Bord meines wunderschönen Schiffs verletzt, oder?«, fragte er halb scherzhaft und halb besorgt.

»Nein, Sir. Nur eine Entzündung, die mir bei warmem Wetter stets Probleme bereitet.«

»Tut mir leid, das muss scheußlich unangenehm sein. Übrigens, richten Sie O'Mahony unseren Dank dafür aus, dass er Sie uns mitgegeben hat.«

»War mir ein Vergnügen«, gab Rodi zurück.

»Wir bleiben in Verbindung«, setzte Sir Roger hinzu. Seine tiefliegenden Augen in dem bärtigen Gesicht schauten ernst drein. »Sobald wir wieder einen Auftrag für Sie haben, melden wir uns.«

5

Aus Dublin Castle trafen die Berichte der Nachrichtendienste ein, und der Superintendent informierte seine Polizeioffiziere. Es wurden Polizisten losgeschickt, um die Freiwilligenarmee aufzuhalten, die ihre Waffen auf alle möglichen Arten nach Dublin schmuggelte, sogar unter den Röcken ihrer Frauen.

Ein Kontingent aus hundert Mann des Königlich-Schottischen Grenzregiments befand sich auf dem Rückweg zur Kaserne, als es auf die Nationalisten stieß.

Die Männer waren den ganzen Tag über von den Dublinern mit Hohn und Spott geschmäht worden und waren bis aufs Blut gereizt. Man hatte sie beleidigt, angerempelt, mit spitzen Stöcken nach ihnen gestochen und sie auf jede mögliche Art behindert, und sie waren das sinnlose Marschieren und Exerzieren gründlich leid. Auf beiden Seiten kochten die Emotionen hoch.

Als die Soldaten auf den Bachelor's Walk am Liffey-Fluss einbogen, wo soeben die Nationalisten ihre Waffen versteckten, stießen sie auf eine weitere Menschenmenge aus feindseligen Dublinern, die ihnen den Weg versperrten.

In dem heillosen Durcheinander, das darauf folgte, fielen plötzlich Schüsse, während das Schottische Grenzregiment versuchte, die Iren zu zerstreuen und ihre Waffen zu konfiszieren.

»Lauft … Überlasst ihnen um Gottes willen nicht die Gewehre …«

»Jesus … woher wussten die, dass wir …?«

»Renn … mach schon …« Rodi kam einem Burschen von der *Fianna* zur Hilfe, der mühsam einen Sack mit Gewehren hinter sich herschleppte. Doch er erkannte Unwin erst, als der Junge plötzlich aufheulte und den Sack losließ. Unwin fasste sich an den Hals, und Blut quoll zwischen seinen Fingern hervor. »Autsch, autsch … sie haben mich erwischt … mit mir ist es aus …« Er brach über dem Sack zusammen.

Rodi hob ihn hoch und trug ihn in ein dunkles Lagerhaus. Dicht hinter ihm kam Paul Masters angelaufen und schnappte sich den Sack, den sein Bruder fallengelassen hatte.

»Hier hinein … schnell!« Paul drückte sich durch die Tür. Andere Männer tauchten hinter den Kisten mit irischem Steingut und den Leinenballen hervor, die darauf warteten, über den Fluss zur Küste transportiert zu werden, und kamen ihnen zu Hilfe.

»Bastarde … sie schießen auf unbewaffnete Zivilisten!«, stieß Liam Rafferty aus. Kurz steckte er den Kopf nach draußen. Als er sah, welche Szenen sich draußen abspielten, zog er sich mit einem weiteren Fluch wieder in den Schutz der Lagerhalle zurück. »Verdammte Briten!«

Immer noch rannten Mitglieder der Freiwilligenarmee und der *Fianna-Jugend* um ihr Leben und versuchten gleichzeitig, ihre Waffen zu retten. Die Grenzsoldaten, die von der Menschenmenge mit welkem Gemüse, faulen Eiern und Pferdeäpfeln beworfen wurden, konnten die meisten Waffenschmuggler auseinandertreiben; aber von der Waffenlieferung von tausendfünfhundert Gewehren konnten sie nur neunzehn beschlagnahmen.

6

Am Abend, als die Kämpfe zum Erliegen gekommen waren, konnten sie ihr Versteck verlassen. Die verletzten Männer brachte man heimlich in einen Tabakladen im Zentrum von Dublin.

Die Countess Markievicz verband Unwin Masters' Hals und Kopf. »Du hast Glück gehabt! Wenn du eine Kugel in den Schädel bekommen hättest, wärst du jetzt tot. So hast du nur einen oberflächlichen Kratzer am Hinterkopf abbekommen«, beruhigte sie den verängstigten jungen Burschen.

»Das geschieht dir recht. Musstest ja unbedingt kämpfen«, meinte Rodi zu ihm.

»Du doch auch«, hielt Unwin ihm entgegen.

»Ich bin älter als du«, entgegnete Rodi, »und erfahrener.«

»Allmächtiger Gott«, ließ sich Liam Rafferty vernehmen, der ihnen im Lagerhaus zu Hilfe gekommen war, »jedenfalls bist du ziemlich gut darin, den Sterbenden zu geben.« Er umfasste seinen Hals mit beiden Händen, torkelte umher und lieferte eine Parodie von Unwins Verletzung, die mit lautem Gelächter auf Kosten des Knaben quittiert wurde.

»Pssst!« Der alte Tom Clarke, der Besitzer des Tabakladens und Veteran vieler Schlachten, steckte den Kopf ins Hinterzimmer. »Seid leise, Männer!«, flüsterte er beschwörend. »Die Bastarde patrouillieren noch durch die Straßen.«

Auf den Straßen ging die Jagd immer noch weiter; die Armee suchte nach den illegalen Waffen, die an diesem Tag nach Dublin gebracht worden waren. Die Männer wussten genau, dass man sie alle ins Gefängnis stecken würde, wenn sie aufflogen.

»Na schön, Liam, das reicht jetzt«, befahl ein Offizier der Freiwilligenarmee. »Wo warst du eigentlich, als wir dich in Howth zum Morsen gebraucht haben?«, setzte er noch hinzu.

»Meine Alte hat sich aufgeregt, als ich ihr gesagt habe, dass ich in den Pub will. Bis ich endlich losgekommen bin, waren die anderen schon weg.«

Paul sah seinen kleinen Bruder an. »Niemand hat dich gebeten, in die *Fianna* einzutreten«, schimpfte er. »Unser Vater würde sich im Grab umdrehen, wenn er davon wüsste.«

»Und wer hat dich gebeten, zur IRB zu gehen?«, gab Unwin zurück und zuckte zusammen, als die Countess Markievicz, die mit dem Verbinden fertig war, ihm den Kopf tätschelte.

»Niemand – ich gehöre nicht zur Bruderschaft. Ich tue die gleiche Arbeit wie Mr. Rodi hier, frag ihn.«

»Wirklich?« Unwin wandte sich hilfesuchend an Rodi.

»Das stimmt – er gibt sich zwar für alles Mögliche aus, aber er arbeitet ebenfalls für O'Mahony und dessen Freiwilligenarmee. Aber eigentlich gehören wir zu einer spezialisierten Einheit innerhalb der Freiwilligenbewegung, die O'Mahony selbst als Agenten ausgebildet hat.«

»Aber ich trage keine Waffen, Unwin«, setzte Paul noch hinzu, um sich zu rechtfertigen.

»Ach ja?«, entgegnete der junge Bursche ungläubig und sah zu seinem Bruder auf. »Du nimmst mich wohl auf den Arm! Und was machst du, wenn sie auf dich schießen?«

»Dann sterbe ich halt«, gab Paul zurück, »oder ich blute wie ein Schwein – so wie du, Bruder.« Pauls Grinsen strafte seine barschen Worte Lügen.

»Ohne dich zu wehren? Das glaube ich nicht!«

»Denk immer daran, dass wir Pazifisten sind und nicht kämpfen. Und das, was wir tun, das tun wir für Irland, ob wir nun Quäker sind, Katholiken, Protestanten … und Orthodoxe wahrscheinlich auch«, meinte er und sah Rodi Serrai an. Alle traten gemeinsam für eine Sache ein, den Freiheitskampf Irlands.

»Genauer wäre es, von Unierten zu sprechen, Paul«, sagte Rodi.

»Was ist das denn?«, wollte Unwin wissen.

»Ein Mitglied einer orthodoxen Ostkirche, die aber den Papst anerkennt und nicht den griechischen Patriarchen von Konstantinopel. Aber wir haben trotzdem unsere eigene Liturgie und unsere eigene Form des Gottesdienstes«, erklärte Rodi.

Liam bekreuzigte sich. »Ich bin selbst Katholik. Gott segne Sie, Sir.«

Rodi und Paul Masters tauschten einen unauffälligen Blick. Er war der Einzige hier, der wusste, was Rodi in jenem griechischen Kloster gesucht hatte.

»Wie interessant!«, meinte die Countess Markievicz. Selbst wenn sie flüsterte, war sie nicht zu überhören. Die Tochter eines reichen protestantischen Landbesitzers war im Westen Irlands als Constance Gore-Booth geboren worden und führte inzwischen den Titel einer Countess Markievicz. »Wir sind doch heute alle um einer gemeinsamen Sache willen zusammengekommen«, fuhr sie herzlich fort, »ganz gleich, was unsere Religion oder unsere politischen Ansichten sind. Schließlich gibt es nur einen Gott, und mir erscheint es unwichtig, auf welche Weise wir ihn verehren, solange wir Christen sind. *Wir marschieren unter der Fahne und kämpfen für das Kreuz!*, heißt es, und genau das tun wir, Burschen!«

Ja, so war es wohl, dachte Paul Masters bei sich, obwohl er sich geschworen hatte, niemals und unter keinen Umständen eine Waffe zu tragen oder zu schießen, selbst wenn sein eigenes Leben in Gefahr war. Wie viele andere hatte er einen Kompromiss mit seinem Gewissen schließen müssen und sich entschieden, Botengänge zu übernehmen, auf Kundschaft zu gehen oder Morsesignale zu übermitteln, wenn niemand anderer da war, der sich damit auskannte; kurz gesagt, auf gewaltlose Weise Widerstand zu leisten. Aber er wollte nicht, dass sein kleiner Bruder in diese Sache hineingezogen wurde. »Wenn das hier vorüber ist«, wandte sich Paul an Unwin, »dann gehst du wieder ins Hotel Shelbourne und bleibst auch da, hast du mich verstanden?«

Unwin ignorierte die Ermahnung seines älteren Bruders und schaute zu der hübschen Dame auf. »Zu welcher Organisation gehören Sie, Miss Constance?«

»Zur *Cumann na Mban,* mein Junge.«

»Was ist das?«

»Die Frauenorganisation.«

»Und Sie, Mr. Clarke?«, wollte Unwin von dem Tabakhändler wissen, der mit einem Tablett wieder aufgetaucht war. Er brachte ihnen eine gewaltige Schüssel Suppe und frisch gebackenes Brot, dessen Duft den hungrigen Kämpfern den Mund wässrig machte.

»Ich bin Fenier, mein Junge, nicht mehr und nicht weniger. Fünfzehn Jahre habe ich in einem britischen Gefängnis gesessen und halte seitdem nicht mehr viel von der Justiz der Engländer. Trink deine Suppe und hör auf, so viel zu reden, Bursche, sonst erlebst du deinen nächsten Kampf nicht mehr.«

Kapitel Dreiunddreißig

1

Im Juli und August des Jahres überstürzten sich die Ereignisse auf fast schwindelerregende Weise. Ein paar Tage nach dem Zwischenfall auf dem Bachelor's Walk erklärte Deutschland zuerst Russland und dann Frankreich den Krieg. Deutschland marschierte in Belgien ein, worauf Großbritannien Deutschland den Krieg erklärte. Wie O'Mahony es vorausgesehen hatte, wurde das Gesetz über die Autonomie Irlands nach der dritten Lesung wegen der Ulster-Frage auf Eis gelegt. Irlands langer, erbitterter Kampf gegen das britische Imperium flammte als Kampf zwischen dem Norden und Süden des Landes heftiger denn je wieder auf.

Die Unionisten im Norden rüsteten mit großen Mengen in Deutschland erworbener Waffen auf; doch offenbar verschloss die britische Regierung die Augen vor diesem Waffenschmuggel, während sie die Nationalisten im Süden unbarmherzig verfolgte. In seinem Sprachrohr, der *Sinn Féin,* schlachtete Arthur Griffith die Geschehnisse des »Blutigen Sonntags« auf dem Bachelor's Walk weidlich aus. Drei zivile Todesopfer, achtunddreißig Verletzte – das war die Bilanz des Zusammenstoßes, der das Vorspiel zum Ausbruch eines Bürgerkriegs in Irland bildete.

Als der Anführer der Ulsterer Unionisten, Sir Edward Carson, dem britischen Kabinett in Westminster beitrat, breiteten sich im Süden, besonders in Dublin, Zorn und Verbitterung aus.

»Mein aufrichtiges Beileid zum Verlust Ihres Sohnes«, sagte Arthur Griffith in seiner Redaktion zu O'Mahony. »Ich habe gerade im *Freeman's Journal* davon gelesen. Schrecklich, schrecklich, und eine solche Vergeudung. Was mich im Übrigen darauf bringt, dass die Unionisten in Ulster mit ihrem Waffenschmuggel ungeschoren davonkommen, aber wir werden zusammengeschossen, sobald wir das Gleiche tun. Die *Sinn Féin* wird die Wahrheit darüber ans Licht bringen. Diese Gräueltat gegen hilflose, unbewaffnete Dubliner wird noch mehr Verbitterung hervorrufen und dazu führen, dass die widerstreitenden Haltungen zur Ulster-Frage erst recht unvereinbar bleiben. Das ist erst der Anfang, Mahony. Jetzt beginnt ein Kampf auf Leben und Tod.«

Peirce Lacy musste ihm leider recht geben. Er hatte immer noch John Redmonds volltönende Erklärung im Ohr, die dieser vor dem irischen Parlament abgegeben hatte. »Die irischen Nationalisten können niemals der Zerstückelung der irischen Nation zustimmen; Irland bildet eine Einheit ... Die Idee, Irland zu teilen, ist für uns eine Abscheulichkeit und eine Lästerung ...« Aber es war bereits zu spät; Redmond hatte die Nationalisten verraten.

»Tatsache ist, Griffith«, setzte O'Mahony hinzu, »dass ich soeben von Dublin Castle komme. Carson und seine Konservativen haben eingewilligt, im Namen der nationalen Einheit nicht auf eine Zusatzklausel zur Ulster-Frage zu drängen.«

Arthur Griffith stieß ein Brummen aus.

»Redmond selbst war auch damit einverstanden, das Autonomiegesetz auf zwölf Monate auszusetzen, und Irlands Schicksal mit dem Großbritanniens zu verbinden. Er hofft wohl, dass Irland sich damit bis Ende des Jahres das Recht auf volle Autonomie ohne weitere Einschränkungen verdient.«

»So, so. Dann wollen wir hoffen, dass der Krieg in Europa nicht länger als ein Jahr dauert!«, meinte Arthur Griffith.

Doch mit dem Kriegsausbruch hatten die Nationalisten den Glauben an die Politik der irischen Parlamentarier verloren, die die britische Regierung in Westminster unterstützten, und die Freiwilligenarmee hatte sich in zwei Flügel gespalten. 13 000 Mann – die sogenannten »Irischen Freiwilligen« – wurden der britischen Armee zugeschlagen, um die Briten in ihrem Krieg in Europa zu unterstützen; doch die meisten Mitglieder der Freiwilligenarmee – 65 000 Mann – wollten lieber ihren eigenen Weg gehen und wurden »Nationale Freiwillige« genannt.

O'Mahony, der seit dem Tod seines Sohns versuchte, sich mit verschiedenen Aktivitäten abzulenken, war beim Vizekönig in dessen Residenz zu Gast gewesen. Auf dem Weg durch den Phoenix-Park hatte er gesehen, wie eifrige junge Männer im strömenden Regen standen, um sich freiwillig für den Krieg in Europa zu melden. Er ging einmal mehr bei Arthur Griffith vorbei. Während er sich in der Redaktion die Regentropfen abschüttelte, ergriff der Fenier zuerst das Wort. »Redmond ist schon wieder umgeschwenkt, Mahony. Er ist bereit, jeder Grafschaft in Ulster das Recht zuzugestehen, sechs Jahre lang an keinem Dubliner Parlament mitzuwirken; erst nach dieser Zeit kommen sie, falls nicht die Regierung des Empires einschreitet, zu Dublin. Ich sollte vielleicht noch sagen, dass die Extremisten in seiner Partei ihn dabei nicht unterstützen.«

»Neue Männer, neue Ideen«, meinte O'Mahony betrübt.

Angesichts der zunehmenden Aufspaltung der Nationalistischen Partei hatte der Anführer der Irischen Parlamentarischen Partei den Unionisten von Ulster in letzter Minute ein Zugeständnis gemacht. John Redmond hatte auf die Sechsjahresfrist verzichtet und offengelassen, wie lange die Grafschaften von Ulster von der Autonomieregelung ausgenommen sein würden.

Schließlich wurde nach einer dritten Lesung eine Zusatzbestimmung verabschiedet. Die Probleme von Ulster wurden bequemerweise aufgeschoben, solange der Krieg gegen Deutschland dauern würde. Der Anführer der Unionisten von Ulster protestierte, indem er das Unterhaus verließ, als das Gesetz über die Autonomie in das Gesetzbuch aufgenommen wurde.

2

Zu der gerichtlichen Untersuchung von Peirce Mahonys Tod war Brigid nicht geladen worden. An dem Tag, als das *Freeman's Journal* über die Gerichtsanhörung berichtete, stand das Massaker an den unbewaffneten Zivilisten am Bachelor's Walk im Vordergrund, und Peirce' früher Tod verblasste dagegen. Seine Tragödie geriet in Vergessenheit, obwohl die Ereignisse auf Grange Con in der Nacht, in der Rodi maskiert und blutüberströmt zu ihr gekommen war, Brigid unablässig beschäftigten.

Die Untersuchung kam zu dem Ergebnis, dass Peirce Gun Mahony, der älteste Sohn des O'Mahony von Kerry und Kilmorna, an dem Samstagnachmittag vor seinem Tod bei Nachbarn zum Tee eingeladen war. Um zu ihnen zu gelangen, musste er über den See rudern. Bei seinem Tod befand er sich im Besitz eines doppelläufigen Gewehrs. Ein Dienstbote hatte gesehen, wie er es zusammen mit der dazugehörigen Munition aus dem Waffenschrank genommen hatte. Der See von Grange Con war dicht mit Enten und Gänsen bevölkert. Die Jagdsaison hatte zwar noch nicht begonnen; doch das hätte wohl O'Mahonys Sohn nicht abgehalten.

Erst als er am Nachmittag des folgenden Tages weder bei seinen Freunden aufgetaucht noch ins Haus seines Vaters zurückgekehrt war, begann man mit der Suche nach ihm. Athanas Blagow, einer von O'Mahonys bulgarischen Schützlingen, hatte die Leiche schließlich halb im Wasser liegend in der Nähe des Bootshauses gefunden. Bei der Polizei hatte Blagow ausgesagt, er habe Peirce Guns Körper aus dem Wasser gezogen und mit der Mund-zu-Mund-Beatmung begonnen, doch dann hatte er Blutflecken auf der Kleidung des jungen Mannes bemerkt. Peirce Gun war durch einen Schuss ins Herz gestorben.

Wie sich später herausstellte, hatte Peirce Gun den Schlüssel zum Bootshaus nicht bei sich gehabt, als er zum See gegangen war. Um das Boot zu erreichen, war er über einen Drahtzaun geklettert, und da beide Läufe des Gewehrs abgefeuert worden waren, nahm man an, die Waffe sei losgegangen, als er sie durch den Zaun hinter sich hergezogen habe. Kratzer auf den Abzügen bewiesen, dass sie von einem abstehenden Stück Draht vom Zaun ausgelöst worden waren. Als er versucht hatte, im Boot stehend das Gewehr zu sich zu ziehen, hatten beide Läufe auf seine Brust gewiesen, und die doppelte Ladung hatte ihn ins Herz getroffen. Daraufhin war Peirce Gun aus dem Boot in den See gefallen.

Das medizinische Gutachten, das bei der Ermittlung vorgelegt wurde, kam zu dem Schluss, dass er sich die Wunden unmöglich selbst und mit Absicht beigebracht haben konnte. Es gebe auch keinerlei Hinweise darauf, dass Peirce Gun Mahonys Tod durch eine zweite Partei verursacht worden sei.

Die Geschworenen kamen einstimmig zu dem Urteil, sein Tod sei ein Unfall gewesen.

Nachdem sie den Zeitungsartikel gelesen hatte, schaute Brigid aus dem Fenster ihres Häuschens, doch sie sah nur Blut auf ihren Händen – und an Rodi.

Sie wusste selbst, was für ein sportlicher junger Mann Peirce Gun Mahony gewesen war. Er hatte alle Sportarten betrieben, die bei den jungen Gentlemen so beliebt waren: Fischen, Reiten, Jagen, Schießen – alles, worauf auch Rodi sich so ausgezeichnet verstand. Wie konnte also jemand, der so viel Erfahrung im Umgang mit Waffen besaß wie O'Mahonys Sohn, etwas so Dummes tun und versuchen, ein Gewehr, dessen Läufe direkt auf sein Herz zielten, zu sich durch einen Drahtzaun zu ziehen? Wenn das Boot so nahe am Seeufer und am Zaun gelegen hatte, dann hätte er doch entweder das Gewehr zuerst ins Boot geworfen oder es unter dem Zaun hindurchgeschoben und wäre erst dann hinterhergeklettert. Wäre das nicht logisch gewesen?

Aber was ihr selbstverständlich vorkam, schien niemand anderem logisch zu erscheinen, insbesondere nicht der Untersuchungskommission, die den Fall inzwischen abgeschlossen hatte.

Brigid war so in ihre Gedanken vertieft, dass sie nicht einmal die Schlagzeilen des Tages gelesen hatte.

Durch das offene Fenster sah sie zu, wie Roddy junior mit den Kindern von nebenan spielte. Sie trugen Holzstecken über den Schultern; Roddy hatte sie im Vorgarten aufgestellt und ließ sie exerzieren. Das hatte er sich bei den Männern aus Listowel, Castleisland und Tralee abgeschaut, die überall in der Gegend mit Holzwaffen für den Krieg übten.

Roddy junior war jetzt im Schulalter, und Emma Jane war ein Jahr alt und lernte gerade laufen. Sir Arthur hatte Brigid gebeten, sich in ihrer Freizeit um seine Bücher und kostbaren Manuskripte zu kümmern.

Sir Arthur ließ sich von dem alten Sprichwort leiten, »wenn du eine anspruchsvolle Arbeit erledigt haben willst, bitte eine vielbeschäftigte Frau darum«. Er hatte das Gefühl, dass Brigid Rose mehr Anregung brauchte als nur ihre Hüte. Ihr Leben in ihrem Häuschen, ohne einen Mann, auf den sie sich stützen, mit dem sie reden, den sie lieben und mit dem sie zusammenleben konnte, musste wirklich eine ziemlich einsame Angelegenheit sein. Er selbst lebte ja ebenfalls allein, obwohl Gerüchte auf dem Gut wissen wollten, dass er eine Schwäche für Miss Gertrude habe, die Schwester von Peirce Guns Witwe, und dass er aus diesem Grund so oft in Kilmurray House zu Gast war.

Sollen die Leute doch reden, dachte Sir Arthur und bewunderte Miss Gertrudes White-Lady-Hut, als sie den Gottesdienst besuchte, bei dem ein neues Lesepult aus Messing zum Gedenken an seinen Halbbruder, den verstorbenen George O'Mahony, geweiht wurde. Klatsch – ob romantischer oder anderer Natur – war hier auf Kilmorna, in der gottverlassenen Abgeschiedenheit von Kerry, lebenswichtig.

Als Wappenkönig von Ulster hatte er einst die Bibliothek im Bedford Tower mit zahlreichen unermesslich wertvollen Büchern, Manuskripten und Dokumenten ausgestattet, die er sämtlich aus eigener Tasche finanziert hatte. Als er zwangsweise von seinem Amt im Adelsregister zurückgetreten war, hatte er seine kostbare Bibliothek bei Sotheby's versteigern lassen müssen, um an Geld zu kommen. Sir Arthur hatte sich trotz O'Mahonys Drängen geweigert, eine staatliche Pension zu akzeptieren. Er wollte sich auf keinen Fall dazu herablassen, eine solch wohltätige Gabe anzunehmen, nachdem der König von England und überhaupt die ganze britische Regierung ihn auf so bösartige Weise beleidigt, schikaniert und aus Dublin Castle vertrieben hatten.

Miss Gibbons, seine einstige Sekretärin, hatte ihm getreulich zahlreiche genealogische Manuskripte, die er zusammengetragen hatte, kopiert. Jetzt wollte er sich erneut diesem Steckenpferd widmen, das zu einer Besessenheit geworden war.

Es war vielleicht nur eine symbolische Geste, weil Sir Arthur freundlich zu ihr sein wollte, aber Brigid erklärte sich gern bereit, neben ihrer Hutfertigung für den hiesigen Landadel, darunter Miss Gertrude Tindall-Wright, auf Kilmorna für ihn als Bibliothekarin und »Kopistin« zu arbeiten. Schließlich war das auch eine Art Beförderung, durch die sie die Wäschekammer, die Berge von Schmutzwäsche und das Bügeln und Flicken hinter sich lassen konnte. Auf Kilmorna waren zwei neue Mädchen angestellt, die jetzt die Arbeiten übernahmen, die Brigid und Emmy Murphy früher getan hatten.

Zu ihrem Erstaunen hatte sie auch einen Brief von Emmy erhalten, die jetzt in Cork lebte. Er war voller Fehler und offensichtlich jemand anderem diktiert worden, denn Emmy konnte weder lesen noch schreiben. Sie schrieb, sie habe eine neue Stellung als Zofe in einem vornehmen Haushalt, in dem sie sehr zufrieden sei. Sie habe einen netten jungen Mann kennen gelernt, mit dem sie häufig spazieren gehe. Was ihre Mutter Brigid bei ihrem Besuch in Ballybunion gesagt hatte, tat ihr sehr leid; sie habe es nicht so gemeint. Sie hätten alle sehr um Rosy getrauert, aber Brigid sei schließlich nicht schuld an der Diphtherie, und natürlich sei sie nicht verflucht. Emmy schrieb auch, sie würde sich freuen, ihre alte Freundin wiederzusehen, falls Brigid einmal nach Cork komme.

»Ich glaube nicht, meine liebe Emmy«, murmelte Brigid und legte den Brief in ihre kleine Holzschatulle, in der sie auch Rodis Briefe aufbewahrte. Der Platz, an dem sein falsches Rubinarmband gelegen hatte, war leer. An ihren Wutanfall erinnerte nur noch ein Umschlag, der die zerschlagene Fassung und die rosafarbenen Glassplitter enthielt, Überreste des falschen Rubinarmbands, das sie an eine Liebe erinnerte, die ebenfalls nur Schall und Rauch gewesen war.

Sie schloss die Schatulle und gelobte sich, nie wieder zurückzusehen, sondern nur noch nach vorn.

Roddy junior stürzte ins Haus. Er rieb sich die Augen und versuchte mit zitternder Unterlippe, die Tränen zurückzuhalten.

»Was ist denn, Roddy?«, fragte Brigid und trat besorgt auf ihren Sohn zu. »Hast du dir wehgetan?«

Er schüttelte den Kopf. »Kelly, Ryan und Joshua wollen mich nicht Hauptmann sein lassen.«

»Ach, mach dir nichts draus. Wahrscheinlich wollen sie keine Befehle von einem Jüngeren annehmen. Außerdem, wer möchte schon Hauptmann sein! Du bist ein kluger Junge und solltest dir vornehmen … Professor oder Doktor zu werden, oder vielleicht sogar Lokomotivführer, und kein Soldat, der Menschen tötet.«

»Ich will sie aber totschießen.«

»So darfst du nicht reden, Roddy!«

»Mama, was ist ein Bastard?«

Brigid wusste nicht, was sie darauf antworten sollte. Aber offensichtlich war hier die Wahrheit angebracht. »Ein Kind von Eltern, die nicht miteinander verheiratet sind, Roddy«, erklärte sie daher.

»Die anderen haben mich ausgelacht und einen Bastard genannt. Sie haben gesagt, Bastarde könnten nicht Hauptmann werden, weil sie schmutzig wären. Die Soldaten würden nur lachen und keine Befehle von ihnen annehmen.«

Brigid war bestürzt. Sie zog Roddy an sich und drückte seinen Kopf an ihre Röcke, während sie überlegte, was sie ihm antworten sollte. Die FitzGerald-Jungen konnten nicht selbst auf dieses Wort gekommen sein, sondern mussten es von ihren Eltern gehört haben. Sie fühlte sich verletzt und war zornig auf Maeve und Jack, die sie für Freunde gehalten hatte. Wahrscheinlich dachten alle anderen auf dem Gut ebenso über ihre Kinder.

»Ein Bastard ist nichts Schlimmes. Es bedeutet, dass du ein Kind der Liebe bist. Hör also gar nicht darauf, wie andere dich nennen. Du bist ein Kind der Liebe, und Emma Jane auch.«

Strahlend sah Roddy junior zu ihr auf. »Vielleicht lassen sie mich ja jetzt Hauptmann sein!«

Er lief wieder zum Spielen hinaus, und durch das offene Fenster konnte Brigid hören, was er Maeves Söhnen zurief: »Es ist nicht nett von euch, mich Bastard zu nennen. Mama sagt, dass ich kein Bastard bin, sondern ein Kind der Liebe!« Mit dem Holzgewehr fuchtelte er vor Kellys und Ryans Gesichtern herum. »Ich erschieße euch, wenn ihr mich nicht Hauptmann sein lasst! Mein Vater ist auch Hauptmann und reitet ein schwarzes Pferd.«

»Dein Papa hat ein eigenes Pferd?«, fragte Kelly.

»Ja.«

»Und es gehört nicht in Wirklichkeit Sir Arthur oder dem O'Mahony?«

»Nein, ihm ganz allein«, brüstete sich Roddy.

»Wie heißt es denn?« Misstrauisch drängten sich die FitzGerald-Jungen um Roddy junior.

»Dagi! Er hat mich darauf reiten lassen, als ich noch ganz klein war, und ich bin nicht heruntergefallen!«

»Toll!«

Erleichtert atmete Brigid auf.

3

Rodi saß seinem Gönner vor dessen Schreibtisch auf Grange Con gegenüber. »Hier habe ich die Listen der Namen und der Zugehörigkeit zu den verschiedenen Gruppen, Sir, genau wie Sie es wünschten.«

Seit einem halben Jahr stand Großbritannien im Krieg mit Deutschland, und die ersten Kriegshelden unter den irischen Freiwilligen waren stürmisch empfangen und mit dem Victoria-Kreuz ausgezeichnet worden. Doch 1915 würde hart werden, wenn nicht noch härter als die letzten Jahre; und zwar sowohl wirtschaftlich als auch politisch und moralisch.

O'Mahony überflog die Namen auf den eng beschriebenen Seiten. »Tom Clarke kenne ich; er war früher Mitglied der jetzt nicht mehr bestehenden IRB.«

»Die seither wieder auferstanden ist …«

»Ich weiß!«, fauchte O'Mahony. »Tom ist ein alter Fenier, genau wie Arthur Griffith und Jeremiah O'Donovan Rossa, deren Namen ich hier sehe. Warum?«

Seit dem Tod seines Sohnes war der alte Herr ziemlich jähzornig geworden. »Rossa ist erst kürzlich in Amerika verstorben«, gab Rodi zurück. »Er wird nach Irland überführt, und die IRB organisiert ein großes Begräbnis, um ihn zu ehren.«

»Hoffen wir, dass es dabei nicht zu Zusammenstößen kommt«, brummte O'Mahony immer noch kampflustig. »Und dieser Sean MacDermott – wer ist das?«

»Ein Barmann aus Belfast. Er gehört ebenfalls zu der extremistischen Minderheit der Irischen Freiwilligenarmee und hat beschlossen, sich von Redmond zu trennen, weil dieser die britischen Kriegsanstrengungen unterstützt. Er ist dabei, die IRB neu zu organisieren.«

»Und Michael O'Rahilly?«

»Ist gegen einen Aufstand.«

»Eoin MacNeill kenne ich … er ist auch dagegen. Patrick Pearse, James Conolly, die Countesss Markievicz …« O'Mahony überflog die lange Namensliste. »Eamonn de Valera, George Plunkett und sein Bruder Joseph, die O'Farell-Brüder, Sean und Patrick … Ja, ich weiß, wo diese Leute stehen. Aber was hat Sheehy Skeffington auf dieser Liste zu suchen? Er ist Schriftsteller und Pazifist, kein Radikaler.«

»Keine Ahnung, Sir. Das war die Liste, die ich aus dem Polizeihauptquartier in Dublin Castle bekommen habe.«

»Hmmm«, brummte O'Mahony. »Und die Masters-Brüder?« Er hielt inne, sah Rodi an und zog eine Augenbraue hoch. »Sie sind Quäker, und Quäker kämpfen nicht.«

Rodi räusperte sich und lockerte den weißen Seidenschal, den er um den Hals trug. Wenn er unter Druck stand, hatte er das Gefühl, als liege wieder der Eisenring um seinen Hals. Die Erinnerung an die Folter würde ihn wohl nie verlassen. »Sie kämpfen nicht, aber sie wollen helfen.«

»Quäker helfen nicht, sie stehen bloß im Weg«, versetzte Peirce Lacy unwirsch. »Sag den beiden Brüdern, sie sollen zurück in ihre Suppenküche gehen.« Er lehnte sich auf seinem Stuhl zurück, verschränkte die Hände über seiner Weste und betrachtete Rodi lange. »Nach deiner Heimkehr habe ich mir eine ganze Zeit lang große Sorgen um dich gemacht. Ich habe schon gefürchtet, deine Erlebnisse in der Türkei hätten dich dauerhaft um den Verstand gebracht, und du würdest mir nie wieder von Nutzen sein. Aber ich freue mich, dass Mrs. Lunn, deine kleine Freundin, dich aus deiner Depression gescheucht hat und dass du doch beschlossen hast, für mich zu arbeiten, um herauszufinden, was die Bruderschaft und die anderen radikalen Minderheiten vorhaben. Eine Kriegerelite, erinnerst du dich noch an das Schlagwort? Du bist ein guter Agent, Rodi, das hast du im türkischen Gefängnis und im griechischen Kloster bewiesen, und für das, was du für die britische und bulgarische Regierung getan hast, werde ich dich für eine Belobigung empfehlen.«

»Ich will sie nicht.«

»Aber du kannst dich nicht weigern. Die Informationen und Karten, die du dem britischen Kriegsministerium nach deiner Gefangennahme übergeben hast, sind unbezahlbar. Dabei hätten die Griechen, Türken und Russen, gar nicht zu reden von den Österreichern und Ungarn, dich in Stücke gerissen, wenn sie herausgefunden hätten, was du getan hast. Ich selbst habe wahrscheinlich meine Basis in Russland und Bulgarien verloren und kann Waisen und jungen Flüchtlingen von adliger Abstammung wie dir – meiner Kriegerelite – keinen Schutz mehr gewähren. Aber auf wessen Seite stehst du nun wirklich, Graf Rodopi Serrai?«

Dieser Titel und sein Erbe bedeuteten jetzt nichts mehr; sein Land war zerschlagen und Mazedonien den Griechen überlassen worden. »Auf der Seite der Freiheit, Sir, ob in Bulgarien, Belgien oder Irland, Sir«, erklärte Rodi dem Mann, dem er so viel verdankte.

»Aha, der Junge, der gegen alles rebelliert, hat also eine neue Sache gefunden!«

»Man muss Stellung beziehen, Sir. Und schließlich ist Irland meine Wahlheimat.«

»Wie passt Gorges in das alles hinein?«, wechselte O'Mahony das Thema.

»Ob Sie es glauben oder nicht, er hat Irland verlassen und ist nach England zurückgekehrt.«

»Das ist gut. Unruhestifter wie ihn kann dieses Land nicht gebrauchen. Was ist mit Shackleton?«

»Seit er aus dem Gefängnis entlassen wurde, scheint er sich in Luft aufgelöst zu haben.«

»Wahrscheinlich ins tiefste Afrika zurückgegangen. Noch ein Taugenichts, der unschädlich gemacht worden ist.« Peirce Lacy sah seinen Schützling eindringlich an. »Wir alle haben eine persönliche Wahl treffen müssen – Carson, Redmond, MacNeill … und ich selbst ebenfalls. Ich bin gegen Gewalt. Wenn es in Dublin einen Aufstand geben sollte, so bin ich vollkommen dagegen – und ich glaube, die Mehrheit der Iren denkt genauso. Aber ich kann mein Land nicht verraten, und meine Heimat ist nun einmal Irland. Daher werde ich diese Liste unter Verschluss halten.« O'Mahony lächelte matt. »Du nimmst heute den Platz meines Sohnes ein. Aber angesichts seines Todes löse ich mit dem heutigen Tag meine kleine, aus Männern aus Grange Con bestehende Elitetruppe auf, zu der eine Zeit lang auch Paul Masters gehört hat. Paul hat es fertiggebracht, sich bei radikalen Männern ohne Waffe durchzusetzen. Auch du bist wieder frei und kannst deine eigenen Entscheidungen treffen. Sieh zu, dass du klug wählst, Rodi.«

»Das werde ich, Sir.«

Kapitel Vierunddreißig

1

April 1916: In einem geheimen Lager in Kimmage in den Außenbezirken von Dublin hatten sich unter dem Kommando eines gewissen George Plunkett fünfzig Menschen versammelt, Männer und Frauen. Bis zum neuen Jahr hatte George in England gelebt. Er und andere gleichgesinnte Fenier waren nach Irland zurückgekehrt, um einen Plan auszuführen, den Georges Bruder Joseph vorbereitet hatte.

Der Plan der Fenier wies auffallend große Ähnlichkeit mit dem auf, den Captain Richard Gorges vor acht Jahren Arthur Griffith angeboten hatte.

Rodi war als Oberst in George Plunketts Geheimarmee eingetreten. O'Mahony hatte ihm schließlich die freie Wahl gelassen. Allerdings nahm er an diesem Treffen nicht teil.

Am Ostersonntag würden die britischen Soldaten und der Großteil der Bevölkerung in die Kirche gehen. Für alle strategischen Punkte in der Stadt waren Verantwortliche benannt worden. Der Einzige, der nichts von dem Aufstand wusste, war ausgerechnet der Mitbegründer und Präsident der Irischen Freiwilligenarmee, Eoin MacNeill.

Mit Hilfe von Tafel und Kreide ging George Plunkett den Plan ein letztes Mal durch. Der Liffey-Fluss durchquerte die Mitte eines Kreises, in dem alle vier Kasernen – Marlborough, Royal, Portobello und Richmond – eingezeichnet waren. Im Zentrum lag Dublin Castle. Nördlich des Flusses befanden sich das Gerichtsgebäude, das Hauptpostamt, das Rotunda-Krankenhaus und die Liberty Hall, die die Gewerkschaftszentrale beherbergte. Südlich des Liffey lagen Boland's Mill, das Hotel Shelbourne, Jacob's Keksfabrik, das Arbeitshaus von Süddublin und das Kilmainham-Gefängnis.

»Die Pearse-Brüder, Patrick und Willie, und James Conolly werden das Gebiet um die Liberty Hall und das Hauptpostamt kommandieren, das zugleich der Sammelpunkt sein wird.« Wie ein Schulmeister tippte George Plunkett mit dem Rohrstock auf die Tafel. »Die Irischen Freiwilligen und die Bürgerarmee werden zusammen mit der *Fianna* und der *Cumann na Mban* – ja, Sie beide, Countess Markievicz und Michael Mallin – das Hotel Shelbourne am St. Stephen's Green besetzen. Zusammen mit den Kämpfern an der Jacob's Keksfabrik haben Sie dann die Portobello-Kaserne direkt im Schussfeld.«

»Sehr gut!«, stimmte die Dame zu. »Ich habe bereits die O'Farrell-Jungen – Séamus und Patrick – sowie den jungen Unwin Masters eingeteilt, damit sie den Ruf zu den Waffen an den Mauern der Innenstadt plakatieren.«

»Hervorragend, Countess. Aber die Burschen von der *Fianna* sollten keine Waffen erhalten, sondern nur spitze Stecken. Denken Sie daran, sie sollen exerzieren und paradieren, aber nicht kämpfen. Also weiter, die Truppe bei Boland's Mill wird von Eamon de Valera kommandiert …«

»Nicht schon wieder ein Ausländer! Wer ist das überhaupt?«, ließ sich jemand hören.

»Er ist Mathematiklehrer, du junger Ignorant.« George Plunkett fuhr fort: »Und der andere Eamon – Eamon Kent – wird das Arbeitshaus von Süddublin befehligen, während Edward Daly und Michael O'Hanrahan das Gerichtsgebäude übernehmen. Sean MacDermott wird genau wie ich bei den Organisatoren sein und die einzelnen Truppenteile koordinieren, je nachdem, wie wir in Kämpfe verwickelt werden. Hat übrigens jemand in letzter Zeit Michael O'Rahilly gesehen?«

»Sagt, er kämpft nicht, sondern schraubt lieber an seinem De Dion herum.«

»Tolles Automobil, dieser De Dion Bouton«, meinte ein anderer Freiwilliger zu seinem Nachbarn. »Der Glückspilz. Möchte wissen, woher er das Geld dazu hat.«

»Frag doch Colonel Rodi – er hatte mit dem Diebstahl der Kronjuwelen zu tun.«

»Würde ich ja, aber er ist nicht hier … Jemand hat gesagt, er wäre nach Deutschland gefahren.«

»Verflucht! Ich wusste schon immer, dass man Ausländern nicht trauen kann. Ist wohl zum Kaiser übergelaufen, was?«

»Sei nicht blöd. Er will Waffen für uns kaufen.«

»Na, dann hoffen wir mal, dass die Hunnen ihn nicht vor Ostersonntag schnappen.«

»Oder die verfluchten Briten.«

»Düfte ich um Ihre Aufmerksamkeit bitten, Gentlemen?«, schaltete sich George Plunkett ein. »Ich möchte, dass alle hier sich jetzt ganz besonders für unsere Sache einsetzen. Bei Leuten wie O'Rahilly zum Beispiel, die noch zögern, uns zu unterstützen. Wenn wir unser Ziel erreichen wollen, brauchen wir jede Hilfe und jeden Rückhalt, die wir bekommen können. Aber denken Sie daran, dass wir am Ostersonntag Übungen durchführen – ja, nur Übungen! Wir wollen doch den Behörden nicht schon vorher verraten, was sie erwartet, oder? Freiwilligenhelfer Paul Masters wird unser Verbindungsmann sein; und er wird auch eine Musikkapelle auftreiben für den Fall, dass es größere Verluste gibt.«

»Ha, ha!«, ließ sich ein weiterer Schlaumeier vernehmen.

»Wir töten nicht, um zu töten, Tommy Flanagan!«, tadelte George Plunkett den jungen Mann. »Unser Ziel ist es, Schlüsselpositionen in der Stadt zu halten, bis die Briten die Irische Republik anerkennen. In ein paar Tagen wird Irland auf ewig vom britischen Imperialismus befreit sein.«

»Wollen wir es hoffen!«, murmelte jemand.

»Das wäre alles, meine Damen und Herren.« Er wandte sich anderen dringenden Angelegenheiten zu. »Mr. Masters … Paul.« George Plunkett winkte ihn heran. »Ich muss mit Ihnen reden«, sagte er und nahm Paul beiseite.

»Paul, ich habe soeben eine Nachricht von unserem Kontaktmann auf Dublin Castle erhalten. Über die Admiralität ist gerade ein Bericht des Marine-Geheimdienstes hereingekommen. Anscheinend ist es der Admiralität gelungen, den deutschen Code zu knacken. In der

Nachricht war von unserer Waffenlieferung die Rede, die irgendwann diese Woche an der südwestlichen Küste von Irland ankommen soll. Wenn die Behörden dieses Schiff abfangen, können wir unsere Aufstandspläne vergessen. Ohne Waffen können wir nicht in den Kampf ziehen.«

»Was haben Sie vor, Sir?«

»Sie haben doch eine Schwester, die in Kerry lebt, oder?«

»Ja.«

»Können Sie vielleicht Kontakt zu ihr aufnehmen? Dann könnte sie die Freiwilligen dort warnen und ihnen mitteilen, dass die *Aud* nicht anlegen soll, bis die Luft wieder rein ist.«

»Ich weiß nicht, Sir. Kilmorna liegt nicht an der Küste. Warum können wir nicht selbst Kontakt zu unseren Leuten im Süden aufnehmen?«

»Weil das U-Boot, das die *Aud* eskortiert, keinen Funk hat und die Postgesellschaft unsere Telegramme und Anrufe abfängt – deswegen müssen wir ja auch die Postzentrale zuerst sichern, wenn wir Erfolg haben wollen ... Kommunikation ist im Krieg eben alles.« George Plunkett dachte über das Problem nach. »Da stecken wir in der Klemme. Ich dachte, vielleicht wäre ein freundlicher Anruf von Ihnen unsere einzige Chance ... Bruder und Schwester tauschen Ostergrüße aus, und dann können Sie ihr vielleicht einen kleinen Hinweis geben ... War nur so ein Gedanke.«

»Mir wäre es lieber, Brigid da nicht mit hineinzuziehen. Sie hat zwei kleine Kinder. Ich weiß, dass auch Colonel Rodi gar nichts davon halten würde. Aber ich will Ihnen etwas sagen. Es gibt eigentlich keinen Grund, dass ich nicht selbst nach Kerry fahre und unsere Leute mit Hilfe der Freiwilligen aus dem Süden warne. Die Behörden werden mich nicht verdächtigen, wenn ich mit Ostergeschenken für Brigid und ihre Familie in den Zug steige. So wären wir auch ganz sicher, dass die Nachricht ankommt.«

»Großartig, gute Idee! Unterdessen verbreite ich, dass die *Aud* von Kerry nach Cork umgeleitet worden ist. Dadurch lenken wir Dublin Castle ab.«

2

Das neutrale »Handelsschiff« *Aud* wurde von einem deutschen U-Boot eskortiert, das vor der Südwestküste von Irland lag. Nur eine Handvoll Menschen wusste, dass die *Aud* in Wahrheit ein deutsches Versorgungsschiff und alles andere als neutral war, denn es transportierte Waffen zur Unterstützung des Aufstands in Dublin.

Sir Roger Casement hatte durch seine diplomatische Stellung und seine Kontakte die Deutschen bestochen. Doch bis zum letzten Moment hatte er an seinem Erfolg gezweifelt.

Bevor sie Deutschland verließen, zog er Rodi ins Vertrauen. Casement, der sich den Vollbart abrasiert hatte, um von den britischen Behörden nicht so leicht erkannt zu werden, berichtete ihm von seinen Befürchtungen. »Ich bin zutiefst enttäuscht über das Ausmaß der deutschen Hilfe – es ist nur die Hälfte dessen, was sie uns versprochen haben. Kaum der Mühe wert. Ich finde, wir sollten die anderen warnen und ihnen mitteilen, dass wir mit dem Aufstand noch warten sollten.«

»Kommt mir auch riskant vor«, hatte Rodi ihm beigepflichtet.

3

Am einsamen Strand von Banna in der Grafschaft Kerry wartete eine Gruppe irischer Freiwilliger aus Listowel, Ardfert und Tralee – darunter auch Paul Masters aus Dublin – auf Rodi und die Waffenlieferung. George Plunkett hatte die Fehlinformationen verbreitet, die *Aud* sei nach Cork umgeleitet worden, und wartete zuversichtlich im Hauptquartier in Dublin.

Am Strand war alles ruhig. Sie warteten auf die Schlauchboote, die die Männer und Waffen an Land bringen sollten. In der Dunkelheit hinter ihnen stand auf der Hauptstraße von Banna nach Listowel eine merkwürdige Ansammlung von Fahrzeugen, die darauf warteten, die Waffen nach Dublin, Cork und Wexford zu bringen; zwei von Pferden gezogene Krankenwagen sowie ein halbes Dutzend Automobile und Bauernkarren. MacNeills Splittergruppe der Irischen Freiwilligenarmee war damit betraut und stand bereit, rasch mit den Waffen und der Munition aufzubrechen.

»Da kommen sie! Macht euch bereit, so schnell auszuladen, wie ihr könnt!«, erklang der Befehl.

Die Schlauchboote fuhren spritzend auf den Strand auf, und Rodis Leute sprangen heraus und reichten die Waffen an die wartenden Männer der Irischen Freiwilligenarmee weiter.

Nachdem Waffen und Männer rasch ausgeladen worden waren, kam als einer der letzten, die die *Aud* verließen, Rodi selbst an Land. Er wollte noch mit Sir Roger sprechen, bevor sie nach Dublin weiterreisten.

Paul Masters, der eine schwarze Maske trug, trat auf Rodi zu. Nur seine eigenartigen Augen verrieten Rodi, mit wem er sprach. »Was in aller Welt machen Sie denn hier, Paul?«

»Ich soll ihnen mitteilen, dass MacNeill nichts von dem hier gewusst hat; ebenso wenig wie von dem für Ostersonntag geplanten Aufstand. Abgesehen von den Anführern wussten alle nur, dass an diesem Tag Manöver stattfinden sollten, nichts weiter – bis uns dann George Plunkett informiert hat. Schließlich hat Eoin MacNeill herausgefunden, was vorging, als die Behörden auf Dublin Castle eine verschlüsselte Nachricht der Deutschen geknackt haben, aus der die Position der *Aud* hervorging. Da hat er zwei und zwei zusammengezählt, und ihm wurde klar, dass eine Waffenlieferung aus Deutschland nur eines bedeuten konnte: Pearse und MacDermott hatten gegen seinen Willen den Aufstand organisiert.«

»Oh Gott! Und was nun?«

»MacNeill war wütend – und entsetzt. Verständlicherweise. Er war so zornig, dass er erklärt hat, er würde alles tun, um das zu verhindern.«

»Aber wie? Die Sache ist viel zu weit fortgeschritten.«

»Ich weiß. Doch auf gewisse Weise bin ich froh. Ich wollte es Ihnen früher sagen, aber dann sind Sie nach Deutschland gefahren, und ich hatte keine Gelegenheit mehr dazu.«

»Was wollen Sie mir sagen, Paul?«

»Ich will aussteigen, Sir. Ich dachte, O'Mahonys Irische Freie Einheit auf Grange Con sei eine harmlose Gruppe, die nur Aufklärungs- und Nachrichtendienstaufgaben übernimmt, nichts weiter. Neutral, aber doch ein Beitrag zu Irlands Freiheitskampf. Doch dann wurden wir aufgelöst und haben beschlossen, der Gruppe von George Plunkett und Sean MacDermott unsere Dienste anzubieten. Aber ein bewaffneter Aufstand gegen unser eigenes Volk ... das habe ich nicht gewollt.«

Rodi wirkte nachdenklich. In seiner Tasche kramte er nach seinen Zigaretten. Er schüttelte eine Player's Afton aus einem zerknitterten Päckchen und zündete sie an, wobei er die Flamme des Feuerzeugs hinter den gewölbten Händen abschirmte. »Warum haben Sie nicht eher etwas gesagt?«, wollte er wissen.

»Vorher wusste ich ja nicht, wie die Pläne aussahen.«

»Schon gut ... Sie müssen tun, was Sie für richtig halten, Paul. Aber es würde mir leidtun, Ihre Unterstützung zu verlieren – und George Plunkett wahrscheinlich auch.« Er versuchte, keine große Sache aus Pauls Rückzug in letzter Minute zu machen, und legte Paul die Hand auf die Schulter. »Machen Sie sich nichts daraus. Gehen Sie zurück zu O'Mahony. Er wird sicher froh sein, wenn Sie wieder zu Hause sind, um ihm die Stiefel zu putzen – nichts für ungut!« Rodi wandte sich ab und ging zum Wasser hinunter, um das Schlauchboot in Empfang zu nehmen, das Sir Roger Casement an Land brachte. Plötzlich brachen ohne Vorwarnung Schüsse und Schreie durch das stille Dunkel. Aus den Schatten tauchten Regierungssoldaten auf, die sich in McKenna's Fort, einer uralten Befestigungsanlage, versteckt gehalten hatten, kamen den Strand entlanggelaufen und begannen auf die Waffenschmuggler zu schießen. Sie kreisten sie ein und schnitten ihnen den Rückzug über die Landzunge ab.

Hinter Rodi wurde Paul in die Brust und ins Bein getroffen und stürzte stöhnend zu Boden. Rodi handelte instinktiv. Seine halb gerauchte Zigarette flog in einem kleinen Funkenregen davon, und er warf sich auf den Bauch und kroch über den nassen Sand zu Paul.

»Verschwinden Sie von hier, Sir … los!« Mit zusammengebissenen Zähnen wappnete Paul sich gegen den brennenden Schmerz in seinem Bein. Noch hatte er nicht bemerkt, dass er auch in die Brust getroffen worden war. »Retten Sie sich … ich kann nicht laufen …«

»Seien Sie still …« Rodi fasste Paul unter den Armen und zog ihn ans Ufer, wo verlassene Schlauchboote in der einlaufenden Flut schaukelten. Von Rough Point und Kerry Head her näherten sich Boote der Royal Navy und hinderten die *Aud* an der Flucht. Über die Tralee Bay hinweg forderte die Royal Navy die Männer per Megaphon zur Kapitulation auf. »Ergeben Sie sich. Hier ist die Royal Navy. Ergeben Sie sich, um weiteres Blutvergießen zu vermeiden.«

»Das schaffen wir nie, Sir …«

»Hören Sie um Himmels willen endlich auf, mich ›Sir‹ zu nennen!«

Rodi packte Paul in eines der Schlauchboote und griff nach den Rudern. Er hatte keine Ahnung, wohin er sich wenden sollte, doch er wusste, dass ihre einzige Chance auf dem Wasser lag. Mit Glück und im Schutz der Dunkelheit mochte es ihnen gerade eben gelingen, die Küste hinauf zu entkommen, während die Truppen, die über den Strand von Banna ausschwärmten, die Freiwilligen zusammentrieben und ihre Waffen konfiszierten.

Plötzlich wurde die Dunkelheit von einer Explosion erhellt, und von der *Aud* schoss eine Flammensäule in die Luft.

»Jesus! Sie haben ihr eigenes Schiff versenkt!« Rodi hörte auf zu rudern und wandte sich zu Paul um, doch der war bewusstlos geworden.

Das U-Boot war bereits getaucht und fuhr aufs offene Meer hinaus. Rodi und Paul Masters konnten die Ablenkung durch die dramatische Aktion der Deutschen gut gebrauchen. Vielen anderen, die am Strand auf frischer Tat erwischt wurden, darunter auch Sir Roger Casement, der soeben im Schlauchboot an Land gegangen war, erging es schlechter.

Die Verwirrung am Strand wurde immer größer. Überall rund um sie herum ließen Kugeln das Wasser aufspritzen. Paul Masters lag auf dem Boden des Schlauchboots. Rodi machte sich klein, ruderte, was seine Kräfte hergaben, und betete, dass die Kugeln nicht das Schlauchboot treffen und sie in der Tralee Bay versinken würden. Er wollte zum Kloster St. Brendan, das zwischen den Ruinen einer mittelalterlichen Kathedrale und weiteren alten Befestigungen lag; ein idealer Ort, um sich an diesem Küstenstreifen zu verstecken.

4

Über dem Meer wurde es schon hell, als Rodi endlich das Kloster sichtete, das an einem Hang lag. Er zog das Schlauchboot an den Strand, hob Paul heraus und trug ihn in den Schatten der Klippen. Er hatte keine andere Wahl; er musste versuchen, nach Kilmorna zu kommen und hoffen, dass Sir Arthur sie aufnehmen würde.

Rodi hatte Brigid nicht in seine Tätigkeit für George Plunketts geheime Splittergruppe der Irischen Freiwilligenarmee hineinziehen wollen, doch jetzt blieb ihm nichts anderes mehr übrig. Er hoffte, dass sie Verständnis haben und ihm nicht die Schuld an Pauls Verletzungen geben würde. Seit dem Tag vor einundzwanzig Monaten, an dem Peirce Gun zu Tode gekommen war, hatte er sie nicht wiedergesehen – auf ihren Wunsch. *»Lieber Rodi«*, hatte sie ihm in einem Brief geschrieben, den er über O'Mahony erhalten hatte, *»halte dich von jetzt an um der Kinder willen aus meinem Leben heraus. Ich weiß, was du tust. O'Mahony hat es mir erzählt, und ich bin dagegen und halte auch nichts davon, dass du meine Brüder in diesen Privatkrieg hineinziehst. Es ist nicht meine Schuld, wenn du nach deinen Kriegserfahrungen in Bulgarien nicht wieder in das normale Leben zurückfindest. Ich bin sehr glücklich mit meinem friedlichen Leben auf Kilmorna, daher möchte ich keine weiteren Probleme, nur weil du wieder einmal das Gesetz missachtest. Brigid Rose Masters.«*

Mit dieser trotzigen Geste hatte sie ihn aus ihrem Leben gestrichen.

Rodi sah auf den reglosen Körper von Paul Masters hinunter, der zu seinen Füßen lag, zündete sich eine Zigarette an und dachte über seinen nächsten Schritt nach. Auf den Straßen würde es von Soldaten und Polizei wimmeln, und da die Behörden seine Verbindung zur Familie O'Mahony kannten, würden sie in Kilmorna House zuerst suchen. Sich am hellen Tag und mit einem Verletzten nach Kilmorna aufzumachen war einfach zu riskant.

Die Glocke des St.-Brendan's-Klosters rief die Mönche zum Laudes-Gebet. Rodi, der mit dem Brevier der griechisch-orthodoxen Kirche großgeworden war, bekreuzigte sich.

Schließlich lud er sich Paul quer über den Rücken und schlug den steilen Pfad ein, der zum Kloster führte. Als er oben anlangte, fühlte er sich schwach vor Anstrengung und Hunger. Die Außenmauern des Klosters waren zerfallen. In einem sicheren Versteck in dem Unterholz zwischen den herabgestürzten Steinbögen legte Rodi Paul hin. Er sah auf seine Handgelenke hinunter, die wieder zu bluten begonnen hatten. Er hatte sie sich an Pauls grober Kleidung aufgescheuert, als er ihn unter Aufbietung aller Kräfte aus dem Boot gezerrt hatte.

Rodi zog sein Taschentuch hervor und schlang es um sein linkes Handgelenk. Das andere ließ er in Ruhe, da er nichts anderes hatte. Seine Krawatte hatte er schon benutzt, um Pauls zerschmetterte Kniescheibe zu verbinden, und Pauls Taschentuch, um dessen Brustwunde abzudecken. Pauls schwarze Balaklava steckte in seiner Tasche. Rodi setzte sie auf und stieg zum Kloster hinauf.

Uralte Eiben mit tiefhängenden Ästen beschatteten den Weg, der vom Kloster zur Kapelle führte. Jetzt, um vier Uhr morgens, war es dort stockdunkel, obwohl die Vögel schon zu zwitschern begonnen hatten. Die Franziskanermönche in ihren braunen Kutten waren auf dem Weg zum Gebet. Rodi sah zu, wie sie paarweise in die Kapelle traten.

Zwei alte Mönche kamen als Letzte gebeugten Hauptes angeschlurft. Rodi konnte sie zwar nicht richtig erkennen, da ihre Gesichter unter ihren Kapuzen verborgen waren und sie die Hände in ihre weiten Ärmel steckten, doch was ihr Alter anging, lag er richtig. Mit der Pistole in der Hand trat er hinter einer Eibe hervor. Er hörte, wie die beiden Alten erschrocken aufkeuchten und stolpernd zum Stehen kamen.

»Bedaure, Pater, ich brauche Ihre Hilfe«, erklärte Rodi und hielt dem Mönch, der ihm am nächsten stand, die Pistole an die Kapuze. Er bedeutete den Mönchen, in den Schatten der Bäume zu treten.

»Mein Sohn, das ist … das ist …« Der Mönch verstummte.

»Empörend!«, beendete der andere den Satz an seiner Stelle. »Was wollen Sie von uns?«

»Ein Freund von mir ist schwer verletzt. Wir brauchen ein Fahrzeug, zwei Kutten, Essen, Wasser und Verbände. Einer von Ihnen soll mir das alles holen und es an der alten Befestigung vor dem Kloster ablegen. Der andere bleibt hier.« Rodi hielt die Pistole auf den Kopf des Alten gerichtet. Er hasste sich selbst, weil ihm nichts anderes übrig blieb, als diese Ordensbrüder so grob zu behandeln und zu erschrecken, doch er hatte keine andere Wahl. Es ging um sein und Pauls Leben, und er hatte gelernt, wie man überlebte – jedenfalls hatte es bis jetzt funktioniert. Außerdem, wenn er schon früher oder später sterben musste, dann lieber später, denn zuvor wollte er Brigid noch einmal sehen. »Und ich will Ihr Wort darauf, dass Sie niemandem ein Wort sagen – sonst stirbt Ihr Mitbruder«, erklärte er dem zweiten Franziskaner.

»Mein lieber junger Mann, wissen Sie nicht, was für ein Tag heute ist?«

»Doch, Karfreitag.«

»Sind Sie einer dieser Leute von der IRB?«

»Ja, Pater.« Rodi hielt es für besser, sich nicht in langen Erklärungen zu ergehen. Die Zeit wurde knapp. Und der schlechte Ruf der Bruderschaft, der ihr vorauseilte, würde vielleicht dafür sorgen, dass die Mönche seine Wünsche bereitwilliger erfüllten. »Ihr Wort, Pater, auf die Bibel und im Namen des Papstes.«

Der zweite Mönch zögerte.

Mit einem bedrohlichen Klicken entsicherte Rodi die Pistole, die er seiner Geisel an den Kopf hielt.

Der andere Mönch bekreuzigte sich. »Ja doch, Sie haben mein Wort! Tun Sie nur Pater Justin nichts, während ich fort bin.«

»Wenn Sie tun, was ich gesagt habe, geschieht ihm nichts. Zu der alten Befestigung also, und zwar schnell!«

Der Alte stolperte davon, so schnell ihn seine Füße trugen.

Kapitel Fünfunddreißig

1

»Ich laufe nur eben in die Meierei«, meinte Maeve FitzGerald zu ihrem Mann, »und sehe nach, ob der Kuhstall für die Nacht abgeschlossen ist.«

»Bleib nicht zu lange aus«, brummte Jack. »Wir haben Freitag, und ich will mein Bier trinken.«

»Jack!« Maeve war empört. »Du kannst am Karfreitag nicht in den Pub gehen.«

»Dann nehme ich morgen einen kleinen Schluck Guinness, bevor ich zur Beichte gehe.«

Seufzend schlang Maeve sich ihr Umschlagtuch um. »Bleib wenigstens bei den Kindern, bis ich zurück bin, Jack FitzGerald.«

In der einbrechenden Dunkelheit eilte Maeve den Weg zur Meierei entlang und überholte einen altmodischen Eselskarren mit massiven Holzrädern.

Auf dem Bock saß ein Mönch, und ein weiterer lag tief schlafend – oder, so wie er aussah, sturzbetrunken – auf der Ladefläche. Bettelmönche, die sicher nach Almosen fragten, ging es Maeve durch den Kopf, während sie knickste. »Guten Abend, Pater … Pater.« Sie nickte zweimal.

»Guten Abend, Tochter«, antwortete der heilige Mann und schlug mit einer Hand ein Kreuz. Mit der anderen hielt er die Zügel.

Der Eselskarren rollte gemächlich hinter ihr her. Sie drehte sich um. »Sir Arthur ist nach Kilmurray House gefahren und kommt erst in ein paar Tagen zurück, Pater.«

»Dann werden wir auf dem Gut nach anderen großzügigen Seelen Ausschau halten, die bereit sind, unserem verarmten Kloster Almosen zu geben, Tochter.«

»Ich kann Ihnen ein paar Käselaibe überlassen«, erklärte Maeve großzügig, »das heißt, wenn es Ihnen nichts ausmacht, dass sie ein bisschen schimmlig sind.«

»Gott segne Sie, meine Tochter.« Der Mönch auf dem Bock schlug noch einmal das Kreuz.

Maeve ging eilig weiter zur Meierei.

Sir Arthur war also nicht zu Hause und konnte ihnen weder Beistand, Zuspruch noch Verschwiegenheit bieten; daher wandte Rodi sich nach Rose Villas. Da Sir Arthur nicht da war, blieb ihnen nichts anderes übrig, als Brigid in diese Sache hineinzuziehen.

2

In dem zweiten Zimmer im ersten Stock, das Brigid so abgetrennt hatte, dass ein Teil als Kinderzimmer und der andere als Werkstatt für sie diente, arbeitete sie an ihren Hüten. So war sie nachts in ihrem Schlafzimmer, das sich nebenan befand und dessen Tür sie offen ließ, in der Nähe der Kinder. Und am Tag, wenn Roddy junior in der Schule war und Emma Jane schlief, konnte sie bei der Arbeit ihr Kind im Auge behalten. Sie entfernte sich nicht gern allzu weit von Emma Jane, um ihr helfen zu können, wenn sie einen ihrer Anfälle hatte.

Mit einem Mal unterbrach ein lautes Klopfen an der Vordertür ihre Gedanken. Sie stand auf und ging nach unten. Gereizt überlegte sie, dass das bestimmt wieder Maeve war. Was würde sie sich wohl dieses Mal »ausleihen« wollen?

Auf der Schwelle standen zwei Franziskanermönche. Der eine stützte sich schwer auf den anderen, und ehe sie ein Wort herausbringen konnte, rannte der kräftigere der beiden sie beinahe um, so eilig drängte er sich herein. »Schnell, Brigid ... Er muss versorgt werden ...«

»Rodi?«, fragte sie benommen. »Warum bist du wie ein Mönch ...«

»Nicht jetzt. Paul ist verwundet ... Ich erkläre es dir später. Verriegle einfach die Tür hinter uns.«

»Paul?« Brigid schlug seine Kapuze zurück und sah schockiert in das leichenblasse, in furchtbarem Schmerz verzerrte Gesicht ihres geliebten Bruders. »Was ist ihm denn zugestoßen … Was ist los?«

»Er blutet … Ich muss den Karren loswerden … Rasch, um Gottes willen … Hilf uns, Brigid!«

Rodi wirkte ebenfalls erschöpft und verzweifelt. Er und Paul steckten offensichtlich in großen Schwierigkeiten. Brigid nahm sich zusammen. »Nach oben … auf mein Bett … Weckt die Kinder nicht auf.« Paul war in Rodis Armen zusammengebrochen. Rodi hob ihn hoch und trug ihn über die schmale Treppe in ihr Schlafzimmer unter dem Dach, wo die beiden ihn auf Brigids Bett legten.

»Was macht ihr beide auf Kilmorna, Rodi, und wie hat Paul sich verletzt?«

»Nicht jetzt … Ich erkläre dir alles später.« Rodi ging zur Tür. »Ich bin gleich zurück, ich muss nur den Karren verstecken. Verriegle die Tür hinter mir, und lass unterdessen niemanden herein.«

Als Rodi davongestürzt war und sie die Tür hinter ihm verschlossen hatte, rannte Brigid zu ihrem Bruder hinauf. »Wasser …«, stöhnte Paul unruhig, und sie flog erneut die Treppe hinunter und holte ein Glas Wasser. Als sie ins Schlafzimmer trat, war Paul auf das Kissen zurückgesunken. Seine aschgraue Gesichtsfarbe zeugte davon, dass er lebensbedrohlich verletzt war. Doch sie war zu verängstigt, um ihn zu fragen oder nachzusehen; daher stützte sie nur seinen Kopf und hielt ihm das Glas an die blau angelaufenen Lippen. Mühsam rang Paul nach Luft. »Es war nicht Rodis Schuld, Brigid.«

»Was war nicht seine Schuld?«

Paul war wieder bewusstlos geworden. Brigid nahm die Decke weg, die Rodi ihm bis zum Hals hochgezogen hatte, und sah, dass die obere Hälfte von Pauls Kutte mit Blut durchtränkt war. Ein kaltes Gefühl presste ihr die Brust zusammen, als sie auf den sich langsam ausbreitenden Fleck starrte – ihr Bruder verblutete, und natürlich war Rodi an allem schuld! Da sie nicht wusste, was sie tun sollte, ging sie wieder nach unten, nahm den heißen Kessel vom Herd und füllte die Wärmflasche aus Steingut. Da tauchte Rodis angespanntes Gesicht am Küchenfenster auf. Er winkte ihr, sie solle ihn hereinlassen. Mit steinerner Miene öffnete sie die Haustür und brachte die in ein Handtuch gewickelte Wärmflasche nach oben. Als sie die Decken bis ans Fußende des Betts zurückschlug, sah sie noch mehr Blut auf den Laken und stellte fest, dass ein Bein ihres Bruders in einem unnatürlichen Winkel verdreht war. Er zitterte jetzt am ganzen Körper wie Espenlaub, und ihre Panik wuchs. »Er braucht einen Arzt …«

»Keinen Arzt, Brigid«, gab Rodi zurück.

Heftig fuhr sie zu ihm herum. »Soll er denn vor unseren Augen sterben? Wie kannst du nur so herzlos sein! Dann gehe ich ihn halt selbst holen …«

»Keinen Arzt, Brigid, wir können uns selbst um ihn kümmern«, wiederholte Rodi eindringlich.

»Das können wir nicht! Er verblutet. Oder bist du inzwischen so hartgesotten, dass dir das nichts ausmacht?« Ihre Stimme klang schrill. »Was ist passiert?«, verlangte sie zu wissen.

»Er ist angeschossen worden.«

»Angeschossen? Wie ist das passiert?«

Zur Antwort drehte Rodi ihr nur den Rücken zu und verlangte nach kochendem Wasser und Laken, um sie als Verbandmaterial zu zerreißen.

»Hast du vor, die Kugeln selbst herauszuoperieren? Ich schicke nach Doktor Doyle – er kümmert sich um alle auf Kilmorna und wird wissen, was zu tun ist.«

Rodi raufte sich verzweifelt das Haar. »Das dauert zu lange. Tu, was ich dir sage, und bring ein paar Verbände, um die Blutung zu stillen.«

Brigid rührte sich nicht von der Stelle. »Wenn mein Bruder stirbt, mache ich dich dafür verantwortlich. Dann gehe ich zu den Behörden und sage ihnen, dass du an dem Mord an ihm beteiligt warst, Rodi, so wahr mir Gott helfe!« Sie weinte jetzt. Wie eine Furie ging sie auf Rodi los, der wie betäubt dastand.

»Du würdest mich verraten?«

»Ja.« Während sie zur Tür ging, um Hilfe für Paul zu holen, überlegte sie sich, in welchen Schwierigkeiten er und Rodi stecken mochten, dass sie sogar den Arzt fürchteten, den sie dringend brauchten. »Sir Arthur ist nicht da, aber der Butler wird mir keine Fragen stellen, wenn ich ihn bitte, wegen Emma Jane den Arzt rufen zu dürfen.«

Rodi zögerte. »Emma Jane ist krank?«

»Sie hat Diphtherie gehabt, und das hat ihr Herz und ihre Lungen geschwächt.«

»Davon hast du mir nie erzählt.« Rodi schaute noch verstörter drein.

»Du hast nie danach gefragt«, antwortete Brigid. »Lass uns keine Zeit mehr mit Streiten vergeuden«, setzte sie dann etwas ruhiger hinzu, »während mein Bruder hier liegt und stirbt.«

»Dann gehe ich nach Kilmorna House«, erbot sich Rodi. »Kommst du hier zurecht?«

»Ich habe mich lange genug allein durchgeschlagen«, erinnerte sie ihn kurz angebunden. »Ich gehe. Wenn du unbedingt unerkannt bleiben willst, tust du besser daran, dich nicht sehen zu lassen. Wo hast du den Karren gelassen?«, fragte sie und nahm ihr Umschlagtuch vom Haken hinter der Tür.

»Ich habe ihn einfach in die Büsche geschoben.«

»Und den Esel?«

Obwohl ihm nicht danach zumute war, brachte er ein schwaches Lächeln zustande. »Den habe ich mit einem Schlag aufs Hinterteil davongejagt.«

Brigid schlang sich das wollene Tuch um Kopf und Schultern. »Ich nehme den Haustürschlüssel mit, damit ich wieder hereinkomme. Niemand wird dich stören – ich bekomme nicht oft Besuch.«

3

Maeve FitzGerald mochte viele Fehler haben, aber sie war gewissenhaft. Sie vergewisserte sich, dass der Knecht Sir Arthurs kostbare Milchkühe von der Weide zurückgebracht und sie für die Nacht in den Kuhstall gesperrt hatte. Dann schloss sie selbst die Meierei ab und ging nach Hause. Ihre abendlichen Haushaltspflichten hatte sie in weniger als zwanzig Minuten erledigt. Jack zog sich gerade die Stiefel an, um in den Pub zu gehen, als Maeve hörte, wie nebenan das Gartentor ging. Sie warf einen Blick aus dem Fenster. »Jack, Brigid läuft nach Kilmorna hinauf, als wäre der Teufel hinter ihr her.«

»Misch dich doch nicht ständig in anderer Leute Angelegenheiten ein«, brummte er und ging zur Tür, zu seinem allfreitäglichen Bier und Dartspiel. Maeve war immer noch empört – schließlich war Feiertag!

»Es ist einfach nicht recht, dass sie die beiden Kleinen allein lässt! Das Haus könnte ihnen über dem Kopf abbrennen! Ob sie sich wohl heimlich mit jemandem trifft, während Sir Arthur weg ist …«

»Das geht dich nichts an, Maeve«, meinte Jack.

»Wegen der kleinen Emma Jane kann es nicht sein; als ich sie um die Teezeit gesehen habe, war sie putzmunter«, überlegte Maeve laut. »Ich glaube, ich gehe kurz vorbei und schaue nach dem Rechten, Jack.«

»Lass sie in Ruhe, Maeve, du hast nichts damit zu schaffen.«

»Und du bist in einer Stunde wieder zurück, Jack FitzGerald«, erklärte Maeve ihm kurz und bündig. »Schließlich ist heute Feiertag. Sonst komme ich in den Pub und hole dich selbst ab – nachdem ich dem Priester erzählt habe, wo du an dem Tag warst, an dem der Herr für unsere Sünden gestorben ist.«

Jack hatte nicht vor, sich vor seinen Kumpanen lächerlich zu machen. »Ist ja gut, Frau.« Er knallte die Tür hinter sich zu.

Maeve warf sich ihr Umschlagtuch um und schickte sich an, nach nebenan zu gehen. Dann hörte sie erneut das Gartentor und lief zum Fenster. »Nun ja, offenbar trifft sie sich nicht mit einem Verehrer«, meinte sie zu sich, als sie sah, wie rasch Brigid zurückgekehrt war. Enttäuscht blies Maeve die Öllampe aus und ging nach oben ins Schlafzimmer. Sie setzte sich ans offene Fenster und begann, ihr dichtes flachsblondes Haar zu flechten. Sie fand nie zur Ruhe, ehe Jack freitags nicht aus dem Pub zurück war.

Als sie Jack eine Stunde später den Gartenweg entlangtorkeln sah, ging sie nach unten, um ihn einzulassen, und brachte ihn ins Bett, wobei sie ihn ausschalt, weil er sich am Karfreitag betrunken hatte.

»Hör auf zu nörgeln, du zänkisches Weib«, grunzte er und ließ sich quer übers Bett fallen.

»Du bist eine Schande, Jack FitzGerald, und ein Säufer. Du könntest wenigstens die Stiefel ausziehen.« Verärgert trat sie zu ihm und zog sie ihm aus.

»Lass mich, dummes Weibsstück.« Jack ließ sich auf den Rücken fallen.

Maeve hörte ein Automobil, das den Weg hinaufkam, und rannte zum Fenster. Der Wagen des Arztes hielt vor Brigids Gartentor, und Doktor Doyle stieg mit seiner Arzttasche aus.

Maeve schüttelte Jack. »Wach auf, Jack! Der Arzt ist bei Brigid! Ich gehe hinüber und frage, ob ich helfen kann ... Hörst du mir überhaupt zu, Jack?«

Er brummte etwas Unverständliches, und Maeve ließ ihn schnarchen. Sie nahm ihr Tuch, lief nach unten und trat aus der Hintertür. Hinter der Hecke, die die kleinen Gärten von den Weiden trennte, hörte Maeve das unmissverständliche Brüllen eines Esels. Und noch merkwürdiger war, dass der Eselskarren selbst seitwärts im Graben lag und mit Farn und Ästen abgedeckt war, als hätten die Mönche ihn verstecken wollen.

»Eigenartig«, sagte Maeve zu sich. Ihre Neugierde war geweckt. Die Mönche waren nicht gekommen, um sich ihren Käse zu holen, und sie hatte den Karren auch nicht an der Meierei vorbeifahren sehen – und das hätte sie, wäre er auf dem Weg nach Kilmorna House gewesen. Sie fragte sich, ob Brigid ihnen ein Nachtquartier angeboten hatte – es würde ihr ähnlich sehen!

Maeve ging an Brigids Hintertür und klopfte kräftig. Als niemand öffnete, ging sie um das Haus zur Vordertür. »Ich bin's, Brigid, Maeve. Alles in Ordnung?«

Doktor Doyle war oben und untersuchte Paul. Unten sah Brigid ängstlich zu Rodi auf, der sich in die dunkle Ecke hinter der Küchentür zurückgezogen hatte. »Sieh zu, dass du sie los wirst«, zischte er.

»Brigid? Alles in Ordnung bei Ihnen?« Maeve klopfte wieder, lauter dieses Mal. »Ist Emma Jane wieder krank? Ich kann vor lauter Sorge um sie nicht schlafen.«

Brigid öffnete das Fenster. »Uns geht es gut – kein Grund zur Sorge, der Arzt ist ja jetzt hier. Gehen Sie wieder ins Bett, Maeve.«

Maeve versuchte, durch das offene Fenster nach drinnen zu spähen. »Kann ich mir etwas Zucker leihen?«

»Was, um diese Uhrzeit?«

»Ist mir ausgegangen, aber ich brauche unbedingt welchen für unseren Tee morgen früh.«

Seufzend holte Brigid eine Tasse Zucker für Maeve und reichte sie ihr durch das Fenster. »Gute Nacht, Maeve«, versetzte sie bestimmt, aber Maeve ließ sich nicht so leicht abwimmeln.

»Warum sitzen Sie denn im Dunkeln? Sind Ihnen die Kerzen ausgegangen? Ich habe noch ein paar ...«

»Ich habe einfach die Lampe nicht angezündet, und ich habe genug Kerzen. Wenn es Ihnen jetzt nichts ausmacht, Maeve ... Ich bin sehr müde.« Brigid versuchte, Maeve das Fenster vor der Nase zuzuschlagen, doch sie wollte einfach nicht gehen. Richtig aufdringlich, fand Brigid.

»Sind eigentlich diese beiden Mönche heute Abend zu Ihnen gekommen und haben um Almosen gebettelt, Brigid?«

»Nein ... ja ... warum?«

Maeve reckte den Hals über das Fensterbrett. »Weil sie keine richtigen Mönche sind, sondern Zigeuner! Ich habe gerade ihren Esel gesehen, und ihr Wagen liegt umgekippt in der Hecke. Falls die beiden heute Nacht noch hier sind, passen Sie auf, dass sie Ihnen nicht die Kehle durchschneiden.«

»Ach, bestimmt irren Sie sich, Maeve.« Brigid spürte, wie Rodi hinter ihr unruhig wurde, und jede Minute konnte jetzt Doktor Doyle die Treppe herunterkommen und etwas sagen, das Maeve FitzGerald nicht hören sollte.

»Ich weiß doch, was ich mit meinen eigenen Augen gesehen habe, Brigid! Das sind Zigeuner, sage ich Ihnen! Sie sind nicht in die Meierei gekommen, um sich den Käse zu holen, den ich ihnen angeboten habe. Sie sind Zigeuner, die uns alle ausrauben wollen.«

»Warum erzählen Sie mir das? Gehen Sie damit zu Sir Arthur.«

»Sie wissen doch, dass Sir Arthur über Ostern nach Kilmurray House gefahren ist.«

»Ach ja. Dann reden Sie mit dem Butler. Wenn Sie mich jetzt entschuldigen, Maeve, ich muss gehen. Ich höre den Arzt rufen … Wenn ich Sie brauche, klopfe ich an die Wand. Gute Nacht, Maeve!« Brigid schloss das Fenster so energisch, dass sie beinahe Maeves Zöpfe einklemmte.

Mit einem tiefen Seufzer der Erleichterung trat Rodi aus der dunklen Ecke. »Herrje, deine Nachbarin ist aber neugierig! Wohnst du gern hier?«

»Mir bleibt ja wohl nicht viel anderes übrig, oder?«, gab Brigid zurück und drückte sich an ihm vorbei, doch er ergriff ihre Hand.

»Du hast mir gefehlt, Brigid …«

»Nicht jetzt«, versetzte sie schroff.

Er wollte sich nicht so einfach abwiegeln lassen und zog sie im Dunkeln an sich. »Es tut mir leid … dass zwischen uns alles so gekommen ist.«

»Mir auch, Rodi, mir auch.«

»Als du fort warst, um den Arzt anzurufen, habe ich zu den Kindern hineingeschaut – unseren Kindern, und mir ist klar geworden, wie viel ich verpasst habe. Sie sind so groß geworden …«

»Lass mich los, Rodi. Dies ist weder die Zeit noch der Ort für solche Gespräche. Mein Bruder schwebt in Lebensgefahr, und das ist deine Schuld.«

Er gab sie frei, und sie trat an ihm vorbei und ging die Treppe hinauf. Rodi folgte ihr. Doktor Doyle beugte sich über den Verletzten. »Er muss ins Krankenhaus und operiert werden. Hier kann ich nichts weiter für ihn tun.«

Zitternd öffneten sich Pauls Augenlider. »Nicht … Krankenhaus«, erklärte er erstaunlich entschieden.

»Seien Sie doch vernünftig, Mann!«, hielt Doktor Doyle ihm ebenso bestimmt entgegen. »In Ihrer Brust sitzt eine Kugel, Sie bluten wie ein abgestochenes Schwein und haben eine zerschossene Kniescheibe. Wenn Sie also den morgigen Tag erleben wollen, heißt es ab ins Krankenhaus, und zwar sofort! Sie haben ohnehin Glück gehabt, junger Mann, denn wenn die Kugel Sie einen Zoll weiter rechts getroffen hätte, wären Sie jetzt ein toter Mann mit einer Kugel im Herzen.«

»So schlimm steht es um mich …« Paul versuchte sich an einem schwachen Lächeln und bekam dann einen Hustenanfall – und zu Brigids Entsetzen spuckte er Blut. Röchelnd sank er in die Kissen zurück.

»Die Kugeln müssen entfernt werden«, erklärte Doktor Doyle in begütigendem Ton, »die im Bein und die in Ihrer Brust – die, wie es aussieht, durch die Lunge gegangen ist. Aber hier, ohne chirurgische Instrumente, kann ich das nicht.« Er sah zu Rodi auf, der sich in der Tür herumdrückte. »Wenn Sie mir also helfen würden, ihn die Treppe hinunter und zu meinem Wagen zu bringen … Wir fahren ins Krankenhaus.«

Rodi und Paul wechselten einen raschen Blick, der weder Doktor Doyle noch Brigid entging.

»Um Gottes willen, Mann!«, fuhr der Arzt Rodi an. »Ich werde schon nicht zur Polizei laufen und zwei Mönche preisgeben, die sich entschieden haben, nicht mit der heiligen Schrift, sondern mit dem Gewehr zu kämpfen. Aber ich werde Sie zur Verantwortung ziehen, wenn dieser Mann stirbt. Wenn wir ihn nicht sofort ins Krankenhaus bringen, stirbt er.«

Rodi gab sich geschlagen. »Na schön«, murmelte er.

»Ich fahre mit Doktor Doyle und Paul ins Krankenhaus«, sagte Brigid. »Bleib du bei den Kindern, Rodi.«

»Sie können beide hierbleiben«, schaltete sich Doktor Doyle ein. »Helfen Sie mir nur, ihn in den Wagen zu bringen, Mr. Rodi. Ihr Bruder, Brigid, wird spätestens Ostersonntag wieder quietschfidel sein – allerdings nächstes Jahr zu Ostern!«

Sie fragte sich, woher der Arzt wusste, dass Paul ihr Bruder war.

Als sie Paul auf den Rücksitz des Wagens gelegt hatten, hörte Brigid, was er Rodi zuflüsterte. »Unwin … Sie müssen ihn aufhalten, Rodi.« Sie hoffte nur, dass Doktor Doyle es nicht ebenfalls gehört hatte.

Kapitel Sechsunddreißig

1

Als Maeve sah, wie Doktor Doyles Wagen von einem der Mönche, denen sie am Abend begegnet war, angekurbelt wurde, weckte sie Jack. Der Mönch hatte seine Kapuze zurückgeschlagen und das gut aussehende Gesicht eines jungen Mannes und einen kurzen dunklen Haarschopf enthüllt. »Ich wusste es doch! Nebenan geht etwas Verdächtiges vor.«

Jack brummte im Halbschlaf vor sich hin. »Heilige Muttergottes, warum habe ich bloß so eine neugierige Klatschbase geheiratet?« Er drehte sich auf die andere Seite.

2

Nachdem Doktor Doyle losgefahren war, gingen Brigid und Rodi ins Haus, und Rodi zog seine Mönchskutte aus. Darunter trug er einen dunkelblauen Seemannspullover und dunkle Cordhosen, die er in Gummistiefel mit verräterischen weißen Salzwasserspuren gestopft hatte. Dunkle Kleidung für finstere Taten, schoss es Brigid unwillkürlich durch den Kopf, und sie dachte an die Nacht zurück, in der Rodi in dem Torhaus auf Grange Con zu ihr gekommen war.

Sie setzte sich ins Wohnzimmer, zündete aber keine Lampe an. In dem hellen Mondschein wirkte alles perlgrau, sodass die beiden einander wie blasse Schatten ihrer selbst gegenübersaßen. Sie wollte ihn nicht ansehen, sondern nur die Wahrheit hören.

Doch damit ging Rodi wie immer sparsam um. Stockend berichtete er ihr von den Geschehnissen am Strand von Banna, und sie hörte ihm zu, ohne ihn zu unterbrechen. »Was meinte Paul damit, dass du Unwin aufhalten sollst?«, fragte sie, als er fertig war. »Ist er auch in diese Geschichte verwickelt?«

»Nicht richtig.«

»Was soll das heißen?«

Es fiel Rodi schwer, Unwins Beteiligung herunterzuspielen. »Unwin ist zur *Fianna* gegangen, aber das weiß Paul nicht.«

»Zur *Fianna*?«, fragte Brigid ungläubig. »Zur Jugendorganisation der Bürgerarmee? Warum?«

»Ach, du weißt doch, wie die jungen Leute in diesem Alter sind. Immer auf der Suche nach Ruhm«, gab Rodi zurück, was sie erst recht in Rage brachte.

»Nein, das weiß ich nicht! Sag es mir, Rodi, sonst gehe ich zur Polizei und sage ihnen, was du mir eben über deine finsteren Taten am Strand von Banna erzählt hast, so wahr mir Gott helfe!«

Er zündete sich eine Zigarette an, und kurz erhellte der sanfte, rosige Schein seines Streichholzes seine angespannten Züge. »Du würdest nicht nur mich, sondern auch deine Brüder verraten?«

Er hatte einmal zu oft von Verrat gesprochen. Sie stand auf, trat auf ihn zu und schlug ihm die Zigarette aus der Hand. Dann hob sie den Stummel vom Boden auf und drückte ihn so hasserfüllt in einer Untertasse aus, dass er fast zusammengezuckt wäre. »Verraten … verraten? Frag dich einmal selbst, wer hier Verrat begangen hat, Rodi Serrai!« Mit ihren Fäusten hämmerte sie gegen seine Brust, und Tränen strömten über ihre Wangen.

Noch nie hatte sie derart die Fassung verloren. Er hatte nicht geahnt, dass sie ihn so hasste.

»Wer hat hier wen verraten? All diese Jahre habe ich hier allein gelebt und darauf gewartet, dass du zu mir zurückkehrst, dass du Verantwortung für deine Kinder übernimmst. Ich will weder dein Geld noch O'Mahonys Mildtätigkeit, sondern dich – dich! Ich möchte, dass du dich zu mir und den Kindern bekennst, ich möchte, dass du nachts im Bett neben mir liegst, ich will wissen, was du den ganzen Tag lang tust, und ich will die Wahrheit von dir hören, Rodi! Doch stattdessen erzählst du mir nichts als Lügen, immer neue Lügen, und machst Versprechungen, die du nie einhältst. Mit einem Streich – falls es wirklich nicht mehr gewesen ist – hast du mein Leben und das vieler anderer Menschen zerstört, auch das meines eigenen Vaters! Und viele Menschen sind dadurch gestorben – auch mein Vater! Du hast uns alle über die verschwundenen Kronjuwelen angelogen, Rodi, und das werde ich dir nie verzeihen. Du hast mir erzählt, du hättest nichts mit dem Diebstahl zu tun gehabt, aber ich habe gehört, wie du am Tag vor Peirce Guns Tod mit ihm deswegen gestritten hast. Und du hast ihn ermordet, Rodi! Ja, ermordet! Du hast ihm doch am Seeufer in Grange Con eine Kugel ins Herz gejagt, oder? Bist du deswegen in dieser Nacht verschwunden? Ich weiß genau, dass deine Kleidung blutig war.«

Immer noch trommelte sie wie rasend mit den Fäusten auf seine Brust ein. Er umfasste ihre Handgelenke und versuchte sie festzuhalten. »Hör auf, Brigid, hör auf. Du bist ja hysterisch …«

»Verschwinde, Rodi, das hier ist mein Haus. Lass mich um Himmels willen in Ruhe«, schluchzte sie in seinen Armen. Ihre Haarnadeln hatten sich gelöst, und das Haar stand ihr genauso wirr um den Kopf.

»Still, Brigid, still, meine Liebste.« Er hielt sie fest umschlungen. »Eine Stunde; gib mir nur eine Stunde Zeit und hör mich an. Und dann gehe ich, wenn du das dann immer noch willst.«

»Eine Stunde!« Sie warf den Kopf zurück und sah in sein kreidebleiches Gesicht. »Eine Stunde, länger hast du nicht gebraucht, um mein Leben zu zerstören. Eine Stunde auf einem schlammigen Leinpfad am Kanal, und dann seitdem immer wieder nur eine Stunde! Mehr hast du mir nie von dir gegeben, also nimm jetzt, was davon noch übrig ist, und geh … bitte geh!«

Sie rang mit ihm, um sich von ihm freizumachen, und er ließ sie los. Ihre harten Vorwürfe erschütterten ihn und zerrissen ihm das Herz.

Schluchzend sank sie wieder auf den Sessel und schlug die Hände vors Gesicht. »Ich bin immer für dich da gewesen, Rodi, jedes Mal, wenn du mich brauchtest. Aber du warst nie für mich da. Ich will deine halbherzigen Versprechungen und deine selbstgefälligen Erklärungen nicht mehr hören, und ich brauche dich nicht mehr. O'Mahony hat mir erzählt, was du in Bulgarien und Serbien, in Thrakien und Russland getan hast. Du warst kein gewöhnlicher Soldat, sondern ein Spion! Deswegen haben die Türken dich so brutal gefoltert. Du hast für die Briten und die Bulgaren spioniert, und jetzt spionierst du für die Deutschen. Ich hasse dich. Ich verachte dich, weil du ein Wendehals bist und dich immer auf die Seite schlägst, die dich am besten bezahlt. Also verschwinde aus meinem Haus und meinem Leben, für immer!« Sie zog die Beine an und versuchte sich in ihrem Sessel so klein wie möglich zu machen; wie eine kleine Kugel aus furchtbarer Bekümmerung, Trostlosigkeit und verratener Liebe.

In diesem Moment liebte er sie wie nie zuvor. Sie wirkte so winzig, verloren und verletzlich; war so gar nicht mehr die starke junge Brigid, die er einst gekannt hatte.

Auch er konnte sich in diesem Moment nirgends mehr verstecken. Alle Schutzwälle, die er um sich aufgebaut hatte, waren gefallen, genau wie bei ihr.

»Ich bin kein deutscher Spion, Brigid. Ich bin überhaupt kein Spion«, sagte er schließlich.

»Was hast du dann mit den Deutschen am Strand von Banna zu schaffen gehabt?«

»Ich habe bei ihnen Waffen für Irland gekauft – für unsere Heimat, Brigid.«

»Warum?«

»Weil England Verrat an Irland begangen hat.«

Sie hätte ihm fast ins Gesicht gelacht. »Um auch meinen Bruder Unwin zu töten, meinst du wohl. Paul hast du heute fast umgebracht. Du bist schuld, Rodi, gib es doch endlich zu. Was ist nur mit dir los? Warum verdrehst du alles, wie es dir passt, und nennst es die Wahrheit? Erzähl mir nichts von meinen Brüdern und ihrer angeblichen Suche nach Ruhm. Sie sind Quäker, und Quäker greifen nicht zu den Waffen.«

»Sie sind auch loyale Iren, Brigid, trotz – oder vielleicht gerade wegen – aller Lehren eures Vaters.«

»Sprich nie wieder den Namen meines Vaters in einem Atemzug mit deinen Mordtaten aus, Rodi Serrai!«

»Es tut mir leid – wir sind beide erschöpft und können nicht klar denken. Menschen sind eben Menschen, Brigid, und jeder hat seine eigenen Beweggründe, insbesondere, was Nationalismus und Patriotismus angeht.«

»Und auf welcher Seite stehst du jetzt gerade?«, verlangte sie sarkastisch zu wissen. »Ich wünschte, ich wäre bei Zachary geblieben«, setzte sie dann hinzu. »Vielleicht ist dies ja die Strafe dafür, was ich ihm angetan habe. Ehebruch ist eine Sünde, und meine Buße ist es, für den Rest meines Lebens mit dieser Schuld zu leben, eine gefallene Frau mit einem blutbefleckten Schwert im Herzen, Rodi. Eine kleine Schwärmerei, für die ich mit Bastardkindern belohnt worden bin!«

»Jetzt bist du aber wirklich hysterisch.«

»Wage es nicht, so mit mir zu reden; untersteh dich, mich so von oben herab zu behandeln, Rodopi Serrai. Du bist nur Ire und kein bulgarischer Flüchtling, weil O'Mahony dafür gesorgt hat. Und du hast Irland und O'Mahony verraten, der dich wie seinen eigenen Sohn behandelt hat!«

In diesem Moment lächelte er ins Dunkel hinein, ein bedrücktes, zaghaftes Lächeln; denn er hatte erkannt, dass sie innerlich ebenso ausgelaugt war wie er und ihre Worte nicht ernst meinte. »Brigid, meine Liebste, weine nicht mehr. Ich mag dich nicht so sehen … Bitte, lass dich von mir umarmen, lass uns darüber reden …«

»Fass mich nicht an – nie wieder!«

Sie kauerte in ihrem Sessel wie ein kleines, widerspenstiges Häufchen Elend. Er zündete noch eine Zigarette an und sog den Rauch tief ein.

Brigid sprach mehr zu sich selbst als zu ihm. »Wenn Paul, der jetzt gerade operiert wird, mich nicht bräuchte, oder wenn die Kinder einen Vater – einen richtigen Vater – hätten, der für sie sorgt, dann würde ich in diesem Moment in den Zug nach Dublin steigen. Ich würde mit Eoin MacNeill, mit O'Mahony und dem Vizekönig reden und ihnen sagen, was alles geschehen ist, weil sie dir so bedingungslos vertraut haben.«

»Wenn das dein Wunsch ist«, gab Rodi zurück.

Verblüfft sah sie ihn an. »Was?«

Er wandte ihrem anklagenden Blick den Rücken und trat ans Fenster.

»Wenn du möchtest, fahr nach Dublin und verrate mich. Aber zuerst solltest du deinen kleinen Bruder Unwin auf seinem Hochstühlchen festbinden, damit er nicht neben mir in einem Verlies auf Dublin Castle endet.«

»Wovon in aller Welt redest du?« Sie starrte seinen Rücken an.

»Die Frau, die ich liebe und die für mich die einzige ist, war und immer sein wird, hält mich für einen Dieb, Lügner, Mörder, Spion, Verräter und Gott weiß was noch. Vielen Dank, meine Liebste. Wer hat jetzt wen verraten, Brigid?«

Sie holte tief Luft und versuchte, das alles zu verstehen. »Bist du das denn alles, Rodi?«

Nach einer Weile drehte er sich zu ihr um. »Wenn du dich das noch fragen musst, Brigid, dann gehst du am besten zu Zachary zurück.«

»Willst du das?«, fragte sie herausfordernd.

»Nein.«

»Wahrscheinlich würde er mich jetzt auch gar nicht mehr zurückhaben wollen.«

»Nein, wahrscheinlich nicht«, meinte Rodi.

»Ich kann nicht glauben, dass deine Rückkehr so ausgefallen ist. Ich kann nicht glauben, dass das mit uns geschieht. Wir haben uns zwei Jahre lang nicht gesehen, und da dachte ich, unser Wiedersehen würde ein freudiger Anlass sein.«

»Das dachte ich auch«, meinte er.

»Wenn das Warten und die Sehnsucht unerträglich wurden, habe ich versucht, mir ein Leben ohne dich vorzustellen. Aber der Schmerz ist nur noch stärker geworden. Jedes Mal dachte ich, du würdest nur für kurze Zeit fern von mir sein, doch die Zeit ist immer länger geworden und die Lücken in unserem Leben immer größer, bis mir mit einem Mal klar geworden ist, dass du nicht mehr da warst und nie zurückkommen würdest.«

Er drückte seine Zigarette aus. In dem dunklen Raum konnte sie seine Augen nicht erkennen. Sie spürte den Blick seiner tiefdunklen Augen, die jeden Zoll ihres Körpers, ihrer Seele und ihres Verstandes verschlangen. Und auch er war mit jedem Zoll seiner selbst bei ihr, erfüllte ihre Gedanken während all der Tage und Nächte ihrer Trennung. Immer wieder erlebte sie jede leidenschaftliche Liebesnacht, alle wunderbaren, viel zu kurzen Momente, die sie während ihrer verbotenen Romanze geteilt hatten. Und während all dieser leeren Zeiten ohne ihn hatte sie von seinen leeren Versprechungen gelebt.

Doch jetzt war sie nicht mehr dieses unbesonnene junge Mädchen, das Leben hatte sie eine Lektion gelehrt. Sie war nur eine einsame Frau, die mit einem Mann verheiratet war, den sie nicht liebte, und Kinder von dem Mann hatte, den sie liebte, der aber nie da war, um sie zu beschützen und für sie zu sorgen. Durch Rodi war sie zu jemandem geworden, den die anderen verachteten. Sie hatte ihr Leben ruiniert, und alles um einer unbändigen Leidenschaft willen. Dann hatte also Zachary doch recht behalten, und Sarah und Gemara auch: Liebe bedeutete nicht nur körperliche Anziehung, sondern hatte auch viel mit Sorge, Vertrauen, Verständnis, Kameradschaft und Verantwortung zu tun. Kurz gesagt, Liebe war Sicherheit und Zufriedenheit, sie bedeutete inneren Frieden nach einem langen, schweren Tag, einen Ort, den man sein Zuhause nennen konnte und an dem der geliebte Mensch das Bett, das Dach und den Tisch mit einem teilte. Doch all dies hatte sie bei Rodi in all den Jahren, die ihre Beziehung nun währte, nie gekannt.

Seine müde Stimme drang in ihre Gedanken. »Im Moment habe ich dir nichts zu bieten, Brigid, außer meiner Version der Geschichte – zu diesem Zeitpunkt kann ich dir nichts anderes geben. Wenn ich getan habe, was ich tun muss, kehre ich zu dir und den Kindern zurück, wenn du mich dann noch willst. Vielleicht bringe ich dir beim nächsten Mal ja ein echtes Rubinarmband mit und keine billige Imitation.«

Das war so typisch für ihn, alles nur an seinem materiellen Wert zu messen. Rodi war nur in der Lage, sich auf handfeste Art zu beweisen und musste sich auf Macht und Ruhm stützen. Er konnte sich nicht einfach als Person definieren, die ihrer Liebe und Achtung würdig war.

»Ich brauche weder Rubine, Rodi, noch Blumen oder teure Präsentkörbe von Clery's. Ich will nur dich, und ich brauche auf der Welt nur dich und die Kinder.«

Sie bat ihn nicht, ihr etwas zu versprechen, so wie sie noch nie etwas von ihm verlangt hatte, das er ihr nicht aus freiem Willen geben konnte. Und bedrückt machte sie sich bewusst, dass Rodi, wenn sie ihn ließ, immer nur er selbst sein würde.

Kapitel Siebenunddreißig

1

Der erste Zug, der morgens über Listowel und Limerick nach Dublin fuhr, war der Milchzug. Rodi hatte vorgehabt, an der Haltestelle auf der Hauptstraße den Bahnbus nach Listowel zu nehmen, aber Doktor Doyle war bei Sonnenaufgang in Rose Villas aufgetaucht und hatte ihm die Mühe erspart.

Brigid machte sich auf eine schlechte Nachricht gefasst. War der Arzt gekommen, um ihr Pauls Tod mitzuteilen? Was sollte er sonst zu dieser frühen Stunde hier wollen?

»Tut mir leid, Sie so früh zu stören, Brigid, aber ich war sowieso in der Nähe und dachte, ich schaue bei Ihnen vorbei.«

»Ich war ohnehin schon auf«, gab sie zurück. »Roddy junior und Emma Jane schlafen nie länger als bis fünf … Sind Sie gekommen, um mir zu sagen, dass Paul heute Nacht gestorben ist?« Brigid schlang die Arme um den Körper, als wolle sie sich gegen das kalte Tageslicht wappnen. Wie sollte sie das nur Sarah und Gemara sagen?

»Aber nein, nichts dergleichen!«, beruhigte Doktor Doyle sie. »Ihr Bruder hat die Operation gut überstanden. Aber es ist noch viel zu früh, um ein endgültiges Urteil abzugeben. Es kann immer noch zu Infektionen kommen – Ihr Bruder ist heute Nacht lange operiert worden, aber er ist ein junger Mann von kräftiger Konstitution. Wir haben die beiden Kugeln problemlos entfernt und seine Lunge mithilfe einer luftdicht versiegelten Flasche wieder aufgeblasen – viel zu technisch, um das am frühen Morgen zu erklären. Aber alles ist so gut wie möglich gelaufen. Er hat eine Bluttransfusion und eine schmerzstillende Spritze erhalten, und an diesem schönen Frühlingsmorgen ist Ihr Bruder so munter, wie es ein todesmutiger Ire nur sein kann.«

Brigid war so erleichtert, dass sie gar nicht wusste, was sie sagen sollte. Sie hatte den armen Mann an der Tür stehen lassen und angesichts der

Katastrophe, mit der sie rechnete, ganz vergessen, ihn hereinzubitten. Aber nun, da Paul nicht mehr unmittelbar in Gefahr schwebte, fielen ihr ihre guten Manieren wieder ein, und ihr ging auf, wie sehr sie Kilmornas wunderbarem Landarzt zu Dank verpflichtet war. »Ich danke Ihnen von Herzen, Doktor Doyle ... wollen Sie nicht auf eine Tasse Tee hereinkommen? Wir sitzen gerade beim Frühstück.«

»Nein, danke, meine Liebe. Ich bin die ganze Nacht im Krankenhaus gewesen, wo mich die Schwestern mit unzähligen Tassen Tee aufrecht gehalten haben. Übrigens können Sie Paul jederzeit im Krankenhaus besuchen, Brigid. Ich habe der Oberschwester erklärt, dass Sie eine vielbeschäftigte Frau sind. Sie wird Sie einlassen, wann Sie wollen.«

»Vielen Dank. Woher wussten Sie eigentlich, dass Paul mein Bruder ist, Doktor Doyle?«

Er tippte sich an die Nase. »Ein Arzt muss auch Detektiv sein«, lautete seine etwas rätselhafte Antwort.

Brigid, die nicht die geringste Ahnung hatte, wie sie Pauls Krankenhausrechnung bezahlen sollte, lächelte verzagt. »Ich kann Ihnen nicht genug danken, Doktor Doyle. Ich weiß nicht, wie ich Ihnen jemals alles vergelten soll, was Sie für Paul – und für Emma Jane – getan haben. Aber ich verspreche, Sie von dem Geld, das ich mit meinen Hüten verdiene, zu bezahlen, auch wenn das lange dauern wird.«

»Nun machen Sie sich mal keinen Kopf wegen meiner Rechnungen, Brigid«, meinte er mit einem begütigenden, väterlichen Blitzen in den Augen. »Jetzt muss ich aber los. Einen schönen Tag, Brigid. Ich hoffe, Emma Jane macht auch ohne meine Hilfe gute Fortschritte.«

»Oh ja ... ja, ihr geht es gut, und das hat sie nur Ihnen und der Medizin zu verdanken. Noch einmal danke für alles.«

Er zog den Hut und wollte schon in seinen Wagen steigen, als Brigid ihn noch einmal zurückrief. »Doktor Doyle, könnten Sie auf dem Heimweg Bruder Serrai am Bahnhof von Listowel absetzen? Er muss zurück nach Dublin.«

»Freue mich immer, wenn ich einem heiligen Mann zu Diensten sein kann«, gab der gute Landarzt zurück.

Rodi saß bei seiner dritten Tasse Tee. Roddy junior versuchte immer noch zu begreifen, dass sein verschollener Vater plötzlich da war, und Emma verabreichte ihrem Vater mit einem Kinderlöffel eine Zwangsfütterung. Höflich und mit väterlicher Nachsicht kaute Rodi den vielfach herumgerührten Porridge, worüber Emma Jane kichern musste, denn er sah aus wie eine wiederkäuende Kuh.

»Herzlichen Dank, Brigid!«, meinte Rodi. »Ich habe gehört, was du gesagt hast. Kannst mich wohl nicht schnell genug loswerden, was?«

»Geh in Frieden deiner Wege, Bruder Serrai«, sagte sie und reichte ihm seine Gummistiefel. »Und möge der Herr mit dir sein.«

»Mit dir auch«, antwortete er, während er sich die Stiefel anzog. »Ich komme zu dir zurück«, setzte er hinzu.

»Versprechungen, alles nur Versprechungen, Rodi.«

»Du wirst schon sehen«, versetzte er, während er zu dem wartenden Wagen hinausging. »Und dann wirst du mich um ein wenig Zeit für dich selbst anflehen, weil ich dich nie, nie wieder aus den Augen lassen werde.«

2

Blank gescheuerte Milchkannen warteten vor der Meierei darauf, abgeholt zu werden. Einen Teil hatte der Milchmann bereits in den Zug nach Listowel gesetzt. Was jetzt noch übrig war, würde in der Umgebung verteilt werden, und die letzten Tropfen aus dem Euter der Kuh landeten in einem Eimer, der für Kilmorna House bestimmt war. Maeve tätschelte Mona die Flanken. »Braves Mädchen. Und nun lauf auf die Weide zu den anderen Kühen.«

Für gewöhnlich half Maeve Jack, die Herde auf die Weide zu treiben, bevor sie mit zwei Eimern Milch nach Kilmorna House hinaufging. Doch heute Morgen waren sie beide spät daran und hatten ihre Arbeit noch nicht halb beendet, als das Dröhnen eines Motors ihre Aufmerksamkeit auf sich zog. »Das kann noch nicht Sir Arthur sein«, meinte Maeve zu ihrem Mann. »Er verbringt doch Ostern bei seiner Freundin in Kilmurray.«

»Es ist nur Doktor Doyle«, gab Jack zurück, der das Automobil erkannt hatte.

»Was macht er denn schon wieder hier? Und das so früh am Morgen«, wunderte sich Maeve und trat an die Tür der Meierei.

Sie reckte den Hals. »Da sitzt jemand neben ihm. Es ist dieser Mönch! Sieht ausländisch aus. Nicht mein Typ, da kann er so schön sein, wie er will. Heute Morgen trägt er einen Seemannspullover statt seiner Kutte. Ich frage mich, was Doktor Doyle mit ihm zu tun hat.«

»Das kann uns doch egal sein!« Jack trat auf den Hof und trieb die Kuhherde zusammen. Maeve folgte ihm.

»Sie hat die Nacht mit ihm verbracht, verstehst du«, sagte Maeve.

»Wovon redest du eigentlich, Frau?«

»Brigid.« Maeve zog ihren Gummistiefel aus, schüttelte ein Steinchen heraus und schlüpfte wieder hinein. »Tja, stille Wasser sind tief. Möchte wissen, wer der Mann ist. Ein Priester ganz bestimmt nicht.«

»Du hast eine schmutzige Fantasie, Maeve.«

»Nein, ich habe eine klare Vorstellung davon, was falsch und richtig ist, Jack.«

»Komm, lauf schon!« Jack schlug Mona mit der Gerte aufs Hinterteil, um sie durch das Tor zu lenken.

»Er ist wahrscheinlich Brigids Liebhaber, Jack«, sagte Maeve, »und ich vermute, auch der Vater ihrer Bastarde. Wahrscheinlich haben sie letzte Nacht noch eins gezeugt. Hörst du mir eigentlich zu, Jack?«

»Ich wünschte, das bliebe mir erspart.«

»Du bist verkatert, Jack FitzGerald, und das geschieht dir recht, weil du am Karfreitag getrunken hast!«, versetzte Maeve.

»Wenn du doch nur ab und zu mal den Schnabel halten könntest«, meinte Jack. »Den ganzen Tag wetzt du dein Mundwerk. Heilige Mutter Gottes, du kannst einen Mann in den Wahnsinn treiben, du dumme Kuh!«

»Jetzt reicht es aber, Jack! Lästern am Ostersamstag ist eine Sünde.«

»Wenn du jetzt nicht den Rand hältst, Maeve, dann sorge ich dafür, dass ich wirklich etwas zu beichten habe, das schwöre ich!«

»Gotteslästerung, Jack. Die Engel um uns herum hören alles.«

Jack blieb wie angewurzelt stehen, die Gerte drohend in die Luft erhoben. »Warum gehst du nicht zurück in die Meierei, Frau, und kümmerst dich um deinen Käse, ehe ich am Ostersamstag noch eine weitere Todsünde begehe, indem ich dich grün und blau prügle?«

»Ein Mann sollte seine Frau achten und nicht auf diese Weise mit ihr reden, Jack«, sagte Maeve, der sein Ton gar nicht gefiel.

»Und einer Frau wie dir sollte man die Zunge abschneiden und sie dann an den Melkschemel fesseln! Heilige Muttergottes, ich muss betrunken gewesen sein, als ich dich geheiratet habe, eine langnasige Ziege mit abstehenden Ohren!«, brüllte er.

Sie stürmte in die Meierei, nahm die beiden Milcheimer und stapfte dann den Weg nach Kilmorna hinauf. Sie hoffte nur, dass Mona Jack für sein rüpelhaftes Benehmen in den Allerwertesten trat.

3

Rodi stieg am Bahnhof Harcourt Street aus und ging sofort zu George Plunketts Lager in Kimmage.

»Sieh mal an, wen wir da haben«, begrüßte George ihn äußerst gut aufgelegt. »Wieso hat man Sie nicht als Deserteur erschossen, Serrai?«

»Das Ganze muss sofort abgeblasen werden, George«, gab Rodi zurück. »Nach dem, was am Strand von Banna geschehen ist, müssen Sie Pearse, Connolly und MacDermott warnen.«

»Ganz ruhig, alter Junge.« George Plunkett setzte sich an seinen Schreibtisch. »Wir haben alles im Griff. Roger Casement ist ins Kilmainham-Gefängnis gebracht worden. MacNeill, der völlig außer sich über das ganze Fiasko war, hat den Aufstand selbst abgeblasen, indem er eine Anzeige in den morgigen *Sunday Independent* gesetzt und alle Manöver abgeblasen hat. Sehen Sie selbst … von ihm unterzeichnet …«

Rodi las den handgeschriebenen Brief, der auf den 22. April 1916 datiert war. Er war in der Tat von Eoin MacNeill unterzeichnet, dessen enge Handschrift schwer zu entziffern war. *»Freiwillige sind getäuscht worden. Alle Befehle für morgen, Sonntag, zurückgenommen.«*

Erleichtert atmete Rodi auf. »Na, Gott sei Dank! Etwas dagegen, wenn ich rauche?«

George Plunkett wies auf einen Stuhl. »Nur zu, alter Junge. Ich glaube, ich rauche eine mit.«

Da George keine Anstalten machte, seine eigenen Zigaretten hervorzuholen, bot Rodi ihm von seinem Päckchen an.

»Und jetzt können Sie mir erzählen, was am Strand von Banna schiefgelaufen ist«, sagte George. »Lassen Sie sich Zeit, mein Guter.«

4

Auch die Behörden auf Dublin Castle waren erleichtert, als der Ostersonntag ohne Zwischenfälle verlief.

»Wir könnten ihre Anführer verhaften«, erklärte der Polizeipräsident O'Mahony und anderen eingefleischten Nationalisten, die besorgt zusammengekommen waren. »Aber eigentlich ist es nicht nötig, allen Leuten den Feiertag zu verderben, denn die Gefahr ist ja wohl gebannt. Eoin MacNeill hat mir gesagt, Männer wie Pearse, Connolly und MacDermott hätten ohne ihn einen Plan ausgeheckt. Er ist immer gegen einen Aufstand gewesen. Sehen Sie hier … seine Anzeige im *Independent* von heute.«

»Und wie sieht es morgen aus?«, wollte O'Mahony wissen.

»Morgen ist auch noch Feiertag«, gab der Polizeipräsident zurück. »Alle werden in Fairyhouse sein und sich beim Pferderennen amüsieren.«

»Und genau deswegen könnten diese Leute auf die Idee kommen, morgen einen Aufstand anzuzetteln«, gab O'Mahony dem Polizeipräsidenten zu bedenken. »Erinnern Sie sich noch an Captain Gorges' Plan, einen Schlag gegen die Briten zu führen, wenn sie anderweitig beschäftigt sind?«

»Ach, aber das ist doch eine Ewigkeit her, Peirce! Gorges ist außer

Landes und vollständig von der politischen Szene verschwunden. Zuletzt habe ich von Scotland Yard gehört, dass er ein Säufer ist und in einem verkommenen Stadtteil von London lebt.« Der Polizeipräsident schüttelte den Kopf. Er war überzeugt davon, mit der Verhaftung von Sir Roger Casement jede Art von Aufstand gebannt zu haben. »Männer ohne Waffen sind wie Eunuchen, Gentlemen«, erklärte er der versammelten Gesellschaft. »Den Berichten meiner Agenten zufolge herrscht bei der Freiwilligenarmee restlose Verwirrung. Ich verspreche Ihnen, dass es keinen Aufstand geben wird. Sie können also jetzt alle in der Gewissheit heimgehen, dass Dublin eine sichere Stadt ist. Genießen Sie Ihren Sonntagsbraten, und für morgen wünsche ich Ihnen viel Spaß beim Pferderennen in Fairyhouse. Einen guten Tag, Gentlemen.«

O'Mahony setzte auf dem Weg nach draußen den Hut auf. »Der verfluchte Kerl ist ein inkompetenter Idiot und sitzt auf seinen Ohren«, murmelte er vor sich hin.

Unterdessen gaben die Anführer der Minderheitsfraktion der Freiwilligenarmee eine Nachricht weiter:

»Britische Behörden getäuscht. Manöver finden wie geplant statt, nur vierundzwanzig Stunden später, Ostermontag zwölf Uhr mittags.«

5

Atemlos stürzte Gemara, die von einer Gebetsversammlung kam, die Vordertreppe des Hauses hinauf. Sie kramte nach dem Schlüssel und sperrte auf. »Sarah … Sarah, wo bist du? Ach, da!«

Wie ein Wirbelwind rannte sie in die Küche, wo Sarah das sonntägliche Mittagessen vorbereitete und am Spülstein Kartoffeln schälte. »Ich habe gerade Unwin mit einem Stecken über der Schulter gesehen!«

»Wovon redest du?«

»Es stimmt, Sarah! Der kleine Unwin ist frech wie nur einer die Sackville Street entlangmarschiert.«

»Komisch, er sollte doch heute im Shelbourne arbeiten. Bist du dir sicher, Mutter, dass es Unwin war?«

»Natürlich bin ich mir sicher, Sarah! Ich erkenne ja wohl meinen eigenen Enkel, wenn ich ihn sehe!«

»Mach dir keine Sorgen«, entgegnete Sarah gelassen. »James hat heute Nachmittag frei. Er will um zwei zu einer Gebetsversammlung, aber vorher kommt er hierher zum Essen. Wir wollten heute Nachmittag eigentlich zusammen Blumen auf Benjamins Grab legen, aber dann erledige ich das eben allein, und James kann ins Hotel Shelbourne gehen und schauen, was Unwin ausheckt, und ihn fragen, was er auf der Sackville Street zu suchen hatte.«

»Er drückt sich vor der Arbeit, so ist das. Er hat diesen Franzosen, seinen Vorgesetzten, noch nie leiden können«, meinte Gemara und nahm ihren Hut ab. »Ob er nun ein Meisterkoch ist oder nicht.«

Ironisch lächelnd wandte sich Sarah zu Gemara um. »Was hattest *du* eigentlich auf der Sackville Street zu tun, Mutter? Das Versammlungshaus liegt doch in der anderen Richtung.«

»Ich habe meinen neuen Osterhut ausgeführt, Tochter!« Gemara nahm ihren White-Lady-Hut ab, hängte ihn auf den Hutständer in der Diele und trat wieder in die Küche, wo sie ihre Schürze herunternahm, die hinter der Küchentür hing. »Da liegt etwas Komisches in der Luft, Sarah, und ich meine nicht den Sonntagsbraten, der dir da im Ofen verbrennt. Nein, da ist etwas faul in Dublin.«

Kapitel Achtunddreißig

1

Am Ostermontag änderte Michael O'Rahilly seine Meinung. Er war wie Eoin MacNeill gegen jede Art von Aufstand gewesen, aber als er jetzt den Ruf zu den Waffen in den Straßen der Innenstadt von Dublin sah, stieg er in seinen De Dion Bouton und fuhr zur Liberty Hall.

Rodi befand sich im Kildare-Club, als er einen Anruf erhielt. Er nahm ihn im Foyer entgegen. »Sind Sie für uns oder gegen uns?«, fragte eine vertraute Stimme.

Rodi zögerte.

»Wer zaudert, hat schon verloren, Colonel Serrai. Wenn Sie für uns sind, kommen Sie in die Liberty Hall.« Am anderen Ende wurde aufgelegt.

Rodi starrte den Hörer an.

Immer noch strich er unentschlossen im Foyer herum, als jemand atemlos durch die Tür stürzte. »Es hat begonnen«, schrie der Mann. »Sie schießen alle zusammen! Der Wachposten am Dublin Castle ist tot, und die Reservisten sind auf dem Rückweg zur Kaserne mit Schüssen empfangen worden. Sie liegen auf der Northumberland Road in ihrem Blut, aus nächster Nähe erschossen …«

Rodi hatte das furchtbare Gefühl gehabt, dass etwas Derartiges passieren würde. Er ging auf geradem Weg zum Hotel Shelbourne am St. Stephen's Green, das nur einen Steinwurf entfernt vom Kildare-Club lag.

»Wo ist Unwin Masters?«, verlangte Rodi zu wissen und stürzte in die Küche. Ein überrumpelter Sous-Chef hob die Hände.

»Er ist heute nicht zur Arbeit erschienen, Sir. Sein Bruder hat auch schon nach ihm gesucht.«

»Welcher?«

»Master James, Sir. War ziemlich aufgebracht, weil er dachte, dass der kleine Unwin bei der *Fianna* ist.«

Eine Stunde später wurde das Hotel Shelbourne von einer Truppe aus achtundzwanzig Kämpfern der Freiwilligen Armee und acht Burschen von der *Fianna* besetzt. Ihr Kommandant hatte ihnen erklärt, das Hotel werde eine ausgezeichnete Stellung abgeben.

Zur gleichen Zeit, als das Shelbourne von der Irischen Freiwilligenarmee übernommen wurde, schickten George Plunkett und seine Männer sich an, aus dem Lager in Kimmage abzurücken. Da der Weg in die Stadt weit war, hielt sein Kontingent eine Straßenbahn an und zwang den Fahrer mit vorgehaltener Waffe, sie zur Liberty Hall mitzunehmen.

Unterdessen hatte Rodi das Shelbourne verlassen, ohne dass er Unwin gefunden hätte, und war zur Liberty Hall unterwegs, wobei er immer noch Ausschau nach Brigids jüngerem Bruder hielt. Er überquerte die Straße und wurde beinahe von Michael O'Rahillys Wagen überfahren.

O'Rahilly trug die Uniform der Freiwilligenarmee, Wickelgamaschen und einen feschen Filzhut. Er ging hart in die Bremsen und lehnte sich dann aus dem Fenster. »Schön zu sehen, dass Sie sich zu uns gesellt haben, Rodi. Kann ich Sie zur Liberty Hall mitnehmen?«

»Nein … danke, ich laufe.«

»Wissen Sie, ob George schon unterwegs ist?«, fragte O'Rahilly.

»Keine Ahnung. Ich komme nicht von Kimmage.« Rodi beugte sich zu O'Rahilly. »Das ist Wahnsinn, O'Rahilly!«, flüsterte er. »Man muss alles abblasen!«

O'Rahilly grinste. »Wie denn, Wahnsinn? Sicher ist es das, aber Sie waren doch auch dafür.«

»Nicht ohne MacNeills Einverständnis! Aber das hat er nicht gegeben. Und wenn ich mich recht erinnere, waren Sie ebenfalls dagegen. Warum haben Sie es sich jetzt anders überlegt?«

»Ich habe geholfen, die Sache ins Rollen zu bringen, alter Knabe, und jetzt muss ich sie auch bis zum Ende bringen.«

»Fahren Sie zur Hölle, O'Rahilly!« Rodi sah zu, wie O'Rahilly weiterfuhr.

Mitgefangen, mitgehangen, dachte er. Wie hatte er nur so naiv sein können! Aber auch er hatte geholfen, die Sache ins Rollen zu bringen. Würde Brigid wollen, dass er sie zu Ende brachte, nachdem er ihr versprochen hatte, nie an einem Aufstand teilzunehmen?

Oh ja, während die Kinder geschlafen hatten und ihr Bruder auf Leben und Tod operiert wurde, hatte er ihr, von seinen Gefühlen überwältigt, in seinem Rausch alles Mögliche versprochen. Vielleicht hatte sie sich ja nachher gehasst, weil sie ihm, nachdem sie zuvor etwas ganz anderes behauptet hatte, so leicht und bereitwillig erlegen war. Doch während ihrer Begegnung war – genau wie immer, wenn sie zusammen waren – nichts mehr wichtig gewesen; nur dass sie wieder beieinander waren, dass er wieder bei seiner Geliebten und seiner Familie war und Brigid wieder ihm gehörte.

Musste er sich jetzt hassen, weil er seine Schritte nach Liberty Hall lenkte und Brigid damit ein weiteres Mal verleugnete?

2

Der Hauptteil der Kämpfer unter Michael Connolly, Patrick Pearse und dem alten Tom Clarke marschierte von der Liberty Hall zum Hauptpostamt. Nachdem sie die Kundschaft mit gezogener Waffe nach draußen getrieben hatten, übernahmen sie die Kontrolle über das Gebäude.

Der junge, gut aussehende Patrick Pearse, der zur IRB gehörte, hielt eine flammende Rede vor dem Postamt. »Im Namen Gottes und unserer Vorväter, die die Tradition Irlands als Nation begründet haben, rufen wir Irlands Kinder zu seiner Fahne und erobern Irlands Freiheit!«

Lauter Jubel stieg aus der versammelten Menge auf, als über dem Postamt die irische Trikolore – grün, weiß, orange – aufgezogen wurde.

Eine Gruppe berittener Soldaten, die mit klirrenden Lanzen die

Sackville Street hinunterritten, wurden von einer Kugelsalve überrascht. Vier von ihnen starben.

Im Inneren des Hauptpostamts wurden Fenster zerschlagen, und um Barrikaden aufzurichten, füllte man Postsäcke mit allem, was einem in die Hand kam.

Am Abend nahm die Bevölkerung den bewaffneten Aufstand der Irischen Freiwilligenarmee zum Anlass, Clery's zu plündern, das edelste Kaufhaus von Dublin.

Rodi, der nicht wusste, wo er noch nach Unwin suchen sollte, empfand ein entsetzliches Gefühl von Schuld und Scham, als er bei Clery's vorbeiging. Frauen prügelten sich um Pelzmäntel und andere Luxuswaren, zogen einander an den Haaren, spuckten und beschimpften sich unflätig. Sie zerschlugen Porzellan und Kristallgläser, überschütteten sich mit kostbaren Parfüms und stahlen teuren Schmuck. Die Männer waren nicht besser und liefen mit Ballen von Damaststoff oder Tweed davon, Guernsey-Pullovern, Lederschuhen und Abendanzügen. Die *Garda* ließ sich nicht blicken.

3

Im Kildare-Club saß Rodi im Raucherkabinett und lauschte den widersprüchlichen Berichten der diversen Mitglieder, die noch mit blutrünstigen Fantasien ausgeschmückt waren. »Angeblich sind fünfundzwanzig Soldaten tot und achtzig verwundet«, erklärte ein junger Anwalt vom Dubliner Gerichtshof, der nicht die geringste Ahnung hatte.

»Ich habe aus sicherer Quelle erfahren, dass nur fünf der Reservisten erschossen und weitere acht verwundet wurden«, widersprach ein anderer.

Rodi starrte in sein Whiskeyglas. Er war ruhelos und wusste nicht, was er tun sollte. Nur eines war sicher, er sollte wirklich nicht hier sitzen und sich dieses Geschwätz anhören, während auf den Straßen von Dublin bedeutsame Dinge geschahen.

»Die Reservisten kehrten – wohlgemerkt mit ungeladenen Gewehren – von einem Geländemarsch in die Wicklow Mountains zurück, als sie von der IRB kaltblütig niedergemacht wurden. So heißt es in den Berichten aus dem Büro des Polizeipräsidenten«, verkündete ein weiteres Mitglied des Clubs.

Rodi stand auf, verließ den Rauchersalon und ging hoch auf das Zimmer, das er für diese Woche reserviert hatte. Er rauchte den Rest seiner Aftons. Dann stand er vom Bett auf und holte die verschlossene Schatulle mit seinem Dienstrevolver hervor. Er verließ den Kildare-Club und ging zum Hauptpostamt, wo es ihm schließlich gelang, mit Patrick Pearse zu sprechen.

Pearse hörte ihn an. »Nun gut, Rodi«, sagte er dann. »Da Sie nicht für uns, sondern gegen uns sind, sehen Sie zu, dass Sie verschwinden, denn hier gehören Sie nicht hin! Kommen Sie mir jetzt bloß nicht und jammern mir etwas vor, dazu habe ich zu viel zu tun – außerdem ist es dazu viel zu spät.«

»Ist es nicht! Machen Sie diesem Wahnsinn jetzt ein Ende! Natürlich stehe ich auf Ihrer Seite. Mein Herz ist mit Ihnen, nur mein Verstand sagt mir etwas anderes.«

»Ach, jetzt werden Sie nicht sentimental. Ich habe mir diese ganzen Gefühlsduseleien schon von MacNeill angehört.«

»Pearse«, beharrte Rodi, »ich weiß, dass die Briten Verstärkung aus England bringen. Sie werden zahlenmäßig zwei zu eins unterlegen sein! Das gibt ein Blutbad!«

»Ein Blutbad wird es geben, wenn wir nicht für unsere Freiheit kämpfen. Und außerdem, woher wissen Sie das mit der Verstärkung aus England? Ach, ich vergaß … Sie haben ja Ihre eigenen Nachrichtendienste und Kontakte wie O'Mahony … so sind Sie ja überhaupt erst zu Plunketts Leuten gestoßen. Wir dachten, Sie stünden auf unserer Seite, nicht auf seiner.«

»Um Himmels willen, ich bin auf Ihrer Seite, aber Sie schicken Ihre Leute in den sicheren Tod! Sie werden alle ermordet werden.«

»Sie wollen etwas über Mord wissen?«, entgegnete Pearse heftig. »Dann reden Sie mit den Briten von Dublin Castle! Sicher können

Sie mit Ihren hochrangigen britischen Kontakten etwas für uns tun! Ich hätte Sie für Ihre Desertion erschießen lassen sollen, aber zufällig kann ich Sie gut leiden – keine Ahnung, warum. Aber da Sie der Einzige sind, der das fertigbringen kann, müssen Sie jetzt etwas für uns tun, Colonel Serrai! Gehen Sie zur Portobello-Kaserne und sagen Sie den Befehlshabern, dass es ihnen schlecht ergehen wird, wenn sie Sheehy Skeffington nicht sofort freilassen!«

»Skeffington? Der pazifistische Schriftsteller?« Rodi hatte überhaupt nicht gewusst, dass er in Portobello festgehalten wurde.

»Allerdings, der pazifistische Schriftsteller! Diese Dreckskerle haben ihn verhaftet. Also gehen Sie jetzt, da Sie neuerdings ebenfalls Pazifist sind, und reden mit den Leuten, die Sheehy gefangen halten. Sagen Sie ihnen, dass er Zivilist ist und sie den falschen Mann haben. Wenn Sie, O'Mahony oder sonst jemand seine Freilassung erwirken können, lasse ich Sie verdammt noch mal vom Haken – aber sonst sind Sie ein toter Mann, Rodi Serrai. Ich werde Sie selbst erschießen.«

Kapitel Neununddreißig

1

Während die Zeitungen voll waren mit Meldungen über Sir Roger Casements Gefangennahme am Strand von Banna und berichteten, dass die Dubliner Behörden London mit Telegrammen bombardierten, um Verstärkung anzufordern, kümmerte sich Maeve FitzGerald in Listowel wieder einmal um anderer Leute Angelegenheiten.

In Mr. Keirnans Lebensmittelladen blühte momentan der Klatsch, vor allem, weil sich diese ganze Geschichte so in der Nähe abgespielt hatte. »Ich schätze, er war einer von ihnen, wissen Sie«, sagte Maeve, »und er hat zu fliehen versucht, nachdem die *Garda* die anderen verhaftet hatte.«

»Von wem redest du, Maeve?«, fragte eine andere Hausfrau aus Kerry.

»Na, von dem Mann, der meine Nachbarin mit vorgehaltener Waffe bedroht hat, so wie bei den Mönchen im St.-Brendan's-Kloster.«

»Nein, wirklich?«, riefen alle im Chor.

»Jawohl, so wahr ich hier stehe, Enda.«

Die Frauen scharten sich neugierig um Maeve und drängten sie, die ganze Geschichte zu erzählen.

»Also: Am Karfreitag, als sie diesen britischen Verräter, Sir Roger, gefangen haben, sind noch zwei weitere dieser Verbrecher zum Kloster St. Brendan entwischt, wo sie zwei Mönche mit der Waffe in Schach gehalten und ihnen ihre Kutten gestohlen haben.«

»Nicht möglich!«

»Doch, so war es!«

»Woher weißt du das alles?«, fragte Mary Bundy, deren Mann bei der *Garda* war, aber so etwas nie erwähnt hatte.

»Ich weiß es eben. Ich habe es mit meinen eigenen Augen gesehen.«

»Wäre auch komisch, wenn du die Augen von jemand anderem benutzt hättest, oder?«, meinte Mary und warf den Kopf zurück. »Mein Cathal hat nie ein Wort davon …«

»Na ja, er war ja nicht dabei, oder, Mary Bundy? Wahrscheinlich hat er wie immer geschnarcht, und deswegen war er nicht zur Stelle, um Brigid Lunn vor einem Schicksal zu retten, das schlimmer als der Tod ist«, sagte Maeve.

»Was meinen Sie mit ›schlimmer als der Tod‹, Mrs. FitzGerald?«, fragte der Ladenbesitzer Mr. Keirnan zutiefst schockiert. »Die arme Mrs. Lunn mit ihren zwei kleinen Kindern, die keinen Ehemann hat, der dieses Gesindel vertreiben könnte. Eine arme, gute Seele ist sie, unsere hübsche Quäker-Dame, die von ihrem Mann verlassen worden ist.«

»Nun ja, so gut wie, Mr. Keirnan«, entgegnete Maeve. »Wie ich inzwischen weiß, Mr. Keirnan, ist Brigid nicht so ein Unschuldsengel, wie Sie vielleicht meinen … Jedenfalls ist Brigid meine Nachbarin, und ich will ihren Namen und ihren Ruf nicht beschmutzen, obwohl es ihre eigene Schuld war, dass die beiden in dieser Nacht in ihr Haus gekommen sind …«

»Wer?«, fragte Enda, die den Faden von Maeves Geschichte verlor.

»Dieser flüchtige Verräter. Es waren zwei, die in dieser Nacht nach Rose Villas kamen, aber es war der Anführer, der sie mit der Waffe bedroht hat, genau wie bei den Mönchen vom Kloster St. Brendan, und sie gezwungen hat, ihnen für die Nacht Obdach zu geben.«

»Nicht möglich!«, riefen die Frauen schockiert und fasziniert zugleich. Dass das Opfer eine Frau war, deren Ruf ohnehin schon angeschlagen war, machte die Geschichte noch spannender.

»So wahr ich hier stehe, ich sage Ihnen die Wahrheit und nur das, was ich mit eigenen Augen gesehen habe: Brigid Lunn hat ihnen geholfen und ihnen ein Obdach für die Nacht gegeben! Der Anführer war groß und dunkel und sah ziemlich gut aus, aber irgendwie ausländisch. Gar nicht mein Typ.« Maeve schniefte missbilligend. »Dann haben sie auch Doktor Doyle mit vorgehaltener Pistole ins Haus geschleppt.«

»Doktor Doyle!«, hauchte Mr. Keirnan.

»Jack und ich hatten Angst, sie würden uns und die Kinder auch als Geiseln nehmen. Der Anführer war ganz gemein und widerlich, so wie er dem armen Doktor Doyle die Pistole an den Kopf gehalten hat. Er hatte ein Taschentuch darum gewickelt.«

»Um die Pistole oder den Kopf?«, hakte Mary Bundy nach.

»Sei doch nicht dumm, Mary! Nur weil dein Cathal Karfreitagnacht nirgendwo zu sehen war!« Maeve brachte sie mit einem finsteren Blick zum Schweigen. »Ich rede von der blutigen Hand des Verräters, um die er ein Taschentuch gewickelt hatte, um seine Waffe zu verstecken … Ich habe alles hier …« Sie griff tief in ihren Korb, und die anderen taten einen Schritt zurück, weil sie halb befürchteten, Maeve würde eine abgetrennte, blutende Hand mit einer Pistole hervorziehen. »Es steht alles in der Zeitung …«

»Du kannst doch gar nicht lesen«, wandte Mary Bundy rasch ein. Sie hatte es eilig, von den angeblichen Versäumnissen ihres Mannes abzulenken.

Das stimmte. »Es ist Brigids Zeitung – sie kriegt sie von Kilmorna House, denn aus irgendeinem Grund hält Sir Arthur große Stücke auf sie. Brigid gibt mir dann ihre alten Zeitungen, um Eier und Käse darin einzuwickeln. Die hier habe ich aufbewahrt – so eine Art Sonderausgabe, mit Bildern vom Strand von Banna.«

Auch die anderen einfachen Hausfrauen aus Kerry konnten nicht lesen, sodass Mr. Keirnan seine Überlegenheit ausspielen konnte. »Ich werde vorlesen.« Er setzte seinen Kneifer auf, der an einem roten Band über seiner makellos weißen Schürze hing. Sein roter Schnurrbart zuckte vor Begeisterung darüber, an den spannenden Ereignissen beteiligt zu sein. Maeve breitete die Zeitung auf seiner blitzblanken Theke aus, und Mr. Keirnan räusperte sich dramatisch.

»Berüchtigter irischer Verräter versucht, Waffen und Munition nach Irland zu schmuggeln. Geheimnisvolles Schiff von U-Boot begleitet: In der Nacht vom 20. auf den 21. April kam es nach einer erstaunlichen Meldung der Admiralität zu dem Versuch, Waffen und Munition an Land zu bringen. Das Schiff war als neutrales Handelsschiff getarnt, doch tatsäch-

lich handelte es sich um ein deutsches Versorgungsschiff, das von einem deutschen U-Boot begleitet wurde. Das Schiff wurde von seiner deutschen Besatzung gesprengt und sank, und eine Reihe von Personen, darunter Sir Roger Casement, wurde verhaftet.«

Mr. Keirnan nahm seine Brille ab. »Darin steht kein Wort davon, dass zwei entsprungene Gefangene Karfreitagnacht in Rose Villas gewesen sind, und der Artikel erwähnt auch nichts davon, dass Ihre Nachbarin, Mrs. Brigid Lunn – die im Übrigen gelegentlich hier einkauft –, als Geisel genommen worden wäre.«

»Aber nur, weil niemand da war, der darüber hätte schreiben können, Mr. Keirnan. Nicht einmal die *Garda* war in der Nähe, ausgerechnet, wenn man sie am dringendsten gebraucht hätte!« Maeve warf einen vielsagenden Blick in Mary Bundys Richtung. »Ich weiß, was ich gesehen habe, Mr. Keirnan, und was sich vor meiner Haustür abgespielt hat. Doktor Doyle hat einen von ihnen in seinem Wagen mitgenommen – inzwischen trug er keine Mönchskutte mehr, sondern war in eine Decke gewickelt; und so wie er aussah, war er sterbenskrank. Der Anführer, der immer noch seine Mönchskutte trug und die Hand mit einem Taschentuch verbunden hatte, half dem anderen, schwer verletzten Verbrecher auf den Rücksitz von Doktor Doyles Wagen. Dann gingen er – also, der gut aussehende – und Brigid wieder ins Haus. Sie sah ganz blass und verängstigt aus. Ich vermute, dann hat dieser Ausländer mit ihr getan, was er wollte.«

»Was meinen Sie, Mrs. FitzGerald?«, fragte Mr. Keirnan entsetzter denn je.

»Es war furchtbar, Mr. Keirnan. In dieser Nacht habe ich Schreckliches gehört und gesehen.« Maeve wischte sich eine theatralische Träne weg. »Meine arme, arme Nachbarin wurde im Bett neben mir missbraucht – auf der anderen Seite der Wand, meine ich natürlich. Und Jack und ich konnten rein gar nichts unternehmen …«

Die anderen Frauen waren entsetzt.

»Und was ist dann passiert, Mrs. FitzGerald?«

»Nun ja, am folgenden Morgen, in aller Frühe, ist Doktor Doyle mit seinem Wagen nach Rose Villas zurückgekehrt …«

»Hat er wenigstens dieses Mal die *Garda* mitgebracht?«, wollte Mary Bundy atemlos wissen.

»Nein, Mary Bundy! Ich nehme an, Doktor Doyle hatte genauso viel Angst wie wir alle und wollte nicht noch mehr Geiseln oder eine Belagerung von Rose Villas riskieren. Wahrscheinlich wollte er vor allem die Verbrecher loswerden, damit wir alle wieder in Ruhe und Frieden leben können. In der nächsten Minute kommt der Anführer ganz frech aus dem Haus marschiert, steigt in den Wagen des Doktors, und die beiden fahren zusammen davon. Das weiß ich, weil ich gesehen habe, wie der Wagen am Ende der Sackgasse, neben der Meierei, gewendet hat.«

»Sie oder Jack hätten die *Garda* rufen sollen, Maeve«, meinte Mary und verschränkte die Arme vor der Brust. »Cathal hätte die entflohenen Verbrecher schon eingefangen. Sie hätten doch nur das Telefon auf Kilmorna House zu benutzen brauchen. Cathal hat mir einmal erzählt, die Vermittlung könne Nachrichten von dort an die Polizeiwache weiterleiten.«

»Mary Bundy, den Tag, an dem Cathal etwas außer einer Erkältung fängt, werden wir wohl nie erleben. Telefonische Nachrichten sind doch viel zu hoch für ihn. Wie Sie alle wissen, bin ich eine brave, gottesfürchtige und loyale Irin. Aber ich habe keine Zeit für Leute, die mir nicht glauben. Deswegen werde ich jetzt an meine Arbeit gehen, nachdem Mr. Keirnan mir aus der Zeitung vorgelesen und damit bewiesen hat, dass meine Geschichte stimmt. Danke, Mr. Keirnan.«

Maeve nahm ihren Korb und machte sich auf den Weg. Hinter dem Schaufenster reckten alle die Hälse, um festzustellen, wohin Maeve FitzGerald jetzt wohl ging.

Maeve überquerte die Straße vor dem Laden. Enda kniff Mary in den Arm. »Schaut doch, sie geht wirklich zu deinem Cathal und erzählt ihm ihre Geschichte!«

Doch Maeve ignorierte Cathal Bundy, der halb schlafend in der Polizeiwache saß, und verlangte seinen Vorgesetzten zu sprechen. Cathal holte Sergeant Ronnie Neary, der sich ihre Geschichte über die flüchtigen Verbrecher, die auf Kilmorna gesehen worden waren, bereitwillig anhörte. Wo Rauch war, da war auch Feuer, dachte Sergeant Ronnie Neary, und er hatte vor, sich eine Beförderung zu verdienen.

2

»Du hast … was getan?« Jack war wie vor den Kopf geschlagen. Er war drauf und dran gewesen, die Kuhherde für den Abend zusammenzutreiben, als Maeves fröhliche Bemerkung ihn zurückgehalten hatte. Jetzt stand er mit der Gerte in der Hand unschlüssig da.

Sie war dabei, Käsebruch und Molke vom Morgen umzurühren, um Käse herzustellen. »Als ich heute Morgen in Listowel war, habe ich meine Pflicht als brave, gottesfürchtige Irin getan, Jack … Schau mich nicht so an, schließlich habe nicht *ich* ein Verbrechen begangen.«

»Dass du dich aber auch immer einmischen musst, Maeve! Du hattest kein Recht, bei der *Garda* über Dinge zu plaudern, die uns nichts angehen.«

»Natürlich gehen sie uns etwas an, Jack. Wir hätten in unseren Betten ermordet werden können!«

»Ich wünschte, sie hätten dich ermordet, dummes Weibsstück!«

»Rede nicht so mit mir, Jack FitzGerald!«, verteidigte sich Maeve. »Das waren Verbrecher, Jack, Männer die Irland verraten haben; und diese Brigid, die so tut, als wäre sie ganz die unschuldige Quäkerin … Frauen wie der ist nicht zu trauen.«

»Was redest du da?«, rief Jack und trat mit der Gerte auf sie zu. »Brigid ist dir immer eine gute Freundin gewesen. Du solltest dir ein Beispiel an ihr nehmen und lernen, den Mund zu halten, wenn es nötig ist. Eine Frau sollte wissen, wo ihr Platz ist.«

»Mir eine gute Freundin gewesen? Sie war doch diejenige, die mir nie getraut und mir nie verraten hat, was sie so ganz allein, ohne Familie und Freunde, auf Kilmorna zu suchen hat. Anscheinend hast du eine kleine Schwäche für sie …«

»Du bist ja nur eifersüchtig auf sie, Weib! Du und die anderen Frauen hier, ihr seid alle neidisch auf Mrs. Lunn, weil sie besser aussieht als ihr alle zusammen.«

Maeve kippte ihm eine Schüssel kalte Milch über den Kopf. »Wie kannst du es wagen, so etwas zu mir zu sagen, du feiger Taugenichts? Du bist genau wie dieser Cathal Bundy und die anderen Männer hier … Nicht in der Lage, etwas gegen Verräter zu unternehmen, während andere Männer auf der anderen Seite des Meeres gegen den Kaiser und seine Hunnenhorden um ihr Leben kämpfen.«

Zur Antwort auf diese gemeine Bemerkung schlug Jack sie wieder auf ihr breites Hinterteil. »Du hässliches, nutzloses Weibsstück!«

»Du bist auch nicht besser!«, schrie Maeve zurück. »Am Karfreitag warst du viel zu betrunken, um irgendetwas mitzubekommen. Ich habe sie gehört – alles, was sie im Bett gesagt haben. Sie hat den Mann nämlich in ihr Bett gelassen, und ich habe durch die Wand alles ganz genau gehört. Er hat neben ihr gelegen und von den gestohlenen irischen Kronjuwelen und dem Mord an Sir Arthurs Neffen geredet, Peirce Gun Mahony!«

»Du musst sie falsch verstanden haben – immer verstehst du alles falsch, du neugierige alte Schachtel … aber dieses Mal lasse ich dir das nicht durchgehen, jetzt reicht es nämlich, Maeve …« Er jagte sie durch die Meierei und schlug zu, wo immer seine Gerte hintraf; auf ihre Arme, ihr Gesicht, ihr Hinterteil, ihre Beine … Nach zehn frustrierenden Jahren brach sich sein Zorn Bahn. »Seit zehn Jahren habe ich dich und deine Giftzunge am Halse – zehn Jahre, Weib, in denen du an einem Stück genörgelt und dich in alles eingemischt hast …«

»Schlag mich nicht, Jack … nicht!«

»Ich werde dich grün und blau prügeln, du dumme Kuh …«

»Aber seine Leiche ist doch wirklich auf Grange Con gefunden worden – Peirce Gun, meine ich. Durchs Herz geschossen, Jack!« Maeve heulte auf, als die Gerte ihre bloßen Arme traf.

»Das macht weder sie noch ihn zum Mörder oder Verräter … Du hattest kein Recht, Maeve, die *Garda* zu holen, damit sie auf Kilmorna herumschnüffelt und jeden Stein umdreht. Sir Arthur ist gut zu uns gewesen. Was glaubst du denn, wo wir ohne ihn wären, blödes Weibsstück?«

»Wie kannst du so etwas sagen, Jack, wenn jede Nacht Männer wie Sir Arthur in ihren Betten ermordet werden? Ich habe ihm und uns bloß einen Gefallen getan.«

»Indem du mit Anschuldigungen, die du nicht beweisen kannst, zur *Garda* gegangen bist?«

»Ich kann sie beweisen – Brigid gehört zu diesen komischen Leuten, die sich Quäker nennen, und denen kann man nicht trauen, Jack.«

»Sie ist eine bessere Christin als du, so viel ist sicher ...« Er schlug weiter zu, und Maeve begann um ihr Leben zu fürchten.

»Nicht, Jack ... nicht mehr schlagen, sonst sehe ich morgen bei der Viehauktion schrecklich aus ...«

»Hässlich bist du sowieso, da kommt es auf ein wenig mehr nicht an ... Und bis ich mir dir fertig bin, du verräterische Schlange, wirst du dir wünschen, nie geboren zu sein!« Jack schlug sie auf die Beine, das Gesicht und ihren Kopf, den sie mit ihren dicklichen weißen Armen und ihrer hochgezogenen Schürze zu schützen versuchte, doch sie war über und über mit Striemen und Prellungen überzogen.

»Nicht, Jack, nicht mehr schlagen ... Ich verspreche, dass ich noch einmal zur *Garda* gehe ... ich sage ihnen, dass alles ein Irrtum war ...«

»Ein Irrtum? Irrtum? Den einzigen Irrtum habe ich vor zehn Jahren begangen, als ich dich geheiratet habe.«

»Jack ... Jack ... es tut mir leid ... Ich habe es nicht böse gemeint.«

»Nicht so leid wie mir. Und für alles, was du mir und anderen mit deiner spitzen Zunge angetan hast, wirst du jetzt zu Brigid Lunn gehen und ihr sagen, wie leid es dir tut, dich in ihr Leben eingemischt zu haben!«

»Ja, Jack, schon gut ... Wenn du mich nur nicht mehr schlägst ... Nicht, Jack, nicht ...«

»Jetzt räum dieses Durcheinander auf, ehe es noch Sir Arthurs Verwalter sieht. Und wenn du dein großes Maul noch einmal aufreißt, Maeve FitzGerald, dann schwöre ich, dass ich dich so grün und blau prügle, dass man dich nicht von einer von Sir Arthurs preisgekrönten gescheckten Kühen unterscheiden kann.«

Sofort begann Maeve in der Meierei aufzuräumen, und dieses Mal sagte sie bei der Arbeit kein Wort.

3

Brigid saß oben in ihrem Nähzimmer. Emma Jane und Roddy lagen schon in ihren Betten. Ihre Gedanken kreisten um Rodi und sein neuestes gefährliches Abenteuer. Da hörte sie, wie das Gartentor ging. Als sie aus dem Fenster schaute, sah sie Maeve, die mühsam den Weg entlanghumpelte. Mit einem gereizten Seufzer öffnete Brigid das Fenster und rief: »Kommen Sie einfach herauf, Maeve, die Tür ist offen. Stören Sie sich nicht daran, wenn ich arbeite. Ich muss noch diese Hüte fertig machen, um sie nach Dublin ausliefern zu können.«

Maeve kam in Brigids Werkstatt gehumpelt und brach sofort in Tränen aus.

Brigid hatte sie noch nie in einem solchen Zustand gesehen.

Maeve war grün und blau geschlagen und heulte laut. Brigid, die auch schon zornige Männer erlebt hatte und von Zachary geschlagen worden war, spürte, wie ihr Herz ihrer Nachbarin zuflog – obwohl sie Maeve bisher nicht so sehr gemocht hatte. »Ach, Maeve, was ist denn mit Ihnen los?«

»Jack … er hat mich geschlagen, Brigid … mit der Gerte. Ich glaube, er hat mir den Arm gebrochen … und mein Herz, denn er hat mich noch nie geschlagen.« Maeve fiel zu Brigids Füßen nieder und umschlang ihre Knie. Das war kein typisches Zeichen für einen gebrochenen Arm, was Brigid, die so etwas schon einmal erlebt hatte, ein wenig beruhigte. Aber es gab einfach keine Entschuldigung für einen Mann, der seine Frau schlug. Sie war körperlich schwächer, und es war unrecht, das auszunutzen.

»Ich habe Ihnen großes Unrecht getan, Brigid, und Jack hat mir befohlen, herzukommen und mich mit Ihnen zu vertragen ... Es tut mir leid, Brigid, wirklich leid.«

»Was ist denn passiert, Maeve?« Brigid strich über Maeves zerzaustes Haar.

»Oh, Brigid, ich habe Ihnen etwas ganz Schlimmes angetan, und es ist alles meine Schuld ...« Maeve schluckte. »Ich bin zur *Garda* gegangen und habe der Polizei das mit Ihrem ... dem jungen Mann erzählt, der Karfreitagnacht hier war. Ich habe ihnen gesagt, er wäre ein Verbrecher, und der andere Mann, der bei ihm war, auch. Ich habe Ronnie Neary gesagt, sie wären entflohene Gefangene vom Banna-Strand ...«

Brigid hörte auf, ihren Kopf zu tätscheln. »Oh, Maeve, Sie haben doch nicht ...«

»Es tut mir leid, Brigid, wirklich ... Bitte sagen Sie, dass Sie immer noch meine Freundin sind ...« Aus ihrem geschwollenen, tränenüberströmten Gesicht sah Maeve zu ihr auf. Arme und Beine waren von Jacks Prügeln mit roten Beulen und Striemen überzogen, und Brigid wusste nicht, wo sie hinsehen sollte.

»Ach Maeve ... Ich wünschte, Sie hätten das nicht getan.«

»Ich auch, Brigid ... Aber ich wusste ja nicht ...«

»Was wussten Sie nicht, Maeve?«

»Dass es solche Folgen haben könnte ... ich meine, Sie stehen ja unter Sir Arthurs Schutz und alles. Ich hatte ja keine Ahnung, dass es so wichtig war ...«

»Das muss Ihnen doch klar gewesen sein, Maeve, denn sonst wären Sie ja wohl nicht zur *Garda* gegangen. Lassen Sie mich jetzt allein ... Ich muss nachdenken ... Bitte gehen Sie, Maeve.«

»Brigid, ich ...«

»Bitte, Maeve. Sagen Sie nichts weiter ... Gehen Sie einfach.«

Nachdem Maeve bedrückt davongeschlichen war, schrieb Brigid in aller Eile eine Nachricht an Rodi.

Die Garda *in Listowel weiß, dass du in die Roger-Casement-Affäre verwickelt bist. Oh Rodi, sei vorsichtig, sei bitte vorsichtig. Sie werden ihre vorgesetzten Behörden informieren, und die werden dich erbarmungslos jagen. Ich flehe dich an, geh aus eigenem Antrieb zu den Behörden und stelle dich. Tu es für mich und für unsere Kinder. Wenn du ins Gefängnis musst, kann ich damit leben, aber nicht, wenn sie dich zum Tode verurteilen – das wäre auch mein Ende. Bitte hör auf mich, Rodi. Geh zu O'Mahony, und ich werde mich bei Sir Arthur für dich verwenden. Aber du musst auf jeden Fall dafür sorgen, dass man dich nicht mit einer der Parteien in Verbindung bringen kann! Ich liebe dich, bis der Tod uns scheidet, aber ich möchte nicht um dich trauern müssen, ehe unsere Zeit gekommen bist. Deine Brigid Rose.*

Kapitel Vierzig

1

In Jacob's Keksfabrik in Dublin spielten die Besatzer Karten und liefen eher Gefahr, durch Langeweile zu Tode zu kommen als durch Kugeln. In ihrer unmittelbaren Nachbarschaft war kaum ein Schuss gefallen. Die Nachrichten, die sie erhielten, besagten, dass sich die Kämpfe immer noch auf die Umgebung um das Hauptpostamt und die Liberty Hall konzentrierten.

Jeder Bote, der Kunde aus anderen Teilen der Stadt brachte, wurde begeistert empfangen. »Was gibt's Neues, Kevin?«

»Die Bruderschaft sagt, wir und die Jungs von Boland's Mill wären elende Faulpelze!«

»Denen werden wir schon zeigen, was für Faulpelze wir sind – wenigstens zeigen wir unsere Gesichter, während die von der Bruderschaft sich hinter ihren verdammten schwarzen Mützen verstecken.«

»Was sonst noch?«

»Die Deutschen sind gelandet. Sie sind gekommen, um uns gegen die Briten zu Hilfe zu kommen.«

Das wurde mit stürmischem Jubel quittiert. »Dachten heute Morgen schon, wir hätten deutsche Kanonen gehört. Das wurde aber auch Zeit.«

Ein anderer stieg auf einen Stuhl, um eine Siegesrede zu halten. »Irlands tapfere europäische Verbündete sind gelandet, und wir werden die verdammten Briten bis nach London zurückjagen! Lang lebe der Kaiser!«

»Du bist dran, Donal«, meinte einer der Kartenspieler zum anderen. Er konnte nicht recht glauben, dass der Kaiser für sie in den Krieg ziehen würde.

Eine halbe Stunde später sah ein anderer, der als Ausguck auf einem Stuhl an einem der hohen, mit Maschendraht geschützten Fenster stand, nach unten und entdeckte ein Kontingent britischer Soldaten, die beherzt die Straße entlangmarschierten. »Freut euch nicht zu früh, Jungs ... Ich schätze, wir haben da keine deutschen Kanonen gehört, sondern die britische Artillerie – am Horizont brennt es überall ...«

Prompt wurde er von seinem Stuhl entfernt, als sich andere herandrängten, um festzustellen, was im Stadtzentrum vor sich ging.

Unwin Masters, der als Bote für die Besatzung des Hotels Shelbourne unterwegs war, hatte bei all seinen Botengängen aufgepasst, um nicht seinem Bruder James, seiner Mutter oder seiner Großmutter zu begegnen, da er wusste, dass sie nach ihm suchten. Und jetzt war, wie die Spione der *Fianna* gemeldet hatten, auch noch Rodi Serrai hinter ihm her, Brigids Liebhaber. Unwin war stolz auf sich, weil er sie alle abgehängt hatte – wie die Countess Markievicz angemerkt hatte, besaß er viel Talent für diese Agentenspiele und half Irlands Freiheitskämpfern.

Die freundlichen Worte der Countess erfüllten Unwin immer noch mit einem warmen Gefühl. Er schwärmte für sie, ganz ähnlich, wie er seine Schwester verehrt hatte, bevor Brigid sie alle verraten und die Geliebte von Rodi Serrai geworden war.

Unwin versorgte die Countess und Michael Mellin mit den neuesten Nachrichten über die Ereignisse in der Stadt: »Die Briten haben ein ziemlich großes Kanonenboot auf dem Liffey stehen, M'lady! Und sie haben Achtzehnpfünder, um das Postamt zu beschießen!«

»Großer Gott!«, rief die Countess aus. Dann sah sie die ängstlichen Mienen ihrer kleinen, aber tapferen Gruppe von *Fianna-Burschen.* »Aber *nil desperandum,* lasst uns nicht verzweifeln, Männer. Wenn die Briten versuchen, uns mit Achtzehnpfündern zu schlagen, dann werden wir ihnen eben mit zwanzig Tonnen Begeisterung begegnen!«

Ihre vollmundige Erklärung wurde mit kräftigem Jubel quittiert. Unwin schrie am lautesten von allen.

2

»Wenn du dich auch nur in die Nähe von Dublin Castle wagst, wird man dich verhaften und erschießen, Rodi«, warnte ihn O'Mahony.

»Dann müssen Sie den Dubliner Behörden mitteilen, was Patrick Pearse mir aufgetragen hat. Die Briten haben den falschen Mann festgenommen«, wandte Rodi ein. »Sheehy Skeffington hat nichts mit diesem bewaffneten Aufstand zu tun, und außerdem …«

O'Mahony hätte beinahe verächtlich geschnaubt. »Nichts damit zu tun? Wo hast du denn plötzlich dein Hirn gelassen, Rodi? Hat er flammende Reden gehalten, um den Zorn der Rebellen anzustacheln, oder nicht? Hat er nicht die Massen gegen uns aufgehetzt?«

»Ich weiß nicht, was Sie mit *uns* meinen, Sir. Ich kämpfe für Irland, genau wie Pearses Leute, Connollys Leute, Plunketts Gruppe und alle anderen loyalen Iren.«

»Dann bin ich also kein loyaler Ire?«, fragte O'Mahony. »Um Gottes willen, Rodi, auf welcher Seite stehst du eigentlich? Gut … na schön, ich ziehe die Frage zurück; ich will weder dich noch mich kompromittieren. Wir kämpfen doch alle für dieselbe Sache: *Eire intacto,* ein einiges Irland. Meinetwegen auch unter zwei Flaggen … Ich versuche dir nur zu sagen, dass man dich sofort verhaften wird, wenn du nach Dublin Castle gehst, um dich für Sheehy Skeffington einzusetzen.«

»Dann tun Sie es doch, Sir. Ich flehe Sie an!«

»Ich habe schon mein Bestes getan, aber sie wollen einfach nichts hören«, gab O'Mahony zurück. Er hatte es eilig, das Gespräch mit seinem Schützling so schnell wie möglich zu beenden. Rodi hatte eine Begabung, sich überall in Schwierigkeiten zu bringen. Und obwohl er Rodi wie seinen eigenen Sohn liebte, so war seine Geduld mit ihm zurzeit ziemlich erschöpft.

Rodi richtete sich auf und unternahm im Namen sämtlicher Freiheitskämpfer einen letzten Versuch. »Sir, in der Vergangenheit habe ich Sie um sehr vieles gebeten. Ich habe Ihre Gastfreundschaft, Ihre Großzügigkeit und Ihre Nachsicht überstrapaziert, und ich kann nur sagen, wie leid mir meine Fehler aus der Vergangenheit tun. Wir alle machen Fehler, aber ich bin bereit, die meinen wiedergutzumachen. Bitte, ich flehe Sie an wie ein Sohn seinen über alles geliebten Vater: Werden Sie noch einmal beim Vizekönig vorstellig und bitten Sie darum, dass Sheehy Skeffington gegen mich ausgetauscht wird. Ich gebe mein Wort darauf, dass ich mich in der Portobello-Kaserne stellen werde.«

»Es haben schon andere beim Vizekönig für Skeffington interveniert. Er kann nicht in den Lauf der Gerechtigkeit eingreifen, Rodi.«

»Gerechtigkeit? Von was für einer Gerechtigkeit reden wir hier, Sir, wenn ein Mann, ein friedliebender Mensch, dem man kein größeres Verbrechen vorwerfen kann als das, seine Meinung gesagt zu haben, verhaftet wird?«

»Wir sprechen hier von schwerwiegenderen Vergehen als dem, seine Meinung zu sagen. Es geht darum, dass er die Massen zur Rebellion und zum Aufstand angestachelt, jede Vorsicht in den Wind geschlagen und mit flammenden Worten das Volk aufgewiegelt hat – in aller Öffentlichkeit, Rodi«, hielt O'Mahony ihm frustriert entgegen.

»Ich lasse mich gegen ihn austauschen, dann können sie mich meinetwegen an seiner Stelle erschießen.« Rodi war fest entschlossen, das Wort, das er Patrick Pearse gegeben hatte, zu halten.

»Sehr nobel von dir, Rodi. Aber ich fürchte, dass es zu spät ist, als dass jemand auf dich hören würde. Sheehy Skeffington hat die Rebellen unterstützt, daran besteht kein Zweifel. Und wenn du dich jetzt hinter Skeffington stellst, wirst du ebenfalls hingerichtet.«

»Ist das Ihr letztes Wort, Sir?«

»Es tut mir leid, aber das ist es.«

»Dann gehe ich jetzt zur Portobello-Kaserne und stelle mich. Die Dubliner Behörden können mit mir tun, was sie wollen.«

»Wenn du glaubst, das tun zu müssen, kann ich dich nicht aufhalten. Du machst dich unglücklich, wenn du dein Schicksal mit dem von Skeffington verbindest, Rodi. Das hier ist kein Kinderspiel mehr – ich denke da an die *Fianna.* Es ist ein Krieg gegen eine Großmacht, deren Flagge noch immer über Irland weht. Ich habe dich bereits gewarnt und warne dich noch einmal. Wenn du dich öffentlich auf irgendeine Weise auf die Seite der Rebellen schlägst, werden dich die zuständigen Stellen zur Verantwortung ziehen – und das ist in diesem Fall die britische Regierung. Dann kann ich dich nicht mehr schützen. Und mehr noch, dann muss ich mich von dir lossagen.«

»Ich kann die Uhr nicht zurückdrehen, Sir.«

»Ich ebenfalls nicht. Entscheide dich jetzt. Bleib der britischen Fahne weiterhin treu, oder stelle dich öffentlich auf die Seite der Rebellen. Du hast die Wahl, Rodi. Wenn du dich für Letzteres entscheidest, kann ich nicht für dein Leben garantieren.«

Wie sehr es ihn auch betrübte, dabei musste O'Mahony es belassen.

3

In der Portobello-Kaserne, wo der pazifistische Schriftsteller Sheehy Skeffington inhaftiert wurde, stellte sich Rodi in Zivilkleidung den britischen Behörden. Die Kaserne wurde belagert und lag unter dem Beschuss der Rebellen von der Freiwilligenarmee.

Die Geschosse der Aufständischen verfehlten ihr Ziel; erst recht ein Grund für die britische Armee, verächtlich die Nase zu rümpfen – alles Kinderkram, und sie hatten nicht vor, sich auch nur herabzulassen, diesen jämmerlichen Aufstandsversuch mit einem Gegenangriff zu beantworten. In diesem Fall wäre alles in fünf Minuten vorüber gewesen. Auch die Dubliner Behörden wünschten kein solches Massaker und das Blutvergießen an Zivilisten, das die unvermeidliche Folge gewesen wäre, hätte die überlegene britische Armee das Feuer auf die Stellungen der Rebellen eröffnet.

Dennoch waren die Sicherheitsvorkehrungen streng. Rodi wurde einer Leibesvisitation unterzogen, etwas, mit dem er nicht gerechnet hatte. Bisher hatte in Portobello stets sein Ausweis ausgereicht, damit man ihm freien Zugang gewährte.

Das hatte sich jetzt geändert. Man fand seinen Dienstrevolver und eine weitere Pistole an seinem Körper, worauf er sofort unter Arrest gestellt und in die Wachstube gebracht wurde. Der diensthabende Sergeant erklärte ihm kurz, dass Colonel Ryan, der zuständige Offizier, später mit ihm sprechen würde. Dann knallte man ihm die Tür vor der Nase zu, und zwei Bewaffnete bezogen davor Stellung.

Rodi kannte Sheehy Skeffington nicht persönlich, aber wenn dies das Blutopfer war, das Patrick Pearse von ihm verlangte, dann sollte es eben so sein. Er hatte viel Zeit, über seine Entscheidung nachzudenken, denn Captain Ryan ließ sich nicht blicken. Die Soldaten hatten sogar seine Zigaretten konfisziert, und nachdem er zwei Stunden gewartet hatte, wurde Rodi unruhig.

In den wilden Zeiten, in denen er mit Richard Gorges – damals Schießausbilder in Portobello – zu tun gehabt hatte, hatte Rodi einen Captain William Ryan gekannt und fragte sich, ob es sich um dieselbe Person handelte. Das würde ihm die Verhandlungen erleichtern. Ryan war oft mit Gorges, Shackleton und Rodi um die Häuser gezogen.

Seine Gedanken wandten sich der Vergangenheit zu – das waren noch Zeiten gewesen! Endlose Vergnügungen, ein sorgloses In-den-Tag-Leben und keine Wolke am Horizont; sie hatten die Freiheit, alles zu tun, was einem jungen Mann so einfiel: Kostümfeste, Picknicks und Liebesaffären mit den Ehefrauen anderer Männer. All das war gewesen, bevor er Brigid getroffen hatte und in die Affäre um die irischen Kronjuwelen verwickelt worden war. Danach war das Leben schwieriger geworden.

Draußen kam Tumult auf und erregte seine Aufmerksamkeit. Durch das hohe vergitterte Fenster konnte er nur auf einen kleinen beflaggten Hof vor dem Eingang der Wachstube hinaussehen. Soeben trug man drei Leichen auf Bahren davon. Von einer noch sehr lebendig wirkenden Hand, die unter einer der Decken hervorgerutscht war, tropfte Blut.

Rodi wandte sich vom Fenster ab. Übelkeit und das unheimliche Gefühl, Zeuge seines eigenen tragischen Todes geworden zu sein, stiegen in ihm auf … Dann flog die Tür auf, und da stand Colonel Ryan in seiner khakifarbenen Uniform und strahlte die ganze Autorität des britischen Imperiums aus.

Ryan erkannte den Mann nicht, der in einem dunklen Zivilanzug vor ihm saß. Er hatte sich die Krempe seines weichen Filzhuts tief ins Gesicht gezogen, sodass seine Züge beschattet waren. Rodi dagegen sah erleichtert, dass er tatsächlich seinen alten Bekannten vor sich hatte.

Welch ein Glück!, dachte er unwillkürlich, denn Willie Ryan – einst Captain, jetzt Colonel – würde seinem Anliegen sicher wohlwollend begegnen, schon wegen der alten Zeiten. »Hallo Willie, nett, dass Sie noch in Portobello sind. Dachte schon, man hätte Sie vor Jahren als Brigadier nach England versetzt.«

Ryan zögerte. Da war der unmissverständliche, fremdartige Tonfall in dem ansonsten perfekten Englisch des Mannes und seine aristokratische, ein wenig hochmütige Haltung … »Rodopi Serrai?«

»In Person.«

»Ja, da soll mich doch …« Er trat auf Rodi zu und schüttelte ihm die Hand. »Zuletzt hatte ich gehört, Sie seien in Bulgarien, um eine geheime Aktion für die Briten und Bulgaren durchzuführen. Wie geht es Ihnen, alter Junge?«

»Gut. Und Ihnen, Willie?«

»Gut, ausgezeichnet … Würde mir noch besser gehen, wenn diese Rabauken von der Bürgerarmee und diese *Fianna-Burschen* nicht versuchen würden, die Kaserne zusammenzuschießen, und mir noch zusätzliche Kopfschmerzen bereiten. Haben Sie in letzter Zeit Shackleton und Gorges getroffen?«

»Nein. Ich habe jeden Kontakt zu ihnen verloren. Shackleton ist schon seit Jahren weder in Dublin noch in London auf der Bildfläche erschienen. Von Gorges hatte ich zuletzt gehört, dass er eine Haftstrafe von fünfundzwanzig Jahren verbüßt. Er hat in London einen Polizisten erschossen, als dieser ihn zusammen mit einem anderen Polizisten in seiner Wohnung wegen Betrugs verhaften wollte.«

»Ich wusste immer, dass es mit Gorges ein schlimmes Ende nehmen würde«, meinte Ryan trocken.

»Ich habe nur davon gehört, weil mein Gönner, Mr. O'Mahony, sich immer noch unermüdlich um die Angelegenheiten seines Halbbruders kümmert – Sie wissen schon, diese ganze hässliche Affäre um Sir Arthurs ungerechtfertigte Entlassung aus dem Adelsregister. Auch nach all den Jahren versuchen die beiden immer noch, seinen Namen reinzuwaschen.«

»Ja, davon habe ich gehört ... wirklich Pech. Also, was kann ich für Sie tun, Rodi?«

Rodi überbrachte ihm Patrick Pearses Nachricht und drückte sich unmissverständlich aus.

Ryan wandte sich an den diensthabenden Sergeanten und die bewaffneten Wachsoldaten. »Lassen Sie uns allein und schließen Sie die Tür ...«

Der Befehl wurde befolgt. Colonel Ryan nahm seine Dienstmütze ab, legte sie neben seinen Offiziersstab auf den Tisch und setzte sich. Seine Stirn glänzte, da ihm der Schweiß ausgebrochen war, und er war blass geworden. Über seinem engen Uniformkragen hüpfte sein Adamsapfel nervös auf und ab. Er schob einen Finger darunter, um den Druck zu lindern. »Sie wissen, dass ich nicht die Position habe, über Austauschangebote zu entscheiden, bei denen es um politische Agitatoren der IRB geht.«

»Skeffington ist Pazifist und Zivilist. Ich bin ebenfalls Zivilist, es ist also ein fairer Handel, Willie.«

Doch dieses Mal schien Rodis Verhandlungsgeschick nichts auszurichten. »Ich weiß nicht, wer Ihnen das erzählt hat«, gab Ryan herablassend zurück, »aber Skeffington war genauso in diesen Aufstand verwickelt wie Michael Connolly und Patrick Pearse. Erzählen Sie mir nicht, dass es ein pazifistischer Akt ist, sich auf eine Seifenkiste zu stellen und die Massen zu agitieren, Rodi. Ich kann Ihnen nicht helfen.«

»Aber Sie müssen!«, beharrte Rodi. Er stützte die Arme auf den Tisch und sah Ryan gerade ins Gesicht. »Ich bin an seiner Stelle hier. Ich bin aus freiem Willen gekommen, um mich gegen Sheehy Skeffington austauschen zu lassen. Sie haben sogar noch bessere Gründe, mich zu verhaften. Denn schließlich war ich in die Casement-Affäre verwickelt und habe in Verbindung zu Männern wie Pearse, Connolly, Plunkett und O'Rahilly gestanden.«

»Warum«, fragte Ryan scharf, »waren Sie dann bis an die Zähne bewaffnet, wenn Sie angeblich hergekommen sind, um sich freiwillig und ohne Widerstand als Zivilist im Austausch für Skeffington anzubieten?«

Rodi zögerte und grinste dann verlegen. »Bedaure. Aber ich hatte die Idee, dass ich Skeffington zur Not mit Gewalt befreien könnte, wenn mich niemand anhören würde. Dumm, ich weiß, aber das war meine letzte Chance ... Verstehen Sie denn nicht, Willie? Diese Sache mit Skeffington wird Männer wie Pearse und Connolly erst recht anstacheln, bis aufs Blut zu kämpfen. Die Briten können sich ein solches öffentliches Blutbad nicht leisten. Wenn Skeffington etwas zustößt, geben Sie ihnen nur einen weiteren Märtyrer.«

Wieder huschte ein verschlossener, gequälter Ausdruck über William Ryans Gesicht. Er sah Rodi an. »Zu spät. Ich wünschte, ich könnte Ihnen helfen, aber ich kann nicht. Ich bin nicht in der Lage, mit Patrick Pearse, Ihnen oder Ihresgleichen über einen Austausch zu verhandeln. Ich bekomme meine Befehle aus London und Dublin ... Wenn Sie mich also jetzt entschuldigen würden ...« Er wollte seine Mütze und seinen Stab nehmen, doch Rodi schlug mit der Faust auf den Tisch.

»Um Himmels willen, Willie, Sie müssen Dublin dazu bewegen, dass diese Leute ihre Strategie ändern. Skeffington muss so bald wie möglich freigelassen werden, um weiteres Blutvergießen zu verhindern.«

Colonel Ryan unterband alle weiteren flammenden Reden des Bulgaren, indem er seine Mütze aufsetzte und seinen Offiziersstab nahm. »In dieser Sache kann ich nichts mehr tun«, erklärte er kurz und bündig. »Ich war ohnehin nie dafür zuständig. Aber Skeffington ist heute Morgen hingerichtet worden. Es tut mir leid.«

Rodi fuhr herum und schlug blindlings die Hand gegen das Eisengitter, durch das er eben die mittelalterlich anmutende Szene beobachtet hatte. »Und diese Leute nennen die Rebellen Mörder! Oh nein …« Er wirbelte herum und hätte Ryan fast geschlagen. »Warum hat man das getan?«, verlangte er zu wissen.

»Der verrückte Bastard, der Skeffington zusammen mit zweien seiner Freunde, ebenfalls Zivilisten, hat verhaften lassen, hat heute Morgen in aller Frühe befohlen, sie vor ein Erschießungskommando zu stellen. Mehr kann ich darüber nicht sagen …« Ryan zog eine Miene, als solle er selbst hingerichtet werden. »Nur so viel … ich musste ein zweites Kommando rufen, um die schlampige Arbeit, die das erste getan hatte, zu beenden. Das können Sie ruhig Pearse und seinen Rebellen erzählen, denn darauf kommt es jetzt auch nicht mehr an. Der Schaden ist geschehen.«

Rodi sank auf den Stuhl. Er stützte die Ellbogen auf den Tisch und barg das Gesicht in den Händen. »Dann waren das ihre Leichen, die ich vorhin gesehen habe … Sie wissen doch, was diese neueste Gräueltat der Briten für Folgen haben wird, oder?« Er sah zu dem Mann auf, der einmal sein Freund gewesen war.

Ryan lachte kurz und freudlos auf. »Oh, ich weiß das genau«, gab er resigniert zurück. »Es ist ein Jammer, dass einige andere hier das nicht so gesehen haben. Aber jetzt gibt es kein Zurück mehr.«

»Sie werden Sie kreuzigen.«

Die Antwort Ryans, der schon an der Tür war, drang ausdruckslos und matt zu ihm, als wünschte er ebenfalls, meilenweit fort zu sein. »Falls Ihnen das ein Trost ist: Mein wahnsinniger Vorgesetzter, der die Hinrichtung angeordnet hat, ist inzwischen selbst verhaftet worden.« Ryan öffnete die Tür. »Ich rate Ihnen, Dublin schnell zu verlassen und nie wiederzukommen. Leben Sie wohl, Colonel Serrai von der Bürgerarmee – oh ja, ich bin über Ihre Aktivitäten informiert. Wirklich schwierig, Ihnen und Ihren ständigen Seitenwechseln auf der Spur zu bleiben, bei denen Sie sich für alles Mögliche engagieren, was Sie nichts angeht.« Er wandte sich an die Soldaten, die auf dem Gang Wache standen. »Bringen Sie ihn weg, er ist ein Verrückter wie alle anderen … Ich will ihn nicht noch einmal hier sehen. Wenn er wiederkommt, erschießen Sie ihn ohne Vorwarnung.«

4

Immer wenn seine Pflichten als Bediensteter in der Residenz des Staatsministers für Irische Angelegenheiten ihm Zeit dazu ließen, setzte James seine Suche nach seinem kleinen Bruder fort. Seine Mutter und Großmutter, die vor Kummer und Sorge außer sich waren, durchkämmten ebenfalls auf der Suche nach Unwin die Straßen und trotzten Gewehrfeuer und Brandflaschen, denn mehr als die Gewalt fürchteten sie die Vorstellung, ihr ungehorsamer junger Nichtsnutz könne nicht nur verschwunden sein, sondern tödlich verwundet in irgendeinem Krankenhaus oder am Straßenrand liegen, oder mausetot in einem der städtischen Leichenhäuser.

James war schon mehrmals bei Jacob's Keksfabrik und bei Boland's Mill gewesen. Jedes Mal hatte er das Gefühl, auf eine Mauer des Schweigens zu stoßen. Niemand kannte einen *Fianna-Burschen* oder ein Mitglied der Irischen Bürgerarmee namens Unwin Masters, und er diente auch nicht in dieser Stellung – jeder tat, als existiere Unwin nicht.

Genauso war es ihm am Nachmittag des Ostermontags, als der Aufstand begonnen hatte, im Hotel Shelbourne ergangen, wo Unwin nicht zur Arbeit erschienen war. Das ganze Küchenpersonal hatte behauptet, nicht zu wissen, wo er stecke.

Danach war es unmöglich geworden, sich dem Hotel noch einmal zu nähern: Es war jetzt in der Hand der Rebellen, und rund um St. Stephen's Green tobte schwerer Beschuss.

Während James noch nach Unwin suchte, brachte ein Bote dem Kommandanten der Besatzer im Shelbourne eine furchtbare Nachricht: Die Briten hatten Sheehy Skeffington ermordet. Allerdings hatten die Besatzer des Hotels keine Möglichkeit festzustellen, ob die Nachricht über das ruchlose Verbrechen stimmte.

Doch als der Kommandant des Shelbourne wenig später den Befehl erhielt, die Portobello-Kaserne in Grund und Boden zu schießen, bis von ihr nichts mehr übrig war, begriffen sie alle beklommen, dass Sheehy Skeffington tatsächlich der jüngste Märtyrer im Freiheitskampf der Iren geworden war. Die Portobello-Kaserne befand sich im

Sichtfeld und in Schussweite der Rebellen, und sie machten sich mit Feuereifer an die Ausführung des Befehls, die englische Kaserne dem Erdboden gleichzumachen.

Unterdessen trafen das 5. und das 6. Bataillon der Sherwood Foresters, eines Infanterieregiments, im Hafen von Kingstown ein, um den Ring um das Stadtzentrum, das immer noch von den Rebellen gehalten wurde, zusammenzuziehen. Die britischen Soldaten waren verblüfft darüber, welcher Empfang ihnen in Kingstown bereitet wurde.

Dubliner Hausfrauen und ihre Töchter waren in großer Zahl gekommen und empfingen sie mit der aufrichtigen, warmherzigen Gastfreundschaft, die so typisch für ihr Volk war. Das war ein Charakterzug der Iren, von dem man den Briten nichts erzählt hatte, sie hatten nur Negatives gehört. Doch die Sherwood Foresters wurden mit Tee, Gebäck und vielen Umarmungen und Küssen willkommen geheißen.

»Ich werd verrückt!«, meinte ein junger Forester zu seinem Kameraden und strahlte von einem Ohr zum anderen, nachdem er von den Töchtern der Stadt herzhaft geküsst worden war. »Die freuen sich ja tatsächlich, uns zu sehen.«

»Vielleicht haben sie ja gesehen, dass wir Grün tragen, und uns für Kobolde gehalten«, gab sein Kumpan zurück.

5

James Masters hatte Sheehy Skeffington nur als berühmten Schriftsteller gekannt, ein Pazifist mit friedlichen Absichten. Auch James war ein friedliebender Mann. Er hatte keine Ahnung, was hinter den Mauern vorging, hinter denen sich die Kommandanten der Rebellen oder der Briten verschanzen. Er hätte sich nie auf die umkämpften Straßen begeben, wenn er nicht nach seinem Bruder gesucht hätte. James gelobte sich, Unwin, sobald er den Knaben fand, eine Tracht Prügel zu verpassen, an die er sich noch sehr lange erinnern würde; als Strafe dafür, dass er seiner Familie Sorgen bereitete – durch die Hölle gehe sie, erklärte seine Großmutter Gemara.

Was in den zur Festung ausgebauten Gebäuden geschah, wusste James nicht; sein einziger Gedanke galt Unwins Sicherheit und dem Wunsch, ihn lebend und gesund wiederzufinden. Nachdem er zum wohl tausendsten Mal bei Boland's Mill gewesen war, ging James auf die Northumberland Avenue zu, um in die Eustace Street zurückzukehren. Er kam schon jetzt zu spät zum Dienst und musste noch seine komplizierte Livree anlegen; eine umständliche Angelegenheit, die ihn noch einmal zwanzig Minuten kosten würde.

Inzwischen sorgten sich Sarah und Gemara sicherlich, weil er so lange ausblieb. Nach einer weiteren ergebnislosen Suche nach dem vermissten Bengel hatte James wirklich nicht übel Lust, seinem kleinen Bruder die Leviten zu lesen. Doch zugleich hoffte und betete er, dass Unwin nichts Schlimmes zugestoßen war und er sich an einem sicheren Ort versteckte und nach Hause kommen würde, sobald es auf den Straßen wieder ruhig war.

Während James auf die Mount Street Bridge zuging, wurden zwei Kolonnen der Sherwood Foresters, die auf der Northumberland Avenue marschierten, von einigen Häusern aus, die auf dem offenen Gelände in der Nähe der Kanalbrücke standen, unter feindliches Feuer genommen.

Colonel Fane, der britische Offizier und Befehlshaber über mehrere hundert Forester, die man im Gebiet von Boland's Mill stationiert hatte, gab sofort den Befehl zum Angriff. Fast sofort wurde Fane von den Kugeln der Aufständischen getroffen und ging schwer verwundet zu Boden. Er ahnte nicht, dass die Salve, mit der seine weit überlegene Truppe angegriffen wurde, von nur siebzehn irischen Rebellen stammte, die sich in zwei Häusern am Kanal verbarrikadiert hatten.

Tragischerweise geriet James in das Kreuzfeuer.

6

Rodi fühlte sich krank, entmutigt und gedemütigt, nachdem er von zwei höhnisch grinsenden Soldaten und den Wachposten am Tor auf die Straße vor der Portobello-Kaserne geworfen worden war. Sie hatten ihm seine Dienstwaffe und seine Pistole nicht zurückgegeben – aber damit hatte er auch nicht ernsthaft gerechnet. Seine Hand, mit der er gegen das Eisengitter geschlagen hatte, fühlte sich an, als sei sie gebrochen; und er hatte den Eindruck, dass Bleigewichte auf seinem Herz und seinem Magen lasteten und ihn niederdrückten und erstickten.

Er rappelte sich auf, klopfte seinen Anzug ab, sah seinen Hut im Rinnstein liegen und versetzte ihm zornig einen Tritt. Er wünschte nur, es wäre Ryans Kopf gewesen; Colonel William Ryan mit seiner typisch britischen steifen Haltung und sklavischen Pflichterfüllung gegenüber einem repressiven, grausamen und ungerechten Regime verkörperte alles, was an diesem System falsch war, unter dem Irland schon so lange erstickte und in Fesseln lag.

Rodi versuchte sich zu beruhigen. Er war ja nicht einmal wirklich Ire, was kümmerte es ihn?

Er lief durch das Stadtzentrum zurück, ohne auf die Kugeln zu achten, die aus jedem Gebäude an ihm vorbeipfiffen. Wenn er jetzt starb, würde niemand um ihn trauern, und am allerwenigsten Brigid, die er von ganzem Herzen liebte und begehrte, obwohl sie ihm nicht glaubte …

Er tat sich selbst leid. Nachdem seine Friedensmission so jämmerlich gescheitert war, begann er zu erkennen, dass er nur eine Schachfigur in Patrick Pearses Spiel gewesen war, bei dem dieser Versöhnungsbereitschaft vorgetäuscht hatte. Sein Stolz war verletzt. Seine politischen Ziele, seine ganze Person, sein Verstand, sein Körper und seine Seele hatten einen Schlag erhalten, den er so rasch nicht verwinden würde.

Patrick Pearse, der durch und durch Ire war, und Colonel William Ryan, ein überzeugter Brite, hatten ihm deutlich gemacht, wo seine

Grenzen lagen. Er, Rodopi Serrai, trotz seiner eindrucksvollen Ahnenreihe nichts als eine unbedeutende Figur aus Mitteleuropa und nur durch die Gnade Gottes und des großen O'Mahony Bürger seiner Wahlheimat Irland, war letztendlich ein Niemand, jemand mit einer geliehenen Identität, ein Mann, der in keines der beiden Lager gehörte und daher entbehrlich war.

Sein Leben gegen das von Sheehy Skeffington?

Was für ein Witz!

Pearse, Ryan und O'Mahony hatten es die ganze Zeit gewusst, und nur er, Rodopi Serrai, war aufgeblasen vor Stolz gewesen und hatte gar nicht gemerkt, dass die ganze Sache nur inszeniert worden war, damit er nicht länger allen vor die Füße lief. Skeffington war Irlands größter Held, war es immer gewesen und würde es weiter sein – jetzt erst recht, da er zum neuesten Märtyrer des Landes geworden war. Für wen hielt er sich, dass er – ein Bulgare mit einem Namen wie Rodopi Serrai – versuchte, sein Leben gegen das eines Mannes wie Sheehy Skeffington einzutauschen? Was war das für ein Wert, verglichen mit der nationalen Freiheit Irlands?

Rodi erschauderte über seine eigene Dummheit, lachte über seine Naivität und dachte ernstlich über seine Arroganz und Torheit nach – er war benutzt, verschachert und verhöhnt worden, nur um schließlich von Männern wie Pearse, Plunkett, O'Rahilly, Connolly, Ryan und der ganzen verdammten Bande, Iren wie Briten, weggeworfen zu werden.

Er holte tief Luft und versuchte, seine Emotionen in den Griff zu bekommen.

Warum hatte Colonel Ryan – Captain Willie, wie er sich einst gern hatte nennen lassen – ihm noch eine Chance gegeben?

Um der guten alten Zeiten willen? Wegen der gemischten Gefühle, die ihm Sheehy Skeffingtons schreckliche Hinrichtung offenbar eingeflößt hatten? Oder weil der Colonel der britischen Armee ihn aufrichtig verachtete? Verschwinden Sie aus Dublin, hatte Ryan gesagt.

Ach verdammt, Ryan war ein Offizier und Gentleman. Ein typischer Brite im guten Sinne des Wortes, stets auf Fairness bedacht. So war er immer schon gewesen. Willie hatte ihm etwas mitzuteilen versucht: dass er immer noch Ire war und gehen sollte, um das Regime zu bekämpfen.

Aber konnte man in einem Krieg, in dem es um Religion und Politik ging, wirklich neutral bleiben? Rodi hegte diesbezüglich starke Zweifel.

Ryan versuchte ihm zu sagen, dass er, wenngleich er nicht als Ire geboren war, doch im Haushalt des bedeutenden, unerschütterlichen Iren Peirce Lacy O'Mahony, des großen O'Mahony aufgenommen, als treuer Ire großgezogen, als Ziehsohn akzeptiert und ausgebildet worden war. Darauf musste er stolz sein; er musste endlich beginnen, an sich selbst zu glauben.

Und was sollte er anfangen, wenn er Dublin verließ?

Mit einem Mal sah Rodi alles ganz klar vor sich: Dies war seine letzte Chance, die ihm ein Offizier und Gentleman auf dem Silbertablett servierte; dieser äußerst steife, britische Ryan, der seine eigene Integrität opferte, indem er für etwas kämpfte, an das auch er nicht glaubte. Flieh, damit du überlebst und weiterkämpfen kannst. Tu es!, sagte er sich. Wenn du jetzt nicht gehst, werden die Briten dich für deine Rolle in der Roger-Casement-Affäre ebenso sicher hinrichten, wie sie Sheehy Skeffington getötet haben, weil er an die Macht des Volkes glaubte …

Die Macht des Volkes!

Irlands Zukunft, die aus seinem eigenen freien Willen erwuchs und nicht aus der Macht eines Regierungsdiktats …

Irgendwann würde vielleicht das Volk selbst dem Blutvergießen Einhalt gebieten; aber in diesem Moment war Rodi bereit, nach seiner eigenen Freiheit zu greifen und seine letzte, winzige Chance wahrzunehmen.

Wenn er jetzt so rasch er konnte nach Kilmorna ritt, würde Brigid ihn dann zurückhaben wollen?

Welche Chance hatte er? Welche Chance hatten sie beide?

Würde sie bereit sein, seinetwegen noch mehr Opfer zu bringen und sein wenig verlockendes Angebot annehmen, zusammen anderswo hinzugehen, in der Nähe ihres Bruders Luke in Pennsylvania vielleicht? Die notwendigen Papiere hatte er schon lange – für den Fall der Fälle.

Wie immer konnte er einer neuen Herausforderung, einem Abenteuer, einem wilden Galopp im Mondschein nicht widerstehen. Er hörte auf sein Herz und ergriff seine Chance.

Rodi hoffte und betete, dass das schöne Dublin eines Tages wie ein Phönix aus der Asche aufsteigen würde: *Wann treiben die Sterne am Firmament, Wie Funken aus einer Schmiede und sterben? Ist die Stunde, da dein Wind bläst, nun gekommen, Geheimste Rose, fern und unversehrt?*

Er wusste, dass es Zeit war, neu anzufangen, mit Brigid an seiner Seite. »Ich liebe dich, Brigid, ich liebe dich«, flüsterte er in die erste Morgendämmerung hinein.

Epilog

»Und sie war wie eine Braut, die sich für ihren Bräutigam geschmückt hat«, sagte der alte Mann, der sich, je länger er in der Taverne in Listowel saß, immer besser in der Rolle des örtlichen Barden gefiel. »Denn Miss Brigid war trotz ihres Kummers immer gut und freundlich zu allen Menschen hier. Sie ging die Feldwege entlang und hatte immer einen Korb mit frischen Eiern, Butter und Käse für die Kranken und Notleidenden dabei, ein Lächeln, ein freundliches Wort und eine helfende Hand für jedermann. Doch durch Maeve FitzGeralds Klatsch über die Casement-Affäre flogen die Steine, und die Nachstellungen begannen, und man holte Miss Brigids Bruder, Paul Masters, um ihn in Dublin vor Gericht zu stellen.

Als Sir Arthur sich im Jahr darauf mit Miss Gertrude Wright aus Kilmurray House verheiratete, zog Miss Brigid mit ihren Kindern als Gesellschafterin für Lady Vicars in das große Haus. Auf Kilmorna arbeitete Miss Brigid weiter an ihren White-Lady-Hüten und verdiente gutes Geld bei all den Damen des Landadels, die bei ihr bestellten – so wie einst die Königin von England bei ihrer Mutter, Sarah Masters, einen Hut in Auftrag gegeben hatte.«

»Haben die Briten ihn denn gehängt wie Sir Roger Casement oder erschossen wie die anderen Aufständischen?«, wollte der neugierige Tourist wissen.

»Sie meinen O'Mahonys Schützling? Nun ja, am Ende war die Entscheidung ganz leicht, nachdem er gesehen hatte, wie Michael O'Rahilly sich angeschossen und in Todesqualen neben dem ausgebrannten Wrack seines einst so herrlichen Wagens wand. Das Kanonenboot *Helga,* das im Liffey-Fluss lag, beschoss die Innenstadt und legte das Postgebäude in Schutt und Asche. Nachdem Rodi geholfen hatte, die ganze Sache ins Rollen zu bringen, musste er sie jetzt auch zu Ende bringen.

Doch den größten Schrecken bekamen die Männer auf der Hauptpost in der Nacht zum Freitag, eine Woche, nachdem alles begonnen hatte, als ein gewaltiges, feuerspeiendes Monstrum auf sie zurumpelte. Die Briten hatten diesen mit Eisen beschlagenen Apparat in der Guinness-Brauerei aus dem Dampfkessel einer Lokomotive gebaut. Dieses eiserne Ungeheuer war an den Seiten mit Schlitzen versehen, aus denen die Briten auf die Hauptpost feuerten – der erste Panzerwagen, der je auf den Straßen von Dublin zu sehen war. Als dann Pearses und Connollys Leute vom Dach zurückschossen und den Fahrer verletzten, ließen die Briten ihn einfach auf der Straße stehen, wo er später von einem weiteren, neu gebauten Panzerwagen abgeschleppt wurde.

Aber inzwischen war alles vorüber, und das wussten die Rebellen. Als sie sich ergaben, mahnte Sean MacDermott sie noch, sie sollten ›den Kampf weiterführen‹.

In den Trümmern der einst so schönen Stadt Dublin kapitulierte eine Rebellentruppe nach der anderen vor den britischen Truppen, nachdem man die Kämpfer buchstäblich aus den Gebäuden, die sie eine Woche lang besetzt gehalten hatten, herausbombte. Vor dem Rotunda-Krankenhaus hat man sie dann zusammengetrieben. Sie wurden gedemütigt, bespuckt, gefilzt und dann ins Kilmainham-Gefängnis geführt.

Sie wurden alle hingerichtet – der alte Tom Clarke, Thomas MacDonagh, ein Dichter und Rebellenkommandant, Patrick Pearse, Joseph Plunkett, der Bruder von George, der in dem Glauben, dass ›Blut eine reinigende Wirkung hat‹, geholfen hatte, den Aufstand zu organisieren; Edward Daly, der mit seinen Leuten das Gerichtsgebäude gehalten hatte, Michael O'Hanrahan, Micheal Mallin, der die Besetzer des Hotels Shelbourne befehligt hatte, und Willie Pearse, der Bruder von Patrick.

Das Blutvergießen ging immer weiter, bis schließlich die irische Autonomie-Partei protestierte und Männer wie O'Mahony auf den

Seiten der nationalistischen Zeitungen und auch in Arthur Griffith' *Sinn Féin* aufschrien. *Macht ein Ende, macht ein Ende …*

Und dann erschossen sie Sean MacDermott, der aus der IRB die neue IRA aufgebaut hatte, und nach ihm James Connolly, den sie vor dem Hinrichtungskommando an einen Stuhl fesseln mussten, weil sein Knöchel verletzt war und er nicht mehr stehen konnte.

Die Briten hängten auch Sir Roger Casement im Pentonville-Gefängnis in London; und das, nachdem er ihnen in der Vergangenheit so gute Dienste geleistet hatte – da sehen Sie, wie die Dankbarkeit der Briten aussieht. Und nur, weil er an den nationalen Kampf der Iren glaubte.

Aber der Tropfen, der das Fass zum Überlaufen brachte, war der Tod von Miss Brigids Bruder, Master James, der unschuldig ins Kreuzfeuer geraten und dabei umgekommen war. Als Mr. Rodi davon hörte, ging er in die Eustace Street, um der Familie sein Beileid auszusprechen. Sein Leben lang sollte er Sarah Masters' Worte nicht mehr vergessen. ›Es ist nicht leicht, eine Christin zu sein, Mr. Serrai, und noch schwerer fällt es, Ihnen das zu vergeben, was Sie meiner Familie durch Ihre Verbindung mit meiner Tochter angetan haben. Immer leiden die Unschuldigen, und James war einer von ihnen. Möge Gott Ihnen und Brigid verzeihen.‹

Und genauso war es: Die Unschuldigen litten am meisten.

Mr. Rodi wurde zusammen mit Brigids Bruder, Master Paul, zu fünfundzwanzig Jahren Gefängnis verurteilt, weil sie illegale Waffen für den Aufstand ins Land geschmuggelt hatten. Dem jungen Master Unwin allerdings, der nun wirklich ein Schlingel gewesen war, tätschelte man nur den Kopf. ›Lauf nach Hause, Kleiner‹, hieß es.

Miss Brigid lebte fünf lange Jahre auf Kilmorna House und wartete auf Mr. Rodis Entlassung aus dem britischen Internierungslager in Frongoch in Nordwales, in das man ihn und Paul Masters nach dem Prozess verlegt hatte – die beiden jungen Männer landeten nur deswegen nicht vor einem Erschießungskommando, weil O'Mahony für sie in die Bresche sprang. Außerdem war inzwischen jedermann des Blutvergießens überdrüssig, und so wurde für alle Rebellen, die keine Waffe zur Hand genommen hatten, die Todesstrafe ausgesetzt.

Ich erinnere mich noch genau an den 14. April 1921. Wir dachten, die Apokalypse sei wahr geworden. Kilmorna House stand in Flammen, nachdem dreißig maskierte Männer dort aufgetaucht waren. Sie holten Sir Arthur aus seinem Krankenbett und erschossen ihn kaltblütig vor Lady Vicars' Augen. Sie hatten ihm ein Schild um den Hals gehängt, auf dem stand: ›*Spion. Hütet euch, Spitzel. Die IRA vergisst nie.*‹«

»Warum haben sie denn Sir Arthur umgebracht?«, wollte der Tourist wissen.

»Warum tötet die IRA? Sie dachten, er wäre pro-britisch eingestellt. Inzwischen tobte in Irland ein blutiger Bürgerkrieg. Alle waren aus dem Haus geflohen, auch Miss Brigid und ihre Kinder. Sie versteckten sich in einem Straßengraben, bis es dunkel wurde. Dann hörte sie andere Reiter über den Weg herankommen und fürchtete schon, die IRA sei hinter ihr und den Kindern her. Verstehen Sie, die IRA hat die Gegend von allen reichen britischen Landbesitzern gesäubert, ob schuldig oder unschuldig.

Aber die beiden Reiter waren Mr. Rodi und Paul Masters, die aus dem Gefängnis entlassen worden waren, nachdem sie nur fünf von ihren fünfundzwanzig Jahren abgesessen hatten. Mr. Rodi war gekommen, um Brigid und die Kinder in Sicherheit zu bringen. Nie werde ich vergessen, wie ich die beiden zusammen auf dem Weg, der nach Kilmorna führt, gesehen habe: sie in ihrem weißen Nachthemd, das wie ein Brautkleid wirkte, und mit ihrem langen, offenen silberblonden Haar; und er auf seinem schimmernden schwarzen Pferd und mit einem Wildblumenstrauß in den Händen. ›Ich habe es dir doch gesagt‹, erklärte er, als sie sich küssten, umarmten und vor Freude weinten. ›Eines Tages würdest du doch noch Blumen von mir annehmen.‹«

»Dann hat es für die beiden also doch ein Happy End gegeben?«, meinte der Tourist mit einem tiefen Seufzer der Erleichterung.

»So war es wohl«, sagte der alte Mann auf dem Barhocker. »Sie sind dann nach Amerika gegangen und haben sich in der Nähe von Miss Brigids Bruder Luke niedergelassen. Derselbe Luke, der viele Jahre später zurückgekehrt ist, um zu ihrem Gedenken eine Rose zu pflanzen, weil sie ihr Herz auf Kilmorna zurückgelassen hatte.«

»Wie kommt es eigentlich, dass Sie so viel über diese Leute wissen?«, erkundigte sich der Tourist.

»Weil ich in dieser Gegend geboren und aufgewachsen bin, und weil auch ich vor langer Zeit einmal ein *Fianna-Bursche* war. 1921 bin ich ins Internierungslager Frongoch gekommen, und dort bin ich diesen irischen Helden begegnet. Und wir haben geredet, so wie alle Gefangenen, die eine lebenslange Strafe absitzen. Ich habe den beiden auch meine Geschichte erzählt, die Geschichte eines armen, enterbten Mannes – und auch das will ich Ihnen erklären, Sir.

Denn als der Irische Freistaat gegründet wurde und die Regierung das Land der reichen englischen Gutsherren unter der ortsansässigen Bevölkerung aufteilte, wurde der Besitz Kilmorna nicht an die Leute aus Kerry vergeben, sondern man ließ ihn zum Gedenken an die O'Mahonys von Kerry und Kilmorna brachliegen, zur Erinnerung daran, was die IRA ihnen angetan hatte.«

»Würden Sie uns denn auch Ihren Namen verraten, Sir?«, fragte der Tourist.

»Kelly FitzGerald, der einst die Kühe über die Feldwege von Kilmorna zur Weide trieb.«

Er nahm seine irische Panflöte und spielte.

»Ich komme aus Irland,
Und sowohl das heilige Irland
Als auch die Zeit verrinnt«, rief sie.
»Komm, sei mir mild gesinnt,
Komm tanz mit mir in Irland.«

Wahre Freundschaft ist das größte Geschenk im Leben eines Menschen

Marcia Willett
EIN GESCHENK DER FREUNDSCHAFT
Roman
400 Seiten
ISBN 978-3-404-15960-4

In einem Café treffen sie sich zum ersten Mal: Gussie, eine verarmte alte Dame und die junge Nell. Beide wollen nur für eine Weile ihre Sorgen vergessen. Ganz spontan leiht Nell Gussie einen Hut für die Hochzeit ihres Großneffen Henry. So beginnt eine tiefe Freundschaft zwischen den beiden unterschiedlichen Frauen. Als Nells Ehemann in Schwierigkeiten gerät, kommt es zu einem furchtbaren Unglück. Nell findet mit ihrem kleinen Sohn Zuflucht und Trost auf dem Anwesen von Gussies Neffen. Dort trifft sie auf eine Gemeinschaft von Menschen, die ihr den Halt geben, um sich ihrem Schicksal zu stellen.

Bastei Lübbe Taschenbuch